यथासम्भव

शरद जोशी के व्यंग्य

यथासम्भव

चुने हुए 100 व्यंग्य लेख

शरद जोशी

वाणी प्रकाशन ग्रुप

भारतीय ज्ञानपीठ

वाणी प्रकाशन : भारतीय ज्ञानपीठ की पुस्तकों के एकमात्र प्रकाशक एवं वितरक

लोकोदय ग्रन्थमाला : ग्रन्थांक 414

पेपरबैक पहला संस्करण : 1985
पेपरबैक पाँचवाँ संस्करण : 1997
पेपरबैक दसवाँ संस्करण : 2003
पेपरबैक पन्द्रहवाँ संस्करण : 2012
पेपरबैक सोलहवाँ संस्करण : 2014
पेपरबैक सत्रहवाँ संस्करण : 2017
पेपरबैक अठारहवाँ संस्करण : 2020
पेपरबैक उन्नीसवाँ संस्करण : 2024
पेपरबैक बीसवाँ संस्करण : 2025

वाणी प्रकाशन : भारतीय ज्ञानपीठ की पुस्तकों के एकमात्र प्रकाशक एवं वितरक

वाणी प्रकाशन

4695, 21-ए, दरियागंज, नयी दिल्ली-110 002
दूरभाष : 011-23273167, 23275710
ईमेल : sales@vaniprakashan.in
www.vaniprakashan.com

ISBN : 978-81-19014-18-7

मूल्य : ₹ 480

यथासम्भव

चुने हुए 100 व्यंग्य लेख
(व्यंग्य)

शरद जोशी

YATHA-SAMBHAVA
(Satire)
by Sharad Joshi

आवरण-चित्र : सत्यसेवक मुखर्जी
मुद्रक : आर. टेक ऑफ़सेट प्रिंटर्स, दिल्ली-110 032

भोपाल में बिताये दुख-सुख भरे दिनों
की याद के साथ—
स्वर्गीय मित्र हरिहर जोशी को समर्पित
(तुमने मेरा सदा हित चाहा)

कुछ शब्द

पहले संस्करण से

कई साल पहले अपनी किताब छपी हुई देखने के सुख पर मैंने एक निबन्ध लिखा था। निबन्ध लचर था, जिसकी किसी ने प्रशंसा नहीं की। मुझे ऐसी स्थिति से गुजरने की आदत है। लेखक अपनी मीठी गलतफहमियों के दम पर लेखक बनता है, दूसरे की प्रशंसा के भरोसे पर नहीं। इसलिए जब भारतीय ज्ञानपीठ ने मुझसे सौ श्रेष्ठ रचनाओं का संकलन चाहा, किसी तरह की नम्रता आड़े नहीं आयी। यदि उन्हें यह भ्रम है कि मेरे पास सौ श्रेष्ठ रचनाएँ हो सकती हैं तो मुझे यह भ्रम पहले से ही है। सच कहूँ तो सौ रचनाएँ लिखने के पहले से। नतीजा है यह किताब। सौ श्रेष्ठ रचनाओं को लेकर हमारी वैचारिक एकता का परिणाम। इसमें अपनी किताब छपी देखने का सुख भी जुड़ा है, जो उस निबन्ध-सा लचर नहीं है। अतः परिणाम न कहिए। कहिए सुपरिणाम।

सन् इकतालीस से मैं साहित्य के फटे में अपनी टाँग फँसाये हूँ। फटा तब से फटा ही है और मेरी टाँग वहीं है। उम्र के साथ बुद्धि का थोड़ा-बहुत विकास होने पर भी मैंने लिखना नहीं छोड़ा। अब तो मैं लिखना छोड़ना भी चाहूँ तो लिखना मुझे नहीं छोड़ता। इस संकलन को जोड़ते समय बीते दिन याद आये। वे रचनाएँ याद आयीं जिनकी प्रति भी मेरे पास नहीं है। पढ़नेवालों का सौभाग्य कि संकलन डेढ़ सौ रचनाओं का होने से बच गया। जो सौ जोड़-जुड़ा सकता है वह डेढ़ सौ भी कर सकता है। मैंने अपने एक मित्र से पूछा था, कहो तो सारी रचनाएँ संकलित कर ग्रन्थावली तैयार कर दूँ ? उसने ध्यान दिलाया कि अभी तुम मरे नहीं हो। मजबूरी। ऐसे ही क्षणों में लेखक स्वयं को असहाय अनुभव करता है। खैर ! फिलहाल समस्त श्रेष्ठ-निकृष्ट रचनाओं के प्रकाशन का काम मुल्तवी। मेरी उम्र लम्बी है। कई वर्षों का इन्तजार करना होगा। तब तक इसी से काम चलाइए। भगवान् आपका भला करे।

ई. सन् 1985 —शरद जोशी

अनुक्रम

1

अथ गणेशाय नमः

श्रीगणेशाय नमः, बात गणेश जी से शुरू की जाए, वह धीरे-धीरे चूहे तक पहुँच जाएगी। या चूहे से आरम्भ करें और वह श्रीगणेश तक पहुँचे। या पढ़ने-लिखने की चर्चा की जाए। श्री गणेश ज्ञान और बुद्धि के देवता हैं। इस कारण सदैव अल्पमत में रहते होंगे, पर हैं तो देवता। सबसे पहले वे ही पूजे जाते हैं। आखीर में वे ही पानी में उतारे जाते हैं। पढ़ने-लिखने की चर्चा को छोड़ आप श्री गणेश की कथा पर आ सकते हैं।

विषय क्या है, चूहा या श्रीगणेश ? भई, इस देश में कुल मिलाकर विषय एक ही होता है—गरीबी। सारे विषय उसी से जन्म लेते हैं। कविता कर लो या उपन्यास, बात वही होगी। गरीबी हटाने की बात करने वाले बातें कहते रहे, पर यह न सोचा कि गरीबी हट गयी, तो लेखक लिखेंगे किस विषय पर ? उन्हें लगा, ये साहित्यवाले लोग 'गरीबी हटाओ' के खिलाफ हैं। तो इस पर उतर आये कि चलो साहित्य हटाओ।

वह नहीं हट सकता। श्री गणेश से चालू हुआ है। वे ही उसके आदि देवता हैं। 'ऋद्धि-सिद्धि' आसपास रहती है, बीच में लेखन का काम चलता है। चूहा पैरों के पास बैठा रहता है। रचना खराब हुई कि गणेश जी महाराज उसे चूहे को दे देते हैं। ले भई, कुतर खा। पर ऐसा प्रायः नहीं होता। 'निज कवित्त' के फीका न लगने का नियम गणेश जी पर भी उतना ही लागू होता है। चूहा परेशान रहता है। महाराज, कुछ खाने को दीजिए। गणेश जी सूँड़ पर हाथ फेर गम्भीरता से कहते हैं, लेखक के परिवार के सदस्य हो, खाने-पीने की बात मत किया करो। भूखे रहना सीखो। बड़ा ऊँचा मजाक-बोध है श्री गणेश जी का (अच्छे लेखकों में रहता है)। चूहा सुन मुस्कराता है। जानता है, गणेश जी डायटिंग पर भरोसा नहीं करते, तबीयत से खाते हैं, लिखते हैं। अब निरन्तर बैठे लिखते रहने से शरीर में भारीपन तो आ ही जाता है।

चूहे को साहित्य से क्या करना। उसे चाहिए अनाज के दाने। कुतरे, खुश रहे। सामान्य जन की आवश्यकता उसकी आवश्यकता है। खाने, पेट भरने को हर गणेश-भक्त को चाहिए। भूखे भजन न होइ गणेशा। या जो भी हो। साहित्य से पैसा कमाने का घनघोर विरोध वे ही करते हैं, जिनकी लेक्चररशिप पक्की हो गयी और वेतन नये बढ़े हुए ग्रेड में मिल रहा है। जो अफसर हैं, जिन्हें पेंशन की सुविधा है, वे साहित्य में क्रान्ति-क्रान्ति की उछाल भरते रहते हैं। चूहा असल गणेश-भक्त है।

राष्ट्रीय दृष्टिकोण से सोचिए। पता है आपको, चूहों के कारण देश का कितना

अनाज बरबाद होता है। चूहा शत्रु है। देश के गोदामों में घुसा चोर है। हमारे उत्पादन का एक बड़ा प्रतिशत चूहों के पेट में चला जाता है। चूहे से अनाज की रक्षा हमारी राष्ट्रीय समस्या है। कभी विचार किया आपने इस पर ? बड़े गणेश-भक्त बनते हैं।

विचार किया। यों ही गणेश-भक्त नहीं बन गये। समस्या पर विचार करना हमारा पुराना मर्ज है। हा-हा-हा-हा, जरा सुनिए।

आपको पता है, दाने-दाने पर खाने वाले का नाम लिखा रहता है। यह बात सिर्फ अनार और पपीते को लेकर ही सही नहीं है, अनाज के छोटे-छोटे दाने को लेकर भी सही है। हर दाने पर नाम लिखा रहता है खाने वाले का। कुछ देर पहले जो पराँठा मैंने अचार से लगाकर खाया था, उस पर जगह-जगह शरद जोशी लिखा हुआ था। छोटा-मोटा काम नहीं है, इतने दानों पर नाम लिखना। यह काम कौन कर सकता है ? गणेश जी, और कौन ? वे ही लिख सकते हैं। और किसी के बस का नहीं है यह काम। परिश्रम, लगन और न्याय की जरूरत होती है। साहित्य वालों को यह काम सौंप दो, दाने-दाने पर नाम लिखने का। बस, अपने यार-दोस्तों के नाम लिखेंगे, बाकी को छोड़ देंगे भूखा मरने को। उनके नाम ही नहीं लिखेंगे दानों पर। जैसे दानों पर नाम नहीं, साहित्य का इतिहास लिखना हो, या पिछले दशक के लेखन का आकलन करना हो कि जिससे असहमत थे, उसका नाम भूल गये।

दृश्य यों होता है। गणेश जी बैठे हैं ऊपर। तेजी से दानों पर नाम लिखने में लगे हैं। अधिष्ठाता होने के कारण उन्हें पता है, कहाँ क्या उत्पन्न होगा। उनका काम है, दानों पर नाम लिखना ताकि जिसका जो दाना हो, वह उस शख्स को मिल जाए। काम जारी है। चूहा नीचे बैठा है। बीच-बीच में गुहार लगाता है, हमारा भी ध्यान रखना प्रभु, ऐसा न हो कि चूहों को भूल जाओ। इस पर गणेश जी मन ही मन मुस्कराते हैं। उनके दाँत दिखाने के और हैं, मुस्कराने के और। फिर कुछ दानों पर नाम लिखना छोड़ देते हैं, भूल जाते हैं। वे दाने जिन पर किसी का नाम नहीं लिखा, सब चूहे के। चूहा गोदामों में घुसता है। जिन दानों पर नाम नहीं होते, उन्हें क़ुतर कर खाता रहता है। गणेश-महिमा।

एक दिन चूहा कहने लगा, गणेश जी महाराज ! दाने-दाने पर मानव का नाम लिखने का कष्ट तो आप कर ही रहे हैं। थोड़ी कृपा और करो। नेक घर का पता और डाल दो नाम के साथ, तो बेचारों को इतनी परेशानी नहीं उठानी पड़ेगी। मारे-मारे फिरते हैं, अपना नाम लिखा दाना तलाशते। भोपाल से बम्बई और दिल्ली तलक। घर का पता लिखा होगा, तो दाना घर पहुँच जाएगा, ऐसे जगह-जगह तो नहीं भटकेंगे।

अपने जाने चूहा बड़ी समाजवादी बात कह रहा था, पर घुड़क दिया गणेशजी ने। चुप रहो, ज्यादा चूँ-चूँ मत करो।

नाम लिख-लिख श्री गणेश यों ही थके रहते हैं, ऊपर से पता भी लिखने बैठो। चूहे का क्या, लगायी जुबान तालू से और कह दिया। न्याय स्थापित कीजिए, दानों

का ठीक-ठीक पेट भर बँटवारा कीजिए। नाम लिखने को भी जरूरत नहीं। गणेश जी कब तक बैठे-बैठे लिखते रहेंगे ?

प्रश्न यह है, तब चूहों का क्या होगा ? वे जो हर व्यवसाय में अपने प्रतिशत कुतरते रहते हैं, उनका क्या होगा ?

वही हुआ ना ! बात श्री गणेश से शुरू कीजिए तो धीरे-धीरे चूहे तक पहुँच जाती है। क्या कीजिएगा ?

2

भैंसन्हि माँह रहत नित बकुला

भैंसें गँदले पानी की ओर सहज ही आकर्षित होती हैं। वे किनारे पर ठिठककर क्षण-भर भी नहीं सोचतीं कि उतरा जाए कि न उतरा जाए। फौरन उतर जाती हैं। उन्हें यह विचार नहीं सताता कि हमारे अन्दर एक सफेद दूध है जो मनुष्य जाति के सदस्यों द्वारा पिया जाने को है। इस गँदले जल से दूर रहें तो ही अच्छा। शायद वे जानती हैं कि आदमी यों भी दूध में पानी मिलाये बगैर नहीं मानेगा। भैंस गँदले और साफ जल में अन्तर नहीं कर पाती। भैंस जो ठहरी। गाय और उसमें यही अन्तर है। गाय पानी में नहीं उतरती। साफ पानी में भी नहीं उतरती, गँदले की तो बात ही क्या ! वे चाहे सफेद हों या भूरी, हल्की लाल हों या काली पर शायद जानती हैं कि साफ-सुथरी हैं और हैं सफेद दूध की मालकिन ! पवित्र वे हैं ही तो पानी में उतरकर फिर से पवित्र होने की क्या आवश्यकता ! गाय की अपनी परिस्थितियाँ हैं और भैंस की अपनी समस्या। गँदला जल उन्हें सदैव निमन्त्रित करता-सा प्रतीत होता है। जैसे एक नवधनाढ्य लाभ का दायरा बढ़ाने की खातिर किसी भी गन्दे और उलझन-भरे धन्धे में कूद पड़ता है। देरी नहीं करता, फिर चाहे कालान्तर में वह अपनी इज़्ज़त-आबरू सब गँवा दे। भैंसें इन नव-दौलतियों की तरह होती हैं जिन्होंने देश के आर्थिक जीवन को कीचड़ कर दिया है।

बगुले अक्सर वहीं रहते हैं। जहाँ भैंसें चर रही होंगी या बैठी जुगाली करती होंगी, आप बगुलों को वहीं आसपास देख सकते हैं। भैंसें वेजीटेरियन, ये नान-वेजीटेरियन, मछली खानेवाले। वह चौपाया, इनकी गिनती पंछियों की जमात में। वह धीमी गति पर विश्वास करनेवाली, ये फुर्तीले, घाघ, गतिशील। वह तालाब के बीच तक उतर जाने वाली, ये किनारे बैठे मौन-मतलबी ! फिर भी पता नहीं क्या बात है कि बगुले भैंसों के आसपास रहते हैं। जहाँ भैंसे होती हैं, ये बड़ा अपनापा महसूस करते हैं। सम्बन्ध दिलचस्प हैं, पर आश्चर्यजनक नहीं। यदि बगुले को गौर से देखो, स्थानीय नेता-सा लगता है। शिकार पर नजर रखे, विनय की प्रतिमूर्ति। ऊपर से धीर-गम्भीर, अन्दर से महाचालू और चालाक। अपने जीवन में वह क्या नहीं करता ! नगर के शान्त जल में अपना स्वार्थ साधने के अतिरिक्त वह करता क्या है ? वह पूरे समय नवदौलतियों के लिए अतिरिक्त कमाई की साधन-सुविधा उत्पन्न करने का आन्दोलन चलाता है। वह ऐसी समस्याएँ उत्पन्न करता है जिनके कारण कोई रुपया बिना मझोलियों के मार्फत

गरीबों तक नहीं पहुँच पाता। सारे काले धन्धों को स्थानीय नेता का अभयहस्त मिलता है। लोग इसका कारण नहीं समझ पाते कि उनका नेता ऐसा क्यों करता है। जितने छलछिद्र हैं, सामाजिक और आर्थिक जीवन में अनैतिकताएँ हैं, श्वेत वस्त्रधारी नेता उनमें कहीं उलझा हुआ है। इस दशक की नैतिक प्रगति तो वह है कि अनैतिक काण्डों का नायक या खलनायक भी प्रायः नेता ही होता है। नव-दौलतिया संस्कृति के सारे कुकर्मों से यह व्यक्ति जुड़ा हुआ है।

भैंस और बगुले की दोस्ती का ताज्जुब कबीरदासजी को भी था—'भैंसन्हि माँह रहत नित बकुला, तकुला ताकि न लीन्हा हो। गाइन्ह माँह बसेउ नहिं कबहू, कैसे के पद पहिचनवहू हो।' उनका अर्थ था कि यह जीवरूपी बगुला, यह मन, दिन-रात इन्द्रिय-रूपी भैंसों में रमा रहता है। गायों अर्थात् सन्तों की तरफ इसकी दृष्टि कभी नहीं जाती। परम पद पाने की यह जाने क्यों नहीं सोचता ? जहाँ तक राजनीति का सवाल है, परम पद तो प्रायः बगुलों को ही प्राप्त होते हैं। जो ऊपर से जितने सफेद और अन्दर से जितने घाघ और स्वार्थी होते हैं, राजनीति में उन्हें सर्वाधिक सफलता प्राप्त होती है। भैंसें बगुलों को अपनी पीठ पर बिठा लेती हैं। काले और असामाजिक धन्धों के कीचड़ में फँसे लोग नेता को अतिरिक्त आदर देते हैं और नेता भी उनके बिना रह नहीं पाता। जीव इन्द्रियों में रमा रहता है। कबीरदासजी ने शरीर को चमड़े का गाँव कहा है। राजनीति में भी कम लतिहाव नहीं है। इंच भर गहरी संवेदना नहीं होती पर मगर के आँसू जोर-शोर से ब्रॉडकास्ट किये जाते हैं। जो कुछ है सब ऊपरी। फिर चाहे शिक्षा पर जोर हो या गरीबों की फिक्र। सारे नारे और सिद्धान्त अपने मजे के लिए रगड़े जाते हैं। साधारण नागरिक आश्चर्य करते हैं कि कबीर की तरह ये सफेद बगुले गायों की तरफ आकर्षित क्यों नहीं होते ? एक राजनेता उन ईमानदार, मेहनती, संघर्षशील शक्तियों से अपने को क्यों नहीं जोड़ता ? पवित्रता से उसे क्यों एलर्जी है ? वह क्यों भ्रष्ट, निठल्ले, कामचोरों, मुफ्तखोरों में रमा रहता है ? वह क्यों सारे दुष्कर्मों के केन्द्र में है ? इसका उत्तर किसी के पास नहीं कि बगुले भैंसों की तरफ क्यों आकर्षित होते हैं ? नेता क्यों समस्त हीन प्रवृत्तियों का सूत्रधार हो जाता है। प्रजातन्त्र की सबसे बड़ी ट्रेजेडी यह है कि सामान्य जन मन ही मन नेताओं से नफरत करने लगा। इस सामूहिक भाव को उत्पन्न करने में सारी पार्टियों का योग रहा है। केवल काँग्रेस को श्रेय देना दूसरों के साथ अन्याय है। जो नेता बेईमान नहीं हैं वे भी पाखण्डी तो कम-से-कम रहे हैं। जो चरित्र से पवित्र कहलाते रहे, पद-लोलुपता तो उनमें भी कम नहीं रही। अब एक दुर्गुण और दूसरे दुर्गुण में जो राई-रत्ती का अन्तर है, उसे देश के साधारण जन नहीं समझ पाये तो बेचारों का क्या दोष ! वे यह समझ नहीं पाये कि एक भ्रष्ट नेता की अपेक्षा पदलोलुप नेता अच्छा होता है।

बगुले और भैंस की मैत्री किसी वैचारिक अथवा सैद्धान्तिक आधार पर है, यह साबित करना बहुत कठिन है। बगुला कुछ समय के लिए मछली पकड़ने का अपना

प्रिय कार्य छोड़कर भैंसों के पास जाता है तो महज धूप सेंकने या कतिपय सांस्कृतिक गुत्थियों को सुलझाने के उद्देश्य से नहीं जाता। लगता है, वह भैंसों को आमन्त्रित करने जाता है। उकसाने, उत्तेजित करने जाता है। "आप यहाँ क्यों बैठी हैं ? उठिए न ! चलिए, पानी में चलिए। बहुत दिनों से हमने आपको नहाते नहीं देखा। सच, अच्छा बताइए, आप कितने दिनों पहले नहायी थीं ? कितनी गर्मी है ! हम तो बगुले हैं, हवा में उड़ सकते हैं, फिर भी हमें इतनी गर्मी लग रही है। आपको नहीं लगती गर्मी ? कैसी भैंस हैं आप ? चलिए अब उठिए भी ! कब तक बैठी रहेंगी !"

भैंसें सहज ही नहीं डिगतीं, उन शक्तियों की तरह जो स्वार्थ के बिना किसी भी दशा या दिशा में प्रवृत्त नहीं होतीं। बगुले बरगलाने में लगे रहते हैं। वे आग्रह की इतनी कच्ची नहीं, जितनी वे समझते हैं। कोई भी धन्धे वाला केवल नेताओं के कहने-उचकाने से साहस नहीं कर बैठता। वह पहले अपने स्वार्थों, लाभों का हिसाब लगाता है। भैंसें अन्ततः उठती हैं और तालाब की तरफ चल पड़ती हैं, पर यह सोचना भूल होगी कि उन्होंने बगुलों के उकसाने से ऐसा किया।

भैंसें उतरती हैं और पूरे तालाब में हलचल मच जाती है। एक गन्दी मछली पूरे तालाब को गन्दा कर सकती है तो भैंस का पूरी तरह उतरना क्या परिणाम उत्पन्न करता होगा, कल्पना कर सकते हैं । पानी में हलचल मचते ही मछलियाँ इधर-उधर परेशान दौड़ती हैं। भैंसें जब बीच तालाब की दुर्गति करने लगती हैं, तब मछलियाँ किनारे पर आती हैं। भैंसों को निमन्त्रित कर लौटे बगुले वहाँ शान्त भाव से बैठे रहते हैं। वे जानते हैं कि भैंसों से घबरायी परेशान मछलियाँ इस तरफ आएँगी और उनका आहार बनेंगी। नेता जानते हैं कि भ्रष्ट आर्थिक ताकतें जनता के लिए परेशानी उत्पन्न करेंगी। मिलावट होगी, चीजें बाजार से गायब हो जाएँगी, दाम चढ़ जाएँगे, जीना मुहाल होगा। भ्रष्ट काले धन्धों में लगे नव-दौलतिये जब प्रवृत्त होंगे तब नित नयी समस्याएँ खड़ी होंगी। वे प्रवृत्त हैं और समस्याएँ खड़ी हैं। परेशानहाल जनता ऐसे में उनका मुँह तकेगी, उनको आशाभरी निगाहों से देखेगी। बस हो गयी राजनीति शुरू। नेता को यही तो चाहिए कि लोग उसके सामने माँगें रखें, गिड़गिड़ाएँ और वह आश्वासन दे और उनकी भावना से खेल अपने वोट पक्के करे।

किनारे बैठा बगुला डेपुटेशन और परेशानहाल लोगों के जत्थों का इन्तजार करता है। वे समस्या रखें और वह सुलझाए, यद्यपि वह जानता है कि समस्या उसके ही कारण उत्पन्न हुई है और हल असम्भव-से हैं। पर सब कुछ जानते-बूझते भी शान्त भाव से संवेदनशील चेहरा बनाकर बातों को सुनना, ऐसा भाव दर्शाना कि इस यथार्थ की जानकारी तो मुझे पहली बार हुई है और एक मीठा और थोथा आश्वासन दे देना ही तो मात्र राजनीति रह गयी है, इस युग में। वोटों की खातिर यही तो बगुलापन बार-बार नजर आता है नेताओं में।

तो बगुले भैंसों के पास व्यर्थ नहीं जाते। वे बहुत सोच-समझ कर अपने स्वार्थों

के वशीभूत हो भैंसों के पास जाते हैं। भैंसें भी व्यर्थ ही बगुलों को लिफ्ट नहीं देतीं। कितनी ही काली हों, जब श्वेत बगुले उनके आसपास चमचों की तरह उचकते चक्कर काटते हैं तब उनका मान बढ़ना ही है। आश्चर्य नहीं कि इस बात को लेकर वे पवित्र गायों में एक प्रकार का हीनभाव भी जगाती हों।

3

जैसे श्वान काँच-मन्दिर में

राजनीतियाँ बहुत पास-पास आ गयी हैं। नवग्रह एक-दूसरे के समर्थक न हों, पर निरन्तर एक ही आकाश में भ्रमण करते, आदमी की जन्मपत्री के उन ही खानों में बार-बार मिलते, बैठते, वे अपने गुणों-दुर्गुणों को कायम रखते हुए एक-दूसरे से परस्पर रिश्ता स्थापित करते हैं। एक ही अखाड़े में निरन्तर कुश्ती चलती रहे, तो पहलवान धीरे-धीरे दोस्त हो जाते हैं। शुरूआत महज औपचारिकता से होती है। हाथ जुड़ते-मिलते हैं, पर धीरे-धीरे वे एक-दूसरे के बादामों में हिस्सेदारी करने लगते हैं। दूध पीने के बाद पूछ लेते हैं, आपने लिया या नहीं ? अखाड़े में उतरते हैं तो खुन्नस केवल दिखावा रह जाती है। मन-ही-मन मुस्कान तैरती है। दर्शकों को शक होता है कि कहीं ये कुश्ती मिल्लत की तो नहीं ? व्यवस्थापक अपना धन्धा बनाये रखने के लिए चिल्ला-चिल्ला कर कहते हैं, नहीं, ऐसी बात नहीं है। सच यह है कि कोई मोहम्मद अलियों के स्तर की कुश्ती एक नाटक की तरह नहीं देखना चाहता। वह चाहता है कि असल टक्कर हो, जिसमें विलेन और हीरो के सम्बन्ध न केवल मंच पर, मगर मंच के बाहर ग्रीन-रूम में और सड़क पर भी खराब हों। जब तक ऐसा नहीं होता, कुश्ती का सारा मजा किरकिरा हो जाता है। लड़ाई तो मन में उस दिन से शुरू हो जाती है जिस दिन से शहर की दीवारों पर पोस्टर लगे कि दंगल में अमुक-अमुक पहलवानों की टक्कर होगी।

चुनाव के जब पोस्टर लगते हैं, सारा देश परस्पर विपरीत नारों और विचारों से गूँज जाता है। देश की हर गली, हर मोहल्ला लगने लगता है कि अखाड़ा है, जहाँ एक निर्णय होगा। विराट दंगल के चौंकाने वाले नतीजे देश के भविष्य की दिशा मोड़ देंगे। हर व्यक्ति तन से, मन से और काली कमाई का मालिक हुआ तो धन से भी, उस विशाल द्वन्द्व में उत्साह से हिस्सा ले हर पटखनी पर तालियाँ बजाने लगता है। नेता जीते तो ताली, नेता हारे तो ताली, फिर जीते तो ताली। कोई जीते कोई हारे, कुश्ती के अहसास सही होने चाहिए।

पर अब अँग्रेजों की खटिया खड़ी हुए और प्रजातन्त्र को आये कितने साल बीत गये। इतने सालों में अखाड़ा घर लगने लगा। लोकसभा, विधान-सभाओं के गलियारे, कक्ष, लान, बेंचें, नरम कुर्सियाँ, गाड़ियाँ, कैण्टीन, लायब्रेरी सब मिलाकर एक विराट घर, विराटमहल हो गया। बाद गाली-गलौज के जब शान्त हो बातचीत करने लगे, तो रिश्तेदारियाँ निकल आयीं। पता लगा कि लड़ अवश्य रहे हैं, आगे लड़ना भी है मगर

एक ही स्वार्थ की पूर्ति कर रहे हैं। परस्पर विरोधी घोषणापत्रों को चीरती हुई एक किस्म की आत्मीयता उभर गयी। वही वोटक्लब, कसम लेने को वही समाधि, वही माइक वाला जो कभी इसके मोंगा लगाये तो कभी उसके। जलसा-रैली में वे ही लोग, उसी एक ठेकेदार के सप्लाई किये हुए। वे ही भत्ते, वे ही सुविधाएँ, इस एवेन्यू में तो कभी उस एवेन्यू में, बैठकें, बयान, कमेटियाँ, औपचारिकताएँ, वही माहौल, निमन्त्रण, आयोजन, गवर्नर की चाय, एम्बेसी के डिनर, राज्यों के विश्रामगृह, डाक बँगले। और सबसे बड़ी बात कि राजनीति करने के लिए उन ही धनाढ्यों से चन्दा, रकम, खर्चे का सहारा। विरोध की गर्मी पर वातावरण की बर्फ जमा होने लगती है। मीठे दबाव अपना असर छोड़ने लगते हैं। कसर रहती है तो दल-बदल हो जाते हैं। रिश्ते टूटते हैं, पर पूरी तरह नहीं टूटते। आँख की शर्म बकाया रहती है और मौके पर अपना काम कर जाती है। सब नेता हो जाते हैं। इस पार्टी के हों या उस पार्टी के, सत्ता में बैठे हों या विरोध में—सब एक ही सिगड़ी से बदन सेंकते रहते हैं पाँच साल। सूचना यह मिलती है कि लड़ाई चल रही है, सचाई यह है कि सामूहिक नृत्य हो रहा है। जहाँ सिरफुटौवल का अन्देशा था, वहाँ परस्पर सेहरे बाँधने की रस्म होती नजर आती है। विचार मीठे हों या खट्टे, वे बरनियों में उतारे जाकर मुरब्बे और अचार का गुण अर्जित कर लेते हैं। स्वार्थों की खींचतान में दार्शनिक असहमतियाँ जायके के अतिरिक्त कोई योग नहीं देतीं। पूरा प्रजातन्त्र, पार्टीतन्त्र रह जाता है, उत्तेजना निस्सरित करने के उद्देश्य से चन्द योग्य और अयोग्य अभिनेताओं द्वारा खेला गया एक नाटक। आपके सन्तोष या असन्तोष का जो भी स्तर हो—आपको न अपना, अपना लगता है; न पराया, पराया। आप अन्याय से पीड़ित हैं तब भी विरोधी दल का नेता आपको अपने करीब नहीं लगता। उसकी ओर किसी उम्मीद से देखना मूर्खता लगती है। यदि आप तन्त्र द्वारा प्राप्त लाभ और सुख के चस्के ले रहे हों, तब भी आप सत्ताधारी नेता को अपना नहीं समझते। पार्टियाँ, संविधान, प्रजातन्त्र की आवश्यकता और देश की अनेकानेक समस्याएँ भी देश के लोगों को खड़ी धारियों में विभाजित नहीं करतीं, जैसा कि अपेक्षित है प्रजातन्त्र से। उसकी बजाय जाने-अनजाने धीरे-धीरे पूरे देश के लोग एक लम्बी आड़ी धारी में विभाजित होते हैं। एक तरफ तन्त्र रह जाता है, व्यवस्था रह जाती है। विरोधी दल भी उसी का एक अंश बनकर रह जाते हैं। उसी मण्डप की शोभा, उसी कोरस के विशिष्ट स्वर। दूसरी तरफ पीड़ित समुदाय रह जाता है, मनुष्यों का। आदमी धीरे-धीरे महसूस कर लेता है कि उसे दूसरी शक्ल में वही पीड़ा भोगनी है, जो वह पहले भोगता था। प्रजातन्त्र से फायदा उठाने वाले नेता यह अपेक्षा करते हैं कि गरीब भूखा-नंगा आदमी आजादी के बाद की इस प्रजातन्त्र में मिली गरीबी फटेहाली को गर्व से देखेगा और इसकी तुलना उस भूख और गरीबी से कदापि नहीं करेगा, जो विदेशी सत्ताधारियों के जमाने में थी। मान लीजिए कि फटेहाल शख्स को ऐसा करना चाहिए। उसे अपनी झोपड़ी से एक कागज की तिरंगी झण्डी हर हालत में चिपका रखनी चाहिए।

पर वह कब ऐसा करना बन्द कर देगा, आप कह नहीं सकते। दिल्ली के लिए भूख, गरीबी और पिछड़ापन एक आर्थिक समस्या है, एक बहस का विषय जिस पर अन्ततः योजना आयोग को विचार करना है। पर उस व्यक्ति के लिए जो परिवार को भूखा देख रहा है और कष्ट भोग रहा है, यह जिन्दगी और मौत का मामला है। सहन की एक सीमा पर जाकर लम्बी हड़ताल से बेकार मजदूर को दत्ता सामन्त और फर्नाण्डीज—दोनों एक ही विशाल डिजाइन के हिस्से लगने लगते हैं। प्रजातन्त्र की कितनी आपसी परेशानियाँ हों, पर आदमी का दर्द उसे उससे अलग और अकेला कर देता है।

आजादी के इतने वर्षों बाद सारी उत्तेजनाएँ नकली लगने लगी हैं। ये ढेर-ढेर नेता, पार्टियों के भरे हुए टोकने-के-टोकने सब लगता है एक ही सजावट के हिस्से हैं। सत्ताधारी हो या विरोधी, दोनों को अलग करती रेखा उतनी ही पतली है।

ऐसे में ये नेता क्या रह जाते हैं ? ये एक-दूसरे की छाया हैं। एक-दूसरे के प्रतिबिम्ब हैं। पूरा प्रजातन्त्र लगता है एक विशाल शीशमहल है। आईनों की बस्ती। कबीर ने माया में भ्रमित व्यक्ति के लिए एक बहुत अच्छी उपमा दी है—'जैसे स्वान काँच मन्दिर में भर्मित भूकि मर्‌यो।' शीशमहल में किसी को छोड़ दिया जाए तो वह जिधर देखेगा उसे अपना प्रतिबिम्ब ही नजर आएगा। वह बोलेगा, जवाब में उसकी छाया बोलेगी। जिस दिशा में घूमेगा, नजारा वही होगा। ऐसे ही पूरा जीवन बीत जाएगा। इतने वर्ष। प्रजातन्त्र के काँच-मन्दिर में। भर्मित घूमे। छाया-दर-छाया। नेता-दर-नेता। पक्ष या विपक्ष।

4

हम भ्रष्टन के भ्रष्ट हमारे

देश के आर्थिक नन्दन कानन में कैसी क्यारियाँ पनपी-सँवरी हैं भ्रष्टाचार की, दिन दूनी-रात चौगुनी ! कितनी डाल, कितने पत्ते, कितने फूल और लुक-छिपकर आती कैसी मदमाती सुगन्ध। यह मिट्टी बड़ी उर्वरा है, शस्य श्यामला, काले करमों के लिए। दफ्तर-दफ्तर नर्सरियाँ हैं और बड़े बाग जिनके निगहबान बाबू, सुपरिण्टेण्डेण्ट, डायरेक्टर। सचिव, मन्त्री। जिम्मेदार पदों पर बैठे जिम्मेदार लोग, क्या कहने, आई. ए. एस., एम. ए., विदेश रिटर्न, आजादी के आन्दोलन में जेल जाने वाले, चरखे के कतैया, गाँधी जी के चेले, बयालीस के जुलूस वीर, मुल्क का झण्डा अपने हाथ से ऊपर चढ़ानेवाले, जनता के अपने, भारत माँ के लाल, काल अँग्रेजन के, कैसा खा रहे हैं रिश्वत गप-गप। ठाठ हो गये सुसरी आजादी मिलने के बाद। खूब फूटा है पौधा सारे देश में, पनप रहा केसर क्यारियों से कन्याकुमारी तक, राजधानियों में, जिला दफ्तर, तहसील, बी. डी. ओ., पटवारी के घर तक, खूब मिलता है काले पैसे का कल्पवृक्ष, पी. डब्ल्यू. डी., आर. टी. ओ., चुंगी नाके, बीज गोदाम से मुंसीपाल्टी तक। सब जगह अपनी-अपनी किस्मत के टेण्डर खुलते हैं, रुपया बँटता है ऊपर से नीचे, आजू-बाजू। मनुष्य-मनुष्य के काम आ रहा है, खा रहे हैं तो काम भी तो बना रहे हैं। कैसा नियमित मिलन है, बिलैती खुलती है, कलेजी की प्लेट मँगवायी जाती है। साला कौन कहता है राष्ट्र में एकता नहीं, सभी जुटे हैं, खा रहे हैं, कुतर-कुतर पंचवर्षीय योजना, विदेश से उधार आया रुपया, प्रोजेक्टों के सूखे पाइपों पर 'फाइव-फाइव-फाइव' पीते बैठे हँस रहे हैं ठेकेदार, इंजीनियर, मन्त्री के दौरे के लंच-डिनर का मेनू बना रहे विशेषज्ञ। स्वास्थ्य मन्त्री की बेटी के ब्याह में टेलिविजन बगल में दाब कर लाया है दवाई कम्पनी का अदना स्थानीय एजेण्ट। खूब मलाई कट रही है। हर सब-इन्स्पेक्टर ने प्लॉट कटवा लिया कॉलोनी में। टाउन प्लानिंगवालों की मुट्ठी गरम करने से कृषि की सस्ती जमीन डेवलपमेण्ट में चली जाती है। देश का विकास हो रहा है भाई। आदमी चाँद पर पहुँच रहा है। हम शनिवार की रात टॉप फाइव स्टार होटल में नहीं पहुँच सकते, लानत है ऐसे मुल्क पर !

कहाँ पर नहीं खिल रहे भ्रष्टाचार के फूल। जहाँ-जहाँ जाती है सरकार, उसके नियम कानून, मन्त्री, अमला, कारिन्दे। जहाँ-जहाँ जाती है सूरज की किरन, वहीं-वहीं पनपता है भ्रष्टाचार का पौधा। खूब बॉटनी है इसकी, बड़ी फैली, ज्यॉग्रफी, मोटा इतिहास, निरन्तर निजी लाभ का अलजेब्रा, उज्ज्वल भविष्य, भारतीय नेताओं,

कर्मचारियों, अफसरों के हाथ में भाग्य रेखा के समानान्तर भ्रष्टाचार की नयी रेखा बन रही है आजकल। पालने में दूध पीता बच्चा सोचता है, आगे चलकर विधायक बनूँ या सिविल इंजीनियर, माल कहाँ ज्यादा कटेगा ? पेट में था जब अभिमन्यु, तब रोज रात भ्रष्ट बाप सुनाया करते थे, जेवरों से लदी माँ को अपने फाइलें दाब रिश्वत खाने के कारनामे। सुनता रहता था कोख में अभिमन्यु। कितना अच्छा है ना ! संचालनालय, सचिवालय के चक्रव्यूह में भतीजों को मदद करते हैं चाचा। लो बेटा, हम खाते हैं, तुम भी खाओ। मैं भी इस चक्रव्यूह में जाऊँगा माँ, आइस्क्रीम खाते हुए कहता है बारह वर्ष का बालक। माँ लाड़ से गले लगा लेती है, कान्वेण्ट, मिराण्डा में पढ़ी, सुघड़ अँग्रेजी बोलनेवाली माँ गले लगा लेती है होनहार बेटे को।

मन्त्रिमण्डलों में विराजते हैं भ्रष्टाचार के महाप्रभु, सबके सिर पर स्नेह का, अदृश्य हाथ फेरते हुए। चिन्ता न करो भाई ! 'हम भ्रष्टन के भ्रष्ट हमारे।' चारों तरफ लगता है हरा-भरा देश, विकास, ग्राण्ट, दौरे, भाषण, स्वागत। कुलाँचे भरते हैं यहाँ से वहाँ। आँगन में खेलते हैं, ठुमक-ठुमक चमचे, लाइसेंस के उम्मीदवार, पुराने यार आन्दोलन के जमाने के। मधुर मुस्कान लिये देखते हैं मन्त्री महोदय अपनी उपजाति के नवयुवकों को। भाई, जानता हूँ तुम्हारे लिए भी कुछ करना है। फोन लगाओ फलाँ को, मैं बात करूँगा, शायद तुम्हारे लिए कोई अच्छी जगह निकल आये उसके कारखाने में। हलो, हाँजी, हलो। हाँजी, अवश्य, अवश्य, आपकी जैसी आज्ञा !

गूँजती है, स्वरलहरी सारे देश में। तार जुड़ा है आपस में, यहाँ से वहाँ। पतली-पतली गलियों से बढ़ रहे हैं दबे पाँव लोग। फैल रहे हैं चूहे, सपनों के गोदाम में कुतर गये इरादे इस देश के। उपसमितियाँ, आयोग, जाँच, बयान, पटल पर रखी सड़ रही वास्तविकताएँ। अखबारों से निरन्तर आती है काले कारनामों की गन्ध। अर्थशास्त्र और राजनीति में भ्रष्टाचार का पॉल्यूशन। सफाइयाँ पेश करते हैं मुख्यमन्त्री अपने मन्त्रियों की और मन्त्री अपने अफसरों की और अफसर बाबुओं की। हल्की-हल्की गुर्राहट, खुसफुसाहट, वादे, बोतल समाप्त होने के उपरान्त के भावुक स्वर। कल जरूर कर देने के इरादे। अपढ़ माँ के अँग्रेजी छाँटते पूत, दवाई न मिलने पर मर गये बाप के लखपति बेटे, अँधेरे बार के कोने में कन्या से चहचहाते।

पूरी धरती पर छा गये काले व्यवसाय के बादल। भ्रष्ट अफसर खरीदता है खेत यानी फार्म, जिसे जुतवाता है कृषि विभाग का असिस्टेण्ट, ट्रेक्टर कम्पनी के एजेण्ट से कहकर, जहाँ लगता है मुफ्त पम्प और प्यासी धरती पीती है रिश्वतों का पानी, देती है गेहूँ, जो बिकता है काले बाजार में। सारे सागर की मसि करें और सारी जमीन का कागज फिर भी भ्रष्टाचार का भारतीय महाकाव्य अलिखित ही रहेगा। कैसी प्रसन्न बैठी है काली लछमी प्रशासन के फाइलोंवाले कमलपत्र पर। उद्योगों के हाथी डुला रहे हैं चँवर। चरणों में झुके हैं दुकानदार, ठेकेदार, सरकार को माल सप्लाई करनेवाले नम्र, मधुर, सज्जन लोग। पहली सतह जो हो, दूसरी सतह सुनहरी है। बाथरूम में सोना दाब

विदेशी साबुन से देशी मैल छुड़ाते सम्भ्रान्त लोग राय रखते हैं खास पॉलिटिक्स में, बहुत खुलकर बात करते हैं पक्ष और प्रतिपक्ष से। जनाब, जब तक गौरमिण्ट कड़ा कदम नहीं उठाती, कुछ नहीं होगा। देख नहीं रहे करप्शन कितना बढ़ रहा है। आप कुछ लेंगे, शैम्पेन वगैरह ! प्लीज, तकल्लुफ नहीं, नो फॉर्मेलिटी।

देखिए, जहाँ तक करप्शन का सवाल है, कहाँ नहीं है ! सभी देशों में है। भारत में तो काफी कम है। फिर सवाल यह है कि महँगाई कितनी बढ़ रही है। बेचारा मिडिल क्लास कहाँ जाये। तनख्वाह से तो गुजारा होता नहीं। मैं बीयर लूँगा।

आप ठीक कह रहे हैं। बैरा, दो बीयर। और सुनाइए कब सबमिट कर रहे हैं प्रोजेक्ट रिपोर्ट। हम बेसब्री से इन्तजार कर रहे हैं। हें-हें। यह आजकल जो नयी कैबरे गर्ल आयी है, बड़ी दुबली है।

प्रगति कर रहा है देश। मरकरी के नीचे पावडर लगाती सज रही हैं पार्टी के लिए बहुएँ, टाई कसते हुए सीटी बजा रहा है ऊँचे दहेज में मिला भ्रष्ट अफसर आई. ए. एस. दूल्हा। चीनी लड़कियों से बाल सेट करवा रही है कुलवधू, कालगर्ल के एजेण्ट से समय तय कर रहा है कॉरिडॉर में पत्नी की प्रतीक्षा करता कम्पनी का सुसंस्कृत पब्लिक रिलेशन अफसर। राशन और साबुन की क्यू में खड़े लोग रेडियो की दुकान से आता संगीत सुनते भीगते रहते हैं। रोज खुल जाते हैं दफ्तर, शो केस, रोज अपनी जरूरतों को कम करता जाता है साधारण आदमी। वही क्यू, वही मिलावट, वही भाषण !

झोपड़पट्टी के बाहर खेलते रहते हैं गन्दे काले बच्चे। इम्पाला में रविशंकर का लेटेस्ट एल. पी. खरीद लौटती हुई औरत सोचती है, ये लोग अपने बच्चों को स्कूल क्यूँ नहीं भेजते ? रेल के बाहर से खिड़कियों में हाथ फैला रोटी, बची हुई सब्जी या पाँच-दस पैसा माँगते हैं, गन्दे घिनौने भिखारी। एयरकण्डीशन कार में अपने टोस्ट पर मक्खन लगाता रेलवे केटरिंग को नापसन्द करता वह शरीफ आदमी आमलेट खाते सहयात्री से पूछता है राष्ट्रीय प्रश्न, ये लोग भीख क्यूँ माँगते हैं। कोई मेहनत-मजदूरी क्यों नहीं करते ? हर विषय में खास राय रखते हैं सभ्य जन। पॉलिटिक्स में दो टूक बात करते हैं सलाद पर नमक छिड़कते हुए। रिजर्व बैंक की पॉलिसी का विवेचन करते हुए क्लब के सम्भ्रान्त सदस्य कनखियों से नापते रहते हैं दूसरे की पत्नी की कमर। खूब मजा है इस देश में। कितना रंगीन और खुशबूदार है प्रगति का चित्र। नासिक और देवास के कारखाने छापते रहते हैं नोट। पेरिस, लन्दन, न्यूयार्क से रिसती रहती है विदेशी सहायता। खेलता है डनलपिलो पर लेटा बालक हांगकांग का खिलौना, रोजेज लगवाती है नये माली से मैडम खुद खड़ी हो गार्डन में, अन्दर साहब युवा आया को इशारे से स्टडी में बुलाता है। आगे बढ़ रहा है सुसंस्कृत देश। भ्रष्टाचार के नल, नाली, चहबच्चे, तालाब, नदी, सींच रहे हैं राष्ट्र का नया व्यक्तित्व। देश की आत्मा चुपके से खा रही है स्मगल की ऑस्ट्रेलियन पनीर और घिघिया कर देखती है काले धन से उठे समन्दर किनारे के आकाश छूते भवन ! प्रगति कर रहा है देश। जीभ लपलपाकर इधर-उधर

देख रहे हैं लोग। सबको अपना जीवन छोटा लगने लगा है। कहीं से जमे डोल। सेमिनार में जनसंख्या और गरीबी के सवाल पर आँकड़ों से लदा अँग्रेजी में लेख पढ़ होटल के कमरे में लौटता है विदेश से लौटा बुद्धिजीवी। दरवाजा खोल बैरा धीरे से पूछता है, साहब शौक करते हैं क्या ? लाऊँ, दो नयी आयी हैं। नेपालन या आप जो पसन्द करें। कितनी साफ बात कही थी उसने जनसंख्या के सवाल पर, खुद उपमन्त्री चाय के वक्त प्रशंसा कर रहे थे।

उज्ज्वल है देश का भविष्य। कौन कहता है, हम प्रगति नहीं कर रहे। आगे नहीं बढ़ रहे हर क्षेत्र में। प्रतिभा की कमी है इस देश में ! हमारी समस्या है, विकास के लिए पर्याप्त धन का अभाव। इसी कारण हमारी योजनाएँ पूरी नहीं हो पा रहीं। यदि थोड़े धन की व्यवस्था हम जुटा लें, तो बहुत तेजी से अन्य मुल्कों के बराबर आ सकते हैं।

ठीक कह रहे हैं आप। मेरे ख्याल से अब खाने का ऑर्डर दे दिया जाये। वॉट वुड यू लाइक टू हैव ? चिकन !

5

सन्त सीकरी में बड़े व्यस्त हैं

सुबह-सुबह सीकरी के होटल में उनके दर्शन हो गये। वे थे और उनके साथ एक सन्त और था। चाय पी रहे थे। मुझे देख चौंके। मुँह पर उभरती कड़वाहट को चौड़ी मुस्कान से रोका।

"कैसे आना हुआ प्रभु ?" मैंने प्रश्न मारा।

"ऐसे ही," आमलेट के प्याज के दाँतों में फँसे अंश को निकालते हुए बोले। फिर कनखी से दूसरे सन्त को देख मुस्कुराये। कहा, "ये खींच लाये। हमने सोचा चलो।"

प्रायः सीकरी में सन्तों का आना होता रहता है। ऐसा प्रश्न करने पर यही उत्तर मिलता है।

"कब आये ?"

"कल रात को।"

"कहाँ ठहरे हैं ?"

"इसी होटल में।" फिर स्वर में आत्मीयता लाते हुए कहा, "हमारा क्या है, कहीं डाल दो, पड़े रहेंगे।"

दूसरा सन्त इस पर गम्भीर हो गया। उन्हें मेरी ओर देख उसकी आँखें चढ़ गयीं। अर्थ यह था कि मुझ जैसे व्यर्थ के आदमी को ऐसी महत्त्वपूर्ण जानकारियाँ देना उचित होगा ? कब आये, कहाँ ठहरे हैं। कमरे में फिजूल की भीड़ लग जाएगी।

परिचय हुआ। दूसरे सन्त कुरुक्षेत्र के थे। प्रकाशक। भजनावली का एक सेट पिछले दिनों ही प्रकाशित हुआ। आगरा से निकलनेवाले 'पुस्तक मार्तण्ड' में मैंने उसका विज्ञापन देखा था। बात समझ में आयी। शहंशाह अकबर इन दिनों अपनी बादशाहत के पुस्तकालयों के लिए थोक खरीदी करते हैं। बीरबल और खानखाना चयन समिति में हैं, पर हुक्म अकबर का चलता है। इस मौसम में सीकरी की सड़कों पर भजन लिखकर पुस्तकें छपानेवाले सन्त प्रायः नजर आते हैं। सीकरी के दैनिकों में किसी संस्था की खबर या विज्ञापन छपते हैं : कीर्तन की एक शाम, फलाँ सन्त के नाम। प्रवचन होते हैं, बातचीत के सौम्य अखाड़े जमते हैं। कुल मिलाकर सन्त का बूढ़ा चोला पूरे मौसम मगन रहता है।

मैंने चाय पी। 'अभी तो आप हैं ना' किस्म का वाक्य कहा। 'फिर मुलाकात होगी' किस्म की आत्मीयता व्यक्त की और बाहर चला आया। सीकरी की साहित्यिक

सांस्कृतिक मण्डी में आम नागरिकों की यही भूमिका होती है।

पता लगता रहा कि सन्त अभी सीकरी में ही हैं। तपस्या की जितनी सुविधा इस राजधानी में उपलब्ध है, वह पूरे देश में अन्यत्र कहाँ ! इसमें शक नहीं कि सन्त आदरणीय हैं। एक जमाना था, उन्होंने बड़ा संघर्ष किया और बहुत सुन्दर भजन लिखे और गाये थे। उस जमाने में सभी साधु संघर्ष करते थे और भूखे पेट रहते थे। अब सब मलाई खा रहे हैं, तो वे भी खा रहे हैं। पर चाटने का अन्दाज वही है, जो संघर्षवाले काल में था। चेहरे पर भाव यही रहता है कि अन्य कुछ उपलब्ध न होने के कारण मलाई खा रहे हैं। कहना न होगा, शहंशाह को भजनावली का सेट पसन्द आया और इतनी अधिक प्रतियाँ क्रय की गयीं कि सन्त की अच्छी रॉयल्टी पक गयी। इसके अतिरिक्त दस परसेण्ट का कमीशन साथ आये प्रकाशक सन्त ने वचनानुसार दिया कि भजनावली का सेट सीकरी में अपने प्रभाव से बिकवा दो, तो दस परसेण्ट तुम्हारे। दूसरा सन्त धन्धा पूरा कर कुरुक्षेत्र लौट गया। शहंशाह के प्रवचनों के संकलन की पाण्डुलिपि श्री अब्दुर्रहीम खानखाना की भूमिका सहित उसे प्रकाशनार्थ मिल गयी। जाहिर है बड़ा ऑर्डर था। बहुत आग्रह पर सीकरी के सन्त वह होटल छोड़ बीरबल के अतिथिगृह में शिफ्ट हो गये।

'दीन इलाही' की एक पाक्षिक गोष्ठी में सन्त का स्वागत करते हुए शहंशाह अकबर ने कहा कि "सीकरी के लिए यह प्रीतिकर विस्मय की बात है कि सन्त यहाँ पधारे। उनके भजनों ने सदैव हमारे प्रशासन की आस्थाओं को दृढ़ किया और बृहत्तर मानव समाज की पीड़ा से हमें अवगत करा लाभान्वित किया है। उस पीड़ा के मूल में चाहे हम स्वयं क्यों न हों, पर न्यायालयों या थानों में प्रस्तुत शुष्क रपटों की बजाय कविता के माध्यम से समाज के दर्दों से परिचित होना हमारे लिए सदैव दिलचस्प और उत्तेजक अनुभव रहा है। हम सन्त का अभिनन्दन करते हैं और हमारी हार्दिक अभिलाषा है कि वे अब सीकरी में ही रहें और साधना करें। यदि हमारे निवेदन को वे स्वीकार करें, तो अपने दरबार के रत्नों में एक का इजाफा करते हुए हमें हार्दिक प्रसन्नता होगी। यदि अपने एकान्तप्रिय स्वभाव के कारण दरबार में रहना उन्हें सुखद प्रतीत न हो, तो मेरा एक और प्रस्ताव है। आप जानते हैं, सन्त रहस्यवाद के बड़े भारी ज्ञाता हैं। यदि वे चाहें, तो सीकरी विश्वविद्यालय में रहस्यवाद के अध्ययन के लिए एक 'कबीर-चेअर' की स्थापना की जा सकती है, जिस पर आप विराजें। यह हमारे बायें हाथ का खेल है। मैं चाहता हूँ कि सन्त अब सीकरी में ही रहें। उनकी उपस्थिति और मार्गदर्शन से वह काव्यानुशासन पुनः विकसित हो, जिसका विगत वर्षों में, कविता में निरन्तर अभाव अनुभव हो रहा है।

शहंशाह के आरम्भिक भाषण पर दीन इलाही की बैठक में उपस्थित फकीरों, साधुओं, भक्तों, नंगों, विद्वानों और बड़ी उम्र के युवा छोकरों ने तालियाँ बजायीं। मसखरे बीरबल ने अपनी बात एक लतीफे से शुरू की और दो टूक भाषा में कहा कि "सन्त

अब सीकरी में आ गये हैं। इन्हें जाने नहीं देना है। यहीं फँसा कर रखना है। कुछ लोग दुष्यन्तकुमार को त्यागी कहते हैं। यह त्यागी नहीं है। असली त्यागी हमारे ये सन्तजी हैं। संसार त्यागने से कोई त्यागी नहीं हो जाता। अपनी प्रिय वस्तु त्यागने से त्यागी होता है। सन्त को जंगल प्रिय है। एकान्त में रहना प्रिय है। सीकरी की खातिर वे उसका त्याग करेंगे। हमारी खातिर करेंगे। उनके बलिदान की कद्र होनी चाहिए। ये शहंशाह हैं। कद्र करना जानते हैं।

"सीकरी में और भी सन्त हैं। सभी त्यागी हैं। सन्तजी को यहाँ रहकर खुशी होगी। कुछ लोग सन्तों के सीकरी में रहने का मजाक बनाते हैं। मैं उनके दृष्टिकोण को प्रगतिशील नहीं मानता। उसका विरोध होना चाहिए। कुम्भनदास मस्खरे हैं। यह शर्म की बात है कि वे सीकरी में आनेवालों को सन्त नहीं मानते। सीकरी में सन्तों को सम्मान मिलता है। पैसा मिलता है। कुम्भनदास के बाप का इसमें क्या जाता है ? गाँठ में पैसा न होगा, तो सन्त साधना कैसे करेगा ? खुद कुम्भनदास भजन गाने के बाद सेठों से पैसा लेते हैं। बम्बई भजन गाने क्यों गये ? सागर क्यों नहीं गये ? हम सब जानते हैं। कुछ आलू हैं, कुछ कद्दू हैं। सीकरी के बाहर बिकने से कद्दू आलू नहीं हो जाता। सीकरी में बिकने से आलू कद्दू नहीं हो जाता, इस द्वन्द्व को समझना चाहिए। लोगों ने मार्क्स नहीं पढ़ा। मैंने पढ़ा है, इसलिए कहता हूँ। शहंशाह क्या करें ? दीन इलाही समाप्त कर दें ? आलू नहीं खरीदें ? यह सब चलते रहना चाहिए। दीन इलाही प्रतिक्रियावादियों के खिलाफ एक मोर्चे की तरह इस्तेमाल होना चाहिए। शहंशाह प्रगतिशील हैं, क्योंकि वे प्रगतिशीलों के हिमायती हैं। सीकरी में तो सबका सम्मान होता है। साधुओं का, गायकों का, वेश्याओं का, विचारकों का, हीजड़ों का, समीक्षकों का, जो सम्मान के योग्य हैं, उन्हें सम्मान मिलना चाहिए। सन्तजी यहीं रहें। हम उनका सम्मान करते हैं। जंगल में रहने से कुछ नहीं होगा। जंगल भी शहंशाह का है।"

बीरबल के भाषण के बाद जोरदार तालियाँ बजीं। अन्त में सन्त बोले। कहने लगे, "मुझे सीकरी का वातावरण अच्छा लगा। खासतौर से यहाँ की पहाड़ियाँ। मैं कई दिनों से यहाँ हूँ। सूर्यास्त की बेला में उन पहाड़ियों पर चढ़ना चाहता हूँ, पर इधर टखनों में दर्द रहने लगा है। लम्बी तीर्थयात्राओं के बाद यह थकन स्वाभाविक ही है। आप सबका स्नेह मुझे यहाँ खींच लाया। यहाँ कब तक रहूँगा, कह नहीं सकता। बहुत काम हैं। भक्ति काव्य की विरह वेदना के सामाजिक पक्ष पर एक पुस्तक लिखने का विचार कब से मन में बन रहा है। सन्त काव्य की रचना-प्रक्रिया पर कुछ सामग्री बटोरी है। वह काम भी करना है। आपके शहंशाह ने मुझसे सीकरी रहने का आग्रह किया। देखिए, क्या कुछ बनता है। बीरबल भाई मेरे पुराने मित्र हैं। शहंशाह की सेवा में आने के पूर्व से वे विचार-यात्रा में मेरे साथी रहे हैं। अब भी उनमें कुछ नहीं बदला है। सीकरी का वातावरण मुझे अच्छा लगा। यहाँ के कीर्तनकारों में समर्पण के साथ आवेश भी है, इसलिए यहाँ के भजन हमें उत्तेजित भी करते हैं। इधर भजनों में कुछ प्रयोग

मैंने भी किये हैं। उसके परम्परागत ढाँचे को तोड़ा है। इतना कहूँगा कि मेरे पदों में प्रभु के रूप में शहंशाह और प्रभु की सत्ता के रूप में शहंशाह के साम्राज्य का जो चित्र वर्षों से रहा है, वह दिन-प्रतिदिन निखरा ही है, धूमिल नहीं हुआ। शहंशाह के रूप में मैं उसी परम शक्ति की निकटता का अनुभव करता हूँ।''

युवा फकीरों के आग्रह पर सन्त ने अपने दो पद भी सुनाये। बैठक का विस्तृत विवरण 'अकबरी चेतना' में विस्तार से प्रकाशित हुआ।

कहना न होगा कि आजकल सन्त सीकरी में हैं और व्यस्त हैं। 'सन्त सर्वस्व' तीन भागों में छप गया है और थोक में खरीदा जा चुका है। इसके अतिरिक्त सन्त दो-तीन पुरस्कार भी झाड़ चुके हैं। कुछ सांस्कृतिक आयोजनों की कमेटी में मार्गदर्शक सहायक हैं। दीन इलाही के प्रमुख हैं। कबीर पीठ की स्थापना हो गयी। रहस्यवाद की साधना के लिए शहंशाह अकबर ने सन्त को सिविल लाइन्स में बँगला अलॉट कर दिया है। कभी-कभी चाबी माँग लेते हैं। ऐसे समय में सन्त पहाड़ियों की ओर घूमने निकल जाते हैं। सन्त के महत्त्व पर बुलन्दशहर और सीकरी में दो आयोजन हो चुके हैं। 'अकबरी चेतना' का एक पूरा अंक सन्त के भजनों पर चर्चा और सन्त के साथ हुई स्थानीय लड़कों की बातचीत के साथ प्रकाशित हुआ है, सन्त के भिन्न मुद्राओं में बने रेखाचित्रों सहित। सन्त सीकरी में प्रसन्न हैं। बीच में कुछ दिनों बीमार रहकर स्पेशल वार्ड में मजे लूट आये। वहीं थे, तब शहंशाह को केन्द्र में रख बहुत सुन्दर दो भजन लिखे। बहुत दिनों सम्मानादि नहीं मिलता, तो मिलनेवालों से कहने लगते हैं कि अब सीकरी से मन उचटने लगा है। शहंशाह उनके लिए कोई नयी सुविधा उत्पन्न कर देते हैं। रुक जाते हैं। बैंक में एक सेविंग एकाउण्ट खोल लिया है। चेले शिकायत करते थे, ''आपको पैसा सँभालना नहीं आता,'' उनके आग्रह पर।

मैं कभी-कभी सन्त से मिलने चला जाता हूँ। सीकरी में रहना है, तो सरकारी सन्तों और फकीरों से सम्बन्ध मधुर रखने चाहिए। कुछ अन्दर-बाहर की खबरें मिल जाती हैं। उस दिन मैंने पूछा, ''कहो गुरु, इस बार संगीत का पुरस्कार किसे दिला रहे हो?''

''हमें का पता ? हमें का लेनो-देनो संगीत से ?''

''छुपाओ मत गुरु। आपकी मर्जी के बिना पैलेस का पत्ता नहीं खड़कता, आपको सब पता रहता है।''

''शहंशाह की मर्जी तो तानसेन को देने की है। कमेटी निर्णय लेने को स्वतन्त्र है, पर उनसे अलग थोड़े जाएगी।''

''बैजू बावरे को मिलना चाहिए। लोगों का यही खयाल है।''

''लोकप्रियता का आतंक शहंशाह पर नहीं चलता। संगीत के असल पारखी हैं वे। बैजू के भाव बहुत बढ़ रहे हैं। वे पत्ती काटना जानते हैं।'' सन्त बोले।

दूसरे दिन मैंने खबर को सीकरी में फैला दिया। लोगों को विश्वास नहीं हुआ, पर

जब घोषणा हुई कि इस वर्ष का शिखर सम्मान तानसेन को दिया जाएगा, तो सब मान गये कि मेरी खबर पक्की थी।

कुल मिलाकर सूचना यह है कि सन्त सीकरी में मजे लूट रहे हैं। एक चित्रकला की छात्रा से उनके अनैतिक सम्बन्धों की भी अफवाह है, पर वह झूठ है और जलनेवालों ने उड़ायी है। स्वास्थ्य में सुधार हुआ है, कुण्ठाएँ कम हुई हैं। मुझे लगता है, अब वे जिन्दगी भर सीकरी छोड़नेवाले नहीं हैं।

6

बसस्टैण्ड का भिखारी

कुछ भिखारी ऐसे होते हैं, जिनकी शकल देखकर दस पैसा देने की तबीयत नहीं करती। उन्हें देख लगता है कि ये भिखारी के अतिरिक्त कुछ हो सकते थे, पर हुए नहीं। न वे अपंग होते हैं, न रोगी। न दुबले, न दीनहीन। अनिवार्य कुचैला बाना धार वे अपने भिखारी होने की सूचना देते माँगते रहते हैं। वे आपके सामने हाथ फैलाते हैं। यह हाथ झापड़ का एवजी प्रतीत होता है। आप मुँह मोड़ लेते हैं, क्योंकि वह व्यक्ति भीख माँगनेवालों के करुण संसार का सदस्य नहीं लगता। बेशर्मी का एक स्थायी भाव उसके चेहरे पर रहता है। दारू पीने के लिए चन्दा माँगनेवालों की तरह।

एक ऐसे ही व्यक्ति को मैं अपने होटल की गैलरी से रोज देखता हूँ। सामने बसस्टैण्ड है, जहाँ कुछ नियमित और अनियमित टूरिस्ट बसें मैंगलौर से पंजिम जाते हुए ठहर जाती हैं। होटल के नीचे के भाग में वेजीटेरियन और नॉन वेजीटेरियन भोजन के दो हॉल हैं। सस्ते काजू के पैकेट्स, नारियल पानी और पान का बीड़ा बेचनेवालों की दुकानें हैं। वह भिखारी अलस्सुबह से देर रात तक वहीं मँडराता रहता है। सुबह उठ कुनकुनी धूप से अपनी अधखुली आँखों का सम्बन्ध जोड़ने जब मैं गैलरी में आता हूँ, उसे भीख माँगते देख मेरे मन में एक किस्म की खिन्नता भर जाती है। तब से सारा दिन मुझे वह बस की खिड़कियों और बाहर घूमते यात्रियों के सामने हाथ फैलाये दिखाई पड़ता है। वहीं एक भिखारिन भी है, जिसके हाथ पर मैं जरूर रोज कुछ चिल्लर रख देता हूँ। उसके पैर घुटने से ऊपर कटे हुए हैं और एक जगह से दूसरी जगह जाने के लिए उसे विचित्र प्रकार से स्वयं को घसीटना पड़ता है। उसे घिसटना कहना शायद गलत होगा। वह कूल्हे के बल हलके-हलके उछलती हुई आगे बढ़ती है, तो अपने फैले हुए धूलिया पेटीकोट के कारण वह घिसटती-सी लगती है।

मैं सोचता था कि यह किसी ऐसे एक पटिये पर क्यों नहीं बैठ जाती, जिसमें छोटे-छोटे पहिये लगे हों। यह हाथ के सहारे पटिये को आगे ठेल तेजी से आगे बढ़ सकती है। पर समस्या यह थी कि विकसित टेक्नालॉजी भीख माँगने की प्रक्रिया में कैसे सहायता पहुँचा सकती है, इस पर मैं उसे नहीं समझा सकता था। वह शायद मैंगलौरी झुकाव की कन्नड़ बोलनेवाली होगी। मैंने तो उसे हमेशा चुप ही देखा। वह हाथ उठा भर देती, तो भाषा की तमाम आवश्यकता गैर-जरूरी हो जाती। उसे भीख रह-रहकर मिल जाती। वह बसों के पास नहीं जाती। वह घिसटती-उछलती पहुँच भी

जाये, तो बस में बैठे आदमी की नजर उस पर नहीं पड़ सकती थी। फिर एक दिन मैंने गौर किया कि पूरे बसस्टैण्ड का धरातल ऊबड़खाबड़ है और भीख माँगने के ऐसे कार्यक्षेत्र में विकसित टेक्नालॉजी के चातुर्य का प्रदर्शन करने की कोई आवश्यकता नहीं। यों भी इस छोटी-सी बात के लिए दक्षिण भारत की भिखारिन को बाहरी टेक्निकल जानकार की जरूरत नहीं।

वह भिखारी बड़ा मुस्तण्डा था। लगातार भीख माँगते-माँगते गरदन में झुकाव आने के अतिरिक्त उसके शरीर में कोई विकृति नहीं थी। जब भी बस आती, वह उछलता हुआ-सा उसकी ओर बढ़ता और लगातार शक्लों का मुआयना कर भीख माँगता रहता। उस दिन पता नहीं कैसे, अखबार में भारत को 'प्रदत्त' आर्थिक सहायता की खुशखबर शैली में लिखित समाचार को पढ़ते हुए मेरा ध्यान बसस्टैण्ड के उस भिखारी की ओर चला गया। वह उसी उत्साह और कर्त्तव्यनिष्ठा से एक नयी आयी बस के सामने भीख माँग रहा था, जिस उत्साह से आजादी के इतने वर्ष बीतने के बाद हमारा देश आर्थिक सहायता माँगा करता है। आर्थिक सहायता माँगने, लेने, उस सम्बन्ध में कोशिश करने, मंसूबे बाँधने, तिकड़म जमाने की खबरें रोज ही पढ़ने को मिलती हैं। लगा रहता है भारत चौबीस घण्टे किसी पराये देश की जेबें ढीली करवाने में। हमें दो। पहले दिया था, फिर थोड़ा और दो। ज्यादा दो, कम दो, मगर दो। दान दो। दान न हो सके, तो कर्ज दो। बिन ब्याज का दो, चाहे ब्याज का दो, पर हमें दो। दो इसलिए कि हम भारत हैं। भारत को दिया जाना चाहिए। अगर आप अमरीकी हैं तो दो, रूसी हैं तो दो, अरब के हैं तो दो, फ्रांस के हैं तो दो। आप जो भी हैं, हमें दो। बसस्टैण्ड का भिखारी, बस किस दिशा में आ रही है, यह नहीं देखता। उससे इसे मतलब भी नहीं। बस है, तो भीख उसका हक है, कर्म है, नीति है। वह माँगेगा।

और बसें हैं कि कम्बख्त लगातार एक के बाद आती रहती हैं। भिखारी है कि उसे भीख माँगने से फुरसत नहीं कि एक क्षण को सुस्ता तो ले। आजादी के फौरन बाद से लगातार माँग रहा है—बसस्टैण्ड का भिखारी—मेरा देश।

अचानक आ जाती है बस और लपक पड़ता है मुस्तण्डा। कुवैत का रईस कटोरे में डालकर लौटा भी नहीं कि फ्रांस का प्रधानमन्त्री आ गया। उससे कुछ झटका कि तभी पता लगा कि गरीब देशों को सहायता बाँटने की मीटिंग हो रही है अमरीका में। लपके उधर कटोरा हाथ में लेकर और मार लाये, जितना मिला। तभी खबर पड़ी कि वर्ल्ड बैंक कुछ गिरह ढीली करना चाहता है। दौड़े उस तरफ कि विकास के नाम पर हमें भी कुछ मिल जाये। चैन नहीं भारतीय आत्मा को। बसस्टैण्ड का भिखारी हो गया है भारत। सब कुछ है, हो सकता है, मगर चैन नहीं। हमें भीख दो, क्योंकि हमें करोड़पति होना है। सोनी के रंगीन टी. वी. और मेकअप का विदेशी सामान खरीदना है। हमें कर्ज दो, सहायता दो, ताकि हम खाली कमरोंवाले महँगे होटल बना सकें। हम जो भी करें, तुम्हें इससे क्या मतलब ? तुम तो सिक्का डालो फौरन कटोरे में। फिजूल

हमारा वक्त मत बरबाद करो। हमें और भी जगहों पर भीख माँगनी है।

बसस्टैण्ड का भिखारी हो गया है यह देश। उस मुस्तण्डे को माँगते देख, जो खिन्नता मेरे मन में घिर आती है, वही अखबार में रोज सहायता या कर्ज माँगने की खबरें पढ़कर भी घिर आनी चाहिए। कब थकेगा बसस्टैण्ड का यह भिखारी माँगते हुए। कब तक उस सही अपंग लड़की का अधिकार छीनता रहेगा। आजादी के कितने साल बीत गये। कब शर्म आयेगी मुस्तण्डे को !

सरकार का जादू

जादूगर मंच पर आकर खड़ा हो गया। उसने नमस्कार, सलाम और गुड इवनिंग कहा, फिर एयर इण्डिया के राजा की नम्र मुद्रा में झुका, उठा और अपनी दर्शन मोहिनी मुस्कान का प्रदर्शन करने के बाद कहने लगा, "देवियो और सज्जनो, हम जो प्रोग्राम आपके सामने पेश करने जा रहे हैं, वह हमारे मुलुक का, हमारे देश का प्रोग्राम है जो बरसों से चल रहा है और मशहूर हुआ है। अभी तक लाखों लोगों ने इसे देखा है और इसकी तारीफ की है। देवियो और सज्जनो, यह हमारे मुलुक का प्रोग्राम है, आप देखिए और हमें अपना आशीर्वाद दीजिए।" इतना कहकर जादूगर फिर उसी नम्र मुद्रा में झुका और जब उसने झटके से सिर उठाया, जोरदार पार्श्वसंगीत बजने लगा और खेल चालू हो गया।

"फर्स्ट आयटम ऑफ दि प्रोग्राम : अप्लीकेशन टू द गवर्नमेंट, सरकार कू दरखास्त!" जादूगर ने कहा और बायाँ हाथ विंग्स की तरफ उठाया कि दो लड़कियाँ वहाँ से निकलीं। उनके हाथों में स्टूल और बन्द डिब्बे थे। एक डिब्बे पर लिखा था आवक और दूसरे पर जावक। लड़कियों ने जादूगर के दोनों ओर स्टूल रख दिये, उन पर डिब्बे जमा दिये और पीछे खड़ी हो उस आश्चर्य-मिश्रित मुस्कराहट से देखने लगीं जैसे जादूगर की सहायिकाएँ देखती हैं। जादूगर ने सबको दिखाया कि डिब्बे खाली हैं।

"सरकार कू दरखास्त ! आवक का डिब्बा में दरखास डालेंगा तो जावक का डिब्बा में जवाब मिलेगा। मिलेंगा तो मिलेंगा आदरवाइज नई भी मिलेंगा। अप्लाय अप्लाय नो रिप्लाय।" जादूगर ने कहा और तभी विंग्स से एक व्यक्ति अनेक आवेदन-पत्र लेकर आया और उसने जादूगर के हाथों में थमा दिये। जादूगर ने दर्शकों की ओर देखा और कहा, "आरे आज बहुत सारा दरखाश है। हाम इसकू गोबरमेण्ट को भेजता है," इतना कहकर उसने आवक के डिब्बे में एक-एक कर आवेदन-पत्र डालने शुरू कर दिये। फिर डिब्बे को बन्द कर दिया। यह सारा काम उसने पार्श्वसंगीत की एक लहर के साथ किया। उसने डिब्बे को बन्द किया और जादू की छड़ी घुमायी। फिर आवेदन-पत्र लानेवाले से बोला, "तुम इदर काय कू खड़ा है ?"

"अप्लीकेशन का जवाब माँगता है सर !"

"ओ, आवक में दरखास डालेंगा तो जावक में जवाब आयेंगा। इधर देखो।"

वह व्यक्ति जावक का डिब्बा देखता है। वह भी खाली है।

"ओय, गोबरमेण्ट ने जुवाब नईं दिया। इधर आवक में देखो फारवर्ड हुआ कि नईं ?"

आवक के डिब्बे से भी सारे आवेदन-पत्र गायब हो चुके हैं।

"सारा आप्लीकेशन किदर गिया ?"

"किदर गिया ?"

"किदर गिया ?"

"किदर गिया ?"

जादूगर और आवेदन करनेवाले के चेहरे पर हैरानी-परेशानी के नकली भाव हैं।

"कोई बात नईं, फिर से अप्लाय करो। नया दरखास लगाओ।" जादूगर बोला।

वह व्यक्ति अन्दर जाकर फिर कुछ आवेदन-पत्र लाया। जादूगर ने उसे सबको दिखाकर आवक से डिब्बे में बन्द किया, छड़ी घुमायी। फिर डिब्बा खोला तो सारे आवेदन-पत्र गायब थे। फिर उसने जावक के दाहिने हाथ की ओर रखा डिब्बा खोला और देखा कि सारे आवेदन-पत्र आवक से गायब होकर जावक में आ गये थे मगर उन सब पर अब 'रिजेक्ट' लिखा हुआ था। जादूगर ने सारे आवेदन-पत्र उस व्यक्ति को लौटा दिये।

"ये साब आप्लीकेशन तो रिजेक्ट हो गिया।" व्यक्ति ने करुण स्वर से कहा।

"क्या बतायेंगा, इण्डिया गोबरमेण्ट, गरीब का आप्लीकेशन रिजेक्ट नईं होयँगा तो क्या होयँगा।" जादूगर हँसकर बोला।

दूसरा व्यक्ति सिर लटकाकर जाने लगा। जादूगर ने उसे बुलाया और कान में एक बात कही। वह व्यक्ति तेजी से अन्दर गया, कुछ आवेदन-पत्र, पिन की डिबिया और नोट की गड्डी लेकर आ गया। उसने हर आवेदन-पत्र से पिन लगाकर कुछ नोट नत्थी किये और जादूगर को दिये। जादूगर ने उन्हें आवक के डिब्बे में रखा और छड़ी घुमायी। डिब्बे को खोला, आवेदन-पत्र गायब थे। दूसरा जावक का डिब्बा खोला, आवेदन सारे वहाँ आ गये थे। मगर उनसे रुपयों के सारे नोट निकल चुके थे। लेकिन इस बार सारे आवेदनों पर लिखा था 'सैंक्शन'।

"कांग्रेचुलेशंस, तोमारा सारा आप्लीकेशन सैंक्शन हो गिया।" जादूगर ने कहा और दर्शकों की ओर नम्र मुद्रा में झुका। दर्शकों ने तालियाँ बजायीं। जादूगर बोला, "आप्लीकेशन टु द गोबरमेण्ट, सरकार कू दरखास्त !" और संगीत जोर से बजने लगा। लड़कियों ने स्टूल और डिब्बे उठाये और अन्दर चली गयीं। वह व्यक्ति भी चला गया।

"नेक्स्ट आयटम ऑफ दि प्रोग्राम : करप्शन ऑफ इण्डिया—भारत में भ्रष्टाचार।" जादूगर ने घोषणा की और वह मंच के दाहिने कोने पर आया जहाँ एक छोटी टेबल पर रुपयों से भरी एक थैली रखी थी। जादूगर ने थैली उलटायी और रुपये नीचे रखे डिब्बे में गिरने लगे।

"ये करप्शन की, भ्रष्टाचार की थैली है भाई साहब, इसका रुपया कभी खतम नहीं होगा। थैली पर नजर रखिए साहबान, इसका रुपया कभी खतम नहीं होगा।" इतना कहने के बाद जादूगर ने उस थैली से, जिसमें से सारे रुपये निकल चुके थे, नये सिरे से उतने ही और रुपये निकालकर दिखा दिये और थैली वहीं रख दी।

"करप्शन कभी खत्म नहीं होगा, थैली कभी खाली नहीं होगी। थैली पर नजर रखिए साहबान !" जादूगर बोला, झुका और उसने घोषणा की—"नेक्स्ट आयटम ऑफ दि प्रोग्राम : टूरिज्म इन इण्डिया—भारत की सैर !"

संगीत जोर से बजने लगा। लड़कियाँ इस बार मन्दिर के आकार का हल्की लकड़ी का ढाँचा उठाकर लायीं जिसके चारों दरवाजों पर रंगीन पर्दे लगे हुए थे और एक व्यक्ति उसमें सीधा खड़ा हो सकता था। जादूगर ने पर्दे हटाकर दर्शकों को बताया कि मन्दिर खाली है। तभी गोरी चमड़ी का एक सूट-बूटधारी शख्स सूटकेस ले विंग्स से आया।

"गुड इवनिंग सर, क्या माँगता है ?" जादूगर ने उससे पूछा।

"इण्डिया विजिट करना माँगता।"

"वेलकम, वेलकम, सुवागत है आपका।" जादूगर ने झुककर कहा और मन्दिर का एक परदा हटा दिया। विदेशी व्यक्ति उसमें प्रवेश कर गया। जादूगर ने परदा गिरा जादू की लकड़ी घुमायी। विदेशी बाहर आया। उसके हाथ में सूटकेस नहीं था।

"सर आपका सूटकेस किदर गया ?" जादूगर ने पूछा।

"बनारस में चोरी चला गया।"

"वेरी सॉरी सर।" कहकर जादूगर ने मन्दिर का दूसरा परदा उठा दिया।

विदेशी अन्दर घुसा। जादूगर ने परदा डाल जादू की लकड़ी घुमायी विदेशी फिर बाहर निकला। इस बार उसके बदन पर कोट नहीं था।

"सर आपका कोट किदर गिया ?" जादूगर ने पूछा।

"आगरा में बेचकर होटल का बिल पेमेण्ट किया।"

"वेरी गुड सर।" जादूगर ने मन्दिर का तीसरा परदा उठाया और विदेशी फिर अन्दर घुस गया। जादूगर ने छड़ी घुमायी और इस बार जब विदेशी बाहर आया वह सिर्फ एक पतलून पहने था।

"आपका कोमीज किदर गिया सर ?"

"तुमारा इण्डिया का एक होली मैन साधु ने हमसे ले लिया।"

"वेरी फाइन सर।" जादूगर ने कहा और मन्दिर का चौथा परदा उठाया। इस बार जब विदेशी मन्दिर से बाहर निकला, उसके शरीर पर पतलून भी नहीं था और वह 'विजिट इण्डिया' का पोस्टर लपेटे हुए था।

"वेरी सॉरी सर, आपका पतलून किदर गिया ?"

"उसकू बेचकर हमने अपना कण्ट्री रिटर्न होने का टिकट खरीद लिया।"

गुड बाइ सर, विजिट इण्डिया अगेन, फेर को तोशरीफ लाइए।"

विदेशी व्यक्ति पोस्टर से बदन लपेटे विंग्स में चला जाता है। लड़कियाँ मन्दिर के सारे पर्दे उठाकर बताती हैं कि सूटकेस या उसके कपड़े आदि वहाँ नहीं हैं। जादूगर नम्र मुद्रा में झुकता है। दर्शक तालियाँ बजाते हैं।

"नेक्स्ट आयटम : करप्शन ऑज इण्डिया—भारत में भ्रष्टाचार।" की घोषणा करता हुआ जादूगर फिर उस थैली के पास पहुँचता है, जिसे वह खाली कर आया था। भ्रष्टाचार की खाली थैली भर गयी है अब तक। जादूगर उसे उलटता है, रुपया निकलकर नीचे डिब्बे में गिरता है।

"भ्रष्टाचार कभी खतम नई होयेंगा साहेब, थैली कभी खाली नई होयेंगा। थैली पर नजर रखिए साहबान।" जादूगर कहता है। और अपनी जगह लौटकर नये कार्यक्रम की घोषणा करता है—फॉरेन पालिसी : अमारा विदेश-नीति।"

लड़कियाँ स्टूल पर एक लकड़ी का बड़ा-सा डिब्बा रख देती हैं। जादूगर दर्शकों को बताता है कि डिब्बा सब तरफ से खुलता है।

"ये फॉरिन पालिसी—विदेश-नीति है साहबान, डिब्बा सब बाजू से खुलता है। इस बाजू से अमरीका से बात करेंगा। इस बाजू से रूस से बात करेंगा। इदर से इंग्लैण्ड से बात करेंगा। इदर से फ्रांस से बात करेंगा। डिब्बा सब बाजू से खुलता है।" जादूगर डिब्बा बन्द कर देता है। फिर कहता है, "साहबान, ये हमारा फॉरिन पालिसी है। अब हम देखेंगा कि उसमें क्या-क्या है ?"—वह जादू की लकड़ी घुमाता है, डिब्बे को खोलता है और उसमें से कबूतर निकालता है।

"कबूतर, पीस डोव, शान्ति का पाखी। हमारा कण्ट्री सबसे पीस चाहता है।" जादूगर फिर डिब्बे में हाथ डालता है और एक कटोरा निकालता है। दर्शकों को बताकर कहता है, "ये फॉरेन एड —विदेश की मदद—का कटोरा है साहबान।" वह कटोरा लड़की को देता है और बोलता है, "अमरीका का वास्ते," फिर डिब्बे में हाथ डालकर एक और कटोरा निकालता है—"रूस का वास्ते !" फिर एक और कटोरा—"कनाडा का वास्ते," फिर एक और—"फ्रांस का वास्ते !" और इसी तरह वह देशों का नाम लेता जाता है और विदेश-नीति के उस छोटे से खाली डिब्बे से सहायता के लिए कटोरे निकलते जाते हैं।

दर्शक तालियाँ बजा रहे हैं। कटोरे निकलते जा रहे हैं।

"नेक्स्ट आयटम ऑफ दि प्रोग्राम : इकॉनामिक्स ऑफ इण्डिया—भारत का अर्थशास्त्र।" जादूगर ने कहा और लड़कियों ने उसकी दोनों ओर दो बड़े टेबल रखे जिन पर दो बड़े डिब्बे रखे गये। एक पर लिखा था : सार्वजनिक क्षेत्र और दूसरे पर निजी क्षेत्र। दोनों डिब्बे खोलकर दिखाये गये। वे खाली थे। लड़कियाँ दो मुर्गियाँ लेकर आयीं। जादूगर ने एक मुर्गी सार्वजनिक क्षेत्र के डिब्बे में रखी और दूसरी निजी क्षेत्र के। जादू की लकड़ी घुमायी और सबसे पहले निजी क्षेत्र का डिब्बा खोला। मुर्गी

बाहर आयी और उसके बाद जादूगर ने दस ताजे अण्डे निकालकर दिखाये। दर्शकों ने तालियाँ बजायीं। उसके बाद जादूगर ने सार्वजनिक क्षेत्र का डिब्बा खोला। वहाँ से मुर्गी भी गायब थी। कुछ नुचे हुए पंख मिले।

''आय, अण्डा मिलना तो दूर इदर पब्लिक सेक्टर का मुर्गी भी साफ हो गिया।''

जादूगर ने इस बार पाँच अण्डे सार्वजनिक क्षेत्र के डिब्बे में और पाँच अण्डे निजी क्षेत्र के डिब्बे में रखे। डिब्बों को बन्द किया और जादू की लकड़ी घुमायी। डिब्बों को खोला तो निजी क्षेत्र के पाँच अण्डे गायब थे, मगर उनकी जगह पाँच चूजे बाहर आये। सार्वजनिक क्षेत्र के डिब्बे से पाँच अण्डे गायब थे मगर चूजा नहीं निकला।

''कैसा है पब्लिक सेक्टर साहबान, मुर्गी भी गायब हो गिया, अण्डा रखा तो अण्डा भी गायब हो गिया। थोड़ा जाँच—इंक्वारी करना होगा।'' जादूगर मंच से उतरा। सामने की पंक्ति में बैठे एक मिनिस्टर साहब की जेब से एक अण्डा निकालकर दिखाया। कुछ दूर एक आई. ए. एस. अधिकारी बैठे थे, उनकी नाक से अण्डा टपकाकर निकाला। थोड़ी दूर पर एक ट्रेड यूनियन नेता बैठे थे, उनकी टोपी उठाकर अण्डा उसमें से निकाला। एक इंजीनियर की बगल से निकाला। एक बाबू की जेब से निकाला।

''ये वो पाँच अण्डा है साहबान जो पब्लिक सेक्टर से गायब हो गिया था। हाम नहीं पकड़ता तो साब उसका आमलेट बनाकर खा जाता।'' जादूगर ने कहा और दर्शकों ने तालियाँ बजायीं।

''नेक्स्ट आयटम ऑफ दि प्रोग्राम : करप्शन ऑफ इण्डिया—भारत में भ्रष्टाचार। थैली पर नजर रखिए साहबान। यह करप्शन का थैली है। इसका रुपया कभी कम नहीं होता।'' जादूगर ने मंच के कोने पर रखी थैली को फिर उलटा और उससे रुपया निकलने लगा।

''करप्शन कभी खतम नईं होयँगा साहबान।'' जादूगर ने कहा और नयी घोषणा की, ''स्मगलर्स पैरेडाइज—तस्करबाजों का स्वर्ग।''

लड़की ने जादूगर के हाथ में एक थैला दिया। जादूगर ने दर्शकों को बताया कि वह खाली है। तभी विंग्स से पुलिस की पोशाक में एक व्यक्ति दाखिल हुआ।

''ऐ, थैले में क्या है ? स्मगल का सामान ?'' पुलिसवाले ने पूछा।

''कुछ नहीं है। हवलदार साब !'' जादूगर ने खाली थैला दिखा दिया।

पुलिसवाला चला गया। दूसरी ओर से एक व्यक्ति ने प्रवेश किया। जादूगर ने पूछा, ''स्मगल का माल खरीदेंगा साब, वाच घोड़ी, सेवण्टीन ज्वेल, नायलान, सूटपीस, ब्लेड, जो माँगेगा हम देंगा।'' और फिर जादूगर ने उसी खाली थैले से घड़ियाँ निकालकर देना शुरू कर दिया। हर बार वह हाथ डालता और घड़ियाँ निकालता। खरीदनेवाला उन्हें लेता जाता। पुलिसवाला फिर आया। जादूगर ने दिखा दिया कि थैला खाली है। वह चला गया। अब जादूगर तस्करी का और सामान थैले से निकालकर देने लगा।

नायलॉन का थान, टेपरिकार्डर, कैमरे रेजर आदि। पुलिसवाला फिर आता है। जादूगर खाली झोला दिखा देता है। पुलिसवाला जाने लगता है। जादूगर उसे आवाज देकर बुलाता है और उसी झोले से एक घड़ी निकालकर पुलिसवाले को भी दे देता है। वह पहनता हुआ खुश-खुश चला जाता है।

जनता तालियाँ बजा रही है। जादूगर ''करप्शन ऑफ इण्डिया—भारत में भ्रष्टाचार'' को फिर दोहराता है।

''करप्शन कभी खत्म नईं होंगा साहबान, थैली पर नजर रखिए।''

नया कार्यक्रम था—''निपोटिज्म—भतीजावाद !''

मंच पर एक जवान लड़का आता है। जादूगर पूछता है, तुम कौन हो ? लड़का बताता है कि वह मन्त्री महोदय का भतीजा है। जादूगर उसे एक टेबल पर लिटा देता है।

''देखिए साहबान, हमारे मुल्क में भतीजावाद कैसे ऊपर उठता है। वह बिना कुछ किये ऊपर उठता है। कोई साधारण आदमी उतना ऊपर नहीं उठ सकता, जितना भतीजा उठता है।'' जादूगर छड़ी घुमाता है और टेबल पर सीधे लेटा हुआ भतीजा धीरे-धीरे ऊपर उठने लगता है। वह अधर में स्थापित हो जाता है।

जनता तालियाँ बजाती है। जादूगर नम्रता से झुकता है।

''नेक्स्ट आयटम ऑफ दि प्रोग्राम : डेमोक्रेसी इन इण्डिया—भारत में प्रजातन्त्र।''

तेल के ड्रम या शराब के पीपे के आकार की बड़ी कोठियाँ मंच पर रख दी जाती हैं, जिनमें एक व्यक्ति चाहे तो पूरा छुप सके। हर ड्रम पर एक राजनीतिक दल का नाम लिखा हुआ है। एक नेता मंच पर आता है।

''आपका तारीफ ?'' जादूगर पूछता है।

''हम लीडर हैं, नेता !''

''कौन-से दल का नेता ?''

''जिसका मेजारिटी हो उसका नेता ?''

जादूगर नेता को एक ड्रम में उतार देता है, ढक्कन रख देता है और जादू की लकड़ी घुमाता है। नेता एक दूसरे ड्रम से बाहर निकलता है।

''आय ! यह तुम क्या किया ?''

''हम दलबदल किया।''

नेता फिर उस ड्रम में छुप जाता है। जादूगर लकड़ी घुमाता है। नेता इस बार फिर नये ड्रम से प्रकट होता है।

दर्शक तालियाँ बजाते हैं। आश्चर्य में हैं कि एक जगह घुसा नेता दूसरी जगह फिर कैसे निकल आता है। जादूगर झुककर बोलता है, ''डेमोक्रेसी इन इण्डिया—भारत में प्रजातन्त्र !''

जादूगर आखिरी जादू दिखाता है—''गरीब का पेट।''

मंच पर एक यन्त्र लगाया जाता है। बिजली से चलनेवाला आरा, जो हर चीज काट देता है। मंच पर मैले कपड़े पहने गरीब-सा दुबला-पतला व्यक्ति आता है। जादूगर उसे टेबुल पर लिटा देता है और आदर्शवादी भाषणों से हिप्नोटाइज कर देता है। यन्त्र चालू होता है, आरा पेट पर है, पेट कटने लगता है, कट जाता है।

''यह यन्त्र हमारे देश का बना यन्त्र है साहबान और यह गरीब का पेट है, जिसे यह यन्त्र काट रहा है।''

लोग स्तब्ध हैं, फिर तालियाँ बजाने लगते हैं।

''पिछले तेईस साल से हम यह जादू इस देश में हर जगह दिखा रहे हैं। हमें आशीर्वाद दीजिए, देवियो और सज्जनो कि हम आपकी खिदमत में पेश होते रहें और ऐसे ही जादू दिखाकर मुल्क का नाम ऊँचा करें। जयहिन्द !''

जादूगर नम्र अदा से झुकता है। तालियाँ बजती रहती हैं।

8

घास पर खेलते अल्सेशियन

अल्सेशियन कुत्ते की जात होती है। यह शायद कोई अल्सेशियन स्वीकार नहीं करेगा, क्योंकि मैंने देखा है कि वह आम कुत्तों से स्वयं को ऊपर मानता है और लगता भी है। आपने अल्सेशियन देखे हैं ? नहीं देखे ! इसका मतलब आप बँगलों के करीब से नहीं गुजरे, मुझे तो अन्दर तक जाने का सौभाग्य प्राप्त हुआ है और मैंने इन अल्सेशियनों को समीप से देखा है। बल्कि नीतिवश ही सही, इनके सिर पर हाथ भी फेरा है, पुचकारा भी है। अस्तित्व का संकट उत्पन्न हो जाने पर मेरा ऐसा करना स्वाभाविक था, कुछ क्षण को मुझे यह भी लगा था कि पशुओं से प्रेम-प्रदर्शन करने के इतिहास में मैं अपना नाम डलवा रहा हूँ, पर सच बात यह भी थी कि मैं डर रहा था।

वे मुझे काट सकते थे। मुझे चीर-फाड़ सकते थे, पर वे अपने मालिक के मन से ऐसा नहीं कर रहे थे। मालिक की नीति यही थी। वे उन्हें अपने आसपास रख कर आतंक उत्पन्न करना चाहते थे और यह मानना पड़ेगा कि वे बड़ी हद तक सफल हुए हैं। शायद 'भय बिनु प्रीति' वाला मामला रहा हो, वे ऐसा इसलिए कर रहे हों कि हम साधारण अल्सेशियनों से खौफ खाकर उनसे भी खौफ खाएँगे या प्रीत रखेंगे। बात समझ में नहीं आयी। मैं अपनी जानता हूँ कि मैं अल्सेशियनों से डरता हूँ और वे शाम को बँगले के लॉन पर बैठे, जब मैं छाता हिलाता उधर से गुजरता हूँ, मुझ पर गुर्राते हैं; और उस क्षण की प्रतीक्षा में हैं कि मालिक उन्हें मुझ पर 'छू' करे। मालिक नहीं करता। मालिक की कृपा है।

अल्सेशियन बड़ा-सा होता है। वह घोड़ा-सा तो नहीं होता, पर गाय की ऊँचाई तक जा सकता है, बाज अल्सेशियन उस ऊँचाई तक गये हैं। जब कोई तनाव नहीं होता, ये अपना मुँह खोले रहते हैं और पैने दाँतों के बीच से लम्बी-सी जुबान बाहर निकाले रहते हैं। एक विराट राजमहल के दरवाजे को देखकर जैसे भय लगता है कि कहीं यह हमें लील न जाये, यद्यपि दरवाजा दरवाजा होता है, मुँह मुँह होता है, वैसा ही अल्सेशियन का खुला मुँह देखकर लगता है, जो अक्सर खुला ही रहता है। आवाज की खोज में इनके कान इधर-उधर घूमते रहते हैं।

मुझे इजाजत दें, तो मैं उनकी तुलना रडार से करना चाहूँगा, जो दूर की बात पकड़ते हैं या टेलिविजन के एण्टेना से ! कान घूमते ही हैं। यह सुविधा हम-आपको नहीं है। बँगले के लॉन पर बैठे वे सड़क पर होनेवाली आवाजों को अपने घूमते हुए

कानों से पकड़ते रहते हैं। यदि मैं उधर से गुजरूँ, तो वे मेरी चप्पलों की फटफट सुन लेंगे और मैं किस दिशा में जा रहा हूँ, भाँप लेंगे। फिर एक हल्की-सी कनखी से अपने मालिक की तरफ देखेंगे, जैसे जानना चाहते हों कि मूड क्या है, आदेश क्या है ? ताकि वे वैसा ही करें। मालिक सभ्य आदमी है। वह तनिक भी नहीं डरता। वह क्यों डरने लगा ? बँगले में रहता है। अल्सेशियन पालता है, जो रोज इतना खाते हैं कि हम साधारण हैसियत के लोग तो उन्हें छठे-चौमासे आमन्त्रित करके भी नहीं खिला सकते।

अल्सेशियन बहुत खाते हैं। उन्हें पालने के लिए घर के बजट में अलग व्यवस्था रखनी पड़ती है। आप इसे उनका दोष मानें या आवश्यकता या सद्‌गुण, पर यह सही है कि वे खूब खाते हैं। ऐसा निर्द्वन्द्व भाव उसके बिना उत्पन्न भी नहीं होता। नियमित खाने के अलावा भी मैंने इन अल्सेशियनों को इधर-उधर गन्दी चीजों पर मुँह मारते देखा है। मुझे अच्छा नहीं लगा। एक प्रश्न मन में उठा कि कुत्ता कितना ही उन्नत होकर अल्सेशियन हो जाये, वह अपनी कुत्तेवाली हरकतें नहीं छोड़ता। मालिक इसीलिए इन्हें अँग्रेजी में डाँटते रहते हैं।

कुत्ता यों ही स्वामिभक्त होता है, पर अल्सेशियन अतिरिक्त स्वामिभक्त होते हैं। वे अपनी सूँघने की शक्ति, जो मूलतः तीव्र जिज्ञासा की परिचायक है, मालिक के हित में लगाये रहते हैं। उन्हें अपने बँगले के आसपास एक खतरे का अहसास सताया करता है। वे अपने चौकन्नेपन के प्रदर्शन का कोई अवसर नहीं छोड़ते। जरा-सा भी कुछ हुआ, वे ऐसे लपकते हैं, जैसे कोई भयंकर षड्यन्त्र हो रहा है और उनका यही रूप देखने लायक होता है। मालिक की आत्मा प्रसन्न हो जाती है। रोज का खिलाया-पिलाया सार्थक हो जाता है। उस समय अल्सेशियन एक चीते या भेड़िये की ऊँचाई प्राप्त कर लेता है। यदि वे भूँकते न रहें, तो आप पहचान भी न सकें कि वे कुछ हैं। बँगले के आसपास कोई बिल्ली, चूहा या कौआ या रद्दी अखबार खरीदनेवाला या वे मैली-कुचैली औरतें, जो कचरे के ढेर से लोहे और टीन के टुकड़े बटोरती रहती हैं, अल्सेशियन कुत्तों की दृष्टि में वे सब खतरे हैं। ये खतरे टल जाने के बाद भी वे बड़ी देर तक भौंकते रहते हैं और तनाव में रहते हैं। ऐसे में वे हास्यास्पद लगने लगते हैं, पर यही उनका गुण है, जिस पर मालिक और मालकिन मुग्ध हैं। उच्च समाज में अल्सेशियन पालना, उनका एक छोटा-मोटा दरबार अपने सोफे के आसपास जुटाये रखना बड़े गर्व का विषय माना जाता है। अन्य कुत्तों की अपेक्षा अल्सेशियनों की अभिव्यक्ति बहुत सशक्त होती है और कौन नहीं चाहेगा कि सशक्त अभिव्यक्ति के स्वामिभक्त, सजग, जिज्ञासु प्रतीक हमसे प्रेरणा पा हमारे आसपास कुलाँचें भरें। हमारी सेवा में रहें।

मैंने एक बार अल्सेशियन को लेकर मालिक से बात की। वे बड़े रसज्ञ, मर्मज्ञ, कोमल, पर सटीक भाषा के धनी, सौम्य स्वभाव के व्यक्ति हैं और बुरे इरादों को नेक इरादों के रूप में प्रस्तुत करने की उनकी कला के कारण बड़ी हद तक जीवन में सफल रहे हैं। उन्होंने दिल खोलकर मुझसे चर्चा की। बोले कि, ये कुत्ते हैं और कुत्तेगिरी

इनका स्वभाव है। इन्हें अल्सेशियन कहना मात्र एक आदरसूचक शब्द का प्रयोग है, जैसे आप किसी बौखलाये हुए व्यक्ति को आलोचक कहें। इन्हें लेकर बहुत सोचना नहीं चाहिए। मैं इन्हें पाले हूँ, इसके मेरे अपने निजी कारण हैं। यों खतरा कुछ नहीं, पर एक सुरक्षा का बोध बना रहता है। दूसरे इन्हें मैं नहीं पालूँगा, तो कोई दूसरा पालेगा और तब ये उसके बँगले में बैठ मुझे भूँकेंगे, क्योंकि ये कुत्ते हैं। इन्हें दुम हिलाने के लिए, पेट पालने के लिए सदैव एक शक्ति की दरकार होती है। ये जरूर किसी के पाले ही पलेंगे और यह प्रासंगिक ही है कि मैं इन्हें पाल रहा हूँ और अपनी गोश्त-रोटी से मूल सरोकार होने के नाते ये मेरे हिमायती हैं। ऐसा हमें शोभा देता है। जैसे यह लॉन या ये सोफे या फ्रिज, वैसे ही ये अल्सेशियन। ठीक है, पड़े हैं। जितना हमारा खाते हैं, उससे अधिक दूसरों पर गुर्राते हैं, नुकसान क्या है ?

मैंने देखा कि अल्सेशियन पालने के मूल में मालिक का एक गहरा दर्शन है। मैं काफी देर तक यह निश्चित नहीं कर पाया कि अल्सेशियन पालना मालिक की साजिश है या यह अल्सेशियनों की साजिश है कि उन्होंने जिन्दगी गुजारने को एक मालिक खोज निकाला है। कमाल है। दोनों बड़े चतुर हैं।

जब पेट बड़ा हो, जीवन की आकांक्षाएँ बड़ी हों, तब ऐसा कुछ सोचना बहुत स्वाभाविक है। मैं बड़ी देर तक सोचता रहा। जाने क्या-क्या सोचता रहा। कैसा अन्योन्याश्रित सम्बन्ध है, मालिकों और अल्सेशियनों का।

मैं चर्चा कर रहा था और उन्हें घास में लेटे हुए देख रहा था। वे आपस में उछल-कूद करते हुए लड़ रहे थे, बड़े मजे में थे। अपनी असहमतियों और शक्ति का प्रदर्शन कर वे बड़े अन्दाज से मालिक को रिझा रहे थे। जैसे खाते-पीते बुद्धिजीवियों की संगोष्ठी में किसी प्रश्न पर तकरार हो जाए, वे उलझ पड़ें, लड़ें, पर पिछली कुर्सी पर बैठे दर्शक को देख मजा आए और वे लड़ते-भिड़ते-से लड़नेवाले बुद्धिजीवी बाद में बुफे लंच पर या रात को साथ में बीयर पीते खूब ठहाके लगाएँ।

अर्थात् लड़ें, लड़ते-से नजर आएँ, पर कोई दरारें बीच में उत्पन्न न हों, दल न बनें, कुछ वैसे ही वे 'एक मालिक के सकल अल्सेशियन' उस हरी घास पर लड़ रहे थे। उनके खौफनाक दाँत, लम्बी जुबान, परस्पर झपट पड़ने की प्रतिभा सब देखकर भय नहीं लगता था, बल्कि आनन्द की सृष्टि होती थी। मालिक का बच्चा उन्हें देखकर किलकारियाँ भर रहा था।

धीरे-धीरे बहुत विचार करने पर अल्सेशियनों के प्रति मेरे मन का डर दूर होता जा रहा है। उसकी जगह करुणा ने ले ली है। इतना बड़ा शरीर, ऐसी तीव्र भूख लिये ये अन्यथा कैसे जी सकेंगे ? मुहल्ले या बाजार के कुत्तों की तरह जैसे-तैसे जी लेना इनके बस का नहीं। इन्हें निश्चित सुरक्षा और सुविधा चाहिए और उसके लिए ये मालिक के कमजोरतम शत्रु को या शत्रु का आभास देनेवाले किसी सभ्य जन पर ये प्राणघाती आक्रमण कर सकते हैं। ये कुत्ते हैं, पर इनकी मजबूरी है कि ये अल्सेशियन

हैं। अल्सेशियन हैं, जिन्हें अपनी गरिमा का निर्वाह करना होता है। अन्यथा इन्हें कोई क्यों पालेगा ? बड़ी देर लड़ने के बाद, एक थपथपाहट की अपेक्षा लिये, जब वे मालिक के आसपास हाँफते हुए खड़े हुए, तो अपने खुले मुँह से, पैने दाँतों और लम्बी जुबान के बावजूद, ये मुझे रोटी माँगते ही नजर आये। इसका यह अर्थ नहीं कि मैं डर नहीं रहा था, पर अल्सेशियनों की मूल कुत्ता आत्मा को पहचान लेने से भय कम ही हो जाता है।

9

जीप पर सवार इल्लियाँ

इतना मैं निश्चित रूप से कह सकता हूँ कि चने के पौधे होते हैं, पेड़ नहीं होते। चने का जंगल नहीं होता, खेत होते हैं। यदि खेत नहीं होते तो बताइए यह गीत कैसे बना कि 'समधन तेरी घोड़ी चने के खेत में'। यह पुष्ट प्रमाण है कि चने के खेत होते हैं। चने के झाड़ पर चढ़नेवाली बात सरासर गलत है, कपोल-कल्पना है। इससे आगे चने के बारे में मेरी जानकारी उतनी ही है, जितनी हर बेसन खाने वाले की होती है कि वाह क्या बात है आदि। मुझसे यदि चने पर भाषण देने के लिए कहा जाए, तो मैं कुछ यों शुरू करूँगा कि भाइयो, जिस तरह सूर्य मेरे मकान के इस बाजू उगकर उस बाजू डूब जाता है, उसी तरह चना भी खेतं में उगकर आदमी अथवा घोड़े के मुँह में डूब जाता है। इतना कहकर मैं अपना स्थान ग्रहण कर लूँगा, यह भय बता कर कि समय अधिक हो रहा है। बात यह है कि मैं मुँह में पानी आ जाने के कारण अधिक बोल नहीं सकूँगा। चना मेरी कमजोरी है। यह कमजोरी मुझे ताकत देती है। सिर्फ खाते समय, बोलते समय नहीं।

पर इधर शहर के अखबारों में चने की चर्चा जरा जोर पर है। इन दिनों मौसम खराब रहा। हम तो घर में घुसे रहे। पर पता लगा कि बाहर पानी गिरा और ठण्ड बढ़ गयी। इसका नतीजा यह हुआ कि शहर के आसपास चने के खेत में इल्ली लग गयी। अखबारों में शोर हुआ कि चने में इल्ली लग गयी है और सरकार सो रही है वगैरह। एक अखबार ने चने के पौधे पर बैठी इल्ली की तस्वीर भी छापी, जिसमें इल्ली सचमुच में सुन्दर लग रही थी। चना हमने भी कम नहीं खाया, पर देखिए पक्षपात कि तस्वीर इल्ली की छपी।

मैं इल्ली के विषय में कुछ नहीं जानता। कभी परिचय का सौभाग्य नहीं प्राप्त हुआ। इल्ली से बिल्ली और दिल्ली की तुक मिलाकर एक बच्चों की कविता लिख देने के सिवाय मेरी समझ में नहीं आ रहा था कि क्या करूँ पर लोग थे कि इल्ली का जिक्र ऐसे इत्मीनान से करते थे, जैसे पड़ोस में रहती हो।

मेरे एक मित्र हैं। ज्ञानी हैं यानी पुरानी पोथियाँ पढ़े हुए हैं। मित्रों में एकाध मित्र बुद्धिमान भी होना चाहिए—इस नियम को मानकर मैं उनसे मित्रता बनाये हुए हूँ। एक बार विद्वत्ता की झोंक में उन्होंने बताया था एक नाम 'इला'। कह रहे थे कि अन्न की अधिष्ठात्री देवी हैं इला यानी पृथ्वी। मुझे बात याद रह गयी। जब इल्ली लगने की

खबरें चलीं, तो मैं सोचने लगा कि इस 'इला' का 'इल्ली' से क्या सम्बन्ध ? इला अन्न की अधिष्ठात्री देवी है और इल्ली अन्न की नष्टार्थी देवी। धन्य है। ये इल्लियाँ इसी इला की पुत्रियाँ हैं। अपनी ममी मादाम इला की कमाई खाकर अखबारों में पब्लिसिटी लूट रही हैं। मैं अपनी इस इला-इल्ली के ज्ञान से प्रभावित हो गया और सोचने लगा कि कोई विचार-गोष्ठी हो, तो मैं अपने बुद्धि का प्रदर्शन करूँ। पर ये कृषि विभाग वाले अपनी गोष्ठी में हमें क्यों बुलाने लगे। इधर मैं अपने ज्ञानी मित्र से इल्ली के विषय में अधिक जानने हेतु मिलने को उतावला होने लगा। मेरी पुत्री ने तभी इल्ली सम्बन्धी अपने ज्ञान का परिचय देते हुए अपना 'प्राकृतिक विज्ञान' : भाग चार देखकर कहा कि इल्ली से तितली बनती है। तितली जो फूलों पर मँडराती है, रस पीती उड़ जाती है। मेरे अन्तर में एक कवि है, जो काफी हूट होने के बाद सुप्त हो गया है। तितली का नाम सुनते ही वह चौंक उठा और इल्ली के समर्थन में भाषण देने लगा कि यह तो बाग की शोभा है। मैंने कहा अबे गोभी के बिग फूल तैने कभी अखबार पढ़ा, ये इल्लियाँ चने के खेत खा रही हैं और अगले वर्ष भजिये और बेसन के लड्डू महँगे होने की सम्भावना है, मूर्ख, चुप रह। कवि चुप क्यों रहने लगा ? मैंने दुबारा बुलाने का आश्वासन दिया। तब माइक से हटा।

जब अखबारों ने शोर मचाया, तो नेताओं ने भी भाषण शुरू किये या शायद नेताओं ने भाषण दिये, तब अखबारों ने शोर मचाया। पता नहीं पहले क्या हुआ ? खैर, सरकार जागी, मन्त्री जागे, अफसर जागे, फाइल उदित हुई, बैठकें चहचहायीं, नींद में सोये चपरासी कैण्टीन की ओर चाय लेने चल पड़े। वक्तव्यों की झाडुएँ सड़कों पर फिरने लगीं, कार्यकर्ताओं ने पंख फड़फड़ाये और वे गाँवों की ओर उड़ चले। सुबह हुई। रेंगती हुई रिपोर्टों ने राजधानी को घेर लिया और हड़बड़ाकर आदेश निकले। जीपें गुर्रायीं। तार तानकर इल्ली का मामला दिल्ली तक गया और ठेठ हिन्दी के ठाठ में कार्यवाहियाँ हुईं कि खेतों पर हवाई जहाज सन्ना कर दवाइयाँ छिड़कने लगे। हेलेकॉप्टर मँडराने लगे। किसान दंग रह गये। फसल बची या नहीं क्या मालूम, पर वोट मजबूत हुए। इस बात को विरोधियों ने भी स्वीकार किया कि अगर ऐसे ही हवाई जहाज खेतों पर दवा छिड़कते रहे, तो अपनी जड़ें साफ हो जाएँगी। शहर के आसपास यह होता रहा, पर बन्दा अपना छह पृष्ठ का अखबार दस पैसों में पढ़ता, यहीं बैठा रहा। स्मरण रहे आलसियों की यथार्थवाद पर पकड़ हमेशा मजबूत रहती है।

एक दिन एक कृषि अधिकारी ने कहा, "चलो इल्ली उन्मूलन की प्रगति देखने खेतों में चलें। तुम भी बैठो हमारी जीप में। मैंने सोचा, चलो इसी बहाने पता लग जाएगा कि चने के पौधे होते हैं या झाड़, और मैं जीप में सवार हो लिया। रास्ते भर मैं उसके विभाग के अन्य अफसरों की बुराइयाँ करता उसका मनोरंजन करता रहा। कोई डेढ़ घण्टे बाद हम एक ऐसी जगह पहुँच गये, जहाँ चारों तरफ खेत थे। वहाँ एक छोटा अफसर खड़ा इस बड़े अफसर का इन्तजार कर रहा था। हम उतर गये।

मैंने गौर से देखा चने के पौधे होते हैं, खेत होते हैं। यानी समधन की घोड़ी कोई गलत नहीं खड़ी थी। वह वहीं खड़ी थी, जहाँ हमारी जीप खड़ी थी।

हम पैदल चलने लगे। चारों ओर खेत थे, मैंने एक किसान से पूछा, "तुम जब खेतों में खोदते हो तो क्या निकलता है ?"

वह समझा नहीं, फिर बोला, "मिट्टी निकलती है।"

"इसका मतलब है प्राचीन काल में भी वहाँ खेत ही थे।" मैंने कहा। मेरी जरा इतिहास में रुचि है। खुदाई करने से इतिहास का पता लगता है। अगर खुदाई करने से नगर निकले, तो समझना चाहिए कि वहाँ प्राचीन काल में नगर था और यदि सिर्फ मिट्टी निकले तो समझना चाहिए कि यहाँ प्राचीन काल में खेत थे। और यदि मिट्टी भी नहीं निकले तो समझना चाहिए कि खेत नहीं थे।

आगे-आगे बड़ा अफसर छोटे अफसर से बातें करता जा रहा था।

"इस खेत में तो इल्लियाँ नहीं हैं ?" बड़े अफसर ने पूछा।

"जी, नहीं हैं।" छोटा अफसर बोला।

"कुछ तो नजर आ रही हैं।"

"जी हाँ, कुछ तो हैं।"

"कुछ तो हमेशा रहती हैं।"

"जी हाँ, कुछ तो हमेशा रहती है।"

"खास नुकसान नहीं करती।"

"जी खास नुकसान नहीं करतीं।"

"फिर भी खतरा है।"

"खतरा तो है।"

"कभी भी बढ़ सकती हैं।"

"जी हाँ, बढ़ सकती हैं।"

"सुना सारा खेत साफ कर देती हैं।"

"बिलकुल साफ कर देती हैं ?"

"इस खेत पर छिड़काव हो जाना चाहिए।"

"जी हाँ, हो जाना चाहिए।"

"तुम्हारा क्या खयाल है ?"

"जैसा आप फरमायें।" छोटे अफसर ने नम्रता से कहा। फिर वे दोनों चुपचाप चलने लगे।

"जैसी पोजीशन हो, हमें बताना, मैं हुक्म कर दूँगा।"

"मैं जैसी पोजीशन होगी आपके सामने पेश कर दूँगा।"

"और सुनो।"

"जी, हुक्म।"

"मुझे चना चाहे, हरा बूट। घर ले जाना है। जीप में रखवा दो।"

"अभी रखवाता हूँ।"

छोटा अफसर किसान की तरफ लपका।

"ओय क्या नाम है तेरा ?"

किसान भागकर पास आया। छोटे अफसर ने उससे घुड़ककर कहा, "अबे, तेरे खेत में इल्ली है ?"

"नहीं है हुजूर।"

"अबे थी ना, वो कहाँ गयी ?"

"हुजूर पता नहीं कहाँ गयी।"

"अबे, बता कहाँ गयीं सब इल्ली ?"

किसान हाथ जोड़ काँपने लगा। उसे लगा इस अपराध में उसका खेत जप्त हो जाएगा। छोटे अफसर ने क्रोध से सारे खेत की ओर देखा और फिर बोला, "अच्छा खैर, जरा हरा चना छाँटकर साहब की जीप में रखवा दे। चल जरा जल्दी कर।"

किसान खेत से चने के पौधे उखाड़ने लगा। छोटा अफसर उसके सिर पर तना खड़ा था। इधर मैं और वह बड़ा अफसर चहलकदमी करते रहे। वह बोला, "मुझे खेतों में अच्छा लगता है। यहाँ सचमुच जीवन है, शान्ति है। सुख है।" वह जाने क्या-क्या बोलने लगा। उसने मुझे मैथिलीशरण गुप्त की ग्राम जीवन पर लिखी कविता सुनायी, जो उसने कभी आठवीं कक्षा में रटी थी। कहने लगा मेरे मन में जब यह कविता उठती है, मैं जीप पर सवार हो खेतों में चला आता हूँ। मैं बूट तोड़ते किसान की ओर देखता सोचने लगा—गुप्त जी को क्या पता था कि वे कविता लिखकर क्या नुकसान करवा देंगे।

कुछ देर बाद हम लोग जीपों पर सवार हो आगे बढ़ गये। किसान ने हमें जाते देख राहत की साँस ली। जीप में काफी हरा चना ढेर पड़ा था। मैं खाने लगा। वे लोग भी खाने लगे। एकाएक मुझे लगा कि जीप पर तीन इल्लियाँ सवार हैं, जो खेतों की ओर चली जा रही हैं। तीन बड़ी-बड़ी इल्लियाँ। सिर्फ तीन ही नहीं, ऐसी हजारों इल्लियाँ हैं, लाखों इल्लियाँ, ये सिर्फ चना ही नहीं खा रहीं, सब कुछ खाती हैं और निश्शंक जीपों पर सवार चली जा रही हैं।

10

एक अन्तहीन प्रदर्शनी

आदमी एक खास भाव प्रकट करने के लिए नया कोट पहन लेता है और सरकार ऐसे ही किसी मूड में प्रदर्शनी लगा लेती है। यों भी आप प्रदर्शित होने से किसी को कैसे रोक सकते हैं ! लहर उठती है, प्रकट हो जाती है। कोई क्या करेगा तब ? सरकार के सीने में प्रदर्शनी लगाने का दर्द जब-तब उठता है और उसी आन्तरिक पीड़ा से ग्रस्त वह एक दिन किसी चौड़े मैदान पर पसरकर बैठ जाती है। सम्पूर्ण जंका-मंका, ताम-झाम, लटके, जैसे कोई पूरे नाजो-अन्दाज से ठुमरी सुनाए। एक संकोचशील सरकार के लिए समस्या हो जाती है, रोज बड़बोले भाषण देना। वह सोचती है, क्यों न एक प्रदर्शनी लगा दें। हाथ कंगन को आरसी क्या, जो भी होगा सामने आ जाएगा। उसके निश्चय के साथ मय राक्षसों के सरकारी वंशज कार्यरत हो जाते हैं और रंग और प्रकाश की एक मायानगरी खड़ी होने लगती है। जमीन समतल की जाती है, कनातें खड़ी की जाती हैं। भिश्ती छिड़काव करते हैं, फर्श, कालीन बिछता है, मालन गजरे लाती है और पुरग्राम की वनिताएँ अपने आधुनिक कड़ों-छड़ों में सज-धजकर चल पड़ती हैं। चौंधिया जाती हैं आँखें देखकर। हाय दय्या, हमारे देश ने इत्ती सारी प्रगति कर डाली है, हमें तो पता ही नहीं था।

आदमी के पास जर कितना है, उसका प्रभाव कितना है, इसका सही पता भारत में तब चलता है, जब वह अपनी बेटी का ब्याह रचाता है। एक खास दिन बरात आनेवाली होती है। एक खास क्षण में लग्न लगनेवाली होती है। उस पूर्व निश्चित घड़ी के लिए सारी भागदौड़, सारी बदहवासी। मुहूर्त न टले, इज़्ज़त रह जाए। जिस भाव जमे, जिस तरह जमे, जमाओ। यही स्थिति प्रदर्शनी लगाने वाले जीते हैं। शासन तारीख तय कर देता है कि फलाँ दिन प्रदर्शनी खुलेगी और सारे विभाग अपनी कछुआ गति से दौड़ने लगते हैं। फायनेंस से पैसा, विभाग से प्रस्ताव, मन्त्री से स्वीकृति, कलाकारों से डिजाइन, पानी, बिजली, टेण्डर, चिकचिक, विभागीय जवाब-सवाल, ठेकेदार से प्रकट व गुप्त समझौते और सबसे कठिन काम—विभाग ने प्रगति कितनी की है, इसका पता लगाना। यह सब सरल नहीं होता। विगत दशकों में विभागों की सबसे बड़ी प्रगति यह है कि उनके बजट बढ़े हैं, खर्च बढ़ा है, वेतन व विशेष भत्ते बढ़े हैं, नये पद बने हैं, भवन तने हैं। मगर जब राष्ट्रीय स्तर पर प्रदर्शनी हो, तब जनता को यह सब तो बताया नहीं जाता। जनता जानती है। प्रदर्शनी में उसे नयी बात पता लगनी चाहिए।

मजबूर हो भौतिक प्रगति की जानकारी बटोर, उसकी झाँकी लगायी जाती है। कसम से क्या नजारा होता है, जब दो हाथ का बाँध खड़ा कर चार बाल्टी पानी बहाकर देश में भारी सिंचाई का सीन लपझप करता दिखाया जाता है। नन्हे से घर, मुन्ने से किसान, बित्ता भर जमीन की खेती से हटकर बैठे अपना-अपना ग्रामोद्योग करते, जीवनसंगिनी उसी आकार की गुड्डी को प्रेम से ताकते देख भीड़ में खड़ी जनता को अपना भोला बचपन याद आ जाता है, जब वे आँगन में ऐसा ही संसार रचाते थे। देखकर लगता है—गुड्डे-गुड्डी अपनी दुनिया में आज भी सुखी हैं। ये ही तमाशे देखती अपना बचपन याद करती पब्लिक एक मण्डप से दूसरे मण्डप दौड़ती रहती है।

बिना प्रदर्शनी देखे देश के विषय में सचाई पता भी तो नहीं लगती। रेलयात्रा के कष्ट भुगतते, पैर फैलाने के इरादे समेट स्टेशन-दर-स्टेशन ऊँघते, खराब खाना और गन्दी चाय का कुल्हड़ पीते आपको पता नहीं लगता कि रेल विभाग ने कितनी प्रगति कर डाली है। उसके लिए आपको रेल विभाग की प्रदर्शनी देखनी होगी। झुग्गी-झोपड़ी और गन्दी चालों में रहनेवालों को कैसे दिखेगा कि आवास-निर्माण के क्षेत्र में राष्ट्र इधर किस तेजी से प्रगति कर रहा है ! देश की जनता को सरकार का आभार मानना चाहिए कि वह एक प्रदर्शनी सजा वास्तविकता की जानकारी तो दे देती है, उस पब्लिक को जिसे पता ही नहीं कि वह कितनी खुशहाल है। मॉडल, चार्ट, नक्शों और आँकड़ों में यह जिन्दगी, यह दुनिया कितनी प्यारी लगती है ना !

प्रदर्शनी हमारा दिखनौटा ड्राइंग-रूम है, अगवाड़ा है, जहाँ बेहतर वस्तुएँ सजाने की प्रथा है। प्रदर्शनी एक बहुरंगी तिलिस्म है। हर तल्ले में नयी बात पता लगती है। दर्शक मण्डप-दर-मण्डप भटकता है। माया में ब्रह्म टटोलता है। ब्रह्म पता नहीं चलता, माया हाथ से फिसल जाती है, चकाचौंध की स्मृति में साल-दो साल गुजरता है, फिर एक प्रदर्शनी लग जाती है। इसी तरह पूरी जिन्दगी सपने देखते, इरादे बनाते, प्रदर्शनियाँ घूमते गुजर जाती है। देश आगे बढ़ता है और वहीं खड़ा आदमी सपरिवार टिकट खरीदता रहता है।

मगर सब वे नहीं, जो इस तरह दर्शन टटोल सन्तोष कर लें। बहुत से वे हैं, जो प्रदर्शनी लगाते हैं और रहस्यों के रहस्य को समझते हैं। कागजी स्तर पर अत्यन्त धीमे काम करनेवाले अफसर प्रदर्शनी के समय तीव्र गति से जुट जाते हैं। एक विभागीय मण्डप कई अधिकारियों की गरीबी एक बार में हटा देता है और पहले से हट चुकी हो, तो सम्पन्नता बढ़ा देता है। प्रदर्शनी के अन्त में मलबे की नीलामी भी बड़ा लाभ करती है। कण्ट्रोल दर से विभागों को मिली टीन की चादरें व लोहा जब कबाड़ी औने-पौने खरीदता है, तो वह जानता होता है कि इसकी ब्लैक की दरें क्या हैं ? देश की अफसरशाही इसीलिए प्रदर्शनी लगाने के मामले में सर्वाधिक उत्सुक, तत्पर और लग्नशील रहती है। झाँकियाँ देखकर जनता और नेताओं का चित्त प्रसन्न हो जाता है, भाग-दौड़ करने की वाहवाही अलग मिलती है और खर्च का हिसाब कोई नहीं पूछता।

बीस मजदूर लगाओ, तीस की हाजरी भरो। सभी विभागों को लोक कर्म विभाग होने का-सा सुख मिलता है। जनता शासन का रौब खाती है, अहसान मानती है कि एक शाम सुख से गुजरी। युवा वर्ग सन्तुष्ट रहता है कि सारे नगर की सुन्दर लड़कियाँ इसी बहाने एक जगह नजर आ जाती हैं। बच्चे चकरी, झूले की जिद करते हैं, गुब्बारा माँगते हैं और पाकर प्रसन्न हो जाते हैं। एक प्रदर्शनी बड़े से छोटे तक सबको खुश कर देती है। उसे लगानेवाले और उससे लगे रहनेवाले प्रसन्नचित्त रहते हैं। मीना बाजार का मौका ऐसा होता है कि अकबर चाहे तो सबको निहाल कर दे। बच्चा खुश, बच्चे के माँ-बाप खुश, बेचनेवाले खुश। दो महीने के लिए समाजवाद-सा आ जाता है।

मन करता है, एक प्रदर्शनी ऐसी लगायी जाए, जिसमें वह सब दर्शाया जाए, जो आज तक नहीं दिखाया गया। बड़ा मैदान हो, ढेर सारे मण्डप हों। एक मण्डप उद्योग विभाग का, जिसमें बताया जाए कि मिलावट करने, नकल कर हूबहू बना बेचने में देश ने इधर कितनी प्रगति की है, कितने लोगों ने कितने लाइसेंस ले कितने कारखाने नहीं खोले और जो खोले, उनमें कितनी हड़तालें हुईं, उत्पादन कितना कम हुआ। एक मण्डप जिसमें प्रदर्शित हो कि बाजार में मिलनेवाली वस्तुओं का सही मूल्य क्या है और ग्राहक क्या देता है। कालाबाजारी पर एक मण्डप, भ्रष्टाचार पर एक मण्डप। लोगों को बताया जाए कि सरकारी दफ्तर में कौन-से काम कराने के लिए किस श्रेणी के बाबू या अफसर को दी जानेवाली रिश्वत की दरें क्या हैं ? किस नौकरी में अतिरिक्त आय कितनी है ? आजादी के बाद कौन-से स्केण्डल हुए, भ्रष्ट अफसरों को क्या-क्या सुविधाएँ एवं प्रमोशन दिये गये ? आयात-निर्यात के मण्डप में बताया जाए, हम कौन-सी वस्तुएँ स्मगल कर लाते हैं और कौन-सी यहाँ से चुराकर बाहर भेजते हैं ? आय कितनी होती है, टैक्स बचाने के तरीके क्या हैं ? छिपा पैसा किन धन्धों में लगता है ? सट्टा-जुआ आदि क्षेत्र में राष्ट्र कितना आगे बढ़ा है ? चुनाव कैसे जीते जाते हैं, दलबदल कितने हुए, नेताओं की निजी सम्पत्ति में आजादी के उपरान्त, त्यागमय जीवन बिताने से कितनी वृद्धि हुई ? लाठियाँ कितनी बार चलीं, गोलियाँ कितनी बार, दंगे कितने हुए, भिखारी कितने हैं, फुटपाथ पर सोनेवालों का प्रतिशत डाक बँगलों और बड़े होटलों की तुलना में कितना है ? भूख से, ठण्ड से कितने मरे ? बेकार कितने हैं ? वेश्याएँ कितनी हैं ? साधनहीन कितने हैं ? विदेश कितने चले गये ? कितने वैज्ञानिक, कितने डॉक्टर विदेश जाकर नहीं लौटे ? पब्लिक स्कूल और आदिम जाति पाठशाला का अन्तर क्या है ? और दोनों में पले बालकों का भविष्य क्या है ? वकील कितने हैं, मुकदमे कितने हैं, सिर फुटौवल कितनी होती है ? कितने मकानों, कितने बाँधों में क्रेक आया ?

मुझे लगता है, प्रदर्शनी विराट से विराटतर होती जाएगी। वह एक मैदान में नहीं समाएगी। पूरे देश में फैली लगेगी। दर्शक स्वतन्त्र होगा कि वह देश के पूरे भाग में भटके और प्रदर्शनी देखे। अँधेरी कोठरियाँ, बन्द गलियारे, हाथ फैलाये बच्चे-बूढ़ों के पास से गुजरता ऐश-भरी जिन्दगी के प्रकाशवृत्त से भी गुजरेगा, जब मैं बताऊँगा कि

कैबरे अपनाकर देश की बेटियों ने विदेशी मुद्रा अर्जित कर कैसे राष्ट्र की सेवा की है? प्रदर्शनी अन्तहीन लगेगी, दर्शक थककर गिर जाएगा, मगर मण्डप समाप्त नहीं होंगे।

पता नहीं ऐसी प्रदर्शनी कब लगा सकूँगा मैं ? कब देखेंगे लोग ? कई बार लगता है, देश में यह प्रदर्शनी स्थायी रूप से लगी हुई है और उससे गुजरनेवाला भारतवासी दर्शक-सा तटस्थ हो चुपचाप ताकता-झाँकता चला जा रहा है।

11

बिल्लियों का अर्थशास्त्र

रोटियों का बँटवारा करने के लिए बिल्लियों को बन्दर की मदद लेनी पड़े, यह अत्यन्त खेद का विषय है। चूहे मर जाने के बाद बिल्ली का घर से बना काण्ट्रेक्ट, जो कभी दूध के प्यालों से स्थापित किया गया था, डण्डा मारकर समाप्त कर दिया जाए, बड़ी गम्भीर समस्या है। बिल्लियाँ आखिर कब तक मूर्ख बनती रहेंगी ? उन्हें चाहिए कि वे अपना एक अर्थशास्त्र तैयार करें, जैसा कि मनुष्यों ने किया है। इस शास्त्र के मुताबिक काम करने से न चूहा खाना अनैतिकता होगी और न दूध पीना चोरी। अब वह समय आ गया है कि हर काम नियम से हो। पिछले कुछ वर्षों में बिल्ली के उपयोग में आने वाली वस्तुओं की तेजी से कमी आयी है। दूध पतला हो गया है और घी नकली बनने लगा है। मक्खन सीधा मशीन से निकाल टीन के डिब्बों में पैक हो जाता है। चूहे खत्म करना आदमी अपना व्यक्तिगत दायित्व समझने लगा है और चिड़ियों की रक्षा के भी साधन खोजे गये हैं। इधर कुत्तों को घरों के अन्दर स्थान मिल गया है। बिल्ली जाति के लिए ऐसी कठिनाई की स्थिति अभी तक नहीं आयी थी। संक्रान्ति काल शायद इसी को कहते हैं। इधर तेजी से मानव-मूल्यों का ह्रास हुआ है जिसका प्रत्यक्ष असर बिल्ली के स्वास्थ्य पर पड़ा है। बिल्लियों को चाहिए कि वे सामग्री, साधन, शक्ति और आवश्यकता का ठीक-ठीक आकलन करें और अपने लक्ष्य के अनुसार क्रम-बद्धता निश्चित करें, तभी समस्या सुलझेगी। बिल्लियों के लिए आज अर्थशास्त्र की आवश्यकता स्पष्ट ही है और समयोचित जानकर ही इसे प्रकाशित किया जा रहा है।

मनुष्यों का अर्थशास्त्र यह दावा करता है कि उसका लक्ष्य समस्त विश्व का कल्याण है। बिल्लियाँ विश्व की प्राणी हैं पर उनके कल्याण की कोई गुंजाइश मनुष्य के अर्थशास्त्र में नहीं है। अतः बिल्लियों के हितों को दृष्टिगत रखते हुए इस शास्त्र की रचना इस उदारता से की जा रही है कि साथ ही चूहा-वर्ग के कल्याण की समस्या भी इसमें सुलझायी जा सके। वास्तव में बिल्ली की तृप्ति और चूहे की मृत्यु का अन्योन्याश्रित सम्बन्ध है। इसे कार्य-कारण-सम्बन्ध भी कह सकते हैं। चूँकि एक के विषय में विचार करते समय दूसरे का प्रश्न भी आ ही जाता है अतः उसके अनुसार यह अर्थशास्त्र एक प्रकार से बिल्ली-चूहा अर्थशास्त्र है जैसे कि मनुष्यों का लिखा अर्थशास्त्र केवल उच्च वर्ग के हितों पर ही विचार करने के बावजूद भी दोनों वर्गों का अर्थशास्त्र माना जाता है।

'अर्थ' शब्द के अनेक अर्थ होते हैं पर इस पुस्तक में यह शब्द उसी अर्थ में आएगा

जिस अर्थ में स्वार्थ में आता है अर्थात् जहाँ बिल्लियों का स्वार्थ हो। इस पुस्तक के प्रारम्भ में बिल्लियों के अर्थशास्त्र की परिभाषा देना उचित होगा। यों यह सब औपचारिक है पर शास्त्र के नियमों की मजबूरी है कि एक सुन्दर-सी परिभाषा गढ़ी जाए। वह होगी कि 'बिल्लियों का अर्थशास्त्र एक ऐसा शास्त्र है जिसमें एक परमार्थी प्राणी के नाते संसार में बिल्ली के आवश्यक दायित्वों एवं कार्य-कलापों का क्रमबद्ध विवेचन किया जाए।'

प्राणीमात्र अपनी इच्छाओं की तृप्ति में सुख का अनुभव करता है। बिल्ली भी इच्छा की तृप्ति से सुखी होती है। परन्तु उसके साधन परिमित हैं क्योंकि बिल्ली में सामाजिकता की भावना होती है। बिल्ली यह जानते हुए भी कि दूध गाय-भैंसों से प्राप्त होता है, कभी गाय के निकट नहीं जाती, जैसे एक वैश्य यह जानते हुए भी कि गेहूँ खेत में उगता है, कभी खेत जोतने नहीं जाता। वह किसान के माध्यम से गेहूँ प्राप्त करता है। ठीक उसी प्रकार बिल्ली भी मनुष्य के माध्यम से दूध प्राप्त करती है। कुछ स्वार्थियों को अपवाद के रूप में छोड़ दिया जाए; परन्तु आम आदमी तो स्वयं दूध नहीं पीता बल्कि बच्चे को देना पसन्द करता है, अर्थात् वह पिलाकर तृप्त होता है। बिल्ली मनुष्य द्वारा अर्जित दूध पीकर मनुष्य को तृप्त करती है, स्वयं भी होती है, जैसे श्रमिक उत्पादन करने पर तथा मालिक उत्पादन पाकर तृप्त होता है। यही बिल्ली की सामाजिकता है। यही उसकी तृप्ति है। बिल्ली की सामाजिकता दूध पीने के बावजूद उसी प्रकार अक्षुण्ण है जैसे किसी सेठ साहब की। यह अर्थशास्त्र का सिद्धान्त है।

चूहों के लिए इससे बढ़कर चिन्ता का विषय कोई नहीं हो सकता कि उनकी संख्या तेजी से बढ़ रही है। इसका असर स्वयं उन पर पड़ेगा क्योंकि बढ़ती हुई संख्या के लिए भोजन जुटाना कठिन होगा। हर चूहा परिणामस्वरूप दुबला रहेगा और उससे नस्ल बरबाद होगी। अतः चूहों का हित इसी में है कि उनके यहाँ पैदाइशें कम हों अथवा मृत्युसंख्या जन्मसंख्या से अधिक रहे। इस समस्या को सुलझाने के लिए उन्हें बिल्ली का सहारा लेना चाहिए। चूहों को यह जानकर दुख होगा कि बिल्ली मूलरूप से दूध पीने वाला प्राणी है। उसे नानवेजेटेरियन बनाना कठिन है, परन्तु असाध्य नहीं। दूसरी बात कि बिल्लियों की संख्या भी कम है। बिल्लियों की नस्ल को खत्म होने से रोकना भी चूहों का काम है। सौभाग्यशाली हैं वे चूहे जिनके उधर बिल्ली है जो उनकी बढ़ती हुई जनसंख्या को सन्तुलित रखती है। आज विश्व में प्रति हजार चूहे और एक बिल्ली का अनुपात लगभग आता है, जबकि वास्तव में आवश्यकता है कि प्रति सौ चूहे एक बिल्ली रहे। एक बिल्ली सामान्य तौर पर एक चूहा प्रतिदिन कम कर सकती है और उसके विपरीत चूहों का जन्म तेजी से होता है। अर्थशास्त्र की यह गम्भीर समस्या है जिस पर हर चूहे को विचार करना चाहिए।

मूल्य का निर्धारण समाज की वस्तु विशेष की आवश्यकता तथा उसकी प्राप्ति पर निर्भर करता है। जो वस्तु जितनी कम होगी, उतनी ही मूल्यवान होगी। जैसे यदि शीशियाँ अधिक हैं और ढक्कन कम हैं तो ढक्कनों का मूल्य शीशियों की अपेक्षा अधिक

भी हो सकता है। समझदार आदमी कम होते हैं, अतः समझदार का बड़ा मूल्य होता है। ज्ञान-प्राप्ति, अच्छा स्वास्थ्य बनाने अथवा कविता लिखने के मूल में अर्थशास्त्र का यही सिद्धान्त काम कर रहा है कि मनुष्य ज्ञानवान, स्वस्थ अथवा कवि बनकर अपना मूल्य बढ़ा सकता है। पर जब शिक्षा बढ़ जाने से सब समझदार हो जाएँगे तो समझदार की कोई इज़्ज़त नहीं रहेगी। तब मूर्खों का मूल्य बढ़ जाएगा। जैसे कवि अधिक हो जाने से कविता का पारिश्रमिक कम हो जाता है। संसार में जितने मनुष्य हैं, उनकी आवश्यकता भर दूध नहीं है। इससे दूध का मूल्य बढ़ जाता है। परन्तु सामान्य व्यक्ति खरीद सके, इस हेतु दूध में पानी मिलाया जाता है। मात्रा बढ़ जाने से मूल्य कम हो जाता है। बिल्ली अपने निजी प्रयत्नों से मूल्य की इस गिरावट को रोकती है। यदि सेर भर दूध में से आधा बिल्ली ने पी लिया तो शेष आध सेर दूध का मूल्य सेर भर दूध के मूल्य के बराबर हो गया। मूल्य बढ़ जाने से बाजार में स्थायित्व आता है। मनुष्य अपनी आवश्यकता की पूर्ति के लिए अधिक प्रयत्न करता है, अधिक श्रम करता है और वैज्ञानिक दृष्टिकोण अपनाता है, जिसका अर्थ है—जीवन-स्तर उठाना। मनुष्य का जीवन-स्तर उठाने में बिल्ली प्रमुख भूमिका अदा करती है। इसी कारण उठे हुए जीवन-स्तर के व्यक्ति प्रायः बिल्ली पालते देखे गये हैं। वे स्वयं अपने हाथों बिल्ली को दूध पिलाते हैं। यह सिद्ध है कि बिल्ली पालने की प्रथा जितनी बढ़ेगी मनुष्य का जीवन-स्तर उतना उठेगा।

मनुष्यों की संख्या भी चूहों के समान बढ़ रही है और आवश्यकतानुसार इतना अन्न धरती उपजा नहीं पा रही है। मनुष्य-समाज की सहयोगिनी के नाते बिल्ली कभी सिंके भुट्टे भी नहीं खाती। न केवल यह, बल्कि अन्न का नाश करने वाली चिड़ियों तथा मुर्गियों को भी वह समाप्त कर देती है। यों चूहे समाप्त करने में भी उसकी मूल भावना यही रहती है। इस प्रकार अन्न की बचत होती है। मनुष्य को जीवित रखना बिल्लियों के हित में है। वह घर बनाने वाला प्राणी है, जहाँ चूहे पलते हैं।

बिल्लियों के अर्थशास्त्र का उद्देश्य इस प्रकार से सच्चे अर्थों में विश्व का कल्याण है, जहाँ सब सुखी रहें।

मनुष्यों का अर्थशास्त्र प्रकाशित होने से जिस प्रकार अनेक प्रकार के निजी लाभ, आक्रमण, शोषण और विनाश को सिद्धान्तों का सहारा मिल गया है, उसी प्रकार बिल्लियों के अर्थशास्त्र के प्रकाशन से भी अब बिल्लियों के समस्त कार्यकलाप सिद्धान्ततः उचित हैं। जैसे—

1. एक चूहे को मरता देख समस्त चूहावर्ग को प्रसन्नता होनी चाहिए कि उनकी बढ़ती हुई संख्या की समस्या हल हो रही है। इसके लिए उन्हें बिल्लियों का आभार मानना चाहिए।
2. मनुष्यों द्वारा अर्जित दूध यदि बिल्ली कम करे तो इससे दुग्ध-उत्पादकों को लाभ होगा क्योंकि भाव नहीं गिरेगा और सामान्य जीवन-स्तर ऊपर उठेगा।

3. यदि बिल्ली पेड़ पर बैठी हुई शान्त चिड़िया पकड़े तो मनुष्य को तालियाँ बजाना चाहिए क्योंकि उसके अन्न की सुरक्षा हो रही है।

म्याँऊ !

12

शान्तता, चिन्तन चालू आहे !

कई बार मुझे यह भ्रम हो जाता है कि देश प्रगति कर रहा है और कई बार यह भ्रम हो जाता है कि यह भ्रम नहीं है, वाकई कर रहा है। इसके बाद अगला प्रश्न उठता है कि कहाँ से, किस दिशा में प्रगति कर रहा है ? और क्या भारतीय प्रगति के सन्दर्भ में दिशा शब्द का उपयोग किया जाना चाहिए अथवा नहीं ? प्रगति कहीं से किसी दिशा में हो रही है या किसी दिशा से कहीं भी हो रही है। दिशा से दिशा में हो रही है अथवा कहीं से कहीं हो रही है ? क्या दिशा कहीं है ? क्या कहीं दिशा है ? क्या भारतीय सन्दर्भ में प्रगति और दिशाभ्रम समानार्थक शब्द हैं ? कोश क्या कहता है ? जिनमें जोश है, उनका जोश क्या कहता है ? जो दिशा की बात करते हैं, उनकी दिशा क्या है ? जो दशा को रोते हैं उनकी दिशा क्या है ? इसमें चिन्ता किस विषय में की जानी चाहिए ? उनके रोने पर, दशा पर या दिशा पर ? और उसके साथ हर उदीयमान राष्ट्र का एक बाल-सुलभ प्रश्न है कि दिशाएँ कितनी हैं ? तथा करोड़ों के देश में कुल मिलाकर दशाएँ कितनी हैं ? राजनीतिक सवाल है कि रोनेवाले कितने हैं ? आप क्या कर रहे हैं ?

चिन्तन चालू है। उसे करनेवाले भी कम नहीं। वे भी चालू हैं। वे रो रहे हैं। भारत में रोनेवालों की तीन जातियाँ हैं। कुछ अतीत पर रोते हैं, कुछ भविष्य पर, कुछ वर्तमान पर। जिसकी जैसी औकात है वैसा वह रोता है। रोना राष्ट्रीय धर्म है, आपकी गम्भीरता और जागरूकता का सूचक। रोना मुक्ति नहीं, असफलता नहीं, धँसने का प्रयत्न है। रोना आपके सरोकार का, गहरे लगाव का सूचक है। रोने से दरवाजा खुलता है। जिस स्तर पर रोओ, उस स्तर का दरवाजा खुलता है। अन्तर्राष्ट्रीय स्तर पर रोनेवाले के लिए विदेश का दरवाजा खुलता है, प्रान्तीय स्तर पर रोनेवाले के लिए राजधानी का दरवाजा खुलता है। जो राष्ट्रीय स्तर पर रोये, उनके लिए दिल्ली-दरवाजा हमेशा खुला रहा। रोइए, दरवाजा खुलेगा, अन्दर जाइए, वहाँ अन्य रोनेवाले मिलेंगे। काम चालू है, चिन्तन चालू है। एजेण्डा बदलता है, मगर रोने की कार्रवाई चलती रहती है।

टुच्चे हैं, जो वर्तमान पर रोते हैं। बहुत गहरे हैं, जो अतीत पर रोते हैं, महान् हैं, जो भविष्य पर रोते हैं। देश की खास बात है कि किसी काल की उपेक्षा नहीं हो रही। काम बराबर चल रहा है। चिन्तन चालू है। जिसका वर्तमान सध गया, वह भविष्य पर रोने लगा। वह भी सध गया, तो अतीत की चिन्ता में डूबा। इतिहास के जिक्र से

मानसिक ऐय्याशी की गन्ध आती है। आने दो। हर गहरी वस्तु से आती है। रोने का शिल्प वैविध्य से पूर्ण है। जिसके हाथ में अखबार है वह रो रहा है, जिसके हाथ में किताब है, वह रो रहा है; जिसके हाथ में माइक है, वह रो रहा है। राष्ट्रधर्म पर बलि-बलि जा रहे हैं। रोना राष्ट्रधर्म है। आँसू गहराई के सूचक हैं। चूँकि कुर्सी पर बैठा व्यक्ति सामने खड़े व्यक्ति की तुलना में अधिक गहरा है, अतः वह अधिक रो रहा है। नदियाँ बह रही हैं।

नदियाँ बह रही हैं, जो कुर्सियों में समा जाती हैं। सारी नदियाँ अन्ततः कुर्सियों में बदल जाती हैं, प्रवाह की आत्मा टेबल की शक्ल ले लेती है। शरीर कुर्सी का है। चिन्तन चालू है। नदी कुर्सी है। नदियाँ कुर्सियाँ हैं। नदी की दिशा क्या है ? कुर्सी की दिशा क्या है ?

कुर्सी का मुँह सामनेवाले की तरफ है। सामनेवाले का मुँह कुर्सी की तरफ। दिशाएँ औकात से निश्चित होती हैं। इस पार प्रिये कुर्सी है, उसका मजा है, उस पार न जाने क्या होगा ? कुछ नहीं है उस पार। आदमी आवेदन लिये खड़ा है। उसकी दिशा, उसकी औकात ने निश्चित की है। वह इधर देख रहा है, आप उधर देख रहे हैं। पूरा देश इधर-उधर देख रहा है। सब कयामत की नजर रखते हैं। दिशा पर टकटकी लगी है। खड़े होंगे तो कुर्सी पीछे हटानी होगी। नदी पीछे नहीं हटती। इसीलिए बैठे हैं। खड़े नहीं हो सकते। रो रहे हैं कि खड़े नहीं हो सकते। माइक पर रो रहे हैं, फूलों के हार से कण्ठ रुँधा है। कारों ने पैर सुन्न कर दिये। सोफे दलदल हैं, मनुष्य मजबूर है। वह धँसा हुआ रो रहा है। उसके आँसू राष्ट्र की समस्या हैं। उस पर ध्यान दो। सुर में सुर मिलाओ। राष्ट्रधर्म है।

चिन्तन चालू है। दशा का अध्ययन और दिशा की तलाश चालू है। काम बराबर बँटा है। कुछ दशा पर चिन्तित हैं, कुछ दिशा पर। कुल मिलाकर ध्वनि रोने की है। कहाँ जाएँ, कैसे जाएँ और क्यों जाएँ ? कौन जाएगा ?

जानेवालों के चित्र छप रहे हैं। कार्टून छप रहे हैं। बयान दे रहे हैं, हूट हो रहे हैं। कुल मिलाकर वे सफल हैं। जाना नहीं है, पर निरन्तर जाते रहना है। स्टेशन पर दुकान खोल बस जाना है। रेलों की घोषणाएँ करनी हैं, गम्भीर सूचनाएँ देनी हैं, खुद कहीं नहीं जाना। यात्रा से बड़ी राष्ट्रसेवा है—जंक्शन के खानसामा हो जाना। जो भी दिशा हो हम थाली सप्लाई करेंगे। यात्री दिशा की सोचता है, खानसामा अपनी दशा की सोचता है। भीड़ है, घोषणाएँ हैं, ठेले हैं, खिड़की से बाहर झाँकते चेहरे हैं और उन सबको चीरते थाली लिये खानसामा और बेयरे हैं। सब गड्डमड्ड है और यही राष्ट्र है। अगले स्टेशन पहुँचने की चिन्ता से इस स्टेशन पर थाली का इन्तजाम करना जरूरी है। यह राष्ट्रधर्म है। हमें खिलाओ ताकि हम बो सकें। कुर्सी दो ताकि हम विचारें, माइक दो ताकि हम रोयें। आओ, सब मिलकर रोयें। सहयोग करें। कुर्सीवालों, माइकवालों से सहयोग करें। तेरे तम्बू की शरण हमारा विचारशील सिर हो। राष्ट्रधर्म

पर बलि-बलि जाएँ।

चिन्तन चालू है। रोना जारी है। जिनकी औकात बड़ी है, उनकी कुर्सी गोल-गोल घूमती है। दिशाएँ बदलना हर गोल घूमनेवाली कुर्सी का जन्मसिद्ध अधिकार है। आँसू का विषय बदलता है। नदियाँ रुख बदलती हैं। राष्ट्र परिवर्तन की चेतना से चकाचौंध हो अन्धों के अन्दाज में हाथी को महसूस कर किलकारियाँ भरने लगता है। दूसरे ही क्षण वह गम्भीर हो जाता है और हाथी का आकार पहचानने लगता है। वह किस दिशा में जाएगा, पता लगाता है। चिन्तन चालू हो जाता है। दशा क्या है ? दिशा क्या है ? हाथी ठहरा हुआ है या शायद वह चल रहा हो, अन्धे ठहरे हुए हैं या दोनों चल रहे हों। अन्तर नहीं पड़ता। दशा और दिशा में एकरूपता-सी लगती है। हम जहाँ हैं, वहीं से वहीं-वहीं चलते, उसी जगह पहुँचते हैं। चिन्तन जारी है। हम चलने के बावजूद पहुँच नहीं रहे। पहुँचने के बावजूद नहीं चले थे क्या ? आँसू बहने लगते हैं, स्वर फूटते हैं। माइकवाला आपकी ऊँचाई के अनुरूप माइक एडजस्ट करने लगता है। क्षण-भर का काम है। माइक के अनुरूप अपनी ऊँचाई बनाने के लिए कितने वर्ष लगे थे आपको ? आपके अनुरूप माइक क्षण-भर में फिट हो जाता है। सारे रोने, सारे चिन्तन का यह उपलब्धि-बिन्दु है। मानव सदैव यन्त्र से समझौता करता है। नेता हो जाने पर यन्त्र मानव से कर लेता है।

चिन्तन चालू रखिए, बोलिए, रोइए, दशा बताइए, दिशा दीजिए।

"भाइयो और बहनो, आज इस बाँध का उद्‌घाटन करते हुए मुझे हार्दिक प्रसन्नता होती है। आप तो जानते ही हैं कि पूज्य बापू ने बाँधों के विषय में क्या कहा है। आज इस बाँध से इस क्षेत्र की प्रगति होगी। कमीशन, भ्रष्टाचार आदि मिलाकर इस बाँध की कुल लागत…"

जारी रखिए, सुनने के लिए भीड़ खड़ी है। उसे यह भ्रम है कि राष्ट्र प्रगति कर रहा है। और हो सकता है कि यह भ्रम भी एक भ्रम हो और राष्ट्र वाकई प्रगति कर रहा हो।

तब अगला प्रश्न उठता है !

उठने दो, निपट लेंगे। चिन्तन चालू है !

13

डिब्बे में बैठे लोग

आदमी के जीवन और संसार की गति तेज हो गयी है। यह शायद इसलिए कहा जाता है कि लोग एक जगह से दूसरी जगह पहले की अपेक्षा जल्दी पहुँच जाते हैं। लगता है, जीवन और संसार का अर्थ और लक्ष्य यहाँ से वहाँ पहुँचना ही है। जो जहाँ है, वहाँ से वह किसी और जगह पहुँच जाए, इसी का नाम जिन्दगी है। पिछले पचास-सौ साल से मनुष्य जाति पूरे समय इसी इन्तजाम में जुटी रहती है कि एक जगह से दूसरी जगह जाने के तरीके और साधन तेज और पुख्ता हों। सड़कें बनाना, उन्हें चौड़ा और मजबूत करना, नये अन्दाज और रूप की कारें और बसें ईजाद करना, हवाई अड्डे और बीसियों तरह के छोटे-बड़े हवाई जहाज, रेलें, मोटरसाइकिल, स्कूटर, तीन पहिये के ऑटो और भी जाने क्या-क्या ! सबको अपनी जगह से किसी दूसरी जगह जाना है। इसके लिए रास्ते और वाहन जरूरी हैं। आदमी का काम पूरी ताकत से इन्हें बनाते रहना है। इसकी एक हलचल है, जिसे हम प्रगति सम्बोधित कर देते हैं। कहते हैं, यही जीवन है, यही संसार है और इसकी गति तेज है। आदमी बहुत दूर तक टेलीफोन से बात कर लेता है, केबल पहुँच जाते हैं, अखबार खबरें लेकर चारों तरफ फैलता है, खोलने पर रेडियो दूर की खबरें देता है। गति बढ़ गयी है, इसमें शक नहीं।

यद्यपि चम्पा का वृक्ष उतने ही समय में सुगन्ध-भरा फूल देता है, जितना वह चन्द्रगुप्त मौर्य के जमाने में देता था। लड़की उतने ही वर्षों में युवा होती है, जितनी हड़प्पाकाल में होती थी। प्रसव में उतने ही माह लगते हैं, जितने वैदिक काल में लगते थे। सम्पूर्ण शेक्सपीयर पढ़ने में उतना ही समय लगता है, जितना पिताजी को लगा। बी. ए. हम उतने ही सालों में होते हैं। नौकरी पक्की होने में उतने ही समय की परेशानी होती है। दशहरी आमों के लिए आज भी पूरे बरस इन्तजार करना पड़ता है, जितना वाजिद अलीशाह को करना पड़ता था। आदमी के डग लम्बे नहीं हुए। राम जिस गति से वनवास को गये, चन्द्रशेखर उसी गति से अपनी कर्मभूमि दिल्ली लौटे। औरत शृंगार में आज भी कोई कम वक्त नहीं लेती। बादलों की गति वही है। प्रेमपत्र लिखने में वही समय लगता है, जो उषा-अनिरुद्ध के काल में था। मतलब यह कि अधिकांश मामलों में गति वही है, जो रहती चली आयी है। मोटा उपन्यास जल्दी समाप्त नहीं होता और मोटी औरत जल्दी दुबली नहीं होती। जीवन और संसार का अर्थ और लक्ष्य एक जगह से शीघ्रातिशीघ्र दूसरी जगह पहुँचना भर हो, तो बात दूसरी है। पृथ्वी के

घूमने की गति वही है, हम चाहे पृथ्वी पर एक बिन्दु से दूसरे बिन्दु जल्दी पहुँच जाएँ। वह तो सूर्य के सामने उतना ही समय चक्कर काटने में लेती है। वर्ष कोई जल्दी तो नहीं बीत जाता। फिर भी हमें गति पर गर्व है।

हम सब रेल के डिब्बे में बैठे हुए लोग हैं। चूँकि हमने गति को ही जीवन की पहचान बना लिया है, इसलिए इसके अलावा हम हो भी क्या सकते हैं ! हम खुद तो तेज गति से चलते नहीं। हम जिस डिब्बे में बैठे हैं, वह चल रहा है। हम इस कल्पना से प्रसन्न हैं कि हम तेज गति से जा रहे हैं और इसी का नाम जीवन है। हमारी ट्रेजेडी यह है कि हमारे समानान्तर दूसरी पटरी पर भी एक रेल उसी दिशा में जा रही है, जिस दिशा में हमारी रेल जा रही है। वह रेल पीछे से आयी है और बराबरी पर चल रही है। हमें भय है कि वह हमसे आगे न बढ़ जाए। यद्यपि हम गति पर विश्वास करते हैं और उसे ही जीवन मूल्य मानते हैं पर हमें दूसरी रेल का, जो दूसरी पटरी पर है, चलना और हमसे आगे बढ़ जाना अच्छा नहीं लगता। इस कल्पना से हम असुरक्षित अनुभव करते हैं। दूसरे, जो उसी दिशा में जा रहे हैं, कहीं हमसे आगे बढ़ न जाएँ। हम अपनी रेल को कोसते हैं। उसके ड्राइवर और उस समूची व्यवस्था को कोसते हैं, जो उतनी तीव्र नहीं है कि दूसरी रेल बढ़ न पाए। यद्यपि हम नहीं जानते कि अन्तिम स्टेशन कौन-सा है, हमें कहाँ उतरना है, दूसरी रेल आगे चलकर कौन-सी दिशा लेगी और जल्दी पहुँचकर हम या वे क्या कर लेंगे। पर हमें लगता है कि यह अनर्थ घट रहा है कि एक रेल हमारे बराबर चल रही है और शायद हमसे आगे बढ़ जाए।

समुद्रगुप्त के जमाने में, मानिए एक व्यक्ति अपनी झोपड़ी के बाहर खाट पर बैठा है। उसके ठीक सामनेवाले झोपड़े के बाहर भी एक व्यक्ति उसी तरह खाट पर बैठा है। दोनों दाँत कुरेदते एक-दूसरे को कभी-कभी उचटती निगाहों से देख लेते हैं। समुद्रगुप्त का जमाना। दोनों में से एक भी व्यक्ति उठकर चलने नहीं लग जाता कि हम कहें कि फलाँ दूसरे की अपेक्षा प्रगति कर रहा है। अब आज के समय में आइए। समानान्तर पटरियों पर एक ही दिशा में जानेवाली रेलों के दो डिब्बों में वही रिश्ता और दूरी है, जो समुद्रगुप्त के काल में उन दोनों झोपड़ों के सामने बिछी खाटों में थी। वही कोण, वही परिप्रेक्ष्य, वही नाता। आप यह कह सकते हैं कि जीवन प्रगति कर रहा है, क्योंकि वे दोनों अब खाट पर नहीं बैठे, बल्कि चलती रेलों के अलग-अलग डिब्बों में बैठे हैं। क्या अन्तर है ? क्या अन्तर है, समुद्रगुप्त के जमाने और आज के जमाने में ? आप कहेंगे, तब झोपड़ी के आगे बिछी खाट थी और अब रेल का डिब्बा है। पर जिस चलती रेल से उतरने की जीवन-भर सुविधा नहीं, तो अन्तर क्या हुआ दोनों स्थितियों में !

हमारा सारा दिन दूसरों को देखते बीत जाता है। इस नजर से कि कहीं वह हमसे आगे न बढ़ जाए। यदि पहले ही बढ़ चुका है तो और न बढ़े। पिछड़ जाए। हम उस तक पहुँच जाएँ। उससे आगे बढ़ जाएँ। एक रेडियो कम्पनी अपना रेडियो हाथ में ले,

दूसरी कम्पनी की ओर उस नजर से देखे, तो शायद प्रतियोगी भाव समझ में आता है। पर मार्केट में मिलने पर लोग एक-दूसरे की पत्नियों, कारों, बुशर्टों और जूतों को भी इस नजर से देख लेते हैं कि कहीं वह हमसे अधिक सुखी तो नहीं है। दूसरे के घर जाते हैं, तो वहाँ भी चिन्ता यही रहती है कि देखें, यह कितना आरामदेह जीवन जी रहा है। बस पूरे वक्त रेल के डिब्बे में बैठे दूसरी रेल देख रहे हैं।

आजादी के बाद भारतीय मध्यमवर्ग खासतौर से इस प्रतियोगिता का शिकार हुआ। उसे इस पचड़े में फँसकर क्या मिला ? डायनिंग टेबुल, फ्रिज, टू-इन-वन, टी. वी., डनलपिलो, ठण्डी बीयर, फर्स्टक्लास में यात्रा, इम्पोर्टेड साड़ी और बुशर्ट, कॉन्वेण्ट के उच्चारण में बोलने वाली औरत, जो बाहर समाज में माधुर्य बिखेरती है और घर में छोटी बातों पर तनाव उत्पन्न करती है। पार्टियाँ, चरित्रहीन लोगों से दोस्ती करने की मजबूरी। उसके सिर पर पड़ी दहेज की प्रथा, महँगी शादियाँ, बहुओं का जलना, बच्चों का पतन, अपने समाज से कटना, माँ-बाप से दूरी और नफरत, बॉस की हद दर्जा खुशामद, मेहनत के बावजूद निरन्तर असुरक्षा, बीमारी, हार्ट अटैक, नींद के लिए गोलियाँ, स्वाभिमान का अन्त, बढ़ते अपराधों को सहन करना और उसके शिकार होना, ब्लैक और चोरी से कमाई, निरन्तर बेईमानी, विशेष सामान घर पर न होने की अकुलाहट, सास-बहू का खिंचाव, नशा।

निरन्तर रेल के डिब्बे में बैठे दूसरी रेल की प्रगति से परेशान पैसेंजरों को यह मिला। यह सवाल फिर भी बकाया है कि रेल कहाँ जा रही है ? कौन-सा स्टेशन हमारा लक्ष्य है ? इस रेल का मालिक कौन है ? टाटा, स्वराजपाल या श्रीमती गाँधी! हम यह यात्रा अपने लिए कर रहे हैं या दूसरे के लिए ? कहीं ऐसा तो नहीं कि रेल चल ही नहीं रही हो और हम एक-दूसरे को देखने में व्यस्त गतिहीनता से अपरिचित हों ? कहीं कुल मिलाकर स्थिति वही तो नहीं, जो समुद्रगुप्त के जमाने में दो झोपड़ों के सामने बैठे दो लोगों के बीच थी। क्योंकि चम्पा का वृक्ष तो उतने ही दिनों में फूल देता है, जितना तब देता था।

14

चरित्र !...हुँह !!

हमारे देश में तो ऐसा है जो विचार करें, सो विचारक। विचार लोग करते नहीं। या जो करते हैं वे उसी में लगे रहते हैं। एक जमाना रहा होगा जब काफी लोग सोच-विचार में डूबे रहते होंगे। कहने वालों ने कह दिया कि भारत विचारकों का देश है और हमने बिना सोचे-विचारे इस बात को मान लिया। वह राजाओं का जमाना था। विचार करने वाले राजा के विषय में विचार करते थे। राजा बिना सोचे-विचारे काम करता रहता था। जब मर्जी हुई युद्ध लड़ने निकल गये, जब मर्जी हुई श्रृंगार-रस का अध्ययन-आस्वादन करने में डूब गये। विचारकों में जो सबसे खुर्राट और प्रेक्टिकल क़िस्म का व्यक्ति होता था, वह राजा का मन्त्री हो जाता था। सोचने-विचारने का काम उसका। राजा को कुछ पूछना हो, तो मन्त्री से पूछ ले। इन्हीं मन्त्रियों की सलाह से एक के बाद एक राजवंश डूबते चले गये और एक दिन ऐसा आया कि देश में मन्त्री ही मन्त्री हो गये और उनसे कोई पूछने वाला नहीं रहा। प्रजातन्त्र का अर्थ हो गया, मन्त्री ही मन्त्री। मन्त्री भी देश या राज्यों के नहीं, विभाग के। विभाग उनका, वे विभाग के। वे सरकार के मन्त्री और वे ही सरकार। मन्त्री को सलाह देने वाले अफसर। अर्थात् मन्त्री के मन्त्री अफसर। अब यह दृश्य कि अफसर मन्त्रियों को डुबोने में लगे और मन्त्री देश को। काफी सोच-विचार कर जिससे जो बन रहा है, कर रहा है।

फिर भी विचारने वाले विचारते हैं। चिन्तन करने वाले, चिन्तनाते हैं। आजकल वे प्रजातन्त्र पर विचारते हैं। कहने की आजादी में कमोबेशी चलती रहती है, पर विचारने की तो आजादी है। आप मन्त्री पर विचार सकते हैं, मुख्यमन्त्री पर विचार सकते हैं, प्रधानमन्त्री पर विचार सकते हैं। पूरे प्रजातन्त्र पर विचार सकते हैं। जैसे अभी मेरे शहर में किसी विचारक ने विचार कर कहा कि जब तक देश में अध्यात्म टिका है, प्रजातन्त्र के टिके रहने में कोई सन्देह नहीं।

अब मैं यह पता लगा रहा हूँ कि अध्यात्म कहाँ टिका है ? इसलिए नहीं कि मैं उसे उखाड़ने के चक्कर में हूँ, पर इतना जानना तो आवश्यक है कि जब सब उखड़ रहे हैं, वह कैसे टिका है ? अपने दम पर टिका है या इसे टिकाये रखने में किसी का स्वार्थ है ? अब यह पता लगाना कि आध्यात्मिक भारत में अध्यात्म कहाँ है—उतना ही कठिन है, जितना शरीर नामक जगह में आत्मा नामक किसी चीज का पता लगाना या ब्रह्माण्ड में ब्रह्म खोजना। फिर दूसरी समस्या है अध्यात्म का प्रजातन्त्र से रिश्ता

तलाशना। जब इस देश में अध्यात्म पर तर्क-कुतर्क चलता था, प्रजातन्त्र नहीं था। अब जब प्रजातन्त्र आया, तब अध्यात्म पर सोचने की फुरसत किसी के पास नहीं है। ऐसे में अध्यात्म और प्रजातन्त्र के सम्बन्ध की जाँच-पड़ताल करना कम सिरदर्द नहीं है। हम ठहरे विचारक। विचार किये बिना मानेंगे नहीं। और एक भाई ने जब यह कह दिया है कि अध्यात्म पर प्रजातन्त्र टिका है, तब हमारा फर्ज है कि उसकी बात को ऐसा काटें कि आगे से वह विचार करना भूल जाए।

तो मन्त्री के आगे मन्त्री, मन्त्री के पीछे दो मन्त्री। आगे मन्त्री पीछे मन्त्री, अर्थात् मन्त्री-दर-मन्त्री, मन्त्री पर मन्त्री वाले इस देश में प्रजातन्त्र का मूलमन्त्र अध्यात्म है। मेरे शहर के उस विचारक ने कहा कि अध्यात्म से चरित्र का निर्माण होता है और जब तक चरित्र उत्कर्ष है प्रजातन्त्र की सारी चुनौतियों से निपटना सम्भव है। सुनकर पहले तो मुझे शक हुआ कि कहीं यह विचार-गुण प्रधान शख्स चरित्रवान होने का दम तो नहीं भरता और इसका इरादा इसी सन्दर्भ में चुनाव में खड़े होने का तो नहीं है ? पर अभी चुनावों में देर है और अपने सन्देह की जाँच करने का समय नहीं है। खैर इसी में है कि विषय में रहें। एक अदना विचारक की मुद्रा अपनाते हुए मेरा महान् विचार यह है कि गाँधीजी के साथ वह युग समाप्त हो गया, जब अध्यात्म के साथ राजनीति जुड़ी रहती थी। प्रजातन्त्र बाद में आया और वह अपने प्रकार की राजनीति लाया।

पार्टियों ने उन लोगों को मंच से खिसकाना शुरू कर दिया जिनमें थोड़ा-बहुत अध्यात्म पाया जाता था। टिकट पाना है, चुनाव जीतना है, मन्त्री बनना है और फिर अपने और अपने वालों के लिए जो किया जा सकता है वह किया जाना है। जो कुछ भी अध्यात्म है, तो फकत इतना है। प्रजातन्त्र में नेताओं की रुचि परम व्यक्तिगत कारणों से है। यदि वे मन्त्री हैं, तो इस बात का देश से कोई सीधा सम्बन्ध नहीं। उनके लाभ-प्राप्ति के प्रयत्न में यदि देश का भी लगे हाथ कोई लाभ हो जाता है, तो उन्हें इससे कोई इनकार नहीं है। यहाँ तक का स्वार्थ तो किसी भी देश में दिखाई दे सकता है कि राष्ट्र के हित में इमारत बन रही है, तो कोई नेता ठेकेदार से रिश्वत या कमीशन खा गया, पर भारत आज इस ऊँचाई पर है कि कमीशन खाना है, इसलिए एक गैर-जरूरी इमारत के निर्माण पर जोर दिया गया और वह खड़ी की गयी। निजी फायदे बँट गये, इमारत के सही उपयोग की चिन्ता कोई नहीं सोचता। इसकी बजाय लोग नयी इमारत की सोचते हैं और उसके निर्माण की महत्ता प्रतिपादित की जाती है। क्रिया-कलापों के मूल में इतनाभर अध्यात्म है। प्रजातन्त्र देश की आत्मा हो या न हो, नेता अवश्य परमात्मा है। आत्मा को चाहिए कि वह परमात्मा से जुड़ने का प्रयत्न करती रहे। आत्मा अमर है, पर परमात्मा उससे ज्यादा अमर है और आत्मा को अन्ततः परमात्मा से मिलना है।

जैसा मेरे शहर के विचारक कहते हैं अध्यात्म से चरित्र बनता है। मान लीजिए बना ! पर राजनीतिक पार्टियाँ जब चुनाव के उम्मीदवारों को टिकट देती हैं, वे चरित्र

और उसके पीछे के अध्यात्म पर विचार नहीं करतीं। वे उम्मीदवार का जाति-वर्ग देखती हैं, चुनाव में रुपया खर्च करने की उसकी क्षमता देखती हैं, शहर के दादाओं और स्वयं दादागीरी करने की उसकी योग्यता के प्रति आश्वस्त होती हैं। राजनीति में वह किस गुट का आदमी है, यह पता लगाती हैं और इन कसौटियों पर जाँच कर जिसे उपयुक्त पात्र समझती हैं, टिकट थमा देती हैं। इस सम्पूर्ण प्रक्रिया में चरित्र कहीं आड़े नहीं आता। नेतृत्व अपने आप में चरित्र है। इन दिनों चरित्र-रहितता नेतृत्व को अधिक उभारती है। मेरे शहर के विचारक महोदय थोड़ा और विचार करें। चरित्रवान व्यक्ति इस देश के प्रजातन्त्र में वोटर से अधिक कुछ नहीं हो सकता। नेता उस पर शक करता है कि यह सही जगह वोट नहीं देगा। उसकी नजर में एक चरित्र वाला वोटर पार्टी का और व्यक्तिगत रूप से उसका शत्रु हो सकता है।

आखिर आध्यात्मिक या किसी अन्य सन्दर्भ में यह चरित्र होता क्या है ? किसी से पूछो तो वह शायद सत्य के और न्याय के प्रति व्यक्ति की दृढ़ता, मानवीयता, समाज की सेवा, आत्मा की शुद्धता किस्म की बातें बोलेगा। इसमें एक बात बताइए जिसकी पार्टीतन्त्र और प्रजातन्त्र में आवश्यकता हो। चरित्र की जरूरत श्रेष्ठ मूल्यों के निर्वाह के लिए होती है। जब मूल्य ही नहीं रहे, तब चरित्र लेकर क्या भाड़ झोंकिएगा ? आज की राजनीति में चरित्र वाला आदमी खतरनाक माना जाता है। डाकुओं के लिए खुली जेल है, क्योंकि उन पर भरोसा किया जा सकता है। चरित्र वालों को बन्द जेल में रखा जाता है। उस पर शक रहता है कि यह दीवाल कूदकर भाग जाएगा।

इसलिए जिसके पास चरित्र है, वह बेहतर हो, उसे लपेट कर धर ले। निजी व्यक्तित्व में समो ले। बेकार की बातों में कुछ नहीं धरा। विचारक तो विचारते रहते हैं। सिवाय विचारते रहने के वे बिचारे कर भी क्या सकते हैं ! बुद्धि के चने कितने ही लोहे के हों, वे भाड़ नहीं फोड़ सकते। विचारक की भूमिका उलटा भाड़ झोंकने के अतिरिक्त कुछ नहीं होती। चरित्र कस्तूरी है। जिसके पास चरित्र है, उसे यह नहीं भूलना चाहिए कि शिकारियों से भरे जंगल में वह एक अदना हिरन है। केवल हिरन। एक फिल्म की कथावस्तु होने के अतिरिक्त गाँधी की क्या उपयोगिता है इस देश में। चरित्र ! हुँह !!

15

'मनीप्लाण्ट' और 'कैक्टस'

आज 'मनीप्लाण्ट' की डाल गमले में बोयी है। बहुत दिनों से कह रही थी बीबी कि 'ड्राइंगरूम' में मनीप्लाण्ट लगाना है। आज लग गया। वह खुश है। हम अपने अगले कमरे को 'ड्राइंगरूम' कहते हैं। एक तखत बिछा है, एक-दो चौकियाँ पड़ी हैं और मेज पर किताबों और पत्रिकाओं का ढेर। दीवारें सब गन्दी हैं। मोहल्ले के बच्चों ने तस्वीरें बना रखी हैं। कभी-कभी जोश आता है तो इस कमरे को सजाने-सँवारने की सोचते हैं। तीन-चार दिन तक 'मूड' रहता है। सब किताबें ठीक से रख दी जाती हैं, पर धीरे-धीरे फिर वही सब हो जाता है। मध्यम वर्ग के आदमी की सारी जिन्दगी अपने तीन कमरों की समस्या सुलझाने में गुजर जाती है। 'ड्राइंगरूम' के लिए कुर्सियाँ खरीदेगा तो रसोई के लिए कोयला, आटा कम पड़ जाएगा। वह न हुआ तो चादरें फट जाएँगी। चादरें खरीद कर लाया तो बिजली का बिल चुकाना रह गया, समझो। हँसी आती है और क्रोध भी। इसलिए अब घर को ड्राइंगरूम, किचन और 'बेडरूम' में बाँटने का विचार छोड़ पूरे घर को घर पुकारने लगा हूँ। यही मुझ जैसे सभी व्यक्ति करते हैं। वे सब जो तुलसी का पौधा बोते हैं, पड़ोसी के घर से फूल चुराकर अपने भगवान् पूजते हैं, पतलून खूँटी पर टाँग 'अण्डर वियर' पहने घूमते हैं और अपने गणित का सारा ज्ञान वेतन का खर्च जमाने में लगाते हैं। वे सब वस्त्र कम होने के संकोच में असामाजिक प्राणी हो गये हैं। वे सब जो सड़क से गुजरता जुलूस उत्साह से देखते हैं पर घर आया अतिथि टालते हैं, मैं उन सब में से ही एक हूँ। मनीप्लाण्ट की डाल बोना मेरी हिमाकत है। यह पौधा मेरे यहाँ पनप जाएगा या नहीं इसमें मुझे सन्देह है। पैसे का पौधा हमारे घर क्यों पनपने लगा ?

पर अब पौधा लग ही गया है तो इसे बराबर पानी देना होगा। मैंने सजाकर रख दिया है। इसके पत्ते बड़े चिकने हैं। मुझे कुछ दया आ गयी। क्या लेता है आखिर ? पानी ही तो पीता है मात्र। हम खूब पानी देंगे। इस मामले में तो मैं किसी भी बँगले वाले से होड़ ले सकता हूँ। अगर इस पौधे को बजाय पानी के दूध देना पड़ता तो मैं हार जाता। इसकी वही दुर्दशा होती जो बँगले वाले बच्चों की तुलना में एक मध्यमवर्गीय के बच्चे की होती है। पर पानी पीकर तो मैं पनप गया हूँ, यह भी पनपेगा।

मित्र आते हैं तो मेरे मनीप्लाण्ट को गौर से देखते हैं। कोई तारीफ भी कर बैठता है। यानी रौब पड़ता है। 'मनी' शब्द की ही महिमा है। पौधे के आगे ही 'मनी' लगा

होता है तो सब रौब खाते हैं। मेरे पास 'मनी-ऑर्डर' आएँ तो मेरे ठाठ बढ़ें। सिर्फ मनीप्लाण्ट लगाने से कुछ ठाठ तो बढ़ते ही हैं। मैं हँस देता हूँ। पत्ते फूट रहे हैं। कोमल छोटे पत्ते। फूल नहीं होता। सुगन्ध नाम को भी नहीं। पैसे की भी यही प्रकृति है। सोचता हूँ, इस पौधे का बीज भी होता है या नहीं। लोग पौधे की डाल काटकर ले जाते हैं और दूसरी जगह बो देते हैं। वहीं पनप जाता है। जैसे बैंक की शाखाएँ खुलें या किसी कम्पनी ने नयी कम्पनी डाली हो। नये सिरे से श्रम नहीं करना पड़ता। अर्थशास्त्र और पौधा-शास्त्र के नियमों में इस मामले में एक ही नियम लगता है। सेठ साहब ने एक धन्धा अपनाया। रुपया पत्तों की तरह फूट आया। कई डालियाँ हैं जिन पर पैसा लगता है और वे सब उनके कब्जे में हैं। सिर्फ एक डाल है उनके अपने श्रम की, उनकी पूँजी और सूझ की। मनीप्लाण्ट में नयी कोपलें और डालें फूटती हैं। 'ब्लैक मनी', 'इन्कम टैक्स' नहीं चुकाया, बोनस दाब गये, वेतन कम दिया, गलत खाते भरे, नकली खर्चा दिखाया, घाटा 'शो' कर दिया, 'ओवर इनवाइस', 'अण्डर इनवाइस', पूँजी बाँट ली, नकली 'शेयर होल्डर' रावण के सिर की तरह बढ़ाये गये। यह सब एक ही मनीप्लाण्ट की डालें हैं। पत्ते फूटते हैं और मालिक की शोभा और शान बढ़ती है। बची हुई रकम एक और व्यवसाय में डाल दी। मनीप्लाण्ट की डाल यहाँ से वहाँ गयी और पनप उठी। उसे पनपना ही है। बिना बीज के भी वह पनप सकती है। पानीनुमा पसीना खूब-सा मिल आता है, सस्ते दामों में खरीद लो और अपने गमले, कारखाने में, धन्धे में डालो और सींचो, देखो कैसे पत्ते लहलहाते हैं। अर्थशास्त्र के नियम का प्रकृति से कैसा सम्बन्ध है ! हमारी मिट्टी को कटी हुई डालियाँ भी स्वीकार हैं। जहाँ कारखाना डलता है राजस्थान से खान देश तक का पसीना उसे सींचने, पनपाने आता है। नये पत्ते फूटते हैं। नयी डालियाँ फूटती हैं। एक और कारखाने की भूमिका बनती है। इसी कारण तो अर्थशास्त्री कहते हैं कि हमारी मिट्टी में समाजवाद नहीं पनप सकता है। समझदार लोग हैं वे सब। समाजवाद कैक्टस की तरह खड़ा हुआ है। पानी नहीं, सहारा नहीं, फिर भी खड़ा है। आपकी लापरवाही से उसका कुछ बनता बिगड़ता नहीं। वह हवा से नमी सोख लेता है और जीता है। मुझे तो इस मनीप्लाण्ट का बड़ा ध्यान रखना पड़ता है। दिन में दो बार पानी देता हूँ।

पर मनीप्लाण्ट तो शुद्ध 'प्राइवेट सेक्टर' है। उसका अपना मामला है। पानी पर उसका अधिकार है। जनता को इससे फल-फूल न प्राप्त हों पर उसके अपने पत्ते तो खूब फूटते हैं। डालियाँ फैलती हैं और जड़ें जमती हैं। कमरे की शोभा इसी में है। इसी में देश की शोभा है। गन्दी झोपड़ियों से घिरे कारखाने और मशीनें। नेहरू का सारा वक्त आजादी के बाद इन दोनों मामलों की फिक्र करने में गुजरा। 'मिक्स्ड इकॉनामी' का हरियाला वास्तव। व्यक्तिगत स्वाधीनता के गमलों में पनपता पूँजी का वृक्ष और असहयोग के मरुस्थल पर कैक्टस-सा समाजवाद।

मैंने, मनीप्लाण्ट को शुद्ध हवा मिल सके इसलिए खिड़की के पास रख दिया है।

हवा के झोंके से पत्ते धीरे-धीरे हिलते हैं जैसे अखबार हाथ में ले हवा करने से किसी सुन्दरी की लटें हिल रही हों। कैक्टस पर हवा आती है, नहीं भी आती। वह हवा के आश्वासन पर ही जी लेता है। अपनी प्राण-शक्ति का भरपूर सदुपयोग करता है और पानी के इन्तजार में वक्त गुजार देता है।

एक मित्र समझा रहे थे कि कैक्टस को पानी नहीं दिया करो ज्यादा, जड़ें सड़ जाएँगी। उसके आसपास सूखी रेत डालो, खुद पनपने दो। यह निष्ठुरता मुझसे नहीं होती।

मैं रोज कैक्टस में पानी देता हूँ। वह बढ़ रहा है। तेजी से उसकी डालियाँ फूल रही हैं। वह हरा-भरा दिखता है तथापि कँटीला है। मनीप्लाण्ट की वैश्य प्रकृति है। उसमें स्निग्धता है, लोच है, यहाँ-वहाँ मुड़ जाने की आदत है, जैसा मौका हो वैसा निभा लेता है, बशर्ते उसे बराबर पानी मिले यानी पूँजी का 'सरकुलेशन' बना रहे। कैक्टस को पानी नहीं मिलता तो उसमें लोच नहीं।

वह ऐसे तना खड़ा है, क्रोध में घूरता है कि जैसे पूरी मजदूरी नहीं मिलने पर बदतमीज कुली तने हुए देखता है। यह आक्रोश, यह चिड़चिड़ाहट सब स्वाभाविक हैं पर उसी के कारण बदनाम भी है बिचारा। मेरा मित्र कहता है, इसे पानी दो। 'पब्लिक सेक्टर' में एक कारखाना डालो तो हजार गालियाँ सुनो। मित्र अलग-अलग सलाहें देते हैं। इस कमरे में आने वाले सारे शुभचिन्तक कैक्टस का अशुभ सोचते हैं। क्या होगा 'पब्लिक सेक्टर', क्या होगा समाजवाद ?

मैं तो राष्ट्रीय नीति पर चल रहा हूँ, दोनों लगा रखे हैं। मनीप्लाण्ट भी, कैक्टस भी। कमरे की शोभा बढ़ रही है। मेरी आर्थिक स्थिति खस्ता भी हो पर कमरा सजा हुआ लगे तो भ्रम बना रहता है। सब समझते हैं, सुख से कटती है। मैं समझता हूँ, आज मनीप्लाण्ट पनपा है तो कल 'मनी' भी आएगा। कल यह पौधा ही कल्पवृक्ष में बदल जाएगा। इसमें बजाय इन हरे पत्तों के वे हरे पत्ते उगने लगें यानी नोट दस रुपये के, तो एक पत्ता तोड़ लूँ और भाजी खरीदने चला जाऊँ। 'मनीप्लाण्ट' नाम सार्थक हो जाएगा। रोज सुबह इसी उम्मीद में पानी डालता हूँ। पर लगता है यहाँ भी निराशा ही हाथ लगेगी। मेरी लाइन ही दूसरी है। यहाँ पानी डालने से जड़ें सड़ती हैं। कुछ नहीं मिलता।

मात्र शोभा बढ़ती है, कमरे की, देश की, साहित्य की, संस्कृति की।

16

खूब गुजरे ये वर्ष

उस दिन जब देश आजाद हुआ, तब मन में कितनी शंका-कुशंकाएँ थीं। अब वे सब काफूर हैं। सैंतीस साल आत्मविश्वास विकसित करने के लिए काफी होते हैं। अब किसी किस्म का कोई डर नहीं है। खासकर, वे डर तो बिल्कुल नहीं हैं जैसे उस जमाने में थे। अब जैसे खादी की ही बात लीजिए। भारत आजाद हुआ, तब दहशत फैल गयी थी कि अब सबको खादी पहननी पड़ेगी। मगर जल्दी ही पता लग गया कि ऐसी कोई बात नहीं है। खादी आजादी प्राप्त करने का एक शस्त्र थी और आजादी मिलने के बाद उस शस्त्र के उपयोग की क्या जरूरत ? जो पुराने योद्धा हैं, पहनते हैं। बाकी लोगों ने प्रगति की और टेरेलीन तक आ गये। एक डर मिटा। आजादी के बाद निर्भीकता बढ़ी है। यह राह खादी से टेरेलीन की राह है। सैंतीस साल हो गये। प्रगति के लिए काफी होते हैं सैंतीस साल।

उस दिन, अर्थात् सन् सैंतालीस के उस दिन जब आजादी मिली थी, तो जो लोग जात-पाँत को गहराई से मानते हैं, वे एक सिरे से निराश हो गये थे। उन्हें लगा था कि अब सारा घोटाला हो जाएगा, परजात में विवाह होने लगेंगे और अपनी जाति की उच्चता का सन्दर्भ जीवन के विकास तथा सामाजिक प्रतिष्ठा में बेमानी हो जाएगा। कितनी भूल कर रहे थे वे। नया-नया देश आजाद होता है तो ऐसी भ्रान्तियाँ जनता के मन में बन जाती हैं। परिस्थितियों के साथ, समय के साथ वे दूर हो जाती हैं। वही हुआ। आज आपके वाले जहाँ बैठे हैं मदद करते हैं, जाति-धर्म निभाते हैं। एक जाति प्रगति करती है, दूसरी जाति को देखकर जलन होती है। फिर वह भी प्रगति करती है। इस तरह सारा देश प्रगति करता है। लगे-लगे सब बढ़ते जाते हैं। यही हो रहा है। आज किसी जाति को वैसी निराशा नहीं है और न वह बात है। आप भी आजाद हैं। देश आजाद है। हर जाति वाले का फर्ज है कि अपनी जाति वालों को बढ़ाए। पूरा देश बढ़ रहा है। प्रगति का अर्थ है, नौकरी पाना और जाति की मदद से प्रगतियाँ हो रही हैं।

जब आजादी आयी, तब अंग्रेजों की सम्पूर्ण खैरख्वाही से गुलामी करने वालों के चेहरे देखने काबिल थे। समझ में नहीं आ रहा था कि अब क्या होगा, हमें कौन पूछेगा ! मगर आजादी अलग चीज है, मनुष्य का भाग्य अलग चीज है। जो तब आला अफसर थे, उनकी शान और रुतबा आजादी के बाद और बढ़ा और सौभाग्य से नेताओं की

वैसी खिदमत भी नहीं करनी पड़ी जैसी अँग्रेजों की करनी पड़ी थी। ठाठ से रहे और गवर्मेण्ट चलायी, आज भी चला रहे हैं। आजादी के आन्दोलन के अनुभव से प्रशासन का अनुभव अधिक कीमती चीज है—यह वक्त ने साबित कर दिया। अँग्रेजी में अच्छा ड्राफ्ट बनाना आजादी के पूर्व और बाद दोनों ही काल में वरदान सिद्ध हुआ। हिन्दी वाले कवि बने रहे, लेख लिखते रहे, दफ्तरों के चक्कर काटते रहे। आजादी के बाद के वर्ष प्रशासकों का स्वर्ण-युग था, उनकी मुगलई चलती रही। सहायता सेंक्शन करने से गोली चलाने तक के सारे छोटे-बड़े काम उन्होंने बखूबी सँभाले। उनकी संख्या बढ़ी, नये किस्म की जिम्मेदारियाँ उन्हें मिलीं और अपनी टेबिलों पर बैठे वे नेताओं तथा उनके माध्यम से सारे स्वतन्त्र देश की जनता को मार्गदर्शन देते रहे।

आजादी के पूर्व हम कुछ व्यर्थ के अहं पाले थे, बेकार बातों पर गर्व करते थे। आजादी के बाद पता चला कि सब व्यर्थ के रौब हैं। जैसे आजादी के पहले यह बात बड़ी शान से कही जाती थी कि हम चालीस करोड़ भारतवासी हैं मगर अब यह कहते हुए कितनी शर्म महसूस होती है कि हमारी संख्या इतनी ज्यादा है। कुछ लोग तो इस बात को भी बड़े अफसोस से व्यक्त करते हैं कि हमारा देश इतना लम्बा-चौड़ा है, फैला हुआ है, वगैरा। जब खाने को नहीं था तब संख्या का अभिमान था, आज अन्न का उत्पादन बढ़ा तो यह समझ भी बढ़ी कि अपनी थाली के आसपास भीड़ बढ़ाना उज्ज्वल भविष्य की निशानी नहीं है। जो डूब मरने की बात है, उसके सहारे उबरने की कोशिश कर रहे थे।

समय सब ठीक करता है। उन दिनों विचार उठता था कि यदि भारत प्रगति कर गया तो यूरोप-अमेरिका का क्या होगा ? मगर विगत सैंतीस वर्षों में उन सभी देशों ने प्रगति की, हमने भी की और अन्तर वही रहा। बल्कि कुछ बढ़ा ही क्योंकि हमने प्रगति कम की। हम बेकार परेशान थे। आज वे हमें मदद कर रहे हैं और जो ऊँचा रुतबा उनका तब था, आज भी है। रुतबा हमारा भी बढ़ा है। कर्ज या मदद माँगते हैं तो वे गम्भीरता से हमारे निवेदन पर विचार करते हैं और अक्सर दे भी देते हैं। हमने बरसों अनाज माँगकर खाया और कृषि के विकास की योजनाएँ बनायीं।

देश की धरती पैदा करना जानती है। नेताओं को ही लीजिए—गाँव, तहसील और प्रान्त के स्तर के नेताओं की जब जहाँ जरूरत होती है, वह वहाँ पैदा होता है। आजादी के बाद डर लग रहा था कि नये नेता कहाँ से मिलेंगे ? कोई कमी नहीं। यह फिक्र थी कि गाँधीजी न रहे, अब क्या होगा ? कुछ नहीं हुआ। हरिजन आत्मनिर्भर हो अपने विकास की कोशिश में लग गये, खादी संघों को सरकारी सहायता मिलने लगी, दंगे-फसाद के बाद शान्ति की अपीलें मुख्यमन्त्रियों की चलीं और सब काम बन गया। बाद नेहरू कौन नेहरू होगा की चर्चा भी बस एक किस्म की एकेडेमिक चिन्ता ही रही।

देश आगे बढ़ा है। यों पहले जो क्लर्की की नौकरी माँगने जाता था, महज मैट्रिक

होता था और उसे मिल भी जाती थी। अब शैक्षणिक प्रगति उतनी अच्छी है कि क्लर्की की नौकरी माँगने वाला बी. ए., एम. ए. से कम नहीं होता और उसे भी क्लर्की नहीं मिलती। जनता को आर्थिक लाभ के नये अवसर प्राप्त हुए हैं, जैसे लाटरी का टिकट खरीदना, वरली मटका पर फिगर लगाना, सहकारी संगठन बना गबन करना, स्मगलिंग करना, सरकारी सप्लाई के टेण्डर जाति, प्रान्त या रिश्वत का आधार ले अपने नाम खुलवा सड़ा माल बेचना, मिलावट कर उत्पादन बढ़ाना, ब्लैक का सुव्यवस्थित धन्धा करना, सरकारी काम अपने एम. एल. ए. और अफसरों के माध्यम से बनवा पैसा खाना, हुण्डी, पगड़ी, दो नम्बर, बोगस-शेयर आदि की नाजुक आर्थिक कलाओं पर अधिकार, ब्ल्यू फिल्में बनाकर विदेश भेजना, लायसेन्स प्राप्त कर सौदे करना, स्टाक करना, छोटे-मोटे अखबार निकालकर ब्लैकमेल करना, मन्त्री हो जाना, प्राइवेट कॉलेज चलाना, आदर्श निष्क्रिय संस्थाएँ खड़ी कर सरकारी सहायता खाना, जाली सर्टीफिकेट, जाली नोट, जाली वाउचर, दुहरे खाता-बही भरना आदि अनेक ऐसे मार्ग आज भारतवासियों के सामने हैं जिससे वे अपनी आर्थिक स्थिति सुधार सकते हैं। आजादी के बाद विकास के रास्ते खुले हैं। शिक्षा से सब सम्भव है।

स्वास्थ्य के क्षेत्र में भी आजादी के बाद हालत यह है कि अस्पताल खूब हो गये। डॉक्टर खूब हो गये और हर जगह मरीजों की भीड़ खूब बढ़ गयी। स्वास्थ्य सुधरा है, हर मोहल्ले में दो-चार स्वस्थ दादा मिल जाते हैं जो मारपीट करते रहते हैं।

सारे भय निर्मूल सिद्ध हुए। जिस क्षेत्र में आइए, आजादी के बाद जो डर आपको था, नहीं रहा। इन सैंतीस वर्षों में पूरा देश बदल गया है। विकास के रास्तों के अलावा गलियाँ खुली हैं और वहाँ जमघट खूब रहता है। इधर जाइए प्रोड्यूसर हो जाइए, उधर जाइए प्रकाशक हो जाइए, वहाँ जाइए पी-एच. डी. हो जाइए, यहीं रहिए पद्म-भूषण हो जाइए। अवसर की कमी नहीं है मनुष्य के सामने।

और भैया, अभी तो सिर्फ सैंतीस वर्ष हुए हैं—जो आज निराश हैं, मैं उनसे भी कहता हूँ कि तुम भी निराश मत हो। तुम्हें भी फिएट मिलेगी। जरा देश, देश की आजादी और आजाद सरकार पर भरोसा करना सीखो। देर है, अन्धेरे नहीं है। कहीं से एक खिड़की खुलेगी, अँधेरे में किरन फूटेगी। इतने गमजदा होने की बात नहीं है मेरे दोस्त, जिस दुकान पर बैठा है वह भी चलेगी। फिएट मिलेगी, आज नहीं तो कल, फिएट जरूर मिलेगी।

17

दूतावासों के चक्कर

हमारा सारा राष्ट्रीय स्वाभिमान किसी भी विदेशी दूतावास के दरवाजे पर पहुँच एकाएक पिघलने लगता है। अन्दर से ह्विस्की, शैम्पेन और वोडकाओं की नाना प्रकार की गन्ध आती है, विदेशी सिगरेटों और चुरुटों की कल्पना मसूड़ों में गुदगुदी उत्पन्न करती है और अगले ही क्षण महान् पुरातन संस्कृति की दावेदारी का बिल्ला लटकाये हम उस सनातन ब्राह्मण की भिखारी मुद्रा में आ जाते हैं, जो सदियों से यजमान के द्वारे खड़ा है।

अभिनन्दन करवाने के लिए हमने किस-किस दरवाजे को दस्तक नहीं दी है। स्वागत के प्यासे हम कुलाँचें भरते कहाँ नहीं दौड़े ? वसुधा को शायद हमने जीमने-खाने की सुविधा के लिए कुटुम्ब माना है।

और दूतावास तो भाईचारे के अड्डे हैं, वहाँ सौजन्य-सत्कार का बजट होता है, अतिथि उनके लिए देव होता है। जो कि देवभूमि के वासी हम हैं। हमें खिलाओ, हमें पिलाओ, हमें विदेश का निमन्त्रण दो, हमारे होनहार कॉनवेण्ट ज्ञानी बालक को स्कॉलरशिप दो, इसके अलावा भी जो हो सके, वह दो।

हम उस देश के वासी हैं, जिस देश में गंगा बहती है और लोग ऐन नदी किनारे बजाय सिंचाई के पानी का इन्तजाम करने के भीख माँगते हैं, अतः हमें दो, बस दो। हमारे राष्ट्रीय और सामाजिक जीवन में शायद दूतावासों की यही उपयोगिता रह गयी है।

समाज में ऊपर उठने की नसैनी पर और और ऊपर चढ़ने का आकांक्षी भारतवासी जानता है कि यदि जीवन जीने का सुख है तो समन्दर के उस पार है, इस पार नहीं, और दूतावास के चक्कर काटने से संस्कृति, साहित्य, ज्ञान, मैत्री, आदान-प्रदान आदि किसी भी नाम से एक सेंध लगती है, चोर रास्ता खुलता है—नाना स्वाद की दारुओं, कैबरे लड़कियों, सेक्स शॉप, रेस्तराओं के देशों में प्रवेश का।

जीवन सार्थक होता है। बेटी फोन पर जवाब देती गर्व से कह सकती है, "पापा तो फारेन गये हैं।" कितना उच्च क्षण है हमारी भिखारी रीढ़हीन प्रतिभा का।

और इसके लिए आप कविता का भी इस्तेमाल करें, तो वह अन्तर्राष्ट्रीयता के खाते में डलेगा, विदेश-यात्रा की चाह जिस हिन्दी कवि को लग जाती है, वह मूल कविता से अधिक महत्त्व विदेशी कविताओं के अनुवाद करने के काम को देता है।

वह समझ जाता है कि हिन्दी में मौलिक रचना आखिर क्या धरती फोड़ लेगी। इस देश में होना क्या है और जो होगा भी तो क्या होगा ! हमारी कविता के अनुवाद हों और यह तब होंगे, जब पहले उनकी कविताओं के अनुवाद कर हम पेश करें कि हुजूर हाजिर हैं, एक विदेश-यात्रा का मौका इनायत करें, कविता के नाम पर, भगवान् आपका जोड़ा सलामत रखे मालिक।

कत्थकिये चले गये, सितारिये चले गये, प्रोफेसरों, एडीटरों को मौका मिल गया। साहब, हम कवि हैं। ऑरिजनल भी लिखते हैं, तो बाहरी मुल्कों के असर में लिखते हैं और इधर तो लिखा भी नहीं, सिर्फ अनुवाद किया है, आपके मुल्क की कविताओं का! हुजूर एक नजर इधर डाल लें तो, हें हें पासपोर्ट बनवा लिया है मैंने। जी, दिसम्बर में सही, आपकी कृपा।

कोई चक्कर चलाओ, कोई बहाना खोजो, कहीं से मौका देखो और लगाओ चक्कर विदेश का।

ललचाई नजरों से देखता है महत्त्वाकांक्षी भारतवासी दूतावास के दिल्ली दरवाजों की तरफ सीना फुलाना सौदेबाजी की एक अदा है, भोली जिज्ञासाओं के तले सपने पनपते हैं, मध्यवर्गी इच्छाओं के। सारी समस्याओं के अन्तिम हल इस देश में ह्विस्की खोज लेती है।

जो मामले नियम, परम्परा, मूल्यों और मजबूरियों की मर्यादाओं में नहीं निपटते, वे ह्विस्की की बोतल के इर्द-गिर्द निपट जाते हैं। अतः वही अन्तिम मूल्यवान तलाश रह गयी है जीवन की और दूतावास उसके अखूट, अनन्त भण्डार हैं।

जीभ लपलापाती है अन्तर्राष्ट्रीयता की दिशा में। भारतीय प्रतिभा उन प्रश्नों के आविष्कार में व्यस्त हो जाती है, जिसके उत्तर देश की फटेहाल चिथड़ा परिधि में नहीं मिलते।

सुरसा अपना शरीर बढ़ाती है, अन्य भारतवासियों की तुलना में और एक ऐसी ऊँचाई तक जाने का गुब्बारा आभास उत्पन्न करती है कि अगले डेलीगेशन की सूची में नाम डल जाता है और तब वही भारतीय अपना सीना सिकोड़े, कन्धे उचकाता, पैर फेंकता एयरलाइन्स की सीढ़ियों की तरफ लपकता चला जाता है। बस हो गया, जो कुछ अर्थवान होना था, हो गया।

कोई कैसे गया, इसकी एक कहानी है और हर कहानी अलग है। दाँव है, अदा है, योग्यता का एक ठुमका प्रदर्शन है, जो एक खास अखबारी और सेमिनारी ऊँचाई पर करना होता है, जो वह करता है, एक बार, दो बार, जरूरी हुआ तो दस बार और तब द्वार खुलता है।

और तब एक चौंकानेवाली खबर फैलती है—वे तो जा रहे हैं। हाँ, वे तो जा रहे हैं, इसी पच्चीस को, हो गया उनका, चलो अच्छा हुआ कब लौट रहे हैं, छह वीक का है शायद बढ़ जाए, कोशिश कर रहे हैं।

18

हर फूल दिल्लीमुखी

जब तानसेन और बीरबल राजधानी आये या गालिब ने घूम-फिरकर अन्ततः यह निश्चय किया कि दिल्ली के कूचों में मरेंगे, तब वे नहीं जानते थे कि वे जाने-अनजाने इस देश के महत्त्वाकांक्षी बुद्धिजीवी और कलाकारों की नियति निश्चित कर रहे हैं। तब से देश का हर प्रतिभाशाली लेखक, कवि, नेता, सम्पादक, पत्रकार, बातूनी, आलोचक, कलाकार, चित्रकार, बँगलाघुसू चमचा एक अदद सपना राजधानी जाने, रहने और छा जाने का लिये घूमने लगा। उसके अन्दर-ही-अन्दर आकांक्षाओं की एक कुतुब बनने लगी ऊपर चढ़ने के लिए। उसका मक्का, तीरथ, परम लक्ष्य, आखिरी मंजिल, चरम छोर बन गया दिल्ली, प्रजातन्त्र का बड़ा चबूतरा, शेष मुकाम एक-दूसरे की टाँग खींचने का, कल्पवृक्षों का गार्डन, जहाँ पद, पुरस्कार, चुनाव के टिकट पेड़ों पर लटकते हैं। जहाँ संस्थाओं के ढाबे खुले हैं, तिकड़मबाजों के लिए, जो स्थायी छतरी है उन लोटन कबूतरों की, जो उड़ते रहना चाहते हैं, हर अदा और अन्दाज में देश के राजनीतिक, सांस्कृतिक आसमान पर। दिल्ली घुस गयी सबके मन, दिमाग, आत्मा में, पर्याय लगने लगी पूरी देश की। धीरे-धीरे हर कमबख्त अपने शहर, कस्बे या गाँव में रहकर एक अदद दिल्ली अपनी पीठ पर ढोता घूमने लगा। कहीं भी रहे, उसकी आत्मा दिल्ली रहती है, उसके सपनों का लॉकर हो गया दिल्ली।

सभी सन्त यह साफ-साफ कहने के लिए कि उन्हें सीकरी से काम नहीं है, दिल्ली ही आने लगे और वहाँ प्रेस कान्फ्रेंस आयोजित कर यह बताने लगे कि उन्हें कोई गरज नहीं है और वे बिना दिल्ली के काम चला सकते हैं, दिल्ली के विरोधी अन्ततः पसरकर बैठ गये दिल्ली की ही कुर्सियों पर।

दिल्ली के नाम पर एक दरवाजा हर शहर में बना और हर स्थानीय स्वप्नजीवी उस दिल्ली-दरवाजे से गुजरता हुआ मंजिल पर पहुँचने की सोचने लगा। सारी रेलों का आखिरी स्टेशन बन गया दिल्ली। गाँव की पंचायतों में जो पौधे पनपे थे, वे बढ़ने के बाद सूखकर कटे दिल्ली में। मित्रों की कस्बई गोष्ठियों में जो नया स्वर पहली बार फूटा था, उसने अन्तिम सोलो परफार्मेन्स दिल्ली में दिया। जो अपने शहर में हूट होते थे वे जम गये दिल्ली में। सबकी किस्मत तय करने लगी है दिल्ली। हमारी जन्मपत्री के लग्न में बैठ गयी घुसकर अपने शनि, मंगल और राहु-केतुओं के साथ। हाय रे दिल्ली ! पलना कहीं हो किसी का, पलँग दिल्ली में बिछता है। गम के बोध को भुनाने के चक्कर

में फँसे अन्ततः पहुँच जाते हैं लोग निगमबोध घाट पर। अकेलेपन के मरीजों का वार्ड है कनॉटप्लेस, सब मानों को बेमानी करता और बेमानी में अर्थ खोजता गोल-गोल।

दिल्ली एक काम्प्लेक्स है, एक ग्रन्थि है, दिल्ली एक सिल्ली है सीने पर रखी हुई। दिल्ली—भुस का लड्डू, जिसे न आप खा सकते हैं और न छोड़ सकते हैं। आप में उलझी हुई। आपसे अकारण फँसी, कम्बल की तरह आपको छोड़ने से इनकार करती हुई आपसे लिपटी हुई दिल्ली। एक झिल्ली हर शख्स के इरादों पर लिपटी हुई। अरमान उगलने के लिए एक स्थायी वाश बेसिन। एक तिल्ली पूरे शरीर की अपेक्षा अधिक बढ़ी हुई। आत्मा पर शरीर, शरीर पर खद्दर, खद्दर पर ओढ़ी दिल्ली। भाव को शब्द, शब्दों की पुस्तक, पुस्तकों का समर्पण दिल्ली। आक्रोशों की छुरी से खुश-खुश काटी जाती एक केक की तरह सजी-सँवरी दिल्ली। विद्रोहियों को मनसबदार बनाती, क्रान्तियों को पुरस्कृत कर शाल पहनानेवाली, लाशों को तमगे बाँटती, समझौतों का स्टॉक एक्सचेंज, जनभावना के दलालों का विराट् सराफा है दिल्ली। देश का काउण्टर जहाँ लोग अपने आवेश जमाकर सुविधाएँ ड्रा करते हैं। आवेग जमाकर वजीफे हासिल करते हैं। दिल्ली, जहाँ देश के हर कस्बे के चालू ईसामसीह अपने सलीब बेचकर दो रोटी पाने के लिए क्यू में खड़े हुए हैं।

दिल्ली आखरी कसौटी है, खटोला वहीं बिछेगा, इसीलिए चले जाते हैं भूखे प्रान्तों के सूखे मुख्यमन्त्री अपने टटपुँजिया हवाई जहाजों में हिचकोले खाते, रोज दिल्ली की दिशा में। चला जाता है मौलिक चिन्तन की गठरी बगल में दाबे रेल के डिब्बे में ऊँघता साहित्यकार दिल्ली की तरफ। दौड़ा जाता है चित्रकार अपना अधूरा कैनवास बगल में दाबे दिल्ली की तरफ, अपनी उम्मीदों की तसवीर पूरी करने के चक्कर में परेशान। अटके रहते हैं नाटककार उस पागल आकांक्षी भीड़ में मुट्ठी भर शुद्ध दर्शक तलाशते। दिल्ली मर्तबान है काँच का, जिसमें प्रतिभाएँ फर्मेंट होकर एक अलग मजा और स्वाद देने लगती हैं। दिल्ली घाट है जहाँ लोग नियति के धोबी के पीछे खुश-खुश दुम हिलाते पहुँचते हैं। उफान ठण्डे होते हैं, भभके बूँदी में निथर जाते हैं। दिल्ली यथास्थिति का गौरीशंकर है, जिस पर चढ़ने की कोशिश में हर पर्वतारोही जीवन-भर जूते के तसमे बाँधे नीचे फिसलता रहता है। जहाँ त्यागी अपने लिए प्रमाणपत्र तलाशते हैं और रसीले अपने प्रायवेट निर्झर। दोनों का केन्द्र वही है। देश में कहीं भी तार बजाना हो, खूँटियाँ कसने की जगह दिल्ली है।

पिछले सालों में दिल्ली एक वजन की तरह हमसे बँध गयी है। अपने पिंजरे में हर तोता दिल्ली की हरी मिर्च खाने के सपने देखता है। कर्म और त्याग के आनन्द भवन छोड़ जो लोग ऐश और आकांक्षाओं के विलिंग्डन क्रिसेण्ट गये, वे जय-पराजय, मान-अपमान, आशा-निराशा की हर स्थिति में दिल्ली से चिपके रहे। यह भय उन्हें सताता रहा कि रिटायरमेण्ट के दूरस्थ सदाकत आश्रमों में उन्हें कोई नहीं पूछेगा। कुर्सी को अन्तिम बिस्तर बनाने की तोड़-जोड़ में लगे वे मेडिकल इन्स्टीट्यूट में अपने थके

फेफड़ों को जँचवाते वहीं बने रहे। हर शहर, हर गाँव ने अपना श्रेष्ठ व्यक्ति दिल्ली के प्यासे अग्निकुण्ड को होम दिया और वह भी मेरा यार कूद गया अपनी जड़, अपनी जमीन को भूलकर।

जो लोग ढोते हैं, अपना-अपना कस्बा दिल्ली में, वे खतरनाक नहीं। वे तो असहाय हैं, करुणा के पात्र। खतरनाक हैं वे, जो सिर पर उठाये फिरते हैं एक दिल्ली हमेशा अपने छोटे-से शहर या कस्बे में। दिल्ली उन्हें फ्रॉड बनाती है और वे शहर के लोगों में हीनता बाँटते हैं। दिल्ली उन्हें भ्रष्ट करती है, वे स्थानीय कृपाएँ बिखेरते हैं। दिल्ली उन्हें शब्द देती है, छोटे शहर में वे चीखते हैं। एक मुन्नी-सी दिल्ली टहलती रहती है हर छोटे शहर के सीने पर। वहाँ के साहित्य, संस्कृति, राजनीति सब पर फन फैलाये फुँफकारता है दिल्लीधर्मी तिकड़मी मानस, सबको रौब देता। दिल्ली दर्पण नहीं, मात्र एक दर्प है। उखड़े लोगों का नशा है। दिल्ली हमारी तुम्हारी नहीं, दिल्ली उनकी है।

इस देश का हर फूल सूरजमुखी नहीं होता। वह दिल्लीमुखी होता है। उसे सूरज से क्या मतलब ? वह पूरे वक्त निरन्तर दिल्ली की तरफ टापता हुआ धीरे-धीरे मुरझा जाता है। तानसेन, बीरबल या गालिब ने यह नहीं सोचा था कि एक दिन इस देश के हर राग की हर तान दिल्ली पर टूटेगी, हर सूझ दिल्ली से घिघियाती इनाम माँगेगी और हर गजल अपने अन्तिम शेर में कहेगी, हाय दिल्ली, हाय दिल्ली।

19

सारी बहस से गुजर कर

मैं जीवित था और उसके सामने उपस्थित था। उसने मेरे अस्तित्व से इनकार कर दिया। मैं हूँ और उसके सामने हूँ, वह यह कदापि मानने को तैयार नहीं था। उसके बिना विभाग के खजाने में रुपये नहीं मिल सकते थे।

"मैं आपके सामने साक्षात् खड़ा हूँ !" मैंने उसे संकेत दिया।

"प्रमाण चाहिए !" उसने माँग की।

"मेरे खड़े होने पर !"

"जी नहीं, आपके होने का। मैं क्या जानूँ कि जो खड़ा है, वह आप ही हैं। आप जीवित हैं, इस बात का प्रमाण।"

"क्या यह अफवाह है कि मैं जिन्दा हूँ।"

"हो सकता है। मुझे प्रमाण चाहिए।"

"मैं अपनी पत्नी को ले आऊँ !"

"क्या कीजिएगा ?"

"आप भारतीय संस्कृति पर भरोसा करते हैं ?"

"करता हूँ, बशर्ते उससे दफ्तर के काम में दखल न पड़े।"

"आप मेरी पत्नी के माथे पर बिन्दी और माँग में सिन्दूर पर गौर कीजिए। वह मेरे जिन्दा होने का प्रमाण है। मेरे होने का इससे बढ़कर और क्या सबूत होगा कि मेरी पत्नी अभी विधवा नहीं हुई है।"

"आश्चर्य है !"

"किस बात का आश्चर्य ?"

"आप भी पढ़े-लिखे होकर कैसी बातें करते हैं !"

"भारतीय संस्कृति जिसे बोलते हैं, उसके अनुसार सुहाग की बिन्दी पति नामक शख्स के जीवित होने का प्रमाण है," मैंने एक न पूछे गये प्रश्न का उत्तर-सा दिया।

"आप पति हैं ?" उसने जिज्ञासा की।

"जी हाँ !" मैंने समाधान किया।

"क्या प्रमाण ?" उसने सन्देह व्यक्त किया।

"मैं कसम खा सकता हूँ। मेरी एक, और एकमात्र पत्नी है। मैं एक शरीफ आदमी हूँ।"

"अच्छा।"

"जी हाँ।"

"अपने एरिया के सब-इन्सपेक्टर पुलिस से लिखवा लाइए !"

"क्या ?"

"कि आप शरीफ हैं।"

"आप मोहल्ले में जाकर पूछ लीजिए।"

"बहुत बड़े दादा हैं क्या आप अपने मोहल्ले के ?"

"बिल्कुल नहीं।"

"फिर मोहल्ले का रौब किसे दे रहे हैं ?"

"मैंने कोई रौब नहीं दिया।"

"मैं यहाँ सरकारी काम करूँगा या मोहल्ले में पूछने जाऊँगा आपके ?"

"आप मुझे शरीफ आदमी नहीं मानते तो आपको मोहल्ले में जाकर पूछना चाहिए।"

"मुझे सबूत टेबिल पर होना, टेबिल पर !"

"किस बात का ?"

"कि आप शरीफ हैं और जिस औरत का आप जिक्र कर रहे हैं, वह आपकी बीवी है, उसका सुहाग सिन्दूर जिसके लिए है, वह आप ही हैं, जो जिन्दा हैं।"

"हम विवाहित हैं।"

"क्या सबूत ?"

"हमने अग्नि को साक्षी रखकर…"

"अरे यार, हमने अग्नि को साक्षी रखकर बीसियों सिगरेटें जलायी हैं, होता क्या है उससे !" वह हँसकर बोला।

"देखिए, सिगरेट-बीड़ी तो मैं पीता नहीं और बेकार बहस करना नहीं चाहता !"

"अच्छी बात है। यहाँ कौन कमबख्त चाहता है !"

"देखिए, मैं मैं हूँ। जो रुपया दिया जाना है। मुझे दिया जाना है। आवेदन मैंने किया है। मंजूरी मेरे लिए हुई है। आप मुझे दीजिए।"

"आप प्रमाण ला दीजिए !"

"महज ढाई सौ रुपयों के लिए आप मुझे परेशान कर रहे हैं !"

"मेरा फर्ज है।"

"यह इन्सानियत नहीं है।"

"आप इन्सानियत की बात करते हैं ! भाई साहब, यह दफ्तर है, सरकारी दफ्तर। क़िराने की दुकान मत समझिए इसे।"

"मैं कहता हूँ, इससे तो वह अच्छी।"

"आप वहाँ शौक से तशरीफ ले जा सकते हैं।"

"रुपया दे दीजिए, मैं चला जाऊँगा।"

"आप प्रमाण ले आइए और रुपया ले जाइए।"

कुछ देर चुप्पी रही। फिर मैंने कहा—"देखो पण्डित, तुम मुझे अच्छी तरह से जानते हो कि मैं कौन हूँ और मैं तुम्हें अच्छी तरह से जानता हूँ।"

"मैं आपको नहीं जानता।"

"मैंने आपको दसियों बार चाय पिलायी है। आप मेरे घर आ चुके हैं।"

"जरूर पिलायी होगी साहब, हमारी तो जिन्दगी ही दूसरों से चाय पीते बीती है। मगर मैं आपको नहीं पहचानता।"

"आप झूठ बोल रहे हैं।"

"मेरा यह फर्ज है, मैं सरकारी नौकर हूँ।"

"सरकारी नौकर होने के अतिरिक्त भी आपके कुछ फर्ज हैं।"

"क्या मतलब ?"

"एक शख्स को जो आपका मित्र है, उसके रुपये निकलवाने में मदद करना आपका फर्ज है। मुझे रुपयों की सख्त जरूरत है, आप जानते हैं।"

"देखिए जनाब, इस कुर्सी पर बैठने के बाद हम अपने बाप को भी नहीं पहचानते। हम सिद्धान्त के पक्के हैं।"

"मैं जानता हूँ।" मैंने पराजित होकर कहा। मैं समझ गया था कि यह बहस अनन्तकाल तक चल सकती है। इसका समापन कठिन था। पहले भी ऐसी बहसें मैंने की हैं और मैं पराजित हुआ हूँ। कोई रास्ता नहीं था। कोशिश करना मेरा फर्ज था। मैंने पूरा किया।

"अब मैं आपसे पूछना चाहता हूँ कि मुझे पहचानने का, यह स्वीकार करने का कि मैं मैं हूँ, आप क्या लेंगे ?" मैंने करुण स्वर में कहा।

"पाँच रुपये। हमारा यही रेट है।"

"ज्यादा है।"

"मैं इससे कम में किसी को नहीं पहचानता। यह मेरा सिद्धान्त है।"

"पहले आप दो रुपये में पहचानते थे।"

वह मुसकराया और उसने मेरी ओर देखा। फिर उसने मेरा हाथ थपथपाकर भावुक स्वरों में कहा—"वे दिन बीत गये भाई साहब, जब मैं आपको दो रुपये में पहचान लेता था। गुजर गया जमाना। सस्ते दिन थे वे और सरकारी दफ्तरों में इन्सान की पहचान एक-दो रुपयों में हो जाया करती थी। अब आप भी तो वह नहीं रहे, जो पहले थे। अब आप बड़े आदमी हो गये हैं। आप मशहूर हैं, दुनिया आपको जानती है। कितनी खुशी की बात है। हर इन्सान को प्रगति करनी चाहिए। आप पहले इस विभाग से क्या पाते थे ? 25-50 रुपया। मगर धीरे-धीरे आपने प्रगति की और आज आप यहाँ ढाई सौ रुपया प्रति माह खींच रहे हैं। इधर मैंने भी प्रगति की है। मैं भी

पाँच रुपये से कम में किसी को नहीं पहचानता। मेरी तो यही कामना है कि आप आर आगे बढ़ें। आप विभाग को और मूर्ख बनाएँ और यहाँ से हजारों रुपया ड्रा करें। और मुझ जैसा अदना आदमी जो आप जैसे व्यक्ति को आज सिर्फ पाँच रुपये में पहचान लेता है, कल पचास और सौ रुपयों में पहचाने।''

वह चुप हो गया। मैं सिर झुकाये बैठा था और वह मेरी ओर देख रहा था। कमरे का आकाश शान्त था। मैंने महसूस किया कि जो व्यक्ति एक जीवन-दृष्टि को स्वीकार कर लेता है वह सहज में नहीं डिगता। बहस उसे डिगा नहीं सकती। वह पराजित हो सकता है, मगर वह टूटता नहीं। जो उसका है, वह लेगा। उसे लेना है, मुझे देना है। एक क्रम है, जिसे भंग करना कठिन है।

चुप्पी थी। एक बर्फ-सी जम रही थी जो अकसर लम्बी चर्चा के बाद जम जाती है। इसे शब्दों से नहीं तोड़ा जा सकता। मैंने जेब में हाथ डाला और पाँच रुपये निकाले। यही उसका रेट था। उसने हाथ बढ़ाया और ले लिये।

''और कैसा चल रहा है ? बाल-बच्चे सब मजे में हैं न ?'' उसने पूर्ण अपनत्व से पूछा।

''आपकी कृपा है।'' मैंने कहा।

उसने पास रखी सरकारी तिजोरी खोली और ढाई सौ रुपया निकाल कर गिनने लगा।

20

जम्बूद्वीप में चुनाव

प्राचीनकाल में चुनाव बहुत सस्ते, सुन्दर, टिकाऊ और मजबूत होते थे। जब भी जम्बूद्वीप राष्ट्रपति का मूड आता और वे यह अनुभव करते कि लोकसभा में पापाचार बढ़ रहा है, सदस्यगण परस्पर उद्दण्डता का व्यवहार करने लगे हैं, वे ऋषि-मुनियों से सलाह करते कि गुरुवर अब क्या किया जाए ? विश्वामित्र, वसिष्ठ वगैरह उन्हें शास्त्रों के वचन सुनाते, तत्सम्बन्धी रोचक कथाएँ और प्रसंग बताते कि अमुक समय अमुक राष्ट्रपति ने ऐसी स्थिति होने पर कैसा किया था। अन्त में वे स्वयं का मन्तव्य देते कि हे राष्ट्रपति! ऐसे में लोकसभा भंग कर देना ही उचित है। तुरन्त आज्ञा प्रसरित हो जाती, अर्थात् एक राजपुरुष घोड़े पर ड्रम बजाता हर चौमुहानी पर यह घोषणा करता फिरता कि लोकसभा भंग कर दी गयी है। वह यह भी बता देता कि आप लोग अगली श्रावण की चतुर्थी या कार्तिक पूनम या जो भी ऐसी तिथि हो, तक अपने प्रतिनिधिगण चुन लें और राष्ट्रपति के पास पठवाय दें। उस दिनांक तक जो प्रतिनिधि लोकसभा में नहीं पहुँचेगा, सो सदस्य नहीं माना जाएगा। ढम ढम ढम···सुनो सुनो ! करता वह आगे बढ़ जाता।

उस काल में लोगों को यह स्वतन्त्रता तो थी ही कि वे अपने प्रतिनिधि चुन लें, साथ में यह स्वतन्त्रता भी थी कि चाहें तो न चुनें। जिस क्षेत्र में सभी उल्लू के पट्ठे बसते थे, वहाँ के लोग लोकसभा की गरिमा बनाये रखने के लिए अपने प्रतिनिधि नहीं भी भेजते थे। जिस क्षेत्र में कामकाज ठीक चल रहा होता और यदि उनकी कोई विशेष समस्या नहीं होती तो वहाँ से भी कोई आदमी लोकसभा में नहीं आता था। राजाज्ञा प्रसारित होने के उपरान्त हाट-बाजार में जब लोग एक-दूसरे से मिलते तो परस्पर ऐसी बातें करते—

"नमस्कार !"

"नमस्कार !"

"कहिए महानुभाव, अपने क्षेत्र से लोकसभा के लिए किसी योग्य प्रतिनिधि को भेज रहे हैं अथवा नहीं ?"

"विचार चल रहा है।" दूसरा कुछ चिन्तित स्वर में कहता है, "कोई योग्य व्यक्ति मिल नहीं रहा है।"

"वाचस्पतिजी को भिजवाइए, बड़े ज्ञानी हैं, शास्त्र नियमादि जानते हैं। ईमानदार

तो हैं ही। लोकसभा के लिए उपयुक्त रहेंगे¨¨या जुझारसिंह¨¨परमवीर और नीतिकुशल। राजनीति में ऐसे व्यक्ति भी कभी-कभी बड़ा काम कर जाते है।''

''जुझारसिंहजी से निवेदन किया था हम लोगों ने, पर उनके साथ एक बड़ी समस्या है।''

''सो क्या ?''

''उनकी दूसरे क्रम की बिटिया सोलह वर्ष की हो गयी है और कोई योग्य वर नहीं मिल रहा। बड़े चिन्तित हैं। क्षेत्र से बाहर जा वर तलाशने की सोच रहे हैं। कह रहे थे, भाई चुनाव और लोकसभा के पचड़े में पड़ गया तो कन्या कुँवारी रह जाएगी, इसलिए मुझे क्षमा करो।''

''अच्छा-अच्छा।''

''देखिए, क्या होता है ? यदि योग्य व्यक्ति नहीं मिला तो इस बार किसी को नहीं भेजेंगे।''

''ठीक बात है भाई।''

''और आपके यहाँ ?''

''हमारे यहाँ दो के बीच चयन करना है, एक तो वृन्दावनबिहारी का बड़ा पुत्र, जो अभी बनारस से अध्ययन कर लौटा है, बड़ा मेधावी और होनहार है, यद्यपि सांसारिक अनुभव कम है। दूसरे सुमेरु परसाद हैं, उन्हें तो आप जानते ही हैं। देखिए, क्या होता है ! अक्षय तृतीया को चुनाव का मुहूरत निकला है। अब जिसके भाग्य में राजयोग प्रबल होगा, जीत जाएगा।''

''हाँ ! यह तो है ही।''

''अच्छा चलें। नमस्कार !''

''नमस्कार !''

''जरा सुनिए ! जुझारसिंह से कह दीजिए, चिन्ता न करें। हमारी देख में एक लड़का उनकी ही जाति का है! खेती है, आठ-दस गउएँ हैं। वृद्ध पिता का इकलौता है, माँ मर चुकी है। देखिए हम चर्चा चलाएँगे, भगवान ने चाहा, सब ठीक हो जाएगा। उनसे कहना, चिन्ता न करें।''

दोनों विदा हो जाते। पहले के वोटर बड़े भोले होते थे। कुँवारियों के लिए योग्य वर चुनने में जितनी चिन्ता और होशियारी बरतते थे, लोकसभा के लिए अपना प्रतिनिधि चुनने में भी वैसी ही फिकर रखते थे। यों तो रोज ही सलाह-मशविरा अलग-अलग धड़ों में चलता रहता, पर चार-छह दिन पहले हलचल बढ़ जाती। गाँव की चौपाल पर तीन-चार बूढ़े कुछ-कुछ शुद्ध लेखन करने वाले छोकरों को ले वोटर सूची बनाने बैठ जाते। किसी के छोटे भाई या बुआजी का नाम भूल जाते तो तुरन्त किसी छोकरे को दौड़ाकर पुछवा लिया जाता। सबके नाम लिखे जाते। किसी को सन्देह हो तो भाई आकर अपना नाम देख ले। पर जो देखने जाते, उन्हें गालियाँ ही पड़तीं।

"काहे पण्डितजी, हमार नाम है कि नहीं सूची मा ?"

"नहीं है, भाग जाव।"

"पायलागी आपके, ऐसा न करो महाराज। हमका मधवा को वोट दें का है।"

"तुम्हहू को अकेले फिक्र अपने नाम की ? यह देखो, तुम्हारा नाम। अबहीं लिखा है। विश्वास तो उठ ही गया है इस युग में।"

"कलिकाल आ गया है भाई।" पास ही बैठा दूसरा बुड्ढा कहता।

"अरे नहीं कक्का, हम समझे आप कहीं हमें बच्चा समझकर टाल न दें, इस वास्ते पूछ रहे थे।"

"जिन-जिन लड़कन की मोंछ की रेख फूट गयी है, सबको अधिकार है वोट देने का।"

"और लड़किन का ?"

"तुम्हें उससे का मतलब ?"

"ऐसे ही पूछा।"

"जवान लड़किन को भी अधिकार है। अब भागो, चलो यहाँ से, काम करने दो। बेसरम।"

लड़के भाग आते और बूढ़े फिर वोटरलिस्ट बनाने लगते।

प्राचीन काल में चुनाव का सारा मामला सस्ते में और प्रेम से निपट जाता था। नामांकन के दिन सारे उम्मीदवार उषाकाल के पूर्व उठते, प्रातः कर्म से निपट चकाचक सिर मुँडवा स्नान करते और पूजा कर धवलवस्त्र पहन मन्दिर के चौक में हरे पत्तों की डाल हाथ में ले बैठ जाते। किसी के हाथ में पीपल की डाल होती, किसी के हाथ में आम की। यही उनका चुनाव-चिह्न समझिए। भाषण वे नहीं देते। हाँ, कोई पास आ प्रश्न करे तो उत्तर देते थे।

"कहो भाई, तुम भी लोकसभा जाने का विचार कर रहे हो ?"

"हाँ दादा ! आशीर्वाद दीजिए।"

"क्या करोगे वहाँ ?"

"देखिए, एक तो तालाब की समस्या है। चार वर्ष से हम देख रहे हैं कि उसकी दुर्दशा हो रही है। गौरमिण्ट के समक्ष हम यह समस्या नहीं रखेंगे तो केले की उपज मारी जाएगी। दूसरे जब से मलियागुरु तीरथ जाकर मर-खप गये, व्यायामशाला की देखभाल करने वाला कोई नहीं है। लड़के जैसा समझते हैं, डण्ड पेल लेते हैं। बाहर से मल्ल नहीं आएगा तो समझिए अनर्थ हो जाएगा। तीसरे दादा, हमसे यह अन्याय नहीं देखा जाता कि जिनके परिवार का आदमी वीरगति को प्राप्त हुआ, उनकी विधवा और बाल-बच्चों के पोषण के लिए जमीन का टुकड़ा न हो।"

"ठीक कह रहा है।" उम्मीदवार का समर्थन करने वाला कहता।

ठीक उसी समय मन्दिर के प्रांगण में दूसरा प्रत्याशी कहता, "अरे हमने बहुत पोथी

पढ़ा है। विदुर नीति, चाणक्य नीति, भर्तृहरि नीति का शतक। साथ में भारत का संविधान चाट गये हैं पूरा। एक-एक धारा पूछ लो, सुनाए देते हैं। अब इतने ज्ञान का यहाँ रहकर अचार-मुरब्बा बनाएँगे क्या ! हमें तो जाना ही पड़ी। खण्डन की जरूरत पर खण्डन करेंगे, मण्डन की बात पर मण्डन करेंगे।''

रात तक पूरे चुनाव-क्षेत्र में बात फैल जाती कि अमुक-अमुक व्यक्ति, जो आज महादेव के मन्दिर में आये थे, चुनाव के प्रत्याशी हैं और घर-घर में चर्चा चल जाती कि किसे वोट दें। अटकलें चालू हो जातीं। चौपालों पर राजनीति छँटती।

''भाई, यह गंगाराम बहुत तेज है। लगता है जीत जाएगा।''

''कैसे ?''

''तालाब का प्रश्न उठाकर एक तरफ वह बूढ़ों को बाँधे है, व्यायामशाला के सुधार की बात कर सारे छोकरों को मिलाये है और वीरों की विधवाओं के प्रति पीड़ा दिखा स्त्रियों का मन जीतने की चेष्टा कर रहा है।''

''सो तो बड़ा तेज है। करेगा या न करेगा, राम जाने।''

इसी तरह चर्चाएँ चलती रहतीं और लोग मन बनाते रहते, किसे वोट दें। जीपें तब थीं नहीं। प्रत्याशी घोड़े पर बैठ गाँव-गाँव घूमते थे। मानताएँ लेते, मन्दिरों के दर्शन करते और बड़े-बूढ़ों के चरण छूते। जहाँ जाते, उपदेश सुनने को मिलता :

''अरे भई, लोकसभा में जाओ तो सबसे सम्मान से बात करो और सोच-समझकर बोलो। ऐसे नहीं कि मार लड़ने लगो कुत्तों जैसे।''

''जा तो रहे हो, पर क्षेत्र की नाक मत कटवाना। कोई ऐसी-वैसी बात सुनाई दी तुम्हारे बारे में तो समझ लेना, ये जूते और तुम्हारा सिर।''

''नहीं दादा, आपकी कृपा और आशीर्वाद बना रहे, कोई मौका नहीं मिलेगा शिकायत का।''

प्रत्याशीगण घोड़े पर बैठे गाँव-गाँव घूमते रहते और सबको जिला केन्द्र आने का आमन्त्रण भी देते। उनके हाथ में वृक्ष की हरी डाल होती, जिसे वे झण्डे की तरह उठाये रहते। हर किसी को प्रणाम करने का यह चुनावी मौसम चलता रहता।

जब अक्षय तृतीया, सावन की अष्टमी या पूस की अमावस्या टाइप का दिन आता, पुर की वनिताएँ सुबह से शृंगार करने लगतीं और युवक तो एक दिन पहले ही से उछलने लगते। ढोल-ढमाके के साथ गाते-नाचते लोग पोलिंग-केन्द्र की ओर प्रयाण करते, क्योंकि भारतीय संस्कृति उन दिनों जोर पर थी और नाचने-गाने के प्रत्येक अवसर का लोग भरपूर उपयोग करते थे।

पोलिंग-स्थल पर चौक पूरे जाते और मन्त्रोच्चार के साथ कुम्हार के लाये मटके राजपुरुषों की निगरानी में सजाकर रख दिये जाते। वोट छापने का खर्च नहीं होता था। न दीवारें रँगी जातीं, न पोस्टर लगते, न दारू बँटती। हर प्रत्याशी के नाम की एक पत्ती घोषित हो जाती। पीपल, आम, बड़ आदि। लोग जिस उम्मीदवार को

लोकसभा का सदस्य बनाना चाहते, मटके में उसकी एक पत्ती डाल देते। गंगाराम के चाहने वाले आम की पत्ती डालेंगे और मधवा के प्रेमी पीपल की। राजपुरुष गाँव-गाँव का क्रम से नाम बुलाता और लोग-लुगाइयाँ अपना वोट डाल आते। गड़बड़ न हो जाए, इसलिए वोट के बाद गुदना हो जाता। कन्याओं के चेहरों पर बिन्दी लग जाती, पुरुषों के हाथ या बाँहों पर।

अच्छे दिन थे। पोलिंग में झगड़े-झाँसे होते नहीं थे। आजकल के जमाने जैसी खींचतान थी नहीं। गिनती होने पर जिसकी पत्तियाँ मटके में से ज्यादा निकलतीं, उसे विजयी घोषित कर दिया जाता। वह फौरन दर्शन करने मन्दिर भागता। राजघाट उस जमाने में था नहीं, इसलिए झूठी कसम का प्रश्न ही नहीं उठता था। लोग अपने-अपने मन्दिरों में या बड़े-बूढ़ों के चरण छू जो शपथ लेते थे, उसे निभाते थे। कभी-कभी धोखा भी हो जाता था। तब उस 'अमपी' को मार-पीटकर ठीक कर लिया जाता था। जैसे गंगाराम के ही चुनाव-क्षेत्र में बदरीलाल का किस्सा हुआ था। चुनकर गया तब तो ठीक-ठाक था, पर राजधानी पहुँच उसका दिमाग फिरने लगा। कुछ दिनों बाद पता लगा कि अफीम निर्यात के आज्ञापत्र धनाढ्य व्यापारियों में बाँट गुप्त रूप से धन कमा रहा है। फिर खबर आयी कि सुरक्षा नगरी में उसने एक मकान लिया है और वहाँ एक पतुरिया को रखे है। मदिरापान की खबर भी उड़ी तो चुनाव क्षेत्र के बड़े-बूढ़ों और स्थानीय ऋषि-मुनियों ने सोचा, पता लगाया जाए कि सच्चाई क्या है, क्योंकि बदरीलाल को वे बचपन से जानते हैं, वह ऐसा था तो नहीं।

सब दिल्ली पहुँचे। खोजबीन की तो पता लगा, सच है। वास्तव में बदरीलाल पतन के गर्त में उतर गया है। छी, छी···ऐसा व्यक्ति क्षेत्र की ओर से लोकसभा में बैठे तो लोकसभा का मान तो गिरता ही है, क्षेत्र की नाक भी कटती है। वे उसे पकड़कर ग्राम लाये। बहाना बनाया कि हम तेरा सम्मान करेंगे। नेताओं में तो सम्मान की खुजली होती ही है। आ गया दाँव में, पर यहाँ तो स्थिति दूसरी थी। चौक में बिठाकर एक मुनिवर ने कहा, "देखो बन्धुओ, यह है बदरीलाल, जिसे हमने चुनकर भेजा। वहाँ जाकर इसने जो करम किये, उससे इसका ही नहीं सारे गाँव का मुँह काला हुआ है। सो जिस-जिसने इसे वोट दिया, उसे शपथ अपने बाप की, अगर इसे जूता न लगाये।"

जो दृश्य था, वह ऐतिहासिक था। प्रजातन्त्र की इज़्ज़त रखने के लिए उस जमाने के लोग अगर वोट देते थे तो जूता उठाने का भी साहस रखते थे।

गंगाराम जब चुना गया, तब लोगों ने यही कहा, "याद है भैया बदरीलाल का किस्सा ? 'अमपी' बने हो तो ठीक से रहना। वो बदरीलाल नंगे पैर गया था, लौटकर आया तो हाथ में सोने का कंकण था। पूछा, किसने दिया सम्मान में, तो इधर-उधर के झूठे प्रसंग बनाकर सुनाने लगा। समझता था, हम मूर्ख ही हैं। अरे, चुने गये हो तो अपनी मान-मर्यादा से रहो, सेवा करो। अगर कोई ऐसी-वैसी बात सुनी तुम्हारे बारे में, बस समझ लेना हमसे बुरा कोई नहीं होगा गंगाराम ! बताये देते हैं।"

ऐसा था प्राचीन काल में प्रजातन्त्र। गंगाराम या जो भी हो, जब इन्द्रप्रस्थ के लिए रवाना होता तो सारा क्षेत्र छोड़ने आता। नदी किनारे तक वाचस्पतिजी और जुझारसिंह भी आते और उसे चिट्ठी दी जाती कि इसे हमने चुना है, जिसे वह सँभालकर रख लेता था।

अब कहाँ रहे वे लोग, न वैसे वोटर रहे, न वैसे नेता। अब तो जो छँटा हुआ धूर्त होता है, वही जाता है दिल्ली। गुजर गया वह जमाना भैया, क्या प्रजातन्त्र होता था उस समय में। खैर छोड़ो, आज की सोचो। ये ससुरे खड़े हो गये हैं, इनमें एक भी है वोट के काबिल !

"क्या जानें भाई ! प्रचार हुई रहा है। सोचने-समझने की फुरसत कहाँ है ?"

21

आक्सीजन-हायड्रोजन

गलती मेरी है। मुझे ऐसा करना नहीं चाहिए था। मुझे यह पहले सोच लेना चाहिए था कि नेता केवल नेता नहीं होता। वह समाज का शिक्षक भी होता है। उसे तो जो भी ज्ञान प्राप्त होगा, वह समाज को दिये बिना मानेगा नहीं। ज्ञान का क्या है? वह तो नेता को जब-तब मिलता ही रहता है। उसकी समस्या है कि वह ज्ञान को पास धरकर क्या करे ! वह उसे समाज को दे देता है। कौन याद रखने की मुसीबत पाले ! समाज एक ज्ञान को सँभाले रखता है। बरसों से रखता आया है। समाज का स्वार्थ है। उसे आगे बढ़ना है। ज्ञान से आगे बढ़ने में मदद मिलती है। नेता को भी आगे बढ़ना है, मगर उसे बस इतना ज्ञान रहे कि हाईकमाण्ड की मर्जी क्या है ! वह ज्यादा उलझन पालना नहीं चाहता। यदि आप किसी नेता के सामने बहुत सारी समस्याएँ एक साथ रख दें, या एक ही समस्या के कई पहलू एक साथ उठा दें तो वह फौरन एक कमीशन बैठा देगा, विचार करने। ढेर-सारा ज्ञान सामने रख विचार करने की बोरियत कौन पाले! नेता के पास इन झंझटों में पड़ने का समय कहाँ है ?

सब जगह भद उड़ रही है। यह तो अच्छा है कि दलपतराम को पता नहीं कि उनकी भद उड़ रही है। पता लगेगा भी तो वे उसे विरोधी दल की कारस्तानी समझेंगे, जो उनके मामले में हमेशा अर्थ का अनर्थ करता रहा है। पर मैं जानता हूँ कि गलती मेरी है। मुझे यह बात दलपतरामजी को बतानी नहीं चाहिए थी कि पानी कैसे बनता है ?

हुआ यह कि मैं अपने मूड में था और जैसी मुझे बीमारी है, मैं अच्छे मूड में होता हूँ तब बहुत बोलता हूँ। लोग बोर भी हो जाते हैं, पर मैं इसकी चिन्ता नहीं करता, क्योंकि मैं अपने मूड में होता हूँ। उस दिन दलपतरामजी की बैठक में पता नहीं कैसे पानी की तकलीफ की बात छिड़ गयी। मैंने कहा, ''यार समझ में नहीं आता कि इस संसार में कभी भी पानी की कमी कैसे हो सकती है ?''

''है ! हो क्यों नहीं सकती ? सरकार बापड़ी कितने कुएँ खोदे ? ऐसे ही खोदती रही तो एक दिन देखेंगे कि सारा देश कुएँ में उतर जाएगा। जिसका पता लगाओ, वो ही पचास फुट नीचे। क्या कर रहे हो ? जी, पानी भर रिया हूँ।''

दलपतरामजी की इस बात पर उनके चहेते चमचे भार्गव ने खूब ठहाका लगाया और हँसी रोकते-रोकते यही बोलता रहा कि जी, खूब कहा आपने ! जी, ठीक कह रहे हैं आप !

मैंने अपनी बात दोहरायी, क्योंकि मुझे तो दोहराना था। मैं मूड में था। कहा, "जी, कुएँ-बावड़ी से कित्ता पानी निकालोगे ? उसकी भी एक हद होती है।"

"यही मैं कह रहा हूँ कि सरकार बापड़ी कित्ता खोदेगी ?"

"असली पाणी तो हम उसे मानते हैं साब जो ऊपर से टपकता है।" भार्गव बोला।

"तेरी छत से। पी डबली डी वालों से बोल दे और टपका देंगे।"

"छत से नहीं मालिक, आसमान से। असली पाणी वो जो भगवान् हमारे वास्ते ऊपर से गिराता है।"

"जो आस्माँ से न टपके वो पानी क्या है ?"—मैंने गालिब की टाँग तोड़ते हुए कहा। मैं मूड में था।

"वाह क्या बात कही है ! आसमान से जो नहीं टपके वो पानी क्या है ? वाह ! मैं अपोजीशन को यही बात कहता हूँ, कम्बख्त सुनते नहीं। मैं कहता हूँ असल चीज है वर्षा, उसमें गोरमेण्टदारी क्या करेगी। वाह-वा, ऊपर से नहीं टपके ऐसे पानी की ऐसी-तैसी। ये शेर किसका है ?"

"मर गये कहने वाले जी, अपने को बात से मतलब !"—मैंने कहा। जब से ये दलपतरामजी मन्त्रिमण्डल के विस्तार के अन्तर्गत शिक्षा के राज्यमन्त्री हो गये हैं, उनके साहित्य-प्रेम में इस तेजी से इजाफा हुआ है कि निकाले जाने के बाद कहीं पुस्तक समीक्षाएँ करने लगे तो लेखकों पर भारी पड़ेगी।

"जिसने भी कहा हो, वर्षा के मामले में गोरमेण्ट कुछ नहीं कर सकती। हुई हुई, नहीं हुई।"—दलपतरामजी ने कहा।

"पानी बहुत है इस दुनिया में, पानी की कमी नहीं।"—मैं बोला।

"कहाँ है यार, बेकार बातें करते हो !"

"बहुत पानी है। इत्ता है कि ये जो अरब में पानी की कमी है ना, तो आप इन्हें पकड़-पकड़ के नहलाओ इत्ता पानी है।"

"समन्दर के पाणी की बात मत करो भई, समन्दर का पाणी एकदम खारा और बेस्वादा होता है। मैं खुद अभी बम्बई गया था, टैस्ट करके आया, कुछ नहीं धरा उस पानी में। बस बो तो जहाज चलाने के काम का है। किनारे घूम लो, मछली पकड़ लो, अपने साथ कोई छोकरी हो तो उसके साथ धींगा-मुश्ती कर लो। बस ! इसके अलावा वो पानी किसी काम का नहीं। मुझे तो कई बार नेचर पर ताज्जुब होता है कि जरा-सी बात के लिए इतनी मेहनत करने की क्या जरूरत थी।"

"ठीक कहते हैं आप, बिलकुल ठीक कहते हैं।"—भार्गव ने कहा।

"समुद्र, नदी, तालाब, कुआँ कहीं भी पानी हो, फिर भी इस दुनिया में पानी की कमी नहीं है।"—मैंने कहा।

"तू क्या अपने घर में से देगा।"—दलपतराम मुझ पर बिगड़े।

"बाप के जमाने से यह बात चली आ रही है कि जिसे कहते हैं वो आक्सीजन

और हायड्रोजन से मिलकर बना है। इन दोनों गैसों की इस दुनिया में कमी नहीं है। आपके इसी कमरे में इतनी आक्सीजन और हायड्रोजन भरी है कि दोनों को मिलाओ तो आधा कमरा डूब जाए पानी में।'' मैंने अपने मूड में कहा।

''तू किसी दिन मिला मत देना मेरे बाप, नहीं ये सरकारी बँगला है। बड़ी मुश्किल से मिला है। मगर तेरी बात समझ नहीं आयी। ये आक्सीजन-हायड्रोजन क्या, पानी कैसे, मैं कुछ समझा नहीं।''—दलपतराम बोले।

मैं थोड़ा तनकर बैठ गया। किसी जिज्ञासु इन्सान के सामने ज्ञान की बात बताते हुए किसी भी गुणीजन की ऐसी मुद्रा हो जाना स्वाभाविक है।

''आक्सीजन और हायड्रोजन नहीं जानते ?''—मैंने पूछा।

''हम भी जानते हैं। गैस हैं। हवा में साँस लेते हैं वो आक्सीजन और हायड्रोजन वो जो बम में भरकर अमेरिका रेगिस्तान में छोड़ता है। मानव-जाति में भुस भरने को एक काफी है। मगर भैया, ये पानी वाली बात समझ नहीं आयी।''

''दो हिस्सा हाइड्रोजन में एक हिस्सा आक्सीजन अपनी जरूरत के मुताबिक मिला लो कि पानी ही पानी।''—मैंने कहा।

''अभी मिलाकर बता।''—दलपतरामजी ने उत्सुकता से कहा।

''मशीन फिट करनी पड़ेगी, ऐसे थोड़े होगा। मशीन में एक बाजू से आक्सीजन आयेगी, दूसरी बाजू से हायड्रोजन। जहाँ दोनों मिलीं फट्ट देनी से नल चलने लगेगा।''

''चौबीस घण्टे ?''

''मशीन पर है, जितना चलाओ।''

''आक्सीजन हायड्रोजन कहाँ से आयेगी ?''

''हवा से। मशीन खींचेगी।''

''मेरी क़सम ?''

''सच्ची !''

''गाँव-गाँव में लगा लो ?''

''चाहो घर-घर में लगा लो। छोटी मशीन।''

''वाह यार ! तुम बड़े काम के आदमी हो। देखो भार्गव, पढ़े-लिखे ज्ञानी आदमी के साथ बैठने का ये फायदा होता है। कैसी नयी बात पता लगी।''—दलपतराम बोले।

मैं कह रहा हूँ ना कि मैं मूड में था। यही मेरी गलती थी। मैं यह भूल गया कि दलपतराम एक नेता है और नेता समाज का शिक्षक होता है। वह समाज का शिक्षक हुए बिना मानता नहीं। आज जो भद उड़ रही है, उसके मूल में उसकी-हमारी आक्सीजन-हायड्रोजन वाली बातचीत थी। मुझे सातवीं कक्षा में साइंस वाले मास्साब ने यह बात बतायी थी। दाद तो दीजिए कि अभी तक मुझे याद है कि पानी आक्सीजन-हायड्रोजन से मिलकर बनता है।

हुआ यह कि दूसरे ही दिन एक विज्ञान-सम्मेलन था। उद्घाटन का काम जिस बड़े मन्त्री को करना था, वो आ नहीं पा रहा था। तो बिल्ली के भाग से छींका यों फूटा कि दलपतरामजी बुलाये गये। वह गये और जाते ही समाज के शिक्षक हो गये। यह भूल गये कि सभा में बड़े-बड़े वैज्ञानिक बैठे हैं। वह जो बोले, उसमें पानी के अभाव की बात उठाये बिना रह नहीं सके। उनके लम्बे वैज्ञानिक भाषण में पानीवाला अंश कुछ यों था कि प्यारे वैज्ञानिक भाइयो, ये जो पानी की प्राबलम आज देश में है कि कहीं बरसा और कहीं नहीं बरसा। कमी पड़ जाती है, तो किसान भाई हलकान हो जाते हैं और पीने की भी तकलीफ होती है। इस बारे में मैं आपको कहना चाहता हूँ वैज्ञानिक भाइयो कि आप यह बात गाँठ बाँध लीजिए कि ये जो पानी है, जिसे आप-हम पीते हैं, जो नदी, कुआँ, दरिया सब में नजर आता है—यह दरअसल दो चीजों से मिलकर बना है। क्या हैं वे दो चीजें तो वो मैं आपको बताता हूँ कि एक तो हुई आक्सीजन जो हम नाक से खींचते हैं। देखो जैसे मैं खींच रहा हूँ।···यह खींची। तो यह हुई आक्सीजन। यह गैस है इस वास्ते नजर नहीं आती। पर इसका मतलब यह नहीं समझना आप लोगों ने कि वो है नहीं। इसमें निराश होने की जरूरत नहीं है। हमारे देश में आक्सीजन काफी है। दूसरी चीज है हायड्रोजन। ये भी वैज्ञानिक भाइयो, एक गैस का नाम है जो आपने शायद सुना होगा। अभी तक हम समझते थे कि अमेरिका के पास हायड्रोजन ज्यादा है जिसके बो बम बनाया करता है। पर ऐसी बात नहीं है कि भारत के पास हायड्रोजन गैस कम है। हम शान्तिप्रिय देश हैं, इसलिए अपनी गैसों को ऐसे खोटे काम में नहीं लगाते। तो वैज्ञानिक भाइयो, ये दो चीज हैं आप गाँठ बाँधकर रख लीजिए कि आक्सीजन और हायड्रोजन—इन दोनों को मिला दो तो गंगा बह जाए। अगर आप लोग मशीन का डिजाइन तैयार करो तो गाँव-गाँव में फिट करवा दें। विदेश से मँगाने में तो बहुत खर्चा बैठेगा। डिजाइन और मशीन तो देसी ही होनी चाहिए क्योंकि कल-पुर्जे की प्राबलम नहीं आती। तो अब हमें जल्दी से जल्दी पानी बनाने की मशीन बनाकर दिखाना है। हमारी नदियाँ सूख रही हैं। अगर हमारे पास मशीन हो, तो पानी बना-बनाकर सारी नदियाँ भर दें। पानी के बड़े उपयोग हैं जी बगीचे में डलता है। तो आप इस पर विचार करें···।''

दलपतराम वैज्ञानिकों के सम्मेलन में आक्सीजन-हायड्रोजन पर बोलते चले गये। वातावरण में शिष्टता कायम रही। जो अपनी हँसी नहीं रोक सके, वे हाल से बाहर निकल गये।

आज उनकी भद उड़ रही है। सब जगह भाषण का मजाक हो रहा है। यह तो अच्छा है कि दलपतराम को समझ नहीं आया कि गलती क्या है। समाज के शिक्षक होने के नाते वह तो समाज को ज्ञान दे आये। प्रेरणा और मार्गदर्शन देकर आये हैं वैज्ञानिकों को। आप समझते क्या हैं !

मेरा बँगले पर आना-जाना लगा रहता है। मूड में होता हूँ तब जरूर जाता हूँ।

22

मटका प्रसंग

मैं आपके चिन्तन को आमन्त्रण दूँगा श्रीमान् ! चक्कर गम्भीर है। आप कृपया फँसें। सुआल यह है कि क्या मानव, माटी का तन पूतरा, स्वयं भ्रष्टाचार करता है अथवा परिस्थितियाँ उसे भ्रष्टाचारी बनाती हैं ? करुण प्रसंग है कृपालु। आपका ध्यानाकर्षण चाहूँगा ! सोचनीय सामग्री है ! जस का तस छानकर समस्या खड़ी करूँ तो वह यों होगी कि बाबू खुद करप्ट होता है या उसका निदेशालय उसे करप्ट बनाता है ? दफ्तरों की आत्मा में झाँकना होगा। इस मामले में आत्मा सो नियम, आदेश और परम्परा। फाइल का अपना सौन्दर्य होता है बाबू। घूँघट की लाज रखनी पड़ती है। उसे उठाने का हक कमीशन का होता है। बेला आ गयी आज। उठा और खोल दे। अपना दर्जा भी कम नहीं। लेखक की जिन्दगी किसी कमीशन से कम नहीं होती। उतनी ही निरर्थक। एक बौद्धिक उत्तेजना को महसूस करने के बाद उतनी ही नपुंसक। सो छोड़ो। फिलहाल रस लो। मजे लो। स्तर-ब-स्तर सनसनी। रीतिकाल में जासूसी उपन्यास घोलकर काकटेल बनाने का सुख है, केन्द्र में एक मनुष्य है। अक्सर होता है। यहाँ केन्द्र में मनुष्य नहीं, मटका है। मटका !

मटका ! घट ! घटक ! घड़ा ! हण्डा ! भाण्डा ! चषक ! पात्र ! और भी कुछ नाम होंगे संस्कृत-फारसी में। वाराणसी-तेहरान भाषा पटरी पर शण्टिंग करते हिन्दी शब्द। अर्दन पॉट, पिचर वगैरा। मगर हम मात्र एक शब्द प्रयोग करेंगे। मटका ! फाइल में वही लिखा है। शब्द फाइल पर बैठकर चलता है। तैरता शब्द, हिन्दी शब्द। माँ भारती का लाडला केंचुआ ! रघुवीर के जच्चाखाने के निर्माण के पूर्व से मोहल्ले द्वारा स्वीकृत, आपका अपना ̈मटका।

गर्मी के दिन आ गये। बड़े बाबू ने कई माह बाद कोट उतार कुर्सी पर टाँगने के अपने अधिकार को महसूस किया। दफ्तरी ऊष्मा की आहट ने एक सोयी हुई फाइल को जगाया। मौसम का सबसे गम्भीर प्रश्न विभागीय शब्दावली से उतरा और फाइल चली। चली कि बस चली। हर फाइल की चाल का अपना नाजुक अन्दाज होता है। नितम्बिनी ! कैसे हिलती-हिलती बढ़ती है। कहाँ ठिठक जाए, कब मुड़कर देखने लगे, कब सर्र से चली जाए, कहाँ पसर जाए, कब लौट आए, कब तक रमती रहे, कौन चिपका ले, कौन बगल में दाबे जाता नजर आए, नहीं कह सकते। हर फाइल का अपना नखरा, अपना सुभाव, अपना तेवर, उसके अपने ठसके। निदेशालय तो सलौनी

फाइलों का मिराण्डा ठहरा। यह भी फाइल मटका। प्रतिवर्षानुसार इस वर्ष भी निदेशालय में पेयजल हेतु मटकों की आवश्यकता है। क्रय करने के आदेशार्थ प्रस्तुत। यह बड़े बाबू की छोड़ी फाइल है। इसे बढ़ने से कौन रोक सकता है ! आदेशार्थ प्रस्तुत। दफ्तर को मटके होना। इस परम सत्य और मानवीय आवश्यकता के आड़े कौन आएगा ! मटका तैर जाएगा पानी में। अन्त में भर जाएगा पानी से। आशावाद !

पर नहीं। हर फाइल को संकट से गुजरना होता है। हर फाइल की गति में अड़चन आती है। यही दफ्तर का बौद्धिक पक्ष है। किसने किसकी फाइल पर क्या लिख दिया ? क्या सवाल खड़ा कर दिया ? फाइल कितने प्रश्नचिह्नों से लदी लौटी और किन उत्तरों से सजकर फिर चली। महाभारत फाइलों में चलता तो आज तक न निपटता। कौरव-पाण्डव कब के रिटायर हो जाते। फाइलें चलती रहतीं। रामायण एक मिसल होती। चौदह साल बीत जाते, राम के वनप्रवास के आदेश नहीं निकल पाते, गर्मियाँ थीं, मटकों की मानव मात्र को आवश्यकता थी, पर यही भर पर्याप्त नहीं होता। फाइल का पेट भरना पड़ता है। श्रीमन् ! फाइल अपने सवाल खुद पैदा करती हैं। जिज्ञासाएँ हण्टर का काम देती हैं दफ्तर में।

डिप्टी डायरेक्टर (प्रशासन) की टेबल पर फाइल मटका ने मोड़ लिया। वह बड़े बाबू की दिशा में फिर पलटी। सदा के अनुसार बौद्धिकता का उदय हुआ।

प्रश्न : गत वर्ष खरीदे मटके क्या हुए ? क्या वे इस वर्ष उपयोग में नहीं आ सकते ? चालीस मटकों की आवश्यकता क्यों है ? निदेशालय के भिन्न विभागों को कितने मटके दिये जाते हैं ? क्या स्थायी रूप से वाटरकूलर खरीदना प्रति वर्ष मटके खरीदने की अपेक्षा सस्ता नहीं रहेगा ? मटके के साथ गिलास आदि की आवश्यकताएँ कितनी हैं ? स्टॉक में कितने मटके हैं ? मटकों के लिए वर्ष का आर्थिक प्रावधान क्या है ?

फाइल बड़े बाबू की टेबल पर लौट आयी। यही वह क्षण है जब पुर्जा मशीन पर बयान देता है। बड़े बाबू के अन्तर का आम आदमी उछला और बोला—हुँह !

जीवन की सार्थकता फाइलों पर कलम घर्षण में है। प्रतिप्रश्न को प्रतिउत्तर बनते देर नहीं लगती। शब्द गूँजते-टकराते हैं। बड़े बाबू ने फाइल को दिशा दी। उसे स्टोरकीपर की तरफ़ पठवाया। बताओ निदेशालय की मटका-सम्पदा की ताजातम स्थिति क्या है ?

निदेशालय के मटके। एक निदेशालय, अनेक मटके। सुआल उठता है कि आज निदेशालय न होता तो ये मटके कहाँ जाते ? मिट्टी ने कुम्हार के हाथों का रूप लिया, मटका बना और निदेशालय में समा गया। मटका न हुआ किसी मध्यमवर्गीय परिवार का कुलदीपक हुआ। जन्मा, बड़ा हुआ और निदेशालय में समा गया। पृथ्वी पर बाबू बनने के लिए अवतरित हुआ। यदा-यदा फाइलों में वृद्धि होगी, कार्य की हानि होगी, मैं आऊँगा और नस्ती निपटाऊँगा। मरने के पूर्व कहा होगा किसी बाबू ने। वैसा ही

गौरवमय जीवन मटके का।

स्टोरकीपर, अर्थात् पराये माल का मालिक। खुर्राट अनुभवी पर अपने संस्कारों का मारा, ईमानदार ! उसने मटके गिने, टूटे-फूटे मटकों का हिसाब लगाया। निदेशालय की स्थापना से आज तक प्रतिवर्ष मटकों की खरीदी में अभिवृद्धि का ब्यौरा तैयार किया। वर्तमान में निदेशालय में उपयोग में आ रहे मटकों की खरीदी का दिनांक तथा उनकी वर्तमान स्थिति की पड़ताल की और फाइल की उदरपूर्ति हेतु एक लम्बा नोट लिखा।

एक सप्ताह बाद मटके की फाइल पुनः बड़े बाबू की टेबल पर आ गयी।

अतः मटका प्रसंग। बड़े बाबू ने अन्य कार्य निपटा उस पर नजर डाली। यह नन्ही-सी 'हुँह' जो उस दिन अन्तर से उपजी थी, अभी विशेष नहीं हुई थी। शाब्दिक ईंट का उत्तर शाब्दिक पत्थर से देना था। लगे। धे।

बड़े बाबू ने मटके पर जो चिन्तन मारा, वह प्रबन्ध की सामग्री था। वाटरकूलर की बात तो यों कटी कि इस वर्ष के बजट में कोई प्रावधान नहीं। नयी सेंक्शन के लिए सचिवालय से अनुमति आवश्यक होगी। गत वर्ष पचास मटके खरीदे थे। दस अभी काम में आ रहे हैं। अतः चालीस की जरूरत है। हर सेक्शन में पूरे दिन में दो मटका जल पेय हेतु उपयोग होता है। मटके के साथ गिलास फिलहाल जरूरी नहीं क्योंकि पर्याप्त व्यवस्था है। स्टॉक में मटकों की प्रोजीशन यह है। कुल मिलाकर मटके इतने हैं। मटकों के लिए विशेष आर्थिक प्रावधान नहीं होता। खरीदी मिस्लेनियस में सामान्य व्यय के अन्तर्गत होती रही है।

पूर्ण विवरण के साथ बड़े बाबू ने यह टीप भी जड़ दी कि गर्मी का मौसम बढ़ रहा है, कर्मचारियों को शीतल पेय हेतु कैण्टीन तक जाना पड़ता है, जिससे कार्य में हानि होती है। अतः शीघ्र निर्णय लेना उचित होगा। आदेशार्थ प्रस्तुत !

सरकारी टेबलों पर जारी कर्मकाण्ड अपनी महत्त्वपूर्ण मंजिल पार कर चुका। फाइल की साँस भरने लगी। आदेश हो गये। मटके खरीदे जाएँ। फाइल डायरेक्टर के कमरे से लौट आयी। महिमामयी, आदर्श से शोभित। खरीदे जाएँ। पर यह इति नहीं, आरम्भ है उस मटका प्रकरण का। नाटक का दूसरा अंक अभी बाकी है।

सरकारी गाड़ी आकर रुकती है। चालीस मटके क्रय करने का महान् दायित्व स्टोरकीपर के कन्धे पर था। वह यों उतरा जैसे विदेश मन्त्री परदेश में उतरते हैं। उत्साहित, पर गम्भीर !

भेरूलाल कुम्हार, जनम का कुम्हार। मेरा यार मिट्टी से पैसा कूट लेता था। उसका बाप कुम्हार, बाप का बाप कुम्हार। पत्नी कुम्हार, बाल-बच्चे कुम्हार। घर-घर में उसके मटके रखे थे। आधा शहर उसके घड़ों से प्यास बुझाता था।

उसके दरवाजे पर सरकारी गाड़ी रुकी। राजयोग ! ऐसे ही क्षण जाति में परिवार की प्रतिष्ठा बढ़ाते हैं। भेरूलाल हाथ जोड़ खड़ा हो स्टोरकीपर की तरफ पहचानी आँखों

से मुस्कराया। कुछ दिन पहले यही बाबू टेण्डर लिखवा के ले गये थे। फी मटका···दो रुपया। चालीस मटकों का अस्सी रुपया। ठीक है ना !

"चालीस मटके रख दो गाड़ी में !" स्टोरकीपर बोले।

बड़ा काम। बहुत बड़ा काम। चालीस मटके और वे एक बड़ी सरकारी गाड़ी में रखे जाने थे। भेरूलाल के कुम्हार जीवन में ऐसे क्षण रोज-रोज नहीं आते। उसने अपने पूरे खानदान को पुकारा। जाने क्या-क्या नाम लिये उसने और भिन्न-भिन्न दिशाओं से भिन्न आकार के मैले-कुचैले लड़के-लड़कियाँ प्रकट होने लगे। एक बड़ी औरत अन्दर से निकली और खुश-खुश इधर-उधर देखने लगी। वह इन बच्चों की अम्मा थी। जाहिर है। एक भरी-पूरी भूरी आँखों वाली लड़की थी। सरकारी गाड़ी के सिगरेट पीते ड्राइवर ने उसे लगातार देखा। गाड़ी में चालीस मटके सँभालकर रखे जाने तक की लम्बी बोरियत में ड्राइवर के लिए वह भूरी आँखों वाली भरी-पूरी लड़की एक कुनकुनी सुखद मुक्ति थी।

चालीस मटके उत्तरदायित्वपूर्ण लगन से रखे जा रहे थे। भेरूलाल का बस चलता, वह अपने पुरखों की आत्माओं को भी पुकारता। आओ पूर्वजो, मेरे इस काम में मेरी सहायता करो ! यह सब जो स्टोरकीपर की देख-रेख में चल रहा था, प्रशासनिक कार्यवाही थी। वाकायदा इसका टेण्डर पास हुआ था और जाँच-परख के बाद आदेश दिये गये थे। पर इससे हटकर एक होती है भारतीय संस्कृति। भारतीय संस्कृति, जो भी कहो, भारतीय संस्कृति है, जिसकी विवेचना करने के पूर्व हमें यह ध्यान रखना चाहिए कि यह भारतीय संस्कृति है। मैं इसके विषय में इतना ही कहूँगा कि यह भारतीय संस्कृति है और हमें यह नहीं भूलना चाहिए कि भारतीय संस्कृति, भारतीय संस्कृति होती है। इस घड़ी हुआ यों कि प्रशासनिक कार्यवाही में भारतीय संस्कृति आ फँसी। रिवाज यह है कि ज्यादा सब्जी खरीदने वाले को हरा धनिया मुफ्त दिया जाता है। सौ आम लेने पर, पाँच आम ज्यादा मिलते हैं। कहा जाता है कि वे बच्चों के चूसने के लिए हैं। ऐसे कुछ रिवाज भारतीय संस्कृति में चले आते हैं। सारा दान करने के बाद दक्षिणा और देनी होती है। खानदानी कुम्हार भेरूलाल उसी भारतीय संस्कृति का मारा। उसने चालीस मटके रखने के बाद पाँच मटके अपनी तरफ से और रख दिये। इतना बड़ा ग्राहक आकर चालीस मटके एक साथ खरीदे तो उसे पाँच मटकों की भेंट देनी ही चाहिए। और यों भी मटकों का क्या, चालीस में चार-पाँच कमजोर निकल ही सकते हैं। तो अच्छी व्यावसायिकता का भी तकाजा था कि पाँच मटके ज्यादा रख दिये जाएँ। भेरूलाल ने मटके रखे, रुपये लिये, स्टोरकीपर साहब को प्रणाम किया और भूरी आँखों वाली पर अन्तिम गहरी नजर डाल ड्राइवर ने गाड़ी आगे बढ़ा दी।

मटके आ गये, मटके आ गये ! चपरासियों ने एक-एक उठा स्टोर में रखवा दिये। रजिस्टर में सरकार की सम्पत्ति चढ़ जाने के बाद जाप्ते की कार्यवाही आरम्भ हुई अर्थात् पूर्वनिश्चित सूची के अनुसार निदेशालय के भिन्न सेक्शनों को नये मटके दे दिये गये।

बड़े बाबू ने गिलास पीया और काम से लग गये !

क्या इस क्षण ऐसी अनुभूति नहीं होती कि कथा समाप्त हो गयी ? ले ले, धरी जाए ! अभी और है। अरे मटके आ गये, स्टाफ पानी पी रहा है, और क्या चाहिए ! यहीं गच्चा खा रहे हो मित्र ! इसी का नाम दफ्तर है। सरकारी दफ्तर !

कई माह बाद आये आडीटर्स और उतर गये निदेशालय की हर फाइल, हर रसीद, हर वाऊचर, हर सेंक्शन के गहन अन्तर में। पन्द्रह दिनों तक पड़तालते रहे, यहाँ-वहाँ, ताक-झाँक करते रहे। निदेशालय में भ्रष्टाचार की अपनी परम्परा है, व्यवस्था है। बरसों से क्रम चल रहा है कि वहाँ काम कराना हो तो दस परसेण्ट चटाना पड़ता है। ऊपर से नीचे तक अपनी औकात भर सब खाते हैं। हाथी को मन और चींटी को कम कमीशन से बख्शीश तक किसी भी शीर्षक के अन्तर्गत मिल ही जाता है। कागजी कार्यवाही चतुराई से चलती है, हर पंक्ति दूध से धुली लगती है। आडिट वालों को उसी से मतलब। गलती नहीं होना चाहिए। कागज-पत्तर में, फिर खाओ-पीओ, जैसी जिसकी किस्मत !

स्टोरकीपर से गलती हुई थी। उसे दण्ड भुगतना पड़ा।

आडिट रिपोर्ट के आधार पर उससे जवाब इस बात के लिए माँगा गया कि जब उसी धनराशि में पैंतालीस मटके आ सकते थे तो कुम्हार के चालीस मटकों का टेण्डर क्यों लेकर आये ? सरकारी धन के समुचित उपयोग हेतु अनिवार्य कार्यवाही क्यों नहीं बरती गयी ? यदि टेण्डर मंजूर होने तथा मटके क्रय किये जाने की दिनांक तक मटकों के बाजार भाव में अन्तर आ गया था तो चालीस मटकों के लिए नये सिरे से टेण्डर आमन्त्रित करने की कार्यवाही क्यों नहीं की गयी ? जब निदेशालय की चालू वर्ष की आवश्यकता केवल चालीस मटकों की थी तब पैंतालीस मटके क्यों खरीदे गये, जबकि उसकी स्वीकृति सम्बन्धित अधिकारी से प्राप्त नहीं हुई थी। इस प्रकार सरकारी व्यय में अनियमितता तथा आवण्टित राशि के दुरुपयोग का मामला बनता है। इस विषय में सम्बन्धित कर्मचारियों से स्पष्टीकरण माँगकर दण्ड की कार्यवाही की जानी चाहिए।

कर लो क्या करते हो ? दे दी रपट आडिट ने !

गर्मियाँ समाप्त हो गयीं। प्रतिवर्षानुसार इस वर्ष भी मटकों के फूटने का सिलसिला आरम्भ हो गया था। स्टोरकीपर से स्पष्टीकरण माँगा गया था। उसका जी करता था, सारे मटके एक साथ फोड़ दे। एक धारा आये और निदेशालय स्टोररूम सहित डूब जाये।

बड़े बाबू ने स्टोरकीपर से ज्ञान की बात कही, "अरे भैया ! जब उस कुम्हार ने तुझे चालीस की बजाय पैंतालीस मटके दे दिये थे तो वहाँ से दफ्तर आते वक्त तूने पाँच मटके अपने घर पर क्यों नहीं उतरवा लिये ? अगर पाँच मटके अकेले नहीं पच सकते थे तो एक डायरेक्टर साहब के यहाँ रखवा देते, एक डिप्टी डायरेक्टर के यहाँ, एक मेरे घर पर, एक तुम रख लेते, एक ड्राइवर को दे देते ! मगर यहाँ लाकर स्टोर के

रजिस्टर में पूरे पैंतालीस चढ़ाने की क्या जरूरत थी ?''

यहाँ मैं आपके चिन्तन को आमन्त्रण दूँगा श्रीमन् ! सुआल यह है कि ये माटी का तन पूतरा मानव जिसे कहते हैं स्वयं भ्रष्टाचार करता है या परिस्थितियाँ उसे भ्रष्टाचारी बनाती हैं ? बाबू करप्ट होता है या उसका निदेशालय उसे करप्ट करता है ? यदि स्टोरकीपर में पाँच मटके चुराने का आत्मबल होता तो क्या उसे आज अधिकारियों के सामने यों शर्मिन्दा होना पड़ता ? तब आडिट रिपोर्ट उसका बाल भी बाँका नहीं कर सकती थी।

कथा से सीख यह टपकती है यारो, कि भारतीय संस्कृति के श्रेष्ठ मूल्यों से प्रशासन-व्यवस्था को बचाओ ! ईमानदारी के कोड़े खा कोई तड़पकर मरे, उसकी बजाय उसे भ्रष्टाचारी बन जाने दो ! उठाओ अपने सेक्सन का मटका और चलो घर !

23

समस्या सुलझाने में बुद्धिजीवी का योगदान

बुद्धिजीवियों का यह कर्त्तव्य है कि राष्ट्र की समस्याएँ सुलझाने में मदद करें। नेता अपने हर भाषण में यही बात कहते हैं। खुद तो करते नहीं, हमारे सिर पर डाल रखा है। सवाल यह है कि बुद्धिजीवी कौन है ? उत्तर यह कि मैं हूँ। आप हैं। यहाँ बैठे सब लोग हैं। जब वे नेता हो सकते हैं तो क्या हम बुद्धिजीवी नहीं हो सकते ? जब उन्हें स्वयं को नेता कहते शर्म नहीं आती तो हम अपने को बुद्धिजीवी कहने में क्यों शरमाएँ।

पर इस देश में समस्याएँ अधिक हैं और उसकी तुलना में बुद्धिजीवी कम हैं। फिर यह भी हो सकता है कि हम जिसे समस्या समझ रहे हों, नेता उसे समस्या ही न मानें। मैंने सोचा, चलो नेता से ही पूछ लें कि समस्या क्या है ?

मैंने एक नेता से पूछा, ''जी आपकी नजर में सबसे बड़ी समस्या क्या है ?''

वह बोला, ''सबसे बड़ी समस्या तो एक बार जहाँ से चुनाव जीत गये, वहाँ से फिर जीतना है।''

मैंने कहा, ''बुद्धिजीवी के नाते मैं आपकी क्या मदद कर सकता हूँ ?''

वे बोले, ''बुद्धीजीवी के नाते तो नहीं, हाँ गुण्डे-बदमाश के नाते आप मेरी जरूर मदद कर सकते हैं।''

मैंने कहा, ''गुण्डे-बदमाश होने के लिए तो मुझे फिर से जनम लेना पड़ेगा।''

वे बोले, ''तभी आइए। प्रजातन्त्र तो अमर है। चुनाव तो होते ही रहेंगे।''

मेरा पत्ता कट गया। इन नेताओं की जो प्रमुख समस्या है उसमें तो मैं कोई मदद नहीं कर सकता।

मैंने सोचा—चलो, किसी अफसर से बात करें। जिस अफसर से मैं मिला, वह हालाँकि पुलिस का था, मगर था विश्वसनीय। मुझे ताज्जुब तो तब हुआ जब उसने बात भी अकल की की। मैंने उससे पूछा, ''क्यों साहब, पुलिस की वर्दी में कहीं आप कोई बुद्धिजीवी तो नहीं हैं ?'' वह हँसे। बोले, ''बुद्धिजीवी होता तो ये नौकरी मुझे कौन देता ? आपकी तरह चप्पलें चटखाता फिरता।''

मैंने उनसे पूछा, ''आपकी दृष्टि में इस समय राष्ट्र की प्रमुख समस्या क्या है जिस पर विचार करने में हम बुद्धिजीवी आपकी मदद कर सकते हैं।''

पुलिस अफसर ने बताया कि राष्ट्र की प्रमुख समस्या है लॉ एण्ड आर्डर अर्थात् कानून व्यवस्था। हत्याएँ हो रही हैं। चोरी, लूटपाट, बलात्कार यही समस्या है।

मैंने कहा, "बलात्कार तो आप पुलिसवाले भी करते हैं।" वे बोले, "जी, टाइम ही कहाँ मिलता है ! सारा दिन तफ्तीश में गुजर जाता है। इन्सान के पास वक्त हो तो वह बलात्कार भी करे। क्राइम बहुत बढ़ गये हैं। मैं तो कहूँगा किस्मत वाले हैं वे पुलिसवाले जो इतने सबके बावजूद बलात्कार का वक्त निकाल लेते हैं। एक मिनिट की तो फ़ुरसत नहीं है, आप बलात्कार की बात कर रहे हैं।"

इसमें शक नहीं कि इस देश में अपराध बहुत बढ़ गये हैं। अपराध करने वालों को समझ नहीं आ रहा है कि क्या करें। मतलब यह है कि हत्या करें या बैंक लूटें, अपहरण करें या दुकान में घुसकर नगद कैश ले लें। यदि पुलिस के पास फ़ुरसत नहीं है तो उनके पास भी फ़ुरसत नहीं है। आप जीवित हैं उसका एक कारण यह भी है कि अभी तक हमारी हत्या नहीं हुई। हत्या इसलिए नहीं हुई कि हत्या करने वालों को दूसरों को मारने से फ़ुरसत नहीं मिली। हमारे सौभाग्य हैं कि हम वे दूसरे नहीं थे। अन्यथा आज मरने में देर क्या लगती है ! और मारने में किसी का जाता क्या है !

मैंने पुलिस आफीसर महोदय से पूछा, "आपकी रुचि किसमें है ? आप हत्याएँ रोकना चाहते हैं या हत्यारों को पकड़ना चाहते हैं ?" वे बोले, "हत्याएँ जिन कारणों से होती हैं, उसका तो हमारे विभाग से कोई सम्बन्ध नहीं। आर्थिक कारणों से होती हैं तो यह वित्त विभाग का मामला है। मनोवैज्ञानिक कारणों से होती हैं तो आप जानते हैं मनोविज्ञान शिक्षा का विषय है। राजनीतिक कारणों से होती हैं तो आप जानते हैं हम पुलिसवाले राजनीतिक मामलों में नहीं पड़ते। हमारा काम है हत्या हो जाने के बाद हत्यारे को पकड़ना। इसमें बताइए, बुद्धिजीवी के नाते आप हमारी क्या मदद कर सकते हैं ?"

मैंने कहा, "इसमें तो हत्यारा, जिसने खुद हत्या की है वो आपकी मदद नहीं कर सकता तो मैं क्या कर सकता हूँ ?"

पर बुद्धिजीवी के नाते राष्ट्र की समस्या पर विचार करना मेरा फर्ज था, इसलिए मैंने सोचना आरम्भ किया। आप जानते हैं, इस क्षेत्र में मेरा अनुभव जरा भी नहीं है। न मेरी हत्या हुई है और न मैंने हत्या की है। हत्यारे को खोजने का तो सवाल ही नहीं उठता। जो आत्म-निरीक्षण नहीं कर पाते वे दूसरों को क्या खोजेंगे ?

दिशाएँ आठ हैं। हत्यारा किसी भी दिशा में भाग सकता है। यदि हर दिशा में हत्यारे को पकड़ने के लिए दो-दो पुलिसवाले दौड़ाये जाएँ तो एक हत्या के पीछे सोलह पुलिस वाले चाहिए। फिर वे दौड़ते हुए अपने घर न चले जाएँ, इसके लिए भी तो कुछ चाहिए। इसी भाग-दौड़ से बचने के लिए पुलिस अक्सर हत्या को आत्महत्या कहकर टाल देती है। हमारे देश में बड़े आदमी की हत्या होती है। गरीब को आत्महत्या करनी पड़ती है। उसे मारने को कोई भी खाली नहीं है। उनका शोषण किया जाता है, मारा नहीं जाता। यदि किसी गरीब की हत्या हुई है तो यह साबित करना पड़ता है कि यह आत्महत्या नहीं है। पुलिस मानती नहीं। गरीब को कौन मारेगा, इसमें रखा क्या है !

बिना अच्छी आर्थिक स्थिति के आपकी इस देश में हत्या भी नहीं हो सकती।

हत्यारे को पकड़ने का तरीका यह है कि पुलिस जाती है और पूछताछ करती है।

"क्यों साहब, ये हत्या आपने की है ?"

"किसकी हत्या ?"

"रामप्रसाद की, जो परसों मरा।"

"जी, मैंने नहीं की।"

"भाई साहब, आपने हत्या की।"

"रामप्रसाद की ? जी नहीं। मैंने सरजूप्रसाद की की।"

"हम आपसे रामप्रसाद का पूछ रहे हैं, आप सरजूप्रसाद का जवाब दे रहे हैं। हाँ जनाब, एक मिनट ठहरिए, आपने की है रामप्रसाद की हत्या ?"

"हत्या ?"

"जी !"

"हत्या मैं नहीं करता। इन चक्करों में पड़ने का टाइम नहीं है मेरे पास। कभी किसी की करनी भी होगी तो पैसे देकर दूसरे से करवा लेंगे। खुद नहीं करेंगे। हमारी समाज में कुछ इज़्ज़त है साब।"

"माफ कीजिए। जनाब, जरा रुकिए। वो रामप्रसाद की हत्या आपने की ?"

"जी नहीं। मैं रामप्रसाद को जानता ही नहीं तो मैं उसकी हत्या क्यों करने लगा ? नाम ही सुन रहा हूँ। जान-पहचान वाला हो तो हत्या भी करें। जिससे परिचय नहीं, उसकी हत्या हम क्यों करने लगे ?"

"श्रीमन्, क्या आप बताने का कष्ट करेंगे कि रामप्रसाद की हत्या…।"

"जी, मैंने की है रामप्रसाद की हत्या ?"

"आप बीच में मत बोलिए। मैं इनसे पूछ रहा हूँ। हाँ, श्रीमन्, आपने की रामप्रसाद की हत्या ?"

"जी नहीं। मैं तो परदेशी हूँ। बाहर से मर्डर करके आया हूँ। इस शहर में जी मैंने अभी तक कोई मर्डर नहीं किया।"

"अच्छा, अच्छा।"

कहने का तात्पर्य यह कि एक-एक से पूछने में काफी समय लग जाता है। इसलिए पुलिस तो यह करती है कि किसी एक को पकड़ लेती है कि तूने की है रामप्रसाद की हत्या। वह कहे कि जी मैंने नहीं की तो कहा तूने ही की है। अब यह साबित करना उसका काम है कि उसने हत्या नहीं की। जैसे मर्डर स्कूल के पास हुआ तो एक मास्टर को पकड़ लिया, "जी, आपने की है हत्या।"

"क्या बात करते हैं ?"

"स्कूल के पास हुई है। आप नहीं करेंगे तो और कौन करेगा ?"

और इनकार करने वाले से कुबूल करवाना तो पुलिस के बायें हाथ का खेल है।

थाने में पिट-पिटकर अधमरा पड़ा अपराधी सोचता है—मेरी हत्या हो रही है इससे तो अच्छा है कि मैं दूसरे की करूँ। वह पुलिस से हाथ जोड़कर कहता है, "जी रामप्रसाद कौन है, मैं नहीं जानता। उसकी कब और कैसे, किस वजह से हत्या हुई, यह भी मुझे नहीं पता। मगर की मैंने है। इसमें शक नहीं।" एक बार हत्या कबूल हो जाए तो बाकी जानकारी तो पुलिस दे देती है।

बुद्धिजीवी के नाते मैंने किया यह कि एक ताजी हत्या का विस्तार से अध्ययन किया। हत्यारे का मनोविज्ञान, जिसकी हत्या हुई थी उसकी आर्थिक स्थिति, उसका इतिहास, घर का भूगोल आदि सभी पक्षों पर रिसर्च कर मैंने अपनी खोज पुलिस आफीसर महोदय के सम्मुख प्रस्तुत की।

उन्होंने ध्यान से सुनी। फिर काफी देर चुप रहे और गहराई से सोचते रहे। फिर आँखें छोटी कर मुझसे बोले, "मेरा ख्याल है, ये हत्या आपने की है ?"

"मैं बुद्धिजीवी हूँ, यह विश्लेषण प्रस्तुत कर रहा हूँ।"

"बिना स्वयं हत्या किये इतना बढ़िया डीटेल विवरण आप दे ही नहीं सकते।" फिर डाँटकर बोले, "चलो थाने।"

उसके बाद जो हुआ वह लेख का नहीं, कविता का विषय है। मैं तो यही कहूँगा कि राष्ट्र की समस्याओं के चिन्तन में मुझसे जो बन पड़ा, वह मैंने किया। आप यह भी समझ गये होंगे कि नेता बुद्धिजीवियों से क्यों अपील करते हैं ? उन्हें डर है कि कहीं वे ही न फँस जाएँ।

24

नेतृत्व की ताकत

नेता शब्द दो अक्षरों से बना है। 'ने' और 'ता'। इनमें एक भी अक्षर कम हो, तो कोई नेता नहीं बन सकता। मगर हमारे शहर के एक नेता के साथ अजीब ट्रेजेडी हुई। वह बड़ी भाग-दौड़ में रहते थे। दिन गेस्टहाउस में गुजारते, रातें डाक बँगलों में। लंच अफसरों के साथ लेते, डिनर सेठों के साथ। इस बीच जो वक्त मिलता, उसमें भाषण देते। कार्यकर्ताओं को सम्बोधित करते। कभी-कभी खुद सम्बोधित हो जाते। मतलब यह कि बड़े व्यस्त। 'ने' और 'ता' दो अक्षरों से तो मिलकर बने थे। एक दिन यह हुआ कि उनका 'ता' खो गया। सिर्फ 'ने' रह गया।

इतने बड़े नेता और 'ता' गायब। शुरू में तो उन्हें पता ही नहीं चला। बाद में सेक्रेटरी ने बताया कि सर आपका 'ता' नहीं मिल रहा। आप सिर्फ 'ने' से काम चला रहे हैं।

नेता बड़े परेशान। नेता का मतलब होता है, नेतृत्व करने की ताकत। ताकत चली गयी, सिर्फ नेतृत्व रह गया। 'ता' के साथ ताकत गयी। तालियाँ खत्म हो गयीं, जो 'ता' के कारण बजती थीं। ताजगी नहीं रही। नेता बहुत चीखे। मेरे खिलाफ यह हरकत विरोधी दलों ने की है। इसमें विदेशी शक्तियों का हाथ है। यह मेरी छवि धूमिल करने का प्रयत्न है। पर जिसका 'ता' चला गया, उस नेता की सुनता कौन है ? सी. आई. डी. लगायी गयी, सी.बी.आई. ने जाँच की, रॉ की मदद ली गयी। 'ता' नहीं मिला।

नेता ने एक सेठ जी से कहा, "यार, हमारा 'ता' गायब है। अपने ताले में से 'ता' हमें दे दो।"

सेठ कुछ देर सोचता रहा। फिर बोला, "यह सच है कि 'ले' की मुझे जरूरत रहती है, क्योंकि 'दे' का तो काम नहीं पड़ता, मगर ताले का 'ता' चला जाएगा, तो लेकर रखेंगे कहाँ ? सब इनकम टैक्स वाले ले जाएँगे। तू नेता रहे कि ना रहे, मैं ताले का 'ता' तो तुझे नहीं दूँगा। 'ता' मेरे लिए बहुत जरूरी है। कभी तालाबंदी करनी पड़ी तो। ऐसे वक्त तू तो मजदूरों का साथ देगा। मुझे 'ता' थोड़े देगा।"

सेठ जी को नेता ने बहुत समझाया। जब तक नेता रहूँगा, मेरा 'ता' आपके ताले का समर्थन और रक्षा करेगा। आप 'ता' मुझे दे दें और फिर 'ले' आपका। लेते रहिए, मैं कुछ नहीं कहूँगा।

सेठ जी नहीं माने। नेता क्रोध से उठकर चले आये।

विरोधी मजाक बनाने लगे। अखबारों में खबर उछली कि कई दिनों से नेता का 'ता' नहीं रहा। अगर 'ने' भी चला गया, तो ये कहीं का नहीं रहेगा। खुद नेता के दल के लोगों ने दिल्ली जाकर शिकायत की। आपने एक ऐसा नेता हमारे सिर पर थोप रखा है, जिसके पास 'ता' नहीं है।

नेता दुखी था, पर उसमें इतनी हिम्मत नहीं थी कि वह जनता में जाए और कुबूल करे कि उसमें 'ता' नहीं है। यदि वह ऐसा करता, तो जनता शायद अपना 'ता' उसे दे देती। पर उसे डर था कि जनता के सामने उसकी पोल खुल गयी तो क्या होगा ?

एक दिन उसने अजीब काम किया। कमरा बन्द कर जूता में से 'ता' निकाला और 'ने' से चिपकाकर फिर नेता बन गया। यद्यपि उसके व्यक्तित्व से दुर्गन्ध आ रही थी। मगर वह खुश था कि चलो नेता तो हूँ। केन्द्र ने भी उसका समर्थन किया। पार्टी ने भी कहा, जो भी नेता है, ठीक है। हम फिलहाल परिवर्तन के पक्ष में नहीं।

समस्या सिर्फ यह रह गयी कि लोगों को इस बात का पता चल गया। आज स्थिति यह है कि लोग नेता को देखते हैं और अपना जूता हाथ में उठा लेते हैं। उन्हें डर है कि कहीं वो इनके जूतों में से 'ता' न चुरा ले।

पत्रकार अक्सर प्रश्न पूछते हैं, "सुना आपका 'ता' गायब हो गया था पिछले दिनों ?" वे धीरे से कहते हैं, "गायब नहीं हो गया था। वो बात यह थी कि माताजी को चाहिए था, तो मैंने उन्हें दे दिया था। आप तो जानते हैं, मैं उन्हें कितना मानता हूँ। आज मैं जो भी कुछ हूँ, उनके ही कारण हूँ। वे 'ता' क्या मेरा 'ने' भी ले लें, तो मैं इनकार नहीं करूँगा।"

ऐसे समय में नेता की नम्रता देखते ही बनती है। लेकिन मेरा विश्वास है मित्रो, जब भी संकट आयेगा, नेता का 'ता' नहीं रहेगा, लोग निश्चित ही जूता हाथ में ले बढ़ेंगे और प्रजातन्त्र की प्रगति में अपना योग देंगे।

25

एक शंख बिन कुतुबनुमा

जिसे कहते हैं दिव्य, वे वैसे ही लग रहे थे। किसी त्वचा मुलायम करनेवाले साबुन से सद्यः नहाये हुए। उन्नत ललाट और उस पर अपेक्षाकृत अधिक उन्नत टीका, लाल और हल्के पीले से मिला ईंटवाला शेड। यह रंग कहीं बुश्शर्ट का होता तो आधुनिक होता। टीके का था, तो पुराना। मगर क्या कहने ! बाल लम्बे और बिखरे हुए। स्वच्छ बनियान और श्वेत धोतिका (मेरे खयाल से प्राचीन काल में जरूर धोती को धोतिका कहते होंगे), चरणों में खड़-खड़ निनाद करनेवाले खड़ाऊँ। किसी गहरे प्रोग्राम की सम्भावना में डूबी आँखें। हाथ में एक नग उपयोगी शंख। सब कुछ चारु, मारू और विशिष्ट।

उस समय सूर्य चौराहे के ऊपर था। लंच की भारतीय परम्परा के अनुसार डटकर भोजन करने के उपरान्त मैं पान खाने की संस्कृति का मारा चौराहे पर गया हुआ था। वहीं मैंने उस तेजोमय व्यक्तित्व के दर्शन किये।

"बाबू, उत्तर कहाँ है, किस ओर है ?"

मुझे अपने प्रति यह बाबू सम्बोधन अच्छा नहीं लगा। आज मैं सरकारी नौकरी में बना रहता, तो प्रमोशन पाकर छोटा-मोटा अफसर हो गया होता और एक छोटे-से दायरे में साहब कहलाता। खैर, मैंने माइण्ड नहीं किया। जिस तरह दार्शनिक उलझाव में फँसा हुआ व्यक्ति जीवन के चौराहे पर खड़ा हो, एक गम्भीर प्रश्न मन में लिये व्याकुल स्वरों में पुकारे कि उत्तर कहाँ है, कुछ उसी तरह मैंने मन में समझ लिया कि किसी छायावादी आलोचक की कोई पुस्तक इस व्यक्ति के लिए मुफीद होगी। अपने स्वरों में एक किस्म की जैनेन्द्री गम्भीरता लाकर मैंने पूछा—"कैसा उत्तर भाइ, तुम्हारा प्रश्न क्या है ?"

अपने दिव्य नेत्रों से उन्होंने मेरी ओर यों देखा, जैसे वे किसी परम मूर्ख की ओर देख रहे हों और बोले, "मैं उत्तर दिशा को पूछ रहा हूँ बाबू !"

यह सुन मेरा तत्काल भारतीयकरण हो गया। दार्शनिक ऊँचाई से गिरकर एकदम सड़क छाप स्थिति।

"आपको कहाँ जाना है ?" मैंने सीधे सवाल किया। शहरों में यही होता है। अगर कोई व्यक्ति दूसरे से पूछे कि पाँच नम्बर बस कहाँ जाती है, तो उसे जवाब में सुनने को मिलता है कि आपको कहाँ जाना है ? राह कोई नहीं बताता, सब लक्ष्य पूछते हैं, जो उनका नहीं है।

"उत्तर दिशा किस तरफ है बाबू, आप पढ़े-लिखे हैं, इतना तो बता सकते हैं···?"

मुझे अच्छा नहीं लगा। हर बात के लिए शिक्षा-प्रणाली को दोषी मानना ठीक नहीं। पढ़े-लिखों को उत्तर मालूम होता, तो अब तक देश के सभी प्रश्न सुलझ जाते। जहाँ तक मेरी स्थिति है, सही उत्तर मैंने परीक्षा भवन में भी नहीं दिया, तो यह तो चौराहा है। मैं क्यों देता ? और क्या देता ?

"क्या आपको उत्तर दिशा की ओर जाना है ?" स्वर में मधुरता ला मैंने जिज्ञासा की।

"मुझे उत्तर दिशा की ओर मुँह कर यह शंख फूँकना है।" उसने कहा, "आप बता दें तो मैं फूँक दूँ।"

मैंने कमर पर हाथ रख सारा चौराहा घूमकर देखा, मगर उत्तर दिशा कहीं नजर नहीं आयी। दायीं ओर एक लाण्ड्री थी, बायीं ओर पानवाला और उसके पास साइकिलवाला। सामने एक पनचक्की थी। एकाएक मुझे स्कूल में पढ़ी एक बात याद आयी कि यदि हम पूर्व की ओर मुँह करके खड़े रहें तो हमारे दायें हाथ की ओर दक्षिण तथा बायें हाथ की ओर उत्तर होगा। वामपन्थ और दक्षिणपन्थ के मतभेद यहीं से शुरू होते हैं।

"देखिए, यदि आप मुझे पूर्व दिशा बता दें, तो मैं आपको उत्तर दिशा बता सकता हूँ।" मैंने प्रस्ताव किया।

"सूर्योदय जिधर से होता है, वही पूर्व दिशा है।"

"जी हाँ।"

"किधर से होता है सूर्योदय ?" पूछने लगे।

"मुझे नहीं पता। मैं देर से सोकर उठता हूँ।"

उन्होंने अपने दिव्य नेत्रों से मेरी ओर यों देखा, जैसे वे किसी परम आलसी की ओर देख रहे हों और बोले, "आप सोते रहते हैं, सारा देश सोता रहता है और कलिकाल सिर पर छा गया है। चारों ओर पाप फैल रहा है, धर्म का नाश हो रहा है।"

"हरे हरे !" मैंने सहमति सूचक ध्वनि की।

"उत्तर दिशा पापात्माओं का केन्द्र है, दिल्ली राजधानी अधर्मियों का बड़ा अड्डा बन गयी है।"

"नहीं, ऐसा तो नहीं, स्थानीय चुनावों में तो धार्मिक लोग जीतते हैं।" मैंने कहा।

"मैं पार्लियामेण्ट की बात कर रहा हूँ बाबू, संसद भवन और शासन की।"

"आप वहाँ जाकर कुछ अनशन-वनशन करेंगे ?" मैंने पूछा।

"नहीं, मैं यह दिव्य शक्ति सम्पन्न शंख उत्तर दिशा की ओर फूँकूँगा। इसका स्वर दिगन्त तक गूँज उठेगा और उत्तर दिशा की पापात्माएँ इसका स्वर सुनकर नष्ट हो जाएँगी।"

"शंख क्या एकदम बिगुल हुआ। आप इसे माइक के सामने फूँकेंगे ?" मैंने नम्र

जिज्ञासा की।

"बाबू, समय आ गया है।" उन्होंने सिर के ठीक ऊपर चमकते हुए सूर्य की आर देखा और कहा, "मुझे ठीक मध्याह्न में शंख फूँकना है। आप जल्दी बताइए, उत्तर दिशा किधर है ?"

"आप चारों ओर घूमकर सभी दिशाओं में इसे फूँक दीजिए, पाप तो सर्वत्र फैला हुआ है।"

"नहीं, केवल उत्तर दिशा में। गुरुजी की यही आज्ञा है। उत्तर में सत्ता का केन्द्र है। पहले उसे अधिकार में लेना होगा। फिर वहीं से सर्वत्र पुण्य फैलेगा। बताइए, शीघ्र बताइए, मेरी सात दिनों की मन्त्र-साधना इस छोटी-सी सूचना के अभाव में नष्ट हुई जाती है।"

दोपहर का समय, कोई जानकार व्यक्ति वहाँ से गुजर भी नहीं रहा था। पानवाले, लाण्ड्रीवाले, पनचक्कीवाले से पूछना व्यर्थ। तभी मैंने देखा—दो लड़के कन्धों पर बस्ता रखे चले जा रहे हैं। मैंने उन्हें रोका और बच्चों के कार्यक्रम के कम्पीअरवाली मधुरता से पूछा, "अच्छा बच्चो, जरा यह तो बताओ कि यदि हमें कभी यह पता लगाना हो कि उत्तर दिशा कहाँ है, तो हम क्या करेंगे ?"

वे आश्चर्यपूर्ण मिचमिची आँखों से कुछ देर मेरी ओर देखते रहे। फिर उनमें से एक, जो अपेक्षाकृत तेज था, उसने कहा, "ध्रुवतारा उत्तर दिशा में चमकता है। यदि हम उस ओर देखते हुए सीधे खड़े रहें तो हमारे सामने उत्तर, पीठ पीछे दक्षिण, दाहिनी ओर···।"

"शाबाश बच्चो, मगर जैसे दिन का समय हो और किसी को यह जानना हो कि उत्तर दिशा कहाँ है, तो उसे क्या करना होगा ?" मैंने उन्हें बीच में रोककर फिर पूछा।

"इसके लिए हमें कुतुबनुमा देखना चाहिए, जिसकी सुई सदैव उत्तर दिशा बतलाती है ?"

"शाबाश बच्चो, धन्यवाद !" फिर मैंने दिव्य व्यक्ति से पूछा, "आपके पास कुतुबनुमा है ?"

"क्या होता है कुतुबुनुमा ?" दिव्य उत्तर मिला।

"अच्छा बच्चो, यदि किसी के पास कुतुबनुमा न हो, तो वह उत्तर दिशा कैसे पहचानेगा, जरा यह तो बताओ।"

"यह हमें नहीं पता।"

"हमारे कोर्स में नहीं है।" दूसरे बच्चे ने कहा।

मैंने दिव्य व्यक्ति की ओर असहाय दृष्टि से देखा। जवाब में उन्होंने सूर्य की ओर देखा, फिर शंख की ओर देखा।

"एक कुतुबनुमा इस समय होना जरूरी है।"

"क्या होता है कुतुबनुमा ?"

"एक प्रकार का यन्त्र होता है, जो दिशा बताता है।"

"धिक्कार है, हम दिशा जानने के लिए भी यान्त्रिकता के गुलाम हो गये। दिशाएँ तो चिरकाल से अटल हैं और सदा रहेंगी परन्तु हम उन्हें भूल गये। हम सब कुछ भूल गये।"

"ठीक कह रहे हैं आप। मैं तो शंख बजाना भी भूल गया। छोटा था तब खूब बजा लेता था। हमारी क्रिकेट टीम के किसी खिलाड़ी का एक रन भी बन जाता या हमारे बालक से एक विकेट भी आउट हो जाता, तो खुशी में बाउण्ड्री पर खड़ा शंख बजाया करता था।" मैंने कहा।

"साधना का यह चरम क्षण व्यर्थ जा रहा है बाबू, मैंने सात दिनों तक मन्त्र-साधना कर इस शंख में वह शक्ति उत्पन्न की है कि जिधर फूँक दूँ, वही दिशा भस्म हो जाए, पर मुझे यह बताने वाला कोई नहीं है कि उत्तर दिशा कहाँ है ? कहाँ है उत्तर दिशा, कहाँ है ?" उन्होंने व्यथित स्वरों में कहा और शंख हाथ में ले चारों ओर घूमने लगे और उनके साथ मैं भी घूमने लगा।

क्या किया जा सकता था ? उनकी पीड़ा उस ऐक्टर की तरह थी, जो महाभारत ड्रामे में पार्ट कर रहा हो, "हाय, यह ब्रह्मास्त्र कहीं गलत न छूट जाए, कोई मुझे इतना बता दे कि उत्तर दिशा कहाँ है ? कहाँ है ! कहाँ है उत्तर दिशा, नाथ ?"

वह तेजोमय उन्नत ललाटवाला व्यक्ति अपने करों में एक दिव्य शक्ति सम्पन्न शंख लिये खड़ा पूछ रहा है, "उत्तर दिशा कहाँ है !" इसका उत्तर किसी के पास नहीं है। सच यह है कि कुतुबनुमा नहीं है। एक वैज्ञानिक तथ्य का अभाव सारी मन्त्रबल की, आत्मबल की शक्ति को निरर्थक कर रहा है।

"परम श्रद्धेय !" मैंने हाथ जोड़कर कहा, "जब तक शंख से कुतुबनुमा अटैच नहीं होगा, आपकी साधना इसी प्रकार व्यर्थ जाएगी। कुतुबनुमा अनिवार्य है, शंख की तरह ही अनिवार्य है।"

उन्होंने अपने दिव्य नेत्रों से मेरी ओर यों देखा, जैसे वे किसी परम नास्तिक की ओर देख रहे हों, जिसे भारतीय संस्कृति का मर्म नहीं मालूम। मैं डर गया। कहीं आवेश में वे अपना शंख मुझ पढ़े-लिखे पर ही नहीं फूँक दें, जो उत्तर दिशा नहीं जानता।

सूर्य अपनी बारह बजेवाली ऊँचाई से हट रहा था। साधना का उच्चतम क्षण खिसक रहा था। तेजोमय ललाट का वह दिव्य व्यक्ति काफी देर तक चौराहे पर निराश-सा पैर पटकता रहा और फिर अपना शंख लिये एक ओर चला गया।

मैं क्या कर सकता था ! पता नहीं, उत्तर थी या दक्षिण, मगर पानवाले की दिशा में बढ़ जाने के अतिरिक्त मैं क्या कर सकता था !

26

बंसीवाले का पुजारी

"जय बंसीवाले की।" कमरे के आकाश में उनकी वाणी गूँजी। मेरा नमस्ते इसी रूप में उत्तरित हुआ था।

"कैसे आना हुआ ?" वे बोले। काले घने बाल पीछे की ओर, ललाट पर तिलक, मलमल का महीन कुर्ता और धोती। आँखों में निरन्तर टिमटिमाती एक मस्ती जो कृष्णभक्तों के चरित्र का अंग बन जाती है।

"गुप्ताजी का पत्र आया था।"

"कौन ? अपने बाबू भैया ! जय हो। क्या हाल हैं उनके।"

"लिखा था आपसे मिल लूँ। उनका काम हो नहीं रहा है। लिखा था, सब कुछ तिवारी जी के हाथ में है, वे चाहें एक दिन में कर दें।" मैंने कहा।

"अरे अरे, कैसी बात कही। करने वाला तो वह मोर मुकुट बंसीवाला है। तिवारी क्या करेगा ? जैसा बंसीवाला करवाएँगे वैसा ही तो करेगा। बाबू भैया भी अजीब हैं।"

"लिखा था कि फाइल आप ही के पास रुकी पड़ी है। मैं आपसे मिलकर निवेदन करूँ।"

"आपकी कृपा है। इसी बहाने सही आपने दर्शन तो दिये, नहीं जोशीजी, आपसे तो मुलाकात ही नहीं होती।"

मैंने क्षमा प्रार्थी चेहरा बनाया और मुस्करा दिया।

"आप तो बाबू भैया को लिख दीजिए कि वे सब-कुछ बंसीवाले पर छोड़ दें। उसके दरबार में सुनवाई हो गयी तो तिवारी क्या, दुनिया की बड़ी-से-बड़ी तोप उनकी फाइल रोक नहीं सकती। आदेश वही करेंगे। हम तो उनके सेवक हैं।"

मैं कुछ नहीं बोला। फिर उनके चेहरे पर एकाएक शिकायत का भाव आ गया। बोले, "आप तो जोशी जी, कभी घर पधारते नहीं। अरे, हमारे लिए नहीं तो बंसीवाले के लिए ही घर आइए कभी।"

"जरूर, मैं अक्सर सोचता था कि आपके घर आकर चर्चा करता, फिर मैंने सोचा शायद आपको असुविधा हो।"

"अरे काहे की असुविधा। हमने तो अपना दिन-रात उस नटनागर को सौंप दिया। सुबह से उनकी ही सेवा में लग जाते हैं। आप आएँगे तो हम उनके ही चरणों में

मिलेंगे।''

मगर उस दिन जब मैं तिवारीजी के घर गया तब वे बंसीवाले के चरणों में नहीं थे। वे खाना खाकर आरामकुर्सी पर लेटे अखबार पढ़ रहे थे। कहने लगे, ''अभी ही पूजन से उठा हूँ, प्रभु को नैवेद्य लगाया, खुद प्रसाद ग्रहण किया और बैठा ही हूँ।''

मैं पास ही बैठ गया।

मैंने दफ्तर में तिवारी से हुई मुलाकात का हाल गुप्ता को लिख दिया था कि उसने मुझे घर बुलाया है। गुप्ता का पत्र आया था कि घर जाकर मिल लो। हो सकता है वह घर पर रुपया माँगे तो दे देना। उसने मुझे सौ रुपया टी.एम.ओ. से भिजवा दिया था।

''गुप्ताजी का काम हुआ ?'' मैंने पूछा।

''बाबू भैया का, क्या हाल हैं उनके ?''

''ठीक है। पत्र आया था। वही बात फिर से लिखी है।''

वे मुस्कराये। मछली फँस जाने के बाद जैसी मुस्कराहट किनारे पर बैठे शिकारी के चेहरे पर रहती है, वैसी ही सन्तोषपूर्ण मुस्कराहट।

''सब होगा, सब होगा। बंसीवाले के चरणों में सबकी फाइलें पड़ी हैं। वह कृपालु जिस दिन उसे देख लेगा, समझना सारा काम फतह है। नाईक साहब प्रिंसिपल बन गये मुरारी कृष्ण की कृपा से। बड़ा चक्कर लगाया, मिनिस्टर तक से मिल आये, कुछ नहीं हुआ। मैंने कह दिया था कि वह मोर मुकुट वाला चाहेगा तो काम एक दिन में हो जाएगा। अरे राधेश्याम की कृपा से कितनों के काम हुए हैं। एक दिन नाईक साहब इस सेवक के घर आये। मैंने कहा, कहिए महाराज। बोले, बंसीवाले के दर्शन को आये हैं। मैंने कहा, अवश्य कीजिए। मन्दिर के पट खोले, दर्शन कराया। कहने लगे, वाह कैसी दिव्य मूर्ति है। मानो गोपाल कृष्ण साक्षात् खड़े हों। सच है। जयपुर से मूर्ति मँगाकर प्रतिष्ठित करवायी है। बड़ी सुन्दर है। नाईक साहब का मन रम गया। मूरत के चरणों में पूरा इक्कावन रुपया चढ़ाया और प्रसाद लिया। कहने लगे तिवारीजी जब भी आऊँगा बंसीवाले के दर्शन किये बगैर, भेंट चढ़ाकर प्रसाद लिये बगैर नहीं जाऊँगा। मैंने कहा, सारी माया उसी मथुरा वाले की है। वह चाहेगा तो आप प्रिंसिपल भी बन जाओगे। ताराशंकर बाबू के लड़के की नियुक्ति का चक्कर था। मेरे पास आये। मैंने कह दिया कि बंसीवाले की कृपा होगी तो सब काम हो जाएगा। तारा बाबू अपने बेटे को लेकर यहाँ आये, प्रभु के दर्शन किये, चरणों में एक सौ एक रुपया रखा, प्रसाद लिया और क्या बताऊँ जोशी साहब, हालाँकि फाइल मेरे पास चार माह से पड़ी थी पर उसी दिन कुछ ऐसी दिव्य प्रेरणा हुई, मानो उस मोरमुकुट वाले ने डाँटा, क्या कर रहा है तिवारी, मेरे भक्त का काम नहीं होगा क्या ? मैंने कहा, प्रभु तू कह रहा है और नहीं हो, यह साहस किसमें है। ताराबाबू के लड़के को नियुक्ति-पत्र उसी दिन मिल गया। तो ऐसा है जोशी साहब, सब कुछ उसी नन्ददुलारे यशोदानन्दन के हाथ है। हमें तो

बस उसका आदेश चाहिए।''

अगर दिव्य चक्षु नामक कोई चक्षु है तो वह मेरा तुरन्त खुल गया।

''तिवारीजी !'' मैंने भावविह्वल स्वर में कहा, ''कहाँ है बंसीवाले का मन्दिर, मैं दर्शन करना चाहता हूँ।''

''अपने ही घर में है।''

''तो दर्शन कराओ।''

''चलिए।''

तिवारीजी मुझे बायीं ओर के कक्ष में ले गये, जिसका एक दरवाजा जनता की सुविधार्थ सड़क की तरफ भी खुलता था। पूरा कमरा एक छोटे से मन्दिर में बदल दिया गया था। सामने ऊपर दो हाथ लम्बी संगमरमर की कृष्ण की मूर्ति थी, हाथ में बंसी लिये। अगरबत्ती की गन्ध से कमरा सुवासित हो रहा था, रुपये की सौ वाली अगरबत्ती से। मूर्ति के गले में एक पन्द्रह पैसे वाली फूलों की माला पड़ी थी। सिंहासन पर सवा रुपये गज का लाल मगजी का कपड़ा बिछा था। नीचे आसन पड़े थे।

''जय मोर मुकुट बंसीवाले की।'' तिवारीजी यह कहते हुए मूर्ति के सामने साष्टांग झुक गये। मैं भी झुका। झुके-झुके ही मैंने पैण्ट के हिप पाकेट से गुप्ता का भेजा सौ रुपया निकाला और मूर्ति के सामने रख दिया। तिवारीजी ने कनखी से रुपयों की ओर देखा, मन-ही-मन अन्दाज लगाया, कितने होंगे और फिर पूरी भक्ति भावना और ललक से फिर दुहराया, ''जय मोर मुकुट बंसीवाले की।''

फिर वे उठे और उन्होंने मुझे प्रसाद दिया।

''आप ही पुजारी हैं इस मन्दिर के ?''

''पुजारी कहिए, सेवक कहिए, जो कुछ हैं इस श्याम सलोने के हैं।'' वे हाथ जोड़कर बोले।

मैं पुनः झुका। वे भी उतना ही झुके। कुछ ही देर बाद मैं मन्दिर के बाहर अथवा कहिए, तिवारीजी के घर के बाहर आ गया था। वे गद्‌गद भाव से इस जाते हुए भक्त को देख रहे थे।

अगले ही दिन गुप्ता का काम तिवारीजी ने कर दिया। जय मोर मुकुट बंसीवाले की।

27

होना कुछ नहीं का

बोर्ड लगा है। खादी भण्डार। आयताकार काउण्टर, लम्बे। पीछे आलमारियों में खादी के थान। हल्के रंगों में मोटे कपड़े। कोसा, साड़ियाँ, खादी, रेशम और कुछ रेडिमेड कपड़े। आलमारी पर यहाँ-वहाँ धूल, बाहर कभी-कभी अन्धड़-सा चल जाता है। अभी सुबह के साढ़े नौ ही बज रहे हैं। काउण्टर के पीछे एक आदमी सुस्त झुका हुआ है, सिर टिकाये बाहर सड़क की ओर देखता। खादी पहने है, कुर्ता-पाजामा। एक और व्यक्ति है। कुर्ता-पाजामा के साथ काली जाकेट भी पहने है। हिसाब लगा रहा है। अन्दर कम्बल के ढेर के सहारे एक और व्यक्ति लेटा हुआ है। टोपी से आँखें ढँके हुए। काउण्टर के एक कोने पर टेलीफोन रखा है। उस पर भी हल्की धूल चढ़ रही है। ऊपर नेताओं की तस्वीरें हैं। आलमारियों पर खादी सम्बन्धी आदर्श वाक्य लिखे हुए हैं। सभी गांधीजी के। खादी की महत्ता बतानेवाले।

टेलीफोन की घण्टी बजती है। काली जाकेटवाला टेलीफोन की ओर देखता है। "सुनिए, टेलीफोन है," वह दूसरे से कहता है, जो सुस्त बैठा सड़क की ओर देख रहा है। "अब आप ही उठाइए !" वह सिर टिकाये जवाब देता है, "उठाइए उठाइए, हम हिसाब कर रहे हैं।" काली जाकेटवाला जोड़ लगाने लगता है। "हिसाब बाद को कर लीजिएगा, कौन जल्दी है, अभी फोन तो सुन लीजिए।" उत्तर मिलता है, "आप तो कुछ कर नहीं रहे, फिर आप ही क्यों नहीं सुन लेते ?"—काली जाकेटवाला कहता है। "आप जहाँ बैठे हैं उसके पास ही है, हाथ बढ़ाएँगे तो सुन लेंगे। हम यहाँ दूर बैठे हैं।" सुस्त व्यक्ति सड़क से बिना नजर हटाये बोलता रहता है। "सवाल दूर-पास का नहीं है, हम हिसाब कर रहे हैं, यहाँ से ध्यान नहीं तोड़ सकते। आप कुछ नहीं कर रहे। आप टेलीफोन पर जवाब दे सकते हैं।" काली जाकेटवाले ने उसे इस बार स्पष्ट समझाया। "प्रश्न यह नहीं है। हम उठ भी सकते हैं। पर सोचते हैं, कोई जरूरी फोन हो, तो आप ही उचित उत्तर दे सकेंगे।" दूसरे ने जवाब दिया। इस पर काली जाकेटवाला मुस्कराया और बोला, "अब उठ भी जाएइ, घण्टी बज रही है, जवाब दे दीजिए।" इस पर दूसरे व्यक्ति ने सड़क से नजरें हटाकर उसकी ओर देखा और कहा, "क्या जवाब देना है ?" "अब फोन सुनिएगा तभी न कहिएगा कि क्या जवाब होगा। अभी से कोई कैसे बता सकता है ?" इस पर वह सुस्ती से गम्भीर चेहरा लिये फोन की तरफ बढ़ा और उसे उठाने के पहले काली जाकेटवाले से बोला, "हम समझे शायद

आप जानते हों। हलो, हलो। हाँ हम बोल रहे हैं खादी भण्डार से। खादी भण्डार। हाँ-हाँ। क्या कहा, कपड़ा चाहिए ? तो यहाँ कपड़ा ही तो बिकता है और क्या, आइए और ले जाइए। जी, हाँ जी, कहाँ से बोल रहे हैं ? थियेटर से ?

"थियेटर का भी कपड़ा है, पड़दा-उड़दा लगाना है क्या ? शौक से लगाइए। रंगीन कपड़ा है छापादार, जौन रंग का कपड़ा चाहिए, तौन रंग का कपड़ा ले लीजिए। या चाहें तो रँगवा लीजिए। थियेटर का कपड़ा तो बहुत है। क्या कहा ? ऑपरेशन थियेटर से बोल रहे हैं ? कहाँ लगा है आपका थियेटर ? हाँ, हाँ ऑपरेशन थियेटर। अरे हमहूँ देखेंगे। ऐसी क्या बात है साहेब। हैं ! अस्पताल में ! अस्पताल में थियेटर लगा है ! वाह, आप अस्पताल से बोल रहे हैं ! और क्या। थियेटर में फोन नहीं होगा ना ! अरे साहेब, हम क्या गलत समझ रहे ! आप जो बोल रहे सो ही समझ रहे। आपको थियेटर के लिए कपड़ा चाहिए सो है रंगीन। छापादार। ऐं, सफेद चाहिए, अस्पताल के लिए, थियेटर में अस्पताल का सीन बनाइएगा क्या ? कोई डाक्टर-आक्टर का तमाशा है, नर्स-उर्स। नहीं, अरे, हम क्या गलत समझे, जो आप बोल रहे सो ही समझे। थियेटर में तो रंगीन कपड़ा चलता है। देखिए श्रीमानूजी, आप यहाँ आ जाइए और जैसा चाहिए, ले जाइए। ऑपरेशन थियोटर या जौन भी थियेटर हो। नमस्कार, हाँ जी, नमस्कार !" उसने फोन रख दिया।

"क्या पूछ रहे थे ?" काली जाकेटवाले ने पूछा।

"आप अपना हिसाब-किताब में लगे रहिए। आपको क्या करना, कोई क्या बोल रहा है। हमने फोन सुना और जो उचित जवाब था, सो दे दिया। पर इतना बता देते हैं कि अब से फोन आएगा तो आप उठिएगा।" और वह व्यक्ति फिर काउण्टर से सिर टिका सड़क की तरफ देखने लगा।

कम्बलों के सहारे लेटे व्यक्ति ने आँख पर से टोपी हटाकर पूछा, "क्या बात हुई ?"

"कुछ नहीं। टेलीफोन सुना नन्दरामजी ने। हम पूछ रहे हैं कि काहे बात का फोन था, तो जवाब नहीं दे रहे हैं। कह रहे हैं आपको मतलब !"

"प्राइवेट फोन होगा ?"

"अरे नहीं, दुकान का था।"

"भाई नन्दरामजी, आपको बताना चाहिए। जब मैनेजर साहब न हों, तो सदाशिवजी ही मैनेजर हैं। आपको बताना चाहिए। वे प्रधान हैं।"

"प्रधान हैं तो स्वयं जाकर टेलीफोन क्यों नहीं उठाते ? जवाब हमको देने को क्यों कहते हैं ?"—नन्दरामजी ने कहा।

"हम हिसाब कर रहे हैं।"

"तो आप हिसाब ही कीजिए। फिर यह क्यों जानना चाहते हैं कि हमारी फोन पर क्या बातचीत हुई ?"

"प्रश्न सिद्धान्त का है।" कम्बलों से टिककर लेटे व्यक्ति ने पुनः टोपी आँखों पर

खिसका ली और सो गया।

"हाँ, सिद्धान्त का ही है।" नन्दरामजी ने दुहराया, "जो टेलीफोन करेगा वह अपनी बात को अपने पास रखेगा। आप हिसाब करिए।"

"कोई गुप्त बात है क्या ?"

"गुप्त हो, चाहे न हो।"

नन्दरामजी यह बात कह ही रहे थे कि एक लड़का, जो टेरेलीन का बुश्शर्ट और नैरो पैण्ट पहने हुए था, खादी भण्डार में घुसा। उसने आते ही पूछा, "आपके यहाँ रेडीमेड कपड़े हैं ?" लड़के ने नन्दरामजी को देखकर ही यह बात पूछी थी सो उत्तर नन्दरामजी को ही देना पड़ा। उन्होंने दिया, "हैं क्यों नहीं ? तमाम रेडीमेड पड़ा है, आपको दिखाई नहीं देता !"

"मुझे क्या मालूम !" लड़का बोला।

"ईश्वर ने आपको आँखें दी हैं। आप स्वयं देख सकते हैं। सामने आलमारी में तमाम रेडीमेड पड़ा है। आपको क्या चाहिए, सो बताइए ?"

"कुर्ता-पाजामा।"

"ऐसा कहिए ना। आप तो कह रहे हैं रेडीमेड है क्या ? रेडीमेड तो बहुत कुछ होता है।"

"मुझे कुर्ता-पाजामा चाहिए।"

"किस नाप का ? आपके ही लिए चाहिए या किसी दूसरे के लिए ?"

"आपकी नाप का कुर्ता-पाजामा निकाल दीजिए।" नन्दरामजी ने काली जाकेटवाले सदाशिव से कहा।

"आप ही निकाल दीजिए, हम हिसाब कर रहे हैं।"

"आप हमेशा हिसाब ही किया करते हैं। फोन आये तो आप हिसाब कर रहे हैं और ग्राहक आये तो आप हिसाब कर रहे हैं।"

"हाँ, भाई !" सदाशिवजी ने गम्भीर होकर कहा, "हिसाब जरा बड़ा है।"

"सो तो हम नहीं जानते। हम तो यह देखते हैं कि जो कोई ग्राहक आये तो आप हिसाब कर रहे हैं और जो कोई फोन आये तो आप हिसाब कर रहे हैं।"—नन्दरामजी ने सदाशिवजी को घूरते हुए कहा।

"अब आप कुर्ता-पाजामा तो निकाल दीजिए आपको।"

"हाँ, सो तो दे ही रहे हैं। उसमें क्या बात है !" नन्दरामजी ने आलमारी से कुर्ता-पाजामा निकाल टेरेलीन की बुश्शर्ट पहने लड़के की ओर बढ़ाया और सिर खुजाने लगे। लड़के ने नाक-भौं सिकोड़ते हुए उन कपड़ों को देखा और कहा, "मुझे लगता है, यह बड़ा पड़ जाएगा।"

"सो तो अच्छी बात है।" नन्दरामजी बोले।

"ढीला होगा न।"

''शुरू में होगा। बाद में एक धुलाई हो जाने पर थोड़ा सिकुड़ेगा, सो फिट आ जाएगा।''

''मुझे अभी इण्टरव्यू में जाना है। बिल्कुल फिट चाहिए।''

''कहाँ जाना है ?''

''इण्टरव्यू में।''

''क्या होता है इण्टरजू ?''

''नौकरी के लिए होता है भाई। मुझे बिल्कुल फिट चाहिए। आप इससे छोटा नम्बर निकालिए।''

''एक बार की बात है। थोड़ा ढीला ही पहन लीजिए। बाद में ठीक हो जाएगा।''

''आप बाद की फिक्र न करें। मुझे इससे छोटे नम्बर निकाल कर दें।''

''सोच लीजिए, हम तो आपके ही लाभ के लिए कह रहे हैं।''

''धन्यवाद ! आप दूसरा निकालिए।'' लड़के ने कहा।

''अजीब बात है ! आप धन्यवाद भी देते हैं और अपने ही फायदे की बात भी नहीं मानते।'' नन्दरामजी दूसरे नम्बर का कुर्ता-पाजामा निकालने लगे।

''जो कपड़ा ग्राहक चाहता है, सो ही न देंगे आप। या अपनी मर्जी का देंगे।'' सदाशिवजी बोले।

''आप अपना हिसाब-उसाब कीजिए।''

''मैं क्या यहाँ कपड़े पहनकर देख सकता हूँ ?'' लड़के ने पूछा।

''जरूर पहन सकते हैं। अन्दर लँगोट-उँगोट तो पहने होंगे ना ? फिर क्या ! शौक से पहन लीजिए। आप कोई महिला हैं ! चाहे उधर से घूमकर अन्दर चले जाइए, वहाँ पहन लीजिए।''

लड़का कुर्ता-पाजामा हाथ में ले काउण्टर से घूमकर अन्दर गया, जहाँ कम्बलों के ढेर से टिककर एक व्यक्ति लेटा था। नन्दरामजी ने उस व्यक्ति को जरा सम्बोधित करते हुए कहा, ''भाईजी, जरा बाबू साहब कपड़ा बदलने आ रहे हैं।''

''अरे तो आयें, सुसरे हम कौन उन्हें देख रहे हैं।'' लेटे हुए व्यक्ति ने टोपी को और अधिक आँखों पर खिसकाते हुए कहा। तब तक लड़का अन्दर पहुँच गया था। तभी टेलीफोन की घण्टी बजी।

''अब आप सुनिए।'' नन्दरामजी ने सदाशिवजी से कहा। सदाशिवजी ने उत्तर नहीं दिया। वे हिसाब लगाते रहे।

''हम कह रहे हैं अब आप ही सुनिए। हम जरा ग्राहक में लगे हैं।'' उन्होंने फिर दुहराया।

''ग्राहक तो अन्दर कपड़ा बदल रहा है। आप उसमें क्या लगे हैं ?''

''हमने कपड़ा निकालकर दिया तभी न बदल रहा है, नहीं तो कैसे बदलता। हम कह रहे हैं, हम ग्राहक में लगे हैं। आप स्वयं देख रहे हैं। वे सज्जन अभी कपड़े बदलकर

आ सकते हैं। दूसरा कुछ माँग सकते हैं। आप देख रहे हैं। हम काम में हैं। आप खुद उठिए और टेलीफोन पर जवाब दीजिए।''

''हमें तो आप कोई काम करते दिखाई नहीं देते अभी। आप फोन सुन सकते हैं।''

''यों तो आप भी हमें कोई काम करते दिखाई नहीं देते।''

इसी समय दुकान के अन्दर एक नेताजी घुसे, तो सदाशिवजी खड़े हो गये और नमस्कार करने लगे।

''आप फोन सुनिए, नमस्कार हम कर लेंगे।'' नन्दरामजी ने उन्हें टोका और स्वयं नेताजी को नमस्कार करने लगे। नेताजी कुछ बोले नहीं। वे घूम-घूमकर कपड़ा देखने लगे। सदाशिवजी ने फोन उठाकर कहा, ''खादी भण्डार। रांग नम्बर।'' और फोन रखते हुए नन्दरामजी से कहा, ''रांग नम्बर था।''

''होगा, हमें क्या ! हम तो यह जानते हैं कि आप जब फोन उठाते हैं, रांग नम्बर होता है।''

सदाशिवजी फिर हिसाब करने बैठ गये। वह लड़का अन्दर से निकला, तो कुर्ता-पाजामा पहने था। उसने नन्दरामजी से कहा, ''मेरे ख्याल से यह बिल्कुल फिट है।''

''हाँ, फिट तो है, पर हमारी सलाह मानते तो आप ढीला ही लेते, जो सिकुड़कर ठीक हो जाता।''

''इण्टरव्यू में जाना है यार, इसीलिए यह खादी पहननी पड़ती है। कोई नेताजी भी इण्टरव्यू बोर्ड में मेम्बर हैं, सो खादी पहननी पड़ेगी। ड्रामा करना पड़ेगा सारा।''

''कौन से विभाग में इण्टरव्यू है ?'' नेताजी ने पूछा।

''हरिजन कल्याण में है।''

''अच्छा, अच्छा !'' और नेताजी फिर कपड़े के थान देखने लगे।

''ड्रामे के लिए पहनना पड़ता है।'' लड़के ने बड़बड़ाते हुए बटुआ निकाला और नन्दरामजी से पूछा, ''कितना बिल हुआ ?''

''बिल-उल तो सदाशिवजी, आप ही बनाइए। हिसाब-किताब आप ही करते हैं।'' नन्दरामजी ने सदाशिवजी से कहा।

सदाशिवजी कुछ बोले नहीं। उन्होंने बिल-बुक पास खींची और दाम लिखने लगे। लड़का दाम चुकाकर तेजी से चला गया।

''अजीब बात है ! कुछ देर पहले कोई सज्जन फोन पर थियेटर के लिए खादी का कपड़ा माँग रहे थे और अब ये सज्जन कह रहे हैं ड्रामे के लिए खादी पहननी पड़ रही है।'' नन्दरामजी सड़क की ओर देखते हुए बोले।

''हम सब जानते हैं, हमारे ही विभाग में नौकरी के लिए आया है। मैं तो खुद बैठूँगा इण्टरव्यू बोर्ड में। मुझे ही कह रहा था कि एक नेताजी हैं, जिनके कारण खादी

पहननी पड़ रही है। मुझे जानता नहीं। अब इण्टरव्यू में जब मुझे बैठा देखेगा, तो चौंक जाएगा।'' नेताजी ने हँसकर कहा।

''गयी बिचारे की नौकरी। अब आप क्यों लेने लगे। आपके सामने ही खादी पहनकर गया है।'' सदाशिवजी ने कहा।

''नौकरी में क्यों नहीं लेंगे ? सामने ही खादी पहनकर गया तो क्या हुआ ? जो व्यक्ति परिस्थितियाँ देखकर अपने को बदल लेता है वह वाकई बहुत हुशियार है। मनुष्य को चाहिए कि वह जैसा समय देखे वैसा करे, चाहे मन मार कर ही सही।'' नेताजी ने कहा।

''सुन्दर बात कही है आपने। सुना सदाशिवजी, परिस्थितियों में मनुष्य को बदलना ही चाहिए, चाहे मन मारकर ही सही। आप देखते हैं टेलीफोन की घण्टी बज रही है, तो चाहे व्यस्त क्यों न हों उठकर सुनना ही चाहिए। हर बार कह देते हैं हम हिसाब कर रहे हैं।''

इतने में टेलीफोन फिर बजने लगा। नन्दरामजी ने सदाशिवजी की ओर देख मुँह फेर लिया और काउण्टर से सिर टिका सड़क की ओर देखने लगे।

28

एक मिनी भ्रष्टाचार

पिछले दिनों मैंने एक भ्रष्टाचार किया। उसे भ्रष्टाचार कहना देश के परम भ्रष्टाचारियों की शान में गुस्ताखी होगी, मगर अपने कर्म के लिए इसके अतिरिक्त कोई शब्द नहीं रहा जिसका उपयोग करूँ और कलंक से बरी हो जाऊँ। मेरे एक मित्र ने दो शब्द सुझाये थे—समझदारी और व्यावहारिकता, जिन्हें मैं भ्रष्टाचार के एवज में उपयोग कर सकता था। उसका आग्रह यही था, मगर मैंने नहीं माना। उसका कहना था कि जो लोग भ्रष्टाचार करते हैं वे कहते हैं, यही समझदारी है, यही व्यावहारिकता है, अतः तुम कोई अजूबा नहीं करोगे कि अपने कर्म को उक्त संज्ञाएँ दोगे। मैंने इनकार कर दिया। मैंने कहा, मुझे भ्रष्टाचार को भ्रष्टाचार कहने में हर्ज नहीं लगता। मगर यह शब्द ऐसा सर्वव्यापी है, इसके सन्दर्भ में ऐसी बड़ी-बड़ी हरकतें सुनाई जाती हैं कि मुझे अपना काम बहुत छोटा लगता है। मेरा भ्रष्टाचार एक नन्हा-सा भ्रष्टाचार है, भ्रष्टाचार की स्वर्ण-दिशा में एक नम्र प्रयास है, एक मुन्नी-सी क्रिया है, टुँइयाँ-सी हरकत है। मैंने शब्द बनाया—'मिनी भ्रष्टाचार' अर्थात् एक पौधेनुमा, घुटनों से काफी ऊपर उठी फ्रॉकनुमा भ्रष्टाचार, भ्रष्टाचार की पहाड़ी ऊँचाइयों में बेबी का एक काम, महाकाव्यों की तुलना में एक हाइकू। मित्र ने कहा—छोटा हो या बड़ा, भ्रष्टाचार तो भ्रष्टाचार है। इससे मुझे कष्ट हुआ। एकेडेमिक बहसों में यदि कटु सत्य एकाएक कहीं से उद्घाटित हो जाए, तो बुद्धिवादियों को इस प्रकार की पीड़ा हो जाती है, नैतिक प्रश्नों को लेकर विशेष रूप से।

नियमानुसार मेरे शरीर में एक अदद आत्मा है। रहती चली आ रही है। अन्तिम प्राप्त सूचना तो यही है कि कमबख्त सक्रिय है अभी भी, और बाह्य समझौतात्मक दबावों की उपेक्षा करती है। मेरे सद्यः भ्रष्टाचार को लेकर भी वह अपनीवाली दिखाने से नहीं चूकी और परम्परागत आक्रमण प्रणालियाँ अपनाकर मुझे कचोटती रही। आत्माओं का यह स्वभाव है, मर्ज है। परिणाम यह है कि एक न कुछ-सा भ्रष्टाचार भी मैं भुला नहीं पा रहा हूँ।

हुआ यह कि दूर के एक शहर की एक संस्था ने मुझे 'गाँधीवाद की वर्तमान युग में सार्थकता' विषय पर आयोजित विचार-गोष्ठी में भाषण देने के लिए बुलाया। आजकल सालभर के लिए देश में गाँधी का सीजन चल रहा है, सो यह आयोजन स्वाभाविक था। जो गाँधीवादी विचार गोदामों में पड़े वर्षों से सड़ रहे थे, वे मुरझाये व्यक्तियों की

बैलगाड़ियों पर लदकर मण्डी में आ गये और बड़ा शोर-गुल रहा। भाषणों के इस विराट् नक्कारखाने में विनम्र तूती के रूप में मैंने भी पेंपें प्रस्तुत की और वन्दना के बेसुरों में एक सुर अपना मिला अहं को तुष्ट किया। संस्था ने लिखा था—हम ठहरने, खाने के बन्दोबस्त के अतिरिक्त आपको तीन फर्स्ट क्लास का किराया देंगे और आपको दो दिन रहना होगा। मैंने सोचा कि गाँधी के नाम पर देश में कितने ही लोगों ने जीवन भर के लिए अपना ठहरने-खाने का बन्दोबस्त कर लिया है, यदि दो दिन के लिए मेरा भी हो जाए, तो क्या हर्ज है ! गाँधीवाद की वर्तमान युग में यही सार्थकता है। मैंने स्वीकार कर लिया। मैंने चेहरे को गम्भीर बनाया, विचारक की मुद्रा के उपयुक्त अपने शरीर को ढीला किया, आकाश की ओर डूबती आँखों से देखा। औपचारिकता, सौजन्य और आभार-स्वीकार की सड़ी-गली शब्दावली को याद किया और यात्रा पर चल दिया।

स्टेशन पर आकर मैंने स्वयं से एक प्रश्न किया। हो सकता है इस प्रकार के प्रश्न उठाने में उस कमबख्त आत्मा का षड्यन्त्र रहा हो, जो बिना टिकट मेरे साथ चल रही थी। (कार्टून आइडिया—टिकटघर की खिड़की के सामने खड़े संन्यासी से टिकट बाबू कह रहे हैं—बाबा तुम्हारा दो टिकट लगेगा, एक तुम्हारे शरीर का, दूसरा आत्मा का) प्रश्न यह था कि मुझे थर्ड क्लास में बैठकर यात्रा करनी चाहिए अथवा फर्स्ट क्लास में ?

इसी रूप-रंग का प्रश्न कभी स्वयं गाँधी जी के मन में उठा था और गाँधी जी के निजी ईश्वर ने उन्हें सलाह दी थी कि तुम्हें थर्ड क्लास में यात्रा करनी चाहिए, क्योंकि यह देश गरीब है, सही मानो में थर्ड क्लास है और जरूरी है कि दुःख झेल कर भी तुम थर्ड क्लास के यात्रियों के समीप रहो। इसी आकार-प्रकार का प्रश्न आजादी के बाद काँग्रेसी मन्त्रियों के मन में भी उठा था और मन्त्रियों के निजी सचिवों ने उन्हें सलाह दी थी कि आपको फर्स्ट क्लास की यात्रा करनी चाहिए, क्योंकि आपको भत्ता मिलता है, आप थर्ड क्लास के यात्रियों से ऊपर हैं और बर्थ पर आपका जन्म-सिद्ध अधिकार रेल विभाग स्वीकार कर चुका है। मेरा प्रश्न इसी रंग-रूप और आकार-प्रकार का होकर भी भिन्न था। प्रश्न था कि क्या मुझे थर्ड क्लास की यात्रा करनी चाहिए, जबकि संस्था मुझे फर्स्ट क्लास का किराया देगी ? आत्मा ने कहा कि यदि तू उनसे फर्स्ट क्लास का किराया ले रहा है, तो फर्स्ट क्लास में बैठकर जा और यदि तू थर्ड क्लास में बैठकर जा रहा है, तो तू उनसे भी थर्ड क्लास किराया ही ले।

मैंने कहा—आत्मा जी, आप शरीर में विराजती हैं। आपको मेरी जेब में, मेरे बटुए में निवास करना चाहिए था, तब आप मेरी पीड़ा समझ पातीं। मैं सरकारी नौकर नहीं जिसे टिकट नम्बर देना पड़ता है। मैं संस्था का सम्माननीय मेहमान हूँ, जिसे गाँधीवाद की वर्तमान परिस्थितियों में सार्थकता पर बोलना है, भाषण देना है। मेरा लाभ इसी असत्य में है कि मैं फर्स्ट क्लास से आया-गया। सत्य से संस्था की बचत होगी, असत्य से मेरी। मैं अपनी बचत करूँगा, अपने लाभ की सोचूँगा। मैंने थर्ड क्लास का टिकट

खरीदा और प्लेटफार्म पर पहुँच गया। कुछ समय बाद ट्रेन आयी। थर्ड क्लास में कठिन प्रवेश की समस्या थी, पर मैंने चुनौती को स्वीकारा और अपने पौरुष को प्रमाणित करता अन्दर धँस लिया। मेरी आरामप्रिय आत्मा की एक न चली, मगर जगह बनाकर मैं बैठ लिया जैसे-तैसे।

भाषण हुआ। मंच पर मानो रुई धुनने का सामान लेकर हम बैठ गये और शब्द-शब्द धुनकर हमने सभा भवन के चौकोर आकाश को पाट दिया। मैं फैल रहे भ्रष्टाचार पर बोला। मैंने गाँधी से वर्तमान भ्रष्टाचारी राजनीतिज्ञों की तुलना की और प्रभावपूर्ण शब्दावली में अफसोस प्रकट किये, जिसे सुन श्रोताओं को अफसोस होने लगा। मैंने गाँधीवाद के विचार-बण्डल को तत्त्व-तत्त्व खोला और हर तत्त्व को सरेआम परखा। सब मान गये कि गाँधीवाद की पुरानी चली आ रही रेल वर्तमान में आकर दुर्घटनाग्रस्त हो गयी है, क्योंकि वे पटरियाँ अब समानान्तर नहीं रहीं जिन पर रेल जा रही थी। मेरी बात से कुछ सहमत हुए। कुछ, जो निरन्तर फर्स्ट क्लास से आते-जाते थे, असहमत हुए। उन्हें होना ही था।

अन्त में वह स्वर्णिम घड़ी आयी, जब मुझे तीन फर्स्ट क्लास यानी डेढ़ सौ रुपये रखकर लिफाफा दिया गया। खर्च पचास, लाभ हुआ सौ। गाँधीवाद बुरा नहीं रहा। मैंने कहा चलेगा। लिफाफा जेब में रख लिया। उसी क्षण आत्मा को घूँसा-सा लगा। वह व्यंग्य में मेरा हाल ही में दिया गया भाषण दुहराने लगी। खासकर वे अंश जो मैंने चारित्रिक पतन को लेकर कहे थे, जरा-जरा से लाभों के लिए गिर रहे मनुष्य के लिए कहे थे।

कई दिन हो गये, मगर आत्मा अपनी शैली में कचोटती है। मित्र कहता है जो तुमने किया, वही व्यावहारिकता है, समझदारी है। मैं कहता हूँ, चाहे यह मिनी भ्रष्टाचार हो, पर है भ्रष्टाचार। मुझमें-उनमें क्या अन्तर है ? उनको बड़े मौके मिले, उन्होंने बड़ा भ्रष्टाचार किया। मुझे एकमात्र छोटा मौका मिला, मैंने छोटा भ्रष्टाचार किया। उसने कहा, जो हो गया, सो तो हो गया अब तू क्या कर सकता है ? क्या तू इस पर भाषण देगा या लेख लिखेगा, मैंने सोचा यह भी कर लो। मन का भार भी हल्का हो जाएगा। और...खैर, (सभी बातें कहने की नहीं होतीं, क्या भाषण में मेरा यह कहना उचित होगा कि मैं तीन फर्स्ट क्लास ले रहा हूँ ?)

मुझे डर लगा कि इस तरह मैं एक फ्राड हो जाऊँगा। भ्रष्टाचार करूँ और अपने को कोसकर सन्त बनने की चेष्टा करूँ। बड़ा बँगला प्राप्त करने के लिए वर्षों प्रयत्न करूँ और बँगला प्राप्त होने पर उसे एक कठघरा, एक कैदखाना घोषित कर स्वयं को पीड़ित बताऊँ। चारों रास्तों से अन्दर घुसकर दरवाजे पर खड़ी स्वार्थी भीड़ को कोसूँ और उससे भी काम न चले तो खुद को कोसूँ कि हाय मैं चोर दरवाजे से क्यों आया ? लोग दाद देंगे कि आदमी ईमानदार है, जो सोफे पर लेटा सोफे को कोसता है। एक चुभन अनुभव करता है, चाहे जगह नहीं छोड़ता। मैं तीन फर्स्ट क्लास का रुपया जेब

में रखे अब रो रहा हूँ। उफ्फ ! मैंने कहा—यह क्या किया ?

मित्र कहता है, ''देखो प्यारे, हर वक्त कोई नया टेंशन खड़ा कर परेशान होना तुम लेखकों की विशेषता होती है। तुम यहाँ से वहाँ बोलने गये, तुम्हारी क्या गाँधी जी से रिश्तेदारी है या डॉक्टर ने बताया था कि जाओ और भाषण दो। तुम गये, दो दिन नष्ट किये, विचार किया, विचारों को प्रकट किया और कार्यक्रम सफल बनाया। इस श्रम का मूल्य तुम्हें मिलना चाहिए। मिला है। संस्थावाले जानते हैं, तुम जानते हो। फर्स्ट क्लास का मार्ग-व्यय और थर्ड क्लास के खर्च में जो अन्तर है, वही तुम्हारे श्रम का मूल्य है।''

''मगर ऐसी हालत में मुझे उन्हें साफ कहना था कि मैं थर्ड क्लास में यात्रा कर वही किराया लूँगा और भाषण देने के सौ रुपये अलग लूँगा।''

''ऐसा तुम नहीं कर सकते थे।''

''क्यों नहीं कर सकता था ?''

''इसलिए कि तुम सम्माननीय अतिथि थे।''

''क्या मतलब ?''

''सम्माननीय अतिथि थर्ड क्लास में नहीं जाते। वे गाँधी जी पर भाषण देने का पैसा नहीं लेते।''

और इसके बाद हम दोनों ने जोर से ठहाका लगाया। हम दोनों परस्पर एक-दूसरे को दाद देते हुए हाथ मिलाने लगे।

''मानते हो प्यारे, खड़ी की ना नैतिक समस्या ?'' मैंने कहा।

''मानते हैं।''

''इससे मेरे चरित्र की ऊँचाइयों का पता लगता है ना !''

''बिल्कुल लगता है।''

''अब बोलो, उन सौ रुपयों का क्या करें जो गाँधीवाद की सार्थकता पर भाषण देने पर मिले।''

''मेरी मानो तो एक शेरवानी सिलवा लो। तुम अब भाषण देने लगे हो और वक्ता शेरवानी में ही जँचता है।''

''बिल्कुल ठीक।''

हम लोग खादी भण्डार गये और हमने शेरवानी का बढ़िया कपड़ा खरीदा और सिलने डाला। पहली बार जब शेरवानी पहनी तो लगा, सचमुच वर्तमान युग में कहीं-न-कहीं गाँधीवाद की सार्थकता है।

29

सेवकराम 'निर्भय' के तीन पत्र

पूज्य, कुन्दनलालजी,

आपका पत्र यथासमय प्राप्त हुआ पर मैंने सोचा कि आपके पत्र का जवाब देने के लिए पहले क्षेत्र की स्थिति का और साथी लोग क्या विचारते हैं, इसकी जानकारी लेने के लिए क्षेत्र का दौरा लगाना उचित होगा। मैंने आपका पत्र बताकर और सारी बात समझाकर जमनाप्रसाद भाई साहब से ढाई सौ रुपये ले लिये थे जो कृपया आप उन्हें बजर्ये चेक भिजवा दें। मैंने इस मामले में देर करना और आपको पत्र लिखकर रुपये मँगाने की प्रतीक्षा करना उचित नहीं समझा और जमनाप्रसादजी से मदद माँगी। वे आपका बड़ा मान रखते हैं और वे दिली रूप से ऐसा विचारते हैं कि आपका चुनाव में खड़ा होना क्षेत्र के हित में है। आप भी अनुभव करते होंगे कि हम जरा देर से चेते पर अभी भी कुछ खास देर नहीं हुई है और वर्क किया जा सकता है। मैं, चुनाव की हालत क्या होगी और वोट किसकी तरफ गिर सकते हैं, इसका अध्ययन करने संगरपुर गया और वहाँ से बिलवानी, कायथा और जम्मीरपुर में रुकता, बात करता कल रात यहाँ आया हूँ। आप जानते हैं कि मैं सोलह आना आपका आदमी हूँ और आप जौन-सी पार्टी में जाते हैं, मैं ओनसी पार्टी का काम करता हूँ। आपकी कृपा और स्नेह से क्षेत्र पर मेरा जो प्रभाव है, उससे आप परिचित हैं। अभी क्षेत्र के जनसंघी और कम्युनिस्ट कुछ दिन हुए अलग-अलग मुझसे मिले थे और बोले थे कि इस बार सेवकरामजी आपको खड़ा होना चाहिए क्योंकि इस बार आपका बड़ा प्रभाव है। पर मैंने टाल दिया क्योंकि आपका विचार पक्का हुए बिना मेरा कुछ तय करना गलत होता। अब चूँकि आपने चुनाव में लड़ने का विचार किया है तो मैं अब आपकी सेवा में हूँ।

आप काँग्रेस से टिकट लेने की कोशिश में हैं, यह खुशी के समाचार हैं। पर सुना है इस बार ठाकुर धनपतसिंह भी काँग्रेस से टिकट लेने के फेर में हैं। बता रहे थे कि वे इस मामले में दिनेशसिंह से जोर डलवाएँगे। कोई बात नहीं क्योंकि आपकी भी पहुँच हाईकमाण्ड तक है। इधर मोहम्मदबख्श, संगरपुर बस सर्विस वाला भी कोशिश में है कि उसे टिकट मिले। जिला कमेटी ने ऊपर के दबाव से कोकिलाबाई का नाम प्रस्तावित किया है। प्रस्ताव करने के बावजूद कार्यकर्ताओं में असन्तोष है। वे कहते हैं कि क्षेत्र की छाती पर कोकिलाबाई-जैसी बाहरी उम्मीदवार अब सहन नहीं होगी। क्षेत्र का प्रतिनिधित्व पुराने कार्यकर्ता को करना चाहिए। आप काँग्रेस के पुराने कार्यकर्ता हैं और

सैंतालीस से आप काँग्रेस के साथ हैं, सो सब जानते हैं। नेहरूजी जब जिले में आये थे, तब आपने उन्हें हार पहनाया था जिसका फोटो आपके पास है, सो आप इस अवसर पर हाईकमाण्ड को पेश कर सकते हैं। फिर भी काँग्रेस से टिकट नहीं मिला तो जनसंघ से बात की जा सकती है। आशा है इस मामले में सिद्धान्त का प्रश्न आड़े नहीं आएगा। काँग्रेस से टिकट न मिलने पर आपको पूरा अधिकार है कि आप असन्तुष्ट हो जाएँ और तब विरोधी पार्टी आपकी भावना का मान रखेगी। इस मामले में थोड़ी पालिटिक्स चलानी पड़ेगी, सो आप समर्थ हैं। इधर हम पब्लिक से कोकिलाबाई के खिलाफ आवाज खड़ी करेंगे। दाल मिल वाले आपके साथ हैं।

दौरा करने के बाद मैं इस नतीजे पर पहुँचा हूँ कि आपकी जीत की सम्भावना ज्यादा है। पिछले चुनाव में आपकी हार के बाद जो सबक हमने सीखा है उसे मद्देनजर रखकर इस बार सारा काम मुझे खुद हाथ में लेना पड़ेगा। आप रहेंगे ही। पिछली बार से इस बार हालात में भी फरक पड़ गया है। संगरपुर की रिपोर्ट यह है कि वहाँ ब्राह्मण वोट ज्यादा हैं। पिछली बार डॉक्टर तिवारी के प्रभाव से ब्राह्मण वोट कट गये थे। पर गये साल डॉक्टर तिवारी की पुत्री के गैर-जात में प्रेम-विवाह कर लेने के कारण उनका जाति पर वह प्रभाव नहीं है जो पहले था। सो फूट पड़ने की सम्भावना है! हमें लाभ होगा। इसके अलावा छोटे दुकानदार आपको वोट देंगे। नन्नूमलजी से आपका खुद बात करना उचित होगा। मेरे विषय में उनके विचार उचित नहीं हैं। वे मुझ पर रुपया खाने का आरोप लगाते हैं। मैं तो उस बात को भूल भी चुका पर उनके मन में शिकन बाकी है, सो अच्छी चीज नहीं। इसके अलावा कुम्हारों और नाइयों के वोट पक्के हैं, थोड़ा रुपया खर्च होगा। बिलवानी में हाईस्कूल वगैरा खुलने से काँग्रेस का प्रभाव बढ़ा है पर सहकारी समिति में फूट है। गोविन्द चौबे पर गबन का आरोप है, सो उसका प्रभाव आजकल खलास हो गया है। यहाँ राजपूत, चमारों की लड़ाई पुरानी है। धनपतसिंह को काँग्रेस टिकट मिला तो राजपूत वोट गये समझो। पर चमारों को उचका आया हूँ। खासतौर पर नत्थूराम ने कहा है कि उसके सारे लोग कुन्दनलालजी का साथ देंगे। जैन वोट पक्के हैं क्योंकि वे आपको बड़ा मान देते हैं। मैंने कुछ आढ़तियों से बात की थी तो कह रहे थे कि मण्डी के हम्मालों के वोट आपको गिरवा देंगे। यहाँ वर्क करना होगा। कल्याण भाई से मुलाकात नहीं हो सकी, बाहर थे! अनशन के बाद उनका असर बढ़ा है। उसे इस्तेमाल करना जरूरी है।

कायथा में नये सिरे से कोशिश करनी पड़ेगी क्योंकि वहाँ अपना जो सबसे ईमानदार वर्कर था सरजू, वह पार साल डकैती में पकड़ा गया और अगले चुनाव के पहले छूटने का नहीं। मैं वहाँ भरोसे के आदमी की तलाश में हूँ। कमरुद्दीन भाई इन दिनों हज को गये हैं, सो बोहरा वोट उनके असर से इस बार अलग रहेंगे। मैंने ताहिरअली भाई पेट्रोल पम्पवालों से बात की थी। सब कुछ आपको टिकट मिलने या स्वतन्त्र खड़े होने पर निर्भर करता है। सदा की चाल से ये वोट काँग्रेस को जाते हैं और प्रचार नहीं

ठहरता पर आपकी सीधी पहुँच असर करेगी। यही हाल मुसलमान वोट का है। मुहम्मदबख्श खड़ा हुआ तो वोट कटेंगे और अगर आप भी स्वतन्त्र खड़े हुए तो यह बात अपने फायदे में रहेगी। जमीरपुर आपका सदा साथ देता है तो इस बार भी साथ देगा। कायस्थ वोट नहीं मिलेंगे। सक्सेना वकील को पटाने से कुछ सम्भव है।

कुल मिलाकर स्थिति यह है कि यों हम आदर्शवाद से चलेंगे पर जातिवाद भी चलाना होगा। चार जीपें लगेंगी, एक आपकी कार है, माँगने पर गुप्ताजी की डाज मिल सकती है, सुधरवानी पड़ेगी। आप कहें तो गाड़ियों के मामले में खटपट शुरू करूँ। चुनाव के दिन हैं, बाद में भाव बढ़ जाएँगे। जैसी आपकी आज्ञा। आपके चुनाव में खड़े रहने की खबर मैंने नर्मदाबाई को सुनायी तो वह बड़ी प्रसन्न हुई। बिचारी आपका बड़ा मान रखती है और आप भी उससे सच्चे हृदय से प्रेम करते हैं, जो आप जैसे महापुरुषों को शोभा देता है। आप खड़े हुए तो नर्मदाबाई लेडीजों में प्रचार करेगी जिससे ताकत बढ़ेगी।

इस प्रकार आपकी जीत पक्की है। हमें वर्क करना पड़ेगा पर ईश्वर ने चाहा तो इस बार आप लोकसभा में विराजोगे। चुनाव में खर्च साठ-सत्तर हजार से कम नहीं बैठेगा, लाख तक भी पहुँच सकता है क्योंकि जनता कष्ट में है और महँगाई ज्यादा है। पैसों के विषय में न परवाह की है, न करेंगे। फिलहाल आप पाँच हजार का ड्राफ्ट भेज दें तो काम का लग्गा लगे। फिर आप स्वयं पधारेंगे ही। भाभी साहब को चरण-स्पर्श।

आज्ञाकारी,
सेवकराम 'निर्भय'

पूज्य कुन्दनलालजी,

जमनाप्रसादजी भाई साहब से आपकी ट्रंककाल पर हुई चर्चा के अनुसार पता लगा कि आपको काँग्रेस टिकट नहीं मिल रहा है और जिला कमेटी के प्रस्ताव के अनुसार कोकिलाबाई को टिकट दिया जा रहा है। इस समाचार से कि टिकट कोकिलाबाई को मिल रहा है, यहाँ के काँग्रेसी रुष्ट हैं। मैंने उनसे बात चलायी है और उम्मीद है कि ये ऊपर से काँग्रेस को और गुप्त रूप से हमें सफल बनाने की ही कोशिश करेंगे। नीचे का वोट काँग्रेस को और ऊपर का वोट यानी दिल्लीवाला लोकसभा को वोट आपके नाम गिरवायेंगे। अब आप स्वतन्त्र उम्मीदवार हो जाओ क्योंकि जनसंघ से भी टिकट मिलना कठिन होगा, यों आप कोशिश करके देख लो। काँग्रेस ने आपको टिकट न देकर भारी गलती की है पर इसके लिए काँग्रेस को पछताना पड़ेगा।

पहली बात तो यह है कि कल्याण भाई आपका समर्थन करने को राजी हो गये और बोले कि जब खुद कुन्दनलाल जी खड़े हो रहे हैं तो किसी और का समर्थन करने

का सवाल ही नहीं उठता। बिचारे आपको बड़ा मान देते हैं। मुझसे उन्होंने फिलहाल एक हजार रुपया माँगा है और बोले कि अगर जरूरत समझेंगे तो तीन-चार दिन का अनशन और किसी बात पर कर देंगे। मैंने दे दिया है। आपके पाँच हजार के ड्राफ्ट मिलने के बाद मुझे दो हजार रुपये जमनाप्रसादजी से और लेने पड़े, आप कृपया उन्हें भिजवा दें। रुपये की आवश्यकता इस कारण आ पड़ी कि बिलवानी में वर्क शुरू करना जरूरी हो गया था। वहाँ का बी. डी. ओ., जिसे अभी भ्रष्टाचार के मामले में सरकार ने अलग किया है, अपना पूरा साथ देगा क्योंकि उसका प्रभाव और पहचान बहुत है और वह काँग्रेस को हराने की ठाने हुए है। आप और रुपये तुरन्त भिजवायें। नर्मदाबाई भी लेडीजों में वर्क शुरू करना चाह रही हैं। रुपये के लिए वह आपको खुद लिखतीं पर भाभी साहब के डर से नहीं लिख रहीं कि कहीं उनके हाथ लेटर पड़ गया तो खामोखा का झगड़ा खड़ा होगा।

एक बात यह है कि अब आपका क्षेत्र में पधारना आवश्यक हो गया है। यूँ आप बिजनेस भी नहीं छोड़ सकते पर जनता आपके दर्शन कर ले, यह जरूरी हो जाता है। जनता की शिकायत है कि आप पिछले चुनाव में हारने के बाद क्षेत्र से रुष्ट हो गये हैं। आप आते भी हैं तो बाला-बाला नर्मदाबाई से मिलकर चले जाते हैं। इस शिकायत को दूर करना आवश्यक है, अतः आप शीघ्र पधार जाएँ।

अब रिपोर्ट यह है कि संगरपुर की झलक पहले से सुधरी है। ब्राह्मणों ने साफ कह दिया है कि डॉ. तिवारी की चाल में हम नहीं फँसेंगे। मैंने पं. गजधर मिश्र से बात की है। उन्होंने सहयोग का वचन दिया है। वे अपने मन्दिर का जीर्णोद्धार करवाना चाहते हैं और आपसे सहायता चाहते हैं। आप दान खाते से पाँच हजार रुपये भिजवा दें। इस बहाने गजधर मिश्र जाति के ब्राह्मणों में प्रभावशाली हो जाएँगे और दान देने से आपका यश बढ़ेगा तो चुनाव में काम आएगा। धनपतसिंह को विधानसभा का टिकट मिला है। इस तरह बिलवानी के वोट विधानसभा के धनपतसिंह को और लोकसभा के कोकिला बहन को जाएँगे। ऐसी हालत में सिर्फ चमार-वोट हमारे पास रह जाते हैं। पर मेरी धनपतसिंह से गुप्त चर्चा चल रही है। वह कहते हैं, अगर मेरे विधानसभा के चुनाव-खर्च में कुन्दनलालजी मदद करें तो लोकसभा के राजपूत वोट काँग्रेस को कटवाकर उन्हें दिलवा दूँ। मैंने विचार करने को कह दिया है। इसे दो जीपें भिजवाने और माइक का खर्चा देना पर्याप्त होगा। प्रस्ताव बुरा नहीं है। चमार-वोट हाथ से नहीं जाएँगे क्योंकि आपकी कृपा से इस वर्ष बिलवानी की शराब की दुकान का ठेका मुझे मिल गया है। इस तरह बिलवानी सालिड हो गया है।

मुकुन्दीलाल विद्रोह मुझसे मिला था। बोला, उसके पास दैनिक 'बवण्डर' का डिक्लेरेशन पड़ा है और अगर जरूरत पड़े तो कुन्दनलालजी के समर्थन में और काँग्रेस के विरोध में दो पन्ने का सायंकालीन शुरू किया जा सकता है। विद्रोही की कलम तेज है जिसे आप सरलाबाई नर्स के प्रेमकाण्ड के समय खुद देख चुके हैं। आप आर्थिक

सहायता करें तो अपने पास जोरदार पर्चा हो जाएगा जो जोर की आवाज बुलन्द कर आपका समर्थन करेगा। इसका चुनाव में खूब असर होगा। और कोई विशेष बात नहीं। रुपयों की प्रतीक्षा है। गुप्ताजी की डाज गाड़ी दुरुस्ती को डाल दी है। आप क्षेत्र में पधारने का कार्यक्रम लिखिए। जीपें किराये से लेने के लिए एडवांस देना पड़ेगा, इन्तजार में हूँ। उपरोक्त सभी समस्याओं पर निर्णय दें। मुकुन्दीलाल विद्रोही 'बवण्डर' में कोकिलाबाई के सब कच्चे चिट्ठे खोलने के मूड में हैं।

आपका,

सेवकराम 'निर्भय'

पुनश्चः दाल मिलवाले सहयोग पूरा करेंगे। उनकी हालत इन दिनों खराब है। यूनियन के झगड़े चल रहे हैं। आपसे लोन चाहते हैं। जरूरी हुआ तो मैं खुद उनके और यूनियन के बीच कूदकर आपसे कर्ज दिलवा मामला पटवाऊँगा।

पूज्य कुन्दनलालजी,

वोटों की गिनती करवाकर कलेक्ट्रेट से सीधा नर्मदाबाई के घर पहुँचा, इस आशा से कि आप मिल जाओगे पर पता लगा कि आप निराश होकर जा चुके हैं। मेरा जी भारी था, मैं सुखलाल के घर जाकर सो रहा। आपकी हार मेरी हार है, क्षेत्र की जनता की हार है। हार की पीड़ा तो थी ही सही पर यह सुनकर और भी मन को दुःख हुआ कि जाते समय कुन्दनलालजी कह गये कि सेवकराम ने मेरा रुपया खाया और काम नहीं किया, जिसकी वजह से मुझे हारना पड़ा। ठीक है, भाई साहब, आप कह सकते हैं। आप बड़े आदमी हैं, मैं गरीब आदमी हूँ। आप जो कहेंगे वही सत्य है और मैं जो कहूँगा सो झूठ है। तीन महीने से घर-द्वार की फिकर नहीं कर आपकी खातिर मारा-मारा फिर रहा हूँ, क्षेत्र में बदनाम हुआ और कोकिला बहन-जैसी देवी का विरोध किया। उनकी विजय के बाद आज मैं उनको मुँह दिखाने की हालत में नहीं हूँ। काँग्रेस का विरोध करने के कारण जिले के हाकिम-उमरा मुझसे अलग खफा होंगे सो उनका दण्ड मुझे भुगतना पड़ेगा।

भाई साहब, मेरी सच्ची सेवा की आज आपकी निगाह में कोई इज्ज़त नहीं है और मैं अपनी किस्मत को रो रहा हूँ। और यह कड़ी बात भी मुझे सुनायी उस नर्मदाबाई ने जिसके मायाजाल में फँसकर आप घर, परिवार, क्षेत्र की जनता और मुझ-जैसे सच्चे साथियों को भी भुला रहे हैं। अरे आपसे रुपया तो खाया है उस छिनाल नर्मदाबाई ने जो जीवन बाबू को छोड़कर अब आपके गले लग गयी और रुपये लूट रही है। मुझे तो देवी रूप भाभीजी का ध्यान आता है कि जिन्हें आप भुला बैठे और साथ ही मुझ-जैसे सेवकों को भी। खैर, आशा है आपको एक दिन सच्ची बात समझ आयेगी। ईश्वर सब देखता है। मैं सिर्फ इतना कहूँगा कि अगर आप नर्मदाबाई के घर ही दिन-रात नहीं पड़े

रहते और क्षेत्र की जनता से मिलते, दौरा-प्रचार करते तो आपकी विजय निश्चित होती। आपके घर रहने की वजह से नर्मदाबाई भी लेडीजों में प्रचार नहीं कर पायी।

मैं कार्यकर्ता हूँ और मैं तो आपकी तरह भावुक नहीं हो सकता कि अपने-पराये को भूल जाऊँ। मेरा निवेदन है कि आप ठण्डे माथे से सब विचारें और हार के कारणों पर ध्यान दें, भविष्य की योजना निश्चय करें। यह सच है कि कोकिला बहन विजयी हुई हैं पर पिछली बार से उन्हें कम वोट मिले हैं और हमारे वोट का प्रतिशत बढ़ा है, सो हमारे परिश्रम का परिणाम है। हारकर भी आपकी नैतिक विजय हुई है, ऐसा विचार मेरे मन में आता है।

हार के कई कारण हैं। धनपतसिंह ने अपने से सहायता ली पर राजपूत वोट काँग्रेस को ही गिरवाये। राजपूत होकर उसने वचन नहीं निभाया, अब क्या कहें ! चमार-वोट पक्के थे पर रातों-रात फूटे हैं क्योंकि विरोधियों ने कोई बड़ा लालच फेंका था। हमारा मुफ्त दारू पिलवाना काम नहीं आया। संगरपुर में डॉ. तिवारी का असर फिर काम कर गया। पं. गजधर मिश्र को आपने मन्दिर के जीर्णोद्धार के लिए रुपये दिये पर वे बजाय मन्दिर के काम में लगने के सीमेण्ट की जोरदार चोर-बाजारी में लगे। मुझे पता लगा कि पं. गजधर मिश्र ने कई पार्टियों से जीर्णोद्धार के नाम पर पैसा खाया है।

मुकुन्दीलाल विद्रोही का 'बवण्डर' काफी जोर मारता रहा और आपने भी उसे मनचाहा रुपया दिया पर आप जानते हैं कि आजकल पब्लिक की मेण्टेलिटी ऐसी हो गयी है कि वह छोटे अखबार के प्रभाव में नहीं आती। दाल मिल को आपने कर्ज दिया सो मैनेजमेण्ट के वोट तो आपको मिले पर यूनियन वालों के नहीं मिले जिसकी उम्मीद थी। प्रसन्नता की बात यह है कि वे काँग्रेस को भी नहीं गये।

यदि आप स्वीकार करें तो कहना होगा कि हम पूरी तरह वर्क नहीं कर सके क्योंकि आपने निर्णय देर से लिया। पर मेरा विचार है कि आगामी चुनाव के लिए हमें आज से कार्य शुरू करना होगा। कल्याण भाई भी हार से दुखी हैं पर उनका भी यही विचार है। आप भी यह निर्णय लें कि आप क्षेत्र की जनता से सम्पर्क करेंगे और क्षेत्र की जनता को यह कहने का अवसर नहीं देंगे कि आप नर्मदाबाई के घर समय गुजारकर चले जाते हैं। इस बार आपके खिलाफ वोट गिरने का एक बड़ा कारण आपके और नर्मदाबाई के सम्बन्धों को लेकर हुई चर्चा है, यद्यपि आपके ईमानदार कार्यकर्ता के नाते मैंने सदैव यही कहा कि भाई साहब नर्मदाबाई से पवित्र प्रेम रखते हैं।

अब मेरा निवेदन है कि कृपया पाँच हजार का ड्राफ्ट आप तुरन्त भेज दें क्योंकि माइकवाले, टैक्सी का किराया, कार्यालयों का भाड़ा, पेट्रोलवाले का पेमेण्ट सभी करना है। क्षेत्र में अभी से वर्क प्रारम्भ करने के लिए क्या बजट आएगा, सो मैं पत्र आने पर भेजूँगा। मुकुन्दीलाल विद्रोही को शायद आपने कुछ रुपया देने का वचन दिया है सो भिजवा दें, अन्यथा वह छिछला आदमी है, आपके नर्मदाबाई प्रकरण पर गन्दी बातें

उछालेगा सो अच्छा नहीं क्योंकि भाभी साहब की आत्मा को कष्ट होगा और आपकी बदनामी होगी। कृपया गुप्ताजी को डाज गाड़ी देने पर धन्यवाद का पत्र दे दें हालाँकि सुधरवाई पर इतना खर्च होने पर भी वह ऐन चुनाव के दिनों में बिगड़ी रही। पर उन्हें धन्यवाद का पत्र भेजना आपका कर्त्तव्य है ताकि आगे भी सम्बन्ध बने रहें और गाड़ी प्राप्त हो सके।

आशा है आप बिजनेस में व्यस्त होंगे। आप जैसे धीर, गम्भीर महापुरुष का निराश होना और मैदान छोड़ना उचित नहीं है। पूज्य भाभी साहब को प्रणाम।

भवदीय,

पुनश्चः पाँचहजार का ड्राफ्ट तुरन्त भिजावा दें। सेवकराम 'निर्भय'

30

समस्याग्रस्त वर्तमान और ००० का बड़ा बट्टा

साहित्य, संस्कृति और दर्शन में जो श्रेष्ठ है, वह अन्ततः ००० सोप वर्क्स के ००० साबुन के लिए है। मैं इस नतीजे पर पहुँच चुका हूँ। पिछले ढाई माह से मैंने कोई ऊँची बात नहीं सोची। दस तारीख को एक उच्च विचार मेरे दिमाग में फूटा था, मगर मैंने उसे प्रकट नहीं किया। उस समय रामकिशोरी लाल के साथ होटल में बैठा उसके पैसों से कचौरी खा रहा था। मुझे डर लगा कि कहीं यह उच्च विचार रामकिशोरी लाल ने सुन लिया तो वह ००० सोप वर्क्स के भैया जी को बता देगा और भैया जी उसे दूसरे ही दिन ००० साबुन के विज्ञापन में प्रकाशित कर देंगे। मैंने तुरन्त अभिव्यक्ति की बाटली पर संयम का बुच लगाया अर्थात् चुप रह गया। मैं सोचता हूँ कि सार्त्र और उस स्तर के जितने विद्वान् हैं, सबके हित में है कि चुप हो जाएँ। अपने कहे सारे शब्द पूर्ण-विराम, अर्ध-विराम तथा ऐसे समस्त चिह्नों सहित वापस ले लें। वह दिन दूर नहीं जब ००० सोप वर्क्स के भैया जी अस्तित्ववाद का सीधा सम्बन्ध ००० साबुन की टिकिया उर्फ बड़े बट्टे से जोड़ देंगे। तब सार्त्र को सिर छुपाने को जगह नहीं मिलेगी। फिलहाल वे भारतीय चिन्तकों पर कृपा कर रहे हैं। वेद, उपनिषद, गीता में जो कहा गया, सब ००० साबुन के प्रचार में लग गया। साबुन की बड़ी टिकिया उर्फ बड़ा बट्टा सब कुछ समेटे है।

आज का अखबार लीजिए, हमेशा की तरह ००० के बड़े बट्टे का विज्ञापन कुछ यों है—

"सहस्रों वर्ष की सांस्कृतिक एवं आध्यात्मिक परम्परा में श्रद्धा एवं विश्वास रखनेवाले व्यक्ति, यदि आज इस संकटपूर्ण परिस्थिति में जागरूक नहीं होंगे तो हमारी पुनीत, प्राचीन एवं नित नूतन संस्कृति हमारी मातृभूमि में सदा के लिए नष्ट हो जाएगी।

"राष्ट्र की अन्तरात्मा एवं एकात्मकता की रक्षा की आकांक्षा के समक्ष हमें जीवन के समग्र क्षेत्रों में जो पवित्र एवं श्रेष्ठ है उसे अपनाना होगा तथा राष्ट्र-विरोधी एवं आसुरी शक्तियों को परास्त करना होगा।

"नकली साबुनों से बचकर आप इन राष्ट्र-विरोधी एवं आसुरी शक्तियों को परास्त करेंगे जो आज साबुन-निर्माण के पवित्र व्यवसाय को कलंकित कर रही हैं।

'श्रेष्ठ को अपनाइए। श्रेष्ठ है ००० सोप वर्क्स का ००० साबुन। बड़े बट्टे का मूल्य 50 पैसे।

"राष्ट्र की सांस्कृतिक परम्परा की रक्षा कीजिए।"

उक्त विज्ञापन पढ़ कौन भारतीय संस्कृति का चालू प्रेमी फड़क न उठेगा। मैंने पढ़ा, तो मुझे अपने कर्तव्य स्मरण हुए। कर्तव्य दो हैं—एक : भारतीय संस्कृति की रक्षा और दूसरा : तुरन्त ००० का बड़ा बट्टा खरीदना। आप चाहें तो पहले बड़ा बट्टा खरीद बाद में भारतीय संस्कृति की रक्षा कर सकते हैं। अगर दोनों कर्तव्य भारी पड़ते हों तो आप केवल भारतीय संस्कृति की रक्षा में जुट जाएँ बिना ००० का बड़ा बट्टा खरीदे। या आप सिर्फ बट्टा खरीद लें और विश्वास रखें कि इसी में भारतीय संस्कृति की रक्षा है।

ऐसे विज्ञापन पढ़ अब मेरी निश्चित धारणा हो चुकी है कि विज्ञापन जागृति के माध्यम हैं। यह लम्बोतरे जूड़े, बाँहों में झरने की तरह गिरते साड़ियों के पल्ले, नाव से कटे हुए ब्लाऊज, प्राचीन मूर्तियों से अपने सौन्दर्य का मिलान करने वाले पथरीली मुस्कान लिये चेहरे, स्पर्श के क्षेत्र में मिनी ऊँचाइयाँ, फूल की पाँखुरी की-सी स्नोजन्य कोमलता, शक्ति और तन्दुरुस्ती की विटामिन प्रेरणाएँ, सिगरेट से भरपूर कश, सर्वोत्तम सफेदी, मनमोहक सुगन्ध से भरपूर तथा अनेक विशेषताओं से युक्त जो कुछ सर्वत्र प्रशंसित है, रंग जमा रहा है, मेहनत के बाद तसल्ली पूरी देता है—वह सभी कुछ विज्ञापनों के कारण है। माल बिके न बिके, मगर माल में जो निहित गुण है वह प्रतिष्ठित हो जाता है। स्नो बिके या न बिके, त्वचा की कोमलता के वैयक्तिक आग्रहों को सामाजिक मान्यता मिल जाती है। माल उखड़ता है, मगर गुण स्थापित कर जाता है जो माल को नये सिरे से निमन्त्रित करता है। यह क्रम चलता रहता है और देश सुन्दरता के सभ्य सांस्कृतिक सोपान चढ़ता रहता है।

मगर नतमस्तक हूँ ००० सोप वर्क्स वाले भैया जी के सामने। वे ००० का बड़ा बट्टा हाथ में ले खड़े हुए हैं और देश की हर चुनौती का सामना कर रहे हैं। उनका विज्ञापन हर समस्या से जूझता है। सारे नगरवासी जानते हैं कि देश के स्वर्णिम भविष्य के लिए आज ००० का बड़ा बट्टा क्या नहीं कर रहा।

पिछले दिनों देश में बड़े पैमाने पर दलबदल हुआ। समूचा प्रजातन्त्र एकाएक सिलसिलाहीन हो गया। भैया जी ने सोचा, यह क्या हो रहा है ? यह देश इधर किधर जा रहा है ? उन्होंने अपने प्रिय ००० साबुन की ओर पल-भर निहारा और निर्णय लिया कि वे राजनीति में व्याप्त इस दुष्प्रवृत्ति की ओर जनता को आगाह करेंगे। संकट की इस घड़ी में देश को इन दलबदलुओं से तथा उन सब दुष्टों से, जो ००० की नकल में अशुद्ध साबुन बना इस पावन क्षेत्र को कलंकित कर रहे हैं, सावधान रहना होगा। दूसरे दिन स्थानीय दैनिक में विज्ञापन प्रकाशित हुआ :

"क्या बिना पेंदे के लोटों के सहारे इस देश में प्रजातन्त्र अधिक दिनों कायम रह सकेगा ? नहीं, कदापि नहीं !

"आज हमारे देश के नेताओं के सारे आचरण-व्यवहार अनैतिक, दोषपूर्ण और

अनुचित हैं। बार-बार दल बदलना इसका प्रमाण है। सारे प्रजातन्त्र की कालिटी बिगड़ रही है।

"क्या देश के नागरिक इस स्थिति को सहन करेंगे ? नहीं, कदापि नहीं !

"जब वे अशुद्ध तत्त्वों से युक्त साबुनों को ठुकराकर शुद्ध कालिटीवाला असली ००० साबुन (बड़ा बट्टा 50 पैसे) खरीदने पर जोर देते हैं तो वे राजनीति में भी अशुद्ध तत्त्वों को कैसे स्वीकार करेंगे ?

"००० सोप वर्क्स का शुद्ध ००० साबुन खरीदकर दलबदलुओं से देश के प्रजातन्त्र को बचाइए।"

इस विज्ञापन से नगर में दलबदलुओं के खिलाफ चेतना की लहर दौड़ गयी। जिसने पढ़ा वही विचारों में खो गया और बाद में झुँझलाकर उठा और ००० का बड़ा बट्टा खरीद लाया। इसके अलावा क्या किया जा सकता था। जब देश में प्रजातन्त्र का पतन हो रहा हो तब हम ००० का बड़ा बट्टा खरीदने के अलावा क्या कर सकते हैं !

आज ००० का बड़ा बट्टा प्रतीक बन गया है। हर जोर-जुलुम की टक्कर में ००० का बड़ा बट्टा हमारा नारा है। नगरवासियों की आदत बन गयी है कि जब कोई ज्वलन्त समस्या खड़ी होती है, वे मार्गदर्शन के लिए ००० के बड़े बट्टे की ओर देखते हैं और प्रेरणा पाते हैं। कई बार ००० साबुन के विज्ञापन से ही उन्हें पता लगता है कि आज देश की ज्वलन्त समस्या क्या है। ००० साबुन जनता के सुख में सुखी और दुख में दुखी है। हर अवसर पर वह अग्रणी है। वह हमारा मनोबल बढ़ाता है और धीरज बँधाता है। अभी एक नेता की मृत्यु हुई तो ००० का बड़ा बट्टा रो पड़ा। उस दिन विज्ञापन यों छपा था :

"हमारे महान् नेता का आज स्वर्गवास हो गया। सारी जनता मृतात्मा का स्मरण कर शोक से सन्तप्त है।

"धीरे-धीरे सभी महान् नेता भारत भूमि से उठते जा रहे हैं। हमारा देश अपने को अनाथ अनुभव कर रहा है। अब कौन है जो सत्य, अहिंसा आदि उच्च मानवीय गुणों की रक्षा करेगा ? कौन है जो बढ़ती मिलावट को रोकेगा ? कहीं ऐसा न हो कि जोरदार नेताओं के अभाव में देश में नकली साबुनों की बाढ़ आ जाए और ००० के शुद्ध बड़े बट्टे का मान गिर जाए।

"नहीं, ऐसा नहीं होगा ! हम अपने महान् स्वर्गीय नेता के बताये मार्ग पर चलकर सत्य, अहिंसा की ज्योति जलाये रखेंगे। हम ००० के बड़े बट्टे (मूल्य 50 पैसे) का सम्मान बनाये रखेंगे। असल की जगह नकल नहीं चलने देंगे।

"००० सोप वर्क्स का ००० का बड़ा बट्टा खरीद स्वर्गीय नेता के प्रति श्रद्धांजलि अर्पित करें।"

नेता की मृत्यु के कारण उस दिन दफ्तरों और स्कूलों की छुट्टी थी। लोग घर पर पड़े शोक में सपत्नीक अलसा रहे थे। विज्ञापन पढ़ वे चौंक गये होंगे और आश्चर्य

नहीं तुरन्त ००० का बड़ा बट्टा खरीद मल-मलकर नहाने और मैले कपड़े साफ करने बैठ गये हों। मैं तो ००० साबुन का एक माह का स्टाक पहली तारीख को खरीद लेता हूँ ताकि राष्ट्र पर आये संकट के क्षणों में मुझे बाजार नहीं दौड़ना पड़े। संकट आता ही रहता है, क्योंकि देश इस समय संक्रमण के दौर से गुजर रहा है। नित नयी समस्याएँ खड़ी हो रही हैं। ऐसे में ००० का बड़ा बट्टा ही हमारा सहारा है। नेता निर्णय नहीं ले पा रहे हैं, पर जनता तो ले सकती है। उसे तो ००० का बड़ा बट्टा खरीदने से कोई रोक नहीं सकता।

और जब नेता निर्णय लेते हैं, ००० के बड़े बट्टे को प्रसन्नता होती है। बैंक राष्ट्रीयकरण के उत्साह में ००० ने हाथ बँटाया। उस दिन ००० सोप वर्क्स वाले भैया जी ने स्थानीय दैनिक में विज्ञापन दिया :

"बैंकों का राष्ट्रीयकरण हो गया। देश के आर्थिक जीवन में यह एक नयी क्रान्ति की शुभ सूचना है। नेताओं ने यह समयोचित कदम उठाकर अपनी डूबती नैया को बचाया है। वे बधाई के पात्र हैं।

"यदि इसी प्रकार जनहित की नीतियाँ बना उन पर अमल किये जाएँ तो कृषि और उद्योग दोनों को लाभ पहुँचे। वस्तुओं के भाव न बढ़ें। आज जो ००० का बड़ा बट्टा 50 पैसे में मिल रहा है, उसके दाम न बढ़ाने पड़ें। जनता की यही आकांक्षा है और इसी कारण वह बैंकों के राष्ट्रीयकरण से प्रसन्न है।

"अब देखना यह है कि यह नयी नीति राष्ट्र को कितना लाभ पहुँचाती है। जनता को पूरा सहयोग देना होगा। बाजार में अशुद्ध तत्त्वोंवाले नकली साबुनों से मुक्ति पाकर ००० सोप वर्क्स के ००० साबुन का घर-घर उपयोग बढ़ाकर हम देश में सच्चा समाजवाद ला सकेंगे। इस दिशा में सक्रिय पहल हेतु बड़े बट्टे का मूल्य मात्र 50 पैसे।"

पर इससे यह समझना भूल होगी कि साबुनों में अद्वितीय ००० का बड़ा बट्टा जैसा वातावरण देखता है वैसा ही बाना धारण कर लेता है। नहीं, कदापि नहीं। यदि ऐसा होगा तो साबुन के क्षेत्र में ००० के बड़े बट्टे और राजनीति के क्षेत्र में 420 की छोटी बट्टियों में क्या अन्तर रह जाएगा ? वह ऊँचा उठता है। दार्शनिक ऊँचाइयों में जो मनीषियों ने विचारा है, जो महान् सूत्र बिखरे हैं और मानवता का पथ-प्रदर्शन करते हैं, उन सब पर ००० का बड़ा बट्टा मुक्त-चिन्तन और विज्ञापन द्वारा ऐसी आनन्दकारी स्थितियाँ उत्पन्न कर देता है कि मात्र 50 पैसे में आप चाहें तो उस चिन्तन से स्वयं को जोड़ सकते हैं। विज्ञापन पढ़कर ऐसी बौद्धिक फुरहरी आयी है जो ००० साबुन से ही आ सकती है। बड़ा बट्टा हो तो क्या कहने ! ऐसे ही सद्‌विचारों से अलंकृत एक विज्ञापन मैंने गत सप्ताह पढ़ा था :

"मानव जो सपना देखता है, सुन्दरता उसका प्रतीक है। सुन्दरता मानव का स्वाभाविक गुण है। सुन्दरता कल्याण का पर्याय है, सुन्दरता मानव के सत्य का रूप है। मानव का समस्त विकास, उसकी समस्त उपलब्धि, इनका आधार है मानव का

सपना। इसी सपने को लक्ष्य रूप में रख मानव आगे बढ़ता है।''

''००० सोप वर्क्स भी एक सपना लिये अग्रसर हुआ और ००० के बड़े बट्टे (मूल्य 50 पैसे) के रूप में यह सपना सत्य सिद्ध हुआ। सुन्दरता का यह प्रतीक ही सत्य, कल्याणकारी, सस्ता एवं नगर की हर दुकान पर उपलब्ध है।

''नियमित उपयोग कर मानव-कल्याण में योग दें।''

और अब मुझे लगता है कि मानव कल्याण में किसी भी प्रकार का योग देना अन्ततः ००० सोप वर्क्स के ००० के बड़े बट्टे की बिक्री में योग देना है। जो भी श्रेष्ठ विचारा जाएगा, लिखा जाएगा राजनीतिक, आर्थिक या सामाजिक क्षेत्र में जो भी महत्त्वपूर्ण कदम उठेगा, वह ००० के बड़े बट्टे की बिक्री में सहायक सिद्ध होगा। हर क्रान्ति चाहे वह वैचारिक हो या विचारहीन, ००० साबुन की बिक्री बढ़ाएगी। इस देश में अब कुछ नहीं होगा। सिवाय उस बड़े बट्टे की बिक्री के। मैं तो डर गया हूँ। मैं तो मन में कोई अच्छा विचार लाने से डर गया हूँ। अगर कोई बात उठती भी है तो प्रकट नहीं करता। पिछले दिनों जो सवाल उठ रहे हैं, मैं उन सारे सन्दर्भों में (यदि कोई मुझसे पूछता है) एक ही उत्तर देता हूँ कि आप ००० साबुन का उपयोग करें। बल्कि अब कोई सवाल खड़ा करना व्यर्थ हो गया है। उससे बेहतर है हम उसका हल तलाश करें। हल एक ही है— साबुन का बड़ा बट्टा, मूल्य 50 पैसे।

31

इधर एक महापुरुष होना

बहुत दिनों से इस देश में कोई महापुरुष कम्बख्त पैदा नहीं हुआ। अब तक हो जाना चाहिए था। इस देश की आबोहवा और मिट्टी ऐसी है कि इधर इफरात से महापुरुष पाया जाता है। कौन-सा आदमी कब महापुरुष हो जाए और किधर से पता लगे कि वहाँ हो गया, कह नहीं सकते। मगर किसी को होना जरूर। अपने देश को एक महापुरुष होना। अवश्य करके होना। लगता है। इस मुल्क की पब्लिक को एक महापुरुष लगता है और एक बार में अगर आधा दर्जन तक महापुरुष भी हो गया ना, तो चलेगा। देश में खप जाएगा, क्योंकि कसकर डिमाण्ड है। यहाँ का पब्लिक महापुरुष माँगती है कि लाओ। पचास करोड़ के देश में दस करोड़ पीछे एक महापुरुष भी हो गया, तो काफी। पर इधर कोई पैदा नहीं हो रहा। मैंने सोचा कई बार, बन जाएँ महापुरुष, मगर यह धन्धा अपने को सधता नहीं। बड़ा 'मोबिलिटी' लगता है, आज इधर, कल उधर। फोकट में टप्पा मारो। फिर यहाँ ऐसा कि महापुरुष यानी लुकमान हकीम की दवा। जो हो तो पब्लिक पूछती है कि बताओ अब तुम्हारा क्या कहना पड़ता है। ज्यादा देर खामोश नहीं रख सकती। बड़ा माथा खरच होता है। फिर पब्लिक का माँग है कि ऊँची बात बोलो।

अब रोज-रोज कहाँ से ऊँची बात बोलो। मगर यह भी कहूँगा, माफ करना कि एक बार अगर इन्सान महापुरुष हो जाए ना, धूल में लट्ठ लगने की बात है, तो फिर बड़ा मजा है। तर माल खाने को मिलता है और बड़ी-बड़ी इम्पाला वाली बाई लोग चरण छूती हैं। है ना मजा ! मगर रौब होना। महापुरुष बनेंगा, तो रौब होना। दिल पर थोड़ा कण्ट्रोल माँगता। अपन को ये बात जरा मुश्किल है। इस वास्ते बोला ना कि मैं महापुरुष हो नहीं सकता। करके ही तो बोला।

आजादी आ गया, मगर किस्मत का बात देखो। उधर अँग्रेज का बखत में इधर मुलक में कितना महापुरुष पैदा हो गया था। साला जिधर देखो, उधर महापुरुष। आजादी आ गया, तो सोचा, अब देश में खूब महापुरुष लोग जनम लेगा। मगर नया तो आया नहीं और पहले का भी खुट गया। इधर जनता बोलती, महापुरुष माँगता, फोक नेता से काम नहीं चलेगा। डालडा नहीं माँगता, असल वाला दिखाओ, जो ऊँची बात बोले। नेता लोग बोला, हम महापुरुष है, हम महापुरुष है, मगर पब्लिक ने साफ बोला, नो-नो, इधर खालिस चाहिए। चप्पल फेंकेगा, अण्डा फेंकेगा। मगर अब करे

क्या साब, हो महापुरुष, तो हाजिर करे, नहीं हो तो कहाँ से लाये। ब्लैक में भी नहीं मिलता।

एक बात तो मैं बताऊँगा साहब कि इस मुलक को जो भी महापुरुष होना, कण्ट्री होना, पक्का देसी, धोतीबाज। इधर बुश्शर्ट-पेण्टवाला महापुरुष चलेगाच् नहीं। पब्लिक को अपनी तरफ खींचना माँगता। लिबास कपड़ा जो सादा हो ना, तो पब्लिक बोलता है आदमी, फकीर तबीयत का अपना वाला है, धोखा नहीं देगा। रुपया वाला लोग भी खिंचता है कि इसको रुपया-पैसा देने में नुकसान नहीं, क्योंकि खायेंगा नहीं। थोड़ा-बहुत खाएगा भी, तो नुकसान नहीं, क्योंकि ऐसा कि महापुरुष से बड़ा फायद रहता है। एक बात बोलूँ कि महापुरुष होने से अपर क्लास को, हाई क्लास को, बड़ा फायदा रहता है। अब जैसे मजदूर लोग ने हड़ताल किया, तो लोग परेशान। अब ऐसे बखत पर अगर कोई महापुरुष होगा, तो क्या बोलेंगा ? बोलेंगा कि भाई लोग जरा शान्ति से रहो और प्रेम रखो। ये आपस में लड़ाई-झगड़ा बेकार का बात है। त्याग करो, खुश रहो। कर्म करो। वो क्या बोलते हैं, कर्मण्येवाधिकारस्ते, जाने क्या बोलते रे। तो कर्म करो और धन का लोभ मत करो। जिन्दगी चार दिन का मेला, अरे मर जाएगा कल, ईश्वर का नाम ले तू, हड़तालबाजी में क्या पड़ा है। बड़ा मजा है। फिर जो असली महापुरुष होयेंगा ना, तो लगे हाथ चार गाली! रुपयावाले को भी ठोंक देगा। तुम शोषक, देश का दुश्मन, हवेली तानकर बैठा है, गरीब पब्लिक का ध्यान नहीं देता। ऐसा बोलेंगा। रुपयावाले को भी बोलेंगा। मगर माइण्ड नहीं करेंगा। महापुरुष का बात कोई माइण्ड नहीं करता साब, यही तो मजा है।

महापुरुष लोक बोलते क्या, कि सच बोलो और प्रेम रखो। अब आप सोचिए कि जो सच-सच बोल दिया ना, तो प्रेम कैसे होगा। अरे प्रेम जो करना है, तो थोड़ा-बहुत झूठ बोलना ही पड़ेगा। अपनी लुगाई को बोल दो कि तेरी शकल खराब है। आपने जो सच बात थी, सो बोल दी। अब क्या उससे प्रेम हो सकता क्या ? हाथ नहीं धरने देगी साब। महापुरुष बोलता कि सच बोलो और प्रेम रखो। आप सोचो। ऐसा हो सकता क्या ?

मगर जो आम जनता है, उसके वास्ते महापुरुष जो बोले, सो पत्थर की लकीर। वो कुछ भी बोले। थोड़ा पागल जैसा बोल जाए ना, तो लोग कहेंगे बहुत ऊँचा इन्सान है। अब होना तो कुछ है नहीं। सिर्फ जुबान का खेल है, मगर आत्मा को शान्ति होता है। सारा देश का आत्मा को शान्ति होता है। फिर आप फॉरेन में रौब जमाओ। सारा दुनिया सोचेगा, क्या ग्रेट कण्ट्री है, जहाँ ऐसा लोग हर पाँच-दस साल में पैदा हो जाता है। उधर विदेश के मुल्क में तो सौ साल में जो एक भी महापुरुष हो जाए ना, तो किस्मत समझो। वो लोग तो बिना महापुरुष के चला लेता है काम, मगर अपने लोग को तो एक हमेशा होना, महापुरुष मर भी जाए ना तो कोई नुकसान नहीं। उसका नाम लेकर काम चल जाता है। गाय का चमड़ा बाद में भी जूता बना के काम आता है।

वैसा ही महापुरुष का किस्सा। बाद में भी नाम धकता है। बच्चा लोग के कोर्स में लग जाता है।

पर कोई होना। एक महापुरुष देश में बोर करने को होना। ये सारा धाँधलेबाजी खतम हो जाएगा। मगर अब लायें कहाँ से। अपन कू तो सधता नहीं। नहीं अपन साला हो जाता।

32

'ट', 'ठ', 'ड' अथवा 'ढ' पर भाषण

कुछ विषय हैं जिन पर आसानी से बोला जा सकता है, जैसे हमारी शिक्षा-प्रणाली पर या भारतीय संस्कृति पर। शहरों में बोलनेवाले होते हैं, जो आकर बोल जाते हैं। जैसे बैण्डवालों से कहो कि आकर बैण्ड बजा जाना, तो वे लोग आकर बजा जाते हैं, बशर्ते उन्हें उसी समय कहीं और जाकर न बजाना हो। पर देश में अधिकतर भाषण मरे हुए महापुरुषों पर होते हैं। अक्सर कोई मरा करता है या ऐसा दिन आया करता है जब किसी मरे की याद की जाए। भारतीय लोग मुर्दा जलाने की कला में सिद्ध होते हैं। वे भाषण दे-देकर मुर्दे को खड़ा कर देते हैं और वह सारे श्रोताओं के सिर पर मँडराने लगता है। यादों में नहाकर इस देश के श्रोता जब घर लौटते हैं तब ज्ञान से तरबतर होते हैं। अपनी भावुकता में खुद जुगाली करने से बढ़कर तृप्ति का बोध और कुछ नहीं।

याद करने लायक महापुरुष काफी सारे पड़े हैं। राम, कृष्ण, हनुमान, गणेश के जमाने से आगे बढ़ो, तो बुद्ध, महावीर पर अटको, कालिदास को याद करने का सालाना रिवाज है। तुलसी, सूर दो दिन खा लेते हैं। इतिहास में कूदो, तो शिवाजी, प्रताप से लेकर अठारह सौ सत्तावन के आसपास बड़ी संख्या है। लक्ष्मीबाई, तात्याटोपे पर सभा नहीं हुई, तो यह नुगरापन किसी को बर्दाश्त नहीं होगा। फिर अरविन्द, रामकृष्ण, दयानन्द, विवेकानन्द और नानक, कबीर, रैदास के लिए श्रोताओं की सुनिश्चित भीड़ होती है। उसके बाद काँग्रेसी महापुरुष यानी गाँधी, नेहरू, पटेल, सुभाष, शास्त्री आदि। साहित्यिकों की सभा के लिए रवीन्द्र, भारतेन्दु, प्रेमचन्द, गालिब वगैरह। (मुझे वे अनेक मृत आत्माएँ क्षमा करें, जिनका नाम मैं स्मृति की कमजोरी और स्थानाभाव से नहीं ले पा रहा।) इसके अलावा कई शोक-सभाएँ होती हैं। वे लोग जो नियमित रूप से महापुरुषों पर बोलने के लिए निमन्त्रित किये जाते हैं, बड़े परेशान रहते हैं। कभी सावरकर, अम्बेडकर पर सोचते हैं, तो कभी केनेडी या गोर्की पर।

वक्ता की लाचारी यह है कि किस-किस को याद रखे। इतने ताल-तलैया हैं, वह कहाँ-कहाँ डूबे ? किस-किस की गहराई पर बयान दे। वक्ता के इस संकट को मैंने इधर गम्भीरता से अनुभव किया है। मैंने कल्पना में खुद को वक्ता के स्थान पर रूपायित किया (धृष्टता के लिए क्षमा करें) और सोचा कि यदि मुझे अमुक पर बोलने के लिए कहा जाए, तो मैं क्या करूँगा। मैं खुद अपना परीक्षक बना और उत्तर स्वरूप भाषण

देने में लड़खड़ा गया। मैं कुछ देर कालिदास पर बोला, फिर नहीं बना तो तात्याटोपे पर बोलने लगा। पर वहाँ से भी घबराकर चेखव पर आ गया। मुझे लगा कि बेटे मन-ही-मन बोल रहे हो, नहीं तो अभी तक हूट हो जाते ! मैंने अपमानित अनुभव किया। मेरी बड़ी इच्छा है कि यदा-कदा भाषण और तालियों की फसल काटूँ। पर इस तरह तो मैं कुछ नहीं कर सकूँगा। सारे महापुरुषों के जीवन और विचारों का अध्ययन कितना कठिन है। इससे तो सरल है कि किसी विषय पर पी-एच. डी. कर ली जाए।

मैं मानता हूँ कि आत्मविश्वास न खोया जाए, तो किसी भी विषय पर बोला जा सकता है। एक फार्मूला निश्चित बन सकता है जिसमें सारे महापुरुषों की चर्चा की जा सके। एक ऐसी चौखट, जिसमें सारी तस्वीरें फिट हों। यों कि आप भाषण देने खड़े हों, ऐसे कि मानो आप पर बहुत-कुछ लदा है। हाथी-चाल से धीरे-धीरे मंच तक पहुँचें। एक क्षण के लिए उस महापुरुष की हार से टँकी तस्वीर की ओर देखें और फिर उपस्थित श्रोताओं की ओर, फिर अध्यक्ष को कनखी से देख धीरे से कहें, अध्यक्ष महोदय, बहनो और भाइयो ! एक क्षण चुप रहें। थूक निगलें। हाथ पीठ पर बाँधें, झुक कर अपने पैर के अँगूठे की ओर देखें और कहें कि आज हम सब एक ऐसे महापुरुष का जन्मदिन (या जो भी दिन हो) मनाने के लिए एकत्र हुए हैं, जो आज हमारे बीच नहीं हैं। (जाहिर है तभी यह सभा है, नहीं तो काहे को होती !) आपमें से बहुत व्यक्तियों ने इस स्वर्गीय आत्मा (हम उसे 'ड' कहेंगे) 'ड' के जीवन के विषय में पढ़ा है, जाना है, समझा है और उससे प्रेरणा (या रस जैसा भी हो) ग्रहण किया है। हमारे देश में अनेक महापुरुषों ने जन्म लिया है। राम, कृष्ण, बुद्ध, महावीर, गाँधी, टैगोर आदि और उनके विचारों से देश को मार्गदर्शन मिला है। पर स्वर्गीय 'ड' इन सबसे बिल्कुल अलग नजर आते हैं। मैं कहना चाहूँगा कि 'ड' हमारे इतिहास के एक ऐसे जाज्वल्यमान नक्षत्र हैं, जिसकी चमक कभी कम नहीं होगी। (यहाँ आप जब तक चाँद-सूरज कायम हैं, गंगा में जल है और भारत भारत है, तब तक वाली बात कहने की जल्दबाजी नहीं करें, क्योंकि भाषण अभी आरम्भ ही हुआ है।) यों तो श्री 'ड' के विषय में अनेक बातें कही जा सकती हैं, खासकर उनके जीवन और विचारों को लेकर, पर मैं इस सब में विस्तार से नहीं जाकर, क्योंकि मेरे बाद भी अनेक वक्ता हैं, जो श्री 'ड' के जीवन पर प्रकाश डालेंगे, सिर्फ इतना कहना चाहूँगा कि 'ड' का हमारे देश और समाज के जीवन में क्या स्थान है और क्या बात है कि इतने वर्षों बाद भी 'ड' हमारे लिए नये हैं, ताजा हैं और उनके विचार आज भी हमारे जीवन और समाज की समस्याओं के लिए नयी दृष्टि देते हैं। (अगर 'ड' कवि वगैरह हों, तो हम उनके साहित्य के शाश्वत होने की बात कह सकते हैं।)

हमें 'ड' के विचारों को समझने से पूर्व उन परिस्थितियों को समझना पड़ेगा, जो हमारे देश में उस समय थीं जब 'ड' ने जन्म लिया, और उस जीवन को समझना पड़ेगा जो 'ड' ने बिताया। (अब हर महापुरुष के समय देश एक विशेष परिस्थिति से पुन

गुजर रहा होता है और महापुरुष किसी न किसी प्रकार का जीवन बिताता ही है) उस समय हमारा देश एक ऐसे दौर से गुजर रहा था, जब सब कुछ अस्पष्ट था, सर्वत्र अन्धकार छाया हुआ था, एक विचित्र परिस्थिति थी, लोगों को समझ नहीं आता था कि क्या करें। (लोगों को समझ में आता कब है ?) एक ऐसे वक्त पर हमारे 'ड' आये और उनके विचारों ने देश को चौंका दिया।

'ड' एक साधारण परिवार के थे। उस समय, आप जानते हैं, देश में शिक्षा की सुविधा नहीं थी। अध्ययन करने के उत्सुक व्यक्तियों को कितना भटकना पड़ता था। 'ड' ने वह सब किया और ग्रन्थों का अध्ययन कर उन्होंने समझा कि आखिर बात क्या है, हमारा रास्ता कहाँ है ! अध्ययन की ओर उनकी रुचि बचपन से ही थी, और कहते हैं ना कि पूत के लक्षण पालने में दिखाई देते हैं, उस तरह छोटी-सी आयु से ही उनकी प्रतिभा ने सबको प्रभावित करना आरम्भ कर दिया था। आगे चलकर जो कुछ उन्होंने दिया, वह आज हमारे सामने ही है। मैं सिर्फ यही कहना चाहता हूँ कि 'ड' का जन्म हमारे इतिहास के एक ऐसे काल में हुआ, जब देश को उनकी सख्त आवश्यकता थी। (यह बात सबके बारे में बखूबी कही जा सकती है, क्योंकि इससे कैसे इनकार किया जा सकता है कि तुलसीदास के वक्त हमें तुलसीदास चाहिए था और रानी लक्ष्मीबाई के जमाने में लक्ष्मीबाई की बहुत जरूरत थी।) पर 'ड' सिर्फ उसी काल के नहीं थे। अपने वक्त से काफी आगे रहे और हम देखते हैं कि आज वर्षों बाद भी उनकी बातें, उनके विचार उतने ही सत्य और सार्थक हैं, जितने तब थे। (हुआ कुछ नहीं, सो हमारी बात है।) वे कसौटी पर खरे उतरते हैं और हम आज भी अपनी समस्याओं के निदान के लिए उसमें राह खोज सकते हैं।

मैं 'ड' को अटूट साहस, ज्ञान, प्रतिभा और अनुभव के ऐसे एक पुंज के रूप में देखता हूँ, जो अपनी जगह बहुत ताकत रखता है। इसी कारण मैं व्यक्तिगत रूप से 'ड' के प्रति विशेष श्रद्धा रखता हूँ। और जब मैंने 'ड' का अध्ययन किया (या उनके सम्पर्क में आया, अगर उनको मरे ज्यादा वर्ष न हुए हों) तब मैंने निश्चित ही उन्हें एक ऐसी अगाध धारा के रूप में पाया, जिसे समझना मुझ जैसे अकिंचन के वश की बात नहीं है। (यहाँ आप नम्रता से हाथ जोड़ लें, चाहे।) 'ड' एक नेता से बढ़कर (या कवि या वैज्ञानिक से बढ़कर, कम्बख्त जो भी हो) एक इन्सान था, एक ऐसा इन्सान, जो सबका है और सबके लिए है। वह उस प्रदेश का (या उस भाषा का) ही नहीं है, जहाँ वह जन्मा और पला-बढ़ा, वह हम सबका है। वह आपका भी है, हमारा भी है, वह सबका है, सारे देश का है और मैं कहूँगा कि वह सारी मानवता का है। (जैसे आप चेखव पर बोल रहे हैं, तो आप कह सकते हैं कि चेखव सिर्फ रूस का ही नहीं है, भारत का भी है, सारी दुनिया का है या आप रवीन्द्र के बारे में कह सकते हैं कि वे सिर्फ बँगला के ही नहीं हैं।)

अब आप क्षण-भर के लिए चुप हो जाइए। हॉल की छत की ओर देखिए। तब

कहिए कि मैं यह हमेशा मानता रहा हूँ, कि 'ड' के प्रति सच्ची श्रद्धांजलि यह नहीं है कि हम वर्ष में एक बार कहीं एकत्र हो जाएँ और उस पर भाषण दे लें, सुन लें और घर चले जाएँ, बल्कि 'ड' के प्रति सच्ची श्रद्धांजलि यह है कि हम उसके विचारों का मनन करें, उन्हें जीवन में उतारें और उसके आदर्शों को मूर्त रूप प्रदान करें।

मैं आपका अधिक समय नहीं लूँगा, क्योंकि मेरे बाद भी अनेक वक्ता बोलने वाले हैं, पर अन्त में मैं इतना अवश्य कहूँगा कि आज हम जो भी हैं, पश्चिमी सभ्यता के प्रभाव से देश का जो भी रूप बन रहा है, पर आज नहीं तो कल देश को जरूर 'ड' के विचारों की ओर लौटना पड़ेगा। क्योंकि 'ड' का मार्ग ही एक ऐसा मार्ग है, जिसमें यह देश (या साहित्य) उन्नति कर सकता है और हम संसार के सामने सिर उठा सकते हैं। यह निश्चित ही बड़े गर्व की बात है कि हमारे देश में 'ड' जैसे अनमोल रत्न ने जन्म लिया, जिसने देश को ऊँचा उठाया, उसका सम्मान बढ़ाया और आज उसके बताये मार्ग पर चलकर हम इस अवस्था तक आ पहुँचे हैं। (हाय, क्या अवस्था है !) हमें इस देश के इस महान् रत्न की चमक कम नहीं करनी है, उसके सन्देश को घर-घर पहुँचाना है और स्वयं अपने जीवन को सफल बनाना है। मैं सोचता हूँ कि अगर हम ऐसा कर सके, तो यह ड' के प्रति हमारी सच्ची श्रद्धांजलि होगी। इतना कहकर मैं अपना स्थान ग्रहण करता हूँ।

अपने स्थान पर बैठने के लिए आते समय आप सुनेंगे कि तालियाँ बज रही हैं। आप सफल हैं। सफल भाषण ऐसे ही होते हैं। आज आप 'ड' पर बोले, पर कल 'ट' और 'ठ' की स्मृति में भी जब आयोजन होंगे, आप बुलाये जाएँगे और तब आप यही भाषण 'ट' या 'ठ' के सन्दर्भ में देंगे, आप चाहें तो 'ढ' की स्मृति में भी ऐसा भाषण दे सकते हैं। कोई फर्क नहीं पड़ता। इस देश में जहाँ सप्ताह में तीन के अनुपात से महापुरुषों की याद की जाती है, इसके अलावा चारा नहीं, जिसे चर सकें।

33

पोस्ट आफिस : आजादी के बाद

पन्द्रह अगस्त को आजादी मिली और एक तैयारशुदा पोस्ट आफिस भी मिला। यह अपने आप में कम बात नहीं है। सिर्फ आजादी मिलती और पोस्ट आफिस न होता तो बताइए, मुझे यहाँ कैसे पता लगता कि उधर दिल्ली में आजादी मिल गयी है। क्योंकि ऐन सात दिन पहले हमारे दादाजी ने (उनकी आत्मा को शान्ति दे आदि) साफ कह दिया था कि यह काँग्रेसवालों का झूठा प्रचार है, क्योंकि अँग्रेज जाने-वाने वाले नहीं हैं। वह तो पोस्ट आफिस था तो सच खबर आ गयी। दिल्ली के हमारे रिश्तेदारों ने कन्फर्म किया कि अँग्रेज जा रहे हैं बँगले खाली कर। इसीलिए मुझे जब आजादी का ध्यान आता है और मैं आम भारतवासी की तरह प्रसन्न हो दाँत निपोरता हूँ, तब मैं पोस्ट आफिस के बारे में सोचे बिना नहीं रहता, जिसके बिना आजादी का पता ही नहीं चलता।

कोई मुझे बताये कि क्या अँग्रेजों को डॉक्टर ने बोला था कि हिन्दुस्तान मुलुक में पोस्टल व्यवस्था लागू करो। वे अपनी सरकारी चिट्ठी, आदेशनामे इधर-उधर भेजने के लिए इन्तजाम कर सकते थे—घोड़ा-मोटर-रेल का, मगर आखिर पब्लिक को यह सुविधा देना क़म कृपा नहीं है। पता नहीं क्यों वे कर गये, और इफरात में प्रेम-पत्रों का पाना-भेजना चालू हो गया। फिर आजादी आ गयी। खैर, जाहिर है कि अगर अँग्रेज पोस्ट आफिस नहीं खुलवाते तो हम खुलवाते, क्योंकि जो काम अँग्रेजों ने नहीं किया आखिर वह हमने किया ही—जैसे भाखड़ा नंगल बनाया या सहकारी बाजार खोले। मगर वे अपने ढंग के पोस्ट आफिस होते; ऐसे नहीं जैसे आजकल हैं। अँग्रेजों के वक्त से जैसे हैं, चले आ रहे हैं। हमारे मन्त्री, उपमन्त्री, अफसर विदेश के दौरे कर वहाँ की पोस्टल व्यवस्था का अध्ययन करते और यहाँ के लिए रिपोर्ट देते।

आजादी के बाद पोस्ट आफिस खुलते तो वह अपने आप में बड़ी क्रान्तिकारी बात होती और ताज्जुब नहीं कि काँग्रेस सरकार एकाध चुनाव इसी हल्ले में जीत जाती कि उसने जगह-जगह पोस्ट आफिस खुलवाये। आजादी के बाद दफ्तर खुले हैं और उससे सरकार का असर बढ़ा है। आखिर जनता इतनी नाशुक्री नहीं है कि ऐसी बातों का अहसान न माने। मैं तो यह काँग्रेस पार्टी का दुर्भाग्य ही कहूँगा कि पोस्ट आफिस आजादी के पहले ही खुल गये और इस क्रेडिट से वह वंचित रह गयी।

कई बार मैं सोचता हूँ कि आजादी के बाद अगर देश में पोस्ट आफिस खुलते तो

वे कैसे होते और इस चक्कर में इस बुरी तरह उलझ जाता हूँ कि एक चिट्ठी पोस्ट नहीं कर पाता सबसे पहले अर्थात् प्रथम पंचवर्षीय योजना के अन्तर्गत वे देश के चार प्रमुख नगरों अर्थात् दिल्ली, बम्बई, कलकत्ता, मद्रास में खुलते और एक आदर्श व्यवस्था लागू हो जाती। दूसरी पंचवर्षीय योजना में राजधानी नगरों को पोस्टल व्यवस्था से जोड़ दिया जाता तथा तीसरी पंचवर्षीय योजना में कुछ और नगरों को राजनीतिक प्रेशर के कारण पोस्ट आफिस मिल जाते। गाँवों तक बात नहीं पहुँच पाती, क्योंकि आप देख ही रहे हैं कि कैसी वित्तीय कठिनाइयाँ पिछले दिनों देश के सामने आयी हैं और हमें अपनी योजनाओं में कटौती करनी पड़ी। देश पर जब संकट घिरा हो, तब निजी पत्रों के लिए पोस्ट आफिस की माँग करना अच्छी बात नहीं होती। आन्दोलन उठते, दबा दिये जाते। दिल्ली साफ कहती कि या तो पोस्ट आफिस ले लो या विश्वविद्यालय। और जाहिर है कि लोग विश्वविद्यालय पसन्द करते, क्योंकि जब तक शिक्षा का विकास नहीं होता, लोग पत्र-व्यवहार क्या करेंगे। फिर भी एक लक्ष्य रहता कि हमें जगह-जगह पोस्ट आफिस खोलना है और अपने अन्तिमतम घोषणा पत्र में काँग्रेस वादा करती कि प्रत्येक दो सौ वर्गमील क्षेत्र में एक पोस्ट आफिस खोलकर रहेंगे।

और वह पोस्टल व्यवस्था भी एकदम भिन्न एवं सरकारी पद्धति के माफिक होती। यह मजाक नहीं चलता कि अगर मुझे चिट्ठी लिखनी है तो खरीदा पोस्टकार्ड, लिखा और लाल डिब्बे में झोंक दिया।

होता यों कि जैसे मुझे भोपाल से दिल्ली चिट्ठी लिखनी है (इससे कम दूर तो खैर मैं लिखता भी क्या !) तो मैं कलेक्टोरेट जाता और एक आवेदन करता कि मुझे दिल्ली चिट्ठी भेजनी है। जवाब में वहाँ का क्लर्क दस पैसे ले एक प्रपत्र (यदि उस समय उपलब्ध होता तो) मुझे देता, जिसमें कई खाने बने रहते। नाम, पिता का नाम, राष्ट्रीयता, स्थायी पता, जिसे पत्र भेजना है उसका नाम, पता, राष्ट्रीयता, पत्र भेजने तथा पाने वाले के परस्पर सम्बन्ध, पत्र भेजने का कारण तथा इस बात की गारण्टी कि ऐसी-वैसी बात नहीं लिखूँगा तथा पत्र की सामग्री संक्षिप्त में। मेरा वह आवेदननुमा प्रपत्र क्लर्क द्वारा जाँचे जाने के उपरान्त कलेक्टर अथवा डिप्टी कलेक्टर इंचार्ज के पास जाता। जाहिर है, वे तब दौरे पर होते और न भी होते तो क्या उनके पास दूसरा काम नहीं होता, जो मेरा प्रपत्र ही देखते उस दिन ?

आठ-दस दिन चक्कर लगाने तथा सम्बन्धित क्लर्क को मक्खन पालिश के बाद कोई पन्द्रह दिन बाद इस बात की शासकीय स्वीकृति मिल जाती कि शरद जोशी वल्द श्री श्रीनिवास जोशी पत्र भेजने के उपयुक्त पात्र हैं तथा नियमित धनराशि जमा कर वे पोस्टल व्यवस्था का लाभ उठा सकते हैं। आप मेरी खुशी की कल्पना कीजिए। मैं लपककर शासकीय खजाने जाता और चालान फार्म प्राप्त करता। उसमें राशि भरकर स्टेट बैंक जाता और वहाँ टिकट का मूल्य (जो एक रुपये से कम क्या होता) जमा करता। वहाँ से फिर सरकारी खजाने आता, जो खैर इतनी देर में बन्द हो जाता। कोई

बात नहीं, दूसरे दिन मैं खजाने जाता और कुछ घण्टे प्रतीक्षा कर मुझे वे टिकट मिल जाते, जिन्हें चिपकाकर पत्र भेजना होता है। उसके उपरान्त मैं लिफाफे में पत्र रख टिकट लगा कलेक्टोरेट जाता। क्लर्क, पत्र व लिफाफे के टिकट चेक करता और मुझे अपनी निगहबानी में गोंद लगाने की इजाजत देता, जो मैं घर से ले जाता। चलिए, छुट्टी हुई। फटाफट काम हो गया, चिट्ठी सरकार के जिम्मेदार हाथों में पहुँच गयी।

अब ! अब यह फिक्र की चिट्ठी दफ्तर से रवाना हुई या नहीं ? एक रुपया दे आपने सरकार को खरीद तो नहीं लिया कि जो चाहे हो जाए। दफ्तर के चक्कर लगाने पड़ते, बाबू को चाय पिलानी पड़ती, काम हो जाता। फिर जवाब की प्रतीक्षा। दिल्ली से जवाब लिखनेवाला भी उस सब समारोह से गुजरकर मेरी तरफ पत्र भेजता। महीनों बाद एक दिन कलेक्टोरेट का चपरासी घर पर सम्मन लेकर आता कि आपका पत्र कलेक्टोरेट में आया है, पहचान बताकर ले जाएँ। खैर मैं जाता, आवेदन करता, दो व्यक्तियों से प्रमाणित करवाता कि मैं ही शरद जोशी हूँ तथा पत्र का असली हकदार हूँ और प्राप्ति की रसीद दे पत्र प्राप्त कर लेता। बहुत-बहुत धन्यवाद कि यह काम एक ही दिन में हो गया।

अब आप भी सन्तोष की साँस लें और मैं भी लूँ कि पत्र-व्यवहार हो गया। आजादी के बाद अनेक सरकारी विभागों में जब इसी गति से हम अपना काम शीघ्र निपटा लेते हैं तो क्या हमें सन्तोष नहीं होता। यही पोस्ट आफिसों से होता यदि वे आजादी के बाद खुलते। मैं कहता हूँ यह अंग्रेजों की लापरवाही थी, जो डाक का लाल डिब्बा चौराहे पर लटका बेफिक्र हो जाते थे। मगर आज हमारी जिम्मेदार सरकार जरूर डिब्बे के पास एक चपरासी या चौकीदार नियुक्त करती, जो रात को डिब्बा कमरे में सँभालकर रखता और हर चिट्ठी डालनेवाले को सलाम कर चाय-पानी के पैसे लेता। तब यह धाँधली नहीं चलती कि भोपाल में चिट्ठी लिखो और दिल्ली जाकर पोस्ट कर दो। आपको जहाँ की चिट्ठी वहीं पोस्ट करनी पड़ती। इससे सरकार को आँकड़े बनाने में सुविधा रहती। ऐसी स्थिति में पोस्ट आफिस सांस्कृतिक विकास में सहायक होते। कमिश्नर की पत्नी कार्यक्रम का रसीद कट्टा पोस्ट मास्टर (अथवा डिप्टी कलेक्टर इंचार्ज पोस्ट) के पास भिजवा देती और वह हर पत्र डालनेवाले से चन्दा ले हाल खचाखच भरवा देता। आजादी के बाद हमारे ढंग के पोस्ट आफिस खुलते, तो वे देश के भावनात्मक एकीकरण में सहायक होते। हर समय विकल्प रहता कि पत्र डालें या खुद चले जाएँ और अस्सी प्रतिशत मामलों में वे खुद जाना पसन्द करते।

बताइए, इससे क्या भावनात्मक एकीकरण नहीं होता ?

34

साहित्य का महाबली

एकाएक पता लगा कि वह शहर में आ गया है और स्टेशन से उतर सीधा किसी होटल में ठहर गया है। किसी ने किसी को बताया, उसने किसी और को, और यहाँ-वहाँ टकराते हुए सूचना शहर के साहित्यिक जंगल में फैल गयी। हम सिहर उठे। अब कुछ विशिष्ट घटेगा। हमारी स्थिति तो डेंकाली के जंगल में आग तापते उन बौने आदिवासियों की तरह थी, जो एक-दूसरे को उस चलनेवाले भूत फैण्टम उर्फ महाबली बेताल के कारनामे सुनाते थे और डरकर काँपते थे। मगर वह सिर्फ बेताल नहीं, वह जादूगर मैनड्रेक, टारजन, गार्थ और क्लेश गार्डन आदि सब है। बच्चों के कॉमिक्स से निकल मानो कोई समूचे साहित्य पर छा जाए। वह जहाँ से गुजरता है, समस्याएँ सुलझ जाती हैं, दुष्प्रवृत्तियाँ ठण्डी हो जाती हैं, सरकारें ठीक चलने लगती हैं, विश्वविद्यालय फिर पनपने लगते हैं और साहित्य पटरी पर आ जाता है। हिन्दी साहित्य का महाबली है वह ! टारजन की तरह जोखमभरी वैचारिक नदियों में कूदकर समस्या के घड़ियालों के पेट चीर देता है। मैनड्रेक के अन्दाज में ऐसे सैद्धान्तिक सम्मोहन करता है कि हम दंग देखते रह जाते हैं। छोटे-बड़े साहित्यिक कबीलों में उसकी गहरी धाक है।

नगर के हम सब स्थानीय जन उसके दर्शनों को होटल के कमरे में गये, नमस्कार किया और यहाँ-वहाँ छितराकर बैठ गये। उस समय अधलेटा हुआ वह शिक्षामन्त्री से फोन पर बात कर रहा था, ‘‘उस रेक्टर को हटाइए वहाँ से। बदतमीज है, सारा वातावरण गन्दा कर रहा है।’’

‘‘जी हाँ, सीनेट में गलत लोग ठुँस गये हैं। आप किन्हें ले रहे हैं कमेटी में ? ठीक लोग रखिए। राम को लीजिए। ब्रिलियण्ट स्कॉलर है, मेरा भक्त है।’’

‘‘गुप्ता ने मेरी किताब को लेकर बड़ा वितण्डावाद खड़ा करवाया था पिछली मीटिंग में। लड़कों ने इसीलिए पीटा। परीक्षा का मामला ऐसा नहीं था कि पीटा जाए। आप नयी पीढ़ी के तेवर नहीं जानते, वह मुझसे मिलती है घर आकर। कुछ और आगे भी पिटते, मैंने रुकवा दिया। स्थिति ठीक नहीं हुई, तो उन्हें अगले साल देखेंगे।’’

‘‘जी हाँ, आया हूँ, तो चान्सलर से मिलूँगा ही। कल उधर आऊँगा। प्रायवेट होटल में ठहरा हूँ, मैं सरकारी चक्कर में नहीं फँसता।’’

हम लोग समझ गये कि इस समय साहित्य का महाबली बेताल किसी विश्वविद्यालय के जाले साफ करने में लगा है। वह जंगल में अनुशासन रखने का स्वयम्भू ठेकेदार

है। फोन रखकर उसने हम लोगों पर नजर घुमायी। हमने अपने नमस्कारों को दोहराया।

"कहिए, कैसा चल रहा है ? सुना है, आप लोगों ने एक संस्था बना ली है इधर। ठीक है।"

हम लोगों पर दाद प्राप्त करने की-सी सुखद प्रतिक्रिया हुई। "आप यहाँ कितने दिन ठहरेंगे ?"—एक ने नम्रता से महाबली से पूछा। वह गम्भीर हुआ। फिर बोला, "परसों पटना जाना है, फिर दिल्ली पहुँचूँगा आठ तक, वहाँ से पूना जाना है, कान्फ्रेंस है।" एकाएक महाबली की नजर कोने में बैठे युवा लेखक पर पड़ी।

"मार्क्सवादी समीक्षा पर लेख तुमने ही लिखा था ?"

"जी।" युवा की रीढ़ काँप गयी।

"पढ़ा है मार्क्स तुमने ?"

"जी, पढ़ा तो है।"

"उल्लू हो, कुछ नहीं पढ़ा। पहले पढ़ो, फिर बात करो। एम. ए. कर लिया ?"

"जी, इसी साल किया।"

"नौकरी मिली ?"

"जी, नहीं मिली।"

"अप्लाई किया ?"

"किया तो है, मगर आप जानते हैं···हें हें।"

"कल हमारे साथ शिक्षामन्त्री के यहाँ चलना, नौकरी लगवा देंगे।" महाबली का स्वभाव है कि वह प्रबुद्ध व्यक्तियों की पीड़ा हरने के मामले में निजी तौर पर कूद-फाँद करता है।

"मेरे लिए सिगरेट का एक पैकेट ले आओ, और लौटते हुए बैरे को चाय बोलते आना। पैसे हैं ?"

"जी हैं।" बटुक उत्साह से सिगरेट लेने चल दिया।

"आकाशवाणी टॉक सेक्शन को फोन लगाओ।" महाबली ने दूसरे को आदेश दिया। वह फोन मिलाने लगा। बात हुई। तय रहा कि आकाशवाणी महाबली को कल रेकार्ड करेगी।

"आकाशवाणी वाले अवसर ही नहीं देते।" एक उदीयमान कवि ने शिकायत की।

"मेरा नाम लिया था ?"

"जी नहीं।" वह अपराधी स्वर में बोला।

"खैर, कल हमारे साथ चलना। तुम्हारी पहचान करवा देंगे।"

तभी एक गोल-मटोल-से प्रकाशक ने, जो धोती-बनियान पहने था, कमरे में झाँका और महाबली से बोला, "आपने बिसराम नहीं किया ?"

"क्या करता, ये लोग आ गये। यहाँ के साहित्यकार हैं सब।"

"हें हें हें हें।" उसने हम लोगों की ओर उसी प्रसन्नता से देखा, जिससे ग्राहकों की ओर देखा जाता है। हम सब उस महाबली साहित्यकार के अदना पाठक हैं और वह महाबली की किताबें छापता है। महाबली की किताब एकाध वर्ष साहित्यिक कृति रहने के बाद रातोंरात कोर्स बुक या सम्मान प्राप्त कर लेती है। प्रकाशक महाबली को लिये फिरता है।

"आप यहाँ कैसे ?" किसी ने पूछा।

"साथ ही आया हूँ।" प्रकाशक उपकृत दृष्टि से महाबली की ओर देखने लगा।

"इनका तीस हजार का छपाई का बिल रुका हुआ है निगम में। दे नहीं रहे, हीले-हवाले कर रहे हैं कि छपाई गलत हुई। हमने कहा, चलो, हम मन्त्री से बात कर तुम्हारी फाइल निपटवा देंगे।" महाबली बोला।

प्रकाशक ने जनेऊ से पीठ खुजलाते हुए कहा, "अजब समाजवाद आया है, मेहनत करनेवालों को पैसे ही नहीं मिल रहे।"

तभी सिगरेट का पैकेट ले बटुक अन्दर घुसा। उसके पीछे चाय लेकर बैरा।

"चाय पियोगे ?"

प्रकाशक ने नम्रता से इनकार कर दिया।

चाय पी गयी। बिल चुकाते समय प्रकाशक और बटुक में खींचतान हुई।

"इन्हें पैसे देने दो।" महाबली ने बटुक से कहा, "ये प्रकाशक हैं। हमारा शोषण करते हैं। इन्हें देना चाहिए। तुम्हारी नौकरी लग जाए तब तुम देना।"

प्रकाशक ऐसे खिलखिलाया, जैसे महाबली ने उसे गुदगुदी की हो। बड़े विजयी भाव से बटुक की ओर देखते हुए उसने बिल अदा किया।

महाबली के न्याय से सभी सन्तुष्ट थे।

महाबली इस क्षेत्र में जब तक रहा, वे सब महत्त्वपूर्ण घटनाओं के ऐतिहासिक दिन थे, जिसे यहाँ के साहित्यिक कबीले के लोग महीनों याद रखेंगे। महाबली आकाशवाणी में धँसा और उसने कई कवियों को मौके दिलवाये, वह चान्सलर से मिला और रेक्टर को डपट पड़वायी, शिक्षा मन्त्री से मिला और कोर्सबुक कमेटी में अपने प्रिय चेले को रखवाया। मगर जब वह अनुवाद विभाग के प्रमुख से मिला और उसने नगर के चेलों के लिए अनुवाद माँगे, तब उसका जो द्वन्द्व हुआ, उसे कबीले के लोग कभी भूल नहीं सकेंगे।

"हम सिर्फ अमुक जाति वालों को अनुवाद कार्य देते हैं।" प्रमुख ने अपनी कार्यनीति स्पष्ट की। प्रमुख भी अपने किस्म का साहित्यवाला था जो जिन्दगी भर शिक्षामन्त्रियों को जेब में डाले घूमता रहा। वह महाबली के सामने तन गया।

बच्चों के कॉमिक्स का यह चरम क्षण था, जब महाबली बेताल या जादूगर मैनड्रेक की टक्कर ताकतवर बदमाश से होती है और वह अपने घूँसों का कमाल दिखाता है।

अनुवाद-कार्य बाँटनेवाले प्रमुख के शस्त्रों में मुख्य थे—संस्कृत ज्ञान, विद्वत्ता;

पी-एच. डी. दिलवा देने की शक्ति, सफेद बाल, छायावादी भाषा और तुरन्त रो पड़ने की आशुकला। इसके विपरीत महाबली के शस्त्र थे शिक्षामन्त्री से रिश्ते, रामायण की चौपाइयाँ, समाजवाद की दिल्ली व्याख्या, अखबारों में बयान देने की फुर्ती और युवा पीढ़ी का आतंक। लड़ाई लम्बी चली। हम तो आदिवासियों की तरह मुँह बाये खड़े महाबली का कमाल देखते रहे।

प्रमुख ने अपने हर हथकण्डे आजमाये। कई बार उसका पल्ला भारी पड़ा, लेकिन स्पष्ट था कि महाबली के घूँसे गहरे पड़ रहे हैं। वह तो और मारता, मगर प्रकाशक बीच में कूद पड़ा। बोला, "हिन्दी साहित्य में यह क्या हो रहा है ? आप समझते नहीं कि इस लड़ाई से कोर्स बुक्स और जनरल बुक्स दोनों की बिक्री पर असर पड़ेगा। साहित्य में तो लड़ाई-झगड़े चलते ही रहते हैं, मगर इसका असर हमारी दुकान पर नहीं पड़ना चाहिए। आप दोनों महान् हैं। आप दोनों मिल कर रहें तो सोचिए, कितना कमीशन बने।"

प्रमुख ने बात मान ली और महाबली के स्थानीय चेलों को अनुवाद का काम बँट गया। महाबली ने अपना नया संकलन उस प्रमुख को दिया और दोस्ती पक्की कर ली। दोनों साथ-साथ मुख्यमन्त्री से मिलने गये और वहाँ बैठ रामायण पर बात करने लगे। मौके की बात कि वे उसी समय मानस चतुश्शती की राज्य स्तरीय समिति के सदस्यों की लिस्ट बना रहे थे। दोनों ने मौलिक सुझाव दे कर अपने-अपने लोग उस लिस्ट में फँसवा दिये और तुलसी के सामाजिक पक्ष पर विचार करते बँगले से बाहर आ गये। वातावरण की मधुरता को भाँप प्रकाशक ने उस विभाग में छपाई का टेण्डर भर दिया। उसके रुके हुए तीस हजार की फाइल महाबली की कृपा से निकल गयी।

कल रात की गाड़ी से वह चला गया। मार्क्सवादी समीक्षा का वह उदीयमान बटुक रेल में सामान चढ़वाने स्टेशन तक गया था। डिब्बे से गर्दन निकाल महाबली ने उसे उपनिषद् पढ़ने की सलाह दी। जेब में महाबली की कृपा से प्राप्त हायर सेकेण्डरी के लेक्चरर का नियुक्ति-पत्र सहलाते हुए बटुक बड़ी देर तक रुका रहा और रेल जाने के बाद लौटा।

महाबली चला गया, मगर कबीले वाले सभी साहित्यकार जानते हैं कि उनका महाबली फिर आएगा। साहित्य के इस अफ्रीकी जंगल में शान्ति और सुरक्षा के लिए वह सदा आता रहेगा।

35

बुद्धिजीवी

स्तनपायी प्राणी उसे कहते हैं जो स्तनों से दूध पीता है। स्तनपायी, स्तन पीनेवाला। जैसे विषपायी विष पीता है। ऐसे कई हो सकते हैं—बोतलपायी, बीयरपायी या कॉफीपायी। इस तरह जीवी होते हैं। मांसजीवी, जो मांस खाकर जीते हैं। उसी तरह एक होते हैं बुद्धिजीवी। वे बुद्धि खाकर जीते हैं ? नहीं ? नहीं, वे बुद्धि बेचकर जीते हैं। जैसे श्रमजीवी, वे श्रम बेचकर जीते हैं। श्रम और बुद्धि अलग-अलग चीजें हैं। श्रमजीवी मंजूर कर लेगा कि वह श्रम बेचता है, पर बुद्धिजीवी मंजूर नहीं करेगा कि वह बुद्धि बेचता है। बेच दी तो उसके पास क्या रही ? उसके लिए बुद्धि एक कुआँ है। वह बाल्टी डाल उस कुएँ से विचार निकालता रहता है। फिर बाल्टी भर विचार बेचता है। नहीं बिके, तो खुद नहा लेता है अपने उन विचारों से। उससे फुरफुरी आती है। फिर बाल्टी डाल और विचार कुएँ से निकालता है। कुआँ वही, बाल्टी वही, विचार वही। पर बुद्धिजीवी नहीं मानेगा कि विचार वही हैं। वह कहेगा नये विचार हैं। बेचना जो है, नये नहीं कहेगा तो कैसे बिकेंगे ? जीने की मजबूरी।

बुद्धिजीवी बुद्धिजीवी होता है। उसकी यही पहचान है। उसके कोई सींग नहीं होते, सुरखाब का पर नहीं लगा होता। वह ऐसा ही होता है, दो पैर, दो हाथ, एक पेट, कुछ सीना, कामचलाऊ कान, जरूरत भर देख लेने योग्य आँखें, निपोरने के योग्य दाँत, रुँध जाने में समर्थ गला और अन्य आवश्यक इन्द्रियाँ अपनी-अपनी जगहों पर। उसके भी पैर में छाले पड़ते हैं, घुटना पेट की तरफ झुकता है, सीने में जलन रहती हैं, दाँत दर्द करते हैं, सिर दुखता है, बदन में खुजली मचती है। पर इन सभी सामान्य मानवीय शरीर-शास्त्रीय गुणों, दुर्गुणों के बावजूद वह बुद्धिजीवी होता है। उसके बुद्धिजीवी होने का मात्र कारण उसका बुद्धिजीवी होना है। वह जो है सो है। बुद्धि होना ही बुद्धिजीवी होने की अनिवार्य शर्त नहीं है। कोई हो सकता है। अधिकांश हैं। चूँकि वे बुद्धिजीवी हैं इसलिए वे बुद्धिजीवी हैं।

बुद्धिजीवी खासतौर से उस समय अकेला रहना पसन्द करता है जब वह समूह में हो। पर जब अकेला होता है तब वह समूह तलाशता है। समूह में वह सिर्फ समूह को नापसन्द करता है। अकेलेपन में वह अकेलेपन से बोर होता है। इसलिए वह इधर से उधर, उधर से इधर होता है। हिन्दी के कई बुद्धिजीवी एकान्तप्रिय जाने जाते हैं। इसका कारण यह नहीं कि उन्हें एकान्त प्रिय है। उन्हें वास्तव में यह शब्द बहुत अच्छा

लगा—एकान्त। चूँकि शब्द अच्छा लगा तो उसका अर्थ और वह स्थिति भी अच्छी लगने लगी। यदि हिन्दी में एकान्त को व्यक्त करनेवाला शब्द भोंडा-सा होता, तो बुद्धिजीवी एकान्तप्रिय नहीं होते। यदि शब्द होता 'खड़ौंच' या 'ढुंडुस', तो क्या बुद्धिजीवी अकेले में रहना पसन्द करते। यों एकान्त भी प्राणान्त शब्द की तरह ही है। धीरे-धीरे एकान्त में एक का अन्त होता रहता है। वहाँ एक कौन है ? बुद्धिजीवी, अपने ही प्रिय शब्दों का मारा। पर इसके भी अपवाद हैं। बुद्धिजीवी एकान्त तलाशते कॉफी-हाउस आता है। वहाँ उसे कुछ और एकान्त तलाशते उसी जैसे बुद्धिजीवी मिल जाते हैं। फिर वे सब बहसें करते, शोर मचाते वह तलाशते हैं जिसके लिए वे कॉफी-हाउस आये थे। बुद्धिजीवी को तलाश रहती है। उसकी तलाश क्या है, वह समझा नहीं सकता। वह खुद भी कई बार नहीं जानता।

बुद्धिजीवी पर तीव्र प्रतिक्रिया होती है। वह क्षुब्ध होता है। वह समर्थन भी कर सकता है। वह अपनी प्रतिक्रिया को व्यक्त करता है। वह न भी करे। करे तो तीव्रता से न करे। या तीव्रता से करे। या सिर्फ तीव्रता हो, करे कुछ नहीं। ऐसे समय बुद्धिजीवी देखने काबिल, परस्पर शर्त लगाने काबिल चीज हो जाता है। आप शर्त बद सकते हैं कि वह कुछ करेगा, या कुछ नहीं करेगा। या क्या करेगा। वह चित का पक्ष लेगा या पट का समर्थन करेगा। वह किधर पलटी मारेगा, यह शर्त लगाने का मामला है। खैर, यह शर्त तो आप लगा ही सकते हैं कि उसके समर्थन करने न करने से कुछ होगा नहीं, पर यह वैसी बात नहीं। जिज्ञासा का विषय होता है कि ऐसे में बुद्धिजीवी क्या करेगा ? राजनीतिज्ञ भी अपने कर्मों की प्रतिक्रिया बुद्धिजीवी पर भाँपते हैं। बुद्धिजीवी क्या सोच रहे हैं ? उन्हें प्रसन्नता होती है जब उन्हें पता लगता है कि बुद्धिजीवी वही सोच रहे हैं, जो उन्होंने सोचा। ऐसी प्रसन्नता उसे अकसर बुद्धिजीवी से प्राप्त होती है, क्योंकि बुद्धिजीवी आखिर जीवी है। उसे जीना होता है। राजनीतिज्ञों से असहमत हो वह कैसे जिएगा !

बुद्धिजीवी दिल्ली या अन्य राजधानी नगरों में पाया जाता है। इसे वहाँ का वातावरण बहुत अच्छा लगता है। इन नगरों में रहते हुए बुद्धिजीवी की एक आँख किताब या पत्रिका पर और दूसरी किसी भवन पर अटकी रहती है, जहाँ से उसे बुद्धिजीवी होने के कारण लाभ मिल सकता है। जैसे अकादेमी, परिषदें, आकाशवाणी, टी.वी., विश्वविद्यालय, प्रकाशन संस्थान, राजदूतावास, राष्ट्रों की मैत्री के संगठन, ट्रस्ट, समारोह-सेमिनार करनेवाली संस्थाएँ, फेलोशिप और स्कॉलरशिप, इनाम-इकराम बाँटनेवाली संस्थाएँ, महाविद्यालय, कमेटियों के दफ्तर आदि। किताबें निकलती रहती हैं, भवन में गतिविधियाँ चलती रहती हैं और दोनों पर सतत आँख रखने के प्रयत्न में बुद्धिजीवी भेंगा हो जाता है। तन की आँखें न हों, आत्मा की आँखें अवश्य भेंगी हो जाती हैं। वह ज्ञान-प्राप्ति और लाभ-प्राप्ति की पटरियों पर सतत दौड़ने की कोशिश करता है। एक समय उसे यह भ्रम भी हो जाता है कि दोनों पटरियाँ एक हैं और बस

चलते चले जाना है। तभी उसे तीसरी पटरी नजर आती है, सत्ता की पटरी। वह उस पर भी दौड़ने लगता है। फिर उसे यह भ्रम होता है कि ये तीनों पटरियाँ भी एक ही हैं। पर जल्दी पटरियाँ एक-दूसरे से दूर होने लगती हैं और बुद्धिजीवी उन्हें जोड़ने के प्रयास में टाँगों को दूर-दूर फेंकता, चौड़े कदम भरता चलने लगता है। उस समय बुद्धिजीवी एक देखने काबिल चीज होता है। आजकल अधिकांश बुद्धिजीवी देखने काबिल हो गये हैं। उनके शब्द कई-कई अर्थ देते हैं। जब ज्ञान की बातें करते हैं, उसमें से लाभ की दुर्गन्ध आती है। जब लाभ की बातें करते हैं उसे किसी सिद्धान्त में लपेटते हैं, जोरदार शब्दों में सजाते हैं। जब राजनीति की बातें करते हैं अपनी कल्पनाएँ, फायदा लेने की भावी नक्शेबाजी, सारे सपने जोड़ लेते हैं।

सब कुछ गड्डमड्ड जैसा व्यक्तित्व है बुद्धिजीवी का। सीना स्वाभिमानी पोज में, भाषा चारणों-चमचों की, आँखें चिन्तकों की-सी, मुस्कान मुसाहिबों की, बहुत होशियार, चारों तरफ से चौकस, ध्यान बोतल और नमकीन पर, ज्ञान लहराता हुआ, सन्दर्भ देश का, फिक्र मात्र अपनी, उत्तेजित मुहावरों पर, लड़की गुजरती देखी तो चौंक गये, वहाँ से आये हैं, उधर जा रहे हैं, बोते रहो, काटते रहो, उखाड़ते रहो, जमे रहो, राजपथ से साहित्य के गलियारों में, वहाँ से फिर राजपथ, इधर चाँदी, उधर सोना, हर जगह हम ही होना। आदमी को खींचकर ले जाया जा रहा है कोतवाली में, बुद्धिजीवी अपरिचित हो गया एकाएक उस आदमी से। औरत खिंची जा रही हो पतन की गलियों में, बुद्धिजीवी पीठ घुमा लेगा। बूढ़ा निराश खाँसता अन्तिम क्षण साँसें ले रहा हो, बुद्धिजीवी पीढ़ियों के अलगाव का विश्लेषण करता बैठ जाएगा यारों के बीच। बुद्धिजीवी का महज बुद्धिजीवी होना उसकी सबसे बड़ी ढाल है, तलवार है। वह बचाव भी करता है उसी से, जिससे मारता है।

शिकारी है बुद्धिजीवी। गिद्ध-सी आँखें हैं उसकी। डैने फैलाये वह हर पतनगामी सड़ाँध के इर्द-गिर्द मँडराता है। लार टपकाता, नाखून तेज करता, देखिए, वह एक मुर्दा संस्थान से दूसरे लाभकारी संस्थान की ओर जा रहा है। शब्द, मुहावरे, भाषा, तर्क उसके आगे-पीछे दौड़ रहे हैं। हर फायदा उसके लिए क्रान्ति की सूचना है। आजादी के तीस साल में उसे सबने पहचान लिया है। पतली टाँगें, फूला पेट, आँखों के नीचे निरन्तर ऐयाशी के कारण उभरे काले पपोटे, बार-बार बाहर आते दाँत, ढुलमुल करती, लड़खड़ाती जुबान। यही बुद्धिजीवी है। आपके आसपास ही कहीं होगा, किसी उधेड़बुन में लगा साहित्य-संस्कृति की पीठ पर सवारी गाँठने की कोशिश में। एक अधिकारों से भरा दिन, दर्प में डूबी शाम और नशे में भीगी रात का कार्यक्रम बनाने के लिए कला और किताबों की मदद लेता आपके ही आसपास पर आपसे बहुत दूर, आप पर हँसता, आपको मूर्ख कहता, देखिए यहीं कहीं होगा।

36

अफसर

नाव में अफसर के साथ बैठने से बेहतर है कि डूब मरिए, क्योंकि जब सूराख होगा, वह आप से इसका स्पष्टीकरण माँगेगा। जब नाव हचकोले लेती इधर-उधर डोलेगी, वह आपको जलती आँखों से घूरेगा और डाँट लगाएगा। और जब वह धीरे-धीरे सधी हुई लहरों पर बहती चली जाएगी तब ? तब वह आपका आभारी नहीं होगा। वह अपने को सफल अफसर मानेगा, जिसके योग्य प्रशासन में नाव ठीक चल रही है।

चाँदनी रात है। हवा है। लहर है। चारों तरफ वही अमृत बिखरा है जिसमें रोमांस पनपता है और कविताएँ लिखी जाती हैं। पर नाव में एक अफसर बैठा है। हो सकता है इस संगीतमय वातावरण में वह किसी फाइल का किस्सा छेड़ दे—उस फाइल का जो इस समय मुख्य सचिव के पास है, जिसमें मूल टीप अफसर की है और जो केबिनेट के सामने जाने वाली है।

मन करता है नाव से कूद पड़ें, क्योंकि दुनिया के जिन झंझटों से मुक्ति पाने के लिए आप नाव में बैठे थे, वे इस काव्यमय वातावरण में भी ज्यों-के-त्यों हैं। गलती वास्तव में आपकी है। आप नाव में अफसर के साथ बैठे ही क्यों ? अफसर अफसर होता है और वह जितना दफ्तर में अफसर होता है, उतना ही नाव में होता है। वह बोर करता है, पर वह इतना सहज बोर है कि बेचारा नहीं जानता कि बोर है। और वह यह भी नहीं जानता कि वह नाव में बैठा है, जब तक आप उसे 'मेमो' न थमा दें कि सर, यह चाँदनी रात है और जो यह ठण्डी हवा चल रही है, भगवान् के बजट में इसका प्रावधान है। और हुजूर, श्रीमान, हेड आफिस से ऑर्डर हुआ है कि आप पूनम की रात नाव पर बैठकर सैर को जाएँ।

लोग सोचते हैं, अफसर किस मिट्टी का बना है ? मिट्टी तो देशी है, सिर्फ साँचा विदेशी है, जिसमें अफसर ढलता है। अफसर ढलकर तैयार होता है या जनम से अफसर हो जाता है, यह बहस का विषय है। यह सच है कि कुछ लोग पैदायशी अफसर होते हैं। अफसर से रिटायर होने के बाद भी आदमियों में अफसरत्व कायम रहता है, जो घर के लोगों को परेशान करता है। वह परम अवस्था जब पत्नी एक न सुलझने वाली चिरपेण्डिंग साक्षात् फाइल की तरह नजर आती है और हर बच्चा अपने-आप में एक केस लगता है, जो हमेशा अनुशासन भंग करता है, पर जिसे न 'सस्पेण्ड' किया जा सकता है और न जिसका 'प्रमोशन' रोका जा सकता है। वे घर को एक दफ्तर की

तरह चलाते हैं। और जिस तरह दफ्तर वे कभी ठीक नहीं चला पाये, उसी तरह घर भी नहीं चला पाते। जब तक चार सब्जीवालों से मौखिक टेण्डर न ले लें, वे कद्दू नहीं खरीदते और जब तक वे 'सेंक्शन' नहीं दें, प्यार नहीं करते।

वर्षों हो गये। कितने अफसर आये और चले गये। कितनी कुरसियाँ उनके वजन से चरमराकर टूटीं और फेंक दी गयीं, पर वजन वही रहा। फाइलें उसी तरह बनती और विकसित होती रहीं। अफसर जाता है, पर अफसरी बनी रहती है। वह एक आत्मा है, एक शरीर के रिटायर होने के बाद नया शरीर ग्रहण कर लेती है। अफसर नहीं जाता, वह कायम रहता है। जिस तरह राजा नहीं मरता, उसी तरह अफसर भी नहीं मरता। वह विद्यमान रहता है। पेड़ उगते हैं और उनसे टेबल-कुरसी बनती हैं। कागज का कारखाना चलता है और फाइलें तैयार होती रहती हैं। पता नहीं जब भोजपत्र पर लिखा जाता था तब फाइलें कैसी होती होंगी ! अब उसका सवाल नहीं, क्योंकि कागज की कमी नहीं और अफसरों की कमी नहीं। जैसे-जैसे कागज बढ़ेंगे, नये 'सेक्शन' खुलेंगे और नित नये अफसर कुरसी पर यों शोभा देंगे जैसे गमले में पौधा, जो झूमता रहता है, खिलता भी रहता है, पर जड़ से मजबूत होता है, हिलता नहीं। देश का विकास होगा, यानी अफसरों का विकास होगा। एक गड्ढा भी बिना दस्तखत के नहीं खुद सकता, सो ज्यादा से ज्यादा अफसर चाहिए। और वे आएँगे। विकास हो न हो, अफसर आएँगे।

हर नया अफसर अपने में गमक लिये रहता है। जब आता है चमन में बहार बनकर आता है, और जब जाता है मर्तबान का अचार बन जाता है।

कभी अफसर को जाते हुए देखिए। तबादले का दृश्य रोचक होता है। कहा जाता है कि इस मौके पर हम क्या कहें ! एक तरफ हमें बड़ा अफसोस है कि वर्मा साहब आज हमारे बीच से जा रहे हैं और दूसरी तरफ हमें खुशी भी है कि शर्मा साहब हमारे बीच आ रहे हैं। विदाई का भाषण देने वाले के सामने धर्म-संकट रहता है। नये अफसर को मक्खन लगाने और जाते हुए के लिए शाब्दिक अफसोस प्रकट करने की मिश्रित अभिव्यक्ति के लिए उसे शब्द नहीं सूझते। कुछ शब्द हैं जो कह दिये जाते हैं और जाता हुआ अफसर सन्तोष कर लेता है। एक प्लेट से चमचा कूदकर दूसरी प्लेट में आ जाता है। नया अफसर यानी सब कुछ नया। यहाँ की टेबल वहाँ और वहाँ की टेबल यहाँ। सफाई, झाड़ू चुस्त। नये अफसर को क्रोटन पसन्द है, सो पुराने अफसर के कैक्टस गये भाड़ में। 'पंक्चुअलटी' पर विशेष जोर। साढे दस यानी साढ़े दस। बड़े बाबू की परेड और चपरासी का ओवरटाइम। नया अफसर आया है तो बिगड़ी गाड़ी दुरुस्त होगी। पर यह सारी चुस्ती शुरू के दो माह। बाद में वही ढर्रा। तब तक बड़े बाबू और अफसर में सूत्र जुड़ जाते हैं और दुरुस्त गाड़ी फिर उसी चाल से चलने लगती है जैसी बिगड़ी गाड़ी चलती है।

अफसर के शरीर की कोई रग सरकार के सूत्रों से अलग काम नहीं करती। फाइल,

मीटिंग, दौरा, रिपोर्ट, डीओ, रिमाइण्डर, मेमो, ऑर्डर की दुनिया में बँधा वह सहानुभूति का पात्र है। सब कुछ 'रुटीन' है। सुबह सूर्य का उगना 'रुटीन' है और देर रात चाँद का डूबना 'रुटीन' है। आँधी आती है, फाइल हो जाती है। फूल खिलता है, स्टोर में जमा हो जाता है। कुछ 'अर्जेण्ट' होता है, कुछ 'इमीजिएट' होता है। जो नहीं होना होता है, वह भी होता है, बशर्ते बजट में गुंजाइश हो। चार पैसे की मटकी ठोक-बजाकर ली जाती है। पर मटकी ठोंकने-बजाने के सरकारी तरीके अलग ही हैं, जिन्हें अफसर जानता है।

अफसर से दोस्ती नहीं की जा सकती। उससे रिश्ता किया जा सकता है; क्योंकि रिश्ते में नियम होते हैं, दोस्ती में नियम नहीं होते। अफसर के साथ नहीं चल सकते, उसके पीछे चलना होता है। कहावत है अफसर के सामने और घोड़े के पीछे नहीं आना चाहिए। पुराने जमाने में जब अफसर घोड़े पर बैठ कर दौरा करते थे तब पता नहीं लोग क्या करते होंगे; क्योंकि तब आगे रहें या पीछे, हालत बिगड़ने का अन्देशा हरदम बना रहता है। तब किनारा काटकर बगल में रहना ही एक नीति रही।

अफसर डाँटता है। नेता सारे देश को एक साथ डाँटता है और अफसर हर व्यक्ति को अलग-अलग बुलाकर डाँटता है। हम डँटते हैं। हम डँटे हुए लोग हैं, जो डाँटनेवालों के अधीन सटे हुए काम करते हैं। कुरसी बनी रहेगी, पर कब खाट खड़ी हो जाएगी, कह नहीं सकते। वह गजेटेड है यानी गजट में है और हम गजट के बाहर हैं, फिर भी फाइल में हैं और फीते से बँधे हैं। फीता हमारी आत्मा पर लिपटा है और लपेटने वाला है अफसर। अफसर सब जगह है। वह 'ऑन ड्यूटी' सर्वव्यापी है। वह 'रेडीमेड' मसीहा है, 'एक्टिव' शहीद है, फुर्तीला कछुआ है। वह ओखली में सिर रख मूसलों को अनुशासन में रखता है। वह हाथ को बिना आरसी के नहीं देखता और सत्य के प्रमाण माँगता है। अफसर अफसर है। वह अकेला अफसर है। आपके साथ अफसर है। सुबह अफसर है। शाम अफसर है। वह जीता नहीं, जीवन को 'डील' करता है, एक निश्चित तरीके से। वह सहज परिभाषित है और अनुमान से परे नहीं। फिर भी जिज्ञासा का केन्द्र है। क्योंकि प्रशासन के ब्रह्म में कार्य-कारण सम्बन्ध पहचानता है। उसके साथ रहकर क्या कीजिएगा ? वह जहाँ है, जितना है, मेरी समझ से काफी है। उसे वहीं रहने दें।

अफसर अगर इस किनारे जा रहा है तो आप उस किनारे जाइए, इसी में आपकी खैर है।

37

उधार का अनन्त आकाश

उधार लेना एक कला है और उसे नहीं लौटाना उससे भी बड़ी कला है। इनमें परस्पर बी. ए.— एम. ए. का सम्बन्ध है यानी जो बी. ए. करता है फिर एम. ए. कर ही लेता है। जो उधार लेता है वह धीरे-धीरे उसे नहीं लौटाना भी सीख जाता है। एक साधना है, जो सिद्ध हुआ, उसका जीवन सफल है। सतत प्रयास, सूझबूझ, धैर्य, मधुर भाषण और अध्यवसाय से आदमी उधार लेने और न लौटाने में कुशल हो जाता है। सभ्यता का विकास परस्पर उधार की कहानी है। पशु एक-दूसरे से उधार नहीं लेते।

उधार के मूल में गहरा दर्शन है। क्या है, मैं नहीं कह सकता। पर है। जो गुण हमारे निजी और राष्ट्रीय जीवन की विशेषता हो गयी है, उसके मूल में जरूर कोई दर्शन होगा। उधार लेना ही मनुष्य की आशावादिता का प्रमाण है। जो जीवन से निराश है वह तो आत्महत्या करेगा, पर जो आस्था रखता है वह उधार लेगा। यह समाज, यह सारा जीवन उधार पर टिका हुआ है। मानव जाति दो भागों में बँटी है, वे जो उधार देते हैं और वे जो उधार लेते हैं। मनुष्य और मनुष्य के बीच सारी बड़ी-छोटी खाइयाँ उधार के छोटे-मोटे पुलों से बँधी हैं। जब ये पुल टूट जाएँगे, आदमी अकेला हो जाएगा। उधार लेने की शक्ति ही मूल जीवन-शक्ति है, जो उधार लेने में थक चुके हैं, मैदान छोड़ गये हैं वे जीवन की व्यर्थता भी समझ गये हैं। कुछ सिर्फ इस भ्रम में जी रहे हैं कि वे उधार वसूल कर लेंगे और कुछ तय किये हुए हैं कि वे मरते दम तक नहीं देंगे। उनका जीवन सफल है।

हर पुरानी पीढ़ी नयी पीढ़ी के नाम कुछ कर्ज छोड़ गयी है और हर नयी पीढ़ी ने पुरानी पीढ़ी का कर्ज चुकाने से साफ इनकार कर दिया है। मूल्य बदल गये हैं, अतः भाड़ में जाओ। कौन देता है ? गालिब जो उधार की पी गये, वह क्या बाद के शायरों ने चुकाई होगी ? बिल्कुल नहीं। उधार नहीं लौटाना परम्परा से विद्रोह है। परम्परा है उधार देना। विद्रोह की भी चूँकि एक परम्परा चली आयी है, अतः हाथ फैलाने, मुट्ठी बाँधने और अँगूठा दिखाने का यह क्रम निरन्तर चलता रहता है। हम सिर से पैर तक कर्ज में डूबे रहते हैं। पर क्या मछली को आप पानी में डूबी कह सकते हैं ? वही तो उसका जीवन है। हमें कर्ज के इस पानी से निकालो तो हम तड़पने लगेंगे। हम फिर पानी में कूदेंगे यानी कर्ज ले लेंगे।

कोई भी उधार कुछ विशेष सन्दर्भ में उधार रहता है। नये परिप्रेक्ष्य में वह उधार

नहीं रहता। उधार लेने वाले ही जीवन में कुछ कर सके हैं, इतिहास में उनका ही नाम प्रसिद्ध है। उधार लौटाने वाले परिहास के पात्र हैं, वे जीवन में कुछ नहीं कर पाते, क्योंकि वे धारा के विरुद्ध तैरने का प्रयास करते हैं। उधार ही वह धारा है जो सतत आ रही है और हमारे सामाजिक, आर्थिक और राजनीतिक जीवन के खेत उससे लहलहा रहे हैं। यह जीवनधारा है। इस देश में उधार के लिए सबसे अच्छी परिस्थितियाँ हैं। क्योंकि यहाँ पुनर्जन्म के सिद्धान्त पर विश्वास है। आदमी जानता है कि अगर इस जन्म में नहीं चुका सके तो अगले जन्म में चुका देंगे। ऐसी 'क्रेडिट फेसिलिटी' किस धर्म में मिली होगी ? आत्मा स्थायी पूँजी है जो अमर है। इसकी साख पर हम कोई भी सौदा कर सकते हैं। शरीर एक बटुआ है जो सिक्के लेता-देता रहता है। महत्त्व बटुए का नहीं, उस लेन-देन की प्रथा का है। प्रथा बनी रही तो बटुए तो नये आते रहेंगे।

कुछ लोग कर्ज को भार मानते हैं। वे खुद को धोखा देते हैं। वे यह बताना चाहते हैं कि वे शरीफ हैं क्योंकि वे कर्ज को भार मानते हैं। अपनी शराफत का प्रदर्शन कर वे और उधार लेना चाहते हैं। आदमी लाइटवेट चैम्पियन से ही हैवीवेट चैम्पियन बनता है। आज जिसने सौ रुपया कर्ज लिया है वही कल हजार लेगा। कर्ज आदमी को उत्साहित करता है। वह भार नहीं है, वह तो गैस का बड़ा गुब्बारा है, जो हमें भूमि से आकाश की सैर कराता है। गुब्बारा कितना ही बड़ा हो, भार नहीं होता।

उधार लेने वाला अन्वेषी होता है और अन्वेषी ही उधार ले सकता है। हमारे देश के वित्त मन्त्रालय को कोलम्बस की प्रतिमा लगानी चाहिए। वह अमरीका नहीं खोजता तो हम कहाँ से कर्ज लेते ! यों भी कर्ज में दबा आदमी नयी गलियाँ, नयी सड़कें खोजता है। उन नये मार्गों से वह नये उधार प्राप्त करता है। यही विकास है। हम भी नयी राह खोजेंगे, क्योंकि पुरानी राहों से गुजर मुश्किल है। इसे नीति का परिवर्तन कहिए या समय की माँग। विस्फारित दृष्टि से हम संसार की ओर देख रहे हैं और हमें सम्भावनाओं से परिपूर्ण देश और द्वीप नजर आते हैं। उधार की सीमा आकाश है, चाँद है, तारे हैं, हमें मिलेगा, मिलता रहेगा। देखो वह चाँद की ओर एक राकेट चला। कोई इसमें हमारे वित्तमन्त्री को बिठा दे। वे कुछ लेकर आएँगे, ओह, यह सृष्टि कितनी सुखमय है, यह आकाश कितना असीम फैला है और फिलहाल हमें थोड़ा-सा बहुत ही थोड़ा-सा कर्ज चाहिए।

38

अर्थ ब्रह्म

एक होता है मनी-मार्केट, अर्थात् पैसे का बाजार। यों तो यह दुनिया ही पैसे का बाजार है, पर उसमें भी एक होता है, मनी-मार्केट। इसकी एक पोजीशन होती है, जो टाइट चलती है। लोग बोलते हैं, आजकल मनी-मार्केट की पोजीशन टाइट चल रही है। यह बात बड़े-बड़े पैसेवाले बोलते हैं, जो कहीं से टाइट नजर नहीं आते। बैंक हाथ खींच लेता है। किसका ? किसी लड़की का ? नहीं, खुद अपना हाथ खींच लेता है और अँगूठा दिखाने लगता है।

काउण्टर पर हलचल रोज की तरह रहती है, पर बाजार में शोर मचता है कि बैंक ने हाथ खींच लिया। बाजार बाजार है, लोग आ-जा रहे हैं, मगर अखबारों से पता लगता है कि बाजार सुस्त है। इसका यह मतलब नहीं कि दुकानदार सुस्त है। वह तो उछल रहा है अपनी जगह माल बेचने को, पर माल है कि उठता नहीं। माल उठता है। दुकानदार बैठा रहता है, माल उठ जाता है। कई बात दुकानदार खड़ा हो जाता है, पर माल नहीं उठता। कुछ बार शायद दोनों उठ जाते होंगे।

पता नहीं क्या कुछ है, जो होता रहता है। व्यापार 'चलता' है। बाजार में लोग चलते नजर आते हैं, मगर सब कहते हैं, व्यापार चल रहा है। कई बार भगदड़ मच जाती है। इसका अर्थ यह नहीं कि व्यापार चलते-चलते दौड़ने लगा। पूछने पर जो पता लगेगा, वह उलटा होगा। मन्दी आ गयी। यह मन्दी भी कुछ होती है और खूब होती है। मेरे पास अगर है, तो मैं शायद उसे गरीबी कहूँ, मगर बाजार में बड़े लोग उसे समीप अनुभव कर कहते हैं, मन्दी आ गयी।

फिर कुछ दिनों बाद मन्दी में गिरावट हो जाती है। यह तो और भी बुरी स्थिति होनी चाहिए ? करेले का नीमाभियान ! पर नहीं, सब खुश हैं। गिरावट एक उठान की सूचना है। बाजार में पैसा आ जाता है। गया किधर था पता नहीं, पर आ जाता है। दुकानदार बताते हैं कि ग्राहकी में उत्साह का वातावरण है। माल की पूछ-परख चालू हो गयी। अच्छा, अब ग्राहकों को कौन डॉक्टर कहता है उत्साहित होने को।

फिर पता लगता है, माँग बढ़ रही है। माँग अजब सुरसा है, जो बढ़ती रहती है। तब भाव चढ़ जाते हैं। भाव का सुभाव है चढ़ना। या उतरना। जैसे बन्दर को खम्भा मिल जाए। चढ़ना, उतरना, उतरकर फिर चढ़ना। बाजार में लोग बताते हैं कि भाव अभाव में बढ़ता है। जो नहीं होता उसकी याद सताती है। जिसका घूँघट गिरा होता

है, उसकी शकल देखने को तबीयत करती है। आवश्यकता नखरे को जनम देती है। आप हाथ बढ़ाते हैं, वो बाजू को खिसक जाती है।

भाव चढ़ने की बात सुन ग्राहक दुकान से उतरने लगता है। अगर ग्राहक ऊपर खड़ा रहे, तो भाव और चढ़ दुकान की छत से लटक जाते हैं। वही उनका आकाश है। लोग कहते हैं, भाव आसमान चढ़ गये। आकाश की सीमा अनन्त है। आदमी हाथ ऊपर कर कहता है, भावो उतरो। आ जा, आ जा, पुचू, नीचे आ जा। पर कबूतर यों जल्दी छतरी पर नहीं उतरता। तब मुहल्ले के लोग गवर्मेण्ट की तरफ देखते हैं।

गवर्मेण्ट चिन्तित होती है। चिन्ता ज्वाल, शरीर वन, दावा लगि-लगि जाए। वह दुकान पर भावों की सूची टँगवा देती है। भावों की सूची एक टोटका है, भाव रोकने का। सूचीबद्ध होने से भाव प्रतिष्ठित होते हैं। उन्हें यह स्वीकार नहीं होता। वे अपनी प्रतिष्ठा की सीमा में मुक्ति का संघर्ष करते हैं और एक दिन जेल की पिछली अन्धी सुरंग से निकल कालेबाजार में पहुँच जाते हैं।

एक जगमगाता उजाला है वहाँ। लोग इशारे से बताते हैं कि यहाँ काला बाजार है। एक चमकता रुपया है। कहते हैं, यह काला रुपया है। छमछम करती लक्ष्मी है। काली लक्ष्मी है। क्या काला, क्या सफेद, क्या गोरी, क्या साँवरी, समझ नहीं पड़ता। अर्थ की शतरंज पर काले, सफेद मोहरे जय-पराजय का खेल खेलते हैं। लोग सफेद को काला, काले को सफेद करते रहते हैं। मोरो गोरो अंग लईजा, मोहे श्याम रंग दे दे।

काले रंग पर दूसरा रंग नहीं चढ़ता। पर अर्थ के बाजार में सब रंग काले पर चढ़ते हैं और काला सब रंगों पर चढ़ता है। दो नावों में पैर रख प्रगति करता है व्यापार। एक दुनिया समानान्तर काले रुपये की है और वह इसी दुनिया में है। किसी विश्वामित्र की बनायी है, जारी है।

बाजार में फुगावा आ जाता है। कुछ है, जो शायद फूलता है, जिसे फुगावा कहते हैं। फैलाव स्फीति मुद्रा की। पैसा फूलता है। मैंने पैसेवालों को फूलते देखा है, इस हद तक कि जिसे फूलते देखा, उसे पैसेवाला समझा। यह फलने-फूलने-सी आनन्ददायक स्थिति नहीं, बल्कि गम्भीर मामला है। फुगावा बढ़ता है, सरकार चिन्ता करती है। गुब्बारे का उत्साह भंग करने के लिए सुई तलाशती है। बजट में इन्तजाम करती है। बजट बजट होता है। एक इन्तजार-भरा सनसनीखेज दिन जो साल में एक बार आता है और अन्य दिनों की भीड़ में हमेशा की तरह डूब जाता है। उससे कुछ होता है। कहते हैं कि उससे कुछ होता है।

ज्ञानी-ध्यानी जानते हैं, क्या होता है। वही होता है, जो मंजूरे अर्थविभाग होता है। आदमी आदमी है। उसके पास एक अदद किस्मत होती है। या शायद होती है या जरूर होती है। एक अनजाना बिन्दु है, जो उसकी प्यासी उदासी आत्मा को अर्थ के इस परम ब्रह्म से जोड़ता है। किस्मत के बारे में कहा जाता है कि वह खुलती है।

उसका मिजाज बन्द रहने का है, पर एक-न-एक दिन वह जरूर खुलती है। वह एक-न-एक दिन कौन-सा दिन है, यह तारीख भी उसी किस्मत के अन्दर लिखी है, जिसे खुलना है।

आदमी जानता है कि जब किस्मत खुलेगी, रुपया झरेगा। जिनकी स्थायी रूप से खुली रहती है, उनका झरता रहता है। किस्मत दो तरह की होती है। एक जोरदार किस्मत और दूसरी जिसे खराब कहते हैं।

एक साख होती है, जो जमी रहती है जैसे दही जमा रहता है या जम जाता है। साख धीरे-धीरे जम जाती है। फिर उससे क्या होता है पता नहीं, मगर लोग कहते हैं कि साख जमी है। या साख जमी रहनी चाहिए। कई बार आदमी उखड़ जाता है, साख जमी रहती है, कई बार आदमी जम जाता है, साख बिगड़ जाती है, कुछ है। जो होता है। और जिसका होना-न-होना अर्थ रखता है।

एक दिवाला होता है। बिचारा ! इसके बारे में कहा जाता है कि यह निकलता है या पिटता है। अर्थ ब्रह्म के स्वरूप और क्रियाओं की पहचान के समय इस रूप का रहस्य समझ नहीं आता। क्या निकलने के पूर्व दिवाला घर में रहता है ? हम कह सकते हैं कि दिवाला अभी घर में है। निकला नहीं। आदर का पात्र है, पिटा नहीं अभी तक।

क्या होता है दिवाला ? शब्द बना कैसे ? दीवाली शब्द के मूल में दीया, दीपक वगैरा है। दिवाला का अर्थ कहीं दीप धरने का स्थान, जिसे अँग्रेजी में शेण्डेलियर कहते हैं, वह तो नहीं ! जो छत से लटकता है, जिसमें मोमबत्तियाँ जलती रहती हैं, जिससे लटककर क्लाईमेक्स सीन में हीरो विलेन के आदमियों को लात जड़ता है। उसे तो नहीं कहते दिवाला ? क्योंकि जब बड़े आदमी, पैसेवाले के शेण्डेलियर नीलामी या बिक्री के लिए घर से निकल आएँ, तो कहा जाए कि दिवाला निकल गया। पर अर्थ ब्रह्म को ऐसे सरल समझना कठिन है। जीवन पार पाते बीत जाता है। है जिन्दगी नहीं आसाँ, बस इतना समझ लीजे, एक अर्थ का दरिया है और सूखे हुए जाना है।

अर्थ का अर्थ है रुपया। सब शब्दों का अर्थ है और अर्थ का केवल यही अर्थ है। अर्थात् रुपया ही परम अर्थ है। जड़ में यही जड़ है। चेतन में यही चेतन है। जड़ में यही चेतन है, चेतन में यही जड़ है। मनुष्य का लक्ष्य जीवन को यही अर्थवत्ता प्रदान करता है। यही उसकी सार्थकता है। सारा जीवन इसी में चुक जाता है। अर्थ के ब्रह्म को पकड़ते हुए मर जाता है आदमी। जब जाता है, लोग कहते हैं अर्थी जा रही है। असली रूप में इसी तरह पहचाना जाता है, आदमी। अर्थी का यही अर्थ है। अर्थ ब्रह्म की खोज कितनी विराट् है। अनन्त सीमा तक फैली है भूलभुलैया।

मैं, स्वआमन्त्रित लड़की का महामनीषी, अर्थ के इस ब्रह्माण्ड की अन्तहीन नीहारिका को खाली जेबों में हाथ डाले तक रहा हूँ। मेरा सिर्फ एक डर है। उँगलियों के दबाव और वजन से कहीं जेबें फट न जाएँ। अस्तु !

39

घास छीलने का पाठ्यक्रम

अब वक्त आ गया है कि स्कूल और कॉलेजों में घास छीलने की शिक्षा दी जानी आरम्भ कर दी जाए। पाठ्यक्रम निश्चित कर स्कूल और कॉलेजों में कक्षाएँ शुरू हो जाएँ। आज देश को ऐसे युवकों की जरूरत है जो घास खोदने के सैद्धान्तिक और व्यावहारिक पक्ष से परिचित हों। देश में खेती के कॉलेज और विश्वविद्यालय खुल गये हैं और छात्रों ने बोना-काटना सीख लिया है। होमसाइन्स यानी गृहविज्ञान की कक्षाओं में छात्राएँ रोटियाँ बनाने और भजिए तलने में विशेष योग्यता प्राप्त कर रही हैं। इससे निश्चित ही देश को लाभ हुआ है। यों खेती करने वाले पुरुष और रोटियाँ बेलने वाली औरतें इस देश में सदैव रही हैं और बिना डिग्री प्राप्त किये भी लोग अच्छी फसल लेते रहे और उनकी पत्नियों ने खाना तैयार किया। ऐसी होम-साइन्स की डिग्री-रहित औरतें अपने पतियों द्वारा बाकायदा चाही और प्यार की गयीं, पर अब जब युवक बी. एस-सी. (कृषि) और युवतियाँ बी. एस-सी. (गृहविज्ञान) हों तो देश, समाज और परिवार के सुख में कैसे चार चाँद एक साथ टँक जाते हैं, यह वही जानता है जिसने यह डिग्री प्राप्त कर अपने जीवन को सफल बनाया है।

मैं जरा स्वभाव से पाठ्यक्रमवादी हूँ और मानता हूँ कि दुनिया की सारी जरूरी बातें छात्रों के पाठ्यक्रम में ठूँस देनी चाहिए। मैंने एक वाइस चान्सलर को जब यह कहा कि काम-विज्ञान कॉलेजों में अनिवार्य विषय बना दिया जाना चाहिए, जिससे देश के युवकों का पारिवारिक जीवन सफल हो, तो वे मुझसे बड़े नाराज हो गये। मैंने उन्हें बताया कि प्रशिक्षित सुन्दरियों की सधी मुस्कराहट और पाठ्यक्रम के अनुसार मारे गये नजरों के तीर से पाठ्यक्रम के नियमों में घायल व्यक्तियों का प्यार इस देश को कितना आगे ले जाएगा। वाइस चान्सलर महोदय कहने लगे—आप कमरे से बाहर निकल जाइए। मैंने कहा, जाता हूँ पर यह प्रश्न विचारार्थ छोड़े जाता हूँ। मैं बाहर आ गया और कुछ देर बाद वाइस चान्सलर साहब ने मेरा प्रश्न भी उठाकर बाहर फेंक दिया।

खैर, वह किस्सा छोड़िए, पर घास छीलने के मामले में तो मैं बाकायदा आन्दोलन चलाने वाला हूँ। देश में घास काफी है और घास छीलने की योग्यता के कई व्यक्ति जो आज अफसर, मन्त्री या लेखक बने हैं यदि परिस्थितियाँ साथ देतीं तो घास छीलते, क्योंकि वे आज भी जो कर रहे हैं, घास छीलने के बराबर ही है। पिछले वर्षों कई नौकरियाँ खुल जाने के कारण लोग बजाय घास छीलने के दीगर व्यवसायों में लग गये

और घास प्रतीक्षा में खड़ी रही जिसे छीलने वाला नहीं मिला। यह काम जानवरों ने किया और अब परिणाम यह है कि खुद जानवर घास की कमी से परेशान हैं।

घास छीलने का पाठ्यक्रम हो क्यों नहीं सकता ? घास क्या है ? घास की परिभाषा क्या है ? साधारण पेड़-पौधे और घास में क्या अन्तर है ? घास कैसे उगती है ? क्यों उगती है ? कहाँ उगती है ? कहाँ नहीं उगती ? जहाँ नहीं उगती, क्यों नहीं उगती ? कितने समय में उगती है ? घास और हरी दूब में बारीक भेद क्या है ? लॉन और चरागाह में कैसे फर्क करेंगे ? घास काटना कब जरूरी है ? घास काटने की उपयोगिता क्या है ? घास में कितने कीड़े, साँप पनपते हैं ? साँप काटने का इलाज मन्त्र आदि। घास काटते समय अगर चीता आक्रमण करे, जैसा कि 'चीता-फाइट' माचिस के चित्र से स्पष्ट है, तो घास छीलने के उम्मीदवार को क्या करना चाहिए ? घास में कितने प्रकार के विटामिन होते हैं और जानवर घास क्यों खाते हैं ? अगर सब्जियों की तरह घास भी उबालकर जानवरों को खिलायी जाए तो उनके स्वास्थ्य पर क्या प्रभाव पड़ेगा ? जानवर लंच और डिनर में घास खाते हैं और ब्रेकफास्ट भी घास से करते हैं, अतः देश को कितनी घास चाहिए ? संसार में कितने प्रकार की घास होती है और घास के विकास के लिए क्या किया जाना चाहिए ? घास काटने की परम्परागत शैलियों का अध्ययन। घास छीलने के औजार और उनकी दुरुस्ती। हँसिये का राजनीति में स्थान। लाल झण्डे पर हँसिये का चिह्न बन जाने के बाद घास में असुरक्षा की भावना का प्रसार। क्रान्ति के बाद से रूस में हँसिये से घास काटने के कार्य में प्रगति। रूस में घास काटने के लिए हँसिये का बहिष्कार तथा अन्य मशीनों का आविष्कार। घास के ढेर बनाने की कला, घास के भण्डार और आग से रक्षा। हरी घास और सूखी घास में अन्तर। घास छीलने के विदेशी तरीके और देशी तरीकों से उनकी तुलना। घास का सम्पूर्ण अर्थशास्त्र और राष्ट्रीय अर्थव्यवस्था में घास की स्थिति। घास का अध्यात्म। 'मनुष्य तिनके के समान है' और 'डूबते को तिनके का सहारा' आदि सूत्र-वाक्यों का विशद विवेचन। कविता में घास और घास में कविता। 'हरी घास पर क्षण भर' कविता का पाठ, अर्थ और कवि 'अज्ञेय' का परिचय चित्र-सहित (चित्र हरी घास पर लिया जाय)। वाल्ट व्हिटमैन के 'लिव्ज ऑफ ग्रास' पर एक दृष्टि। घास में रोमांस और पुआल पर प्यार के तरीके और सोफा और शय्या से उसकी तुलना। जानवरों को खिलाने, कविता रचने और प्रेमिका के साथ लेटने के अलावा घास के अन्य उपयोग। घास के माननीय भोजन बन जाने की सम्भावना और इस दिशा में प्रारम्भिक प्रयास। घास काटने के समय गाये जाने वाले लोकगीत और महान् घसियारों के जीवन-चरित्र। घास और ग्रास मूलतः एक ही शब्द है और मानव का आदि धर्म घास छीलना ही रहा है और भविष्य में भी उसे घास ही छीलना है, इस विचार की स्थापना के साथ घास पर महापुरुषों के हरे वक्तव्य।

उपर्युक्त पाठ्यक्रम लगभग चार वर्ष का होगा। इस अध्ययन का एक प्रैक्टीकल पहलू भी है जिसमें छात्रों को नियमानुसार घास छीलनी पड़ेगी। जब वे तैयार होकर

यानी घास छीलने की डिग्री से लैस होकर निकलेंगे, वे देश की घास छीलेंगे। योग्य छात्रों को विदेश भेजा जाएगा जहाँ वे घास छीलने के उन्नत तरीकों का अध्ययन कर सकें। विभिन्न देशों में घसियारों का आदान-प्रदान और उनकी विचार-गोष्ठियों का आयोजन करना होगा। घास छीलने के काम में वे ही लोग रखे जाएँगे जिनके पास घास छीलने की डिग्री हो और इसी लोभ में ज्यादा-से-ज्यादा युवक घास छीलने की डिग्री लेंगे। जैसे नये बी. कॉमों और एम. कॉमों ने आकर पुरानी मुनीमी-पीढ़ी को खोकर रख दिया है उसी तरह नये घसियारे स्नातक आकर पुराने घसियारों की जगह ले लेंगे।

समाज और देश का इसी तरह तो विकास होता है।

40

पशु-शिक्षा उर्फ तालीमे-जानवरान

मनुष्य पशुओं का पुराना मित्र है। जब से यह दुनिया बनी, मनुष्य पशुओं के बीच रहता आया है और पशु निस्संकोच उसे अपनाते और स्वीकारते रहे हैं। यहाँ तक कि कालान्तर में मनुष्य ने यह मान लिया कि पशुओं में बुद्धि की पर्याप्त मात्रा है। सेवाभाव, क्रोध, त्याग, आत्मोत्सर्ग तथा हर्ष आदि जो मर्ज आदमी में पाये जाते हैं, वे सब पशुओं में भी माने गये हैं। पशुओं में बुद्धि होती है अथवा नहीं, इस विषय में उच्चतम पशु अर्थात् मनुष्य सदैव बहस करता रहा है और उसे अन्ततः इसी निर्णय पर आना पड़ा कि जानवर सोचते हैं—यानी वे भी बिचारे विचारों से अनुशासित जीव हैं। वे किसी सिद्धान्त अथवा दर्शन से अनुशासित जीव भी हो सकते हैं—यह मानना गलत न होगा। पर इस विषय में अन्तिम निर्णय पशु ही लें तो बेहतर है। जैसे—'मनुष्य बुद्धिमान् प्राणी होता है' इस नीति पर खुद मनुष्य पहुँचा है।

वैज्ञानिक हर कुछ बात सिद्ध कर सकते हैं। जैसे अभी उन्होंने सिद्ध किया कि जानवरों को भी मनुष्य की तरह नींद में सपने आते हैं। जानवरों को कैसे सपने आते होंगे और सपनोंवाले प्राणी होने के बावजूद वे कविता क्यों नहीं लिखते—यह बहस का विषय है। सपने आने पर भी कविता न लिखना मेरे विचार में पशु के मनुष्य की अपेक्षा अधिक समझदार होने का प्रतीक है। उसके सपने दोषहीन हैं।

इधर कुछ हजार वर्षों से मनुष्य की तुलना में पशु पिछड़ा नजर आता है। राजनीति में फँसना, वैज्ञानिक खटकरम करना, व्यर्थ की टीम-टाम जुटाना, पाखण्ड और उपदेश को निरन्तर अपनाने और पहियों का इस्तेमाल कर अपनी गति बढ़ाने से मनुष्य पशुओं से आगे बढ़ गया है। देखने में यह भी आ रहा है कि इन दोनों के बीच एक खाई-सी बन गयी है और यह खाई दिन-पर-दिन बढ़ती जा रही है। मनुष्य पशु को पहचान नहीं रहा। आदमी और पशु के सम्बन्ध जवान बेटे और बूढ़े रिश्तेदार के सम्बन्धों की तरह तनावपूर्ण हो गये हैं। पशुओं के सामने भी आदमी से एडजस्टमेण्ट की समस्या पूर्वापेक्षा अधिक नाजुक हो गयी है और नये युग में अपने दायित्व के निर्वाह में वे असमर्थ अनुभव कर रहे हैं। बुद्धिमान् पशुओं का स्थान बुद्धिहीन मशीनें ले रही हैं। मशीनों की बुद्धिहीनता के कारण अन्ततः सारा भार मानव-मस्तिष्क पर आ रहा है जो पूर्णतः विश्वस्त नहीं और किन परिस्थितियों में अपने खोखलेपन का परिचय दे देगा, निश्चित नहीं कहा जा सकता।

मैं समझता हूँ, विषय की गम्भीरता को देखते हुए उपर्युक्त भूमिका पर्याप्त है। और यह जिस विषय को गर्म्भ़ीरता से लात मारकर खड़ा करती है वह है—पशु-शिक्षा उर्फ तालीमे-जानवरान।

विषय नया है पर आशा है, जैसे ही पाठ्यक्रम में आएगा, निश्चित रूप से पुराना हो जाएगा। इस विषय में वह सारी क्षमता है जो कि प्राध्यापक पैदा कर सकती है, छात्र जुटा सकती है और नौकरी दिला सकती है। विषय की अनिवार्यता का पहला परिच्छेद आसानी से लिखा जा सकता है क्योंकि मनुष्य पशुओं का पुराना साथी है।

इस विषय पर प्रकाशित होनेवाली पहली क्रान्तिकारी पाठ्य-पुस्तक के प्रथम अध्याय में परिभाषा होगी, विषय की महत्ता और पशुओं की बुद्धि पर विद्वान् पशुओं के विचारों के अंश होंगे, मानव-पशु-सम्बन्धों के लम्बे इतिहास पर प्रकाश डाला जाएगा तथा भविष्य में इस विषय की बढ़ती आवश्यकता पर दूरदर्शितापूर्ण वक्तव्य होंगे। दूसरे अध्याय में पशु-शिक्षा तथा पाठ्य-विषयों के परस्पर सम्बन्धों पर प्रकाश डाला जाएगा। मेरे विचार में पशु-शिक्षा से दूर और पास के उन सभी विषयों का सम्बन्ध है जो इस समय विद्यालयों में पढ़ाये जा रहे हैं। तीसरे अध्याय में यह सिद्ध किया जाएगा कि मनुष्य और पशु में गुरु-शिष्य सम्बन्ध सम्भव है और इसके सैद्धान्तिक पक्ष एवं व्यावहारिक तरीकों की विस्तार से विवेचना की जाएगी। धोबियों के गधे, सर्कस के शेर और जासूसी कुत्तों को प्रशिक्षित करने की परम्परागत प्रणाली का अध्ययन करने के उपरान्त अधिक वैज्ञानिक तरीके अपनाने पर जोर दिया जाएगा। डण्डा मारना और हण्टर चलाने की प्रथा का विरोध कर माण्टेसरी किस्म की पद्धति से पशु-शिक्षा की आवश्यकता प्रतिपादित की जाएगी। यहाँ यह भी घोषणा कर दी जाएगी कि आदमी के बच्चे की तुलना में जानवर का बच्चा अच्छा छात्र सिद्ध होता है क्योंकि वह हड़ताल नहीं कर सकता। वह शाला आने से घबराता नहीं, क्योंकि उसके सिर पर होमवर्क करने की जिम्मेदारी नहीं होती। उससे रोज "हे प्रभो आनन्ददाता किस्म का ज्ञान हमको दीजिए"—जैसे प्रार्थना करवाना अवश्य असम्भव है पर वह स्कूल से गैरहाजिर नहीं होगा—इसका आश्वासन जरूर दिया जा सकता है।

प्रश्न यह है कि एक पशु को कितनी बातें जान आवश्यक है जिससे वह सुखी जीवन बिता सके और एक अच्छा पशु सिद्ध हो। यों ज्ञान की सीमा निश्चित करना सिद्धान्ततः गलत है क्योंकि ज्ञान की चरागाह असीम हरियाली से पूर्ण है और जो पशु चाहे जितना चर सकता है। यह सब पशु की अपनी प्रतिभा, अध्यवसाय और जिज्ञासुवृत्ति पर निर्भर करता है।

फिर भी घोड़े को कम-से-कम यह जानकारी होनी चाहिए कि घास में कितने प्रकार के विटामिन होते हैं। एक स्वस्थ घोड़े के लिए प्रतिदिन कितनी घास जरूरी है, देश में चने का उत्पादन कितना है और मानव-उपयोग में चले जाने के बाद कितना बचा रहता है। जिस प्रकार विटामिन सम्बन्धी ज्ञान हो जाने से मनुष्य की

रुचियाँ परिवर्तित एवं परिष्कृत हुई हैं उसी प्रकार घोड़े को भी इस ज्ञान से नयी दृष्टि मिलेगी। गन्दे पानी में कितने प्रकार की बीमारियाँ होती हैं—यह जानकारी हो जाने के बाद भैंसों के रोजमर्रा के जीवन में परिवर्तन आ जाएगा और अपने कीचड़मय प्रहार से मुक्ति पाकर वे नये चिन्तन की दिशा में बढ़ सकेंगी। जैसा कि मनुष्यों के मामलों में हुआ कि शिक्षा देने से सारी बातें सुधर गयीं, वैसा ही अन्तर पशुओं के जीवन में भी आ जाएगा। शिक्षा पाने से आज मनुष्य जितना सुखी है उतना पशु भी हो सकेगा। यह नोटिस पढ़ लेने की योग्यता आ जाने के बाद कि 'यहाँ घास चरना मना है' और एक पढ़े-लिखे जानवर की तरह नियम मान लेने पर उसे काँजीहौद जाने की तकलीफ से मुक्ति मिलेगी।

इतना सब हो जाने के बाद शायद कोई समझदार पशु यह सवाल करे कि पशुओं को शिक्षा दी कैसे जाएगी, उसकी प्रणाली क्या होगी ? (अब सारी समस्या सुलझाने का ठेका मैंने तो नहीं ले रखा है !) सरकार जिन व्यक्तियों को पशु-शिक्षक नियुक्त करेगी, यह उनका काम है। पहले शिक्षा देना आरम्भ हुआ—फिर शिक्षा-शास्त्र बना। सान्दीपनी ऋषि माण्टेसरी-तरीका नहीं जानते थे, वह बाद में आया। इसी प्रकार पशु-शिक्षा की श्रेष्ठ प्रणाली क्या हो सकती है, इस पर निरन्तर प्रयोग, अनुभवों के आदान-प्रदान तथा अनुसन्धान की आवश्यकता है। आवश्यकता है कुछ साहसिक व्यक्तियों की जो मिशनरी भावना से जुट जाएँ और पशुओं में फैले अज्ञान के अन्धकार को दूर करें।

फिर भी मैं उन व्यक्तियों के हितार्थ, जो पशु-शिक्षा के पवित्र क्षेत्र में प्रारम्भ में कार्यरत होंगे, इतना कह देना चाहता हूँ कि रस्सी खींचने से जैसे पत्थर की सिल पर निशान पड़ जाता है (यों रस्सी की भी हालत खराब हो जाती है) तो पशु क्या है! जब शूद्र, ढोल, नारी सभी ताड़न के अधिकारी अपना ज्ञान बढ़ाकर विरोध के अधिकारी हो गये तो पशु क्या है। आप ज्ञान की ज्योति जगाकर उसके लिए रहस्य का दरवाज़ा खोल दीजिए ताकि वे निःसंकोच कुलाँचें भरें, दौड़ें-भागें और सभी क्षेत्रों में मनुष्य के साथी सिद्ध हों।

पशु-शिक्षा के महत्त्व को हमारा योजना-व्यसनी शासन भी तुरन्त समझ जाएगा। हर नया काम आरम्भ करने और प्रत्येक सम्भावनाओंवाले कटे स्थल में पैर फँसाने की शासन को बीमारी है, अतः सम्भव हुआ तो वह किसी आगामी योजना में पशु-शिक्षा के लिए कुछ रकम रख देगी। लक्ष्य यह होना चाहिए कि आगामी बीस वर्षों में देश के सारे पशु-शिक्षित हो जाएँ और पशु के नाते अपने उत्तरदायित्व को भली-भाँति समझने लगें। अगर गैया को एक बार समझा दिया जाए कि अधिक उत्पादन से देश को कितना लाभ है तो वह निश्चित रूप से खुद ही ज्यादा दूध देने लगेगी— जैसे कि उत्पादन बढ़ाने-सम्बन्धी पोस्टर छपवाने के बाद किसानों ने फसल बढ़ा दी है।

पशु-शिक्षा पर मेरी पुस्तक शीघ्र तैयार हो जाएगी। प्रकाशक इस नयी पाठ्य-पुस्तक (बिक्री का अनुमान लगाइए !) के प्रकाशन के लिए मुझसे सम्पर्क करें। पूरी रूपरेखा फिलहाल बताना सम्भव नहीं, अन्यथा मेरी पुस्तक छपने के पूर्व कुंजियाँ और नोट्स बाजार में आ जाएँगे।

41

अध्यक्ष महोदय

हर शहर में कुछ अध्यक्ष किस्म के लोग पाये जाते हैं। यह शहर के साइज पर निर्भर करता है कि वहाँ कितने अध्यक्ष हों। छोटे शहरों में एक या दो व्यक्ति ऐसे होते हैं जो हर कहीं अध्यक्षाई में लगे रहते हैं। इसका कारण शायद यह हो कि शेरवानी हर आदमी नहीं सिलवा पाता। जो सिलवा लेते हैं, उनकी अध्यक्षता चल निकलती है। शेरवानियाँ या तो दूल्हों के लिए सिलती हैं या अध्यक्ष के लिए। पेशेवर अध्यक्षों के पास प्रायः दो शेरवानियाँ होती हैं। एक उसमें जरूर काली होती है। दो शेरवनियों से लाभ यह है कि अगर एक धुलने चली गयी तो भी वे अध्यक्षता से इनकार नहीं करते। दूसरी पहन चले जाते हैं। सड़े टमाटर और अण्डे फेंककर दाद देने का रिवाज जब से चल पड़ा है, शेरवानियाँ धुलवाना हर मीटिंग के बाद फर्स घरी करवाने की तरह आवश्यक हो गया है। यों अध्यक्षों को शेरवानी धुलवाने का वक्त नहीं मिलता। मेरे शहर के पुराने अध्यक्षों की शेरवानियों से एक विशेष प्रकार की गन्ध आने लगी है—अध्यक्षता की गन्ध। यह गन्ध फलों के हार और सिगरेट के धुएँ से मिलकर बनी है। यह गन्ध शेरवानियों से लगातार आती है और वे कस्तूरी मृग-से मगन रहते हैं।

अध्यक्ष के बारे में कहा जाता है कि वे चुने गये या बनाये गये होते हैं पर असली अध्यक्ष न बनाया जाता है, न चुना जाता है। वह पैदा होता है। नरगिस जब बेनूरी पर काफी रो लेती है तब आप शहर में जन्म लेते हैं। एक शहर में एक पूरी पीढ़ी एक अध्यक्ष को या तीन-चार अध्यक्षों के भाषण झेलती जीवित रहती है। लोग मरते जाते हैं और अध्यक्ष जीवित रह शोक-सभाओं में बोलता रहता है।

प्रायः अध्यक्ष गम्भीर किस्म का प्राणी होता है या उसमें यह भ्रम बनाये रखने की शक्ति होती है कि वह गम्भीर है। जिस शाम उसे अध्यक्षता करनी होती है, वह तीन-साढ़े तीन बजे से गम्भीर हो जाता है। कुछ तो सुबह के नौ बजे से ही गम्भीर हो जाते हैं। ठीक भी है। नौ बजे सुबह से गम्भीर हो जाने वाला व्यक्ति रात के आठ बजे तक मनहूस हो जाता है जो कि अच्छे अध्यक्ष होने की पहली शर्त है। अच्छा अध्यक्ष मनहूस होता है बल्कि कहना होगा मनहूस ही अच्छे अध्यक्ष होते हैं।

अध्यक्षता एक मर्ज है। लग गया यानी हमेशा के लिए। असली पेशेवर अध्यक्ष किसी सभा में तभी जाते हैं जब वे वहाँ अध्यक्ष हों। वे भीड़ में नहीं बैठ सकते। वे जब निमन्त्रित किये जाते हैं, यह मानकर चलते हैं कि वे अध्यक्ष होंगे। जिन सभाओं

में यह घोषणा नहीं होती कि अध्यक्ष कौन होगा, उसमें वे आते हैं और आगे की पंक्ति में यों भोले बनकर बैठ जाते हैं जैसे महज श्रोता हों। जब उनका नाम प्रस्तावित होता है, वे आश्चर्य करते हैं और तकल्लुफ प्रदर्शन कर बाद में बन जाते हैं। बनाने वाले जानते हैं कि वे अध्यक्ष बनेंगे और वे जानते हैं कि उन्हें बनना है। हर सभा में जब तक माइक और अध्यक्ष फिट नहीं होते, सभा ठिठकी रहती है। माइक के सामने एक अध्यक्ष फिट किया जाना जरूरी है। पचास-सौ वर्षों बाद तो अध्यक्षता इतनी विकसित हो जाएगी कि खुद माइक वाला अपने साथ अध्यक्ष लाएगा और मंच पर फिट कर देगा।

अध्यक्ष बनने वाले कई तरह से अध्यक्ष बनते हैं। कुछ चौंककर अध्यक्ष बनते हैं, कुछ सहज अध्यक्ष बन जाते हैं, कुछ दूल्हे की तरह लजाते-मुस्कराते अध्यक्ष बनते हैं। कुछ यों अध्यक्ष बनते हैं, जैसे शहीद होने जा रहे हों। कुछ हेडमास्टर की अदा से अध्यक्ष बनते हैं और कुछ ऐसे सिर झुकाये बैठ रहते हैं जैसे मण्डप में लड़की का बाप बैठता है। अध्यक्षता करता अध्यक्ष प्रायः हर पाँचवें मिनट पर मुस्कराता है। ऐसा वह तब करता है जब इसकी कोई वजह नहीं होती। हर ढाई मिनट पर वह वक्ता की तरफ देखता है, हर एक मिनट बाद सामने की पंक्ति में बैठे लोगों को और हर दो मिनट बाद महिलाओं को। इस बीच वह छत की तरफ देखता है। ठुड्डी पर उँगलियाँ फेर सोचता है कि शेव कैसी बनी ? लगातार बदन खुजलाने और बार-बार टोपी सिर पर रखने-उतारने की आदत भी अध्यक्षों में देखी जाती है। कुछ अध्यक्ष वक्ताओं को निरन्तर आश्चर्य से देखते रहते हैं कि आखिर वह क्या कह रहा है, क्यों कह रहा है और कब तक कहेगा।

अध्यक्ष की एक विशेषता होती है कि वह देर से आता है। वह नहीं तो वक्ता देर से आता है। शायद दोनों तय कर लेते हैं कि कौन देर से पहुँचेगा ! कई बार दोनों आ बैठते हैं, तब श्रोता नहीं आते। जिस वस्तु पर कण्ट्रोल लग जाता है उसकी दुकान देर से खुलती है, भीड़ पहले लग जाती है। जो माल खुले बिकता है, उसकी दुकान सुबह से खुलती है पर ग्राहक नहीं आता है। भाषण एक ऐसी दुकान है जो हर कहीं खुल जाती है, ग्राहक लापरवाह हो जाता है। बड़ा अध्यक्ष देर से आता है क्योंकि वह व्यस्त होता है। धन्यवाद देने वाले उन्हें इसी बात का धन्यवाद देते हैं कि इतने व्यस्त होने पर भी वे समय निकालकर आये। जो शख्स पूरी जिन्दगी अध्यक्षताएँ करने का तय किये है, उसका आभार माना जाता है कि उन्होंने अध्यक्षता करना स्वीकार किया।

अच्छे अध्यक्ष रेडीमेड अध्यक्ष होते हैं। वे किसी भी विषय पर बोल सकते हैं। सब विषयों पर वे एक ही अन्दाज से एक ही बात कहते हैं। उनके दिमाग की हालत उस नौ रतन चटनी की तरह हो जाती है जिसमें काजू और किशमिश का स्वाद एक हो जाता है। सब में एक-सा मजा आने लगता है।

अच्छे अध्यक्षों की अदा है कि प्रमुख वक्ता से असहमत हो जाते हैं। जैसे वक्ता

ने अपने भाषण में कहा कि अभी रात है तो अध्यक्ष महोदय अपने भाषण में कहेंगे कि अभी मेरे विद्वान् मित्र ने कहा कि इस समय रात है। और एक तरह से कहा जा सकता है कि रात है। हो सकता है आप में से कुछ लोग इस बात को मानते हों कि रात है, मगर फिर भी एक सवाल हमारे सामने आता है कि क्या यही रात है ? और इसे रात कहना ठीक होगा ? वक्ता महोदय मुझे क्षमा करें, यह उनका दृष्टिकोण हो सकता है कि अभी रात है और हो सकता है कि अपनी जगह ठीक भी हों, फिर भी एक दूसरा सवाल मेरे सामने उठता है। क्योंकि अगर हम किसी समस्या पर विचार करने चले हैं तो उसके सभी पहलुओं पर ध्यान दिया जाए। तो जैसा वक्ता महोदय ने कहा कि रात है, मैं इसी सिलसिले में कहना चाहूँगा कि हमारी भारतीय संस्कृति में, आप कोई ग्रन्थ उठा लीजिए, गीता, रामायण कोई ग्रन्थ उठा लीजिए, रात की एक परिभाषा दी है। हमारे प्राचीन ऋषि-मुनियों ने रात के विषय में विचार किया है, जाना है, परखा है और उसकी मर्यादा निश्चित की है। मैं पूछना चाहूँगा कि हमारे प्राचीन भारत में रात नहीं होती थी ? जी नहीं, जो लोग ऐसा कहते हैं, मैं उनसे सहमत नहीं। यदि सूर्य हमारे देश में पहले उगता है तो रात भी यहाँ पहले होती है। इस मामले में भारत सदैव पश्चिम से आगे रहा है। ठीक है, मैं मानता हूँ कि समय बदला है, परिस्थितियाँ बदली हैं और जो बात कल थी वह आज नहीं है, फिर भी एक समस्या हमारे सामने खड़ी होती है कि क्या यह रात है ? यह सच है कि सूरज डूब गया है और अन्धकार है, पर यही तो पर्याप्त आधार नहीं कि हम कह दें कि यह रात है। दृष्टिकोण में अन्तर हो सकता है, आप कुछ सोचते हैं, मैं कुछ सोचता हूँ, फिर भी एक बात हमें माननी होगी और मैं इस पर जोर देना चाहूँगा कि आज आप देश की स्थिति देख रहे हैं। जो कुछ हो रहा है हमारे सामने है। ऐसी स्थिति में यह कहना कि रात है, क्या समय के साथ न्याय करना होगा ? आप इस पर विचार करें। यह प्रश्न आज हम सबके सामने है कि क्या, जैसा कि हमारे सम्माननीय वक्ता महोदय ने कहा, यह रात है ! और अगर एक बार मान भी लिया जाए कि यह रात है, तो मैं पूछना चाहूँगा कि दिन क्या है ? शायद आप परेशान हो जाएँगे कि यह क्या सवाल खड़ा हो गया, पर यह सवाल है आज। देश के सभी सोचने-समझने वाले, सभी बुद्धिजीवियों के सामने यह सवाल है कि क्या आप इस वक्त को रात कहेंगे ? मेरे कहने का तात्पर्य यही है कि हम बात को ठण्डे दिल से सोचें और सभी पक्षों पर विचार कर निर्णय लें। मैं वक्ता महोदय का आभारी हूँ कि उन्होंने अपने ओजस्वी भाषण में यह कहकर कि इस समय रात है, एक अत्यन्त सामाजिक और गम्भीर समस्या की ओर हम सबका ध्यान खींचा है और हमें यह सोचने के लिए मजबूर कर दिया कि क्या यह रात है ? अन्त में आप सबकी ओर से वक्ता महोदय को धन्यवाद देता हूँ उनके आज के विचारपूर्ण और सारगर्भित भाषण के लिए मैं आभारी हूँ और आप सबका कि आपने मुझे अध्यक्ष बनाया, यह सम्मान दिया और शान्तिपूर्वक सुना। इतना कहकर मैं सभा की कार्यवाही समाप्त घोषित करता हूँ क्योंकि

अब रात काफी हो गयी है। धन्यवाद !

उसके बाद अध्यक्ष महोदय मुस्कराने लगते हैं। गम्भीरता का जो बाँध उन्होंने सुबह नौ बजे से बाँधा था, एकाएक टूट पड़ता है और वे मुस्कराते हैं। धीरे-धीरे सभा-भवन एक विचारहीन दिमाग की तरह खाली हो जाता है। सब घर चले जाते हैं।

अध्यक्षता करने के बाद अध्यक्ष सुख की नींद सोता है। नये-नये अध्यक्ष घर जाकर पत्नी को बताते हैं कि आज क्या हुआ और अपना पूरा भाषण दोहराते हैं। पर धीरे-धीरे पत्नी भी नगर के सामान्य नागरिकों की तरह बोर होने लगती है और नहीं सुनती। फिर वे भी चुप रहने लगते हैं। देर रात तक अपने भाषण पर खुद मोहित हो सो जाते हैं। उस उम्र तक उनकी बौद्धिक नपुंसकता अहं में बदल चुकी होती है। वे जानते हैं कि यह रात है पर फिर सुबह होगी, फिर कोई उन्हें अध्यक्षता के लिए बुलाने आएगा। आता भी है। आएगा नहीं तो जाएगा कहाँ !

42
मेरे क्षेत्र के पति : एक सर्वेक्षण

मेरे क्षेत्र में कुछ पति बसते हैं। वे न लखपति हैं न सभापति हैं, वे मात्र पति हैं, शुद्ध पति जो चन्द स्त्रियों की किस्मत में लिखे थे और पूर्व जन्म के शर्तनामों के अनुसार इस जन्म में 'अलाट' किये गये। उनकी बड़ी संख्या है और हर घर में एक पति का अनुपात आता है। वे अपने घरों के अगले कमरों में नरम गादियों पर या कुर्सियों पर बैठे रहते हैं। वे कभी बाहर सड़क पर देखते हैं या घर के अन्दर के कमरों में, या अखबार पढ़ते हैं। उनके गलों में जंजीर बँधी रहती है, जो उनकी औरत के हाथ में रहती है जो अन्दर काम करती है। पर वे समय से छोड़ भी दिये जाते हैं और तब वे सड़क पर भटकते हैं और दफ्तर जाते हैं। वे जैसा मौसम हो, वैसे कपड़े पहनकर निकलते हैं। इधर बरसात में वे छाते लिये होते हैं। वे एक-दूसरे से मिलकर खुश होते हैं। वे सड़क पर अकेले नजर आते हैं। पर उनके चेहरे से साफ दिखता है कि वे बेचारे अकेले नहीं हैं, बल्कि वे किसी औरत के पति हैं।

वे जब जन्मे थे, तब पति नहीं थे और उनको इस बात का गुमान भी नहीं था कि वे पति हो जाएँगे। पर बड़े होने पर वे औरतों के आसपास गये तो जाने-अनजाने ही वे पतियाने लगे और एक दिन देखते-देखते पति हो गये। उन्हें पता लगता है कि उनका पति होना ही उनकी नियति थी, जो उनके भाग्य में लिखी थी और तब उन्हें आश्चर्य भी होता है। शादी के लम्बे समय के बाद वे सोचते हैं कि वे क्या कर सकते थे ! सिवाय पति होने के वे क्या कर सकते थे ! एक बार पति हो जाने के बाद उन्हें लगातार पति बने रहना पड़ता है। मेरे क्षेत्र में बसे पतियों की यही स्थिति है।

पति मुझे काम करते नजर आते हैं। वे अक्सर हाथ में थैली लिये बाजार जाते या वहाँ से लौटते दिखाई देते हैं। वे सामान से लदे बस स्टैण्ड पर खड़े या पायदान पर लटके होते हैं। वे खुरपा हाथ में लिये बागबानी करते, नल से पानी भरते और घर की भारी वस्तुएँ एक स्थान से दूसरे स्थान पर हटाते हैं। कुछ पतियों को साइकिलें या स्कूटर भी मिले हुए हैं, जिससे वे जल्दी-जल्दी काम करते हैं। स्कूटर मिल जाने पर एक सामान्य पति दो पतियों के बराबर काम करता है और घर जल्दी लौटता है।

पतियों के कुछ शौक होते हैं, जैसे अपना कपड़ा प्रेस कराना, तम्बाकू का पान खाना या सिगरेट पीना, पड़ोस के पति से ताश-पत्ता या शतरंज खेलना और सड़क पर

भटकना। कुछ को यह सुविधा मिली रहती है, कुछ को नहीं मिलती। रात को देर से घर लौटने की सुविधा अक्सर किसी को नहीं मिलती। पतियों के मनोरंजन के लिए घरों में रेडियो भी रखे जाते हैं।

पतियों में कुछ सोचने-विचारनेवाले होते हैं। वे अपने इस दोष के कारण पत्नी से असहमत हो जाते हैं। ऐसी हालत में वे अच्छे पति नहीं रहते। कहा माननेवाले पतियों की तुलना में वे निकृष्ट माने जाते हैं। जो जितने ज्यादा परिमाण में पति होगा, वह उतना ही अच्छा पति होगा। यह भी मत है कि अच्छा पति होना ही सभ्य व्यक्ति की पहचान है। पर जहाँ सभ्यता का विकास हुआ नहीं माना जाता, उन क्षेत्रों में भी काफी ठोस, टिकाऊ और विश्वस्त किस्म के पति पाये जाते हैं। यह समस्या विचारणीय है कि पति होने से सभ्यता का क्या सम्बन्ध है ?

इस जमाने में आम शिकायत है कि अच्छा पति नहीं मिलता। समस्या पहले भी थी, पर अब बढ़ गयी है। आदमी जन्मजात पति नहीं होता, पर धीरे-धीरे वह पति बनाया जाता है। अर्थात् पति होना सीखता है। वह अपने पिता से पति होना सीखता है। लम्बे अनुभव और कई भूल और गलतियों के बाद आदमी अच्छा पति हो पाता है। औरतें आदमी को पति बनाती हैं और यह भी सच है कि मजबूरी आदमी को पति बनाती है। ज्यादा साफ शब्दों में कहा जाए तो मनुष्य पति होने के लिए अभिशप्त है।

आमतौर पर घरों में पति खुश रखे जाते हैं। उन्हें अच्छा खिलाया जाता है और ठण्ड के दिनों में उन्हें स्वेटर बुनकर पहनाया जाता है। वे कभी-कभी सिनेमा देख सकते हैं और दोस्तों को बुला सकते हैं। यह सब इस पर निर्भर करता है कि कौन पति कितना उपयोगी है। सब कुछ पति पर निर्भर करता है कि वह स्वयं को कितना योग्य सिद्ध करता है।

पति से उम्मीद की जाती है कि वह सस्ता, सुन्दर, टिकाऊ और मजबूत हो। अच्छा दिखाई देनवाला, स्वस्थ, ईमानदार और कम खर्च में प्राप्त पति सामान्यतः उचित माना जाता है। अच्छे पति के लिए थोड़ा खर्च भी बर्दाश्त कर लेने में नुकसान नहीं होता। जो पति महज प्रेम में पटकर पति बन गये हों और बाद में टिकाऊ और उपयोगी भी सिद्ध हुए हों, घरों के लिए गर्व और शोभा की वस्तु होते हैं। प्रेम में पति पट जाता है, हालाँकि उसके लिए लड़की को प्रारम्भ में थोड़ा परिश्रम करना पड़ता है। शुरू का प्रेम बाद में भी लाभ देता है, क्योंकि प्रेम में अन्धा पति घर छोड़कर इधर-उधर नहीं जा पाता और इस प्रकार टिकाऊ सिद्ध होता है।

मेरे क्षेत्र में पतियों की सामान्य स्थिति ठीक है। उन्हें जेब खर्च मिल जाता है और उनकी साधारण जिदें, जैसे बनियान या टाई खरीदना आदि, पूरी कर दी जाती हैं। उन्हें बस में आने-जाने की सहूलियत भी घर से प्राप्त है, हालाँकि कोई पैंतीस प्रतिशत पति पैदल दफ्तर जाते हैं। कुछ पति घर पर सेवा के अतिरिक्त दो नौकरियाँ कर लेते

हैं और इस प्रकार अन्य पतियों की तुलना में अच्छे माने गये हैं।

आवश्यकता है कि अन्य क्षेत्रों में पतियों की आम स्थितियों से मेरे क्षेत्र के पतियों की परस्पर तुलना की जाए। घर की झंझटों में फँसे रहने के कारण फिलहाल यह सम्भव नहीं लगता।

43

तुम कब जाओगे, अतिथि ?

आज तुम्हारे आगमन के चतुर्थ दिवस पर यह प्रश्न बार-बार मन में घुमड़ रहा है—तुम कब जाओगे, अतिथि ?

तुम जहाँ बैठे निस्संकोच सिगरेट का धुआँ फेंक रहे हो, उसके ठीक सामने एक कैलेण्डर है। देख रहे हो ना ! इसकी तारीखें अपनी सीमा में नम्रता से फड़फड़ाती रहती हैं। विगत दो दिनों से मैं तुम्हें दिखाकर तारीखें बदल रहा हूँ। तुम जानते हो, अगर तुम्हें हिसाब लगाना आता है कि यह चौथा दिन है, तुम्हारे सतत आतिथ्य का चौथा भारी दिन ! पर तुम्हारे जाने की कोई सम्भावना प्रतीत नहीं होती। लाखों मील लम्बी यात्रा करने के बाद वे दोनों एस्ट्रॉनाट्स भी इतने समय चाँद पर नहीं रुके थे, जितने समय तुम एक छोटी-सी यात्रा कर मेरे घर आये हो। तुम अपने भारी चरण-कमलों की छाप मेरी जमीन पर अंकित कर चुके, तुमने एक अंतरंग निजी सम्बन्ध मुझसे स्थापित कर लिया, तुमने मेरी आर्थिक सीमाओं की बैंजनी चट्टान देख ली; तुम मेरी काफी मिट्टी खोद चुके। अब तुम लौट जाओ, अतिथि ! तुम्हारे जाने के लिए यह उच्च समय अर्थात् हाईटाइम है। क्या तुम्हें तुम्हारी पृथ्वी नहीं पुकारती ?

उस दिन जब तुम आये थे, मेरा हृदय किसी अज्ञात आशंका से धड़क उठा था। अन्दर-ही-अन्दर कहीं मेरा बटुआ काँप गया। उसके बावजूद एक स्नेह-भीगी मुस्कराहट के साथ मैं तुमसे गले मिला था और मेरी पत्नी ने तुम्हें सादर नमस्ते की थी। तुम्हारे सम्मान में ओ अतिथि, हमने रात के भोजन को एकाएक उच्च-मध्यमवर्ग के डिनर में बदल दिया था। तुम्हें स्मरण होगा कि दो सब्जियों और रायते के अलावा हमने मीठा भी बनाया था। इस सारे उत्साह और लगन के मूल में एक आशा थी। आशा थी कि दूसरे दिन किसी रेल से एक शानदार मेहमानवाजी की छाप अपने हृदय में ले तुम चले जाओगे। हम तुमसे रुकने के लिए आग्रह करेंगे, मगर तुम नहीं मानोगे और एक अच्छे अतिथि की तरह चले जाओगे। पर ऐसा नहीं हुआ ! दूसरे दिन भी तुम अपनी अतिथि-सुलभ मुस्कान लिये घर में ही बने रहे। हमने अपनी पीड़ा पी ली और प्रसन्न बने रहे। स्वागत-सत्कार के जिस उच्च बिन्दु पर हम तुम्हें ले जा चुके थे, वहाँ से नीचे उतर हमने फिर दोपहर के भोजन को लंच की गरिमा प्रदान की और रात्रि को तुम्हें सिनेमा दिखाया। हमारे सत्कार का यह आखिरी छोर है, जिससे आगे हम किसी के लिए नहीं बढ़े। इसके तुरन्त बाद भावभीनी विदाई का वह भीगा हुआ क्षण आ जाना

चाहिए था, जब तुम विदा होते और हम तुम्हें स्टेशन तक छोड़ने जाते। पर तुमने ऐसा नहीं किया।

तीसरे दिन की सुबह तुमने मुझसे कहा, "मैं धोबी को कपड़े देना चाहता हूँ।"

यह आघात अप्रत्याशित था और इसकी चोट मार्मिक थी। तुम्हारे सामीप्य की वेला एकाएक यों रबर की तरह खिंच जाएगी, इसका मुझे अनुमान न था। पहली बार मुझे लगा कि अतिथि सदैव देवता नहीं होता, वह मानव और थोड़े अंशों में राक्षस भी हो सकता है।

"किसी लॉण्ड्री पर दे देते हैं, जल्दी धुल जाएँगे।" मैंने कहा। मन-ही-मन एक विश्वास पल रहा था कि तुम्हें जल्दी जाना है।

"कहाँ है लॉण्ड्री ?"

"चलो चलते हैं।" मैंने कहा और अपनी सहज बनियान पर औपचारिक कुर्ता डालने लगा।

"कहाँ जा रहे हैं ?" पत्नी ने पूछा।

"इनके कपड़े लॉण्ड्री पर देने हैं।" मैंने कहा।

मेरी पत्नी की आँखें एकाएक बड़ी-बड़ी हो गयीं। आज से कुछ बरस पूर्व उनकी ऐसी आँखें देख मैंने अपने अकेलेपन की यात्रा समाप्त कर बिस्तर खोल दिया था। पर अब जब वे ही आँखें बड़ी होती हैं तो मन छोटा होने लगता है। वे इस आशंका और भय से बड़ी हुई थीं कि अतिथि अधिक दिनों ठहरेगा !

और आशंका निर्मूल नहीं थी, अतिथि ! तुम जा नहीं रहे। लॉण्ड्री पर दिये कपड़े धुलकर आ गये और तुम यहीं हो। तुम्हें देखकर फूट पड़ने वाली मुस्कराहट धीरे-धीरे फीकी पड़कर अब लुप्त हो गयी है। ठहाकों के रंगीन गुब्बारे, जो कल तक इस कमरे के आकाश में उड़ते थे, अब दिखाई नहीं पड़ते। बातचीत की उछलती हुई गेंद चर्चा के क्षेत्र के सभी कोनों से टप्पे खाकर फिर सेण्टर में आकर चुप पड़ी है। अब इसे न तुम हिला रहे हो, न मैं। कल से मैं उपन्यास पढ़ रहा हूँ और तुम फिल्मी पत्रिका के पन्ने पलट रहे हो। शब्दों का लेन-देन मिट गया और चर्चा के विषय चुक गये। परिवार, बच्चे, नौकरी, फिल्म, राजनीति, रिश्तेदारी, तबादले, पुराने दोस्त, परिवार-नियोजन, महँगाई, साहित्य और यहाँ तक कि आँख मार-मारकर हमने पुरानी प्रेमिकाओं का भी जिक्र कर लिया और अब एक चुप्पी है। सौहार्द अब शनैः-शनैः बोरियत में रूपान्तरित हो रहा है। भावनाएँ गालियों का स्वरूप ग्रहण कर रही हैं। पर तुम जा नहीं रहे। किस अदृश्य गोंद से तुम्हारा व्यक्तित्व यहाँ चिपक गया है, मैं इस भेद को सपरिवार नहीं समझ पा रहा हूँ। बार-बार यह प्रश्न उठ रहा है—तुम कब जाओगे, अतिथि ?

कल पत्नी ने धीरे से पूछा था, "कब तक टिकेंगे ये ?"

मैंने कन्धे उचका दिये, "क्या कह सकता हूँ !"

"मैं तो आज खिचड़ी बना रही हूँ। हल्की रहेगी।"

"बनाओ।"

सत्कार की ऊष्मा समाप्त हो रही थी। डिनर से चले थे, खिचड़ी पर आ गये। अब भी अगर तुम अपने बिस्तर को गोलाकार रूप नहीं प्रदान करते तो हमें उपवास तक जाना होगा। तुम्हारे-मेरे सम्बन्ध एक संक्रमण के दौर से गुजर रहे हैं। तुम्हारे जाने का यह चरम क्षण है। तुम जाओ न अतिथि !

तुम्हें यहाँ अच्छा लग रहा है ना ! मैं जानता हूँ। दूसरों के यहाँ अच्छा लगता है। अगर बस चलता तो सभी लोग दूसरों के यहाँ रहते, पर ऐसा नहीं हो सकता। अपने घर की महत्ता के गीत इसी कारण गाये गये हैं। होम को इसी कारण स्वीट-होम कहा गया है कि लोग दूसरे के होम की स्वीटनेस को काटने न दौड़ें। तुम्हें यहाँ अच्छा लग रहा है, पर सोचो प्रिय, कि शराफत भी कोई चीज होती है और गेट आउट भी एक वाक्य है, जो बोला जा सकता है।

अपने खर्राटों से एक और रात गुंजायमान करने के बाद कल जो किरन तुम्हारे बिस्तर पर आयेगी, वह तुम्हारे यहाँ आगमन के बाद पाँचवें सूर्य की परिचित किरन होगी। आशा है, वह तुम्हें चूमेगी और तुम घर लौटने का सम्मानपूर्ण निर्णय ले लोगे। मेरी सहनशीलता की वह अन्तिम सुबह होगी। उसके बाद मैं स्टैण्ड नहीं कर सकूँगा और लड़खड़ा जाऊँगा। मेरे अतिथि, मैं जानता हूँ कि अतिथि देवता होता है, पर आखिर मैं भी मनुष्य हूँ। मैं कोई तुम्हारी तरह देवता नहीं। एक देवता और एक मनुष्य अधिक देर साथ नहीं रहते। देवता दर्शन देकर लौट जाता है। तुम लौट जाओ अतिथि! इसी में तुम्हारा देवत्व सुरक्षित रहेगा। यह मनुष्य अपनी वाली पर उतरे, उसके पूर्व तुम लौट जाओ !

उफ, तुम कब जाओगे, अतिथि ?

44

रेलें और मनुष्य

पिछले वर्षों से भारतीय रेलों ने काफी प्रगति की है। इस साधारण और बोदे वाक्य को पढ़-सुनकर आपको आश्चर्य नहीं होगा, क्योंकि रेलों का काम ही प्रगति करना है। वे दिल्ली से प्रगति करती हुई बम्बई तक चली जाती हैं और बम्बई से प्रगति करती हुई दिल्ली तक। मगर यहाँ प्रगति शब्द का उपयोग उन अर्थों में कर रहा हूँ जिन अर्थों में सरकारी पत्रकों या भाषणों में होता है। पिछली कुछ यात्राओं में रेलों की इस प्रगति को मैंने साफ तौर पर अपने डिब्बे की गहराइयों में महसूस किया है। मुझे लगता है कि भारतीय रेलों ने यात्रा की सफलता को यात्री के आत्मबल से सीधे जोड़ दिया है।

आज व्यक्ति का आत्मबल ही उसकी सच्ची सुरक्षा है, सुविधा है। रेल विभाग लगभग तटस्थ हो गया है अर्थात् कर्म भर करता है। फल को नजरअन्दाज कर जाता है, जो उसकी महानता का सूचक है। जैसे किसी सुविधाजनक यात्रा के लिए व्यक्ति को चाहिए कि वह दस दिन पहले निर्णय ले और आरक्षण करा ले। निर्णय वे ही ले सकते हैं जिनमें पर्याप्त आत्मबल हो। जिनमें देर से आत्मबल संचारित होगा, वे उतनी ही पीड़ा भुगतेंगे। तीन-चार दिन पहले अगर खिड़की के सामने हाथ पसारेंगे, तो हो सकता है आप वेटिंग-लिस्ट में लटका दिये जाएँ। और यदि यात्रा के ही दिन निर्णय लिया, तो आपको पीड़ा के उस रौरव कम्पार्टमेण्ट में जगह के लिए यत्न करना होगा, जहाँ प्रभु और कुली ही आपके सहायक हैं। और यदि तब भी आपने निर्णय नहीं लिया तो फिर आप घर पर ही रहेंगे, यात्रा नहीं कर सकते। जाहिर है, आप में आत्मबल की कमी है। यदि होता तो अब तक स्टेशन चल देते और हर मुसीबत का सामना करने के लिए खड़े हो जाते।

भारतीय रेलों ने यह सिद्ध कर दिया है कि बड़े आराम की मंजिलें छोटे आरामों से तय होती हैं और बड़ी पीड़ा के सम्मुख छोटी पीड़ा नगण्य है। जैसे आप ससुराल जा रहे हैं। आप माह-भर पहले छुट्टी लेते हैं, दस दिन पहले आरक्षण कराते हैं, दो दिन पहले धोबी से कपड़े मँगवा लेते हैं, बारह घण्टे पहले होल्डाल जमाने लगते हैं और एक घण्टा पहले प्लेटफार्म पर पहुँच जाते हैं। आप आराम से सीट पर लेट जाते हैं और रेल ससुराल की दिशा में दौड़ने लगती है। बड़े आराम की मंजिल छोटे आराम से तय होती है। मगर मान लीजिए, आपके पिताजी का स्वर्गवास हो गया। (ईश्वर उनकी बड़ी उम्र करे अगर वे पहले ही मर न गये हों तो, मैं सिर्फ एक उदाहरण दे रहा हूँ।)

आपको तार मिलता है, आप भागते हैं और पहली रेल में चढ़ जाते हैं। भीड़ में धक्का-मुक्का, गाली-गलौज, थुक्का-फजीहत के बाद आपको पैर रखने की जगह मिल जाती है, आप सहन करते हुए खड़े हैं। बड़ी पीड़ा के सम्मुख छोटी पीड़ा नगण्य है।

यदि यह उदाहरण आपको पसन्द न आया हो, क्योंकि इसमें पिताजी की याद आने का खतरा है, तो मैं दूसरा देता हूँ। एक युवक को पता लगता है कि अगर वह कल तक होशंगाबाद पहुँच जाए, तो वह लड़की देख सकता है जो वहाँ मामा के घर आयी हुई है। यह वह लड़की है जिससे उसके ब्याह की बात चल रही है। उसके पास आरक्षण का समय नहीं है। वह दो दिन की कैजुअल मारता है और रेल के डिब्बे में धँस जाता है। वही धक्का-मुक्का, गाली-गलौज, थुक्का-फजीहत, मगर वह लड़की ब्याहने जा रहा है। अपना मुक्त जीवन समाप्त कर रहा है। बड़ी पीड़ा के सम्मुख छोटी पीड़ा नगण्य है। इस प्रकार के चिन्तन के विकास में रेल-विभाग का बड़ा योग रहा है।

हमारे प्राचीन विचारकों ने मृत्यु के बाद स्वर्ग (अथवा नरक) जाने की क्रिया को यात्रा कहा है। और वे बार-बार जोर देकर कहते हैं कि हे मनुष्य, जब तू यहाँ से जाएगा, खाली हाथ जाएगा, अपने साथ कुछ नहीं ले जाएगा। मुझे लगता है, उनकी दिव्य दृष्टि में कहीं न कहीं भारतीय रेलों में यात्रा की वे कठिनाइयाँ रही हैं, जो भविष्य में आनेवाली थीं। वर्षों निरन्तर प्रवचन कर उन्होंने हाथों के हल्केपन से यात्रा को जोड़ा है। मगर वह सब व्यर्थ गया, क्योंकि कालान्तर में प्लेटफार्म पर वे अरुण कुलीगण उदित हुए जो भार-वहन को तत्पर हैं और सामान सहित आपको डिब्बे में डाल जब तक समूची गाड़ी को हिला न दें, वे स्वयं को कर्त्तव्यमुक्त नहीं समझते। अब रेल-विभाग की यह जिम्मेदारी आ गयी कि ऋषि-मुनियों ने जो गहरी बात कही है, उसे व्यावहारिक रूप दे। असंख्य कुलियों को पंजीकृत करने के बाद वह यह प्रचार करती है कि यात्री ज्यादा सामान लेकर यात्रा न करे। क्या वह उन कुलियों को भूखा मारना चाहती है, जो ज्यादा सामान उठाकर ही अपना थोड़ा पेट पाल पाते हैं ? नहीं, उनका आशय कदापि ऐसा नहीं है। वास्तव में भारतीय रेलें हमें उस चरम स्थिति के लिए प्रशिक्षित करती हैं कि एक दिन हमें यहाँ से परम हल्की अवस्था में जाना है, खाली हाथ, बिना बिस्तर और अनन्त में मिल जाना है। जब तक हम यहाँ इन छोटी-मोटी यात्राओं में ठीक आदत नहीं डालेंगे और माया-मोह में फँसे लगेज बढ़ाते रहेंगे, मुक्ति कैसे प्राप्त करेंगे ?

भारतीय रेलें हमें जीवन और मृत्यु का दर्शन देती हैं। मैं तो सदैव हल्के रहकर यात्रा करता हूँ। यहाँ तक कि मुझे टिकट ढोना भी भारी लगता है। मगर मजबूरी है। टिकट क्या है ? देह धरे को दण्ड है। कई बार यात्रा में मुझे देह भारी लगने लगती है। भीड़ में दबा, कोने में सिमटा मैं सोचता हूँ काश, यह शरीर न होता तो आज आत्मा कितने सुख से यात्रा करती !

भारतीय रेलों ने मुझे गहरे प्रभावित किया है। मुझे लगता है, सुख-सुविधा के इस

विराट् हाई-वे से उन नन्ही पगडण्डियों का महत्त्व कम नहीं हो जाता, जो मनुष्य को मनुष्य से जोड़ती हैं। जैसे आप टिकट खरीदते हैं, और रुपया दे स्लीपिंग बर्थ लेते हैं। यह एक व्यवस्थित चौड़ा रास्ता है, जो यात्रियों के लिए बना है। मगर एक-दो रुपये की नन्ही पगडण्डी भी है जो आपके और कण्डक्टर गार्ड के बीच में है। आप देते हैं तब वह बदले में आपको बर्थ देता है। समस्त व्यवस्था की भौतिक बोरियत के बीच यही मानवीय्र तत्त्व है। आप किसी के समीप आते हैं, एक समझौता होता है, एक सुख मिलता है। यही जीवन है। भारतीय रेल-व्यवस्था इस मानवीय तत्त्व को जीवन्त रखती है।

कई बार रेल-यात्रा करते हुए मैं विचार में डूब जाता हूँ। इसके अलावा और किया भी क्या जा सकता है। वहाँ डूबने को और कुछ नहीं होता। मैं उन प्लेटफार्मों की ओर देखता रह जाता हूँ, जहाँ रेल नहीं रुकती। बाज रेलें इतनी जल्दी में रहती हैं कि कुछ प्लेटफार्म उन्हें नजर ही नहीं आते। वे रुकना भूल जाती हैं। मैं खिड़की के पास बैठा सोचता रहता हूँ कि इन्सान प्लेटफार्म बना ले तो क्या होता है, अगर उसकी किस्मत में मेल ट्रेन का रुकना नहीं लिखा होगा, तो वे नहीं रुकेंगी। यों प्रयत्न करनेवाले एक जंजीर खींचकर रेल को रोक लेते हैं। कई बार बिना जंजीर खींचे भी रेल रुक जाती है। किसी जंगल या गाँव में सिगनल के पास खड़ी हो गयी। बस, खड़ी है, उस जगह कोई पैसेंजर होता ही नहीं, जो चढ़े। मैं सोचता हूँ क्या स्थिति है। कहीं रेल का इन्तजार होता है और यहाँ रेल खड़ी हुई है तो बैठने वाला नहीं मिल रहा। विचार उठते रहते हैं।

भारतीय रेलें मनुष्य को चिन्तक बनाती हैं। वह अपने काम से यात्रा करता है, मगर रास्ते-भर वह समाज और देश की बात सोचता रहता है। वह उन स्त्रियों के बारे में सोचता है जो गलत लोगों के साथ बँध गयी हैं और एक स्थान से दूसरे स्थान यात्रा कर रही हैं। मैंने खुद कुछ सुन्दर स्त्रियों को बीच के किसी स्टेशन पर उतरते देखा है और सहसा मुझे समूची रेल खाली-सी लगने लगी है। अजब उदासी-सी छा जाती है। कोई भी हो, सुन्दर स्त्री हो या साधु, जिसका जितना टिकट होगा, वह उतना ही तो जाएगा। आदमी अपने टिकट से मजबूर है। वह उससे आगे नहीं जा पाता। पैसेंजर नहीं, उसका टिकट उतरता है। रेल में मेरे मन में बड़े ऊँचे विचार उठते रहते हैं। एक बार मेरा दिल किया था कि एक सुन्दर स्त्री के साथ मैं भी बीच के स्टेशन पर उतर जाऊँ, मगर क्या करता ! मेरा टिकट आगे का था। हम अपने-अपने टिकट से बँधे एक-दूसरे से दूर हो गये।

भारतीय रेलें अपने अनेक गुणों के कारण हमारे अन्तर्मन को छूती हैं। वे हमारा संस्कार करती हैं, हमें दार्शनिक बनाती हैं, हमें जगाती हैं। आदमी ऊँघते हुए दूसरे के कन्धे पर टिकने लगता है और रेल उसे हड़बड़ा कर उठा देती है। वह हमें चेतन रखती है। ऊपर की बर्थ पर सोया व्यक्ति आधी रात को पूछता है, "यह कौन-सा स्टेशन है

सा'ब ?" तबीयत होती है कि कहें, "अबे चुपचाप सो। क्यों डिस्टर्ब करता है।" मगर नहीं। इस समय वह भारत-भूमि पर यात्रा कर रहा है। वह जानना चाहता है कि अब तक भारतीय रेल ने कहाँ तक प्रगति की ? उसका सवाल वाजिब है। मैं खिड़की से गर्दन निकाल अँधेरे में देखता हूँ और भारत भूमि को पहचानने का प्रयत्न करता हूँ। रेलें हमें राष्ट्रीय बनाती हैं। हमें साहिष्णु बनाती हैं। वे हमें संघर्ष की प्रेरणा व अवसर ही नहीं देतीं, निरन्तर उत्तेजित भी करती हैं। यही मनुष्य की प्रगति की निशानी है। मुझे कई बार लगता है कि मनुष्य आगे बढ़ रहा है और रेल पीछे-पीछे आ रही है। यदि वह इसी प्रकार पीछे आती रही तो मनुष्य के पास निरन्तर आगे बढ़ने के अलावा कोई चारा नहीं। मैं रेलों की प्रगति के प्रति आश्वस्त हूँ। लगे हाथ मैं मनुष्य की प्रगति के प्रति भी आश्वस्त हूँ। जब तक मैं पैर फैलाये लेटा हूँ, मुझे जीवन से कोई निराश नहीं कर सकता।

45

दर्शन दुर्लभ भये तिहारे

अपना-अपना विचार करने को सब स्वतन्त्र हैं, लेकिन मेरा ख्याल है कि हमारे देश में दर्शनशास्त्र का अब भविष्य नहीं है। कोई क्या करे ! एक समय था कि हमारे देश में बड़ा दर्शन छँटता था, हर मोहल्ले-टोले में चिन्तन का धन्धा करने वाले मिल जाते थे अर्थात् एक कुटीर-उद्योग-सा पनप रहा था। हर सामान्य व्यक्ति दर्शनशास्त्र की छोटी-मोटी बातें जानता था और मौका लगते ही कहने में नहीं चूकता था। जैसे यह कि दुनिया आनी-जानी है। जिन्दगी चार दिनों का मेला है। सब कुछ माया है। नश्वर है। हर व्यक्ति इस दुनिया में अपना अन्न-जल लिखा कर आया है, जब पूरा खा लेगा, चला जाएगा और उम्मीद पर दुनिया कायम है, जैसे वाक्य कहीं भी सुनाई दे जाते थे।

लोग जैसा मौका देखते, वैसा दर्शन बघारने लगते। जिस व्यक्ति को धन्धे से लगाना हो, उसे कर्म का सिद्धान्त समझाया जाता और जिसकी छँटनी करनी हो, उसे संन्यास और भक्ति का महत्त्व बताया जाता। दर्शन के विभिन्न सूत्रों का उपयोग हथकण्डों की तरह होता था। यदि कोई व्यक्ति कर्ज करके घी खरीदना चाहता हो तो उसकी मदद के लिए भी एक दर्शन था। श्मशान में मुर्दे के पूरी तरह फुँक जाने तक का खाली समय गुजारने वाले लोग जीवन की नश्वरता पर बढ़िया विचार-गोष्ठी आयोजित कर लेते थे।

लेकिन इधर कुछ वर्षों से दार्शनिक स्तर पर फकफक करने वालों की गिनती कम हो रही है। जीवन की नश्वरता की बात करने वाले बड़ी जल्दी हूट कर दिये जाते हैं। हुआ यह कि विगत वर्षों में बीमा एजेण्टों की एक पूरी कौम खड़ी हो गयी, जिसने नश्वर जीवन, मृत्यु-भय और भावी की अनिश्चितता वाले दर्शन का अपने धन्धे के लिए खुलकर उपयोग किया। यह सभी जानते हैं कि नश्वरता की अपील आदमी को गहरे अन्तर तक छूती है और भावुक क्षणों में डरा हुआ व्यक्ति अपना बीमा करवा लेता है। आपने देखा होगा कि बीमा एजेण्ट बड़ी दार्शनिक प्रकृति के होते हैं। वे लोग हँसी-मजाक करते हुए एकाएक एक्सीडेण्ट और मृत्यु की चर्चा छेड़ आपके प्राण सुखा देने में प्रवीण होते हैं। पहले जब लोग सत्यवादी थे और स्त्रियाँ सती हो जाती थीं, तब बीमा व्यवसाय नहीं था। सती-प्रथा की समाप्ति की अनिवार्य परिणति बीमा-व्यवसाय के जन्म और विकास के रूप में हुई क्योंकि तब पति को यह कहकर डराया जाना सम्भव हो गया कि तेरे मरने के बाद तेरी विधवा पत्नी का क्या होगा ? सती-प्रथा होते

कोई बीमा क्यों करवाता ? अतः बीमा-विकास के साथ नश्वर जीवन वाले दर्शन की इज़्ज़त घट गयी। इधर पिछले दिनों से 'मृत्युबोध' शब्द ने फिर जोर पकड़ा है और मेरा पूरा विश्वास है कि अन्ततः इससे बीमाबोध होगा, और कुछ नहीं। बीमा-निगम लाभ में रहेगा।

कुछ लोग दर्शन के इस हद तक शौकीन होते हैं कि उसी विषय में एम. ए. कर डालते हैं। मगर अन्त में वे स्वयं दर्शनशास्त्र के प्राध्यापक हो जाने के अतिरिक्त समाज के लिए उपयोगी नहीं रह जाते। उनके पढ़ाने से जो छात्र तैयार होते हैं, वे भी प्राध्यापक हो जाते हैं। यह सिलसिला चलता रहता है। इसके अलावा इस देश के दर्शनशास्त्रियों का एक काम यह है कि वे बरसों मर-खपकर एक टीका तैयार कर देते हैं। इस तरह देश में काफी टीकाएँ तैयार हो गयी हैं। इन सब टीकाओं में थोड़ा-थोड़ा भेद है। इस भेद को वे ही समझते हैं जो टीका करते हैं।

इस देश में कुछ विद्वान् ऐसे भी देखे गये हैं जो पश्चिम के दर्शन से वाकिफ हैं। पता नहीं क्यों, यह हवा चल गयी है कि लोग दर्शनशास्त्र के प्रोफेसरों को अधपगला कहने लगे हैं। यह हवा भी उसी पश्चिम से आयी है, जहाँ से दर्शन आया है।

हमारे देश में एक जमाने में बड़ी तादाद में चिन्तक और मनीषियों ने जन्म लिया। यहाँ तक कि यह दार्शनिकों और विचारकों के देश के नाम से बदनाम होने लगा। उस समय हमने काफी मात्रा में महान् दर्शन विदेशों को थोक में और खुदरा निर्यात किया। और कहा जाता है कि चिन्तन की इस पुरानी मण्डी में आज भी इतने विचार स्टाक में पड़े हैं कि दुनिया का काम हम बखूबी चला सकते हैं। यों भी सद्‌विचारों की स्थानीय खपत कम होने से हमारे पास निर्यात के अलावा कोई रास्ता नहीं है। पश्चिम में जो दर्शन उत्पन्न किया जाता है, वह हमारे पुराने माल की टक्कर में नहीं ठहरता लेकिन आजकल हर देश अपनी जरूरत का दर्शन खुद निकालने लगा है और वह विदेशी दर्शन, चाहे वह भारत जैसे देश से निकलकर क्यों न आया हो, बहुत अधिक मात्रा में आयात नहीं कर पाता। इसका नतीजा यह हुआ कि विचारों के क्षेत्र में गहरे उतरने की कला का देश में पतन हो गया। कहाँ एक ढूँढ़ो हजार दार्शनिक मिलते थे और कहाँ ढूँढ़े से एक का मिलना भी कठिन हो गया।

फिर भी विश्व के विचार-मार्केट में यह गलतफहमी बनी है कि भारत में दार्शनिक किस्म के लोग हैं। हमें देखने को नहीं मिलते। क्या ही अच्छा हो कि लोकसभा में यह सवाल पूछा जाए कि भारत में कुल दार्शनिक कितने नग हैं और विचारों की स्वतन्त्रता वाले इस देश में वे अपना पेट कैसे पाल रहे हैं ? यह भी हो सकता है कि अगली मर्दुमशुमारी के समय जब हर घर में नाम, उम्र, पेशा आदि लिखे जाएँ, एक कोष्ठक में यह भी लिखा जाए कि दार्शनिक हो या नहीं ? इसी तरह पता लग सकता है कि आखिर इस मुल्क में ऊँचा सोचने वाले कुल कितने हैं और आज नहीं तो कल, यदि दार्शनिक विचारों को राष्ट्रीय सम्पत्ति घोषित करनी पड़े तो पुलिस को कितने व्यक्तियों

पर कड़ी नजर रखनी होगी ?

भारत के विषय में यह शिकायत आम है कि इस देश ने अपनी प्रतिभा को तलाशा नहीं है। एक तरह से ठीक ही किया। कहीं निराश होना पड़ता तो ? बँधी मुट्ठी लाखों डालर की अनुमानित की जा सकती है। विचारों के इस अनजाने, अनेदेखे पैकबन्द डिब्बे में, कहते हैं कि विश्व की सभी चालू मुसीबतों का विकल्प है। विदेशियों को यह गलतफहमी और हमें यह खुशफहमी है। दार्शनिक अन्दाज से उपदेश देने वालों का जो वर्ग इधर उभरा है, उनके श्रोता हाल में बैठे अपने को बड़ा गहरा समझदार समझते हैं मगर भाषण के तुरन्त बाद उन्हें याद नहीं रहता कि बोलने वाला क्या बोल गया।

एक ऐसे बड़े बोल बोलने वाले भाषणदाता के पास आमतौर पर छह-सात भाषण तैयार रहते हैं। एक शहर में अपनी उपस्थिति और प्रभाव का तम्बू तानने के बाद शख्स यहाँ-वहाँ अपने छह-सात भाषण उगल देता है और विदा हो जाता है। उसके भाषणों से आठ दिनों के लिए शहर का आकाश बड़ा दर्शनमय हो जाता है। लोग शौकिया तौर पर गहरे डूबने-उतराने लगते हैं, सोचते हैं कि पैठें गहरा और कोई नायाब मोती लायें लेकिन इसी बीच शहर में फ्रीस्टाइल कुश्ती लग जाती है और सब लोग दाँव-पेंचों की बातें करते हैं। दुनिया में इतनी बातें हो गयी हैं कि बेचारे दर्शन को पैर टिकाने की जगह नहीं मिल रही।

कॉलेज के दिनों में जब मैंने लिखना शुरू किया था, तब मेरा एक मित्र पन्त ने जाने कैसे दार्शनिक होना शुरू कर दिया था। उसकी मौलिक सूझें, अजूबा विश्लेषण, कुछ तत्त्वों को परस्पर जोड़ देने की क्षमता और बात की बात में तह तक उतर जाने की आदत हमें चमत्कृत कर देती। पूरी उम्मीद थी कि एक दिन पन्त बहुत बड़ा दार्शनिक हो जाएगा। वह भी काफी मोटी-मोटी पुस्तकें पढ़ने लगा था। लेकिन कुछ महीनों बाद ही हमने अनुभव किया कि यार बोर करने लगा है। उसकी बातें सुनने के बाद हमें अपनी खोपड़ी खायी हुई जान पड़ती। लगता कि अगर इसके ज्ञान का माल हमारी बुद्धि के जहाज पर चढ़ा दिया गया तो पूरा जहाज तलहटी से लग जाएगा। हम उससे बिचकने लगे, भागने लगे। धीरे-धीरे वह अकेला हो गया फिर पता नहीं, कहाँ गया। जहाँ भी होगा, डूबा हुआ होगा। पिछले कुछ वर्षों से मुझे उसकी याद सता रही है। हिन्दी में लेखक के लिए मजबूरी है कि उसके पास एक अधकचरा दर्शन जरूर हो। गहराई जरूरी नहीं है पर गहराई का भ्रम उत्पन्न करना जरूरी है।

यहाँ-वहाँ सार्त्र-कामू के नाम की चिप्पियाँ लगाने से रौब पड़ता है। अस्तित्ववाद की मदद से आप अपनी समस्त मूर्खताओं के बावजूद साहित्य में अस्तित्व बनाये रख सकते हैं। अगर खालिस देशी दर्शन से पश्चिम के दर्शन को मिलाकर काकटेल तैयार कर सकें तो विदेशों में खपत की भी गुंजाइश है। मुझे एकाएक किसी किस्म के दर्शन और बल्कि कहना होगा कि दर्शन की शब्दावली की जरूरत अनुभव हुई और तभी मुझे पुराना सहपाठी पन्त याद आया। वह नहीं था। खैर, मैंने जैसे-तैसे थोड़ा-बहुत दर्शन

यहाँ-वहाँ से नोचा और कामचलाऊ स्टाक कर लिया जिससे सहमत या असहमत होने का पैंतरा अख्तियार करने में सुविधा रहती है।

इसके अलावा किसी वर्ग को दर्शन की कोई आवश्यकता नहीं है। सारा देश उसके बिना मजे से काम चला रहा है। यों हम हर दर्शन को स्टण्ट में बदलने की सामर्थ्य रखते हैं और हर स्टण्ट को दार्शनिक रौब में प्रस्तुत कर सकते हैं। यह भारतवासियों की विशेषता है। इसी से विदेशियों को हमारे विषय में भ्रम है कि हम लोग पैदायशी दार्शनिक होते हैं। पश्चिम से हमने भौतिक माल लिया—हवाई जहाज, टेलीफोन, रेडियो वगैरा और बदले में उन्हें दर्शन थमा दिया। वाह, क्या खूब सौदा है। इससे लाभप्रद और क्या हो सकता है ! पुराने दर्शन के बदले नया माल। हम फायदे में रहे। वे ठगे गये। अब हमारे यहाँ भौतिक विकास भी होने लगा। भाई लोग स्कूटर खरीदने में किश्तों का डोल जमाने में लगे रहते हैं। दर्शन की कोई जरूरत नहीं है। लेखकों को थोड़ी जरूरत पड़ती है तो वे अपना काम चला लेते हैं जैसे-तैसे। इसका दर्शन उसे और गुरु का दर्शन चेले को काम दे जाता है। नेताओं को दर्शन की कौड़ी-भर जरूरत नहीं पड़ती। सरकारी नौकरों और ठेकेदारों को उससे मतबल क्या ?

अब जरा हिसाब लगाइए कि यह भारत किस तरफ से घूमकर देखने पर विचारकों और दार्शनिकों का देश लगता है। देश के लिए दर्शन व्यर्थ-सी चीज हो गया है और दार्शनिक व्यक्ति कवि से भी गया-गुजरा माना जाने लगा है। यह दिल बहलाने को गालिब एक ख्याल भर है कि हम ऊँचे दार्शनिक हैं, और कुछ नहीं। आप खुद पता लगाकर देख लीजिए।

46

गाँव, कस्बा और आधुनिकता

जो महानगर के पैरों से उतरता है, वह कस्बे और गाँवों की विशेष पिण्डलियों पर चढ़ जाता है। मुझे तो यही लगता था। अब देखो, ट्रांजिस्टर गाँव वालों के गले से झूम ही गये ना। मगर इधर मुझे पिछड़े इलाकों में बड़ी माडर्निटी देखने में आयी। ट्रांजिस्टर के अलावा भी कई बातें। मैं तो दंग हूँ, पहले मैं समझता था कि आधुनिकता जब शहरों में सरप्लस होने लगती है, तब वह गाँवों-कस्बों को भेज दी जाती है। गोदाम में माल सड़ाने से क्या फायदा ! पर वास्तव में ऐसा नहीं है।

ये कस्बे-गाँव के लोग गजब के आधुनिक हो रहे हैं। बीड़ी पीते हैं। मैंने एक ग्रामीण से पूछा कि तुम बीड़ी क्यों पीते हो तो वह बोला कि यही माडर्न है। अमेरिका में पी जा रही है। सिगरेट तो लोग मजबूरी से पीते हैं जब बीड़ी नहीं मिलती। कहीं मैंने कुछ ग्रामीणों को चिलम फूँकते, गाँजा पीते देखा। वे बीटलों की नकल कर रहे थे। पहले ऐसा नहीं था। गाँव के युवक इन चक्करों में नहीं फँसते थे। वे सिगरेट तलाशते थे। पर वे कब तक पिछड़े रहते। ट्रांजिस्टरों, अखबारों, भाषणों और अफवाहों के घोड़े पर बैठ माडर्निटी वहाँ पहुँच गयी और वे चिलम पीने लगे। शुद्ध गाँजा। वे शहर से मँगाते हैं या आवागमन की कठिनाई हुई तो वहीं उगा लेते हैं। गाँव का बाजार यों आधुनिकता को मुहय्या करने में मदद करता है। सूखा तम्बाखू, बड़ा पत्ता वहाँ मिल जाता है।

मैंने उन युवकों को देखा। उनके बाल लम्बे थे और कानों के पास उनके बालों की कलमें काफी बड़ी थीं। मूँछें पतली और लम्बी। गाँव के नाई की दृष्टि भी आधुनिक लगी मुझे, जो सबके बालों को सीधा काट उन्हें बीटल बना देता था। वैसे ही रूखे, लम्बे, माडर्न। लड़के यह पसन्द करते थे क्योंकि वे जानते थे कि उनके पास के महानगर से अमेरिका और फ्रांस तक यही रिवाज है। वे अपनी अँगुलियों में बड़ी-बड़ी अँगूठियाँ पहनते हैं जो हाट में मिल जाती हैं। लोहे की या चाँदी की। लड़कियाँ बड़ी-बड़ी बालियाँ और लम्बे लटके हुए इयररिंग पहनती हैं। मैंने उनसे बातें कीं तो वे बोलीं—बाबू आजकल यही फैशन है, बड़ी बालियों का या लम्बे इयररिंगों का।

"तब मुझे बाबू क्यों कहती हो ? क्या मैं तुम्हें बाबू लगता हूँ !"

"हमने फिल्मों में देखा कि गाँव की लड़कियाँ परदेस से आये व्यक्ति को ब.बू कहती हैं। हमने इसलिए कहा।" और उनमें से एक लड़की ने फिल्मी हीरोइन की

नकल करते हुए सुरीली आवाज में कहा, "ओ परदेसी बाबू...."

मैं हँसा। वे भी हँसीं।

"कितना नकली लगता है न !" मैंने कहा।

"बहुत नकली !" वे कहने लगीं।

गाँव में उस दिन एक कार्यक्रम था। उन लोगों ने लोकगीत गाये और लोकनृत्य किये। मुझे आश्चर्य हुआ कि गाँवों में भी 'फोक' कल्चर का प्रसार हो रहा है, लोक-संस्कृति की ओर झुकाव नजर आता है। मैंने कार्यक्रम के संयोजक से बात की जो गाँव का ही एक युवक था। वह बोला, "आजकल यही माडर्न है। महानगरों में लोकगीतों और लोकनृत्यों की ऐसी आइटमें लोग लाइक करते हैं। इससे गाँव वालों की रुचि इम्प्रूव हुई है। वे सिनेमा के गाने नहीं, लोकगीत माँगते हैं। प्योर लोकगीत।"

"अच्छा !" मैंने साश्चर्य कहा।

"मगर यहाँ लोकगीत नहीं मिलते। धुनें नहीं मिलतीं। हम शहरों से लाये हैं ये गीत और धुनें।"

"बुढ़िया औरतों को शायद पता हो !" मैंने सुझाया।

"मैंने बातें की थीं," संयोजक ने कहा—"समस्या यह है कि आजकल जैसी बुढ़िया औरतें उपलब्ध हो रही हैं, उन्हें गीतों के नाम पर सिर्फ सिनेमा के गाने याद हैं। अगर उनसे पुराने गीत गाने को कहो तो वे बाम्बे टाकीज के जमाने के गीत सुना देती हैं।"

"आप उनसे ग्रामीण गीतों के लिए कहिए !"

वह हँसा। बोला, "मैंने कहा था मगर इसके जवाब में एक बुढ़िया ने मुझे क्या गीत सुनाया, पता है। उसने गाया—हैया-हैया, हो गंगा मैया !"

हम दोनों जोर से हँसे। फिर वह चला गया। उसे प्रोग्राम की कम्पीअरिंग करनी थी। ग्रामों में होने वाले कार्यक्रमों में कम्पीअरिंग जरूरी हो गयी है। एक व्यक्ति ने बताया कि ये पिछड़े हुए लोग हैं, इनके लिए कम्पीअरिंग जरूरी है ताकि इन्हें समझ में आ जाए विस्तार से। फिर शहरों में भी हो रहा है। हर प्रोग्राम में कम्पीअरिंग जरूरी होता है। यही माडर्न है।

कार्यक्रम अच्छे हुए। लोकनृत्यों के कार्यक्रमों में कुछ ग्रामीण युवक ग्रामीण युवक बने और उन्होंने कन्धे पर ग्रामीणों की तरह डण्डा रखकर नृत्य किया। उसी नृत्य में गाँव की लड़कियों ने भाग लिया। वे ग्रामीण कन्याओं-से वस्त्र पहनकर ग्राम-बालाएँ बनीं और मटके सिर पर रखकर नाचीं। काफी रिहर्सल के बाद नृत्य तैयार हुआ था गाँव में। कम्पीअर कह रहा था—गाँव के लोग आज खुश हैं क्योंकि इस वर्ष फसल अच्छी आयी है। वे इसी खुशी में नृत्य कर रहे हैं सब मिलकर। सब पुरुष और स्त्रियाँ। उनके सिर पर मटके हैं जो पानी भरने के काम आते हैं। उनकी पोशाकें रंगीन हैं जो खुशी के ऐसे मौकों पर पहनी जाती हैं...."

गाँवों में खादी और हैण्डलूम का चलन बढ़ रहा है। युवक मोटा कपड़ा पहनना

पसन्द करते हैं। रंगीन, जिस पर छापे का काम हो, ग्रामों की डिजाइनें या फूल-पत्ती। लड़कियाँ भी ऐसे ही रंग पसन्द करती हैं। मैं खेतों के पास से उस रोज चला जा रहा था तो मैंने उन्हें मिनी साड़ियों में देखा। उनकी चोलियाँ कसी हुई थीं, पीठ, कमर और एक कन्धा खुला हुआ। साड़ी घुटनों के ऊपर थी।

"यह कैसी पोशाक है ?" मैंने पूछा।

"जनाब यह मिनी साड़ी है। लेटेस्ट फैशन। अब वैसी लम्बी साड़ियाँ और पूरी बाँहों के ब्लाउज का रिवाज नहीं रहा।" वह बोली और खेत में काम में लग गयी।

गाँव बदल रहा है। महानगर की सारी स्टाइल, फैशन और संस्कृति ग्रहण कर रहा है। उस दिन तीन लड़कों से बातें हुईं। उनमें दो घोड़े पर बैठे थे और एक बैलगाड़ी चला रहा था। उन्होंने कहा कि वे रीअल काउबायलाइफ गुजारना चाहते हैं। वे घोड़े और बैलगाड़ियों पर यात्राएँ करना चाहते हैं।

"तुम्हें बैलगाड़ी चलाना कैसा लगता है ?" मैंने पूछा।

"बहुत अच्छा, बशर्ते सड़क खराब और ऊबड़खाबड़ हो। मगर आजकल दिन पर दिन सड़कें, खासकर गाँवों की सड़कें सुधर रही हैं। सीधी-सपाट होती जा रही हैं और बैलगाड़ी चलाने का सारा थ्रिल खत्म होता जा रहा है।" उसने कहा।

उन लोगों ने मुझे भी बैलगाड़ी पर चढ़ा लिया। रास्ते में हमें तीन ग्रामीण युवक और मिले। वे हिच-हाइकिंग करते सात-आठ मील दूर किसी गाँव में शादी में भाग लेने जा रहे थे। इस क्षेत्र में बसें कम होने के कारण हिच-हाइकिंग का रिवाज आम हो रहा है। या हो सकता है हिच-हाइकिंग का रिवाज बढ़ जाने के कारण बसें कम चलती हैं। वे तीनों भी बैलगाड़ी पर बैठ गये। हिच-हाइकिंग के प्रति ऐसा सौहार्द महानगरों के कार-मालिकों के बाद मुझे कस्बे और गाँवों में ही नजर आया। उन हिच-हाइकर्स ने बताया कि गाँव की शादी में आज रात वे कच्ची शराब पीएँगे। ए रीअल स्टफ—जो शहरों में नहीं मिलती। यहाँ मजबूरी में विलायती पीनी पड़ती है।

गाँव के एक चित्रकार से मेरी बातचीत हुई। वह अपने आधार के लिए गाँव के घरों की दीवारों की सफेद या ब्राउन पृष्ठभूमि पसन्द करता है और उस पर गहरे रंगों में चित्र बनाता है। उसने कहा, यही आजकल माडर्न है, मैंने उसके चित्र देखे। हाथी, घोड़ा, चिड़ियाँ, सिपाही, चाँद, सूरज आदि के मोटिफ ले वह उन्हें ज्यों का त्यों मोटे ब्रुश से खींच देता है। गाँव के लोगों को ऐसे चित्र पसन्द हैं। उस चित्रकार ने कहीं ट्रेनिंग नहीं ली थी और वह सीधा माडर्न पर पहुँचा था। उसने बताया कि गाँव में अभी भी कुछ पिछड़े हुए लोग हैं जो कैलेण्डर पसन्द करते हैं पर धीरे-धीरे रुचि बदल रही है। माडर्न स्टाइल में जिस प्रकार लिपियों को चित्रों में जगह मिल गयी है, उसका वह पहले से समर्थक है। वह अपने हाथी, घोड़े, सिपाही बनाकर आसपास ओम, लाभ, शुभ आदि लिख देता है। माडर्न।

मैंने एक प्रेम भी किया। लड़की जल्दी पट गयी। उसने मुझसे कहा कि हमें कहीं

मिलकर वक्त बिताना चाहिए।

"तुम्हारा घर कैसा रहेगा, जब माता-पिता न हों ?"

"उफ, तुम कैसे हो ! बिल्कुल पुराने जमाने के। घर में घुसकर, छिपकर, प्रेम करने वाले। पता नहीं कैसे लोग प्रेम करते होंगे। चलो खेत पर चलें, पुआल और घास के ढेर पर खुले आकाश के नीचे। तुम अपना शर्ट उतार देना और मुझे पीठ पर बँधी गाँठ खोलने में मदद करना। वी विल बी नाइस टू ईच अदर।"

मैं छिपकर प्रेम करना चाहता था मगर सम्भव नहीं था। वह ग्रामीण लड़की आगे-आगे चल रही थी। मैं पीछे-पीछे जा रहा था। इसके अलावा कोई तरीका नहीं था। गाँव माडर्न हो रहा है। उसे वे पुराने घरघुस प्रेम के विक्टोरियन तौर-तरीके पसन्द नहीं। हिप्पी ढंग से वे सब कुछ खुले में कबूल करते हैं। माडर्न हैं न ! यही तो है माडर्न !

47

शस्त्र-पूजा

दशहरे के इस पावन पर्व पर सभी वीर अपने समस्त शस्त्रों को प्रणाम करते हैं। शस्त्रोनमः, शस्त्रोनमः। अस्त्रोनमः, अस्त्रोनमः। मैं भी अपने शस्त्रों को प्रणाम करता हूँ, हे शस्त्रो, तुम अवसर पर काम आना। गहरा अचूक वार करना और साहित्य के 'कुरुक्षेत्र' में समकालीन अन्य साहित्यकारों पर भारी पड़ना। लगे हाथ मैं अपने शत्रुओं के शस्त्रों को भी प्रणाम करता हूँ तथा कामना करता हूँ कि वे मौके पर भोंथरे साबित हों, ऐन संघर्ष की घड़ी में उल्टा उन पर ही वार करें। शस्त्र-पूजा के इस दिन मैं अपनी कलम को प्रणाम करता हूँ, वन्दे लेखनी नमो नमः। तुझे ही वर्ष भर माँजते रहकर प्राण-रक्षा करनी है मुझे। हे कलम, तुझे प्रणाम है। खंजरसम तुझे प्रणाम है। साहित्यिक शत्रु तथा मित्रों से रक्षा करने में तू ही मात्र मेरी संगिनी है। तू मेरी बन्दूक है, भाव-भाषा की मिली-जुली बारूद छोड़ मैं साहित्य के बीहड़ वन में तेरे ही कारण अस्तित्व बनाये हूँ। हे लेखनी, तुझे नमस्कार है।

हे कॉफी हाउस की मेज ! दशहरे के इस पावन अवसर पर मैं तुझे प्रणाम करता हूँ। तू शस्त्र है, तू अस्त्र है। शस्त्रं तू ही, अस्त्रं तू ही। तुझ पर घूँसा पीट-पीटकर हमने अपने शत्रुओं को पराजित किया है। तू तोप है, जहाँ से मैं साहित्यकारों पर प्रहारक गोले छोड़ता हूँ। त्वमेव तोपं, त्वमेव बन्दूकम्, मम तमंचा त्वमेव। ओ मेज कॉफी हाउस की, केवल तेरे सहारे मैं साहित्यकार बना हुआ हूँ। रचनाएँ जहाँ मदद नहीं करतीं, कॉफी हाउस वहाँ सहारा देता है। बयान, अफवाहें, दावों की बुलेट छोड़ मैंने स्वयं को जमाये रखा है। तू प्रणम्य है ओ मेज। साहित्य में परम शक्तिदायिनी, तू निर्णायिका, तू कसौटी। मम रक्षिणी ओ मेजम्। तुझे प्रणाम है।

इस पावन अवसर पर वन्दना करता हूँ मैं समस्त शस्त्रों की, जिनमें छोटी पत्रिकाएँ प्रमुख हैं। उनकी उपस्थिति से साहित्य में घातक शस्त्रों का अभाव दूर होता है। ऐसी समस्त नन्ही-मुन्नी राष्ट्र-भर में बिखरी तोपों को नमस्कार। तुम मुझ पर कृपा करना। हे मारिणी, हे तारिणी, रिपु-दल वारिणी, तुम्हें प्रणाम है। वीर हैं वे जो कमर में छोटी पत्रिकाएँ बाँधकर घूमते हैं। सुरक्षित हैं वे जिनकी रक्षा छोटी पत्रिकाएँ करती हैं। उनका कोई कुछ नहीं बिगाड़ सकता। हिन्दी में सर्वाधिक घातक शस्त्र के रूप में तुझे प्रणाम करता हूँ। तू मेरे निरन्तर काम आती रहे।

यदि मैं अफसर साहित्यकार हूँ तो हे मम कुर्सी तुझे प्रणाम। मैं तेरे ही सहारे न

लिखकर भी साहित्यकार के रूप में स्थापित रहा हूँ। तेरा प्रभाव रूपान्तरित हो साहित्यिक प्रभाव बन जाता है। तुझ पर विराज, सरकारी बजट फूँक न केवल मित्र-रिश्तेदारों को लाभान्वित कर वरन् स्वयं भी ख्याति अर्जित कर साहित्य के इतिहास में कितनों ने अपनी जगह अक्षुण्ण बनायी। कुर्सी, तू शक्ति है, कुर्सी, तू शत्रु के खिलाफ सबसे बड़ी रक्षिका है, साहित्य में मैं नहीं 'तू' ही है जिसे 'मैं' समझा जाता है। त्वमेव माता, पिता त्वमेव। तू मेरी माई, तू मेरी खंजर, तू मेरी चाकू। ओ कुर्सी, तुझे प्रणाम है। वन्दे कुर्सी नमो नमः।

शस्त्र-पूजा के इस पावन अवसर पर मैं हर छोटे-बड़े साहित्यिक युद्ध में सफलता की कामना करता हूँ। यह हिन्दी साहित्य है जहाँ निरन्तर महाभारत चलता है। यहाँ केवल परस्पर विरुद्ध शस्त्र हैं। उनकी गति है। यहाँ जो होता है, अन्ततः शस्त्र हो जाता है। पुरातन काल के साहित्यकार ईश्वर के रूपों में शस्त्र बना, अपनी साहित्यिक लड़ाई लड़ते रहे हैं। आज का साहित्यकार गाँधी और मार्क्स को दूसरे की खोपड़ी पर पत्थर की तरह मारता है। दर्शन, विचार, कल्पना सब कुछ यहाँ शस्त्र बन जाते हैं, फतवे गोलों की तरह छूटते हैं और जुमले बुलेट की तरह सन्नाकर शत्रु साहित्यकार की खोपड़ी तोड़ देते हैं।

कविताएँ जो आरम्भ में कोमल लगती हैं, बाद में शस्त्र बन जाती हैं। सप्तक शस्त्र बना, नयी कविता शस्त्र है। हर चीज यहाँ खंजर होती है। मोटे उपन्यास खोपड़ी पर ईंट की तरह टूटते हैं और लम्बी कहानियाँ बर्छी की तरह दुश्मनों का नाश करती हैं। लोग अपने संकलनों को दीवार पर टँगे शस्त्र का आदर देते हैं। कब, कौन-सी चीज, कहाँ, किस पर वार करने के काम आ जाएगी, कोई नहीं जानता, समीक्षा ब्रह्मास्त्र है। उसके आतंक के सामने कौन ठहर सका है। साहित्य सेवा का शुद्ध अर्थ हाथ में खाँडा लेकर चलना और दूसरों की गर्दनें उड़ाना है।परम लक्ष्य है मैदान में अकेले बचे रहना और मुर्दों पर हँसना। जो छोटा है, वह बड़ों के लिए घातक है। जो बड़ा है वह छोटों के लिए। दूसरों को काटना, काटते रहना ही साहित्य में जीवन की सार्थकता है। अतः शस्त्र ही मात्र सहारा है। मारो, मारो। अपना पराया जो भी हो, मारो। गुट बनाकर दूसरे गुट को मारो। विजय के बाद अपने गुट के सदस्यों को मारो। सेमिनार एक-दूसरे को घायल करने के सामुदायिक मोर्चे हैं। विचार-विमर्श का अर्थ है युद्ध का नक्शा बनाना। जो कुछ होता है वह युद्ध है, उनकी तैयारी या अन्त के प्रलाप। प्रलाप फिर चुनौती बन जाते हैं। साहित्य में कोई खुद नहीं मरता। दूसरे के मारे मरता है। हर शव पर पैर रख किसी ने तसवीर खिंचाई है और उस तसवीर खिंचानेवाले को किसी और ने मारा है।कोई सुरक्षित नहीं। हिन्दी में भवन बनाकर लोग समझते हैं, हम टैंक में बैठे हैं, हमारा कोई कुछ नहीं बिगाड़ सकता। हम यहाँ से गोले छोड़ेंगे। पर शत्रु उनके भवन में घुस उन्हें मारता है। ये भवन से मारते हैं, वह बिना भवन के मारता है। हर चीज शस्त्र है, हर स्थिति स्ट्रेटजी है। केवल मारना ही एक कर्म है।

किताबें, संस्था, पत्रिका, माइक, पद, कोश, कविता, कल्पना, विचार, धारणाएँ, जूता, वस्त्र, सुन्दर पत्नी, रिश्ता, पहचान, मकान, कुँवारापन, दाढ़ी, विदेश-यात्रा, गरीबी, अंकल, प्रकाशन-गृह, शेरवानी, राजनीति, सम्मान, पुरस्कार, ज्ञान, अज्ञान, सन्दर्भ, स्मृति, अनुभव, साधनहीनता, साधन, शरीर, कण्ठ, धुन, भक्ति, गँवईपन, प्रान्त, शुद्ध भाषा, नगर, महानगर, दिल्ली, शिक्षामन्त्री, राष्ट्र-प्रेम, गाँधीजी, कला, बाप, बड़े भाई, लड़का—गरज यह कि हर चीज और हर हालत का हिन्दी साहित्य में शस्त्र की तरह इस्तेमाल होता है। बचाव के लिए और प्रायः ही आक्रमण के लिए साहित्य में सब कुछ शस्त्र है।

दशहरे के इस पावन अवसर पर मैं शस्त्ररूपिणी इन समस्त शक्तियों को प्रणाम करता हूँ। मेरे पास जो है, उसे प्राण-रक्षा और शत्रु-मारण के लिए प्रयोग हेतु कृतसंकल्प मैं अपने शस्त्रों को प्रणाम करता हूँ। सर्व साहित्यिक जन अपने-अपने शस्त्रों को प्रणाम करें। ओम अशान्ति, ओम अशान्ति। ओम अशान्ति। आओ अब लड़ें। श्री गणेशाय नमः, खबरदार जाने न पाये !

48

काम टालना

मनुष्य स्वतन्त्र है इसकी एकमात्र पहचान है उसका काम नहीं करना। वह कुछ कर रहा है, करने को मजबूर या अभिशप्त है, यह उसकी दासता और कुल मिलाकर पिछड़ेपन का प्रमाण है। आज आदमी की जिद है कि वह बार-बार खुद की नजर, दूसरों की नजर में स्वतन्त्र और आधुनिक साबित करे। यह कैसे हो सकता है जब तक वह उसे दिया हुआ, सौंपा हुआ काम स्वीकार न करे, या स्वीकार के बाद भी न करे। मानव-सभ्यता के इस दौर में इसी कारण काम टालना सबसे बड़ा दर्शन और सबसे बड़ी कला हो गयी है। गौर से देखिए तो विगत दो सौ वर्षों से विज्ञान इसी समस्या से जूझ रहा है और कला के क्षेत्र में बड़ी हद तक यह समस्या हल हो गयी है। आदमी काम नहीं करना चाहता मगर आदमी के लिए काम होना जरूरी है। और विज्ञान अपनी कोशिशों से इसका हल खोजता है। आदमी को नियमानुसार चाहिए कि वह दुश्मन के घर में घुसकर लात-घूँसे से उसको परास्त करें मगर वह इस जोखम को टालता है। विज्ञान इसी कारण गोले और राकेट का आविष्कार करता है। ताकि अपने घर बैठे यह काम हो जाए। कष्ट भी न हो और शत्रु समाप्त। जमीन से हीरा, कोयला या पानी निकालना आदमी के लिए जरूरी है मगर वह मिट्टी खोदने की बोरियत सहन नहीं कर सकता। विज्ञान ने इसीलिए मशीनों का आविष्कार किया। यदि आप मान भी लें कि आवश्यकता आविष्कार की जननी है तो यह भी विश्वास रखिए कि आलस आविष्कार का बाप है। आलस और जरूरत का सुखद संयोग ही विज्ञान का कारक है।

मनुष्य में शक्ति है, इसका यदि प्रमाण प्रस्तुत करना है तो उसे कुश्ती लड़नी होगी या घर की भारी पेटियाँ-ट्रंक एक जगह से दूसरी जगह हटाकर दिखानी होंगी। मगर वह विवेकशील है। यह सिद्ध करने के लिए वह कुश्ती की स्थितियाँ टालेगा और ट्रंक हटाने कि लिए दूसरा आदमी खोजेगा। आज का आदमी स्वयं को विवेकशील साबित करना चाहता है और इसीलिए वह काम करने की सारी परिस्थितियाँ नकारता है। राजा बड़े पराक्रमी माने गये हैं जो युद्ध लड़े और जीते मगर वे वजीर बुद्धिमान माने गये हैं जो युद्ध की स्थितियाँ टाल गये या जो राजा को ऐसे समय युद्ध लड़ने की सलाह देते थे जब खतरा सबसे कम हो। यही विवेक है। हम अपने पूर्वजों को बुद्धिमान कहते हैं, उसका क्या-क्या कारण है। आज हम कितने धन्धों में पड़े हुए हैं, उससे बचकर भी हमारे पूर्वज सुख की जिन्दगी जीये। यह सच है कि उनके पास कारें नहीं थीं मगर

सुखद स्थिति यह थी कि उन्हें कहीं जाना भी नहीं था। आज हम बिगड़ी हुई कार भी दुरुस्त किये बिना नहीं रह सकते क्योंकि हमें कहीं जाना है। इसी खटकरम से मुक्ति की पड़ताल आज के मनुष्य की समस्या है। विदेश से हिप्पी आ गये हैं। और वे यहाँ पड़े हुए हैं, भटक रहे हैं। वे आधुनिक हैं क्योंकि वे अपने देश में रहकर कड़ी मेहनत करने की स्थिति से मुक्त हो गये हैं। वे एक आदर्श मानवीय स्थिति जी रहे हैं। वे वैज्ञानिक नहीं बने, बन्दूक उठा लड़ने नहीं गये, वे यहाँ आ गये। कुछ न काम करने का जैसा सुखद वातावरण भारत में उन्हें देखने को मिलता है वैसा अन्यत्र कहाँ मिलेगा ? मैं इसीलिए काम टालने को एक किस्म का जीवन-दर्शन मानता हूँ और उसे सफलतापूर्वक जीवन में उतारने को एक कला। यह प्रश्न मनुष्य का पहला प्रश्न है और यह निदान मनुष्य का पहला निदान है कि वह काम नहीं करेगा। अर्जुन ने यह सवाल बीच युद्धभूमि में उठाया था और इस नतीजे पर पहुँच गया था कि वह नहीं लड़ेगा। आप जानते ही हैं कि पास में कृष्ण खड़े थे, जिनके प्रभाव में आकर अर्जुन लड़ने को तैयार हो गया। मगर सदैव जब कोई काम सामने आने पर मनुष्य यह निर्णय लेता है कि वह नहीं करेगा, आज तो बिल्कुल ही नहीं करेगा तब पास में कृष्ण जी तो खड़े नहीं होते। वह निर्णय लेने को स्वतन्त्र होता है और वह काम नहीं करता। आज कितनी फाइलें दस्तखत के इन्तजार में हैं, कितना रुपया खजाने से बाहर नहीं आ रहा, आ गया तो उपयोग नहीं होता, होता है तो काम नहीं बनता। अर्थात् आधुनिक मनुष्य अपनी न काम करने की भूमिका बराबर निभा रहा है।

विज्ञान ने इस न काम करने की समस्या का निदान अपने ढंग से सोचा है, मगर आधुनिक कला ने वास्तव में खोज लिया। आज नया चित्र कला के नाम पर हर किस्म की बेगार टालने और चित्र बनाने से बचने की स्थिति में पहुँच गया। काव्य में मात्रा गिनने का कष्ट नहीं रहा, आप कोरे कागज को एक कविता घोषित कर सकते हैं और यही हालत नाटक संगीत में है। कुछ कीजिए, कुछ बजाइए। आज का व्यक्ति उस सब स्थिति को नकार सकता है जिसमें कष्ट करना पड़ता है। गर्व से कह सकता है कि उसने अमुक पुस्तक नहीं पढ़ी। आज से सौ वर्ष पहले सम्भवतः वह ऐसा कहते हुए संकोच करता मगर आज स्थितियाँ बदल गयी हैं। उसने पुस्तक नहीं पढ़ी और जिससे वह कह रहा है उसने भी नहीं पढ़ी। दोनों टाल गये हैं और प्रसन्न हैं, शान से जी रहे हैं।

यह तो निश्चित ही है कि काम करने अथवा जिम्मेदारियों को सँभालने के कारण प्राचीन काल से आज तक मानव जाति के सदस्यों को कई कष्ट सहन करने पड़े हैं जिनसे आसानी से बचा जा सकता था। बहुत सारे मारे गये। बहुतों की जिन्दगी बरबाद हो गयी और बिचारों को यश के अतिरिक्त कुछ नहीं मिला। सिर्फ यश प्राप्त करने के लिए मनुष्य मेहनत करे, यह बात अधिकांश व्यक्तियों को इस युग में स्वीकार नहीं है। अधिकांश व्यक्ति बल्कि 99 प्रतिशत कहिए सिर्फ इसलिए मेहनत करने को राजी नहीं हैं कि उससे यश मिलेगा या इतिहास में जगह मिलेगी। यदि यह मनुष्य का स्वभाव

होता तो इतने लोग संसार में जन्मे हैं कि आज करने को कुछ काम नहीं बचता। फिर भी काफी बचा है। इससे स्पष्ट है कि मनुष्य का मूल स्वभाव काम टालना ही नहीं है। कोई आश्चर्य नहीं होता यदि मैं मनुष्य को अपने स्वभाव पर अटल पाता हूँ।

मैंने इतिहास नहीं पढ़ा मगर शायद अकबर की बेगम ने भी अकबर से कहा था कि मेरे मरने पर ऐसी शानदार संगमरमर की यादगार बनवाना जिसका सानी दुनिया में कहीं न हो। वह ताजमहल टाइप कोई चीज अपने मरने के बाद बनवाना चाहती थी। मगर अकबर बात को हँसकर टाल गया। वह अगर स्वीकार कर लेता और वाकई उस काम में भिड़ जाता तो उसे भी शाहजहाँ के-से अन्तिम दिन बिताने पड़ते। अकबर ने साफ इंकार कर दिया और एक बड़ी परेशानी से बच गया। शाहजहाँ में इतना साहस नहीं था और नतीजा यह हुआ कि उसे ताजमहल बनवाना पड़ा। मेरे ख्याल से वह आश्वासन देकर मुमताज महल को टाल सकता था। बड़े लोगों का काम न करने का तरीका तो यही है। वे आश्वासन देते हैं कि ताजमहल बन जाएगा, फिर नहीं बनता।

काम न करने की कला अब पर्याप्त विकसित कला हो चुकी है। यदि मुझे काम टालना है तो कई तरीके हैं और एक से एक पुरअसर। सबसे पहला तरीका तो यही है कि आप उस काम की उपयोगिता और प्रासंगिकता पर ही सन्देह कीजिए और इस बहस में जुट जाइए कि यह काम नहीं होना चाहिए। दूसरी स्थिति में आप अत्यन्त नम्र हो जाइए और स्वयं को ऐसी बड़ी जिम्मेदारी के लिए अक्षम घोषित कर दीजिए। अथवा आप यह खतरा बताइए कि यदि आप यह काम करेंगे तो दूसरा काम नहीं कर सकेंगे जबकि सच्चाई यह है कि आप दूसरा भी नहीं कर रहे। फिर भी काम गले मढ़ ही दिया जाये तो कतिपय ऐसी तकनीकी परेशानियाँ खड़ी कर दीजिए जिससे काम न हो या कम-से-कम टल जाए। अन्त में यदि आपसे कोई पूछे कि काम क्यों नहीं हुआ तो ठण्डी साँस लेकर अफसोस कीजिए। मेरी हार्दिक इच्छा थी कि काम हो मगर क्या किया जाए परिस्थितियाँ ही ऐसी नहीं थीं कि काम हो सकता और साँस छोड़ दीजिए, यदि जरूरी समझें।

मैं अपनी बात के सबूत में, कि काम टालना एक कला है, संस्कृत के कई कोटेशन दे सकता हूँ, इतिहास के उदाहरण प्रस्तुत कर सकता हूँ, आधुनिक चिन्तकों और मनीषियों के विचार रख सकता हूँ, जो मेरी ही तरह सोचते हैं मगर उसके लिए मुझे अध्ययन और परिश्रम करना होगा। इसलिए मैं सोचता हूँ कि कौन चक्कर में पड़े, बेकार ही, लाख प्रमाण बटोरने पर भी यही सिद्ध होगा ना कि मनुष्य आलसी प्राणी है और काम टालना भी एक कला है। तो यों ही मान जाइए ना, क्यों परेशान कर रहे हैं !

49

रेकॉर्ड मैंने नहीं तोड़ा

जिन क्षणों में गावसकर ने ब्रैडमैन का रेकॉर्ड स्पर्श किया, देश के बहुत-से भूतपूर्व क्रिकेट खिलाड़ियों ने स्वयं से प्रश्न किया होगा कि यह काम मैंने क्यों नहीं किया ? मैंने क्यों नहीं तोड़ा ब्रैडमैन का रेकॉर्ड ? इस तरह अपने-आप से प्रश्न करने वालों में एक मैं भी हूँ। जो काम गावसकर ने किया, वह 'शरद' तुमने क्यों नहीं किया ?

कारण व्यक्तिगत हैं और दार्शनिक। मैं इसके लिए निष्ठुर समाज और आड़े आने वाली परिस्थितियों को भी दोष नहीं दूँगा, क्योंकि पिच पर बल्ला लेकर खड़े चिन्तन की जिन गहराइयों में मैं डूब जाता था, उस स्थिति को कोई अर्जुन या हैमलेट ही समझ सकता है। हैमलेट के आसपास कोई कृष्ण नहीं था और अर्जुन कृष्ण से सम्वाद करने के पूर्व लगभग एक निर्णय तक पहुँच चुका था। मेरी गुत्थी या गुत्थी खड़ा करने का अन्दाज इन दोनों से भिन्न था। प्रायः एक-दो रन बनाने के बाद मन में प्रश्न खड़े होते थे कि शरद, तुम कहाँ हो, क्या कर रहे हो ? कौन इनमें तुम्हारा और कौन पराया है ?

खेल हो या युद्ध, विरोधी आपके सामने समान वजन और क्षमता का शस्त्र लिये खड़ा होता है। क्रिकेट के मैदान पर मुझे विश्वास नहीं होता कि जो विपरीत सिरे पर बल्ला लिये खड़ा है, वह तो मेरा साथी है और मेरे ठीक पीछे नम्र मुद्रा में झुका हुआ जो विकेटकीपर है, वह मेरा प्राणघाती है, शत्रु है। मतलब, जो आपका दोस्त है, वह तो आपके सामने तनकर खड़ा है और जो पीछे खड़ा सहारा देता-सा प्रतीत होता है, वह आपका विरोधी है। यह समस्या दो-चार रन बना लेने के बाद खड़ी होती। मैं उससे अधिक रन बनाने के जतन में रन आउट हो जाता।

जाने क्यों फील्डर्स मुझे मेरे प्रशंसक लगते। उनके चेहरों पर एक अपेक्षा का भाव होता कि मैं गेंद को हिट करूँगा, यह भाव मुझे कर्म की प्रेरणा देता और मैं उनकी अपेक्षा की पूर्ति करने में एकाध ऐसी गेंद हिट कर देता, जिसे वे सरलता से झेल लेते। पूरी नम्रता से कैच के लिए हाथ जोड़े फील्डर्स और धेनुमुद्रा में खड़ा विकेटकीपर मुझे अपने लगते, पराये नहीं। अक्सर गेंद को हिट करने के बाद मैं दौड़ता नहीं था। मुझे अपनी पीटी गेंद को दूर तक जाते देखना बहुत अच्छा लगता था। ऐसे सुन्दर क्षण और सुहाने दृश्य को विकेट के बीच दौड़कर गँवाना मुझे ठीक नहीं लगता था। दूसरा बल्लेबाज़ चिल्लाता, 'रन, रन यू फूल' मगर एक सुन्दर गेंद का दूरी तक जाना देखना कितना सुखद होता है, यह तो मुझ-जैसा व्यक्ति ही समझ सकता है, जो बल्लेबाज होने

के साथ एक अच्छा दर्शक भी था।

वे धुआँधार क्रिकेट के दिन थे। सुबह जब हम खेलने उतरते, कोई नहीं जानता था कि क्या होगा ? किसकी खिड़की का काँच फूटेगा, किसके कन्धे पर गेंद लगेगी! क्रिकेट की इस अनिश्चितता से सारा मोहल्ला डरता था। एक अच्छे क्रिकेट के लिए सड़कें जितनी चौड़ी होनी चाहिए, उतनी नहीं थीं। उसका लाभ भी था कि सीमा छोटी थी। गावसकर जितनी दूरी तक गेंद फेंककर एक रन बटोर पाता है, उतने में हम चार बना लेते थे। विकेट के बीच दूरी भी कम थी, क्योंकि आखिर विकेटकीपर के लिए जगह निकालनी होती थी। वो क्या पीछे नाली में खड़ा रहता ?

ब्रैडमैन का रेकॉर्ड मेरे द्वारा तोड़े जाने का सवाल ही नहीं था। एक तो हमारे मोहल्ले की टीम में या स्कूल की टीम में स्कोर याद रखने का रिवाज ही नहीं था। मुझे ही याद रखना पड़ता था कि मैंने बुधवार को कितने रन बनाये और गुरुवार को कितने बनाये। आँकड़ों की डींग को हाँकने का प्रयत्न करता, तो कोई सुनता नहीं, या वे जवाब में अपने सुनाने लगते। अगर मैं सौ रन भी बना लूँ, तो एक माह बाद गवाह ढूँढ़ना मुश्किल पड़ जाता कि मैंने बनाये थे। आरम्भिक संघर्ष के दिन थे। मेरे लिए तो वे ही अन्तिम सिद्ध हुए।

कारण दार्शनिक थे। जरा सोचिए कि अम्पायर, जो न्याय का प्रतीक है, उस तरफ खड़ा है, जिधर से आप पर प्रहार के लिए गेंद आ रही है। आपका साथी कहलाने वाला बल्लेबाज भी पास ही वहीं है। तटस्थ है। बल्ला हाथ में लिये सामने की ओर देखता मैं, जब मित्र, शत्रु और न्यायाधीश तीनों को अपने सामने खड़ा पाता, तो सोचता रह जाता। सारी सम्भावनाएँ क्षीण होने लगतीं। मुझे अम्पायर पर क्रोध आने लगता। यह शख्स निरन्तर उस क्षण की प्रतीक्षा में है, जब मैं आउट होऊँ और यह निर्णायक उँगली उठाये। वह बॉलर को उकसा रहा है। क्या यह कभी भी मेरी ओर से नहीं सोचेगा ? बॉलर से कभी नहीं कहेगा कि टाइट गेंदें न फेंके ताकि मैं एक-दो रन बना सकूँ। बीस-तीस मिनट से मैं सुरक्षात्मक खेल खेलकर अपना शरीर बचा रहा हूँ। यह कब तक चलेगा ? यदि मुझे रन नहीं बनाने दिये जाने थे, तो मुझे यहाँ बुलाया क्यों गया ? मुझे समूची व्यवस्था अपने विरुद्ध खड़ी जान पड़ती थी। मैं बल्ला हाथ में लिये तन्त्र के सामने स्वयं को अकेला और असहाय अनुभव करता था।

अपनी निगाह में मैं एक अच्छा ओपनर था। पर अपने विषय में इस तरह की निगाह रखने वाले हमारी टीम में लगभग सभी खिलाड़ी थे। सभी अपने-आपको एक श्रेष्ठ ओपनर मानते थे। जब तक यह तय नहीं होता कि ओपन कौन करेगा, खेल शुरू नहीं हो पाता था। मेरी विशेषता यह थी कि रन चाहे न बनाऊँ, मगर एक बार ओपनर हो जाने के बाद मुझे क्लोज करना मुश्किल हो जाता था। क्रिकेट की भाषा में जिसे कहते हैं, एक छोर पर जमे रहना। मैं दोनों छोरों पर जमा रहता। सामने वाले बल्लेबाज के सिंगल बन जाने के कारण मुझे छोर बदलना पड़ता था।

जीवन की ऊब तोड़ने के लिए क्रिकेट खेलता था, पर मैं वहाँ स्वयं को नयी ऊब से घिरा पाता था। लोगों का कहना था कि उस ऊब का कारण मैं स्वयं हूँ। हमारे एक क्रिकेट प्रशिक्षक थे, जो क्रिकेट के भविष्य और खासकर भारतीय क्रिकेट के भविष्य को लेकर बहुत चिन्तित रहते थे। एकान्त में और प्रायः सरेआम वे मुझे सलाह देते थे कि मुझे क्रिकेट खेलना छोड़ देना चाहिए। इसमें भारतीय क्रिकेट का हित तो है, मेरा भी हित है। उन्हें यह डर बहुत सताता था कि किसी दिन मेरे हाथ-पैर न टूट जाएँ। यह डर बल्ला हाथ में होने के बावजूद मुझे भी कम नहीं सताता था। वे मुझे सलाह देते थे कि मुझे शतरंज खेलना चाहिए। समस्या सामने आने पर अगली चाल सोचने के लिए शतरंज में काफी समय मिलता है। क्रिकेट में बॉल सामने आने पर उतना समय नीति-निर्णय करने और बल्ला मारने के लिए नहीं मिलता, जिसकी मुझे दरकार होती थी। मैं शतरंज का खिलाड़ी भी न हो सका, पर वह अलग लेख का विषय है, जिसमें मैं प्रेमचन्द की एक कहानी को दोषी पाता हूँ। फिलहाल प्रश्न यह है कि क्रिकेट में मैंने ब्रैडमैन का रेकॉर्ड क्यों नहीं तोड़ा ?

सच यह है कि ब्रैडमैन ने कोई रेकॉर्ड बनाया है, इसकी जानकारी भी मुझे तभी हुई, जब गावसकर उसे तोड़ने के करीब पहुँचा। ब्रैडमैन ने जितनी इनिंग्स में वह रेकॉर्ड बनाया, उससे बहुत अधिक इनिंग्स में गावसकर ने वह रेकॉर्ड बनाया, यह जानकारी भी मुझे गावसकर के बयान से ही मिली। यदि मैं ब्रैडमैन का रेकॉर्ड तोड़ने जाता, तो मुझे टेस्ट मैचों की कोई तीन सौ इनिंग्स खेलनी पड़तीं। कुल मिलाकर जो मैंने खेला है, वह नेट प्रैक्टिस है, टेस्ट मैच नहीं। मैं सदा नेट प्रैक्टिस का ही मजा देता।

यह ठीक ही हुआ कि मैंने ब्रैडमैन का रेकॉर्ड तोड़ने का प्रयत्न नहीं किया। पहले तो वह टूटता नहीं और टूट जाता, तो फिर गावसकर क्या करता ? मेरी अनुपस्थिति से उसे जीवन का एक लक्ष्य मिल गया। यों भी मुझमें और गावसकर में खिलाड़ी के नाते बड़ा फर्क है। वह नयी बॉल पर आउट होता है, मैं पुरानी पर ही हो जाता हूँ। कई बार वह नयी पर भी नहीं होता। मैंने नयी बॉल ओपनर होने के बावजूद नहीं देखी। हमारे पास एक ही बॉल थी, जिसे हम अपनी निकरों पर निरन्तर कई महीनों तक घिस चमक बनाये रखते थे। जब एक गेंद खो जाती, तब खेल दस-बारह दिनों के लिए रुक जाता, क्योंकि नयी गेंद के लिए चन्दा करने में वक्त लगता था। परिस्थितियाँ कठिन थीं। ब्रैडमैन का रेकॉर्ड तोड़ने जाता, तो पता नहीं खुद कितनी जगह से टूटता। पर मैं परिस्थितियों को दोष नहीं दूँगा। कारण निजी थे और प्रायः दार्शनिक।

आज जो भी खिलाड़ी या ग़ैर खिलाड़ी स्वयं से प्रश्न कर रहा होगा कि उसने ब्रैडमैन का रेकॉर्ड क्यों नहीं छुआ, तो उसके उत्तर मेरे उत्तरों से मिलते-जुलते होंगे। हम उसी लुगदी के बने हैं, जिस पर कविता-संकलनों की छपाई होती है। गेंद पीटने के लिए अधिक दम की जरूरत होती है। वह होता, तो भारतीय क्रिकेट क्या भारतीय प्रजातन्त्र की भी अनेक समस्याएँ सुलझतीं, कई रेकॉर्ड टूटते।

50

राम आ, ईख ला

बच्चे बहुत शोर मचाते हैं। यह शोर अप्रजातान्त्रिक किस्म का होता है, जिससे मुझ जैसा साहित्यिक, जो नितान्त व्यावसायिक कारणों से गम्भीर रहना जरूरी समझता है, असहमत है। इस शोर का कारण यही है कि देश में बाल-साहित्य की कमी है। अगर बच्चों का साहित्य पर्याप्त मात्रा में होता, तो बच्चे चुपचाप बैठते, पढ़ते, हल्ला नहीं करते। कुसूर लेखकों का है। जिस संख्या में माता-पिता बच्चे उत्पन्न कर रहे हैं, उस संख्या में लेखक पुस्तकें नहीं लिख रहे। जितनी दवाइयाँ हैं, उतने प्रकाशन नहीं। जितने जच्चेखाने हैं, उतनी रोटरी मशीनें नहीं। इसी असन्तुलन के कारण बच्चों का सारा समय शोर-शराबे, ऊधम में बीतता है।

एक पिताजी किस्म के सज्जन मुझे बता रहे थे कि बच्चों के लिए जो साहित्य छप रहा है, खास अच्छा नहीं है। वही परियों के किस्से और चन्द्रलोक पर जाने वगैरह की बातें, जिससे बच्चों को कोई शिक्षा नहीं मिलती। मैं उनसे असहमत हुआ। (अगर बहस में मजा लगाना है, तो असहमत होना जरूरी है।) मैंने कहा कि परियों की कहानियाँ पढ़कर लड़कों को, अप्रत्यक्ष रूप से कहिए, लड़कियों के मिजाज की जानकारी हो जाती है। भावी जीवन के लिए यह जरूरी है। रहा चन्द्रलोक पर जाने के लिए विज्ञान-शिक्षक द्वारा मशीन बनाने का सवाल, तो भाई बच्चों को इससे चन्द्रलोक के विषय में या मशीन के विषय में जानकारी नहीं मिलती, पर शिक्षकों के विषय में जरूर जानकारी मिलती है, जो शाला की पढ़ाई छोड़कर दीगर कामों में लगे रहते हैं। कुछ देर बहस के बाद मैंने मंजूर कर लिया कि बच्चों के लिए अच्छा साहित्य नहीं लिखा जा रहा। किसी लेखक से कहिए कि दूसरे अच्छा नहीं लिख रहे, तो वह नाममात्र की बहस के बाद बात मंजूर कर लेता है।

"आप बाल-साहित्य क्यों नहीं लिखते ?" वे पूछने लगे।

"आप न बच्चे हैं न प्रकाशक, यह माँग करने का आपको क्या अधिकार है ?" मैंने कहा।

"मैं पाँच बच्चों का बाप हूँ और एक प्रकाशक का दोस्त। अगर आप लिखें, तो मैं प्रकाशित करवा सकता हूँ।"

मैंने आगे बढ़कर हाथ मिलाया तुरन्त। किसी लेखक के लिए वह क्षण, जब उसे पता लगता है कि उसकी पुस्तक छपने वाली है, कितने सुख का क्षण होता है, मलय-समीर

बहने लगा। कोयल, पपीहा, तोता, मैना से लेकर झींगुर तथा नाना प्रकार के कीड़े-मकोड़े गुंजार करने लगे। चाँद बादलों से बाहर आया, पेड़ झूम उठे, फूल खिले और तितलियाँ लपकीं। मैंने भावविभोर होकर स्वीकार कर लिया कि अगर यही बात है, तो बाल साहित्य लिखूँगा।

''अवश्य ! पर ख्याल रखिए, वह ऐसा साहित्य हो, जो बच्चों के लिए वास्तव में उपयोगी हो।''

उन पिताजी किस्म के सज्जन की बातों पर मैंने विचारा। अब मेरी मजबूरी यह है कि गम्भीरतापूर्वक ज्यादा देर विचार नहीं कर सकता। बड़ी जल्दी चाय माँगने लगता हूँ। फिर भी चूँकि समस्या राष्ट्रीय महत्त्व की थी, इसलिए मैं काफी देर विचारता रहा। कोई समझिए, बीस मिनट तक लगातार। अब यह भी तय है कि जब लिखना ही है, तो क्यों नहीं अमर साहित्य ही लिखा जाए। लेखक मर जाए और साहित्य जीवित रहे, वही अमर साहित्य है। यह परिभाषा मैं नहीं मानता। पढ़ने वाले मरते जाएँ और साहित्य जीवित रहे, वही अमर साहित्य है।

बच्चों के लिए जरूरी है कि वे अपने शिक्षक को सबसे पहले समझें। उसके गुण, उसका धन्धा और उसकी आदतें। बच्चों की पुस्तक के प्रारम्भिक पाठ ऐसे ही होने चाहिए।

राम और गुरुजी

राम शाला आया। वह हाथ में ईख लिये था। । गुरुजी ने कहा, ''आ राम, आ। ईख इधर रख। पाठ पढ़।'' राम ने पाठ पढ़ा। खेल का घण्टा बजा। सब खेलने लगे। गुरुजी ने ईख चूसना शुरू किया। वे पूरी ईख चूस गये। ईख मीठी थी। गुरुजी ने राम से पूछा, ''ईख कहाँ से लाये थे ?'' राम ने कहा, ''गुरुजी, शाला के रास्ते में एक खेत है। मैंने वहीं से ईख उखाड़ी।''

गुरुजी ने कहा, ''शाबास ! तुम अच्छे बालक हो। रोज ईख लाया करो।''

राम रोज शाला आता है। गुरुजी के लिए वह ईख लाता है। गुरुजी रोज शाला के बरामदे में ईख चूसते हैं। एक दिन ईख के खेत के किसान ने राम को ईख चुराते पकड़ लिया। उसने राम की पिटाई की। गुरुजी को पता लगा। वे थाने गये और किसान की शिकायत की। थानेदार ने किसान को सजा दी। किसान ने गुरुजी और राम से क्षमा माँगी। वह रोज एक ईख राम को देने लगा। राम गुरुजी को लाकर ईख देने लगा। गुरुजी बरामदे में ईख चूसते हैं।

ईख लम्बी होती है। ईख मीठी होती है। ईख गुणकारी होती है। गुरुजी ने ईख के लाभ बालकों को बताये। ईख से शक्कर बनती है। देश में ईख की खेती बढ़ रही है। देश में शालाएँ और गुरुजी भी बढ़ रहे हैं। किसान ईख उगाता है। राम आदर्श बालक है। गुरुजी ईख चूसते हैं।

मैं सोचता हूँ कि इस पाठ से बच्चे शिक्षकों के चरित्र को अच्छी तरह समझ लेंगे और साथ ही उनकी ईख के सम्बन्ध में भी अच्छी जानकारी हो जाएगी।

बच्चे जंगल में जाने या इधर-उधर भटकने के लिए बहुत उत्सुक रहते हैं। इस प्रवृत्ति के शमन के लिए यह पाठ उपयुक्त होगा।

मोहन और शेर

मोहन जंगल गया। वह हमेशा जंगल जाता था। एक दिन उसे जंगल में शेर मिला। मोहन साहसी बालक था। वह शेर से नहीं डरा। शेर भी साहसी शेर था। वह भी मोहन से नहीं डरा। शेर ने मोहन पर हमला किया। शेर ने मोहन को खा लिया। गलती मोहन की थी। उसे जंगल नहीं जाना चाहिए था। अच्छे बच्चे जंगल नहीं जाते। अच्छे बच्चे घर में रहते हैं। अच्छे बच्चे कहीं नहीं जाते। वे सिर्फ शाला और अस्पताल जाते हैं।

पुरानी पीढ़ी और नयी पीढ़ी का संघर्ष आज की समस्या है। अगर नयी पीढ़ी को कम आयु में ही यह समझा दिया जाए कि पुरानी पीढ़ी का आदर करना चाहिए, तो यह समस्या टल सकती है। एक पाठ इस दृष्टि से भी लिखा है।

पिताजी का उपयोग

ये पिताजी हैं। पिताजी हमेशा बच्चों से बड़े होते हैं। बड़ों का आदर करना चाहिए। आदर करने से लाभ होता है। किसी का आदर कर तुम उससे काम निकाल सकते हो। पिताजी कोट पहनते हैं। कोट में जेब रहती है। जेब में बटुआ रहता है। बटुए में पैसा रहता है। पिताजी से तुम पैसा ले सकते हो। पैसा आज की दुनिया में जरूरी है। पिताजी का आदर करना चाहिए। उनसे पैसा मिलता है।

आजकल इस तरह के पाठ तैयार करने में जुटा हूँ। रोज ही एकाध पाठ बना लेता हूँ, समस्या गम्भीर है और मैं उस पर गम्भीरता से ध्यान दे रहा हूँ। बच्चे भी जब पढ़ेंगे, गम्भीर हो जाएँगे। उन्हें भावी नागरिक होना है और वह भी किसी ऐसे-वैसे देश का नहीं, बल्कि भारत का। उनमें कई गुण एक साथ चाहिए। उन्हें कई बातें सीखनी हैं। जैसे—'मेहमान आया। इससे बच। यह घर में ठहरेगा। यहीं खाना खाएगा। यह तुझे लूटेगा। तू दरवाजा बन्द कर। ताला लगा। खिसक जा।' इस प्रकार के पाठ नये संस्कारों का निर्माण करेंगे। आज के मनुष्य ने जो सच्चाइयाँ अनुभव से सीखी हैं, वे सब यदि बच्चे पाठ के रूप में पढ़ लें तो दुनिया आगे बढ़े।

और जब कलम उठी ही है तो दुनिया बढ़ेगी ही। अब पिताजी गण शौक से बच्चों के उत्पादन में रुचि लें। बन्दा अब बाल-साहित्य का लेखक हो रहा है।

51

मुस्कराने की मुसीबत

पिछले दिनों हम सुसंस्कृत रहे। यह सिलसिला कोई बीस-पच्चीस दिनों चला। मजबूरी हमने ही निमन्त्रित की थी, अतः गले झूमने के बाद जल्दी न उतर सकी। स्वयं हमारे लिए यह आश्चर्य की बात थी और सेहत के लिए फायदेमन्द कदापि नहीं कि मुस्कराने के लिए हम जबड़े चौड़े करें, तो उसे काफी दिनों वैसा ही रखें। आप कसम लीजिए यदि उन पूरे दिनों हमने नाक या भौं को सिकोड़ा हो। पत्नी बताती है कि रात को भी हम दाँत बाहर किये सोये रहते थे और बार-बार हमारे हाथ नमस्ते की मुद्रा में जुड़ जाया करते थे। जीवन में ऐसी परेशानी से गुजरने का मौका नहीं आया कि गालियाँ देने को तरस गये। जाने क्या हो गया था हमें। कोई राह चलता हमारे पेट में कुहनी भी मार दे, तो मुँह से आवाज फूटती थी—'धन्यवाद' भारतीय संस्कृति के इतिहास में यह बात लिखने लायक होगी कि कोई एक पूरा माह हमने किसी को खरी-खोटी नहीं सुनायी। जीवन के कलिकाल में एक नन्हा-सा सतयुग आकर चला गया, जिसे आज याद करता हूँ तो काँप जाता हूँ, उसकी लम्बाई की याद कर। पूरे पच्चीस दिन !

असली सांस्कृतिक कार्यक्रम चार-पाँच दिनों चला। गाने-बजानेवाले आये, गा-बजाकर चले गये। कवि आये, कविया-कविया कर निकल गये। चिन्तक-फिन्तक आये, खूब बोले-बड़बड़ाये। एक मुशायरा हुआ जो पूरी रात चला, तो दूसरे दिन हाल के कचरे में अधजली-बुझी बीड़ी-सिगरेटों के टुकड़ों के साथ कोई दो क्विण्टल 'वाह-वाह' और 'मुकर्रर-इरशाद' निकले, जो रात-भर में हाल में जमा हो गये थे। दर्शक आते, जब तक नींद हमला न करती, बैठे रहते। मगर हम संयोजक देर रात को जब तक कलाकारों को थपकी और लोरी से सुला नहीं देते, वापस घर नहीं लौटते। सब्र की कोई हद होती है। शरीफ इन्सान की, कब तक कोई अच्छी बात सुन लगातार। लड़ने-झगड़ने को तरस गये। कहीं हो भी रहा था झगड़ा तो निपटाते-सुलझाते गये। हमारी जिन्दगी का रेकॉर्ड रहा है कि हमने लड़ने-झगड़ने का काम करनेवाली सभी पार्टियों को संघर्ष की प्रेरणा दी है और शान्त लोगों के ईमान को छेड़ दूसरे से भिड़वा दिया है। वही हम, ऐसे खटकरनी हम, शान्त रहे। सांस्कृतिक कार्यक्रम संयोजक से जो न करवाये। पच्चीस दिनों हम पर शराफत का एक सौ पाँच डिग्री बुखार चढ़ा रहा। अब कहीं जाकर हम अपनीवाली पर लौटे हैं।

सांस्कृतिक कार्यक्रम का संस्कृति से कोई सम्बन्ध नहीं होता, इस बात को सभी

पढ़े-लिखे समझते हैं, जो इन धन्धों में रहे हैं। मगर संयोजक की पीड़ा तो संयोजक ही समझता है। कला-कल्चर छोड़ आप कुश्ती करवा लीजिए, संयोजक नम्र रहने के लिए अभिशप्त रहेगा। मुख पर मिलनसारिता का मुखौटा कसे खड़े रहना पड़ता है। सभी हमसे बड़े हैं, बाप जी हैं, अन्नदाता हैं। गर्दन झुकाये रखो, क्योंकि तुम संयोजक हो। संस्कृति आती है, तो संयोजक की पीठ पर चढ़कर आती है। उसे निरन्तर अपना नाश्ता बनाये वातावरण को स्वस्थ रखती है।

'एल' पंक्ति की तेरहवीं कुर्सी टूट गयी। वहाँ बैठे व्यक्ति को दो सीटें चाहिए, क्योंकि बारहवीं पर उसकी पत्नी बैठी थी। आगे सब भरी हैं और वह पीछे नहीं जाना चाहता। आप कृपया फिलहाल यहाँ बैठ जाइए, मैं इन्तजाम करता हूँ। तभी भीम जी की खबर आयी कि वे गाड़ी माँग रहे हैं, क्योंकि तबला बदलवाना चाहते हैं। आइए! आइए! इतने में एक महत्त्वपूर्ण महिला आ गयीं और पूछने लगीं कि 'खत्म कब होगा यह, क्योंकि उनका बाबा ठीक नौ बजे सो जाता है।' 'आज कौन-सा राग बजेगा ?' 'बाथरूम किधर होगा भाई साहब ?' 'यार, तुम यहाँ क्या कर रहे हो ? 'सी' गेट पर वालेंटियर नहीं हैं, वहाँ क्यों नहीं जाते ?' 'मैं हार ले आया, कहाँ रखवा दूँ ?' 'जरा सुनिए, आपसे एक जरूरी बात करनी थी।' 'वह स्टेशनवैगन गयी थी, अभी तक लौटी नहीं ?' 'वे लोग पान मँगवा रहे हैं, किसे भेजूँ ?' 'साइकिल स्टैण्ड पर लड़ाई हो गयी। चलता है।' 'भई, 'स्वर्ण प्रभात' दफ्तरवालों ने एक्स्ट्रा पास मँगवाये थे, उन्हें पहुँचाओ, नहीं तो वे कल होनेवाले कव्वाली कार्यक्रम को रुचिहीन और अनैतिक लिखने की सोच रहे हैं।' 'क्या व्यवस्था है तुम्हारी, आगे की सीट पर किन ऐरे-गैरे नत्थू-खैरों को बिठा रखा है और वाइस-चान्सलर पीछे बैठे हैं।' 'शुरू करवाइए, अब किसका इन्तजार है ?' क्योंकि 'माइक टेस्ट हो गये' 'भाभी आ गयीं, भाभी आ गयीं' 'क्या साहब, आज तो नजरें मिलाने की भी फुरसत नहीं ?' 'चलो छोड़ो। यार, यह सब चलता रहेगा, एक चाय पीकर आते हैं।' 'बबन कहाँ है ? कमाल है !'

गरज यह कि हर साँस के साथ एक प्रश्न बाहर निकलता था और दूसरा अन्दर जाता था। दोनों स्थितियों में दोनों अनिश्चित रहते थे। जो काम आपने किये वे महत्त्वहीन थे, जो नहीं किये वे महत्त्वपूर्ण थे। करने या न करने की दोनों स्थितियों में आप महत्त्वहीन थे, क्योंकि आप संयोजक थे। गाड़ी में पेट्रोल नहीं भरवाया, वह कैसे चलेगी ? वादकों को चाय नहीं पहुँचायी, वे कैसे चलेंगे ? दोनों नहीं चले तो इस हूट करने को आतुर जनता के सामने आप कैसे खड़े रहेंगे ? एक अहं बिल्ले की तरह चिपका हुआ था, एक अदद दिमाग अन्दर से पूर्ण खोखलेपन की ओर विकसित हो रहा था, एक जुबान थी जो फूट पड़ने को बेचैन थी। एक हाथ था जो छूट पड़ना चाहकर भी सिमटा हुआ था। संस्कृति अनेक जूतों की शकल में खोपड़ी पर बरसती हुई अन्तरतम को पवित्र कर रही थी। वातावरण में आलोचनाएँ, खुसफुसाहट भारतीय शैली में महक रही थीं। मैं सूँघ रहा था, मुस्कराना संयोजक का धर्म था और असन्तुष्ट

रहना दर्शक का। दोनों अपने धर्म पर अड़े थे। कलाकार अपना कर्म कर रहे थे। दर्शक जब पिघला, उनकी वाह-वाह करने लगा, मगर वह संयोजक पर दाँत पीसता रहा; क्योंकि जिस सीट पर बैठा वह अमृत पी रहा था, वह काफी पीछे थी। जो आगे बैठे थे, वे भी दाँत पीस रहे थे, क्योंकि उन्हें कमेटी में नहीं लिया गया। संस्कृति के क्षेत्र में महान् गायकों से लेकर अदना कव्वालों तक के विषय में जो उनकी धारणाएँ हैं, उसका समाज ने उपयोग नहीं किया। सभी दाँत पीस रहे थे और नम्रता ओढ़े संयोजक दाँत दिखाता सोच रहा था—कार्यक्रम हो जाने दो, फिर एक-एक को देख लूँगा।

सांस्कृतिक जो कुछ होना था, हो गया। कलाकार बिस्तर लपेटकर रेल के डिब्बों में जगह खोजते घुस गये, दर्शक अपने जूते फेंकने के जोखम से बच घर जाकर खर्राटे भरने लगे, अखबार समीक्षाएँ उगल भड़ाँस-भरे पेट साफ करने लगे और उसी क्षण नम्र संयोजक ने सिर फड़फड़ा कर संस्कृति झटकी, सभ्यता के जामे से कूद निकला और खम ठोंककर खड़ा हो गया। कौन कहता है प्रतिक्रिया नहीं होती ? दर्शक पर किस्तों में होती है, संयोजक पर इकट्ठा थोक में होती है और वह गरियाता है। दर्शक गम्भीरता से मुस्कराहट की ओर बढ़ता है, संयोजक मुस्कराहट से मनहूसियत की ओर। आज वह बकने के लिए बेचैन है। बावला हो रहा है।

दूसरे दिन आपका भूतपूर्व गुलाम, नगर के पुच्छ-विषाणहीनों के लिए साहित्य-संगीत-कला का हरा चारा प्रस्तुत करनेवाला था, ठेकेदार अपने असल मानवीय स्वरूप में हर आलोचक को सीधा जवाब देने के लिए निकला। हद होती है, क्रॉस पर चढ़ाकर कीलें टोकने की भी हद होती है। आज गुस्ताखी करनेवाली हर जुबान खींच लूँगा, हाथ तोड़ दूँगा, चाहे लहूलुहान लौटूँ, मगर चौराहे पर सत्य की मूर्ति स्थापित कर वापस आऊँगा। भाड़ में गयी संस्कृति और सांस्कृतिक उठा-धर। मुझे क्या करना, मुझे किसी से क्या करना ?

और तभी हमने देखा कि एकाएक सुखद बदली घिर आयी। हमारा चेहरा तना हुआ था, मगर जो मिला मुस्कराता मिला। यहाँ-वहाँ से बधाइयाँ उफनने लगीं। जाने कहाँ का कल्चर आ गया जो हमारे क्रोध को परास्त करने लगा। हर बधाई के साथ छटाँक भर खून बढ़ रहा था और हम ही नहीं, धीर-धीरे समूचा वातावरण स्वस्थ लगने लगा। लौटे, फिर गये, फिर लौटे और हर बार उनकी शराफत से पिटकर लौटे। क्या कर सकते थे ? सिवाय मुस्कराने के क्या कर सकते थे ? उनकी कोशिश है कि हम संयोजक बने रहें, ताकि वे हमें और हमारी चालू मुस्कान को पीटते रहें। उन्हें डर है कि कहीं हम टिकट खरीदनेवाले मामूली आदमी न बन जाएँ। बेहतर पछाड़ना उठाकर पछाड़ना है। वे हमें उठा रहे हैं। कह रहे हैं कि ऐसा ही बार-बार चले। एक कार्यक्रम ठण्डा न हो कि तुरत दूसरा चले। मगर मैं क्या करूँ ! संयोजक की जिन्दगी ही बरबाद होने को अभिशप्त है, मैं क्या करूँ ? मैं मुस्कराता हूँ, जबड़े चौड़े करता हूँ, और चौड़े करता हूँ। संस्कृति गली के मोड़ पर मुँह बाये मेरा इन्तजार कर रही है। मैं उधर जा रहा हूँ।

52

तलाश कुछ शब्दों की

कई बार उपयुक्त शब्द न मिलने से बड़ी कठिनाई होती है। कोश भी मदद नहीं करते; क्योंकि जब उस आशय का शब्द ही नहीं है तो कोश कहाँ से लाकर देगा। तब मजबूरी में आकर एक नया शब्द गढ़ना पड़ता है। धीरे-धीरे चल जाता है। यह समस्या हर लल्लू जगधर के सम्मुख नहीं आती मगर हम जैसे प्रायः इस बारे में परेशान रहते हैं। कुछ ऐसी स्थितियाँ हैं जो अपने लिए एक शब्द चाहती हैं। जैसे आप खाना खाने बैठे। एक कौर मुँह में रख आप क्रोध से पत्नी की ओर देखते हैं और कहते हैं, 'यह खाना है ? इसे खाना कहते हैं ?' और आप मुँह का कौर थूक देते हैं। पत्नी कहती है, 'मैं क्या करूँ, आज नौकर नहीं आया। अब जैसा बना है वैसा खा लो। लाओ गरम कर दूँ।' अथवा वह कहेगी, 'हाँ, तुम्हें घर का खाना क्यों अच्छा लगेगा, उस चुड़ैल के यहाँ खाकर जो आते हो' आदि। मगर प्रश्न यह नहीं है। प्रश्न शब्द का है। पति की परेशानी है—उपयुक्त शब्द का अभाव। अर्थात् उस भोजन अथवा खाने के लिए जो कदापि सुस्वादु नहीं है, कौन-सा शब्द दिया जाए ? फिर वह अपने बुद्धि-कोश से एक शब्द लाता है 'भूसा' और पत्नी की परोसी थाली पर चस्पा कर देता है, 'मैं भूसा नहीं खाऊँगा' या इसी किस्म का कोई वाक्य।

अब आप सात वर्ष पूर्व चलिए अर्थात् इन दोनों के विवाह के एक माह पूर्व। लड़की कहती है, "देखिए, मुझे खाना-वाना बनाना नहीं आता। न मुझे नमक-मिर्च का हिसाब पता है और न पकाना आता है। मुझसे रोटियाँ जल जाती हैं। आप कहेंगे कैसी बीवी मिली है।" इस पर लड़का उसकी ओर यों देखता है जैसे वह सच न बोल मजाक कर रही हो और कहता है, "तुम तो भूसा भी रख दोगी तो खा लेंगे, हम तो प्रेम के भूखे हैं।" और उसे पास खींच लेता है, आदि।

समस्या है शब्द की। सुघड़ पत्नी की बनायी सुस्वादु खाद्य सामग्री के लिए शब्द है भोजन। परन्तु जब प्रेमिका प्लेट में कचरा परोसे या पत्नी ऐसा करे तो उसके लिए उपयुक्त शब्द नहीं है।

कई ऐसी स्थितियाँ हैं जब एक शब्द की दरकार होती है। पार्टी में एक परिचित महिला या कन्या आयी है, मगर अभी मिली नहीं है। आप उस क्षण की प्रतीक्षा में हैं, जब वह आपके समीप से गुजरे और मुस्कराये। जवाब में आप भी मुस्करायें। ऐसी स्थिति उत्पन्न करने के लिए हाथ में आइसक्रीम ले आप बार-बार कोण बदलते हैं। बड़े

सहज अन्दाज से इस ओर से उस ओर आते-जाते हैं। मिल-जुल भी रहे हैं, मगर वह कोमल क्रासिंग नहीं हो पा रही जिसकी प्रतीक्षा है। बताइए, इस हालत को बयान करने के लिए कौन-सा शब्द है ? है कोई ? नहीं। बस यहीं हिन्दी अखर जाती है हम प्रबुद्ध जनों को। मैं एक शब्द बनाता हूँ, टुकलाना। जैसे प्रशान्त जी पूरे समय मिस वर्मा के लिए टुकलाते रहे। अथवा प्रशान्त जी ने बड़ा टुकलाया मगर जालिम ने आँख उठाकर नहीं देखा।

आम भारतवासी जब रात को सोता है तब उसे एक सन्देह रह-रहकर सताता है कि बिल्ली दूध पी जाएगी। वह दूध आलमारी में बन्द कर देता है। मगर अब उसे यह शक सता रहा है कि एक बार बिल्ली आएगी जरूर कोशिश करने। वह पत्नी से बातें कर रहा है। पत्नी उससे। मगर दोनों का ध्यान बिल्ली पर है। गिलास में रखे पाव-भर दूध पर जो खतरा है वह मानो प्राणों का खतरा बन गया है। बताइए, भारतीय जीवन में रोज आनेवाली इस मनःस्थिति के लिए कौन-सा शब्द है हिन्दी में ? है कोई ? मैंने एक शब्द गढ़ा है, बिल्लौसना। जैसे नौ बजे सोने के बाद मैं कोई दस बजे तक बिल्लौसता रहा, फिर नींद आ गयी अथवा डाक्ट'-साब' मेरी पत्नी रात को बहुत बिल्लौसती है, कोई दवा दीजिए। अथवा यह विज्ञापन-पंक्ति, 'गुलजार रेफ्रीजरेटर खरीदिए और हर रात के बिल्लौसने से मुक्ति पाइए।'

अनेक बातें हैं जिनके लिए आज शब्द नहीं हैं। नींद में दाँत पीसना, बैठे-बैठे यह हिसाब मन ही मन लगाना कि पिताजी मरेंगे तब क्रिया-कर्म में कितना खर्च बैठ जाएगा। यह एहसास कि जिस बड़े रेस्तराँ में हम बैठे हैं, यहाँ बिल ज्यादा आएगा, शत्रु की पत्नी के सुन्दर होने की एक प्रशंसाभरी जलन, प्रेम करते समय यह भय कि लड़की का भाई किसी दिन मारेगा, वे सारे उपाय जिनसे बाल काले लगें, बैंक से रुपया निकालते समय क्लर्क की ओर याचना-भरी व्यर्थ की दृष्टि, भाषण देते हुए एक क्षण को यह डर की कहीं लोग मुझे मूर्ख तो नहीं समझ रहे, बातचीत का कोई विषय न होने पर भी अपने ससुर के सम्मुख सोफे पर बैठे रहना, रचना भेजते समय लौट आने की शंका, किसी बोर को अपने घर की ओर आता देख मन में उठा पहला भाव, मेहमान को अपने कैक्टसों से प्रभावित करने का प्रयास, आटा पिसवाकर लौटते समय परिचितों से नजरें बचाना, गर्दन तिरछी कर पीछे की सीट पर बैठी लड़कियों को अपना प्रोफाइल देना, कॉफी हाउस में सच बोलते समय आशंका से चारों ओर देखना, किसी मित्र अथवा कार्यक्रम की तलाश जिसके कारण घर जल्दी जाने से बचें, आदि बातों के लिए कोई शब्द नहीं है, जिसे कहने से ही अर्थ खुल जाए। हिन्दी बड़ी समृद्ध भाषा है, जिसमें सिटपिटाना जैसे शब्द हैं; मगर बदलते समय के साथ हर भाषा को नयी दुर्दशाओं के अनुकूल शब्दों की आवश्यकता होती है। मैं किसी अध्यक्ष पद से नहीं बोल रहा फिर भी कहना चाहूँगा कि हिन्दी को अभी काफी विकास करना है।

मुँह से नहीं कहें मगर किसी मित्र के यहाँ जाते समय यह इच्छा रही हो कि वहाँ

चाय मिलेगी। मैं कहूँगा वे यहाँ चाने आये थे। चाने अर्थात् चाय पीने की इच्छा से आने। या उक्त इच्छा से जाने। मैं वहाँ चाने गया था। सफल हुआ। इसमें निमन्त्रण नहीं है कि कृपया खाने आइए। इसमें चाय के लिए डौल जमाने की खामोश स्थिति है। भावना को शब्द दिया गया है। मनुष्य प्रगति करता है साथ में भाषा प्रगति करनी चाहिए। अच्छा, कुलकुलाना शब्द का क्या मतलब है, आप समझते हैं ? किसी कार्यक्रम में जो बोर हो अथवा हमारे शत्रुओं द्वारा आयोजित हो और वहाँ हम निमन्त्रण पाकर शरीफ मुद्रा में बैठे हों और तभी वहाँ हूटिंग होने लगे। जरा कल्पना कीजिए। शराफत का चेहरा बनाने के कारण हम स्वयं हूटिंग नहीं कर रहे, मगर दूसरों के द्वारा हूटिंग होता देख प्रसन्न हैं। दाँत निपोर कर पीछे देख रहे हैं, आँखों में चमक आ गयी है, कामना कर रहे हैं कि और हूटिंग हो, खूब हूटिंग हो। शत्रु का कार्यक्रम है, हूट होना ही चाहिए। मैं कहूँगा आप 'कुलकुला' रहे हैं। बाद में जब चर्चा चलेगी, मैं बताऊँगा कि कुछ लोग हूट कर रहे थे, कुछ कुलकुला रहे थे। आपका नाम लेकर कहूँगा कि आपने हूट तो नहीं किया, मगर कुलकुलाये खूब। कभी आप मुझे इस स्थिति में देखें तो आप कहिए। सवाल यह है मित्र कि शब्द चलना चाहिए। इसी में भाषा की प्रगति है।

53

जिन्दगी को कुरेदती हुई कला

कई बार लगता है, इस असार संसार में हमारा जन्म केवल सामान खरीदने के लिए हुआ है। हम मनुष्य हैं और मनुष्य के रूप में ग्राहक बने रहने के लिए अभिशप्त हैं। जब से होश सँभाला, हम निरन्तर कुछ खरीद रहे हैं और लगता है खरीदते-खरीदते ही हमारे होश फाख्ता नामक पक्षी की तरह उड़ जाएँगे और लौटकर नहीं आएँगे। तब एक कफन खरीदा जाएगा और हमें ढँक दिया जाएगा। वह कफन सादा, सफेद होगा। उस पर न कोई डिजाइन होगी, न बेलबूटा। फूल-पत्तों, चाँद-तारों, तितली-चिड़िया और वह सजी हुई करवाचौथ न होगी। उस दिन इस कम्बख्त कला से छुटकारा मिलेगा ! कोई न कहेगा कि हाय यह कैसा रद्दी कफन उठा लाए—न बार्डर है, न झालर लगी हुई है, सफेद रंग की इस 'मोनोटोनी' को भंग करने के लिए बीच में रंगीन चकत्ते भी नहीं हैं। तब कोई न कहेगा। तब इस कला से मुक्ति मिलेगी जो लगातार अपना जादू दिखाती है और हमें लगातार ग्राहक बने रहने के लिए मजबूर करती है।

भला हो बनाने वालों का। कला कहाँ नहीं है ! हर सड़े माल पर एक हसीन लेबल लगा है। बेकार फिल्मों के पोस्टर लुभावने होते हैं, आलसी संस्थाएँ अपने सुन्दर भवनों के कारण विख्यात हैं और बोर शख्स के ड्राइंगरूम हमें बाँधे रखते हैं। सपाट और कच्ची दीवारों पर सुन्दर पेण्टिंग टँगे रहते हैं। जिन शब्दों और उबानेवाली बड़बड़ाहटों को यों कोई नहीं सुनता, वे ही जब गीत की धुन और पृष्ठ-संगीत की गाजा-बाजा गूँज के साथ सुनाई देने लगती हैं, तब लोकप्रियता की 'बिनाका' ऊँचाइयों पर चढ़ जाती है। यही कल्चर है, कला है जिसमें यारों का गला अजीब तरह फँसा हुआ है। बचकर कहाँ जाइएगा ! लोग कपड़ा नहीं उसका रंग देखते हैं, उसकी काट और उसका कसाव देखते हैं। खोपड़ी नहीं, बालों की सजावट देखते हैं। आपने देखा होगा कि वे जो ऊँचे से जूड़े बँधे रहते हैं, जिनकी शख्सियत सिर पर अलग नजर आती है, वे उच्च कला के घोंसले हैं। उस जूड़े से लेकर एड़ी के महावर तक कला डूबती-उतराती है, पागल बनाती है। उस दिन की बात है। वे दुकान में घुसकर चूड़ियाँ खरीद रही थीं और मैं बाहर खड़ा था। मुझे लगा मानो मैं खड़े-खड़े ही अपनी जिन्दगी गुजार दूँगा और वे बाहर नहीं आएँगी। ठीक रंग की चूड़ियों की तलाश नारी-जीवन की एक महत्त्वपूर्ण तलाश है। जारी रहती है, चलती रहती है। कला ने जीवन में कहाँ-कहाँ सुराख बनाये हैं ! इतने झरोखों के बावजूद जिन्दगी का यह हवा-महल खड़ा रहता है, ताज्जुब है ! यह

ढह क्यों नहीं जाता ?

उसे छोड़िए और मूली, गाजर पर जरा गौर कीजिए। कहाँ से उखड़ती हैं और कहाँ जाकर जमती हैं। मटमैले यथार्थ से डाइनिंग-टेबल के सजावटी सलाद की ऊँचाइयों तक उनकी जीवन-यात्रा कितनी कलामय है ! वही मूली, वही गाजर। किस खेत की मूली, कहाँ की गाजर ! अगर कला न होती, सजने-सँवरने का आधुनिक सिलसिला न होता तो उन्हें कौन पूछता। आज रंगत यह है कि जब टमाटर और चुकन्दर के गोल चकत्तों को संगत में, सलाद के पत्तों की हरी चूनर पहन बैठती हैं, उन ही मूली, गाजर को देख दिल खिल उठता है। क्या कहने, कला जो करे सो कम है ! उस दिन एक शख्स से मैंने पूछा, "जलेबियाँ कौन-सी बेहतर होती हैं ?" बोला, "छोटी वाली।" यह है जीवन पर कला का प्रभाव। अरे मेरे यार, जलेबियाँ तो सभी मीठी होती हैं चासनी सबकी आला है; मगर नहीं, बोला—'छोटी वाली।' आकार असर करता है, संयोजन असर करता है, सन्तुलन असर करता है, डिजाइन असर करती है।

बात मैटर में नहीं, उसके हाशिये में है। प्रेम-पत्र लिखे जाते हैं, आसपास जगह छोड़ी जाती है ताकि अक्षर खिलें, उभरें और पढ़े जा सकें। मगर क्या मन मानता है ? लगता है हाशिया भी रंग दें, जहाँ जगह बची हो वहाँ भी अपनी बात कह दें। मगर कला का ख्याल आता है। कलम घिचपिच करने से रुक जाती है। प्रेम-पत्र की छोड़िए, हमारा एक कर्जदार है, उसकी बात कहता हूँ। हमें उसका उधार चुकाना है। मेरा भाई क्या सुन्दर खत लिखता है कि कई बार पेमेण्ट करने को दिल करने लगता है ! कला का सम्मान करना हमारी परम्परा है। अरे हम न चुकाएँगे तो कौन चुकाएगा ? सारी ज़िन्दगी कला के लिए ही चुकाते बीती है। पारसाल परदे लाये थे। आह, क्या परदे थे ! उन्हें दरवाजों पर टँगे जो देखता लटककर रह जाता। अन्दर-ही-अन्दर उसका कलाबोध करेण्ट मारता कि पूछे बिना नहीं रहता—जोशी, कहाँ से खरीदे ? क्या परदे थे ! दो धुलाई में साफ हो गये। मर गये मगर नाम कर गये। उनके अन्तिम दिन भी देखने लायक थे। पीले में नीला मिल हरा हो गया था। अपनी खरी कमाई को यों उजड़ते देखा तो तबीयत झक्क हो गयी। मगर भाइयो, सवाल कला का था, रुचि का था।

यह एक ऐसा मोर्चा है जिसमें पराजित होने से नाक कटती है। हम तो उन्हें ही सुन्दर कह देते हैं जो चेहरे पर पाउडर ठीक से मलना जानती हैं। स्नो-मली चमड़ियों की इस आधुनिक जगमगाहट ने हमें चौंधिया रखा है। उस दिन दुकान पर देखा कि लिपस्टिक कितने रंगों में मिलने लगी है। देखा और नारी जात को सराहा जो इन सब शीशियों को होठों पर रगड़ती हैं। गजब करती हैं ! मेरे धन्य भाग कि मैं स्त्री नहीं हूँ। मगर उससे क्या होता है ! एक सज्जन बता रहे थे कि मैं जैसी कमीज पहने हूँ, उसका कॉलर आजकल आउट ऑफ डेट है। क्या अजीब बात है कि कमीज आउट ऑफ डेट नहीं हुई, उसका कॉलर हो गया ! एकाएक मेरे लिए इस सभ्य दुनिया में मुँह छिपाने

की स्थिति आ गयी। मैंने पूछा, "अब इस कमीज का क्या करूँ ?" बोले, "सँभालकर रख लो, यह फैशन फिर लौटकर आएगा।" ठीक कहा था। कल जरूर ऐसा होगा। मेरे पिताजी आज जीवित होते तो पुरुषों के फैशन में सबसे आगे होते। उनके जमाने में चौड़ी टाइयों का रिवाज था। आज वही फैशन लौटकर आया है और लौटकर आये मीत की तरह गले लग गया है। टाइयाँ चौड़ी हो रही हैं, पतलून के बाटम (पायँचे) घण्टी के आकार में नीचे से फैल रहे हैं। दिन-प्रति-दिन हमारी जिन्दगी की सुन्दर वस्तुएँ कुछ अधिक चौड़ा रही हैं, कुछ अधिक लम्बा रही हैं। वे खड़ी धारियाँ और चौकोन फिर से हमारी कमीजों पर लौट आये हैं। वाजिदअली शाह के जमाने के कुरतों का ढीलापन अब चुस्ती की निशानी है। बौद्धों के चीवर का वह भगवा रंग जो कल तक केवल साधु-सन्तों की सम्पत्ति था, अब वह सबका प्रिय रंग हो रहा है। पीले और लाल जैसे भड़क रंग अब उतना नहीं भड़काते।जो रंग पहले दूल्हे पहनते थे, उसे अब क्वाँरे और विधुर भी पहनते हैं।

आदमी की रुचियाँ उदार हो रही हैं। वह किस चीज को कला के रूप में अपना ले, कहना कठिन है। उपेक्षित सूखी डालियाँ ड्राइंगरूम में डेकोरेशन-पीस बन जाती हैं, गँवारों की लुंगी आधुनिकता का प्रतीक बन गयी, गले खुल गये, कमर खुल गयी और साड़ियाँ विचित्र नाभिदर्शना शैली से बाँधी जाने लगीं। मैं तो आजकल उन बड़े-बड़े चश्मों पर मोहित हो रहा हूँ। आदमी की दृष्टि संकीर्ण होती जा रही है मगर उसका चश्मा बड़ा होता जा रहा है, यही क्या कम है !

मुझे किसी ने बताया कि इस सबका एक शास्त्र है। और कुछ शास्त्री हैं जो दिन-रात लगे रहते हैं और नित नये परिच्छेद रचे जाते हैं। वे साधना में लीन हैं, तपस्या-रत हैं। उनकी दिव्य दृष्टि में नजर आता है कि पुरुष और स्त्रियों को आने वाले कल कौन-सा कपड़ा पहनना है। वे कहते हैं कि कमर का बेल्ट चौड़ा होगा और देखिए कि हुआ जाता है। शरीफ आदमी अजब काउब्वॉय के अन्दाज में नजर आने लगता है। कहीं का रिवाज कहीं की कला बन जाती है, बहुतों का भला हो जाता है, धन्धा चल निकलता है। कला निरन्तर जिन्दगी को यहाँ-वहाँ से कुरेदती है।

मैं इस दौड़ में नहीं। मैं जो पैण्ट पहनता हूँ वह काउब्वॉय की तरह नहीं है, हालाँकि इतना पुराना भी नहीं कि उसकी पायँचे चौड़े हों। फिर भी परेशान हूँ। मुझे तो अपने कैक्टसों का अफसोस है। सुना है कि आजकल कैक्टसों की सजावट का रिवाज नहीं रहा। मैंने काफी सारे इकट्ठे कर लिये थे और मैं उन्हें चाहने भी लगा था। कैक्टस नयी कला और आधुनिकता का प्रतीक-सा बन गया था। मगर अब वे सारे कैक्टस घर के पीछे आँगन के एक कोने में उपेक्षित-से पड़े हैं और बेतरतीब बढ़ रहे हैं। मैं उन्हें फेंक नहीं पा रहा हूँ। यदि उनका फैशन लौटकर आए तो मुझे सूचित करें ताकि उन्हें फिर से सजाकर ड्राइंगरूप में रख दूँ।

54

चाचा का ट्रक और हिन्दी साहित्य

अभी-अभी एक ट्रक के नामकरण समारोह से लौटा हूँ। मेरे एक रिश्तेदार महोदय ने, जिनका हमारे घर पर काफी दबदबा है, कुछ दिन हुए ट्रक खरीदा है और उसका नाम रखने के लिए आज मुझे बुलाया था। एक लड़का, जो अपने आपको बहुत बड़ा आर्टिस्ट मानता था, जिसका पैण्ट छोटा था मगर बाल काफी लम्बे थे, रंग और ब्रश लिये वहाँ पहले से बैठा था कि जो नाम निश्चित हो वह ट्रक पर लिख दे। मैं समय पर पहुँच गया, इसके लिए रिश्तेदार महोदय, जिन्हें मैं चाचाजी कहता हूँ, प्रसन्न थे। उनका कहना है कि यदि नौ बजे बुलाया गया कलाकार बारह बजे तक पहुँच जाए तो उसे समय पर मानो।

कुछ बच्चों के नामकरण तथा कुछ कवियों के उपनाम-करण का सौभाग्य तो मुझे मिला है पर उस अनुभव के आधार पर मैं ट्रक का नामकरण कैसे कर सकूँगा, यह घबराहट मुझे हो रही थी और मेरे पैर काँप रहे थे। पिछले पाँच दिनों से बाजार में ट्रकों के चारों ओर घूम-घूमकर अध्ययन कर रहा हूँ कि इनके क्या नाम होते हैं। 'सड़क का राजा', 'हमराही', 'मार्ग ज्योति', 'बाजबहादुर', 'मुगलेआजम', 'मंजिल की तमन्ना', 'फरहाद', 'हमसफर', 'स्पुतनिक 'शेरे-पंजाब', 'सुहाना सफर', 'नील परी', 'अँधेरे का मुसाफिर', 'हिन्द केसरी', 'हातिम ताई', 'तूफान', 'जनसेवक', 'बुलबुल', 'सुबह का भूला', 'परदेशी', 'एम्परर', 'आवारा' तथा 'क्वीन ऑफ झाँसी' जैसे कई नाम देखे और नोट किये ताकि सनद रहे और वक्त पर काम आए। एक बिल्कुल मरियल, टूटे-फूटे, पुराने ट्रक के पीछे कुछ लिखा था 'मर्सीडीज का बाप', ट्रक मर्सीडीज नहीं था। ट्रकों के पीछे भी कुछ लिखा रहता है। हार्न प्लीज, तो होता ही है पर 'सत श्री अकाल', 'जयहिन्द', 'फिर मिलेंगे', 'परदेशी की याद', 'हमें मत भूलना' आदि भी लिखा रहता था, जिससे जाते हुए ट्रक के पीछे की ओर देख लोग विदाई में आँसू बहा सकें। प्रायः ट्रकों के पीछे एकाध शेर या गीत की पंक्ति लिखी रहती है, जैसे—

'मेरी जिन्दगी मस्त सफर है !'
'खुश रहो अहले वतन हम तो सफर करते हैं !'
'बढ़े चला चल !'
'खुली पड़ी सड़क कि जा रहा हूँ बेधड़क।'
'मुड़ मुड़ के न देख, मुड़ मुड़ के !'

मैंने शिष्ट रिसर्च विद्यार्थी की तरह इन्हें भी नोट कर लिया। एक ट्रक के पीछे पूरी दो पंक्तियाँ थीं :

देखना है बुलबुल तो देखिए बहार में।
देखना है ट्रक तो देखिए रफ्तार में।।

ड्राइवर सा'ब की काव्य प्रतिभा के प्रति पूर्ण श्रद्धा व्यक्त करते हुए मैंने ये पंक्तियाँ भी नोट कर लीं। चाचाजी भी यही चाहते थे कि उनके ट्रक का शानदार नाम हो और उसके पीछे चार ऐसी पंक्तियाँ लिखी हों कि देखनेवाले को लगे कि वह ट्रक के नहीं वरन् किसी महाकवि के निकट खड़ा है। चाचाजी हमें प्रेरणा देने के लिए घर के बाहर खड़े ट्रक के पास ले गये और बोले, "इसे ध्यान से देखो और सोचो कि क्या नाम हो सकता है ?"

मैंने देखा—दो सफेद चमकती आँखें, निकले हुए निकल के दाँत, फूले हुए गाल, सिमटी भवें और कुल मिलाकर एक रंगरूट का बौड़मपन ट्रक के चेहरे से टपक रहा था। मैंने चाचाजी से कहा, "ट्रक के नाम तो होते ही हैं जैसे फोर्ड, मर्सीडीज और नाम की क्या जरूरत है ?"

वे मुझे घूरने लगे, फिर बोले, "मनुष्यों के भी नाम होते हैं जोशी, श्रीवास्तव, शर्मा, वर्मा—फिर ये शरद, रमेश, मोहन वगैरह की क्या जरूरत है ?"

"तो ऐसा कीजिए चाचाजी, अभी शुरूआत में इस ट्रक का नाम मुन्ना, बच्चू, लल्लू जैसा कुछ रख दीजिए। फिर जब ट्रक काफी दौड़ने-भागने लगे, तब अच्छा बड़ा नाम रख दीजिएगा।"

"अजी नहीं, जो नाम एक बार हो गया फिर वही हो जाता है। बदलना मुश्किल पड़ता है।"

"आप ट्रक का नाम रखिए मछन्दरनाथ और इसके पीछे लिखवाइए—अलख निरंजन !"

"नोट करो भाई, किसी कापी में नोट कर लो। सारे नामों पर बाद में विचार करेंगे। और देखो जरा चाय तो बनवाओ तीन-चार कप।" चाचाजी बोले।

चाय का नाम सुनकर मेरा सुप्त साहित्यकार जाग उठा।

"चाचाजी, आप ट्रक का नाम रखिए 'महाप्रयाण' और इसके पीछे लिखवाइए—बुद्धं शरणम् गच्छामि !"

"अच्छा आइडिया है ! जाओ जरा तीन पान ले आओ।" वे ड्राइवर की तरफ घूमे।

"आपके ट्रक की स्पीड क्या रहेगी चाचाजी ?" मैंने पूछा।

"अरे स्पीड में इसका मुकाबला कोई नहीं कर सकता।"

"तो आप इसका नाम मिल्खासिंह रख दीजिए।"

वे मुस्कराये, "नाम तो बढ़िया है, पर यार तुम साहित्यिक नाम बताओ। हम

पढ़े-लिखे आदमी हैं और इनता सुन्दर नाम रखना है कि लोगों के कलेजे पर साँप लोट जाएँ।''

''विश्वयात्री !'' मैंने कहा, ''और इसके पीछे लिखवाइए—एकला चालो रे।''

''नोट करो भई ! और हाँ, ये एकला चालो है क्या ?''

''रवीन्द्रनाथ ने कहा है कि यदि तुम्हारी आवाज कोई न सुने तो अकेले चल पड़ो।''

''ना बाबा ! तुम ट्रक एसोसिएशनवालों से झगड़ा करवाओगे। बिजनेस में आंजकल मिल-जुलकर चलना पड़ता है। कोई और नाम बताओ।''

''यायावर।'' मेरे मुँह से निकला।

''कठिन नाम है।''

''अरुण दीप ! और चाचाजी, पीछे जो लाल रंग का टेल लैम्प है, वहाँ कवि अंचल की ये पंक्तियाँ लिखवा दीजिए—

रहे भूमि से ऊपर मेरे दीपक की अरुणाई !
अब तक मैं प्रिय रही तुम्हारी अब हो गयी पराई।''

''नोट करो भई ! और सुनो, यह कापी हमें दो और लपककर कुछ नमकीन ले आओ बाजार से !''

मेरा जोश चढ़ गया और बाद में जो नाम नोट कराये गये वे यों हैं। ट्रक का नाम 'जिप्सी' और इलाचन्द्र जोशी की काव्य पंक्ति 'किस असीम के पार मुझे मम कौन प्रिया तरसाती।' ट्रक का नाम 'मधुबाला' और बच्चन की पंक्ति 'इस पार प्रिये तुम हो, मधु है उस पार न जाने क्या होगा !' ट्रक का नाम 'रेणुका' या 'उर्वशी' और दिनकर की पंक्ति 'गतिरोध किया गिरि ने पर मैं, द्रुत भाग चली लहराती हुई !' ट्रक का नाम 'बावरा अहेरी' और अज्ञेय की बिगड़ी पंक्ति 'सुनो केरा, क्या मेरा हार्न तुम तक पहुँचता है।' ट्रक का नाम 'बढ़ता विश्वास' और 'सुमन' की बिगड़ी पंक्ति 'मैं नहीं आया तुम्हारे द्वार, ट्रक ही मुड़ गया था।' ट्रक का नाम 'मतवाला' और भगवतीशरण वर्मा की बिगड़ी पंक्ति 'बादल दल-सा निकल चला यह ट्रक मतवाला रे।' ट्रक का नाम 'चिर प्रवासी' और प्रभाकर माचवे की पंक्ति 'चिर प्रवासी प्राण मेरे, कौन सा विश्राम जाने।''

चाचाजी बहुत प्रसन्न थे और बहुत-सा खाद्य मँगवा चुके थे। हिन्दी साहित्य में उनके ट्रंक से सम्बन्धित इतना कहा गया है, इस जानकारी ने राष्ट्रभाषा के प्रति उनकी आस्था दृढ़ कर दी थी। मैं खाने में जुटा हुआ था और वे वाह-वाह करने में। वे समझ नहीं पा रहे थे कि ट्रक के लिए इन सबमें से कौन-सा नाम दें। मैं कुछ देर बैठा रहा और चला आया। पता नहीं कौन साहित्यकार सौभाग्यशाली है जिसकी पंक्ति उनके ट्रक के पीछे लिखी जाएगी।

55

मेघदूत की पुस्तक-समीक्षा

वीर विक्रमादित्य के दरबार की शोभा बने नवरत्नों में क्रमांक तीन के रत्न अर्थात् कवि-कुल-गुरु कालिदास की नवरचित पोथी 'मेघदूत' जब सम्पूर्ण हुई तब राजाज्ञा से इक्कीस संस्कृतविद् ब्राह्मण बिठाय के ताड़-पत्रों पर उसकी शत-शत प्रतियाँ करने के आदेश दिये गये जो यथासमय पूरे हुए। सुन्दर शब्दों में ज्यों-का-त्यों उतार देने की कला में प्रवीण उन ब्राह्मण ठेकेदारों द्वारा लिखित पोथियाँ जो प्राप्त हुईं, उनमें से कतिपय श्रेष्ठ प्रतियाँ स्वयं कवि-कुल-गुरु कालिदास ने अपने करों से छाँटीं तथा तत्कालीन पत्र-पत्रिकाओं को सप्रेम सादर समीक्षार्थ भिजवायीं। वायु से वार्तालाप करने वाले अश्वों पर बैठकर अश्व-सवार देश के विभिन्न भागों में दौड़ पड़े और पत्र-पत्रिकाओं के सम्पादक प्रवरों को दो-दो प्रतियाँ हस्तगत करवा लौट आये। कालिदास जी बैठ 'मेघदूत' पर पुस्तक-समीक्षा की प्रतीक्षा करने लगे। वे जानते थे कि जो आनन्द प्रतीक्षा में है सो प्रकाशन में नहीं, अतः समय को व्यर्थ न गँवा वे अपने आगामी काव्यों के लिए उपमाएँ भी एकत्रित करते रहे, जो उनका प्रिय कार्य था।

कवि कालिदास की काव्य-वाटिका के अद्वितीय कुसुम 'मेघदूत' के विषय में तत्कालीन पत्र-पत्रिकाओं ने जो मत व्यक्त किये, उन्हें हम यहाँ ज्यों-का-त्यों प्रस्तुत करते हैं तथा साथ ही पत्र-पत्रिकाओं का परिचय भी विस्तार से देते हैं, जिससे पाठकों को सुविधा रहे।

अवन्तिका अर्थात् उज्जयिनी नगरी से ही प्रति प्रातः प्रकाशित होने वाले समाचार-पत्र 'विक्रम कीर्ति चन्द्रिका' ने 'मेघदूत' पोथी का विस्तार से विवेचन किया एवं प्रशंसा के सेतु बाँध दिये। 'विक्रम कीर्ति चन्द्रिका' दैनिक को राज्य शासन द्वारा नियमित विज्ञापन प्राप्त होता था एवं समय-समय पर दान आदि भी प्राप्त होता था। पत्र में पुस्तक-समीक्षा का एक नियमित स्तम्भ चलता था। सम्पादक ने समीक्षक को आदेश दिये कि पोथी की विस्तृत प्रशंसा की जाए। समीक्षक स्वामी के आदेश बजा लाया।

"वीरों में वीर विक्रमादित्य के नवरत्नों में एक, कवियों की पाँत में अग्रस्थान में शोभित राज्य के सूचना एवं कीर्ति प्रकाशन संचालक कविवर कालिदास जी द्वारा रचित 'मेघदूत' काव्य विगत दिवसों में राज्य द्वारा प्रकाशित पोथियों में निश्चय ही अनूठा रत्न है, जिसका रस हृदय को उसी प्रकार तृप्त करता है जैसे ग्रीष्म ऋतु में ईख का रस। वीर विक्रमादित्य के राज्य के क्षेत्र में शोभित विभिन्न नगरों की मनोहारी शोभा का वर्णन

करने की चेष्टाएँ अतीत में भी नाना प्रकार से राज्य सूचना विभाग द्वारा सम्पन्न हुई हैं, पर इस लक्ष्य से जैसा रूपक कवि कालिदास ने बाँधा वैसा तो अभी तक दृष्टि में नहीं आया। क्यों न हो ? जब कवि-कुल-गुरु कालिदास-सी प्रतिभाएँ शासकीय सेवा स्वीकार कर राज्य की शोभा बढ़ा रही हैं, तो 'मेघदूत' ग्रन्थ प्रसूत होंगे ही।

'मेघदूत' का बाह्य रूप एक काव्य का है। अलकापुरी से निष्कासित एक यक्ष ने अपनी प्रियतमा से सन्देश पठवाने हेतु मेघ को माध्यम चुना और दूत के रूप में जब मेघ चला तो मार्ग में हमारे राज्य के नगर आये, जिनकी शोभाश्री का वर्णन काव्य में भरा पड़ा है। अर्थात् दूत काव्य के मिस कालिदासजी ने महाराजाधिराज विक्रम के राज्य में सुख से जीवनयापन करने वाले नागरिकों तथा विकासमान नगरों की शोभा वर्णित की है। इस प्रकार 'मेघदूत' काव्य तो है ही, पर लगे हस्त एक प्रचार-पुस्तिका एवं यात्रियों हेतु मार्गदर्शिका भी बन गयी है। कहिए स्वर्ण में सुहागा। पठन से राज्य के नगर, ग्राम, वन, पर्वत, सरिता, कृषि, उद्योग एवं धार्मिक स्थलों का समस्त अनिवार्य ज्ञान प्राप्त हो जाता है। कालिदास ने उपमाओंवाली शैली उपयोग करने के साथ यहाँ-वहाँ उपदेश भी जड़ दिये हैं तथा इस प्रकार ग्रन्थ का साहित्यिक स्तर उठाने का प्रयास किया गया है, जिसमें वे पर्याप्त सीमा तक सफल भी हुए हैं। कतिपय उपमाएँ तो अत्यन्त ही मौलिक बन पड़ी हैं। हमारे राज्य का अधिकांश क्षेत्र कृषि-प्रधान है, अतः मेघ को माध्यम चुनना उचित एवं राज्य की जनता की भावना के अनुकूल है।

उपर्युक्त काव्य की रचना कर हमारे राज्य के सूचना संचालक कविवर कालिदासजी ने बहुत काल से अनुभव किये जा रहे एक अभाव को दूर कर दिया है कि राज्य में यात्रियों के लिए उपयुक्त मार्गदर्शिका नहीं है। विगत दिवसों में महाराज वीर विक्रमादित्य द्वारा पर्यटन विकास हेतु अनेक कार्य राज्य में हुए हैं, जिनमें विदिशा उज्ञयिनी मार्ग का सुधार प्रमुख है। राजधानी नगर उज्ञयिनी की शोभा बढ़ायी गयी है, क्षिप्रा पर नये घाट बने हैं। निश्चय ही इससे पर्यटक आकर्षित होंगे एवं यह पोथी यात्रियों को उपयोगी होगी। अश्व-यात्री भी सुविधा से पढ़ सकें एवं यात्रा में साथ रखी जा सके, इस आशय से पोथी छोटी बनायी गयी है, मूल्य भी चार दमड़ी रखा गया है जो अधिक नहीं है। प्रकाशन के लिए सूचना विभाग बधाई का पात्र है। इससे निश्चित ही अपरोक्ष रूप से महाराजा की कीर्ति दिग्-दिगन्त तक फैलेगी। आशा है, राज्य के सभी पण्डित इसका अध्ययन एवं प्रशंसा कर अपनी स्वामिभक्ति का परिचय देंगे।''

अवन्तिका से ही उस काल का 'काव्य चन्द्रोदय' नामक एक मासिक प्रति पूर्णिमा को प्रकाशित होता था। इसके सम्पादक स्वयं कवि थे, जिनके संकलन की भूमिका कालिदास ने लिखकर गौरव में चार चन्द्र लगाये थे। अवन्तिका में कालिदास गुट के सभी कवि, जो राज्य द्वारा आयोजित कवि-सम्मेलनों में भाग लेते थे, 'काव्य चन्द्रोदय' में लेखनी चालित करते थे। पत्र में 'मेघदूत' की समीक्षा में लिखा अंश यों है :

''कालिदास की सरस्वती-सेवा से तो बाल-वृद्ध सभी परिचित हैं। राज-सम्मान प्राप्त

होने के उपरान्त से आपके परिश्रम में वृद्धि ही हुई है, जिसका सुपरिणाम है 'मेघदूत' काव्य। यह रचना मात्र एक मार्गदर्शिका न होकर एक साहित्यिक ग्रन्थ भी है। बल्कि कहा जाए कि काव्य-पथ के यात्रियों के लिए प्रकाश-स्तम्भ। काव्य की कथावस्तु अत्यन्त सरल, रोचक एवं हृदयस्पर्शी है। भाषा सरल, मुहावरेदार एवं नाना उपमाओं से सज्जित। पढ़ते समय विभिन्न स्थलों के दृश्य आँखों के सम्मुख उत्तिष्ठ हो जाते हैं। कवि ने भावों का संघर्ष भी खूब दर्शाया है।

''हम यह बल देकर कहेंगे कि 'मेघदूत' को मात्र काव्य समझना भूल होगी। वे कालिकादासजी जैसे विद्वान्, अनुभवी एवं विचारशील व्यक्ति के उद्‌गार ही हैं, स्फटिक-से उज्ज्वल। शैली मनोहर है, जिसमें कवि की आनन्दमयी आत्मा ही एक-एक श्लोक में प्रतिबिम्बित हुई है। ऐसे शताधिक श्लोक हैं। पठन करते समय एक-एक श्लोक पर पाठक प्रशंसा में 'वाह-वाह, किं वार्ता है' आदि वाक्य बोल उठता है। गम्भीरता के साथ सरसता, प्रसाद के साथ विनोद कालिदास की विशेषता है। पुस्तक संक्षिप्त एवं उपयोगी है, जो पुस्तकालयों की शोभा बढ़ाएगी। हम आशा करते हैं कि भविष्य में भी कालिदासजी ऐसे छोटे-छोटे ग्रन्थ रच माँ संस्कृत की झोली भरेंगे।''

उसी काल में विदिशा नामक नगरी से 'समाचार प्रभाकर' नामी एक पत्र दैनिक प्रस्फुटित होता था। साहित्य पृष्ठ का सम्पादन एक स्थानीय कवि करते थे। वे कालिदास की सफलता से हृदय ही हृदय में दग्ध थे। 'मेघदूत' पर आपने यों कृपा की :

''काव्य में उपमावाद की स्थापना में कवि कालिदास का विशेष योग है। प्रस्तुत पुस्तक 'मेघदूत' भी इसी वाद की पोषक है। जहाँ देखो वहाँ उपमाएँ। लगता है, कवि की सम्पूर्ण प्रतिभा उपमाएँ खोजने में व्यय होगी। कतिपय सुन्दर भी बन पड़ी हैं। कतिपय ऐसी कठिन कि रहस्य समझने हेतु बुद्धि रगड़नी पड़े। विवाद का विषय हो सकता है कि क्या उपमाओं का बाहुल्य ही साहित्य की श्रेष्ठता की कसौटी है ? आश्चर्य नहीं 'मेघदूत' काव्य के साथ यह विवाद बल पकड़े। सत्य तो यह है कि हमें शाकुन्तल जैसे नाटक के रचयिता से ऐसी पुस्तक पाकर निराशा ही हुई। भविष्य में वे संस्कृत साहित्य को क्या देंगे, इस विषय में भविष्यवाणी कोई ज्योतिषी ही कर सकता है; पर वर्तमान में लगता है कि कवि अब चुक-सा गया है, बार-बार वही शैली पिट रही है। कालिदास की प्रतिभा, लगता है, अपना श्रेष्ठ दे चुकी।

''यों तो आजकल कथा एवं काव्य में विभिन्न नगरों एवं क्षेत्रों के नाम देने की प्रवृत्ति-सी चल पड़ी है। शायद कृतिकार का लोभ होता है कि उसकी पुस्तक अन्य नगरों में भी क्रय की जाएगी एवं आदर पाएगी, अतएव इसी लक्ष्य से वे शोभा-वर्णन बढ़ा-चढ़ाकर करते हैं। परन्तु इस दृष्टि से भी 'मेघदूत' काव्य ने हमें निराश किया है। विदिशावासी होने के कारण हम नम्रता से कहना चाहेंगे कि यद्यपि कालिदासजी इस नगरी में आ चुके हैं, यहाँ के जीवन एवं नगरी के सौन्दर्य का परिचय उन्हें नहीं है। विदिशा नगरी के सौन्दर्य का जो वर्णन आपने किया है, उससे अनेक गुणित अधिक

सौन्दर्य बिखरा है इस नगरी में। कालिदासजी ने विदिशा की तुलना में उज्ञयिनी को अधिक सुन्दर बताया। ग्रन्थ में प्रमुख पात्र यक्ष तो इसी प्रकार मेघ रूपी दूत से कहता लगता है। महाराजाधिराज वीर विक्रमादित्य ने राज्य में न्याय की स्थापना की। उनकी दृष्टि में जैसी प्रिय अवन्तिका है, वैसी ही विदिशा—सब समान हैं, परन्तु उसी न्यासी दरबार के कवि कालिदास अपने काव्य में न्याय स्थापित नहीं कर पाये। क्या ही उपयुक्त होता, कवि महोदय 'मेघदूत' लिखने के पूर्व इन स्थानों की यात्रा कर लेते और दूसरों से सुनी वार्ताओं पर अपना वर्णन आधारित नहीं करते।

"कवि कालिदासजी संस्कृत भाषा के अच्छे ज्ञाता हैं। यह अपेक्षा करना स्वाभाविक है कि उनकी रचना में भाषा और व्याकरण सम्बन्धी त्रुटियाँ न हों। पर हमें कहते हुए संकोच है कि इस ग्रन्थ में भयंकर भूलें रह गयी हैं जिन पर पण्डितों का ध्यान अवश्य जाएगा। आशा है, इन दोषों का मार्जन हो जाएगा। अन्त में हम इतना ही कहेंगे कि अभी संस्कृत साहित्य को कालिदासजी से अनेक आशाएँ हैं तथा जिस सम्माननीय पद पर वे विराजित हैं, उसकी अपेक्षाएँ उन्हें पूर्ण करनी हैं।"

तक्षशिला नामक नगरी से 'पद्य-प्रतिभा' नामक मासिक प्रकाशित होता था। तक्षशिला के एक शिक्षक महोदय इसमें पुस्तक-समीक्षा किया करते थे। 'मेघदूत' छोटा-सा काव्य था, अतः अधिक पंक्तियाँ व्यय करना उन्हें उचित नहीं लगा।

"उज्ञयिनी-निवासी कालिदास नामी कवि रचित काव्य 'मेघदूत' की प्रति देखने को मिली है। छोटी-सी पुस्तक है। काव्य में एक विरही यक्ष ने मेघ को अपनी विरह की पीड़ा सुनायी है और उसे दूत बना निवेदन किया है कि अलकापुरी में प्रियतमा को सन्देश दे। यात्रा-हेतु मेघ को विस्तारपूर्वक निर्देश भी दिया है। हमें तो सम्पूर्ण रचना हास्यास्पद ही लगी। विरही द्वारा पक्षी, वायु आदि से सन्देश भिजवाने की बात तो सुनी है एवं कविता की परम्परा के अनुसार है, पर मेघ से सन्देश भिजवाने की सूझ विचित्र है। इसके लिए पृथ्वी पर खड़े विरही को बड़े ऊँचे स्वर में चिल्लाना पड़ता होगा। विरह में पीड़ित व्यक्ति की शारीरिक अवस्था देखते हुए यह सम्भव नहीं प्रतीत होता। फिर विरही महोदय, जो जाति से यक्ष हैं, (आश्चर्य है, कवि को कोई अन्य विरही न मिला) अपने सन्देश में विरहिणी को कोई खास बात भी नहीं कहते। वही घिसी-पिटी प्रेम की बातें, जो बीसियों बार कही जा चुकी हैं। यों काव्य ठीक है तथा कहीं-कहीं वास्तव में सुन्दर बन पड़ा है। उपमाओं का बाहुल्य खटकता है। मूल्य अधिक है चार दमड़ी।"

कलिंग देश से एक साप्ताहिक प्रकाशित होता था—'कलिंग गौरव' जिसका दक्षिण के बुद्धिवादियों में बड़ा आदर था। कालिदासजी ने समीक्षार्थ 'मेघदूत' की प्रति उसे भी भेजी। पत्र ने तुरन्त उसे सामयिक राजनीति से जोड़ा।

"उत्तरवासी शासक एवं विद्वान् विगत अनेक वर्षों से दक्षिण पर संस्कृत भाषा थोपने की चेष्टा कर रहे हैं तथा संस्कृत भाषा की श्रेष्ठता प्रमाणित करने के लिए कवियों,

लेखकों एवं व्याकरणाचार्यों को धन देकर नित नये ग्रन्थ भी रचवा रहे हैं। एक ओर तो दक्षिण क्षेत्र से यह आशा की जाती है कि हम अपनी प्रिय मातृभाषा छोड़ संस्कृत जैसी क्लिष्ट एवं कटु भाषा स्वीकार करें तथा इधर संस्कृत पुस्तकों में दक्षिण भारत की लगातार उपेक्षा की जा रही है। अनेक कथन के प्रमाणस्वरूप हम 'मेघदूत' नामक एक सद्यःप्रकाशित काव्य प्रस्तुत करेंगे, जिसे उत्तर क्षेत्र के राजा विक्रमादित्य ने अपने दरबार के किन्हीं कवि कालिदास से रचवाया है। कवि महोदय ने यह बताने की चेष्टा की है कि आषाढ़ के मेघ उनके ही राज्य से उठकर राजधानी की ओर बढ़ते हैं, काव्य का नायक निर्वासित यक्ष उन मेघों से सन्देश भिजवाता है। क्या कवि महोदय नहीं जानते कि उत्तर भारत को सींचने वाले बादल दक्षिण के समुद्र से उठते हैं ? क्या वे अपने यक्ष को निर्वासित कर दक्षिण के समुद्र-तट पर नहीं बिठा सकते थे, जहाँ से वास्तव में मेघ उठते हैं और सन्देश भेजने में सुविधा होती ? पर यह प्रश्न उत्तर के इन संस्कृत कवियों से करना व्यर्थ है। वह तो अपने ही क्षेत्र की सोचेगा, वहीं की शोभा का वर्णन करेगा। जिस भाषा में ऐसे संकीर्ण कवि हों जो 'मेघदूत'-सा काव्य रचें, वह भाषा किसी दक्षिणवासी को कैसे स्वीकार होगी ?''

इसके अतिरिक्त अन्य पत्रों ने 'मेघदूत' का उल्लेख सिर्फ 'प्राप्ति स्वीकार' के अन्तर्गत ही किया। उत्तर भारत के हस्तिनापुर क्षेत्र से निकलनेवाले प्रसिद्ध पत्र 'संजय-सन्देश' में उस दिनांक को प्राप्त पुस्तकों में 'मेघदूत' का उल्लेख था।

'नीबू गुण विधान'; लेखक : कविराज वैद्याचार्य मार्तण्ड भास्कर शास्त्री; प्रकाशक : मार्तण्ड भास्कर प्रकाशन, अयोध्या; मूल्य : दस दमड़ी।

'मेघदूत काव्य'; रचयिता : कालिदास; प्रकाशक : विक्रम कीर्ति प्रकाशन, उज्जयिनी; मूल्य : चार दमड़ी।

'सुहाग रात्रि प्रदीपिका'; लेखक : वंशीधर रसिकेश; प्रकाशक : रसिकेश पुस्तक माला, मथुरा।

अपने काव्य 'मेघदूत' की उपर्युक्त समीक्षाएँ पढ़कर कवि कालिदास ने आत्महत्या के उद्देश्य से उज्जयिनी के समीप बहने वाली क्षिप्रा नदी में छलांग लगा दी, परन्तु साहित्य के सौभाग्य से क्षिप्रा उक्त काल में भी आज की तरह अधिक गहरी नहीं थी। कविवर तैरते हुए किनारे आ लगे। बाद में कालिदास ने और भी ग्रन्थ रचे और समीक्षार्थ भेज साहित्य के नियमों का निर्विकार भाव से पालन किया।

56
नदी में खड़ा कवि

स्नान का समग्र अनुभव लेने कवि घाट पर आया। विश्वासभरा दीपित चेहरा। 'आ़ज जो भी हो, नहा ही लूँगा' का दृढ़ निर्णय मन में।

उसे नदी छोटी लगी। यह उसके अहं का स्थायी भाव था। वह जब जहाँ होता है, उसे अपने व्यक्तित्व की तुलना में सब कुछ, जो वहाँ होता है, छोटा लगता है। वह बड़ा। उसकी क़विता बड़ी। वह अपनी कविता से बड़ा।

मैंने उसे दूर से देखा। मैंने देखा वह कविता बुदबुदाता धार में उतर रहा है। साहस का प्रतीक बना वह सचमुच ही उतर गया।

मैंने देखा नदी का स्तर नहीं उठा। ऐसा शायद पहली बार हुआ कि वह जहाँ है, वहाँ स्तर नहीं उठा। उसने कविता लिखी, कविता का स्तर उठा। उसने प्रेम किये, महिलाओं का स्तर उठा। उसने नौकरी की, संस्थानों का स्तर उठा। वह बोला, वार्ता का स्तर उठा। वह नहीं बोला, मौन का स्तर उठा। चमचों की रपट साक्षी है—कवि जहाँ था, उसने अपने होने से उन्हें उपकृत किया, जहाँ वह था। जब उसने सोचा, तभी विचारों का जन्म हुआ। जब वह हिला, आन्दोलन हुए। जब उसने लिखा, तभी साहित्य बना। मुझे आश्चर्य था, पयस्विनी यह नदी ऊपर क्यों नहीं उठ रही ? कम्बख्त है नदी, जो कवि के होते उसी स्तर पर है।

मैंने देखा कवि नदी को सम्बोधित कर कुछ पढ़ रहा है, अवश्य उसकी ही कविताएँ होंगी। वह दूसरे की कविता क्यों पढ़ने लगा !

दिल किया, अनियन्त्रित निकट जाऊँ और सुनूँ। डरा कि मुझे देखते ही मौन न मार बैठे। मुँह तो बिचकाएगा ही, जैसा कि वह मुझे देख बिचकाता है। विगत दो दशकों में मैंने उसे तीन बार नमस्कार करने का प्रयत्न किया। हर बार मुझे प्रत्युत्तर में मुँह पर वही बिचकाहट मिली। मैं छिछला, सतही, घटिया लेखक। वह कवि मदमाता, दर्पभरा, अपने लिखे से स्वयं आक्रान्त। मैं उसके सम्मुख भुनगा। व्यंग्य भी तभी स्तरीय था, जब उसने लिखा था।

मैंने दूर ही बैठे सोचा कवि क्या पढ़ रहा होगा।

मैं रहा
नहा
प्रथम अनुभव

स्नानित होने का
फिर भी नहीं
बहा

किनारे पर युवती ने
दूसरीं से कहा
देख, कवि रहा नहा
वह बोली
अहा
दृश्य है महा
यह वही है ना
जिसे दशक-दशक
भाषा ने सहा
संस्थानों ने गहा
हाँ
बतियाती चली गयीं वे
लगा एक
कह—
कहा

कवि के चेले घाट पर आ वह दिव्य ऐतिहासिक दृश्य देख रहे थे। वे देर से पहुँचे थे। वे विस्तृत रपट देने के लिए नोट्स ले रहे थे। एक कैमरा क्लिकिया रहा था। तीसरा मुँह फाड़े गुरु की ओर देखता इस दिव्य क्षण को पी रहा था। सब आतंकित थे। आह, कैसा स्टण्ट ! कैसा गिमिक !

कवि श्रोताओं को उपेक्षा से देख अपनी अगली रचना पढ़ रहे थे। मैं पूर्ववत् दूर बैठा कल्पना कर रहा था, वह कविता क्या होगी।

मुझे छोड़कर न जाना
ओ मेरी नदी
मैं तेरा द्वीप
तेरा ही रहूँगा
बार-बार यहीं लौटूँगा
तुझसे घुलूँगा
तुझमें धसूँगा
सहूँगा धार

जो मैं बनना चाहता था
साहित्य की
पूर्व से ले नकद
पश्चिम से उधार
दूजों की शब्द-रचना
मेरा सप्तक
ओ नदी कब तक
मैं तुझे गँदला करूँगा
और उस प्रक्रिया में
स्वयं नये कोण से गँदलाऊँगा।

तुझे नहीं पता
द्वीप हूँ ना
स्वयं अपना नमूना
नदी की औलाद
मैं फिर जमूँगा
फिर टिकाऊँगा पैर
फिर नये सम्बन्ध
फिर कोई आधार
व्यक्ति को देने नया आकार
मैं फिर थामूँगा
बीतते क्षण, काल, सदी,
बशर्ते
तुम छोड़ कर न जाओ
ओ मेरी नदी

कविता समाप्त हुई। मेरा मन हुआ, चिल्लाकर कहूँ, 'साबुन फेंकूँ गुरु ? अब नदी में उतर गये हो, तो नहा भी लो। लगे हाथ मैल छँट जाएगा' पर चुप रहा। कवि के डिस्टर्ब हो जाने का डर था। कवि से अधिक उनके शिष्यों के डिस्टर्ब हो जाने का भय था। इन मामलों में उनकी संवेदनशीलता देखते ही बनती है। क्या पता, रपट लिखना एक तरफ धर, मेरे खिलाफ ही लिखने बैठ जाएँ। इधर कवि ने तीसरी कविता आरम्भ की।

उतना मैं नहाता रहा
अब आवश्यक है

नहाते हुए दिखाना
नहाना जितना आवश्यक था।
दिखाते हुए रचना
पल्लवन, प्रस्फुटन
व्यक्तित्व का
आवश्यक है
औचक कुछ करना
जैसे-तैसे वर्तमान में
वर्तमान के
सर पर रहना
आवश्यक है
इसी तरह
प्रयोगशील कहाता रहा
जितना आवश्यक था
उतना मैं नहाता रहा।

कवि का स्नान समाप्त हो चुका था। या कहिए, स्नान का कार्यक्रम समाप्त हो चुका था। या कहिए, स्नान के बहाने कविता का कार्यक्रम समाप्त हो चुका था। धीरे-धीरे अब वह मँझधार से घाट की ओर बढ़ रहा था। मैंने देखा, वह अब भी कविता पढ़ने से बाज नहीं आ रहा है। मैंने सोचा, अब कौन-सी कविता हो सकती है, जो नहाकर निकलते समय पढ़ी जा सकती है।

लो, मैं नहा लिया
सारी गन्दगी से गुजरने के उपरान्त
पवित्र भी कहा लिया

घाट-घाट पानी
धारा-धारा विधा
कुर्सी-कुर्सी नौकरी
क्रान्ति के सन्दर्भ में
सुविधा-ही-सुविधा
गुनगुनी कविताएँ
मुनमुने वक्तव्य
पद-पद पर निरापद
भारहीन यात्राएँ

और मंजिलें भव्य
मुखौटा पहचान
अँगूठा दिखा गये
चेले एकलव्य

कितने आँगन में कितने द्वार
कितनी नावों में कितनी बार
बड़ों को जोग लिखी
छोटों को कागद कोरे
कभी भवन्ती, कभी शाश्वती
जमाता रहा
स्रोत और सेतु
कभी हरी घास पर क्षण-भर
कभी महावृक्ष के नीचे
बैठ महान् तो कहा लिया
लो, मैं नहा लिया।

वे किनारे पर पहुँचे, तब मूड अच्छा था। शिष्यगण दिव्य अनुभव की परम अनुभूति में घिघिया-से रहे थे। साहित्य में कवि भी हुए, नहाने वाले भी हुए, पर ऐसा तो कोई नहीं भया, जो नहाया भी, कवियाया भी। उन्हें समझ नहीं आ रहा था, वे क्या करें। तभी कवि ने तौलिया माँगा। मूड अच्छा था। मैं जानता हूँ। मजे के मूड में कवि छोटी-छोटी रचनाएँ करता है।

एक थे साहित्य के औलिया
बरसों तक बने रहे
आधुनिकता और पाठक के
बीच में बिचौलिया
यशस्वी कहाये
घाट-घाट नहाये
शिष्य पीछे दौड़ते रहे
ले कंघा, तेल, तौलिया

कवि बदन पोंछ रहे थे। नदी की ओर बड़े 'थैंक्यू' भाव से निहार रहे थे, जिसने उन्हें डुबोया नहीं और वे कविताएँ पढ़ने के बावजूद सलामत लौट आये।

मैंने सोचा, अब समय है कि मैं, जो जीवन-भर साहित्य की भीड़ का अदना सदस्य रहा, उन तक पहुँचूँ और अपनी नम्रता का मारा उन्हें नमस्कार करूँ। विगत दो दशकों

में यह चौथा प्रयत्न होगा, मगर किया जाना चाहिए।

मैं पास गया। कवि उस समय पाजामे में दोनों टाँगें डालने का प्रयत्न करते हुए नाड़ा थामे थे। नमस्कार का प्रत्युत्तर देने के लिए यह उचित क्षण नहीं होता है। अतः मैंने नमस्कार नहीं किया। मैं शिष्यों को नमस्कार करने लगा। वे मुझे उपस्थित देख दुखी हुए। ऐसे आयोजनों में भीड़ अधिक रहे, इसके वे समर्थक नहीं थे। फिर मैं ऐसे उच्च सांस्कृतिक अनुभवों के क्षणों में रहूँ, यह तो वे कदापि नहीं चाहते थे।

''तुम यहाँ क्या कर रहे हो ?'' एक ने मुझे डाँटकर कहा।

''नदी तुम्हारे बाप की है ?''—मैंने जवाब दिया।

इसके बाद संवाद की सारी स्थितियाँ समाप्त हो गयीं। यह गुण मैंने लेखकों के सम्मेलनों में सीखा। कोई कुछ भी बोले, उसका उतना ही, बल्कि अधिक बढ़-चढ़कर बदतमीजी से जवाब दो। इसके बिना व्यक्तित्व को स्वीकृति नहीं मिलती। एक बार धाक जम जाए, तो सबको हमारा लेखन अच्छा लगने लगता है, मैं कवि का रौब खा सकता था, मगर इन कवि के पट्ठों का भी रौब खाओ, यह सम्भव नहीं था।

वह शिष्य, जो किनारे, मुँह खोल खड़ा, इस दिव्य नजारे की विलक्षणता और ऐतिहासिकता से अभिभूत था, मुझ जैसे ठोस व्यवधान के होते भी नदी को सम्बोधित कर कविता सुनाने से स्वयं को नहीं रोक पाया। वह चिल्लाया !

लहर-लहर सुधर गयी छवि
धन्य हो नदी कि तुम में
नहा लिये कवि

वह आगे बोलता, पर तभी मैंने चिल्लाकर कहा, ''अब तुम तो बोर मत करो।'' जवाब में उसने मुझे घूरकर देखा और चुप हो गया।

तभी एक दूसरा शिष्य, उससे, जो तसवीरें खींच रहा था, कहने लगा, ''तुम महसूस नहीं करते कि कवि या उस माने में लेखक भी स्वयं को एक नदी से घिरा पाता है। गोकि उसके पास शब्द हैं, जो नाव हैं और चप्पू, जिसके सहारे वह बड़ी शिद्दत से किनारे तक पहुँचने की जरूरत अनुभव करता है। और शायद यह जरूरी भी है उसके लिए, सिर्फ इसलिए नहीं कि वह कवि है, हालाँकि वह है, मगर एक नागरिक के नाते या मानव जाति की एक इकाई के नाते, नदी की जरूरत समझते हुए, उसकी शख्सियत को, जो अपने में ताकत है, शायद राजनीति या पूँजी के समान न भी हो, बल्कि हो भी सकती है या उससे बढ़कर भी तो यह सवाल अपने में दिलचस्प नहीं कि वह नदी में था क्यों, किस वजह से उसका शब्दों की पतवार ले गुजरना, साहित्य के लिए या खुद के लिए, जो जिन्दगी वह जीता है या समाज को अपने तईं समझता है, उसके अपने इलाके में जिसे कविता का इलाका भी कह सकते हैं, जो अपने में नदी है या नदी का कोई हिस्सा या न भी हो, मगर उसे पार करना या उसमें जाकर लौट आना,

जो भी वक्त का तकाजा हो, तो मैं पूछना चाहूँगा कि कवि या उस माने में लेखक भी···मैं क्या कह रहा था ?''

दूसरा शिष्य, जो अभी तक समझ नहीं पाया कि वह क्या कह रहा था, बोला, ''हाँ, तुम कुछ कह रहे थे। बड़ी अच्छी बात कह रहे थे, हालाँकि मैं ठीक से नहीं समझ पाया कि तुम क्या कह रहे थे।''

''इस पर दिलचस्प बहस हो सकती है कवि और नदी के रिश्तों को लेकर।''

''इसमें क्या शक है ?'' दूसरे ने कहा।

कवि पाजामा-कुरता धार चुके थे। सही क्षण था जब उन्हें नमस्कार किया जा सकता था। मैं आगे बढ़ा और मैंने उन्हें नमस्कार किया। वे शायद अच्छे मूड में थे। इस बार उन्होंने मुँह नहीं बिचकाया। बल्कि वे मुझसे पीठ फेरकर नदी की ओर देखने लगे। पिछले दो दशकों में उन्हें नमस्कार कर प्रत्युत्तर पाने का मेरा यह चौथा प्रयास भी अकारथ गया। वे मेरी ओर पीठ किये नदी की ओर देख रहे थे। प्रकृति की ओर देखना सदा से उनके लिए सामने खड़ी समस्या पर मुँह बिचकाने का विकल्प रहा है। यों भी मैं कोई लड़की तो नहीं था, जिसे वे नदी की उपेक्षा इस खुली धूप में सुहानी हवा में तरजीह देते। मेरे प्रति कवि की उपेक्षा देख कवि की शिष्य-मण्डली मेरी ओर देख अपनी दो सेण्टीमीटर मुस्कान ले मुस्कायी, जिसका एक अर्थ यह भी था कि अभी कुछ दिनों हमें नमस्कार करो, फिर हमारे गुरु तक पहुँचना। विगत दो दशकों से वे मेरी ओर देख इसी तरह दो सेण्टीमीटर मुस्कराते रहे हैं।

''तुम कुछ कह रहे थे !'' कवि ने अपने उस शिष्य से, जो कुछ कह रहा था और जिसकी बात दूसरा नहीं समझ रहा था, कहा।

''जी···वो···मैं इनसे कह रहा था...वो ऐसे ही बात आयी मन में ···वो···जी आज आपको नदी में नहाते देखकर...वो खासकर तब, जब आप कविता पढ़ रहे थे कि नदी और कवि के रिश्तों को लेकर, गोकि दोनों ही प्रतीक भी हो सकते हैं और किसी माने में सशक्त प्रतीक, मगर मैं इसकी ऐतिहासिकता का जिक्र नहीं करूँगा, हालाँकि मैं चाहूँगा कि उसे इतिहास से जोड़ा जाए, बल्कि ज्यादा जरूरी है, समाज से ···जी···अब यह भी सवाल है कि समाज को नदी कहा जाए या नहीं ···मेरा मतलब इनके रिश्तों को कवि के नजरिये, जो अपने में गम्भीर भी हो सकत्रा है और दिलचस्प भी···मैं···अपने तईं···जी···वो मैं आपको लिखकर दूँगा अपने विचार, तब बताइएगा आप।''

''हूँ''—इनते लम्बे वाक्य के उत्तर में कवि ने कहा।

बड़ा आदर्श 'हूँ' था। सुस्पष्ट, सारगर्भित, भविष्य के प्रति आशा जगाने वाला। सम्भावनाओं से भरा 'हूँ' था वह। अपने में सशक्त अभिव्यक्ति। बड़ा सार्थक 'हूँ' था, जो कवि के मुख ने निकला और चारों ओर बिखरकर शिष्यों को अपने में लपेट-सा रहा था। यह 'हूँ' शिष्यों की चेतना को जगाने वाली 'हुँकार' थी। प्रज्ञा चेत रही थी और इस 'हूँ' के कारण कुछ भी हो सकता है।कविता तो बन ही सकती है। लेख भी

लिखे जा सकते हैं। दूसरों की उपेक्षा करने वाली नयी संस्था या पत्रिका का आरम्भ हो सकता है। आश्चर्य नहीं, साहित्य के किसी भावी आन्दोलन के मूल में यही 'हूँ' हो। उन्होंने 'हूँ' कहा और दिशाएँ बदल गयीं। यह नहीं भुलाया जा सकता कि कवि का 'हूँ' नये मूल्यों को स्थापित करने वाला 'हूँ' था।

वे सब चले गये।

अब मैं नदी के किनारे अपने अस्वीकृत प्रणाम सहित खड़ा था। मैंने भी उनकी तरह पीठ घुमायी और नदी की तरफ देखने लगा।

तभी एक बूँद सहसा उछली और कविता कहने लगी या कहिए, नदी ने स्वयं को अभिव्यक्त किया।

चला गया वह
मुझमें नहा कर
फैला गया सारा प्रदूषण
मुझमें
यह जान कर भी कि मैं
साहित्य नहीं,
नदी हूँ
गँदला कर गया मुझे
अपनी कविताओं से
सारा कलुष, सारा मैल
बहा कर
चला गया वह
मुझमें नहा कर।

57

प्रभु, हमें डॉक्टरेट से बचा

मुझे विश्वविद्यालय तक किसी काम से जाना था। मैंने दादू से कहा, "चलते हो, अभी होकर आते हैं।" दादू ने सुना तो डर के मारे थरथर काँपने लगा। लगभग नीम-गिड़गिड़ाती अवस्था में बोला, "नहीं, मुझे विश्वविद्यालय मत ले चलो, मैं नहीं जाऊँगा वहाँ।"

"क्या बात है ? लड़कों से झगड़ा हो गया किसी बात पर ?" मैंने पूछा।

"नहीं मेरा झगड़ा क्यों होने लगा ? मैं हर मामले में युवा-पीढ़ी के साथ हूँ।"

"फिर क्या बात है ?"

दादू ने आसपास देखा। कोई नहीं था। सुबह का वक्त था। रेस्तराँ में रोज खाने के लिए भीड़ लगाने वाले नहीं आये थे। चश्मेवाला वह दाँत बाहर निकाले कुछ सोचता मैनेजर दीवार पर बनी कत्थक करती औरत की भद्दी रंगीन तस्वीर की ओर देख रहा था। संगीत बज रहा था जिस पर ध्यान न दें तो स्थिति शान्त थी।

"मुझे डर लगता है विश्वविद्यालयों से। कहीं वे मुझे ऑनरेरी डॉक्टरेट न दे दें। इस मौसम में उन्हें किसी ऐसे शख्स की तलाश रहती है, जिसे वे मानद पी-एच. डी. या डॉक्टरेट दे सकें।"

"ऐसा क्यों ?" मुझे बात समझ नहीं आ रही थी।

"अगले माह दीक्षान्त समारोह हो रहा है। पहले इन लोगों ने वी. आई. पी. को ट्राई किया था कि वे ले लें। उन्होंने साफ इनकार कर दिया। सिद्धान्त की बात है। एक वर्ष में दो-दो विश्वविद्यालय से डॉक्टरेट कैसे ले लें ! अब वे किसी दूसरे पढ़े-लिखे व्यक्ति की खोज में हैं। दो बार मेरे घर पर विश्वविद्यालय का चपरासी आ चुका है। बुलवाया था। मैं नहीं गया।"

स्थिति गम्भीर थी। देखा जाए तो समस्त बौद्धिक जगत् के लिए यह खतरे का प्रहर था। कभी भी, किसी को डॉक्टरेट मिल सकती थी।

"विश्वविद्यालय की कैण्टीन का ठेका माँगा था सो तो दिया नहीं, डॉक्टरेट गले मढ़ने के चक्कर में हैं।" दादू बड़बड़ाया।

मैंने स्थिति पर विचार किया। यह क्राइसिस का वक्त था और अपेक्षा की जाती है कि हम खरी बात बोलेंगे।

"देखो दादू, तुम भाषण देते हो वक्ता हो।"

“मैं जब बोलता हूँ, हूट होता हूँ।” दादू ने सफाई दी।

“देखो दादू, तुम अखबार में लिखते हो।”

“मुझ कोई नहीं पढ़ता।”

“तुम साहित्यकार हो।”

उसने उत्तर में एक अकम्पोजनीय गाली दी, साहित्य के नाम।

“दादू, तुम पत्रकार हो, तुमने अखबार निकाला है।”

“बिकता नहीं था। जब बन्द करने की नौबत आयी तो मुझे हटा दिया उन्होंने।” दादू असफलताओं के दावों पर अड़ा था।

“विश्वविद्यालय यह सब नहीं देखता। वह प्रतिभा को पहचानता है। गुण की परख करता है। देकर रहेगा डॉक्टरेट दादू, कब तक बचोगे, अगर कोई सम्मान भाग्य में बदा है तो नहीं चाहने से क्या होता है। वह तो मिलेगा। कोई त्राण नहीं है।”

“मेरी इज़्ज़त का क्या होगा,” दादू बोला, “अगर मिल गयी तो मेरी इज़्ज़त का क्या होगा ? आज समाज में चार लोग प्रेम से बात करते हैं, अपना समझते हैं, डॉक्टर हो गया तो समाज मुँह उठाकर देखेगा भी नहीं मेरी तरफ।”

दादू की बात में किसी डिग्री से ज्यादा वजन था। आज इतना तो है कि दादू पर कोई उँगली उठाकर यह नहीं कह सकता कि इसने कहीं घुसपैठ की, चक्कर चलाया, फायदे के लिए। इस उमर में डॉक्टरेट लेकर वह नीचे क्यों गिरेगा।

हम बाहर निकले। मैंने कहा, “मुझे तो विश्वविद्यालय जाना है मुन्नी की फीस जमा करने। दोस्तों से मिल भी लूँगा लगे हाथ।” दादू ने मेरी ओर कातर नजरों से देखा और चला गया।

जैसे ही मैं विश्वविद्यालय में घुसा, तीन विभागाध्यक्षों ने मेरी ओर देखा। वे तम्बाखू का पान खा लेने के बाद की जुगाली कर रहे थे, और किसी चौथे की बुराई कर रहे थे, जो क्लास ले रहा था। मुझे देख उनकी बाँछें कोई सवा इंच खिल गयीं। एक, जो उनमें सबसे मोटा था, उत्साह-भरी गति से दौड़ता वाइस-चान्सलर के कमरे की तरफ गया, यह बताने कि मैं आ गया हूँ।

कुछ देर बाद मैं उस कमरे में था, जहाँ वे विराजते हैं। मुझे कमरा अच्छा लगा। अलमारियाँ थीं, जिनमें अचल सम्पत्ति की तरह पुस्तकें शोभा दे रही थीं। शील्ड थीं, ग्रुप फोटो थे, गुलदस्ता था, अटेच्ड बाथरूम था, चमचाधर्मी सहायक थे, फोन था, मुस्कानें थीं और कसर रह गयी तो चाय आ गयी।

“और आपका लेखन कैसा चल रहा है ?” वाइस चान्सलर ने मुझसे पूछा, जिस पर मैंने उसी निराश सुर में उत्तर दिया, जिसमें एक लेखक इस प्रश्न का उत्तर देता है। सुनते समय उनके चेहरे पर वह चतुर जन का-सा भाव था कि देखो, ठीक ही किया ना कि हम लेखक न बने। फिर मैंने उनसे पूछा कि आपका विश्वविद्यालय कैसा चल रहा है। उनकी निराशा का सुर मुझसे ऊँचा था। मैं मध्यम पर निराश था, तो वे पंचम

पर थे। बोले, ''इस साल दीक्षान्त समारोह के लिए कोई योग्य आदमी नहीं मिल रहा है, जिसे मानद उपाधि दी जाए।''

''यह अपना माइक्रोफोन सप्लाई करने वाले ज्योति रेडियोज के श्रीधर बाबू को क्यों नहीं दे देते। उनकी बड़ी ठोस सेवाएँ रही हैं। जिसने भी माँगा माइक्रोफोन उन्होंने दिया। नगर के प्रजातन्त्र के प्राण हैं।'' मैंने सुझाया।

''उन्हें दे रहे हैं इस बार।'' वाइसचान्सलर बोले, ''पर कोई साहित्यकार, पत्रकार टाइप का आदमी भी मिल जाए तो थोड़ी पब्लिसिटी हो जाए विश्वविद्यालय की, आगे बखत-जरूरत ठीक रहता है, बयानबाजी होती रहती है।''

''अच्छा तो श्रीधर बाबू को डॉक्टरेट मिल रही है ?''

''जब से विश्वविद्यालय बना, माइक का किराया कम ले रहे थे हम लोगों से। यही कहते थे, किसी दिन डॉक्टरेट दे दीजिए तो बी. ए. में फेल होने का कलंक मिट जाए। हमने कहा, जब तक हम वाइसचान्सलर हैं ले लो डॉक्टरेट, फिर पता नहीं कोई दूसरा आ जाए।''

''चलिए, अच्छा रहा। हाँ जी, एक बार मिल जाती है तो पड़ी रहती है।''

''दादू जाने कहाँ हैं, दो बार आदमी पहुँचाया। अगर वे तैयार हो जाएँ तो उन्हें दे दें। बड़ा संघर्ष किया है भाई उन्होंने। हम क्या कर सकते हैं उनके लिए। डॉक्टरेट ले लो।''

''दादू हैं नहीं शहर में।'' मैंने झूठ कहा ताकि दादू की रक्षा हो।

''कल तो दिखे थे मुन्ना पानवाले की दुकान पर।'' कमरे में बैठे चमचे ने कहकर मेरी बात बनने न दी।

''अच्छा, लौट आये क्या ?'' मैं बोला, ''मुलाकात नहीं हुई।''

अब खामोशी थी। चाय भी खत्म हो गयी थी।

सहसा मैंने देखा कि वाइस-चान्सलर महोदय मेरी ओर कनखियों से मुस्कराते देख रहे हैं। फिर बोले, ''आपने भी तो बहुत लिखा है। आपको क्यों नहीं दी जाए। वर्षों की साधना है। आपकी जगह है आज।''

कोई और होता तो बहस करता कि किधर है जगह ? पर विश्वविद्यालय जिन निर्णयों पर पहुँच जाता है, उससे जल्दी टस-से-मस नहीं होता। वहाँ से भागने में ही मुक्ति थी।

''अच्छा तो मैं चलूँ।'' मैं नमस्करंछू हुआ।

''अजी सुनिए तो···फिर नाम घोषित कर दें आपका। भई, स्थानीय लोग सहयोग नहीं करेंगे तो क्या बाहर से हम इम्पोर्ट करेंगे ? कमाल करते हैं, आप पढ़े-लिखे होकर ऐसे भागते हैं जैसे···''

वे चिल्लाते रहे, मैं भागा और सीधा रेस्तराँ आया। दादू बैठा था।

''यार, वे लोग तो वाकई किसी मुरीद की तलाश में हैं।'' मैंने कहा।

"और जा...और जा...विश्वविद्यालय की तरफ मरने..."— दादू चिल्लाया।

आठ रोज तक दादू और मैं शहर में छुपते रहे। रोज अफवाह फैल जाती कि हम डॉक्टर हो रहे हैं और दोस्तों में शर्मिन्दा होना पड़ता। विश्वविद्यालय वाले भी कब तक इन्तजार करते। कनवोकेशन तो करना ही था। उन्हें दूसरे मिल गये। जब घोषणा हो गयी, तब हमने सन्तोष की साँस ली। इस साल विश्वविद्यालय से डॉक्टर हो रहे हैं पाक्षिक 'दुन्दुभी' के सम्पादक श्री बजरंग हक्कू, और 'नगर सिटी बस रूट प्रदर्शिका', 'कुर्सी कैसे बनाएँ', 'गणेश महिमा', 'त्रिफला से फायदे', 'सुखी परिवार' (खण्ड काव्य), 'चलाओ चक्की कमाओ धन' के सुप्रसिद्ध लेखक दातारसिंग 'पुष्प', जिनकी साहित्य जगत् में की सेवाएँ हमारे जिले और खासकर हमारी तहसील के साहित्य के इतिहास में भुलाई नहीं जा सकतीं।

आज शाम मैं और दादू दोनों डॉक्टर ऑफ पॉलिटिक्स और डॉक्टर ऑफ लिटरेचर को बधाई देने जा रहे हैं। यह डर मन में पूरी तरह बैठ गया कि यदि अधिक दिनों जीवित रहे, तो एक दिन हमें भी इस हाल से गुजरना पड़ेगा। हे प्रभु, हमने पूर्वजन्म में जो भी पाप किये हों, इस जन्म में डॉक्टरेट से बचा।

58

पान के बहाने कविता और कर्म पर एक बहस

पिछले दिनों कविता और कर्म के सम्बन्ध जुड़े हैं। कम-से-कम मेरे शहर में तो ऐसा हुआ है। जिन आलोचकों को लम्बे समय से यह शिकायत रही है कि आज कविता और कर्म एक-दूसरे से अलग जा पड़े हैं और कवि-व्यक्तित्व आम आदमी के रोजमर्रा के जीवन के समीप नहीं है, उनकी आशाओं, आकांक्षाओं से दूर है, उन्हें चाहिए कि एक चक्कर मेरे शहर का लगाएँ और कविता और कर्म के बीच घनिष्ठ लगाव को देखें, प्रेरणा लें। वीरगाथा काल में एक अदना कवि दोपहर को युद्ध लड़ता था और रात्रि को वीर रस की कविताएँ लिखता था। जैसा धन्धा, वैसी कविता, भोगा सो लिखा। कुछ मामले ऐसे भी हुए कि दोपहर को युद्ध में कवि महोदय मर गये और उनका वीर काव्य अधूरा रह गया। बाद में रिवाज बदला। युद्ध लड़ने का कामकाज करने वालों ने प्रहार करते सयम कवियों को कंसेशन देना आरम्भ कर दिया, जिससे साहित्य के नियमित विकास में बाधा न पहुँचे। कवि लोग रोज तलवारें लेकर युद्ध क्षेत्र में जाते और उसी मस्ती से घुमाया करते जैसे बच्चे लकड़ी की तलवार हवा में चलाते हैं। कोई शत्रु आ जाता तो ये तुरन्त कह देते कि भाई, मैं कवि हूँ। यहाँ सिर्फ अनुभव खसोटने आया हूँ, युद्ध मेरी रुचि नहीं है, मेरा क्षेत्र काव्य है।कहो तो एकाध सवैया सुनाऊँ ? वीर को फुरसत होती तो भुजा फड़कवाने के उद्देश्य से सुनता, अन्यथा घोड़ा दौड़ाता आगे बढ़ जाता। कौन मारे कवि को। कुछ युद्ध ऐसे भी हुए, जिनमें दोनों पक्ष के सभी योद्धा मारे गये, सिर्फ कवि बच गये, जिन्होंने अपने घर लौटकर उस भीषण युद्ध का वर्णन लिखा, ताकि सनद रहे और वक्त पर कोर्स में लग जाए। भक्ति काल में भी कविता और कर्म के सम्बन्ध मजबूत थे। सन्ताई और कविताई साथ-साथ चलती थी। और उस रसमय रीतिकाल का तो कहना ही क्या ? शाम के बाद जो अनुभव हुए, सुबह के बाद लिख डाले। अब ऐसा नहीं रहा। कवि लोग कर्म से सम्पादक या शिक्षक का काम करते हैं और लिखते हैं कविताएँ, जिसका उनकी नौकरी से, कर्म से कोई सम्बन्ध नहीं। आलोचक की शिकायत वाजबी है।

मैं अपने शहर की बात कह रहा था। असली किस्सा यानी इस सिलसिले की शुरूआत कैसे हुई, मुझे नहीं पता। या तो कुछ कवियों ने (शायर भी इसी अर्थ में आते

हैं) पान की दुकानें खोल लीं या कुछ पानवाले कविताएँ करने लगे। जो भी हो, पान पर कविता का और वहाँ प्राप्त कविताओं पर पान वालों का प्रभाव स्पष्ट दिखाई देने लगा। (यों कविता पर पान वालों का असर काफी पहले से रहा है। कवि लोग लाल होंठों की प्रशंसा में जब-तब लिखते रहे हैं पर इस प्रकार नहीं, जैसा इधर मेरे शहर में देखने में आया।)

उस दिन एक दुकान पर एक बोर्ड लगा देखा, जिस पर लिखा था :

गुलामी की जंजीरों से
स्वतन्त्रता की शान अच्छी है।
हजार रुपये की नौकरी से
पान की दुकान अच्छी है।

मैं ठिठक गया। स्पष्ट था कि जो सज्जन पान की दुकान खोलकर बैठे हैं, वे इसके पूर्व कहीं एक हजार रुपये मासिक पर नौकर थे। एक दिन उनका आत्मसम्मान भड़का और उन्होंने नौकरी पर लातनुमा त्यागपत्र या त्यागपत्रनुमा लात मार पान की दुकान खोल ली। मेरी तबीयत हुई कि खाली जगह पर अप्लाई कर दूँ, हजार रुपये की नौकरी है, बार-बार चांस नहीं मिलता। मगर उपर्युक्त चार पंक्तियों ने लगे हाथ मुझे भी प्रेरित कर डाला कि वहाँ अप्लाई करने के बजाय क्यों न पान की दुकान खोल लूँ ? मैंने दुकान से पान खाया और देखा कि पानवाले के चेहरे पर गहरा आत्मविश्वास है। ऐसा ही जैसा नौकरी छोड़ने वालों के चेहरों पर (मुझे छोड़कर) पाया जाता है।

कुछ दिनों बाद एक दूसरी पान की दुकान पर मुझे एक और बोर्ड दिखा। लिखा था :

निशि की शोभा दीप है,
दिन की शोभा भान।
कुल की शोभा पुत्र है,
मुख की शोभा पान।

मैं वहीं सड़क की शोभा बन आश्चर्य में टँगकर रह गया। काव्य का पान की दुकान पर ऐसा भारी आक्रमण और पान की कविता में ऐसी पैठ मेरी कल्पना के बाहर थी। कविता के विषय में मेरी समझ वहीं तक है, जहाँ तक नयी कविता आन्दोलन वालों ने समझाया है। यानी अच्छा-खासा कन्फ्यूज हूँ। मगर वह मेरे कन्फ्यूजन का नया आयाम था। पान वाले की काव्य-प्रतिभा से मैं आश्चर्य में दंगित हुआ और विचारने लगा कि इस काव्य को किस श्रेणी, किस धारा में रखकर निर्णय दिये जाएँ।

समस्या यह थी कि जब तक काफी सारे उदाहरण न मिलें, साहित्य में प्रवृत्ति नहीं पकती। सो मैंने नियम बना लिया कि किसी भी पान की दुकान पर जाता हूँ, तो ऊपर

नीचे आसपास देख लेता हूँ कि कुछ लिखा तो नहीं ? लिखा होता है। एक दुकान पर मैंने पढ़ा :

पान खाने से शान आती है
तुम्हें दिल्लगी सूझती है
यहाँ जान जाती है।

लगा कि बात विशेष रूप से मुझे सुनाकर कही जा रही है। यह गलत है कि पान के मामले में मुझे दिल्लगी सूझती है। मैं इस चर्चा को जितनी गम्भीरता से उठा रहा हूँ, उतनी गम्भीरता से मैं कविता की चर्चा प्रायः कम ही करता हूँ। मैं स्वयं पुराना पान खानेवाला रहा हूँ और मेरे व्यक्तित्व के निर्माण, संवार और विकास में पान वालों के बड़े आइसों का जो योग रहा है, उसे मैं भुला नहीं सकता और न मैं उससे उऋण हो सकता हूँ। पान पूरी निष्ठा और ईमानदारी से खाता हूँ। एक मिशन-सा है। जहाँ पान मिलता है, खा लेता हूँ। पान की दुकान पर एक शेर पढ़ा था :

पान वो चीज है जो एक पल में
आब करे, वाहवा।
लगाये दिल वही जिसको खुदा
खराब करे, वाहवा, वाहवा।

क्या लाजवाब शेर है ! (शेर हमेशा लाजवाब होते हैं। मैंने अभी तक किसी ऐसे शेर के विषय में नहीं सुना जो लाजवाब नहीं हो। उनका शेर होना ही लाजवाब होना है।) मैंने मूल शेर में 'वाहवा' इसीलिए जोड़ दिया है कि जाने क्यों मुझे सदैव 'वाहवा' शेर का ही एक अंश लगता है।

पर इस शेर की साहित्यिक महत्ता निश्चित करने के लिए मुझे तुरन्त हिन्दी साहित्य से छलाँग मारकर उर्दू समीक्षा के क्षेत्र में जाना पड़ा। इस क्षेत्र में मेरी समझ उतनी भी नहीं है, जितनी हिन्दी समीक्षा में है। कोई बात नहीं। मैंने गुरु पकड़ा। शायर था। मैंने पूछा, "उर्दू शायरी में प्रमुख धाराएँ कौन-सी हैं यानी उर्दू में कितने किस्म की शायरी मिलती है ?"

वे बोले, "जी उर्दू में, एक तो तरक्कीपसन्द यानी प्रोग्रेसिव, जिसे आप हिन्दी में कहते हैं परगतिशील।"

"हम उसे हिन्दी में परगतिशील नहीं, प्रगतिशील कहते हैं। और जब आप प्रोग्रेसिव बोल सकते हैं तो प्रगतिशील क्यों नहीं बोलते ? 'प्र' दोनों में लगता है। या आप पोरोगरेसिव कहिए।"— मैंने गुरु की टाँग खींची। शिष्य धर्मानुगत।

"देखिए जुबान का मसला नाजुक है, आप इस पर न आइए।"

"खैर छोड़िए। आप शेर सुनाइए, ऐसा जो पान पर भी हो और तरक्कीपसन्द भी

हो।''

''सुनिए।''

''इरशाद।''—मैं नियमानुसार तपाक से बोला।

''पान खाकर क्यों लबों को लाल करते हो ?''—उन्होंने नौटंकी मुद्रा में मुझे मानो छेड़ते हुए पंक्ति कही।

''वाहवा !'' मैंने अपने सिर को एक प्रशंसासूचक झटका दिया।

''पान खाकर क्यों लबों को लाल करते हो ?''—उन्होंने दुहराया।

''वाहवा, क्या कहने ! पान खाकर क्यों लबों को लाल करते हो ?''—मैंने तिहराया।

''पान खाकर क्यों लबों को लाल करते हो ?''—उन्होंने चौहराया और दूसरी पंक्ति सुनायी, ''हम गरीबों का दिल हलाल करते हो ?''

''वाहवा, वाहवा, क्या लाजवाब शेर है।''—कहकर मैंने श्रोताधर्म निभाया।

''हम गरीबों का दिल हलाल करते हो।''—वे फिर बोले।

''हम गरीबों का दिल हलाल करते हो।''—मैं अनुगूँजा।

उन्होंने झुककर आदाब किया। मैंने भी जवाब में झुककर आदाब किया।

मैं समझा वे कहीं जा रहे हैं। मगर वे आदाब करने के बाद वहीं खड़े रहे और मुझे तरक्कीपसन्द तहरीक और शहर के पानवालों की कमजोरियाँ बताने लगे।

मगर विषय है पान। पान भी नहीं, बल्कि कविता और कर्म। बल्कि कहा जाए कि पान के बहाने कविता और कर्म पर एक बातचीत। पर यह तो यूँ हुआ कि कॉफी के बहाने साहित्य पर एक चर्चा। जैसे लघुमानव के बहाने हिन्दी कविता पर एक बहस। कुल मिलाकर एक ठोस संगोष्ठी का मामला है। अगर आयोजित हो तो जोरदार वक्तव्य सुनने को मिलेंगे। मैं इस दिशा में गम्भीरतापूर्वक विचार करने लगा।

महानगर की प्रमुख पान की दुकान से लगा एक प्रकोष्ठ। पंखे चल रहे हैं, पान खाये जा रहे हैं, तकियों से साहित्यकार टिके गम्भीर हो रहे हैं, चर्चा चल रही है। विषय है 'पान और कविता'। भाग लेने वाले साहित्यकार हैं य, र, ल, व और श। गोष्ठी में क, ख, ग आदि को नहीं बुलाया गया, क्योंकि वे पुराने खूसट हो गये हैं और बौद्धिक चर्चा में फिट नहीं आते। च, छ, ज यद्यपि नये हैं, पर वे संगोष्ठी के खिलाफ हैं और बयान दे चुके हैं। ट, ठ, ड, ढ, ण उपस्थित हैं, पर उन्हें बोलने के लिए नहीं कहा जा रहा। प, फ, ब, भ, म इस संगोष्ठी में भाग लेने वाले य, र, ल, व, श के चमचे हैं, अतः वे गोष्ठी की सफलता के आकांक्षी बन रिपोर्टिंग के लिए नोट्स वगैरह ले रहे हैं। क्ष, त्र, ज्ञ पहले ही क्षमा माँग चुके हैं। त, थ, द, ध, न को न निमन्त्रण मिला और न उन्हें खबर लगी कि महानगर में ऐसी कोई गोष्ठी हो रही है। श्रोताओं में अ, आ से अं, अः तक सभी हैं, छोटी इ और बड़ी ई कोने में सिमटी बैठी शकल से पी-एच. डी. की छात्राएँ लग रही हैं। स और ह परिचर्चा न सुन इ, ई को घूर रहे हैं

और सोच रहे हैं कि ये हमें मिल जाएँ तो हम सुख सि सी ही हो जाएँ। (इन सबके वास्तविक नाम न दे पाने के कारण मुझे क्षमा करें। कारण आप समझते हैं)।

य ने चर्चा का आरम्भ किया।

य—पान ! पान तो है ! पान अपनी जगह है। परम्परा से चला आ रहा है और बदलते सन्दर्भ में उसे नकारा नहीं जा सकता। समय बदलता है, परिप्रेक्ष्य बदलता है, पर साहित्य के कुछ स्थायी तत्त्व हैं जैसे रस। सो तो है। पान रस का जनक है ना। जनक को नकारिएगा, तो रस कहाँ से पाइएगा। कहा है ना, वाक्यं रसात्मकं काव्यं। कोई वाक्य रस से कहिए तो वही काव्य है। पान खाकर वाक्य कहिए। काव्य है। पान खानेवाला कवि बन जाए, सहज सम्भाव्य है। मैं कुछ नया नहीं कह रहा। पुरानी कसौटी की ही बात कह रहा हूँ।

र—मैं नहीं समझता कि पान का कविता से कुछ सम्बन्ध हो सकता है या उस माने में किसी भी बात का कविता से कुछ सम्बन्ध हो सकता है। पान पान है, कविता कविता। न कविता पान है और न पान कविता। जो लोग रसपान की बात कहते हैं या पान से रस को जोड़ते हैं, वे मैं नहीं समझता कि कविता को ठीक से समझते हैं। मैंने कई पान ऐसे खाये हैं, जिनमें रस नहीं था और कई कविताएँ ऐसी पढ़ी हैं जिनमें रस नहीं था। रस कविता की या उसी अर्थ में पान की अनिवार्य शर्त नहीं है। कविता पर किसी किस्म की शर्त नहीं लादी जा सकती। कविता इस प्रकार की डिक्टेटरशिप के खिलाफ विद्रोह है। आप उसे विद्रोह की कविता कह सकते हैं। मगर आप उसे पान की कविता नहीं कह सकते। हालाँकि पान खाना भी एक किस्म का विद्रोह है या हो सकता है। कविता न होने की होने में परिणति है, जब कि पान होने की न होने में। जो कवि हैं और पान खाने की स्थिति भोग रहे हैं, वे इस अन्तर को समझते हैं। आज का कवि पान खाने के लिए अभिशप्त है। अच्छा पान और अच्छी कविता सिर्फ महानगर में रह गयी है। इसके लिए अफसोस किया जा सकता है, यद्यपि उसे रोका नहीं जा सकता। पिछले वर्षों में पान वाले और कवि कस्बा छोड़ महानगर में आये हैं। उसी के साथ कविता सिर्फ महानगर की कविता होकर रह गयी है। मैं पान से कविता को श्रेष्ठ मानता हूँ।

ल—मुझसे कहा गया है कि मैं भी कुछ बोलूँ। मेरा ऐसा इरादा नहीं था। मैं यहाँ सिर्फ पान खाने के उद्देश्य से आया था और फँस गया। अभी य भाई और र भाई ने अपनी बात कही और विषय को काफी हद तक हमारे सामने स्पष्ट कर दिया है। पान और कविता पर पिछले दिनों हिन्दी में काफी चर्चा हुई है और यह विषय आज भी उतना ताजा है, जितना कल था। जहाँ तक मुझे याद आता है सबसे पहले 'धर्मयुग' में शरद जोशी ने एक विचारोत्तेजक लेख लिखकर, जिसका शीर्षक था 'पान के बहाने कविता और कर्म पर एक बहस' इस बात को उठाया था और पान और कविता के रिश्ते की पड़ताल की थी। उसके बाद और भी विचार सामने आये और यह सचमुच

हर्ष की बात है कि वर्षों बाद हिन्दी कविता की समीक्षा ने निर्णय की विदेशी कसौटियों से मुक्ति पाकर एक भारतीय कसौटी को चुना। पान पूर्णतः भारतीय है तथा हमारे लिए एक मजबूत आधार है जिससे हम काव्य की बुनावट को पकड़ सकें। पर एक खतरा है।कहीं यह सब एक फार्मूला बनकर न रह जाए या कल से यह भ्रम न फैल जाए कि जहाँ का पान अच्छा, उसी नगर की कविताएँ अच्छी। तब हमारे विरोधी मित्रों को पान की यह कसौटी साहित्य में इलाहाबाद और बनारस को पुनः स्थापित करने का षड्यन्त्र लगेगी और इसके पूर्व कि यह बात आगे बढ़े, तू-तू मैं-मैं में खो जाएगी। यह खतरा है। मैं अधिक कुछ न कहकर यह चाहूँगा कि पान का आकार हृदय की तरह है तथा उदारता हृदय का सबसे बड़ा गुण है। पान और कविता पर बातचीत उदारता से हो, तभी हम किसी निर्णय पर पहुँच सकेंगे।

व—मैं यहाँ यह उम्मीद लेकर आया था कि कुछ ठोस चर्चा होगी। चर्चा तो हो नहीं रही है, मगर नाम जरूर उछाले जा रहे हैं। अभी-अभी आपके सामने शरद जोशी का नाम उछाला गया और पान और कविता पर हिन्दी में चर्चा आरम्भ करने का श्रेय शरद जोशी को दिया गया। मैं ल महोदय को बता देना चाहता हूँ कि शरद जोशी के काफी पूर्व भारतेन्दु काल में यह चर्चा उठ चुकी है। और रहा सवाल बनारस और इलाहाबाद के पुनः स्थापित करने का, तो वे उखड़े कब थे, जो आप स्थापित करेंगे। अगर वहाँ का पान और कविता अच्छी है, तो मध्यप्रदेश वालों को जलने की कोई वजह नहीं। चर्चा को शुरू से गलत रुख दिया गया। हमें भूलना नहीं चाहिए कि पान और कविता सामन्तवादी युग की देन है और बिना सामन्तवाद को समझे इसे पूरी तरह नहीं समझा जा सकता। अध्ययन कीजिए और फिर बात कीजिए। मैं इस विषय पर एक लम्बा लेख लिखकर सारी स्थिति स्पष्ट कर दूँगा। हवा देखकर पान खानेवालों और असली पान खानेवालों का फर्क सामने आना चाहिए। अब वक्त आ गया है जब असली कविता की खोज शुरू की जाए। बस, मैं इतना ही कहना चाहता हूँ।

संगोष्ठी की सबसे बड़ी उपलब्धि रही श का समापन भाषण। उन्होंने मनुष्य के अकेलेपन से पान और कविता को जोड़ा और पान की बढ़ती खपत और कविता के विकास के आँकड़े प्रस्तुत किये। उन्होंने कहा कि आज की कविता उस मनुष्य के अकेलेपन की कविता है, जो पान खाता है। मनुष्य और मनुष्य के रिश्ते टूट रहे हैं, कोई बात करने को नहीं रहा। पर पान के बहाने अकेला मनुष्य मुँह तो चला सकता है। कविता भी इसी प्रकार मनुष्य को जोड़ती है। आज की कविता क्षण की कविता है। पान भी क्षण का पान है। अभी है, नहीं रहेगा। पान वर्तमान का प्रतीक है। मनुष्य वर्तमान में जीता है। कविता वर्तमान में जीती है। पान का सजाव, रचाव और बनाने की प्रक्रिया किस कविता से कम है। आखिर दोनों मनुष्य की ही तो देन हैं। श लगातार पान खाये जा रहे थे और कह रहे थे।

गुंजाइश है। पूरी संगोष्ठी की गुंजाइश है। सतह चिकनी हो, न हो, पर आन्दोलन

बहेगा। पान और कविता, कविता और पान। कुछ साहित्यिक मित्र मदद करें, राजी हो जाएँ तो मैं इस आन्दोलन के लिए जान की बाजी लगा दूँ। जैसा कि मेरे शहर की एक पान की दुकान पर लिखा है।

पान में गर जान की बाजी हो जाए,
कह दो उस प्यारी से कि राजी हो जाए।

59

झरता नीम : शाश्वत थीम

घर के सामने, और विशेष रूप से अपने ही आँगन में पेड़ लगा हो, तो जब-तब भावुक हो जाने का सुभीता रहता है। पेड़ की तरफ देखा और वहीं लगे हाथ भावुक हो लिये। गाँठ से कुछ जाता नहीं और मन भीग जाता है। मौका-मुसीबत बड़े काम की चीज है। आप चाहें उसका तना पकड़ रो सकते हैं, चाहें उसके पत्ते देख खुश हो सकते हैं। अनुभूति के क्षेत्र में किसी किस्म कि खिदमत हो, पेड़ हाजिर है। जो लोग अपने आँगन में पेड़ खड़ा कर लेते हैं, इस मामले में बड़े मजे में रहते हैं।

आदमी आदमी से या दूसरे मायनों में स्त्री से एडजस्ट न कर सके, पर आदमी पेड़ से और पेड़ आदमी से आसानी से एडजस्ट कर लेता है। फलदार पेड़ हो तो एडजस्ट होने में अपेक्षाकृत सुविधा रहती है। खैर, आदमी भी फलदार हो तो वहाँ भी एडजस्टमेण्ट सरल हो जाता है। स्त्री अपनी सारी स्मृतियाँ और भावना घर के पुराने ताक में रख फलदार व्यक्ति के साथ कछौटा कस चल देती है। केवल भावुक मन वाले ही फलविहीन के साथ एडजस्ट करते हैं। वे तो फलविहीन पेड़ के साथ भी एडजस्ट कर लेते हैं। उनके साथ पेड़ भी एडजस्ट कर लेता है। जैसे 'झरने लगे नीम के पत्ते, बढ़ने लगी उदासी मन की।' (पता नहीं किसकी पंक्ति है, जाने कब पढ़ी थी। यों भी हम नाम बताकर उसका प्रचार करने के पक्ष में नहीं। यह हमारी साहित्यिक 'स्ट्रेटेजी' है कि सन्दर्भ दो, मगर नाम गायब कर दो।) इसमें हुआ यह कि जब नीम के पत्ते झरने लगे, तो मन की उदासी बढ़ने लगी। या यों कि इधर तो नीम के पत्ते झरने लगे और उधर मन की उदासी बढ़ने लगी। दोनों हरकतें समानान्तर साथ-साथ चालू हुईं। या उल्टा हुआ। जब मकान-मालिक के मन की उदासी बढ़ने लगी तो आँगन के नीम ने सोचा, चलो इसी वक्त कुछ सूखी पत्तियाँ झरा दो। साहित्य के अध्ययन से मैं इस नतीजे पर पहुँचा हूँ कि पेड़-पौधे और पूरी प्रकृति बैठी हमेशा कवि का मूड भाँपती रहती है। कवि का जैसा मूड हुआ, प्रकृति वैसा ही करती है। कवि का मन उदास हुआ तो नीम के पत्ते झरने लग जाते हैं। और मूड अच्छा हुआ तो उसी समय सूखे पत्तों का झरना रुक जाता है, और नयी-नयी कोंपलें फ़ूटने लगती हैं। कहावत है (या हो सकती है) 'जिस माजने का कवि, उस माजने के पेड़-पौधे।' या यों कि 'जैसा बोलें कविराम, वैसा नाचे नीम-आम।' या यों कि 'जबहूँ कवि हरसे, तबहूँ जल बरसे।' या यों कि 'कवि हुआ ढुलमुल तो चुप्प हुई बुलबुल।'

घर का पेड़ हो, बाप ने बोया हो, तो भावुकता का अधिकार पुश्तैनी हो जाता है। धीरे-धीरे पूरा मिजाज आंचलिक हो जाने की सम्भावना रहती है। पेड़ के साथ आपके पूरे व्यक्तित्व के 'कण्डीशण्ड' हो जाने का खतरा रहता है। जो लोग एक छायादार पेड़ के सन्दर्भ में अपने को बड़ा वर्ड्सवर्थ या रवीन्द्रनाथ लगते हैं, आगे जाकर बड़े गँवार मनई साबित होते हैं। यह तो हिन्दी साहित्य है, जहाँ सब चल जाता है। यहाँ गँवार मनई भी गाछ-बिरछ का जिक्र कर ढोलक-बाजे से सुर निकाल धन्धा चला लेता है, साहित्य-प्रेमी व्यक्ति के संस्कार और रुचियाँ बकरी की तरह होते हैं। जहाँ जो भी हरा-भरा मिल जाता है प्रेम से चर लेता है। अभाव में मुँह लटका लेता है।

जब कवि का पेड़ सूखता है, उसे भी दुख होता है। साहित्य में 'नेचर' का खरबूजा जैसा रंग बदलता है पाठक के 'नेचर' का खरबूजा भी देखकर रंग बदल लेता है। इसके अलावा भी जो पारिवारिक ऊष्मा के कवि हैं, घर की खिड़की से बाहर झाँककर पेड़ की डाली, चाँद, बादल या गाय-ढोर का नजारा देख अपने मन की बात कहते हैं। जब-तब पास के पेड़ से लटककर कथ्य और शिल्प के आकाश में झूलने लगते हैं। ऐसी रचनाओं के बलबूते पर पेड़ के साथ साहित्य और साहित्य के साथ पेड़ पनपता है। कभी वहीं कोई पक्षी घोंसला बना ले और नर-मादा अपने चोंचले शुरू कर दें, तो प्रेमकथा का रंग बाँधने में सुविधा होती है। अकेली बैठी उपन्यासों की औरतें घर से उस घोंसले की तुलना करने लगती हैं। बाबू दफ्तर चला जाता है, भाग्य का टाइपराइटर बजाने और वह औरत बच्चों को कीड़े-मकोड़े का चुग्गा खिलाती मादा को देख अपने अधफूले पेट पर हाथ फेरने लगती है। साहित्य में ऐसे दृश्य 'बॉक्स-आफिस हिट' साबित हुए हैं। यह सब पेड़ का प्रताप है। बुद्धि के नंगेपन को ढँकने के लिए पेड़ के पत्ते बड़े काम आये हैं। जब कुछ समझ नहीं आया, पाठक को पेड़ से बाँध दिया और खुद ऊपर चढ़कर डालियाँ हिलाने लगे। ले बेटा, चाट प्रकृति। भगवान् की बनायी है, सस्ती पड़ती है।

फिर भी मुझे तो आँगन में खड़े पेड़ की बात करने वाले कवि अच्छे लगते हैं। जो हैं, उसी की बात करते हैं। अपनी अकल और अनुभूति की सीमाओं से परिचित हैं। आरामकुर्सी पर पड़े-पड़े इन्द्रधनु रौंदने का दम तो नहीं भरते ! प्रकृति को लेकर साहित्य में बड़ा 'फ्रॉड' चलता है। प्रकृति एक विशेष काव्य-नीति में सहायक रही है। इस हरी राजनीति को आम पाठक समझ नहीं पाता। जब भी समस्याएँ साक्षात् होकर गला पकड़ती हैं, कवि चुपके से वृक्षों के झुरमुट में घुस लेता है। जब मुसीबत छँट गयी, धीरे से निकला और जो जीता उसकी जय-जयकार करने लगा। गुलमोहर, पलास, अमलतास, पीपल, बड़, आम, नीम का अच्छा-खासा जंगल है, जो तटस्थता के मौसम में सिर छुपाने के काम आता है। तटस्थता की राजनीति का रहस्य सब समझते हैं। पर कवि को कुछ नहीं कहते। परम्परा से उसे प्रकृति पर हक प्राप्त है। अभिव्यक्ति के निस्तार के लिए वह जहाँ चाहे कुलाँचें भर सकता है। उसे कालिदास से गुरुमन्त्र मिला

है—विक्रम के दोष खोजने से बेहतर है प्रकृति की बात करो। 'कैरियर' शुद्ध रहता है, 'वैरायटी' बनी रहती है। प्रकृति पल-पल वेश परिवर्तित करती है, कवि की गिरगिट-प्रतिभा नित नये रंग बदलती है। अपना कोई क्या बिगाड़ सकता है। और जब विक्रम के खिलाफ देश की जनता में असन्तोष के अंकुर विरोधी पार्टी को मिले भारी वोटों की तरह पनपने लगें, तब विक्रम की दरबारी अकादमी से पुरस्कृत प्रकृतिवादी कवि को सुविधा है कि वह विरोध के सुरों में एक सुर अपना मिला, बदलते इतिहास की वी. आई. पी. लिस्ट में भी अपना नाम लिखवा ले।

पेड़ से बहुत फायदे हैं। वह कड़ी धूप में शरण देता है। पेड़ बहुत उपयोगी वस्तु है। उसके घने पत्ते अतीत की कई शर्मिन्दगियों को ढँकते हैं। झुरमुट अनेक घोटालों के केन्द्र रहे हैं। साहित्य में भी कम घोटाले नहीं हुए हैं। चाहे तो कविता और प्रकृति तथा कविता और राजनीति पर अलग-अलग थीसिसें न लिख एक ही प्रबन्ध में सारी शोध कर सकता है। पुस्तक पठनीय होगी, पर पी-एच. डी. नहीं मिलेगी, विश्वविद्यालय के आँगन में भी काव्यनीति का एक पुराना पेड़ लगा है। हेड ऑफ दि डिपार्टमेण्ट जब अपनी खिड़की से झाँकते हैं, वह पेड़ उन्हें दिखाई देता है। उसकी हवा का झोंका उनके अहं को सन्तोष देता है। वे विचारों की जमीन पर नयी बागबानी के समर्थक नहीं। वे कवि को उनके दिखाऊ मूल्यों पर स्वीकार करते हैं। इरी और निरी भावुकता के वे संरक्षक हैं, ढाल हैं। कहावत है (या हो सकती है) कि 'एकतरफा प्रकृति दोतरफा पोलिटिक्स', या यों कि 'वृक्ष ओझल, विरोध ओझल।' या यों कि 'देखा हम कवियन की रीत, खाएँ पोलटिक्स, उगलें गीत।' या यों कि 'विरोध में कमी खुश अकादमी।' या यों कि 'लिखी सिर्फ प्रकृति की बात। लगो कोर्स में हाथ के हाथ।' या 'लगो कोर्स में शान के साथ।'

सघन गहराइयों में न जाओ, अमान्य रूप से झरते तथ्यों को ही बीनो, तो भी आँगन में लगा पेड़ बड़ा सहायक है। जब चाहें गुस्सा कम करने या आँखें नम करने में मदद करता है। पर गाँव गये पिया जब घर पर चिट्ठी लिखते हैं, तो आँगन के पेड़ के विषय में भी पूछते हैं। 'मधुआ की माँ, इस साल तो आम में बहुत बौर आये होंगे। वहाँ होता तो सूँघता। काफी आम देगा अपना गाछ।'' क्या कहने ! चिट्ठी पढ़कर सुनाता ज्ञानी पोस्टमैन उस करुण प्रसंग के साथ सारा मामला भाँप लेता है ! जाती बेर धीरे से कहता है, ''मधुआ की माँ, इस बरस तो मधुआ के बापू घर नहीं आ रहे। कभी आम में बौर आये तो हमें याद करना।'' और मधुआ की माँ लाज से आँगन के आम की ओर मुँह फेर खड़ी हो जाती है। पोस्टमैन एक सुख संचारक कैलेण्डर रसीली नजरों से निहारता आगे बढ़ जाता है।

दूसरा प्रसंग, नानूराम शास्त्री की मोड़ी शकुन की विदाई। घूँघट में मुँह छुपा रोने-धोने का क्रम चालू। जाती बेर वह आँगन में लगे वृक्ष की ओर देखती है, इसी के नीचे खेल-कूद कर बड़ी हुई। ललुआ पण्डित के छोरे ने इसी गाछ के नीचे पहली बार कलाई

पकड़ी, वह मन-ही-मन वृक्ष को प्रणाम कर कहती है—हे गाछ महाराज, जे स्कैण्डल की पुटरिया तेरी डार पर लटकाय कर जाय रही हूँ। बिसकू एक्सपोज मत करना महाराज। अपनी बिटिया की लाज रखना। औरतें तभी समवेत में रोती हैं—"अरे अब इन गाछ-बिरछ को तेरे बिन कौन पानी देगा री बिटिया।" और बिटिया वृक्ष देवता को प्रणाम कर डोली की तरफ बढ़ जाती है। देखने वालों की आँखों में एक आंचलिक सीन खिंच आता है।

ऐसे अनेक प्रसंग हैं, आँगन में लगे पेड़ के इर्द-गिर्द कई बातें हैं, जिनमें लेखक और कवि पूरी प्रतिभा का उपयोग कर खप सकते हैं। खप चुके हैं। कहावत है (या हो सकती है) कि 'पेड़ के प्रसंग और कविता के रंग, इनमें कभी कमी नहीं आती।' या यों कि 'झरता नीम, शाश्वत थीम।' या यों कि 'नीम फले या आम, कवि के आवै काम।' या यों कि 'सत्ता खड़के, कलम फड़के।'

यदि आप भावुक हैं, ज्ञानी हैं और आँगन में लगे पेड़ पर विश्वास करते हैं, तो इन कहावतों को भी सच मानिए, चाहे आपने सुनी हों या न सुनी हों। क्योंकि कहावत है कि 'हाथी पर ज्यों महावत, भाषा में त्यों कहावत।' उसके बिना तथ्य से आप भटक जाएँगे।

60

अमरता के एहसास की भयावनी रात

कल रात जब सोया, तो एकाएक मैंने अनुभव किया कि हिन्दी साहित्य का मोटा इतिहास मेरे सीने पर रखा है और उस पर एक स्कूल मास्टर बैठा बेंत हिला रहा है। एकाएक मेरे सीने पर वजन हो आया और मैं चौंककर उठ बैठा।

"क्या बात है ?" पत्नी ने करवट बदलकर पूछा।

"मैं शायद अमर हो जाऊँ। मेरे हिन्दी साहित्य के इतिहास में आने के पूरे चान्सेज हैं ?"

"सो जाओ।" उसने आदेश दिया और पीठ फेरकर खुद उस आदेश का पालन करने लगी।

मैंने भी आँखें बन्द कर लीं। पता नहीं पत्नी मेरी बात का विश्वास करती है या नहीं। मेरे-उसके सम्बन्धों के अलग-अलग दौर आये और चले गये। एक वीरगाथा काल था, जब मेरा उसका परिचय हुआ था। मैं बढ़-बढ़कर डींग हाँकता था और वह विश्वास कर लेती थी। बाद में रीतिकाल आया, सो आपस की बात है। उस काल में मैं विभिन्न स्तरों पर पत्नी के सामने एक्सपोज हो गया, पर उम्मीदें बनी रहीं। आजकल शायद रहस्यवाद चल रहा है, जब वह यह जानने का प्रयास कर रही है कि मैं एक 'फ्रॉड' हूँ या ईमानदार। इसके बाद निश्चित ही उसकी निराशा का छायावाद आएगा। वह मेरे नाम पर आँसू बहाएगी, उससे भी मेरा कुछ नहीं बिगड़ता। डर उसके बाद है जब प्रगतिवाद आएगा और वह जागरूक होकर मेरी हुलिया दुरुस्त करेगी। उसके पहले मुझे अमर लेखक हो जाना चाहिए। अभी मौका है।

मैंने आँखें बन्द कर लीं। फिर से हिन्दी साहित्य का इतिहास कब्र के पत्थर की तरह मेरे सीने पर रख दिया गया और स्कूल मास्टर मुर्दाफरोश की निर्ममता के साथ उस पर आ बैठा। अक्सर रचना पूरी करने के बाद मुझे यह भ्रम हो जाता है कि यह हिन्दी साहित्य की अमर रचना हो जाएगी। यह भ्रम कई बार आठ-दस दिनों तक चलता रहता है, जब तक मैं दूसरी अमर रचना नहीं लिख देता। कल रात भी एक रचना पूरी की थी और यह एहसास मुझे खाये जा रहा था कि यह रचना अमर हो जाएगी। मेरा नाम हिन्दी साहित्य के इतिहास में अवश्य आ जाएगा।

पर धीरे-धीरे प्रसन्नता भय में बदलने लगी। सच यह है कि हिन्दी साहित्य के इतिहास की कोई भी छोटी किताब मुझे कभी पसन्द नहीं आयी। उसे मैं कभी पूरी पढ़

नहीं पाया। जाने कौन-कौन हैं उस लोक में। कितने विचित्र नाम और चेहरे, क्या नहीं लिखते हुए ! अजीब से अपरिचितों की जमात में पत्तल बिछाकर खाना खाने वाले को जैसा अटपटापन लगता है, वैसा मुझे अपना नाम हिन्दी साहित्य की सूची में देख लगता है। यही मेरी जाति है। यही मेरी नियति ! यहीं मुझे अमर होना है। अफ ! डाल पर लगी हरी अम्बिया को अगर यह पता लग जाए कि किसी पुराने बड़े मटके में डालकर उसका अचार बनाया जाएगा, तो उसे कैसा लगे ? हिन्दी साहित्य ऐसा ही मटका है और हम सब उसके भावी अचार और मुरब्बे हैं, जिसे भविष्य में कभी-कभी चखने के लिए सुरक्षित रखा जाता है। अचार बने रहना ही अमरता है।

कल रात यह भय घिर आया और मैं ठीक से सो नहीं सका। जब सोता, मुझे हिन्दी साहित्य के इतिहास से उठकर आने वाली अजीब-अजीब शक्लें दिखाई देतीं, जो मुझे देख हँसतीं और इशारे कर बुलातीं—आओ प्यारे !

वे सब मेरे पुरखे, प्रेत, राक्षस और ब्रह्मराक्षस, जो 'खी खी' कर हिन्दी साहित्य की जाजम पर मेरे लिए जगह बना रहे थे।

मैंने उन सबको देखा। वे झुण्ड बनाकर खड़े थे और मेरा स्वागत कर रहे थे। उनमें थे 'फरेबे मोहब्बत' के नाटककार नारायण प्रसाद 'बेताब'। वे बहुत से थे और जैसे एक ग्रुप फोटो के लिए लोग मुस्कराते हुए कैमरे को घूरते हैं, वे उसी तरह मुझे घूर रहे थे।इश्क अजायब, विरह दिवाकर और कानून जाप्ता अँग्रेजी के लेखक रसिक बिहारी, आनन्दी प्रसाद श्रीवास्तव, कवीन्द्र उदयनाथ, कार्तिकप्रसाद खतरी और निश्चलराम के पोते कवि जुगल किशोर। अठारह हजार चौपाइयाँ लिखने वाले श्री कुलजमस्वरूप उनके पीछे खड़े थे। सज्ज़ाद सुम्बल, शमशाद सौसन और सुरेश मोहिनी आदि, प्रेमरस में पगी रचनाओं के ब्राह्मण कवि केशवराम भट्ट सबसे आगे थे। उनके पास ही खड़े थे बाबू गजाधर सिंह। और भी बहुत से थे, जिन्हें मैंने पहचाना था।

जैसे एक क्षण को मैंने मटके में झाँका और अचार का मुआयना कर लिया। मैं क्यों लिख रहा हूँ ? आखिर मैं क्यों लिख रहा हूँ ? इसी हिन्दी साहित्य के मटके में प्रवेश के लिए ?

वे नहीं मानेंगे। वे मेरा नाम इतिहास की पोथी में लिख देंगे। इसके पीले पुराने पन्नों में मेरा नाम काले टाइप में दिखेगा और छात्र मर-मरकर उसे रटेंगे। वे पता नहीं किस तरह मुझे याद रखेंगे, मैं हिन्दी साहित्य के इतिहास में रहूँगा, तो मुझे याद रखना मजबूरी हो जाएगी। हो सकता है वे मुझे सेठ गोविन्ददास के समकालीन अन्य लेखकों के रूप में याद रखें। मैंने देखा कि यश के इस विस्तृत कीचड़ में मेरा नाम एक कीड़े की तरह रेंग रहा है। मैं सोचने लगा कि मैं बिना कुछ लिखे मर क्यों नहीं जाता।

मैं फिर चौंककर उठ बैठा।

"क्या बात है ?" पत्नी ने पूछा।

"मुझे नवरत्नजी बुला रहे हैं।"

“कौन हैं ये ?”

“‘जया-जयन्त’, ‘रत्न करण्ड’ और ‘कठिनाई में विद्याभ्यास’ के रचयिता।”

“बक-बक मत करो। सो जाओ।”

हिन्दी साहित्यकार पर इस किस्म की बन्दिश सिर्फ उनकी पत्नियाँ लगा सकती हैं, और कोई नहीं ! हम बक-बक के लिए स्वतन्त्र हैं और जागरूक हैं। मैं काफी देर सो नहीं सका। ‘नवरत्न’ जी अकेले नहीं थे। उनके साथ थे ‘गुलाल चन्द्रोदय’ के रचयिता साँडीवासी श्री गुमान मिश्र और दुलारेलाल भार्गव। वे तीनों मेरी ओर देख मुस्करा रहे थे। कह रहे थे कि, “आओ, बाबू शरद जोशी बी. ए. यहाँ बैठो।”

मैं बैठ नहीं पाता। मैं भयभीत खड़ा उन्हें देखता रह जाता हूँ। तब जिला हरदोई के घासीराम, जिन्होंने ‘कालिदास हजारा’ लिखा है, मेरा हाथ पकड़ खींचने लगते हैं और फतहगढ़ स्कूल के हेडमास्टर सुप्रसिद्ध साहित्यकार तोताराम वर्मा मुझे डाँट लगाते हैं।

मैं हाथ छुड़ाता हूँ और भागता हूँ।

मैं साइकिल पर बैठ भाग रहा हूँ और वे मेरा पीछा कर रहे हैं। वे रथों में, पालकी पर, छकड़े और इक्के में बैठ मेरा पीछा करते हैं। चर्पटीनाथ पैदल दौड़ रहे हैं। उनके हाथ में चिमटा है। चौरासी वैष्णव भी हैं। वे सब शोर मचाते आ रहे हैं।

एक हैं हिन्दी साहित्य के इतिहास में थान कवि। ये जिला रायबरेली के चन्दन कवि के भानजे होते हैं। बैसवाड़ा के चण्डेला ग्राम के जमींदार दलेल सिंह के नाम पर इन्होंने ‘दलेल प्रकाश’ नामक काव्य की रचना की थी। इनके काव्य पर प्रसन्न होकर जमींदार दलेल सिंह ने इन्हें एक घोड़ा और दुशाला भेंट किया था। इनका नाम भी हिन्दी साहित्य के इतिहास में सादर आता है। कवि थानसिंह जमींदार दलेल सिंह के घोड़े पर बैठे मेरा पीछा कर रहे हैं और मैं साइकिल इतनी तेज नहीं भगा पा रहा कि उनसे बच पाऊँ। मैं साइकिल फेंककर एक भवन में घुस जाता हूँ। भवन के कमरे दर कमरे घुसता मैं छुपने की जगह देख रहा हूँ कि तभी एक वृद्ध महोदय मेरा हाथ पकड़ लेते हैं। एक युवक पीछे से आकर मुझे दबोच लेता है।

“तुम पर तो एक पी-एच. डी. पकेगी। खूब आये हाथ में।” वृद्ध कहते हैं।

वह युवक मेरा गला दाबता है।

“मैं करूँगा, मैं करूँगा इस पी-एच. डी. को। बड़ा कागज रंगा है इसने। हो जाय साले पर एक पी-एच. डी.।”

मुझे नहीं पता था कि यह भवन विश्वविद्यालय है और यह वृद्ध हिन्दी का हेड ऑफ दि डिपार्टमेण्ट।

मैं टेबुल पर मृत पड़ा हूँ। मेरा सिर मेरे दुर्बल शरीर से अलग कर दिया गया है। वे मेरी जाँच कर रहे हैं और नोट्स बना रहे हैं।

‘शैली पर पाश्चात्य प्रभाव है।’

'भाषा मुहावरेदार है।'

'हास्य में व्यंग्य का पुट है।'

'नहीं। व्यंग्य में हास्य का पुट है।'

'कथ्य में थोड़ा-सा यथार्थवाद टपकता है।'

'ब्राह्मण कुल में जन्मा है, पर सुधारवादी प्रतीत होता है।'

'भाषा में ओज नहीं है।'

'और प्रसाद गुण ?'

'यदा-कदा दृष्टिगोचर होता है।'

विश्वविद्यालय भवन के बाहर मेरे पीछे दौड़ने वाले साहित्यकार रुककर खड़े हो गये हैं। श्री सीताराम रहस्य तरंगिणी और मिथिला विलास के कवि जनकराज किशोरीरमण रसिक अली स्वयं सीढ़ियाँ चढ़कर आये हैं और 'हेड ऑफ दि डिपार्टमेण्ट' से कह रहे हैं कि आप पी-एच. डी. करवाय के मुर्दा हिन्दी साहित्य के इतिहास को सौंप दीजिए। उन्होंने स्वीकार कर लिया है।

अब कोई रास्ता नहीं। मटके में अचार बन जाने के अलावा कोई रास्ता नहीं। उफ ! मैं घबराकर चीख उठता हूँ।

"क्या बात है ?"—पत्नी पूछती है।

"मैं अमर हो रहा हूँ। नहीं, मैं मर रहा हूँ।"

"क्या बक रहे हो ?"

"मुझे डर लगता है कि कहीं मेरा नाम हिन्दी साहित्य के उस भयंकर इतिहास में न आ जाए !"

"अब सो भी जाओ !" वह बड़बड़ाकर करवट ले लेती है।

61

विज्ञापित, मैं

आजकल मैं अपनी भावी पुस्तकों के विज्ञापन तैयार करने में व्यस्त हूँ। इनमें मेरे कुछ उपन्यास हैं, कुछ कथा-संग्रह, कुछ निबन्ध-संग्रह, एक अदद जीवनी, डायरी और ऐसी ही कुछ चीजें, जो लगभग दो-ढाई सौ पृष्ठों की हों और पुस्तकालयों के माध्यम से हिन्दी साहित्य में अपना स्थान बना सकें। इन पुस्तकों को 'प्रेस में' या 'प्रकाशन-पथ में' वगैरह कहना गलत होगा, क्योंकि ये लिखी नहीं गयी हैं। इन्हें 'लेखन-पथ में' कहा जा सकता है, अर्थात् ये कहीं हैं जो बढ़ती हुई लेखक की ओर आ रही हैं और कालान्तर में जिनके लिखे जाने की सम्भावना है। मैं इनके विज्ञापन बनाने में लगा हूँ, क्योंकि ये छोटे-मोटे काम पहले ही निपटा लिये जाने चाहिए। मेरे कुछ लेखक मित्र, जो उपन्यास-लेखन की तुलना प्रसव-वेदना से करते हैं और अन्ततः जिनका उपन्यास होता भी 'पौण्डों' में तौलने के काबिल ही है और जो ऐसे तीन-चार उपन्यासों के बाद ढीले पड़ जाते हैं, कहते हैं कि एक लम्बी रचना पूरी करने के बाद विज्ञापन जैसी छोटी चीज लिखना कठिन हो जाता है। मैं उनकी बात से सहमत हूँ और मुझे यह अत्यन्त माडर्न और उचित लगता है कि चीज तैयार करने के पहले ही उसका विज्ञापन शुरू कर दिया जाए। यह अत्यन्त प्राकृतिक एवं काव्यात्मक भी है, जैसे आजकल गर्मी के दिन हैं और यह कहा जा सकता है कि बादल घिरेंगे, बूँदें टपकेंगी, धरती सोंधी-सोंधी उसाँसें लेगी और फसलें लहलहा उठेंगी। इसलिए अपने भावी लेखन को उपयुक्त प्रभावकारी विशेषणों से जोड़ना लेखन-धर्म की एक सामान्य कार्यवाही मानी जानी चाहिए।

एक दूसरी दृष्टि भी है। अपने लेखन की उच्चता के प्रति जितना आश्वस्त मैं हूँ और जितने परिमाण में आत्ममोह मुझमें है, उसके कारण आश्चर्य नहीं कि जल्दी ही मैं लेखक होने के साथ प्रकाशक भी हो जाऊँ। फिर अक्सर ही मुझे खुद के बारे में लिखना और कहना पड़ेगा। वास्तव में लेखक का स्वयं प्रकाशक हो जाना एक जीवन-दर्शन से ताल्लुक रखता है। अपने आसपास के संसार को एक गहरी हद तक सिर्फ अपने लिए कुरेद लेने की व्यग्रता लेखक को प्रकाशक भी बना देती है। मैं प्रायः अपने अन्तर्मन में ऐसे तत्त्व फड़कते महसूस करता हूँ जिनकी सुखद इतिश्री एक दुकान खोलने में होगी। यों भी हिन्दी पाठकों को ग्राहकों में बदलना एक सुदीर्घ प्रयत्न है, एक साधना है जो आगामी कई वर्षों तक चलेगी और कुछ लेखकों को लेखक रूप में इसके लिए शहीद होना पड़ेगा। मैंने सर पर कफन बाँध लिया है, मगर यह बात मैं अभी विज्ञापित नहीं

करना चाहता। यह मेरे व्यावसायिक हित में भी नहीं होगा।

हाँ, तो मैं विज्ञापन तैयार करने में लगा हूँ। मैं आपको यह बताना चाहता हूँ कि ऐसा उपन्यास हिन्दी में आज तक नहीं लिखा गया जैसा शरद जोशी ने लिखा है। एक अमूल्य कृति, एक सशक्त दस्तावेज, साहित्य की एक अनुपमेय देन, एक विशिष्ट प्रयोग, एक अछूता मार्मिक चित्र, हिन्दी उपन्यासों में मील स्तम्भ, सरस्वती के मन्दिर में लगा पीतल का नवीनतम घण्टा जो सदैव गूँजता रहेगा। मेरे खयाल से आप इन बातों से सहमत होंगे। आप यह भी मानेंगे और यह बात भी मेरे विज्ञापनों का ही अंश है कि हिन्दी में शरद जोशी जैसे लेखक विरले ही जन्म लेते हैं जिनकी हर कृति न केवल साहित्य में विशिष्ट महत्त्व रखती है, वरन् उन पर ग्राहकों और दुकानदारों को भरपूर कमीशन भी मिलता है। आप हँसेंगे। ऐसी कोई बात नहीं। जब मैं अपनी किताब की चर्चा करूँगा तो वह यों ही होगी। जैसे कि शरद जोशी की जोरदार कलम से रचित साहित्य की इस महान् कृति का मूल्य केवल डेढ़ रुपये। सारा जोर केवल डेढ़ रुपये और भरपूर कमीशन पर है। यों भी कहा जा सकता है कि डेढ़ रुपये में इनता महान् उपन्यास हिन्दी के अतिरिक्त और कहाँ मिलेगा और शरद जोशी के अतिरिक्त उसे कौन लिख सकता है ?

मैं सोचता हूँ कि विज्ञापनों में बात साफ सीधी कही जानी चाहिए, जैसे प्रचार नहीं कर रहे हों, बल्कि किसी को खरी-खोटी सुना रहे हों। मैं जो विज्ञापन बना रहा हूँ उसमें आप यह साफगोई पाएँगे। जैसे कि 'क्या आपने शरद जोशी की फलाँ अमर कृति पढ़ी है ? यदि नहीं पढ़ी है तो आपने जिन्दगी भर भाड़ झोंका। जाइए, आज ही खरीदिए और अपने मानव जीवन को सार्थक बनाइए, मूल्य केवल डेढ़ रुपया।' बताइए डेढ़ रुपये में कौन नहीं चाहेगा कि जीवन सार्थक हो। ऐसे काम के लिए दो रुपये ज्यादा होते हैं।

हिन्दी में ऐसी खतरनाक पुस्तकों की कमी नहीं जिसके विषय में यह मशहूर है कि उन्हें एक बार आरम्भ करने पर बिना समाप्त किये आप छोड़ नहीं सकते। हिन्दी पाठक, जो चुनौतियों का मुकाबला करना जानता है, ऐसी पुस्तकें अवश्य खरीदता है और उन्हें अधूरी फेंक स्वयं को विजयी महसूस करता है। मगर इसी झटके में किताब बिक जाती है। किन्तु पाठकों में एक छोटी-सी संख्या ऐसे लोगों की भी है जो पुस्तकों को पूरी पढ़ते हैं। जैसे मेरे एक आलोचक मित्र हैं जो पुस्तकों को प्रायः अन्त तक पढ़ते हैं। यदि पुस्तक रोचक हो, तो वे अवश्य अन्त तक पढ़ते हैं। उन्हें मन-ही-मन विश्वास रहता है कि यह शुरू में रोचक लगने वाली पुस्तक आगे जरूर गड़बड़ होगी, उसकी रोचकता में कमी आएँगी। एक दोष की खोज में वे आखिर तक पढ़े चले जाते हैं और अपने प्रयत्न में सफल होते हैं। इस 'ट्रिक' का उपयोग मुझे भी करना है।

मेरे उपन्यास का प्रमुख गुण होगा कि वह आरम्भ से अन्त तक पढ़ा जा सकेगा और गुणी व्यक्ति ही उसे पढ़ेंगे। विज्ञापनों में मैं लिख रहा हूँ कि एक बार आरम्भ करने

के बाद शरद जोशी का उपन्यास वे ही अधूरा छोड़ेंगे जो स्वयं भी बोर हैं। उपन्यास वास्तव में ऊब से मुक्ति है, या एक ऊब से दूसरी ऊब की दिशा में यात्रा है, मगर डेढ़ रुपये में बुरा नहीं। बिक्री के लिए यह एक जोरदार दलील है। मतलब यह कि जब आप जिन्दगी में बोर हो ही रहे हैं तो क्यों नहीं मेरा उपन्यास पढ़कर हों। इसमें सिर्फ डेढ़ रुपया लगेगा, जो बोरियत की मात्रा देखते हुए जरा भी अधिक नहीं।

उपन्यासों के विषय में आम धारणा है कि ये दुकान से घर लेकर जाने की चीजें हैं। और अक्सर घर ले जाने में खतरा रहता है, इसलिए लोग उपन्यास खरीदते ही नहीं। उसके बजाय सब्जी खरीदते हैं। वे इस बात की गारण्टी चाहते हैं कि उपन्यास की मूल आत्मा पारिवारिक है। ऐसी किताब जो निस्संकोच अपनी बहन-बेटियों को दी जा सके। दूसरों की बहन और दूसरों की बेटियों को देने लायक। किताबें तो हिन्दी में काफी हैं, मगर स्वयं की बहन-बेटियों को देने लायक नहीं नतीजा यह है कि हमारी बहन-बेटियों के पढ़ने लायक किताब होती नहीं और वे दूसरों से प्राप्त करती हैं या दूसरे स्वयं उन्हें चुपके से या स्नेह से देते हैं। अपने विज्ञापनों में मैं इस बात पर जोर दूँगा कि शरद जोशी की यह पुस्तक पूरा परिवार पढ़ सकता है। कुछ ऐसी ही बात मद्रास में बनने वाली फिल्मों के विषय में कही जाती है। मुझे इस दृश्य की कल्पना बड़ी सुखद लगती है कि एक शख्स मेरा भावी उपन्यास पढ़ रहा है, उससे सटकर उसकी पत्नी बैठी है और वह भी पढ़ रही है। दाहिने कन्धे के ऊपर से बहन और बायें कन्धे पर से बेटी झाँक रही है और वे दोनों भी पढ़ रही हैं। दूसरी ओर बेटा सटकर बैठा है जो इसी क्रिया में संलग्न है। और ऐसा करते हुए वे सब टप-टप आँसू बहा रहे हैं, जिसका कारण उपन्यास में चल रहा एक करुण प्रसंग है, या कि उपन्यास ही बोर है। वे रो रहे हैं और पढ़ रहे हैं, मगर मजबूर हैं क्योंकि उपन्यास पारिवारिक है, शरद जोशी का है और केवल डेढ़ रुपये में है। यदि परिवार छोटा है तब भी खरीदकर ले जाने में खतरा रहता है। पति के हाथ में उपन्यास देख सुघड़ भारतीय पत्नी पहला प्रश्न करेगी कि क्यों बेकार इन बातों में रुपया बरबाद करते हो। इसका उत्तर यही है कि शरद जोशी का है, डेढ़ रुपये में बुरा नहीं। दो रुपये मेरे ख्याल से ज्यादा हो जाएँगे। विज्ञापन बनाते समय रचना में निहित पारिवारिक तत्त्व तथा कम मूल्य पर मुझे जोर देना होगा।

कुछ उपन्यासों के विषय में कहा जाता है कि इसे लिखने में लेखक ने अपने जीवन के पाँच बहुमूल्य वर्ष गँवाये और इसे छपाने में अपना पुश्तैनी मकान बेचा। काल, स्थान भी बिक्री पर असर करते हैं। अपने जिस डेढ़ रुपयों के भावी उपन्यास का मैं जिक्र कर रहा हूँ उसके प्रचार में यह बात लिखनी जरूरी होगी कि मैंने इसे चार वर्ष की मेहनत से लिखा। यद्यपि मैं उसे माह-भर में घिसकर फेंक देना चाहता हूँ। साथ ही यह चर्चा भी फैलायी जाती है कि लेखक ने उपन्यास फलाँ पहाड़, द्वीप या देश में लिखा। यों कि नैनीताल में, रानी खेत में या मट्टनचेरी में बैठकर लिखा। मैं यह प्रचारित करूँगा कि मैंने उपन्यास अपने घर में बैठकर लिखा जिससे निश्चित हो जाए कि यह

न केवल पारिवारिक है वरन् सन्तुलित भी, क्योंकि घर में उठे बुरे विचार भी एक सीमा से आगे नहीं जाते। पहाड़ पर ऐसा नहीं होता। यद्यपि मेरा इरादा इसे वहीं लिखने का है।

आजकल दिमाग में एक तूफान-सा उठता है और हर तूफान एक धड़धड़ाता विज्ञापन लेकर आता है : 'आ गया, आ गया, शरद जोशी का वह उपन्यास आ गया, जिसका स्वयं लेखक को बरसों से इन्तजार था। या, जिसने पढ़ा वह पछताया, जिसने न पढ़ा वह पछताया। हिन्दी की बहुमूल्य कृति, शरद जोशी की लौह लेखनी से प्रसूत एक लोचदार रचना। हिन्दी के कचरे में एक रत्न। ग्राण्ड रिडक्शन सेल। दो रुपये का उपन्यास डेढ़ रुपये में, पृष्ठ पूरे।'

मुझे कई बार सपने में दिखाई देता है कि मैं चौक में मजमा लगाये खड़ा हूँ। सामने मेरी भावी पुस्तकें बिछी हुई हैं और मैं एक हाथ में डमरू और दूसरे हाथ में बाँसुरी बजाता ग्राहकों को मोह रहा हूँ। मैं चिल्लाता हूँ और बच्चा लोगों को ताली बजाने के लिए कहता हूँ। मेरी आवाज गूँज रही है : 'है कोई भाई हिन्दी का पाठक, जिसे किताब की जरूरत हो। बिना पढ़े जिसकी तबीयत नहीं लगती हो, रात करवटें लेकर, तारे गिनकर बीत रही हो। अगर है तो सामने आए और उठा ले जो तबीयत चाहे। डेढ़ रुपया, डेढ़ रुपया, डेढ़ रुपया। है कोई हिन्दी का लाल ? देखे कलम का कमाल ! डेढ़ रुपये में ऐसी किताब ढूँढ़े से नहीं मिलेगी साहबान ! चाहे हो हूर की बच्ची, मुहब्बत दूर की अच्छी। एक बार पढ़िएगा और बार-बार आइएगा। अरे तेल देखिए, तेल की धार देखिए, ऐसी-वैसी चीज हो तो मुँह पर थूक दीजिएगा। सचाई छुप नहीं सकती कभी झूठे उसूलों से और खुशबू आ नहीं सकती कभी कागज के फूलों से ! जनाब यही वह जोरदार किताब है जिसे हिमालय पहाड़ पर चार साल बैठकर लेखक ने लिखा है और पब्लिक की खिदमत के लिए छपाकर रखा है। घर ले जाइए और बहन-बेटी को पढ़ने के लिए दीजिए। गारण्टी का माल है। किसी के मन में बुरा विचार उठे तो मुँह पर थूक दीजिएगा। ज्यादा नहीं सिर्फ डेढ़ रुपया, डेढ़ रुपया, बहुत थोड़ी कापी बची है साहबान !'

62

पुराने पेड़ की बातें

तभी एकाएक पेड़ से आवाज आयी, "साहित्य समाज का दर्पण है।"

सब चौंक पड़े। होस्टल की मेस से खाना खाने के बाद टहलने निकल गये थे। चाँदनी रात। शहर की ओर जाने वाली सड़क विशेष अच्छी लगती थी, चाँदी की लकीर की तरह। हवा में पेड़ ऐसे झूमते जैसे कव्वाली की धुन पर तालियाँ बजा रहे हों। जिस विषय में बातें चल रही थीं वह खाना खाने के पूर्व छिड़ गया था—एक सद्य-प्रकाशित उपन्यास को लेकर। बहस इनती बढ़ गयी कि साहनी चीखकर बोला, "आखिर साहित्य क्या है ?"

तभी सड़क के किनारे के पुराने पेड़ ने कहा, "साहित्य समाज का दर्पण है।"

हमने चारों ओर देखा, उत्तर देने वाला कोई व्यक्ति नहीं। पेड़ के पीछे या पेड़ के ऊपर कोई नहीं था।

साहस करके गुप्ता ने कहा, "कौन है बे ?"

कोई जवाब नहीं है। लगता था किसी भूतहा कहानी की शुरूआत हो रही है।

"भूत है रे यहाँ !"

और तेजी से हम सब एक ओर भाग लिये कि पुलिया पर जा दम लिया।

लगभग आधा घण्टा पेड़ के जादू पर सोचते रहे और फिर साहस कर वापस पेड़ के निकट आये। साहनी ने जोर से कहा, "आखिर साहित्य क्या है ?"

और पेड़ से गम्भीर वाणी सुनाई दी, "साहित्य समाज का दर्पण है।"

सब आश्चर्य से एक-दूसरे का मुँह देखने लगे।

"नयी कविता क्या है ?" वर्मा ने कहा।

"उँ··ऽऽ !" और पेड़ निरुत्तर हो गया। कुछ देर हमने प्रतीक्षा की पर वह चुप रहा।

"काव्य क्या है ?"

"वाक्यम् रसात्मकम् काव्यम् !" गम्भीर उद्घोष हुआ।

जब कॉलेज में यह अनुभव सुनाये गये तो सब हँसे। किसी ने मूर्ख कहा, किसी ने डाँटा। जहाँ जाते स्वागत में ठहाके लगते कि ये आये पेड़ से आवाजें सुनने वाले!

विश्वविद्यालय प्रेस के अधीक्षक शर्माजी अपने को बड़ा साइंटिस्ट लगाते हैं। खबर उन तक भी पहुँच गयी तो रात को वे होस्टल आये और कहने लगे, "बताइए, कौन

से पेड़ से आवाज आती है, मैं अभी भूत भगाता हूँ।''

हम उन्हें पेड़ तक ले गये। प्रश्न किया, ''काव्य क्या है ?'' और उत्तर मिला, ''वाक्यम् रसात्मकम् काव्यम्।'' शर्माजी ने चिल्लाकर कहा, ''कौन हो तुम बोलने वाले ?''

कोई उत्तर नहीं आया।

''और कुछ प्रश्न पूछो भाई इससे।''

''प्रगतिवाद क्या है ?''

''हिन्दी की नवीनतम प्रवृत्ति।'' आवाज आयी।

पुराना खूसट पेड़ था। प्रगतिवाद को नवीनतम प्रवृत्ति कहने वाला !

''और प्रयोगवाद क्या है ?''

''ऊँऽऽ...'' पेड़ इतना कहकर चुप हो गया।

''छायावाद क्या है ?''

''स्थूल के प्रति सूक्ष्म का विद्रोह।'' उत्तर मिला।

शर्माजी हैरान खड़े अलौकिक वार्तालाप को सुन रहे थे। कहने लगे, ''बिल्कुल अजीब बात है कि पेड़ बोलता है। मैं इस पेड़ को बरसों से जानता हूँ। यूनिवर्सिटी प्रेस जब नयी इमारत में नहीं गया था और सामने के इस मकान में था, तब से।'' फिर सोचते हुए कहने लगे, ''बात तो कुछ विचित्र होगी पर ऐसा हो सकता है कि किसी रासायनिक प्रक्रिया के अन्तर्गत पेड़ विद्वान् हो गया हो।''

''क्या मतलब ?''

''पहले इस पेड़ के पास एक गड्ढा था जिसमें हमारे प्रेस के रद्दी कागज, प्रूफ आदि डाल दिये जाते थे। कुछ थीसिसें और हिन्दी साहित्य का इतिहास, जो उस समय छपे थे, इस पेड़ की जड़ में पड़े हैं और यह पेड़ विद्वान् हो गया।''

''पर इससे आवाज क्यों आती है ?''

''पेट में किताब पड़ी है तो मुँह से आवाज तो निकलेगी ही। विद्वान् है तो बोलेगा जरूर। चुप थोड़े रहेगा।'' गुप्ता ने समाधान किया।

पेड़ से एक प्रश्न और पूछा, ''हिन्दी की सर्वश्रेष्ठ कृति कौन-सी है ?''

उत्तर मिला, ''कामायनी।''

''सर्वश्रेष्ठ नाटककार कौन है ?''

''भारतेन्दु हरिश्चन्द्र।''

''उनके बाद ?''

''प्रसाद जी।''

''उनके बाद ?''

''ऊँऽऽऽ...'' पेड़ चुप हो गया।

''प्रेमचन्दजी के विषय में क्या जानते हैं ?''

"वे ग्राम-जीवन के चतुर चितेरा थे।"

"सूर और तुलसी में कौन श्रेष्ठ है ?"

"सूर सूर, तुलसी ससी, उड्गन केसवदास। अब के कवि खद्योत सम जहँ-तहँ करत प्रकास।"

"डब्ल्यू. एच. ऑडेन का नाम सुना है ?"

"ऊँ...ऽऽऽ !" कहकर पेड़ चुप हो गया।

अब यह निश्चित हो गया था कि क्लासिक ढंग के प्रश्न पूछिए, क्लासिक उत्तर मिलेंगे। नयी समस्या पर पूछेंगे, पेड़ चुप हो जाएगा। शर्माजी का विश्लेषण ठीक था। पेड़ की जड़ में पुरानी थीसिसें पड़ी हैं, जिनका रस पीकर पेड़ विद्वत्ता-भरे उत्तर देता है।

कुछ दिनों बाद हम सबने यह निश्चय किया कि पेड़ को वैचारिक रूप से अप-टू-डेट किया जाए। कुछ नयी पुस्तकें इकट्ठी की गयीं। सभी नये साहित्य पर थीं। स्वयं शर्माजी ने पेड़ के आसपास एक-एक फुट गहरा गड्ढा किया और उसमें वे किताबें रख दी गयीं। नयी थीसिस की पुस्तकों की खाद से पेड़ विद्वान् हो जाता है, यह बात सिद्ध हो जाती तो विज्ञान जगत् में शर्माजी का भी आठ-दस इंच स्थान हो जाता।

दूसरे रोज हमने आकर पेड़ से प्रश्न किये परन्तु कोई उत्तर नहीं मिला। निश्चित था कि पेड़ इस समय मनन कर रहा था और क्लासिक प्रश्नों के उत्तर देने के मूड में नहीं था। तीसरे-चौथे रोज भी यही रहा। हमें डर लगा कि पेड़ सदैव के लिए चुप न हो जाए।

"शर्माजी, नये साहित्य के संसर्ग में आकर पेड़ की सिट्टी-पिट्टी गुम हो गयी है। वह मौन हो गया है। अच्छा यही है कि नयी पुस्तकें वापस निकाल लें ताकि कम-से-कम उत्तर सुनने का चमत्कार तो नष्ट न हो।"

रात को शर्माजी के नेतृत्व में कुदाली लेकर पेड़ के पास जब पहुँचे तो देखकर सन्न रह गये कि पेड़ नीचे गिरा हुआ था। हमें दुख हुआ—जैसे हमने पेड़ की हत्या कर दी हो।

वर्मा ने कहा, "इस बूढ़े पेड़ के सम्पर्क में नया इतिहास नहीं आना चाहिए था। बेचारे से पचा नहीं और शॉक लग गया। हम सब इसके हत्यारे हैं।"

संगीत के प्रेमी पेड़ तो बहुत-से हैं जो गीत सुनकर विकसित होते हैं, साहित्य का प्रेमी वृक्ष एक यही था जो धराशायी हो गया।

हम सब वापस लौट आये—सिर झुकाये हुए।

माह-भर बाद जब हमारे हिन्दी के 'हेड ऑफ द डिपार्टमेण्ट', जो उन दिनों छुट्टी पर थे, वापस लौटे तो हमने सारा किस्सा सुनाया। शुरू में आश्चर्य हुआ पर बाद में आपने स्वीकार किया कि ऐसी दैविक शक्ति हो सकती है और वृक्ष भी ऐसे उत्तर दे सकता है।

साहनी ने हँसकर कहा, "सर, बड़े क्लासिक उत्तर देता था वह पेड़। हमने पूछा—सर्वश्रेष्ठ नाटककार कौन है तो बोला—भारतेन्दु हरिश्चन्द्र। पूछा—काव्य क्या है तो कहता था —वाक्यम् रसात्मकम् काव्यम्। हमने पूछा—प्रगतिवाद क्या है तो कहता था—हिन्दी की नवीनतम प्रवृत्ति। सुनकर बड़ी हँसी आती थी।"

"इसमें गलत क्या बोला वह ?" हेड ऑफ द डिपार्टमेण्ट ने कहा, "ठीक ही तो है। प्रगतिवाद हिन्दी की नवीनतम प्रवृत्ति ही तो है। काव्य की सर्वश्रेष्ठ परिभाषा पण्डितराज जगन्नाथ की ही है।"

"और प्रयोग···!" पर साहनी अधूरे में रुक गया।

"ऊँ···ऽऽऽ !" हेड ऑफ द डिपार्टमेण्ट ने कहा और फिर जाने क्या सोचते चुप हो गये।

हम सब उनके कक्ष से बाहर चले आये। उस शाम हमने कसम खायी कि हेड ऑफ द डिपार्टमेण्ट से नये साहित्य पर कभी चर्चा नहीं करेंगे, उन्हें कोई पुस्तक नहीं देंगे, प्रश्न नहीं उठाएँगे। उनकी दीर्घायु की कामना करते हुए हमने यह निश्चय किया था।

एक पेड़ मर गया था, दूसरा पेड़ मरने नहीं देंगे।

63

कहहुँ लिखि कागद कोरे !

जो मुझे आमन्त्रित करते हैं, मन-ही-मन आश्वस्त रहते हैं कि मैं क्यों आने लगा और आना चाहूँगा भी, तो कब आ सकूँगा ? पर जब प्यारे बाबूलाल ने गाँव आने को कहा और मैं बोला कि अगले सप्ताह पहुँच रहा हूँ, तो उसे ही नहीं, सकल ग्राम-जगत् और साहित्य-जगत् को धक्का लगा। यह क्रिया अपनी जनमपत्री पर जूता मारने की-सी थी। मैंने घोषित किया कि मैं उधर कोई माह-भर ठहरूँगा और एक आंचलिक उपन्यास लिखूँगा, ताकि सनद रहे और वक्त पर काम आये कि हमारा भी भारतीय जीवन के यथार्थ से गहरा ताल्लुक रहा है। मैंने एक रिम बढ़िया क्वालिटी का फुलस्केप साइज में कटा कागज खरीदा, श्रेष्ठ कोटि की स्याही ली, दो विश्वस्त फाउण्टेनपेन और जिस अन्दाज से सिकन्दर ने बेबिलॉन छोड़ा था. मैं शहर छोड़ गाँव चल दिया।

गाँव गाँव था। मैंने चारों ओर घूम-घूमकर देखा, वह गाँव ही था। यदि कहीं शहर होगा भी, तो आत्मा में होगा, पर उसका बाहरी भौतिक शरीर गाँव का ही था, जिससे मुझे मतबल था। एक पतली-सी नदी, एक अदद अमराई, चन्द ढोर-डंगर, बड़ी संख्या में उजड्ड-से लगने वाले लोग, सीमित समझ के कुछ कुत्ते, अपनी कला पर मोहित हलवाई, एक अनुभव-सम्पन्न नाई, एक चलता-पुर्जा पुरोहित, हवा, काफी सारा आसमान एवं खुर्राट रिटायर्ड कम्पाउण्डर, कुछ नीम सुन्दर कन्याएँ, विधवाओं-सी विधवाएँ, कोई दस-बारह टीरीमिजाज छुटभैये नेता, सवैया युग से गाँधी युग तक अपनी ही उपजाई भावुकता में फँसकर भूतपूर्व फ्रस्ट्रेटेड प्रौढ़ साहित्यकार अपनी चालीसोत्तर कविताओं को अभी भी सहेजे, दो कुएँ जिनमें एक अपेक्षाकृत प्रशंसित, कौवे, दीगर स्थानीय पंछी, एक भूत, एक चौपाल, एक बजरंगबली, एक पीर की दरगाह, कुछ आदि-आदि कुछ इत्यादिनें; गरज यह कि पूरा आंचलिक उपन्यास भर सामान था। लोग गलत हिन्दी बोलते थे, जो मेरी रचना की प्रथम आवश्यकता थी। आवश्यकता आविष्कार की अम्मा है। कुछ गलत हिन्दी मैं स्वयं बिना जनसहयोग के लिख लेता हूँ।

मैंने टेबल को खिड़की के पास लगाया। खिड़की से गाँव का एक विराट् चल कार्टून सहज अवस्था में प्राप्त था। मैंने एक रिम कागज में से कुछ कागज निकाले और 'बोल सियावर रामचन्द्र की जय' कहता लिखने लगा। आंचलिक उपन्यास की प्रेरणाएँ

भिन्न हैं।

कमरे के उत्साही झाडू लगाने वाले ने, जिससे मैंने वचन ले लिया था कि वह उपन्यास पर झाडू नहीं मारेगा, मेरे एक रिम कागज को देखा और उसके मन में एक दार्शनिक प्रश्न उत्पन्न हुआ, क्या यह ढेर भर होना जरूरी है ? मुझे इतने कागजों की क्या आवश्यकता है ? ग्राम-वासियों के जीवन में कागज परचून की पुड़िया के रूप में प्रवेश करता है, अपनी श्रेष्ठ नाजुक अवस्था में वह कचहरी के आवेदन-पत्र के रूप में नजर आता है तथा आम धारणा यह है कि पतंग का कागज सबसे अच्छा होता है। इसके अतिरिक्त किसी प्रकार के कागज से उन्हें करण्टानुभूति होती है, चाहे वह बनिये का खाता हो, कोर्ट का सम्मन या दूर के रिश्तेदार का पोस्टकार्ड। उन्हें कागज से अपकुशन की महक आती है। गाँव वालों को इतने कागज एक साथ रखकर बैठा शख्स खतरनाक लग सकता था, पर मेरे भोले-भाले चेहरे को देख वे इसी नतीजे पर पहुँचे कि बन्दर के हाथ उस्तरा लग गया है।

दूसरे दिन झाडू निकालने वाले मंसाराम ने मुझसे दो कागज माँगे। बड़ी नम्रता और संकोच से बोला। मैंने उदारता से उत्तर दिये और दो कागज थमा दिये। वह चला गया और मैं उपन्यास की शुरूआत करने के लिए किसी दूर की कौड़ी का इन्तजार करने लगा।

शाम को मुझे वहाँ के भूतपूर्व जागीरदार ने खाने पर बुलाया। पढ़े-लिखे थे। अपने खेतों को फार्म कहते थे। पुरखों के जमाने में दरवाजे पर हाथी बँधता था, आजकल एक बिगड़ा हुआ ट्रेक्टर स्थायी भाव-सा खड़ा रहता है। मेरी व्यंग्य रचनाओं के घोर प्रशंसक थे। यद्यपि जिन रचनाओं की चर्चा वे कर रहे थे, वे मेरी नहीं हरिशंकर परसाई की लिखी थीं। पर विषय बदलने के डर से तथा अपनी सहज नम्रतावश मैंने उनके कथन में सुधार करना उचित नहीं समझा। सोचा चलने दो, कौन यह नामवर सिंह है, जिसकी भूलें सुधारना साहित्य का तकाजा हो। तभी वे बोले, "सुना, आपके पास बहुत अच्छा सफेद कागज है। आज मंसाराम अप्लीकेशन लिखवाने यहाँ आया, तो मैंने देखा। मैंने पूछा—भाई, तेरे पास यह कागज कैसे ? तब उसने बताया। मैं किसी को आजकल में कागज खरीदने-शहर भेजने की सोच रहा था।"

"आपको कितना चाहिए ?" मैंने पूछा।

"यही आठ-दस कागज।"

"भिजवा दूँगा।"

दूसरी सुबह मैंने कोई दस-पन्द्रह कागज जागीरदार की सेवा में प्रेषित कर दिए और भावी उपन्यास की मूल वस्तु पर विचार करने लगा।

गाँव की दोपहर वहाँ की रातों की तरह बोर होती है, यद्यपि नीतिवश मैं उपन्यास में नहीं लिखने वाला था। ऐसी ही दोपहर को दो कन्याएँ मेरे कक्ष के इर्द-गिर्द मँडराने लगीं। वे मुझे देखतीं और हँसती हुई झमक से इधर से उधर निकल जातीं। फिर कभी

खम्भे के पीछे छुप बतियातीं और बीच-बीच में मुझे देखतीं। मुझे लगा प्रभु मेरे उपन्यास के लिए हीरोइन भेज रहे हैं। पर इसी बीच अपने भरे-पूरे शरीर का समूचा आत्मिक बल जुटा वे समीप आयीं और एक ने दूसरी की तरफ इशारा कर कहा, "इसे लिखने को कागच चइए।"

"हट, मेरे को क्यों चइए, तुझे ही चइए," दूसरी बोली।

"तुझे नी चइए क्या ?"

दूसरी शरमा गयी। मैंने अपने माइनस फाइव पाइण्ट फाइव से उन पर रसभीनी नजर डालकर पूछा, "काँय को चइए ?"

इस पर पहली ने गर्दन को कुछ ऐसा खम दिया, जिसके अर्थ थे तुमको क्यों बताएँ ? दूसरी खिड़की के बाहर तकने लगी।

"ले जाओ," मैंने दो कागज दिये। उसे अपने हृदयस्थल के समीप सटाते हुए उसने कहा, "दो और दो।"

"लो," मैंने दे दिये।

वे फिर हँसती-मुस्कराती, पलट निहारती चली गयीं।

दो दिन में ग्राम के युवा वर्ग को मेरे पास कागज होने की सूचना मिल गयी। एक लड़का मेरे पास आया और पूछने लगा कि कुएँ पर पम्प लगाने को बैंक से कर्ज लेने के लिए क्या करना पड़ेगा ? मैंने अपनी समझ भर समझाया, तो बोला, "कागज दे दीजिए, अप्लीकेशन देना है।" मैं न देता, तो ग्राम का विकास रुक जाता, इसलिए दे दिये। फिर कुछ और लड़के आये। मैंने काँपते हुए महसूस किया कि ग्राम में आत्मोन्नति की लहर फैल रही है। कोई आवेदन कर रहा है, कोई किसी विभाग को शिकायत भेज रहा है और कागज मैं दे रहा हूँ। जब मैंने रुखाई बरती, तो वे भी मुझसे रूखे पेश आ कागज माँगने लगे। उनका तर्क था कि जब आपने दूसरों को दिये, तो हमें क्यों नहीं दे रहे हैं। तभी गाँव में एक वारदात हो गयी। तहकीकात के लिए जो आया, उसने मेरे कमरे के बाहर बरामदे में बैठ सारी कार्यवाही की। वहाँ न भी करता तो भी कागज तो मुझे ही देने थे। मेरे कागज पर सरपंच ने गाँव में एक जोरदार नोटिस घुमा दिया। मेरे कागज पर एक पार्टी ने सरपंच के काले कारनामे लिखकर चिपका दिये। उसका जोरदार उत्तर उसने मेरे कागज पर दिया। सारे गाँव में मुझसे कागज प्राप्त कर कोई करिश्मा करने की प्रतियोगिता आरम्भ हो गयी। कुछ-कुछ देर में कोई आता और नम्रता से या आँखें दिखाता, कागज ले जाता। लड़कियाँ आतीं, वे पान की दुकान पर खड़े लड़कों को प्रेम-पत्र लिखतीं, जो उनके बाप पकड़ लेते और मुझसे लड़ने आते कि मैंने कागज क्यों दिया और फिर लड़कों की रिपोर्ट करने के लिए कागज ले जाते। गाँव के लोग आधी रात को मुझे उठाते और कागज माँग ले जाते। मेरे कागजों के कारण वातावरण में सक्रिय तनाव था और मुझे लगा कि किसी को भी मैंने कागज देने से इनकार किया

तो वह अँधेरे-उजाले मुझ पर आक्रमण कर सकता है। मैं पार्टी बनना नहीं चाहता था, इसलिए कागज दे देता था। आंचलिक उपन्यास सम्भव नहीं था, क्योंकि कागज कम बचे थे। मैं कम-से-कम एक लम्बी कहानी लिख लौटना चाहता था। पर जिस तेजी से कागज जा रहा था, वह सम्भव नहीं था। मैं यथार्थ पर अपनी पकड़ गहरी करने के चक्कर में गाँव की एक सभा सुनने चला गया। वहाँ भाषणों का मूल स्वर यह था कि यदि हम अपने ग्राम का विकास कर लें, तो फिर शेष भारत का ही रह जाएगा, जो खास ज्यादा नहीं। वहाँ प्रस्ताव पास हुए और तय हुआ कि नदी पर बाँध बनाने, हाई स्कूल खोलने के लिए आवेदन किये जाएँ और साथ ही भाषणों में कहा गया कि जहाँ तक आवेदन के लिए कागजों का सम्बन्ध है, (मेरा नाम) यहाँ हमें वरदान के रूप में प्राप्त है, उसकी कमी नहीं होगी। कमी है, केवल एकता और दृढ़ उद्देश्य की, जिसे हमें दूर करना है और गाँव को आगे बढ़ाना है।

किसी ने कहा था कि इस देश में नवयुग आएगा, तो वह गाँव से आएगा। कहने को तो कहा गया, पर नहीं जानता था कि वह सच कह रहा है। कागज का सुरक्षित एकाधिकार मेरे पास से जिस गति से वितरित हुआ, मैं उस कथन में निहित सत्य से परिचित हो गया था, मैंने सामान बाँधना शुरू किया। एक कागज बचा था। मैंने भारतमाता ग्रामवासिनी को मन में रख एक कविता लिखने का प्रयास किया :

बिखरा जाता हूँ तेरे आँचल में
ओ माँ
अपने सारे पत्र
यत्र तत्र सर्वत्र
पूरा रीम
आम बरगद नीम
गये हैं जीम
बिखरा जाता हूँ तेरे आँचल में
लिखने की आस
उपन्यास
काँस घास पलास
बचाकर अपनी साँस
बचा कर जाता हूँ
ओ माँ !

उस शाम मैं गाँव से लौट आया। बाद में प्यारे बाबूलाल ने मुझे बताया कि मेरे जाने के दो माह की अवधि में गाँव में तीन निर्माण कार्य स्वीकृत किये गये, दो वारदात हुईं, चार लड़कियाँ भागीं और उन सबके मूल में मेरे बाँटे कागज का योग था, तो मुझे

विश्वास नहीं हुआ। लेखक अपने अलिखित पृष्ठ यदि समाज को सौंप दे, तो वह ज्यादा हलचल उत्पन्न कर सकता है। लिखकर जो सेवाएँ मैंने की हैं, उनसे बढ़कर मैंने न लिखकर सेवाएँ की हैं। इस तथ्य की ओर नम्रता से ध्यान आकर्षित कर मैं अपना स्थान ग्रहण करूँगा। धन्यवाद।

64

महानगर में हिन्दी करनेवाले

गादियाँ अतिरिक्त नरम थीं। उन पर गोल तकिये थे, जिन पर हमारी तनी हुई साहित्यिक रीढ़ सहारा खोज रही थी। नीचे कालीन थे। कालीन ही दावारों पर लगे थे। वे छत तक चले जाते, मगर वहाँ झाड़-फानूस थे, जो अपनी नियति ढोते लटके हुए थे।

''मुझे डर लग रहा है। कहीं ये झाड़-फानूस मेरे सिर पर न गिर पड़ें।'' मैंने धीरे से दादू से कहा।

''जहाँ तुम बैठे हो यहाँ हिन्दी का बड़ा-बड़ा साहित्यकार बैठ चुका है। उनके सिर पर न गिरे तो तुम्हारे सिर पर क्या गिरेंगे ?''

मैंने ससम्मान सिर झुका लिया। नम्रता के सहारे पहले भी खोपड़ी बची है। आज भी बचेगी।

सामने बैठे उन वयोवृद्ध सज्जन ने कहा, ''हम सन् तीस से इस महासागर में हिन्दी कर रहे हैं। उस जमाने में हम अकेले थे जो यहाँ हिन्दी करते थे। बड़े-बड़े घरों में संस्कार डालने का चक्कर चलाया था। हिन्दी सेवा थी हो जाती, बाहर से आनेवाले लेखकों को भाल मिल जाता।''

फ्लैशबैक की घिसी-पुरानी शैली मेरे अन्तर में कौंधी और मैंने उसी कालीन पर अपने पूर्वजों को गुलाब-जामुन खाते महसूस किया। तभी दो नौकरों का नेतृत्व करते हुए कोठी के हिन्दी-प्रेमी मालिक कालीनों से सने उस चिकने कक्ष में प्रविष्ट हुए। चेहरे पर 'हें हें' भाव। पूर्णतः गद्‌गदम् ! ''आप्को जास्ती गर्मी तो नाहीं लग्ता ? एक पंखा और लग्वायें। बात यह है हमारा ऐरकंडीसन इदर खराब हो गया है।'' वे बोले।

''रहने दीजिए। इस वक्त पूरे साहित्य का एयरकण्डीसन खराब है।'' दादू ने कहा।

बहुत सारी 'हें हें' उठीं और झाड़-फानूसों से लटककर झूमने लगीं, ''आप लोग बहुत जोक का साहित्य लिखते हैं हाथरसी जी के माफक।''

मैंने अत्यन्त धीमे स्वर में दादू से कहा कि यदि इस कोठी में कुआँ हो तो मैं डूबना चाहूँगा। दादू बोले, ''इतना शीघ्र सम्भव नहीं होगा। पहले तुम्हारा लिखा साहित्य डूबेगा, तुम बाद में।'' मैं मन मारकर बैठ गया।

''क्या बोला आपस में आप लोक ? हमें भी सुनाइए। जरूर कोई ऊँचा लिटररी चीज बोला होगा। बड़ा साहित्यकार का ये विसेसता है कि वो साधारण डायलोग में

लिटरेचर मार देता है।'' हिन्दी-प्रेमी मालिक ने नौकरों से ली मिठाई की प्लेट बढ़ाते हुए कहा, ''लीजिए।''

महानगर में वर्षा से हिन्दी करने वाले वयोवृद्ध सज्जन, चातकजी ने मिठाइयों की प्लेट की ओर यों रसमय दृष्टि से देखा मानो बाईस वर्षीय जन सत्रह वर्षीया जनी की तरफ देखें। मुझसे बोले, ''शुद्ध माल है, घर का बना है। उग्र जी को इस घर की जलेबियाँ बहुत पसन्द थीं। इनके पिताजी से कहा करते थे—तुम गन्दे आदमी हो, मगर तुम्हारा जलेबी वाला गुनी है। उसके कारण मैं यहाँ आता हूँ। बड़ा गहरा मजाक करते थे।''

''मर गया वह, नहीं आपको भी खिलवाते।'' हिन्दी-प्रेमी कोठी के मालिक मुझसे बोले। चातकजी के झुर्रीमय मुखमण्डल पर उदासी उतर आयी। उग्र जी की याद में नहीं, जलेबी बनाने वाले की याद में। अन्तर की पीड़ा को इमरती के टुकड़े से दाबते हुए बोले, ''हिन्दी सेवा का क्या युग था वह ! एक बार छनती थी तब दो छटांक पिश्ता डलता था।''

''अभी तो आप कुछ दिनों यहाँ वास कीजिएगा ? होटल में ठहरे हैं ?'' कालीन सहलाते वे बोले।

''जी हाँ।'' मैंने कहा। दादू ने मेरी ओर हिकारत से देखा।

''होटल में क्यों ? यहीं आ जाइए। ऊपर का माला खाली है। चार-छह माह किराये से उठाने का इरादा नहीं। मोजाइक का काम करवाना है। वहीं बैठ चिन्तन-मनन चलाते रहिए अपना। चाय-नाश्ता-भोजन नौकर ला देंगे। हमारे रसोड़े में नौकर-चाकर मिला तीस लोक का खाना रोज बनता है। एकाध साहित्यकार बढ़ जाए, फर्क नहीं पड़ता। यहीं आ जाइए।'' फिर कुछ गहरा सोच स्वयं को सुधारते हुए बोले, ''मगर रहने दीजिए, बाथ-रूम का कष्ट हो जाएगा। ऊपर माला का बाथ-रूम हमने स्टोर बना दिया है। इस माला का परिवार के उपयोग के लिए है। नीचे का गन्दा है। नौकरों के लिए। आप जैसे बड़े साहित्यकार को वहाँ जाना शोभा नहीं देगा।''

''वाह, वाह ! आपकी उदारता में साहित्य-सेवा का भाव है, आपकी विवशता में भी साहित्यकार का सम्मान छुपा है।'' चातक जी ने गद्‌गद स्वर में कहा।

कोठी-मालिक हिन्दी-प्रेमी ने जेब से लिफाफा निकाल मेरी ओर बढ़ाया, ''लीजिए। आप यहाँ ठहरते तो बच्चों का हिन्दी इम्प्रूव हो जाता, जैसा पिता जी के समय बड़े कवियों का बात करने का स्टाइल देख हमारा हुआ।''

दादू ने कोहनी मारी। आशय था, लिफाफा ले ले। तदनुसार मैंने किया।

''आप संकोच करते हैं। बड़े-बड़े साहित्यकारों ने, जो महानगर में आये, लिफाफा लिया है यहाँ से। हिन्दी ऐसे ही विकसित नहीं हो गयी।'' चातकजी बोले।

अपनी-अपनी नम्रताएँ लपेटे हुए हम कोठी से निकले।

गली के कोने पर चातकजी बोले, ''लिफाफे में सौ का पत्ता होगा, यहीं छुट्टा करवा

लो।''

''क्यों ? जरूरत क्या है ?'' मैं बोला।

''हमारा कमीशन दो, तीस रुपया। सभी देते हैं।''

दादू ने कहा, ''दे दो, परम्परा है।''

मैंने चातक जी की ओर तीस रुपये बढ़ाये।

''और जगह भी तुम्हारा मान-सम्मान करवा देंगे। यहाँ कई कोठियाँ हैं। हम बरसों से यहाँ हिन्दी करते रहे हैं। फोन पर कह देते हैं, तो जम जाता है। पहले भाग-दौड़ करनी पड़ती थी। इस कोठी का रेट परम्परा से सौ है। ज्यादा रेट की भी जगहें हैं। वहाँ भी तुम्हारा सम्मान जमा देंगे।'' वे चले गये।

''तीसरे माले का बाथ-रूम स्टोर रूम बन जाना हिन्दी के हित में नहीं रहा। फिर भी दो-चार दिन जब तक पूरे सत्तर रुपये उड़ नहीं जाते, मैं साहित्य के भविष्य के प्रति आश्वस्त हूँ।'' दादू बोला और जोरों से हँसने लगा।

65

अब मैं रीतिकाल की ओर लौट रहा हूँ

सूचनार्थ निवेदन है कि मैं रीतिकाल की ओर लौट रहा हूँ। यद्यपि देर हो गयी है, उम्र में कुछ अनावश्यक इजाफा हुआ है, बाल यहाँ-वहाँ से सफेद हो गये हैं और जैसा कि अमरीका तथा संसार का इतिहास बताता है, सफेद का कालों पर संख्या कम होने के बावजूद प्रभुत्व है। मैं हर दिन बड़े अन्दाज से बाल सँवारता हूँ, जिससे सफेद दबे रहें और काले उभरकर आयें। मगर आप सामाजिक एवं ऐतिहासिक वास्तविकताओं को समझते हैं, कन्घा फेरकर उसमें एकाएक परिवर्तन नहीं कर सकते। पर यह रीतिकाल अन्तर की, अन्दर की चीज है।

क्या चीज है ? मैं तो कहता हूँ कि भक्तिकाल, वीरगाथाकाल और रीतिकाल मनुष्य में समानान्तर रूप से विराजते हैं। कार्यालय में भक्तिकाल, बस में वीरगाथा काल और घर लौट आने पर रीतिकाल चालू हो जाता है। इसमें परिस्थिति के अनुसार अपवाद हो सकते हैं। जैसे किसी को घर के बजाय पड़ोस में रीतिकालिक सम्भावनाएँ नजर आ रही हों या किसी के लिए घर में वीरगाथा काल चल रहा हो और कार्यालय में रीतिकाल। कहने का अर्थ यह है कि अपने अन्दर सब कुछ है प्यारे। और मैं उसकी गहन तलाश में जुट गया हूँ। आस-पड़ोस बस स्टैण्ड पर खड़ी हुई, यहाँ-वहाँ नजर आने वाली जो जिस भी लिबास, कट या जूड़े में हो, सावधान हो जाए, अब हमें भाई साहब या अंकल कहकर छिटका नहीं जा सकता। देव, घनानन्द, मतिराम और जाने किन-किन की रोमाण्टिक आत्माएँ मेरे भीतर उमड़ रही हैं। तात्कालिक विषयों में मेरी रुचि समाप्त हो रही है और मेरा झुकाव एक शाश्वत विषय की ओर हो रहा है। परायी अपनी-सी लगने लगी है। विश्व-बन्धुत्व, विश्व-बहनत्व गया भाड़ में, कुछ-कुछ विश्व-प्रेयसित्व उभर रहा है। रीतिकाल जो न करवाये।

उन सभ्य पाठकों के लिए, जो सौभाग्य से हिन्दी साहित्य के उस पीले, मोटे और बोर इतिहास को पढ़ने की मजबूरी से बचे रहे हैं, बता दूँ कि रीतिकाल हिन्दी साहित्य का गड़बड़झाला काल रहा है। कन्या पटाने के कुटिल प्रयासों से पिटने की सम्भावना तक का जो गुलाबी रास्ता रहा है, उस पर साहित्य की शब्द एवं मुहावरा-निर्मात्री प्रतिभाएँ एक साथ जुट गयीं और जिज्ञासु वृत्ति का भरपूर उपयोग कर नारी में आयु के अनुसार बदलने वाले स्वाभाविक बदलाव, तत्सम्बन्धी सकल वास्तविकताओं के भूगोल, इतिहास, भूगर्भ, रसायन, भौतिक शास्त्र एवं मनोविज्ञान में ऐसे रस के साथ सराबोर होकर उतरीं,

मानो साहित्य न लिखना हो, नारी शरीर और चरित्र पर परचा देकर डिग्री लेनी हो। बाहर मुगल सिपाहियों की पहरेदारी चलती थी। सूरज डूबते लोग घर में घुस जाते थे। अन्धकार हो जाने के बाद यों भी घरों में करने को खास क्या रह जाता है ? ऐसे में सबसे बड़े भेद नायिका-भेद ही रह जाता है। जिसे हमारे साहित्यकार जानकर ही रहे, जिस तरह आज मैं कृतसंकल्प हूँ। इन दिनों मुझे गहराई से महसूस हो रहा है कि वर्ग-भेद या वर्ण-भेद या लघु पत्रिका और बड़ी पत्रिका के भेद से कहीं अधिक रोचक और गहन भेद है पद्मिनी और शंखिनी में, अभिसारिका और प्रोषितपतिका के अन्दाजेबयाँ, हाव-भाव की अभिव्यक्ति में, जिसे समझने तथा नीति-कौशल अपनाने से कुल मिलाकर बड़ा लाभ है। कहने को यह चटखारे लेकर आनन्द लेने योग्य निहायत स्वान्तः सुखाय विषय है, मगर इसे हम अपने प्रिय पाठकों से शेयर करेंगे, जो आमतौर पर साहित्य का तथा विशेष तौर पर हमारा स्वभाव है। मेरी अब पक्की धारणा हो गयी है कि रीतिकाल हिन्दी साहित्य के इतिहास का स्वर्णयुग था। दीपक की लौ साहित्य को दृष्टि प्रदान करने वाली मशाल हो गयी थी। एकान्त की खुसर-पुसर बाजार में बिखर गयी थी। हर रात सिरे से नयी थी। हर गोताखोर बिना मोती लिये वापस नहीं आता था। यह वही महान् काल था, पहली बार कविता और दीगर रचनाएँ, जिसमें कमबख्त आलोचनाएँ भी शामिल हैं, जो भले घरों में निषिद्ध हो गयी थीं।

छुपाकर पढ़ने योग्य साहित्य का सम्मान पाकर हमारी हिन्दी अधिकाधिक प्रसारित हुई। आप जानते हैं कि किसी भाषा के लिए राष्ट्रभाषा होना सरल है, पर घर की भाषा होना कठिन है। रीतिकाल में मौका लगा। हमारी हिन्दी सीदे सेंध लगाकर जो बेड-रून में घुसी, तो ईश्वर की कृपा और हम जैसे दृढ़ निश्चयी साहित्यकारों के प्रयासों से आज तक अपनी जगह बनाये है। रस की इस शाश्वत गागर में एक लोटा हमारा भी डले और यह कलंक जीवन में न रहे कि पैदा हुए, मर गये। सामयिक विषयों के लेखन में अपनी कूवत गँवाते रहे, कुण्ठा की असल तस्वीर बनकर जिये। अब बन्दा इस सुखद वेला से साहित्य को नये सिरे से लेगा और आपको बताएगा कि असल किस्सा क्या है, जो तोता-मैना सुना न सके। जवानी चार दिनों की होती है जिसमें से साढ़े तीन दिन गुजर गये। मगर शेष आधे दिन में कहर बरपा कर देखेंगे। अपनी प्रति एडवांस में सुरक्षित करवाइए। मजबूरी का नाम केसानोवा ! एक और हुस्नबानो, एक और हातिमताई और इस बार सात नहीं, चौदह सवाल ! और हर सवाल का जवाब मिलेगा। अर्थशास्त्र के सहारे मनुष्य को समझते हुए बन्दा थक गया और अब इजाजत चाहता है, कामशास्त्र के माध्यम से वास्तविकता समझने की, जिसे इतिहास में नवरीतिकाल और छोटी पत्रिकाओं में पचहत्तोत्तर लेखन कहा जाएगा। नामवर को तो अपने लेखों में हमारा नाम लिखते शरम आती है, क्योंकि सारी जगह दिल्ली में बनारस वाले घेर लेते हैं। अपने एरिया के आलोचकों को हम करीब नहीं फटकने देते। अब हमारा ताल्लुक रीतिकाल और रस से रहेगा और हमारा जिक्र आलोचक नगेन्द्र जी करेंगे। हम बाजार

में जीये हैं, विश्वविद्यालयों में अमर होंगे, क्योंकि लाइन बदल रहे हैं। यह पहले बदल लेनी चाहिए थी, पर देर आये, दुरुस्त आये। सुन्दरी, पर अब आ ही गये हैं, सावधान!

मैंने कुछ सम्पादक मित्रों से अपनी इस नवीन रुचि की बात कही, तो वे बड़े चौंके। बोले, "यार, हमारा पत्र बदनाम हो जाएगा।" मैं ठठाकर हँसा। हम तो डूबे हैं सनम, तुझको भी ले डूबेंगे। और बदनाम भी हुए तो क्या अमरता से वंचित रहेंगे। वे जमाने गये, जब सनम पहले डूबता था, उसके पीछे हम डूबते थे। अब उल्टा होगा।

अतः सूचनार्थ निवेदन है कि बन्दा बाजार से घर लौटता रहा है। घर किसी का भी हो सकता है। क्योंकि उदारधर्मिता हमारे लेखन का पुराना गुण है। बाजार किसका है, क्या हमने जानने की कोशिश की ? फिर घर के विषय में यह बन्दिश क्यों ? आप रीतिकाल के रीति-रिवाज नहीं जानते। मेरी भावी रचनाएँ पढ़ समझ जाएँगे। फिलहाल दरवाजा खोल इस टेम्परारी सजना का स्वागत कीजिए। मैं मानकर चलूँगा कि बरसों से तुम्हारी आँखें मेरी प्रतीक्षा में थीं।

66

चाकू-तरंग पर भीमपलासी ऐब्स्ट्रैक्ट

मौका मुनासिब देख कर हो जाना चाहिए था मुझे कवि। लिखने लगनी चाहिए थीं कविताएँ। मौका मुनासिब देखकर।

मजे में हैं वे लोग जो कविताएँ लिखते हैं और सीरीज में उनकी 'पहचान' होती है। उन पर कुछ नहीं व्यापता। वे किसी भी कतार में खड़े हो घरोपा महसूस करते हैं। उन्हें कतार से नहीं घरोपे से मतलब है। एक खुशनुमा माहौल जो वे लपेटे रहते हैं एक शाल की तरह अपने आसपास। जुमलेबाजी का चक्रव्यूह छाया देता है उन्हें, जिसके तले बैठ वे गुजार लेते हैं मुसीबत की घड़ी। दूसरों की मुसीबत उनके लिए एक घड़ी होती है, लमहा या क्षण। 'क्षण का साक्षात्कार' कहते हैं इसे !

जो मैं कवि होता तो ऐसे दिनों में नन्ही चिड़िया पर कविता लिखता। या उस नंग-धड़ंग बच्चे पर जो घर के सामने माँ की आवाज को अनसुना कर तितली देखता खड़ा है। या मैं बेखौफ होकर अपने पिता पर कविता लिखता और उनकी खाँसी का जिक्र करता। मैं कुछ भी लिखता। नन्ही चिड़िया, नंग-धड़ंग बच्चे और बूढ़े पिता का एक ही अर्थ होता है। एक ही उपयोग कि उन पर लिखी जा सकती हैं कविताएँ। सब बड़े काम की चीजें हैं। समुद्र, सीपी, आँगन, पेड़, माँ, बाजार, नन्हे जूते, शाम या बुलाकी दास चमार। बड़े काम की चीजें हैं ये सब। कवि होता तो खेलता इन शब्दों के ढेर से और कहता कि मैं चाकुओं से खेल रहा हूँ। शब्द चाकू होते हैं। कवि होता मैं तो चाकू-तरंग का आविष्कार करता शब्दों को बजा-बजा कर। जैसे लकड़ी पीट काष्ठ-तरंग वैसे चाकू बजा चाकू-तरंग मानो कविता।

कवि गायक होता है। उसका शस्त्र है उसकी भीमपलासी। इतिहास के हर दौर में भीमपलासी भीमपलासी होती है। मियां की तोड़ी जो गायी थी अकबर की ड्योढ़ी पर तानसेन ने पहली बार; उसकी पवित्रता की रक्षा करनी होती है गायक को। बन्दिश सबके लिए जो भी अर्थ दे, जो भी घुटन लगे दूसरों को, गायक के लिए बन्दिश कृति का मात्र सम्बोधन है। कवि गायक होता है। उसे बन्दिश में भीमपलासी तलाशने का सुर आता है।

कवि चित्रकार होता है। उसे मतलब है अपने तिकोन, चौकोन, गणेश, न्यूड, मरुथल की रेत, लम्बी गरदन वाली औरतें, तश्तरी-सुराही-अंगूरवाली 'स्टिल लाइफ' या किसान के घर के पास रखे पहिये की गोलाई से। कवि चित्रकार होता है। उसे खेलना

है उन रंगों से जो भगवान् (और केमलिन कम्पनी) ने दिये हैं। देश के इतिहास के हर दौर में उसे खेलना है रंगों से, रेखाओं से। वही उसकी भीमपलासी है।

कवि होता है चित्रकार और गायक। माध्यम के मजे लूटना, भीमपलासी शब्दों में तलाश सुर लगाना उगे आता है। मैं कवि हो जाता तो चाकू-तरंग पर बजाता सतरंगी भीमपलासी ऐब्स्ट्रैक्ट।

सीना तानकर घूमता जो कवि हो जाता। मेरा अपना एक जंगल होता महफिलों का। अतिवाद पर कड़ी नजर रखने वाले आलोचक वेशधारी अफसरी/अफसर वेशधारी कवि/कवि वेशधारी नम्र महत्त्वाकांक्षी/वेतन को साहित्य से सुरक्षित रखने वाले/साहित्य को वेतन से दार्शनिक आधार प्रदान करनेवाले/कविता के सहारे पदों पर लटके/टिप्पणियों का टेका ले अपने तबादले रोके/ इनाम-इकराम की सेंधें तलाशते/घिघियाते/ लपलपाते/लेखन के बीच से निजी विकास क़ी पगडण्डियाँ तलाशते/अपनी बौद्धिक नपुंसकता को युवा शब्द से ढँके/पैने मुहावरों के गुलाबी धन्धे में व्यस्त सौदागर जिनके सपनों में समीक्षा से उभरता है निजी फ्लैट, कविताओं से निकल कर आती है कार, क्रान्ति से मिलती हैं ढेर सारी लड़कियाँ/मैं भी सीना तान कर घूमता उन सबके बीच उन सबकी तरह। इस महान् तथ्य से आतंकित करता सबको कि लिखी हैं मैंने कविताएँ। जवाब में वे मुझे आतंकित करते।

इस तरह परस्पर आतंकित, सीना फुलाये, मुस्कराते हम अपनी कविताओं से स्वयं आतंकित भटकते आभिजात्य महफिलों के उस खुशनुमा जंगल में। हम सब प्यारे-प्यारे लोग, हम सब कवि, मतवैभिन्न्य, शैली वैभिन्न्य, कथ्य-वैभिन्न्य की रोचक नकली मुद्राएँ ले एक ही बैले में नर्तन करते। गोष्ठियों में एक ही कुतिया के पिल्लों की तरह प्यार भरी फाइट करते एक-दूसरे से ऊपर-नीचे होते हम सब कवि, सहमति और असहमति, स्वीकार और अस्वीकार, एकता और विरोध, नौकरी और क्रान्ति, संघर्ष और वजीफे को एक ही प्यार भरा अर्थ देते, खड़े हो जाते पकड़ कर अपनी-अपनी कविता। कोई हमारा क्या बिगाड़ लेता ! और वह हमारा क्यों बिगाड़ता ? क्योंकि हम तो उसी के होते ! किसे पसन्द नहीं होती है भीमपलासी या ऐब्स्ट्रैक्ट पेण्टिंग या पाब्लो नरूदा का सन्दर्भ। मैं कवि होता तो कितना कुछ कर गुजरता पिछले दिनों। कविता के अलावा भी कितना कुछ हो जाता है जीवन में कविता के साथ। इसीलिए कहते हैं कविता जीवन है।

व्यर्थ बिताया जीवन मैंने कविता लिखे बिना। जीवन बिना कविता बीतता है, कविता बिन जीवन की तरह। यों बैठने को कॉफी हाउस है, खड़े रहने को फुटपाथ, लौट जाने को घर है, पर कवि होता तो केवल इतना ही नहीं होता। मैं बजाय कॉफी हाउस के किसी के बँगले में, दफ्तर में, सभा में घुस सकता था जेब में कविताएँ लिये। अपने अहं को सुरक्षित रख इनकार कर सकता था सुनाने से और फिर उनको ही छापने को दे देता और डाँटता कि उन्हें समझ नहीं है जबकि मैंने कविता में उनका ही समर्थन

किया है। उनके दफ्तर से क्रोध में वाकआउट कर मैं उनके बँगले पर चला जाता, कहता, "भाभी, चाय पिलाओ आज तुम्हारे पति से झगड़ा हो गया है, यों कोई खास बात नहीं।" मैं उसका विरोध करता जो मुझे कॉफी पिलाता। और उनके साथ खाना खाने जाता जिनसे बहस करनी होती मुझे कविता पर। गालियाँ देता उसे जो मेरा संकलन छापता और वह गालियों भरी कविता भी उसी संकलन में होती। वह संकलन बिकता या नहीं बिकता, मेरी दाढ़ी पर इसका क्योंकर असर पड़ता ? इसे खरीदते वे ही जिन्हें मैं मूर्ख मानता हूँ। और मुझे पुरस्कार मिलता उससे ही जिसे उखाड़ने का संकल्प मैंने अपनी कविताओं में लिया है, जो उसी संकलन में होतीं, जो पुरस्कृत होता।

पुरस्कार लेने के बाद मैं उस पर थूकता और बैंक में जमा कर व्हिस्की इशू करा दोस्तों से अफसोस से कहता कि मेरी कलम में ठहराव आ गया है। और वे इस समस्या का निदान खोजने मेरे पीछे मेरे घर तक आते। और उन्हें व्हिस्की पिलाता। मैं रोता कि मुझे व्यवस्था से बचाओ। वे मेरे खिलाफ पीने के बाद बयान देते, जिसे छापने के लिए मैं पुरस्कार की रकम से चन्दा देता और बयान के खिलाफ लम्बी कविता लिखने की घोषणा कर मैं किसी डेलिगेशन का सदस्य हो जाता और विदेश जाकर कविता लिखता अपनी माँ पर, अपने गाँव पर। और लौटने पर मैं कह देता कि मैंने अभी तक जो लिखा उससे मैं इनकार करता हूँ। जनाब, मैं कवि होता तो गालियाँ बकता, गालियाँ कविताएँ होतीं जिनकी शालीनता का जिक्र समीक्षाओं में होता, जिसे मैं नहीं मानता।

मौका मुनासिब देख कर हो जाना चाहिए था मुझे कवि। लिखने लग जानी चाहिए थी कविताएँ। मौका मुनासिब देखकर।

कवि हो जाता तो मैं सब कुछ कर सकता था। देश की हालत पर अफसोस करता और उस हालत को जस की तस बनाये रखने की कोशिश करनेवाले सम्मेलनों में जाता और उनके भाषणों को चुपचाप सुन प्रस्तावों का समर्थन कर बाहर आ बड़बड़ाता हुआ प्राप्त लिफाफे के रुपये गिनता। उनके खिलाफ कविता लिखने की बात सोच फिर नहीं लिखता, बल्कि सम्मेलन का मजाक बनाते कॉफी पीता रहता। कवि होना निरन्तर कुछ होते रहना है। मैं होता तो कुछ होता रहता, फिर होते-होते जो भी हो जाता। या न होता कुछ कवि होने के अतिरिक्त।

कविता ताण्डव नृत्य है जिसकी मूल चिन्ताएँ तबले की थाप पर पैर पटकना और सामने की पंक्तियों में बैठे आभिजात्य दर्शकों की वाह-वाह सुनिश्चित करना है। कविता युद्ध की तैयारी है जिसमें नियुक्तियाँ, प्रमोशन, वेतनवृद्धि, सप्लाई, स्टोर आदि लाभप्रद गतिविधियाँ चलती हैं और युद्ध को अन्ततः टालते रहना कविता का मुख्य कर्म है। कविता पुल है समाज का, जिसके निर्माण में ठेकेदार, इंजीनियर, अफसर मिलकर खाते हैं। कवि मानव आत्मा का इंजीनियर या ठेकेदार या मुकादम है जो हाजरी लगाता है रोज उनकी, जो सिर्फ काम करते हैं।

मैं काम करते-करते थक गया हूँ। अब हराम की खाना चाहता हूँ। दूसरों के ईमान

पर निरन्तर शक करना चाहता हूँ। मैं अब मानव आत्मा के इंजीनियर, ठेकेदार, अफसर या मुकादम से छोटे किसी पद को स्वीकार नहीं करूँगा। मौका मुनासिब है, कविताएँ लिखने में ही खैर है। खैर, जो भी है कविता कविता है, कवि कवि है, आप क्या बिगाड़ लोगे ! कोई मुझ पर समीक्षा लिखने, मुझे पुरस्कृत करने, मेरी वाह-वाह करने के अतिरिक्त मेरा क्या बिगाड़ लेगा। मैं कवि हो जाऊँगा तो फिर सब ठीक-ठाक हो जाएगा, जिसे मैं क्रान्ति कहूँगा। मुझे इससे क्या मतलब कोई जेल गया, कोई मर गया। किसी ने रिश्वत ली। मुझे क्या करना। अखबार बन्द हुआ, घर खाली हुआ, लोग छुप गये, कारें गुजर गयीं। मुझे इससे क्या करना ! शब्द ब्रह्म है। मैं वाक्यों को भी ब्रह्म, निराकर, निर्विकार, निरर्थक कर दूँगा। नन्ही चिड़िया, नंग-धड़ंग बच्चा या बूढ़ा पिता या बाजार या पेड़ या शाम या बुलाकी दास चमार सबका मतलब एक ही है, जो मेरी कविता है। वो देखो टहनी में कोंपल फूटी या शाला से लड़कियाँ छूटीं, या जो भी हो। कोई मेरा क्या कर लेता जो मैं हो जाता कवि ! मौका मुनासिब देखकर।

67

रोटी और घण्टी का सम्बन्ध

इन्तजार किसी भी चीज का बुरा होता है। यानी बोर करता है। लड़की का ही लीजिए। प्रतीक्षा में कोई मजा नहीं ! मैं इस विषय में उस चालू शेर से असहमत हूँ कि जो मजा इन्तजार में पाया वह न वस्ले यार में पाया, वगैरा। साहित्य में और खासतौर से कविताओं में इन्तजार को लेकर फोकट का तूल बाँधा गया है। वस्ले यार में मजा आये या न आये, इसका सम्बन्ध साहित्य से न होकर कतिपय दीगर शास्त्रों से है, जिसका जिक्र मौजूँ न होगा। कोई लड़की फिलहाल मौजूद भी नहीं है तो जबरन, बिला वजह क्यों इस सवाल को उठाया जाए ? इन्तजार में क्या मजा लोगों को आता है—मुझे नहीं पता। इन्तजार की घड़ियों में वैकल्पिक व्यवस्था रहे तो इन्तजार शायद उतना न अखरे। कोई दूसरी होती है जब तुम पास नहीं होती वाला मामला। लड़की का जिक्र छोड़िए क्योंकि इसमें विभिन्न स्तरों पर कई मीठे भ्रम पाये जाते हैं, आप सिटी बस का इन्तजार या अपने पेन्शन के कागजों के इन्तजार का उदाहरण लीजिए। क्या इसे लेकर भी वह चालू शेर दुहराया जा सकता है ? पिछले कुछ दिनों से मैं अपने पारिश्रमिक का इन्तजार कर रहा हूँ और इस सम्बन्ध में किसी भी कविता या दर्शन को अनुपयोगी पाता हूँ।

आपने उस प्रयोग के विषय में सुना होगा। शायद न सुना हो क्योंकि आम हिन्दुस्तानियों के लिए यह जरूरी नहीं कि प्रयोगों के विषय में सुनें। मुझे तो यों ही पता लगा कि एक वैज्ञानिक ने अपने कुत्ते को रोटी देते समय प्रतिदिन घण्टी बजाना आरम्भ कर दी। कुछ दिनों बाद कुत्ते के दिमाग में रोटी और घण्टी का सम्बन्ध कुछ इस तरह जुड़ गया जैसे वह रोटी-घण्टी का सम्बन्ध न होकर रोटी-बेटी का सम्बन्ध हो। फिर उस कुत्ते की हालत यह हो गयी कि वैज्ञानिक सिर्फ घण्टी बजाता और कुत्ते के मुँह से लार टपकने लगती। उसे लगता कि रोटी मिल रही है। पारिश्रमिक के इन्तजार के दिनों मेरी हालत इससे गयी-गुजरी न सही पर इस जैसी तो हो ही गयी कि पोस्टमैन जब घण्टी बजाता, मैं समझता कोई चेक आया। चेक नहीं आता। कई बार घण्टी भी पोस्टमैन की नहीं किसी और की होती। मैं लार पोंछता बाहर निकलता और सूखे गले लौट आता।

इस सिलसिले में मैंने अपने को कोसा। मैं अकसर जब कोई काम नहीं होता अपने को कोसता रहता हूँ। मैंने अकसर बहुत-सी बातों पर अपने को कोसा है। उसका असर हुआ भी और नहीं भी हुआ। एक बिगड़े हुए लड़के की तरह बार-बार कोसा जाने के

बावजूद मैं उसी गलत राह पर चल रहा हूँ जो मेरी जानी-पहचानी है। फिर घण्टी बजी और फिर मैं दौड़ा। मैं अपने को बड़ी हास्यास्पद स्थिति में पाता। कई बार मैं इन्तजार करता रहता और पोस्टमैन ही नहीं आता। कई बार वह आता मगर मेरे घर पर बिना रुके आगे बढ़ जाता। मेरा सारा इन्तजार एक क्षण में व्यर्थ सिद्ध कर वह धीरे-धीरे आगे चला जाता और किसी अन्य दरवाजे पर घण्टी बजाने लगता। धीरे-धीरे यह बात मेरे दिमाग में घर कर गयी कि जब मैं इन्तजार करूँगा तब पोस्टमैन कोई चेक या पत्र नहीं लाएगा। जो मजा लेना है इन्तजार का ले लो क्योंकि वस्ले-यार तो किस्मत में नहीं लिखा। इसमें निराशा का तत्त्व है। इसके लिए मैंने भी अपने को कोसा। फिर मैंने बड़े मजे में कुछ सूत्र वाक्य बनाये। जैसे 'हर घण्टी जो सुनाई देती है पोस्टमैन की नहीं होती।' या 'जिन लिफाफों में चेक नहीं है वे खाली ही भले।' या 'जहाँ तक पारिश्रमिक का सवाल है, देर और अँधेर एक ही शब्द है।' या 'देर से आने वाले भारी चेकों की बजाय जल्दी आने वाले छोटे मनिऑर्डर भले।'

जब इस तरह के सूत्र वाक्य तेजी से बनने लगे तो एकाएक यह अपराधी भाव तन में बन गया कि मैं व्यावसायिक लेखक हूँ। वे लेखक जो पारिश्रमिक का इन्तजार करते हैं, व्यावसायिक होते हैं। मैंने परिभाषा बनायी और खुद पर चिपकाकर आरोप लगाया। इस सिलसिले में कुछ संवाद हुए जो इस प्रकार हैं :

मैं—तुम व्यावसायिक लेखक हो।

मैं—नहीं, मैं व्यावसायिक लेखक नहीं हूँ।

मैं—शटप ! फिर पारिश्रमिक का इन्तजार क्यों करते हो ?

मैं—जो आने वाला है उसका इन्तजार क्यों नहीं किया जाए !

मैं—हूँऽ, वाक्य-रचना अच्छी कर लेते हो। बताओ तुम छोटी पत्रिकाओं को रचना क्यों नहीं भेजते ?

मैं—(चुप)

मैं—बोल साले, चुप क्यों है ?

बड़े दिनों से जिस संवाद की प्रतीक्षा थी वह हुआ और यह सिद्ध हुआ कि प्रतीक्षा व्यर्थ थी क्योंकि संवाद बीच ही में टूट गया। अब अगर मैं यह कह दूँ कि छोटी पत्रिका में रचना इस कारण नहीं भेजता कि वहाँ से पारिश्रमिक नहीं आता तो यह जो दूसरा मैं है, जूता हाथ में ले दौड़ेगा और कहेगा कि मंजूर कर साले कि तू व्यावसायिक लेखक है। मुझे मंजूर करना पड़ेगा क्योंकि आत्मा की मार बुरी होती है। मैं प्रायः छोटी पत्रिकाओं को रचना भेजता हूँ पर इस कलंक को दूर नहीं कर पाता। कलंक लगने के लिए होते हैं वे दूर करने के लिए नहीं होते। मुझ पर यह कलंक है कि मैं पोस्टमैन की प्रतीक्षा करता हूँ।

पिछले दिन कड़की में गुजरे। अखबारों में हड़ताल थी जो लम्बे वक्त बाद टूटी। उसके टूटने के बाद भी अकाउण्ट्स सेक्शन की स्थिति में कोई सुधार नहीं हुआ। वहाँ

लगता है हड़ताल जारी रही। कुछ दिनों मैं एक बुरे दिन गुजारने वाले शरीफ की तरह चुप बैठा अपने पी. पी. का इन्तजार करता रहा। यह पी. पी. शब्द एम. ओ. की तरह है। इसका अर्थ है प्यारा पोस्टमैन। पर फिर मेरा डी. बी. टूट गया। डी. बी. यानी धैर्य का बाँध। पहली तारीख को बँधा वेतन लानेवालों की इस बस्ती में मैं एकाएक नुमाइश की वस्तु बन गया। मैं जो अपने को बड़ा 'फ्रीलान्स' लगाता था, पतलून की जेब में हाथ डाल मस्त घूमता था। लोग मुझसे मिलते, ''कहिए कैसा चल रहा है ?'' इस प्रश्न का रुटीन जवाब होता है, ''जी, आपकी कृपा है।'' पर वे इससे सन्तुष्ट नहीं होते। वे पूछते, ''आजकल तो अखबारों की हड़ताल है ?'' मैं स्वीकारात्मक उत्तर देता। ''आपको तो बड़ी परेशानी हो गयी होगी ?'' मैं जो यथार्थ से मुँह चुराने की कला में प्रवीण नहीं हूँ पुनः स्वीकारात्मक मुद्रा में सिर हिला दिया करता। और बस यहीं संवाद टूट जाता। पूछनेवाले के मन में यह आशंका घिर आती कि अब कहीं एक रुपया न माँग ले। वे आशावाद जाग्रत करते मेरे मन में और कहते, ''लगता है अब हड़ताल खत्म हो जाएगी, आखिर कब तक चलेगी।'' मैं मन में सोचता कि लेखक और समाज का सम्बन्ध कितना घनिष्ठ है। लोग मेरे बारे में जानना चाहते हैं। इसके अलावा वे क्या कर सकते हैं। देश की प्रधानमन्त्री भी जब बाढ़-पीड़ितों या सूखा-पीड़ितों के क्षेत्र में दौरा करने जाती हैं तो सिवा वास्तविक स्थिति जानने के वह क्या कर लेती हैं। यही बड़ी बात है। अखबार इसी की प्रशंसा करते नहीं अघाते कि प्रधानमन्त्री स्वयं गयीं और उन्होंने स्थिति को देखा। सूखा-पीड़ितों से प्रश्न किये और धैर्यपूर्वक सुना। वे संवाद कुछ इसी तरह होते होंगे :

प्र. म.—तुम्हारे इलाके में सूखा पड़ा है ?

सू. पी.—जी हाँ।

प्र. म.—फसल नहीं आयी ?

सू. पी.—नहीं आयी।

प्र. म.—भूखों मर रहे हो ?

सू. पी.—जी हाँ।

प्र. म.—ठीक है।

और वे दूसरे से यही प्रश्न पूछने लग जाती होंगी।

फिर वे बयान दे देती होंगी। मेरे बारे में इधर बयान दिये गये। हो सकता है इस पोस्टमैन ने भी बयान दिया हो। इसीलिए उधर मैंने तय किया कि जब वह घण्टी बजाएगा, मैं नहीं उठूँगा। वह आता, अपनी भुवनमोहिनी घण्टी बजाता, सायकिल स्टैण्ट पर लगाता और अहाते में घुस मेरी डाक बरामदे में डाल देता। मैं कमरे में बैठा रहता। एक ललकहीन स्थिति में पहुँचा हुआ मैं मन-ही-मन कहता, बेकार है, डाक में कुछ नहीं होगा। शायद किसी दैनिक, साप्ताहिक संस्करण, एकाध पत्रिका, किसी प्रशंसक का पत्र कि मैं बहुत तीखे व्यंग्य लिख रहा हूँ और मेरी कलम जोरदार है वगैरा या कोई

ऐसा पत्र जो कष्ट बढ़ाएगा कि "श्रीमान् (मेरा नाम) को जनता ट्रेडर्स का नमस्कार। आगे आपकी तरफ हमारी दुकान के गिरवी उधारी/बिल नं. 598 ता. 8.5.68 के असल 40 रुपये तथा ब्याज (नहीं) कुल 40 पैसे (नहीं) बाकी हैं। कृपया जल्दी भेजने का कष्ट करें। भवदीय जनता ट्रेडर्स की ओर से श्रीचन्द जैन।" क्या करूँगा बरामदे तक जाकर और डाक उठाकर। फिर लगता—नहीं, शायद उसमें कोई चेक हो। आदमी उम्मीदों के मामले में अजब उल्लू का पट्ठा है। कुछ देर बाद मैं उठता और डाक उठाने बरामदे में आ जाता।

अब चाहूँ तो मैं यह कर सकता हूँ कि आपको बताऊँ कि किस प्रकार एक दिन मैं यों ही पोस्टमैन की घण्टी की उपेक्षा करता बैठा था। तब डाक आयी और उसमें चैक था। यह अन्त सुखद भी है और स्वाभाविक भी क्योंकि आखिर चेक तो आना ही है। एक-दो बार घण्टी यों ही बजा दे और कुत्ते की लार का मजा ले ले पर आखिर तो उस वैज्ञानिक को रोटी देना ही है। या ऐसा होगा कि अब भविष्य में वह वैज्ञानिक सिर्फ घण्टी बजाता रहेगा और रोटी डालेगा ही नहीं। नहीं, घण्टी भी बजेगी और रोटी भी आएगी। किसी भी व्यावसायिक लेखक से ऐसे सुखद अन्त की अपेक्षा की जाती है। मैं जो पारिश्रमिक का इन्तजार करता हूँ इस कलंक से बच नहीं सकता।

कई बार मैं सोचता हूँ कि मुझे इस घटियापन से उबरना चाहिए। यह जो घुटना बार-बार पेट की ओर मुड़ता है, इसे मुझे सीधा और अनुशासित रखना चाहिए। पारिश्रमिक की क्या बात हुई। मैं एक जिम्मेदार लेखक हूँ, मुझे साहित्य के बारे में बात करनी चाहिए। क्या लिखा जा रहा है, कैसा लिखा जा रहा है आदि दीगर गहराइयाँ। पारिश्रमिक का सवाल उठाना बड़ा हलकापन है। कुछ दिन हुए कि एक लेख छपा जिसकी कुछ बातों से मैं असहमत था। मैंने सम्पादक को लम्बा पत्र लिखा : यह है, वह है, एकांगी है, परिवेश की बात नहीं भूली जानी चाहिए, पूरी चर्चा सन्दर्भ से हट जाएगी तो भ्रम फैलेगा, सीधी और उदाहरणों के साथ बात होनी चाहिए, वगैरा। पर उस लम्बे साहित्यिक पत्र के अन्त में मैंने लिख दिया कि मेरा मार्च वाले लेख का पारिश्रमिक बकाया है सो भिजवा दीजिए। जाने कैसे एक ऊँची सतह की चर्चा में यह घटियापन उभर आया। जैसे सामाजिक उत्थान और वैयक्तिक नैतिकता पर एक लम्बा भाषण देने के तुरन्त बाद वक्ता 'फर्स्ट क्लास' फेयर की माँग पर संयोजक से लड़ बैठे। यह घटियापन बार-बार उभरता है। मैं इसे दाबकर एक अव्यावसायिक स्वार्थहीन ऊँचाई पर खड़ा रहकर मुस्कराना चाहता हूँ और असफल हो जाता हूँ। मैं चाहता हूँ कि हर रचना का लेखन एक नेकी के रूप में करूँ और दरिया में डाल दूँ, यहाँ तक कि अन्त में खुद नेकी के फरिश्ते के रूप में उस दरिया में डूब मरूँ। पर ऐसा नहीं कर पाता। किस्सा हातिमताई में एक अमीर पात्र है जो रोज नियम से दो रोटियाँ बनवाकर दरिया में फेंकवाता है। यह क्रम वर्षों तक चलता है। बाद में किस्मत के फेर के नियमों के अन्तर्गत वह अमीर नहीं रहता, मालमत्ता बिक जाता है, नौकर भाग जाते हैं और उसे

घर से निकलना पड़ता है। तब कहीं से दो शख्स आते हैं और उसे बहुत सारा रुपया देते हैं कि वह फिर अमीर हो जाता है। वह उन दोनों व्यक्तियों से पूछता है कि तुम कौन हो और मुझे क्यों इतना रुपया देते हो ? वे जवाब देते हैं कि हम ही वे दो रोटियाँ हैं जिन्हें तू दरिया में डालता था। तेरी नेकी तेरे काम आयी।

मैंने इस कहानी पर हातिमताई पढ़ते वक्त सोचा, वह अमीर था तो रोज दो रोटियाँ दरिया में डाल सकता था। यदि वह एक ऐसा व्यक्ति होता जो रोज सिर्फ दो ही रोटियाँ जुटा पाता तो उन्हें दरिया में कैसे डाल सकता था। यदि वह डालता और दरिया किनारे भूखा बैठा उन दो व्यक्तियों की प्रतीक्षा करता कि वे आएँगे और उसे रुपया देंगे तो उसमें और मुझ-जैसे व्यावसायिकता के आरोप से ग्रस्त व्यक्ति में क्या फर्क रह जाता है, जो रचना भेजते हैं और पोस्टमैन की घण्टी की प्रतीक्षा करते हैं। और एक दूसरा सवाल है कि यह कम्बख्त अमीर सिर्फ दो रोटियाँ डालने के लिए दरिया तक क्यों जाता था ? वह घर के पास ही किसी पानी के डबरे या बाल्टी में ही क्यों नहीं डाल देता ? इसके मूल में नजरिया क्या था ? कोई स्वार्थ ?

मैं—अबे स्वार्थी तू है जो ऐसा सोचता है।

मैं—नहीं, मैं नहीं हूँ। मैं सिर्फ प्रश्न कर रहा हूँ।

मैं—पोस्टमैन की घण्टी पर उछलकर उठने वाले, तू सबकी नीयत पर शक करता है।

मैं—नहीं, ऐसी बात नहीं।

फिर संवाद आरम्भ हो गये। अब आत्मग्लानि की स्थिति आएगी। इस सबका निदान यह है कि मैं पोस्टमैन की घण्टी पर ध्यान ही न दूँ। मैं इन्तजार नहीं करूँ। मुँह में लार नहीं लाऊँ। मैं उम्मीद करता हूँ कि दो-चार दिनों में कुछ चेक आ जाएँगे। उसके बाद शायद मैं इस स्थिति में आ जाऊँ कि घण्टी पर ध्यान न दूँ। या जब वह घण्टी बजाता है, घर ही नहीं रहूँ। पर तब तक ? तब तक मैं हर गुजरने वाली सायकिल की घण्टी को पोस्टमैन की घण्टी समझूँगा। व्यावसायिकता का आरोप लगाने वाले मुझे क्षमा करें।

68

आग लगने पर कवि-धर्म

आग का आविष्कार नहीं होता तो सिगरेट कैसे जलायी जाती ? यदि सिगरेट नहीं जलती तो साहित्य कैसे रचा जाता ? कागज पर कलम के घर्षण से आग उत्पन्न करने वाले साहित्यिक बर्बर-मानव का इस नाते आभारी है कि उन्होंने पत्थर टकराकर आग की प्रसूति सम्पन्न की थी। मगर जैसा कि फायर-ब्रिगेड वाले कहते हैं कि आग अगर आदमी की दोस्त है तो साथ ही गहरी दुश्मन भी। अतः किसी भी कवि अथवा लेखक का घर नयी रचना के सृजन के सुखद क्षणों में यदि जल जाय तो आश्चर्य नहीं करना चाहिए। ऐसे अवसर पर बिना घबराये इस लेख की सुरक्षित कटिंग निकालकर ध्यान से पढ़ना चाहिए। और बिना भाषा और शिल्प पर टीका-टिप्पणी किये, उस पर व्यवहार करना चाहिए।

जैसे कि आप कवि हैं, कवि हैं और समय-समय पर टिप्पणी भी लिखते हैं। आप रजाई पूरी तरह ओढ़े, मुँह ढँके सहज भाव से सिगरेट पी रहे हैं। रजाई के अन्दर का अन्धकार सिगरेट के धुएँ में घुल-मिल रहा है। आप मन-ही-मन कविता गढ़ रहे हैं। किसी पत्रिका ने आपकी इकट्ठी पाँच रचनाएँ मँगाई हैं और पाँचों आज सिगरेट के एक पैकेट के बल पर लिख देने का दृढ़ निश्चय किये हैं। रजाई में छुपे आप सोच रहे हैं :

—विस्तार, किनारीदार
क्षितिज की
सुरमई रेख से भी दूर तक
विस्तार, सिलसिलेवार
फैलाव यह अपार
मैं बाँध नहीं पाता, लाचार
अपनी बाँह से
क्योंकि शायद वह तुम हो।
जलागार
सागर यह अपार
अपरम्पार

पी नहीं पाता हूँ, लाचार
शायद वह तुम हो।

और सिगरेट ने रजाई को चूम लिया। एक सिहरन-सी रजाई के रेशों में दौड़ गयी। घूँघट की गोरी की तरह वह बिना घास-लेट छिड़के जलने लगी। आप दूसरी कविता सोच रहे हैं :

सुनो सुनो
ओ ओ।
दिशान्त के थके प्रहरी
तुम्हारी आस्थाओं के अमिय-घट को
किस विषैले नाग ने घेरा है !
अपने रौंदे हुए व्यक्तित्व (कविता वाले)
धुँधली आँखों (हीरोइक)
और थकी बाँहों से मैं जूझा हुआ हूँ
कालियामर्दन के पुराने फोटो की तरह।
सुनो ओ प्रहरी !

अब आपके कपड़े जलने लगे हैं। सिगरेट खत्म हो गयी है जिसे अधजली ही आपने सोफे के कुशन पर फेंक दिया है और नयी जला रहे हैं। तीसरी कविता बन रही है :

किसी आदिम जादूगर की तरह
अंगारों पर पैर रखता
मैं तुम्हारे पास आया हूँ
नीले समन्दर की ओ जलपरी
मेरे पैरों पर लहरें उलीचो
मेरे हाथों में बन्द
पुरानी मर्यादाओं की राख
तुम्हें सौंपता हूँ
यह सिन्दूर का भ्रम है
क्या तुम्हारी माँग को स्वीकार होगा ?

जमीन पर बिछी दरी अब जल रही है। घर-भर में धुआँ उठ रहा है जिसे आप सिगरेट का धुआँ समझ रहे हैं। आग कागज की तरफ बढ़ रही है पर आप इन क्षणों में नयी कविता भोगने में व्यस्त हैं। चौथी रचना हो रही है :

जब पत्रिकाएँ खोलोगी
मुझे पाओगी,
मैं धारावाहिक उपन्यास हूँ।
जब रेडियो खोलोगी
मुझे गाओगी,
मैं शास्त्रीय संगीत हूँ।
जब आँखें दौड़ाओगी
मुझे पाओगी
मैं सिनेमा पोस्टर हूँ
तुम जब चाहो, मुझे पा लो
सरौता छू देने भर से प्रकट
सड़ी सुपारियों के यथार्थ की तरह
मैं सदा उपलब्ध हूँ।

आपकी पाँचवीं और अन्तिम कविता बहुत छोटी है। आग से अखबार आधे ही जले हैं कि आप रच देते हैं :

शीर्षक : साजन सीढ़ी उतर गये।
रचना :

साजन
सीढ़ी
उतर
गये !

और आप अपनी प्रतिभा से सवयं आक्रान्त, अपनी कस्तूरी से स्वयं मोहित जब रजाई फेंककर उन्हें लिख देने को उछलते हैं तो देखते हैं कि आह, मैंने कितनी सिगरेटें पी डालीं। सारे घर में धुआँ है। फिर जाने कैसे आपके कवि-व्यक्तित्व में दबा हुआ समझदार आदमी जाग जाता है और आप देखते हैं कि घर में आग लगी हुई है। खिड़की खोलकर देखिए, यह आपके किसी समकालीन एवं समनगरीय कवि की हरकत तो नहीं है। बाहर तो कोई नहीं है। फिर यह आग किसने लगायी ? यह तो स्पष्ट है कि आपकी सिगरेट से यह आग लगी नहीं है। आप सदैव सिगरेट पीते रहें और कभी ऐसा नहीं हुआ। खैर, आप घबराइए नहीं। मोहल्लेवालों को आवाज नहीं दीजिए। भूलिए नहीं कि आप नये कवि हैं और हर अवस्था में आप अकेले हैं। आपका संघर्ष अकेले का संघर्ष है। अपनी कविताओं में आप बार-बार यह कह चुके हैं। आप मोहल्लेवालों को कभी आवाज नहीं दीजिए। हाँ, पत्नी को चाहें तो बुला सकते हैं।

"अरी सुनो, ओ-ओ ! क्या मेरा स्वर तुम तक पहुँचता है ?"

"क्या है, क्यों चिल्ला रहे हो ? तुम्हारे मारे नाक में दम है।"—रेडियो के मजाकिया प्रोग्राम की छिछली हीरोइन की तरह वे चिल्लाती हैं।

"अरी सुनो, देख रही हो, आग···हाँ, शायद आग ही।" वे बिल्कुल कवि-अप्रिया वेश में दरवाजा खोलती हैं और चीखती हैं, "हाय, सारा घर जला डाला। तुम्हें कब अकल आएगी ?" आदि। हो सकता है वे आपको और भी कुछ गालियाँ दें। यह आपके उनके सम्बन्ध और उनके मायके की सांस्कृति, परम्परा क्या रही है, इस पर निर्भर करता है। आप इन सबके बावजूद शान्त रहिए और हो सके तो मेरा यह हिदायतनामा उन्हें भी ऐसे मौके पर पढ़ने की सलाह दीजिए।

"दरवाजा जलने लगा, हाय अब क्या करें।"—वे विह्वल हैं। आप शान्त भाव से उत्तर दीजिए, "मेरे विचार में यह आग···पानी से बुझ सकती है। कुछ जल···पानी होगा ?"

"जलपान ! तुम्हें इस वक्त जलपान की सूझ रही है ?"

"नहीं, नहीं, मेरा यह आशय कदापि नहीं था। तुम मुझे गलत समझ रही हो। मैं सदैव गलत समझा गया हूँ, क्या साहित्य में, क्या घर में। मेरा आशय यह था कि यदि कुछ पानी मिल जाए तो शायद यह आग बुझ सकती है।"

"पानी कहाँ है। तुमने सारा नहा डाला। नल एक घण्टे बाद आएगा।"

"तो क्यों नहीं हम प्रतीक्षा करें।"—आप उत्तर देते हैं।

"हाय हाय, पड़ोस से पानी ले आओ ना। घर जल रहा है और तुम मुँह देख रहे हो।" यों स्त्रियों का मुख देखना कवि का जन्मसिद्ध अधिकार है पर इस बात को आप भूल जाइए और पड़ोसी का दरवाजा खटखटाइए।

वे दरवाजा नहीं खोलते। भूतकाल में आपने उन्हें समय-असमय बोर किया है, अतः वे दरवाजा खोलने में देरी व संकोच करेंगे। आप खटखटाते जाइए। हमारा विश्वास है कि वे खोलेंगे। नहीं खोलेंगे तो क्या करेंगे ? दरवाजा खुलने पर आप धीरे से कहिए—

"कुछ पानी चाहिए, दीजिएगा ?"

"अवश्य !" और वे अन्दर जाकर एक गिलास पानी लेकर आते हैं।

"धन्यवाद।" आप पानी पी जाइए और फिर कहिए।

"कुछ ज्यादा पानी चाहिए। एक बाल्टी···हो सके तो, कृपया।"

"क्या बाल्टी भर पानी पीजिएगा ?" वे आपसे मजाक करेंगे।

"जी नहीं, मैं एक बाल्टी क्या पिऊँगा। आप तो मुझे परिहास का विषय बना रहे हैं।"

"बात यह है, घर में आवश्यकता आ गयी है।"

"पीने का चाहिए या नहाने का ?" प्रश्न हुआ।

''आग बुझाने का। बात यह है घर में थोड़ी-सी आग लग गयी है।''

''आग !'' और वे भागते हैं। ईसामसीह ने ऐसे अवसरों के लिए कहा है—तेरा पड़ोसी वही है जिसके साथ तू उपकार करे। आप कवि-धर्म निभा रहे हैं। वे भी पड़ोसी-धर्म निभाएँगे। बाल्टी भर-भर के पानी फेंका जा रहा है। आप खड़े रहिए और मात्र हिदायतें दीजिए, ''देखिए पत्रिकाएँ भीग नहीं जाएँ। मेरा साहित्य बचाते हुए पानी फेंकिए। धन्यवाद।''

पर आग छत पकड़ चुकी होगी। पड़ोसी को अपने घर का ख्याल आएगा, कहीं वह न जल जाए। वे आपसे कहेंगे—

''देखिए महाशय। अब यह घर बचना मुश्किल है। आप जितना हो सके, सामान बाहर फेंक दीजिए। मैं भी अपने घर का सामान फेंकता हूँ। भाभी बाहर जाइए आप। नहीं तो बाद में निकल नहीं सकेंगी।'' वे चले जाते हैं।

''तुम सामान फेंको घर का, हम सँभालती हैं बाहर।''

''परन्तु कौन वस्तु कहाँ रखी है, यह तो हमें बताती जाओ।''—आप पूछिए।

''सब बाहर निकालो तुम जरूरी चीजें। जरा अक्ल से काम लो।'' और वे निकल जाती हैं।

अब चारों तरफ आग है और बीच में आप खड़े हैं। आप, जिन्होंने प्रयोगवाद को पगडण्डी और नयी कविता को नयी दिशा दी है। आप, जो हिन्दी नवलेखन के प्रतिनिधि कलाकार हैं। चिरन्तन मान्यताओं के प्रति अटल विश्वास तथा सार्वलौकिकता के प्रति असन्दिग्ध आग्रह आपकी हर कृति में प्रतिबिम्बित है। चारों तरफ लपटें हैं। भाव जगत् के साथ वस्तु जगत् आँखमिचौनी कर रहा है। आप की वैयक्तिकता तथा वास्तविकताओं के साथ कैसे संघर्ष का पहर है यह। आपने सुख-दुख आशा-निराशा, घात-प्रतिघात के आँधी-तूफानों का सम्पूर्ण आस्था से सामना किया है तथा नवीन संवेदनशीलता ग्रहणशीलता के साथ हर परिस्थिति, मोड़ तथा सम्भावनाओं को स्वीकार किया है। कैसा दृश्य है यह ? इसकी अनुभूति का यह अवसर नहीं छोड़िए। अग्नि का ऐसा उत्पात, ऐसा भयावह स्वरूप या तो वैदिक ऋषियों ने देखा था या आप देख रहे हैं। सब कुछ जल रहा है, आप खड़े हैं। पुरानी मान्यताओं के भस्मीभूत होने के क्षणों में नये कवि के समान आप खड़े हैं। मर्मान्तक पीड़ा हो रही है, भावनात्मक विस्फोट हो रहा है। अप्रत्याशित घट रहा मैं स्वप्न-भंग। भ्रम-निराशा की इस घड़ी में आपका कंचन व्यक्तित्व आग की लपटों में और निखर कर आ गया है।

फिर भी बाहर खड़े समाज का आग्रह है कि आप सामान फेंकिए। पत्नी बाहर से चिल्ला रही है। भावजगत् पर वस्तुजगत् की यह विजय दुखद अवश्य है पर परम्परा निभाइए और सामान फेंकिए। सबसे पहले अपनी कविताओं की डायरी, प्रेमिकाओं के पत्र (चन्द हसीनों के खतूत जो अन्यथा बाद मरने पर निकलते), रचनाओं की कटिंग्स, पाठकों, मित्रों तथा कवि-सम्मेलन के संयोजकों के पत्र, सारी पत्रिकाएँ, किताबें, सिगरेट

का पैकेट, शेरवानी, उनकी याद के रूमाल, माचिस, अपने सम्बन्धी समाचारों के कटिंग्स, तकिया, दीवार पर कोई चित्र हो तो, कलम, सरौता, पानदान, रेडियो के काण्टेक्ट और हो सके तो रेडियो भी।

(यह ध्यान रहे कि इन वस्तुओं को बाहर फेंकना है, आग में नहीं) पत्नी से चिल्लाकर पूछिए, ''और कुछ चाहिए या हम आ जाएँ।''

''अरे अभी तो बहुत सामान रहा है। मेरी साड़ियाँ, जेवर।''

भावजगत् पर फिर वस्तुजगत् जीता और आप सामान बाहर निकाल देने लगे। पर याद रखिए कि इस फैलती हुई आग से बचकर आपको बाहर भी आना है। समाज के भरोसे नहीं रहिए कि वह आपको निकालेगा। हिन्दी साहित्य को आपकी कितनी आवश्यकता है, यह आप ही जानते हैं, दुनिया नहीं जानती। अतः जल्दी से जल्दी बाहर आ जाइए। तब तक मोहल्ले वाले फायर-ब्रिगेड बुलवा चुकेंगे पर इसके पूर्व हमें आशा ही नहीं, वरन् पूर्ण विश्वास है कि सब कुछ स्वाहा हो चुकेगा।

जले हुए घर की ओर देख, ऐसे अवसर पर जब नगर के साहित्यकारों का झुण्ड आपके आस-पास खड़ा हो, आँखों में आँसू लाकर कहिए, ''सब कुछ जल गया। सब जल गया। स अ ब ···जल···ग या आ ! !''

''कितना नुकसान हुआ भाई ?

''मेरे तीन उपन्यासों की पाण्डुलिपियाँ, एक कथा-संग्रह, दो कविता-संग्रह, इस दशक के पूर्व लिखी मेरी सब रचनाएँ—हाय सब जल गयीं। अब मैं कैसे वे सब लिखूँगा ?'' (चाहें तो आप निबन्ध-संग्रह और नाटक-संग्रह के जलने की भी बात कह सकते हैं।)

आप समाज को कोसिए, शासन को गाली दीजिए, इस स्वार्थी युग पर प्रहार कीजिए और देखिए कि आपके लिए चन्दा होगा, समितियाँ बनेंगी, प्रकाशन हो जाएँगे, पुरस्कार मिल जाएँगे और एकाएक आपकी सेवाओं की चर्चाएँ होने लगेंगी। चूँकि आपकी सारी रचनाएँ जल चुकी हैं, अतः हो सकता है कुछ लेखक आपकी रचनाएँ लिखकर भी दें और कभी बोर कर दें। पर झमेलों में आप ये पाँच कविताएँ जो आपने रजाई में ओढ़कर सोची थीं, लिखकर पोस्ट करना न भूलें। आग की अनुभूति पर भी कुछ लिखिए, लिखेंगे ना ?

पर यदि कवि का नहीं, किसी आलोचक का घर जल रहा हो तो घास की पिंडियाँ और फेंकिए और जमालो की तरह दूर खड़े रहिए। चाहें तो कुआँ खोदने का नाटक कर सकते हैं। कवि-धर्म यह भी है।

69

मुर्गाबोध की एक शाम

"मैं संस्कृति को चारों ओर आसपास गचागच किस्म से महसूस कर रहा हूँ। कल तक यह सिर्फ कमर तक थी, आज गले-गले है। मैं अन्य विषयों में गला फाड़ सीधे कहना चाहता हूँ, जैसे विदेशी उधारी या काँग्रेस के टूटे शरीर के आत्मिक मिलन पर, मगर तुम देख रहे हो, मैं कल भी और आज भी पक्के गाने पर बात करता रहा। मैं तुमसे दोस्ती छोड़ दूँगा, मेरा दम घुट रहा है।"

स्पष्ट था कि दादू के पास आज जेब में पैसे नहीं हैं, अन्यथा वह मेरे कमरे में घुस ऐसी निराशाएँ नहीं बिखेरता। वह एक अच्छी-खासी शाम की ऐसी-तैसी करने पर तुला हुआ था। मैंने कहा, "जौहरी को फोन करते हैं। वह धन्धेबाज आदमी है, फिल्मों के अतिरिक्त वह कहीं रस-प्राप्ति के लिए व्यथित नहीं रहा। वह हमें इस पंक से उबारेगा।"

जौहरी को फोन किया। नहीं मिला। हम उसे तलाशते न्यू कॉफी हाउस पहुँचे। वहीं बैठा था, जहाँ बैठा रहता है। उसने दादू को देखते ही सिगरेट का पैकेट छुपा लिया। उसके सामने छोटे कद का मगर बड़े बालोंवाला आदमी बैठा था, ज़िसके चेहरे पर शहर के बाहर से आये व्यक्ति का-सा भाव था। परिचय होने पर वह भी चित्रकार निकला। दादू को यह जान बहुत दुख हुआ कि इस शहर के बाहर भी चित्रकार रहते हैं और यदि वह शहर से आगे भी निकले, तो संस्कृति से बच नहीं सकता।

जौहरी हमें उस चित्रकार की होनेवाली प्रदर्शनी के पूर्व-दर्शन के लिए ले गया। खींचे जाने पर हम गये। संस्कृति और सभ्यता का सम्बन्ध प्राचीनकाल से रहा है। वर्तमान में यदि यह सम्बन्ध टूट गया तो उसमें हमारी हिस्सेदारी नहीं थी। हम गये।

चित्रकार ने पहली पेण्टिंग दिखायी। मुर्गा। चेहरे पर आत्मविश्वास, स्वाभिमान में उठी कलगी, कुछ कर गुजरने का संकल्प। दूसरा चित्र दिखाया। वह भी मुर्गा। क्रोध, मुँह खुला हुआ, मैनिफेस्टो उद्घोषित करता-सा तेजोमय जनवादी व्यक्तित्व। तीसरा चित्र, मुर्गा, चेहरे पर शोधार्थी भाव, रहस्य खोजने की जिज्ञासा। चौथा, मुर्गा, चिन्तनग्रस्त, स्वयं को स्वयं की दृष्टि में स्थापित करने के लिए कोशिशमन्द। फिर मुर्गा। मधुर, सौम्य मगर किसी आदर्शवादी जिद में बँधा हुआ। इसी तरह के दो-तीन और मुर्गे। सांघातिक रंग-वैभव।

"ये मेरे आरम्भिक चित्र हैं, जब मैंने महसूस किया कि मुर्गा एक माध्यम हो सकता है।" चित्रकार ने बताया।

"मुर्गा सदैव माध्यम रहा है। विरले हैं जो उसे लक्ष्य बनाते हैं।" दादू ने कहा।

"उसके बाद मैंने अपने नगर के चित्रकारों का सण्डे-ग्रुप बनाया जिसमें भिन्न कला माध्यमों, भिन्न युक्तियों पर मैंने और मित्रों से बहसें कीं। उसी काल के ये चित्र हैं।"

मुर्गा अन्य मुर्गों के साथ। सभी गम्भीर कुछ आकाश जोहते, कुछ भूमि। मुर्गे मुर्गों से लड़ते। कलगियाँ, पंख, फैले हुए, नुचे हुए। चेहरे पर आक्रोश, खिलाफत, समूह बना हवा में उछल जाने की एक खुफिया साजिश। ऐसे सात-आठ चित्र थे। तेजी से आगे बढ़ते मुर्गे, लड़ते हुए और लड़ाई के बाद थके हुए मुर्गे।

"फिर मेरा एक लड़की से प्रेम हुआ और विवाह।" चित्रकार ने कहा और उसी के साथ कोमल हल्के रंगों का एक नया क्रम आरम्भ हुआ।

मुर्गी। मुर्गी की ओर एकटक देखता मुर्गा। सिर झुकाये बैठी मुर्गी, समीप फड़फड़ाता मुर्गा। अण्डों पर बैठी निश्चल मुर्गी। भिन्न दिशाओं में देखते मुर्गा-मुर्गी। हर चित्र में मुर्गी। दादू के चेहरे पर पारिवारिक भाव आने लगे। मुझे लगा, घर जल्दी चला जाऊँ। तभी चित्रों की धारा बदली। मुर्गा आसक्ति और विरक्ति के बीच दड़बे के पास टहलता हुआ नजर आया। मुर्गा दड़बे से दूर नजर आया। तभी एक चित्र में, जो अपवाद था, एक लड़की छुरी हाथ में ले टेबुल पर मुर्गे की गरदन काटने की कोशिश करती नजर आयी।

"मैंने घर छोड़ दिया, प्रेमिका, पत्नी—सबको छोड़ दिया और मैं कला के लिए पूर्णतः समर्पित हो गया।" चित्रकार बोला।

मैंने और दादू ने महसूस किया कि आगे चित्रों में आये मुर्गे के व्यक्तित्व में बदलाव आ रहा है। उसकी गरदन लम्बी और अजब किस्म से दयनीय लगने लगी। उसकी टाँगें पतली, फैली हुई और पंखों की संख्या में गिरावट आ गयी। सौम्य आदर्श से खीझ तक की इस लम्बी मुर्गा-यात्रा के अन्तिम चित्रों में वह बिल्लियों से लड़ता, उनके भय से आशंकित, बचाव में जूझता हुआ दिखाया गया था। ऐब्स्ट्रैक्ट होने लगा। अब बिल्ली की आँखें और कलगी की मदद से वह कुछ कहने लगा। ऐसे कई चित्र थे।

एकाएक हमें चारों ओर से कुकड़ूँ-कूँ के स्वर सुनाई देने लगे। हमने महसूस किया कि यह आर्ट गैलरी नहीं, एक विराट् मुर्गामय दड़बा है, जिसमें हम इधर-उधर दौड़ते घिरे हुए हैं। हम भाग रहे थे और चारों ओर से बाँग लगाते हुए वे हमारा पीछा कर रहे थे।

"इतने मुर्गों के बाद बिल्लियों से मुझे रिलीफ महूसस होता है।" मैंने कहा।

"मेरा तनाव बढ़ता है।" चित्रकार बोला, "ये आलोचक हैं, जो मेरे पीछे लगे हुए हैं। मुझे खाना चाहते हैं। मगर अपने अस्तित्व की रक्षा करता मैं लड़ रहा हूँ।"

हम भागे। रास्ते-भर हम जौहरी को गाली देते रहे।

"मैं इसके कुछ मुर्गे बिकवा दूँगा।" जौहरी बोला।

"कौन खरीदेगा ?" मैंने पूछा।

"इस शहर में मुर्गों की कमी नहीं, जिन्हें फँसाया जा सकता है।" जौहरी के स्वर में इत्मीनान था।

रात को लौटते हुए दादू कह रहा था, "कोई मुक्ति नहीं, संस्कृति से कोई मुक्ति नहीं। अपने लगाव और अलगाव में हम मुर्गे हैं। हम बचकर कहाँ जाएँगे ? इस क्षेत्र के मुर्गे होने की नियति ढोने के अतिरिक्त संस्कृति से बचकर हम कहाँ जाएँगे।"

70

कस्बे के छोटेलाल

उन दिनों छोटेलाल वास्तव में छोटा था। उसकी दबी-सी गरदन और फूले गालों के बीच चमकती आँखें तब इतनी दबी और ऐसी चमकती हुई नहीं थीं। मुझे तब लगता था, इस शख्स की गति किसी दफ्तर में नौकरी टोह लेने से अधिक नहीं है। पर तब शायद मैं इस युग को और छोटेलाल को ठीक से समझता नहीं था। कस्बे की आत्मावाले मेरे शहर के एक होटल और पान की दुकान के पास वह मिल जाता था और मुझे देख प्रसन्न भी होता था। हम क्षुद्र मानवों के प्रति एक सदाबहार उपेक्षा भाव आजकल उसकी दबी गरदन और फूले गालों के बीच चमकती आँखों में नजर आता है, तब नहीं था। वह सिगरेट धौंकता और खरी बात बोलता। उस समय यह धारणा आमतौर पर फैली हुई थी कि खरी बात का भविष्य उज्ज्वल है। कमोबेश हम सब इसी लपेट में थे।

तभी एक दिन उसने बताया कि वह बुद्धिमान होना चाहता है। मैंने कहा, "जिन्दगी में पेट भरने के लिए यह तरीका भी बुरा नहीं है, हो आओ।" उसने तब मुझे बुद्धिमत्ता का देशी मेकेनिज्म समझाया। बताया कि इस मशीन को चालू करने के लिए आरम्भ में थोड़ी मेहनत करनी पड़ती है, पर बाद में सब कुछ ऑटोमेटिक हो जाता है। बुद्धिमान बनना जरूर कठिन है, पर एक बार हो जाने के बाद फिर कठिनाई नहीं। मुझे उसकी बात में एक व्यावहारिक बुद्धिमानी नजर आयी। पर जैसा कि स्पष्ट है, मैं तब समाज के बनते हुए मिजाज को ठीक से समझा नहीं था। एक उदीयमान प्रबुद्ध के रूप में छोटेलाल ने बेहतर भाँपा था। उसने मुझसे पढ़ने के लिए पुस्तकें माँगीं।

एक दिन मैं और छोटेलाल अपने कस्बेनुमा शहर में घूम रहे थे। उस दिन लगभग पूरे शहर का चक्कर काटने के बाद अपनी विशेष ब्राण्ड की सिगरेट धौंकते हुए उसने निराशा से कहा कि यह शहर बहुत छोटा है। मैंने कहा, "इसमें हम क्या कर सकते हैं?" वह बोला, "हम इसे छोड़ सकते हैं।" मैंने कहा, "क्यों नहीं हम यहीं रहकर इस शहर को बड़ा और भरा पूरा करने की कोशिश करें।" वह मेरी ओर देखकर हँसा। क्षुद्र मानवों के प्रति उपेक्षा का जो सदाबहार भाव उसके चेहरे पर नजर आता है, वह उस दिन मैंने पहली बार देखा। मैंने कहा, "हो सकता है, शहर छोड़ने के बाद हमारा व्यक्तित्व पूरी तरह खो जाए। हम किसी और बड़े शहर में डूबकर अपने को खत्म कर दें।" वह बोला, "ऐसा नहीं है। बड़े शहर में तंग गलियाँ होती हैं, जो राजपथों को जोड़ती हैं। हो सकता है, उन उपयोगी गलियों के रहस्य-जाल को हम

आरम्भ में न समझ पाएँ, पर एक बार समझ जाने पर हम सारे माहौल पर अपनी पकड़ मजबूत कर लेंगे।" तब मुझे उसका यह वाक्य विचित्र लगा, पर उन दिनों बदलते मौसम की तस्वीर मैं ठीक से समझ नहीं पाया था।

छोटेलाल शहर छोड़ चला गया। उसने जोखम मोल ली है, हम यही समझ रहे थे। मुझे कुछ दिनों यह अजीब कस्बाई दर्द सालता रहा कि उसने वहाँ जाकर चिट्ठी नहीं लिखी। पर सच यह था कि छोटेलाल भविष्य में कूद गया था और उसे इस बात की फुर्सत नहीं थी कि वह अपने कस्बे या प्रान्त को याद करे। एक दिन तो उससे मिलकर लौटे एक मित्र ने यह भी बताया कि छोटेलाल कहता है, मैं ऑल इण्डिया हो रहा हूँ। मेरा उस कस्बे या प्रान्त से कोई ताल्लुक नहीं, जिसे याद कर मुझे शर्म आती है कि मैं वहाँ पैदा हुआ। मुझे सन्देह हुआ कि क्या छोटेलाल वाकई बुद्धिमान हो गया है ? मैं उसे गलत समझा था और जमाने को भी।

छोटेलाल से मैं उस बड़े शहर में मिला। कई वर्ष बाद वह मुझे एकदम अलग ही लगा। वह शहर का माना हुआ प्रबुद्ध था और उसकी मशीन उत्पादन करने लगी थी। मैंने उससे कहा कि मेरी अपेक्षा तुमने समय को बेहतर समझा है और प्रबुद्ध होना एक लाभदायी व्यवसाय है, यह तुमने उसी जमाने में खूब भाँप लिया था। छोटेलाल ने मुझे एक और गुर की बात बतायी, जिसे सुन मैं दंग रह गया। वह बोला, "सिर्फ होने से काम नहीं चलता, हमें नाराज रहना सीखना चाहिए। सोसायटी नाराज शख्स से डरती है, यद्यपि ऊपर से वह दिखाती है कि वह डर नहीं रही, पर बाद में समझौता हो जाता है। हमारी इमेज अगर प्रबुद्ध और नाराज शख्स की बन जाए, तो यह बहुत बड़ी सफलता है।" शुरू में मैं उसकी बात समझ नहीं पाया, यद्यपि मैं बदलते माहौल को समझने का दावा करने लगा था। मैंने कहा, "तुम अपने को अकेला महसूस नहीं करते ?" वह बोला, "यह कुछ दिनों की बात है। मैं जल्दी ही हलचल का केन्द्र हो जाऊँगा। मेरी बड़े लोगों में, ऊँची सोसायटी में पैठ होने लगी है। एक नाराज शख्स के रूप में वे मेरा आदर करते हैं।"

अपने कस्बेनुमा शहर में, भिन्न आतंकों में डूबा जब मैं लौटा, तो मैं समझ नहीं पा रहा था कि मुझसे गलती कहाँ हो रही है ? पहले मैंने सोचा कि मुझे पूरी तरह छोटेलाल को समझना चाहिए। फिर मैं स्थिति पर विचार करने लगा। मैं विचार करता और मेरी नाराजगी बढ़ती जाती। मेरी कस्बाई खुशमिजाजी को चीरते हुए कटुता बाहर आ जाती। चारों ओर फैल रहे ढकोसले, सुविधा का जीवन तलाशने वालों के टुच्चे कारनामे, निरीह लोग, अपमानित लोग और ऐसी ही दीगर बातों को देख मैं अपने में बहुत गम्भीर और क्रोधी होता गया। मुझसे रहा नहीं जाता था और मैं नाराजी जाहिर करने लगा था। मुझे लगा, छोटेलाल सही कहता है।

मैंने उसी मनःस्थिति में छोटेलाल को एक लम्बा पत्र लिख अपने कस्बेनुमा शहर की हालत बयान की। मैंने लिखा कि छोटेलाल, मैं तुम्हारे साथ हूँ। तुम बताओ, मुझे

क्या करना चाहिए। कुछ दिनों बाद छोटेलाल का जवाब आया। लिखा था कि नगर के उच्च समाज ने उसे एक प्रबुद्ध के रूप में स्वीकार कर लिया है। बदले में वह भी उनके छोटे-मोटे काम कर देता है। उस पत्र में छोटेलाल ने मुझसे पूछा कि मेरी समस्या क्या है ? यदि मैं प्रमोशन चाहता हूँ या कोई बड़ी नौकरी चाहता हूँ, तो लिखूँ। जोर डलवा कर वह मुझे दिलवा सकता है।

साफ था कि अब वह नाराज नहीं रह गया है। गलती शुरू से मुझसे ही हो रही है। हमेशा छोटेलाल ही सही कहता है। हमेशा जमाने को उसी ने ठीक भाँपा। पहले भी मैं गलत था। आज भी मैं ही गलत हूँ। मैं न तो प्रबुद्ध होने की उपयोगिता को, और न उस उपयोगिता की उपयोगिता को, ठीक से समझ पाया और मैं छोटेलाल को भी ठीक नहीं समझ पाया। मुझे एकाएक यह कस्बाई जीवन निरर्थक लगने लगा। मैं सोच रहा था, क्या उसी दिन मुझे छोटेलाल के साथ चले जाना चाहिए था।

71

भाषा का प्रश्न प्रेमपत्रों के सन्दर्भ में

प्रेम में आदमी एकदम से अन्धा नहीं हो जाता। शुरू-शुरू में दृष्टि कमजोर होती है। इसका प्रमाण यह है कि जिस लड़की से वह प्रेम करता है, वह एकाएक बहुत सुन्दर लगने लगती है, जरूरत से कुछ ज्यादा। इधर आँखों की रोशनी कम पड़ने लगती है, उधर कन्या का चेहरा ज्यादा प्रकाशमय लगता है। इस चौंधियाने की-सी हालत में जब वह जीवन का पहला प्रेमपत्र लिखता है, तब उसे पता लगता है कि प्रेमपत्र लिखना प्रेम करने से ज्यादा कठिन काम है। साहित्य कर्म से पलायन नहीं, बल्कि एक किस्म की कर्म में घुसपैठ है—इस बात का अहसास उसे पहली बार होता है। वह सफल हो या असफल, पर इतना समझ जाता है कि प्रेमपत्र लिखना अलग बात है और प्रेम करना दूसरी चीज है। इनका परस्पर कोई ताल्लुक नहीं। फूहड़ प्रेमी बड़े अच्छे लेखक मिलेंगे और अच्छे प्रेमियों के लिए काला अक्षर भैंस बराबर हो सकता है। या न हो, तो भी क्या है ?

अब मुझे ही लो। लेखन कला को निजी हितों के लिए इस्तेमाल करना, तब मुझे गलत नहीं लगता था, जब मैं किसी के लिए प्रेमपत्र लिखता था। इस क्षेत्र में मेरी सफलता 'कुछ रचनाएँ सुन्दर बन पड़ीं' से अधिक नहीं रही और जैसा कि होता है, सुन्दर रचनाओं का कोई खास असर नहीं हुआ। रचनाएँ सुन्दर होने से क्या होता है ? हम जिन्हें वे रचनाएँ भेजते हैं, उन्हें सौन्दर्य की पहचान तो हो ! वे यदि अस्वीकृति की स्लिप लगाकर भेज दें, तो व्यर्थ है सारी सुन्दरता।

मेरे साथ तो जो सलूक सम्पादकों ने मेरी आरम्भिक रचनाओं के मामले में किया, लगभग वही बेरुखी उन लड़कियों ने अपनायी, जिन्हें मैंने प्रेमपत्र लिखे। सम्पादकों को तो खैर, मैं रचनाएँ भेजता रहा, क्योंकि इन मामलों में उम्र विशेष आड़े नहीं आती, पर उन्हें कब तक भेजता, जो डाक ग्रहण करते-करते प्रौढ़ होने लगीं या पाणिग्रहण कर चली गयीं।

शिक्षा विभाग के पाठ्यक्रम में प्रेमपत्र लिखने की कोई एक्सरसाइज नहीं होती। ये पाठ्यक्रमेतर गतिविधियाँ हैं, जिन पर न मार्क्स मिलते हैं, न प्रशंसा। हाईस्कूल के जमाने में हमें पत्र लिखने की शिक्षा अवश्य दी गयी, जैसे यह कहा जाता कि अपने मित्र को पत्र लिखकर बताओ कि तुमने गर्मियों की छुट्टियाँ कैसे बितायीं या अपने पिता जी को पत्र लिख कर बताओ कि परीक्षा के पर्चे कैसे गये ?

पर बतौर एक्सरसाइज या परीक्षा के प्रश्न के यह सवाल नहीं पूछा जाता कि अपनी प्रेमिका को पत्र लिखकर बताओ कि तेरे सिवा दुनिया में मेरा कोई नहीं है और जब से तू गयी, तेरे दीवाने पे क्या गुजरी ! हाई स्कूल छोड़ बी. ए. तक यह सवाल नहीं पूछा गया। मगर इससे क्या होता है ? योग्य और होनहार छात्र कभी पाठ्य-पुस्तक की सीमा में बँधे नहीं रहते। वे अपना ज्ञान और अनुभव स्वयं अपने प्रयत्नों से बढ़ाते हैं। इसलिए अपनी प्रतिभा के प्रदर्शन का उपयुक्त अवसर और आकार प्राप्त होते ही हम लिखने बैठ गये।

पहला प्रेमपत्र लिखना बड़ी सिरपच्ची का काम निकला। एक-दो रोज तो किसी जोरदार सम्बोधन की तलाश में गुजर गये। जो भी सम्बोधन दिमाग में आये, उनमें अधिकांश घटिया लगे। हम साम्राज्यवाद, सामन्तवाद और छायावाद के खिलाफ रहे हैं, हम आखिर उस पिछड़ी शब्दावली को कैसे स्वीकार करते, जो प्रेमपत्रों में लिखी जाती है। आप शुद्ध प्रेमियों द्वारा शुद्ध प्रेमिकाओं को लिखे कोई सौ पत्रों का अध्ययन कर लीजिए, आपको निन्यानबे प्रतिशत की भाषा पिछड़ी मिलेगी।

हिन्दी कितनी ही आगे बढ़ गयी हो, पर खेद है, प्रेमपत्रों की भाषा के सवाल पर हमने अभी पूरी तरह ध्यान नहीं दिया है। यह प्रश्न सचिवालय में हिन्दी में पत्र-व्यवहार की समस्या से कम महत्त्वपूर्ण नहीं है। मैं जानना चाहूँगा कि हमारी राष्ट्र-भाषा प्रचार की संस्थाएँ इस दिशा में क्या कर रही हैं ? क्या वे नहीं जानतीं कि प्रेमपत्र राष्ट्रभाषा के प्रचार के श्रेष्ठ माध्यम हैं। खासकर वे पत्र, जो हिन्दी-भाषी युवकों ने अहिन्दीभाषी कन्याओं को लिखे हैं या वे उत्तर, जो अहिन्दीभाषी युवकों के प्रेमनिवेदन पर हिन्दीभाषी युवतियों ने दिये हैं। यदि हमें हिन्दी का प्रचार-प्रसार बढ़ाना है, तो प्रेमपत्रों की भाषा, व्याकरण और वर्तनी की भूलों में सुधार आदि की समस्या पर ध्यान देना होगा। हिन्दी विश्व स्तर की भाषा बनने जा रही है। कल हमारे युवक संसार के अन्य देशों की कन्याओं को हिन्दी में प्रेमपत्र लिखेंगे और यदि प्रेमपत्रों का असर न हुआ, लड़की शादी करने को राजी न हुई, तो नाक तो राष्ट्रभाषा की कटेगी।

पहला प्रेमपत्र लिखते समय, पहली समस्या थी कन्या की स्थिति निश्चित करना कि मेरे जीवन में वह क्या है, क्यों है, हो कर क्या करेगी, फिलहाल मामला कहाँ अटका है, वगैरह। आखिर उसकी प्लेसिंग करनी होती है कि हे मेरी नींद चुरानेवाली, सपनों में बिना पूछे आनेवाली, अर्थात् तय हो कि उम्र के पूरे नक्शे में वह खड़ी कहाँ है ? उसे प्रतिष्ठित करना होता है। मुहल्ले की सुन्दर लड़की को शहर की सबसे सुन्दर लड़की और शहर की सुन्दर लड़की को संसार की सबसे सुन्दर लड़की कहना होता है। मैं तो उसे सब कुछ सम्बोधित करने को तैयार था, क्योंकि अपना तो गालिब के शब्दों में यूँ था कि 'खत लिखेंगे गर्चे मतलब कुछ न हो। हम तो आशिक हैं तुम्हारे नाम के।' बेकाम के। यह सोचकर कि जब प्रेमपत्र लिखने की शुभ प्रवृत्ति आरम्भ ही कर रहे हैं, तो शुरू में किसी अनुभवी व्यक्ति से तकनीकी मार्ग-दर्शन मिल जाए, तो कोई हर्ज नहीं।

हमने एक बड़े भाई किस्म के मित्र, सलाहकार और दार्शनिक के सम्मुख अपनी समस्या रखी, जिन्होंने अपने जीवन में इतने प्रेमपत्र लिखे और लिखवाये थे कि मुहल्लों में बदनाम मगर पोस्ट ऑफिसवालों की नजरों में सम्मान के पात्र थे।

वे मुझसे पूछने लगे कि लड़की का नाम क्या है ? मैंने कहा, ''नाम तो नहीं बताऊँगा। नहीं तो क्या भरोसा तुम ही लिख मारो।'' वे बोले कि प्रेमपत्र लिखना जरूरी है क्या ? मैंने कहा, ''प्रेमपत्र है, कोई तकाबी का आवेदनपत्र तो नहीं कि जब गवर्नमेण्ट से लोन चाहिए, तभी अप्लाई करो।'' वे बोले कि बात जरा ब्लैक ऐण्ड व्हाइट में आ रही है, इसलिए सोच-विचार लेना चाहिए। मैंने कहा, ''प्रेम अन्धा होता है, यदि टटोल कर देख लें, तो हर्ज क्या है ? पड़ताल जरूर है।'' वे बोले, ''भाई वे परिस्थितियाँ उत्पन्न करो, जिसमें लड़की को प्रेमपत्र भेजना जरूरी हो जाए।'' मैंने कहा, ''जब तक प्रेमपत्र नहीं लिखूँगा, परिस्थिति का उत्पन्न होना कठिन है। अजी प्रेम अपने आप में एक परिस्थिति है, पत्र एक आन्तरिक मजबूरी है।''

और वह फूटा। 'जो मैं ऐसा जानती, प्रीत करे दुख होय' और 'दो नैना मत खाइयो, पिया मिलन की आस' टाइप की पंक्तियाँ मैंने उसी जमाने में पहली बार पढ़ीं। यदि प्रेम ठीक ठिकाने का हो, तो कविता अपने ढंग से जरूरी मदद करती है। उन प्रेमपत्रों की प्रति मैंने सँभालकर नहीं रखी, क्योंकि नया-नया दफ्तर खुला था, प्रेमपत्रों को रखने का रिवाज नहीं था। पर यदि आज होतीं, तो समीक्षक और तटस्थ पाठक यह ध्यान देते कि उनमें उपमाओं का बाहुल्य, भाषा का प्रवाह, प्रसाद के साथ माधुर्य गुण का ऐसा सम्मिश्रण है, जो गहरे अध्ययन से ताल्लुक रखता है।

वह लड़की भी क्या खूब लड़की थी। बंजर जमीन में गुलाब की तरह खिली थी। जब देखती थी, एक अजीब टाइप का खंजर चल जाता था। वैसे खंजर आजकल प्राचीन शस्त्रों की प्रदर्शनी में नजर आते हैं। वैसी लड़कियाँ भी आज होती होंगी, पर प्रेमपत्रों का स्तर, जो हिन्दी के विकास के साथ आजादी के इतने वर्षों बाद उठना चाहिए था, नहीं उठ पाया। सम्बोधन और संवाद के स्तर पर वही पुराने घिसे-पिटे मुहावरे चले आ रहे हैं। खेद है, कमबख्त आजकल भी सुन्दर कन्या को चाँद ही कहते हैं। मुझे तो चाँद पुराने मुरब्बे की तरह लगता है, जो न खा सकें, न फेंक सकें। या हो सकता है, मनुष्य के जीवन में सुन्दर कन्याओं की यही स्थिति हो।

अब अपना किस्सा पूरा करूँ। हुआ यह कि जिस सुन्दर लड़की के लिए प्रेमपत्र लिखा था, उसके लिए भी यह प्रेमपत्र पाने का पहला अवसर था और उसी नौसिखिएपन में वह भूल कर गयी। वह माताजी को मिल गया। माताजी ने पिताजी को बताया, पिताजी ने इसे हमारे स्कूल के हेडमास्टर को बताया और हेडमास्टर ने मेरा सिर तोड़ने का निर्णय लिया।

हेडमास्टर के विषय में इतना ही परिचय दूँगा कि भारतीय शिक्षा के इतिहास में जिन पीटनेवालों का नाम स्वर्णाक्षरों में लिखा है, उनमें एक नाम इनका भी है। उनके

द्वारा पिटे हुए लड़के बाद में बड़े-बड़े पदों पर नियुक्त हुए। शायद हेडमास्टर ने इस होनहार बालक की भी प्रतिभा पहचान ली थी कि यह पूत, जो आज पालने में बैठा प्रेमपत्र लिख रहा है, कल बड़ा लेखक बनकर राष्ट्र के समस्त नर-नारियों के पढ़ने योग्य साहित्य का सृजन करेगा। अतः इसे पीटना जरूरी है। हेडमास्टर महोदय ने मुझसे पूछा, "आखिर तुम्हारी हिम्मत कैसे हुई, किसी लड़की को प्रेमपत्र लिखने की ?" मैंने कहा, "आत्माभिव्यंजना के लिए साहस पहली आवश्यकता है। फिर चाहे वह प्रेमपत्र हो, मन्त्री महोदय को शिकायत, सम्पादक के नाम पत्र या दीगर विधा।" वे मेरे बयान की गम्भीरता को समझ नहीं पाये; और मैं कहता हूँ कि बस यहीं हमारी राष्ट्रभाषा पिछड़ी है। बिना साहस के चुनौती का सामना कैसे कर सकते हैं और जो दर्जा इसे मिलना चाहिए, कैसे दिला सकते हैं ?

वह लड़की, जिसे मैंने पहला प्रेमपत्र लिखा था, पता नहीं, आज कहाँ है ? पर जहाँ भी होगी, मुझे एक पत्रलेखक के रूप में कभी न भूली होगी। सोचिए, सुन्दरी रानी, कोयल, तितली आदि नाना सम्बोधनों के अस्त्र-शस्त्रों से लैस, जैसा जोरदार हमला मैंने किया था, वैसा उसके पूज्य पतिदेव ने भी कभी नहीं किया होगा।

उसकी किस्मत जोरदार होगी, पर अपनी कलम जोरदार थी। वे लड़कियाँ, जिन्हें प्रेमपत्र लिखे थे, आज जाने कहाँ चली गयीं ! सिर्फ जोरदार कलम शेष रह गयी है, जिसे राष्ट्रभाषा की सेवा में अर्पित किये हूँ और जिस प्रकार लड़की चाहे न मिले, मगर मैंने प्रेमपत्र के लेखन का स्तर नहीं गिरने दिया, उसी प्रकार मेरे लिखे से स्थितियों में अन्तर न आए, पर राष्ट्रभाषा का स्तर उठाये हुए हूँ, सो सामने है।

72

गोशाला के प्रबन्धक

पशुओं में एक कहावत है—'जहाँ चारा वहाँ मुँह मारा'। अवसरवाद कहाँ नहीं है ? 'सर, सर' कीजिए, अवसर मिलता है। पशुओं में भी है। खासकर गाय-भैंस आदि दूध देने वाले प्राणियों में। सो कोई आश्चर्य की बात नहीं कि जब चारा डाला गया, गायें आयीं। वे बहुत धीरे-धीरे सम्मानित रूप से आयीं क्योंकि वे ससम्मान निमन्त्रित थीं, आश्वस्त थीं, बहुत पुचकारकर बुलायी गयी थीं। उन्हें आना ही था। निरन्तर दुहे जाने की पीड़ा उन्हें नहीं सताती, पर अपने गाय होने का एहसास सदैव बना रहता है। प्रकृति ने ऐसी व्यवस्था नहीं की कि सींग फोल्ड किये जा सकें, ऐच्छिक रूप से उन्हें यहाँ-वहाँ किया जा सके। तब गायें वैसा करना पसन्द करतीं। वे सींगों को दुम के साथ लटका लेतीं और धीरे-धीरे मजे से हिलातीं। अहं को कैरियर के अनुरूप एडजस्ट करना तब उनके लिए कठिन नहीं होता। खेद है, यह व्यावहारिक व्यवस्था नहीं है। मगर क्या किया जा सकता है ! वे दूध देती हैं, सींगों का उपयोग नहीं करतीं, चारा खाती हैं, आपकी आभारी हैं। और अगर किसी गाय ने आपके खिलाफ सींग चलाया हो तो वे इसके लिए बहुत शर्मिन्दा हैं, उसकी ओर से क्षमाप्रार्थी हैं।

गोशाला के प्रबन्धक इसकी जरूरत नहीं समझते। वे अनुभवी लोग हैं, गायों के स्वभाव को जानते हैं। बरसों इस काम में रहे हैं। वे नहीं चाहते कि गाय अपना सींग दुम के साथ लटका ले। वे मानते हैं कि गाय होगी तो सींग होंगे ही। जैसे लेखक का अहं, वैसे गाय के सींग। क्या ये अलग किये जा सकते हैं। बिल्कुल नहीं। एक प्रबन्धक का तो यह निश्चित मत है कि बिना सींग की गाय कोई नहीं होती। वे समझदार हैं। वे गाय को गाय की तरह लेना जानते हैं कि बिना पुचकारे गाय दूध नहीं देती। वे गाय का शरीर सहलाते हैं, थोड़ा-थोड़ा चारा उसे देते रहते हैं यानी उसे एक गाय की तरह जीने देते हैं। गाय को और चाहिए क्या भाई साहब, आत्मा का चैन और चरने की सुविधा। अरे, गाय तो प्रेम की भूखी है। प्रेम से आप उसे कितना ही दुह लो, चलेगा। वह कुछ न कहेगी।

और गोशाला प्रबन्धकों की उस ऐतिहासिक बैठक में यही बात उठी। एक लाउड थिंकिंग-सा चला, मन की पर्तें खुलीं, सब बोले। बोलना क्या था, बात लगभग तय थी कि प्रान्तीय स्तर पर एक संगठन बनाया जाए जो गायें दुहे, मावा बेचे और मलाई प्राप्त करे। कई दिनों से बात मन में उठ रही थी। विचार वगैरह होते थे पर हो नहीं पा

रहा था कुछ। वर्मा जी ने कहा, "ऐसी भी क्या बात है, लाओ मैं सबको निमन्त्रण दे देता हूँ।"

गायें आयीं, प्रबन्धक आये, सब बैठे। बैठक देर से आरम्भ हुई। अब और तनाव को तोड़ने के लिए लतीफे चले और लतीफों की स्तरहीनता से ऊबकर कुछ गम्भीर चर्चाएँ हुईं, जिनसे तनाव बढ़ा। फिर बैठक ने रूप लिया। अध्यक्ष बोया गया, सभा पनपने लगी। साफ लगता था कि आज गाय का भविष्य निश्चित होगा।

संयोजक उठे। उन्होंने संयोजक की-सी बात कही, "अक्सर ही सोचा है कि हो कुछ। बैठें हम लोग सभी। मैं, शरण जी, गुप्ता जी, लोहाराम जी और खासतौर से गायों के मसले पर हो कुछ। चर्चा, बातचीत। क्योंकि आखिर क्या माने हैं कि गायें हैं प्रान्त में, काफी दूध देने वाली और उनके लिए इन्तजाम न हो। मेरे खयाल से, राजनीति से हटकर। वह ठीक है जो कुछ हो रहा है मगर अलग से। मैं जाती तौर पर सोचता हूँ कि हो कुछ। आप सभी हैं, मैं वक्त नहीं लूँगा ज्यादा, मगर सवाल है, कई बातें हैं जैसे गोशाला, चन्दा, और कुछ। आखिर गायें कब तक उपेक्षित रहेंगी ? आप सभी हैं, गायें हैं, एक-दूसरे के करीब आएँ। हम दूध दुहें। एक बड़ा काम है जो किया जाना है। एक सपना है कि भवन बनें जो हमारे हों, गायों को ठौर मिले, हम कमीशन वगैरह खाएँ। सवाल है, क्यों नहीं खाया जाए, जब सब खा रहे हैं। मगर प्रेम से, मिल-जुलकर, सभी हाथ मिलाकर। बस। और भी भाई हैं, जो बोलना चाहें बोलें। क्या है, हो कुछ।"

वातावरण बन गया। अध्यक्ष ने मिचमिची आँखों से सबको देखा कि कौन बोलना चाहता है। कोने में बैठे लोग दर्शन जी का नाम चिल्लाने लगे। दर्शन जी अपने को बड़ा घाघ समझते थे। वे चाहते थे कि कुछ बात जमने लगे तो उखाड़ा जाए। अभी तो शुरूआत है। उन्होंने कहा, "मैं कुछ और भाइयों के विचार सुनना चाहता हूँ, बाद में बोलूँगा।" मगर कोने में बैठे लोग उनसे ज्यादा घाघ थे। वे फिर चिल्लाये, "दर्शन जी, दर्शन जी !" वे जानते थे कि दर्शन जी का बच्चा विरोध करेगा, अतः इसे शुरू में ही निपटा दिया जाए ताकि जरूरी हो तो बाद में गला दबोच लें। मजबूरन दर्शन जी को खड़ा होना पड़ा। शुरू में उन्होंने सिद्धान्त बघारे, पशु और मानव के सम्बन्ध जोड़े, गाय माता की महिमा गायी, मगर तुरन्त ही अपनी वाली पर आ गये। बोले कि मैंने गायों को गाँठ से खिलाकर गोशाला चलायी है, चन्दा नहीं दिया लोगों ने। मैंने जिसे गोशाला का डिब्बा स्टेशन पर घुमाने को दिया था, वह गबन करके भाग गया।

"आपने उसे वेतन नहीं दिया कभी !" एक आवाज आयी।

"दिया है। हिसाब कर लीजिए !" दर्शन जी क्रोध से चीखने लगे।

लोग उन्हें हूट करने लगे। दर्शन जी ने कहा—"एक-एक को देख लूँगा !" श्रोताओं ने कहा, "हम आपको अभी देखे लेते हैं।"

इसके बाद अध्यक्ष हिलने लगे। बोले, "और कभी भी हो, मेरी अध्यक्षता में ऐसा

नहीं होगा !'' लोगों ने अध्यक्ष का मान रखा। हाथापाई रुक गयी। लोगों ने सोचा 'खैर, बाद में किसी और सभा में देखेंगे। इस दर्शन जी के बच्चे से तो निपटना ही है।' अध्यक्ष ने सोचा कि एकाध सारगर्भित भाषण हो जाए तो क्या हर्ज है ! गोपाल जी से कहा कि वह बोलें। गोशाला, धन्धे और प्रकाशन व्यवसाय में गोपाल जी प्रवीण हैं। उन्होंने कहा, ''भाइयो, आप सब जानते हैं कि मैंने शहर में दो बिल्डिंग खड़ी कीं। जलने वाले जलते हैं देखकर, मगर रहस्य को समझो। जलने से कुछ नहीं होगा। मैं बताता हूँ। लेखक से उपन्यास झटकना, किताब निकलवा लेना और गाय से दूध उतारने की क्रिया एक ही जैसी है। चारा कम दो, दूध ज्यादा खींचो। ऐसा ही लेखक का। पैसा कम दो, किताब ज्यादा खींचो। जल्द मरता है तो मरने दो। है न रहस्य की बात !'' उन्होंने मुग्ध भाव से सबको देखा।

''हम सब जानते हैं, इसमें नया क्या है ?'' एक व्यक्ति बोला। सब हँस पड़े।

''तो नया सुनो। मैंने भूसे का धन्धा किया। वहाँ लाभ हुआ। गाँव में जाकर एक ट्रक भूसा खरीदो और शहर में लाकर उसे ढीला भरवाओ और एक ट्रक के दो ट्रक भरवाकर मण्डी में जाकर खड़ा कर दो। इस तरह दुगुना लाभ कमाता था। आंचलिक उपन्यासों से कमाई का भी यही तरीका है। भूसे को डबल करो। जिस कहानी पर दो सौ पृष्ठों का उपन्यास बनता है, उससे चार सौ पृष्ठों का बनाओ और बेच दो। जो भूसे का ट्रक खरीदता, बाद में पछताता। जो उपन्यास खरीदता, बाद में पछताता; लेकिन अपनी कमाई पक्की होती। है न रहस्य की बात !'' गोपाल जी ने सबकी ओर नजरें फेरीं।

''मानते हैं मानते हैं !'' आवाजें आयीं और तालियाँ बजीं।

''और सुनो ! मैंने घी बेचा। सब समझते थे, शुद्ध घी है। नहीं था। मिलावट थी मगर पता नहीं लगती थी। इसी तरह से मैंने वैचारिक साहित्य बेचा। सब समझते थे, शुद्ध और ताजे विचार हैं। नहीं थे। पुराने की मिलावट थी, मगर खपा दिया। बड़ी कमाई की। बोलो, है न रहस्य की बात !''

''वाह, वाह !'' खूब तालियाँ बजीं।

''और सुनोगे ?''

''सुनेंगे।''

''चाकलेट-बिस्कुट की खपत और बाल-साहित्य की बिक्री के मूल में एक ही सिद्धान्त है।''

''आप विषय से हट रहे हैं, विषय पर बात करें !'' दर्शन जी ने गोपाल जी के सारगर्भित भाषण को बीच में चिल्लाकर रोक दिया।

''क्या है आज का विषय ?'' गोपाल जी ने प्रश्न किया।

''अध्यक्ष से पूछिए।''

गोपाल जी ने प्रश्नवाचक दृष्टि से अध्यक्ष की ओर देखा। अध्यक्ष ने वैसी ही

प्रश्नवाचक दृष्टि से संयोजक की ओर देखा। संयोजक गोपाल जी का भाषण सुनने में मगन थे, वे हड़बड़ाकर उठे और बोले, "आज का विषय है कि प्रान्तीय स्तर पर एक संगठन बनाया जाए जो लेखकों को दुहे, मावा बेचे और मलाई खाये।"

सब खिलखिलाकर हँस पड़े। एक सज्जन ने उठकर संयोजक के कथन में सुधार किया, "अबे उल्लू, लेखकों को नहीं, गायों को दुहने के लिए संगठन चाहिए।"

संयोजक खिसिया गये, बोले, "क्या फर्क है, एक ही बात है।"

इस पर सब हँसने और आपस में बातचीत करने लगे।

"मेरा एक प्रस्ताव है !" प्रेमजी छोटा भाई फर्म के प्रबन्ध व्यवस्थापक कुमार बाबू ने कहा। आप अपनी प्राइवेट गोशाला चलाते हैं।

"प्रस्ताव बाद में लिये जाएँगे, पहले प्रारम्भिक चर्चा होगी," अध्यक्ष ने कहा।

"मेरा एक सुझाव है !"

"आप अपने सुझाव अपने भाषण के समय दे दें।"

"सिर्फ दो शब्द !"

"दो शब्द संयोजक कह चुके, अब तो विस्तृत चर्चा का दौर है।"

"मुझे विस्तृत चर्चा का अवसर दिया जाए !" कुमार जी ने अध्यक्ष से प्रार्थना की और बड़बड़ाये कि किस गधे को अध्यक्ष बना दिया है।

"इस समय गोपाल जी का भाषण चल रहा है।"

"गोपाल जी का भाषण हो चुका।"

"नहीं हुआ।"

"गोपाल जी से पूछ लो।"

"मेरा भाषण अभी पूरा नहीं हुआ, लेकिन कुमार बाबू जो दो शब्द कहना चाहते हैं, कह लें। मैं बाद में बोल लूँगा। उन्हें आज्ञा है।"

"आज्ञा देने वाले आप कौन होते हैं ? अध्यक्ष आज्ञा देगा।"

"मैं अध्यक्ष से निवेदन करता हूँ कि कुमार बाबू को आज्ञा दें।"

"मैं चाहता हूँ कि गोपाल जी अपना भाषण पूर्ण करें। मैं कुमार बाबू को बाद में आज्ञा दूँगा।"

"मगर मैं कुमार बाबू की बात सुनना चाहता हूँ। मैं सुनकर उत्तर दूँगा।"

"मैं सिर्फ एक मिनट लूँगा।"

"आपको इस तरह बीच में नहीं बोलना चाहिए। मैं आज्ञा नहीं दूँगा। मैं अध्यक्ष हूँ।"

"अरे, ऐसे बहुत से अध्यक्ष देखे हैं !" कुमार बाबू ने कहा, "सुनिए भाइयो, मैं यह कहना चाहता था कि जैसा अभी गोपाल जी ने अपने भाषण में कहा और संयोजक महोदय भी बोल गये, चाहे गलती से ही सही, हम लोग क्यों नहीं गायों को दुहने के लिए प्रान्तीय संगठन बनाने के बजाय लेखकों का शोषण करने के लिए एक प्रान्तीय

संगठन बनाएँ। इसमें एक तो परसण्टेज ज्यादा है, सरकार पर प्रेशर लाकर बिक्री कर सकते हैं। गाय के बजाय लेखक ज्यादा दिनों चलता है, ज्यादा लाभ देगा, क्या खयाल है ? आज की बैठक में यही तय हो जाए।''

इस पर शोर होने लगा। कुछ लोगों ने तालियाँ बजाकर इस सुझाव से सहमति प्रकट की। अध्यक्ष चिल्लाकर कह रहे थे कि कुमार बाबू ने मेरा अपमान किया है। कुछ लोग और बोलने के लिए खड़े हो गये। संयोजक उन्हें बैठाने लगा। वे नहीं माने। बोलने लगे जिसे किसी ने नहीं सुना।

''ऐसे कुछ नहीं होगा, कोई बात तय नहीं होगी !'' अध्यक्ष बोले।

''आप अध्यक्ष पद छोड़ दीजिए, आपका अपमान हुआ है !''

''कुमार बाबू बैठ जाएँ।''

''आप बैठ जाएँ।''

''चुप रह !''

गायों से रहा नहीं गया। वे जुगाली कर रही थीं और लगे हाथ मनोमन्थन भी। वे प्रेम की भूखी हैं, झगड़ों से उनका दूध सूखता है। वे खड़ी हो गयीं और अध्यक्ष का मुँह जोहने लगीं।

''माताओ, आप बैठ जाएँ !'' अध्यक्ष चिल्ला रहे थे, ''भाइयो, आप बैठ जाएँ !''

गोपाल जी ने सबको बैठाया और शान्त रहने को कहा। लोग हो गये शान्त क्योंकि वे काफी देर अशान्त रह लिये थे।

''पहले एजेण्डा तय करो। आज की बैठक में प्रान्तीय स्तर पर गोशालाएँ चलाने, चन्दा वसूलने और मावा-दूध बेचने, मृत गायों का चमड़ा उतारने आदि विषयों के लिए संगठन बनाया जाए अथवा लेखकों का शोषण करने के लिए प्रान्तीय स्तर पर सहकारी संगठन बनाया जाए, बोलो, फायदा दोनों में है और जैसा मैं बता चुका हूँ, दोनों के काम का तरीका एक ही है। बोलो, क्या करें ? जो लेखकों का शोषण करने का संगठन बनाने की चर्चा आज करना चाहते हों, हाथ उठाएँ !'' गोपाल जी बोले।

अध्यक्ष, दर्शन जी तथा गायों के अतिरिक्त सबने हाथ उठा दिये।

''अर्थात् बहुमत से तय रहा...''

गायें हंकाल दी गयीं। वे चारे में अन्तिम बार मुँह मारकर चल दीं। लेखक बुलाये गये। एक लड़का शहर में दौड़ाया गया निमन्त्रण देने। इस अन्तराल में संगठन के माननीय सदस्यों ने मिठाई मँगवायी, समोसे मँगवाये और चाय पी।

निमन्त्रण मिला तो लेखक आये। वे धीरे-धीरे सम्मानित रूप से आये क्योंकि वे ससम्मान निमन्त्रित थे। आश्वस्त थे, बहुत पुचकारकर बुलाये गये थे। उन्हें आना ही था। निरन्तर शोषित रहने की पीड़ा उन्हें कभी-कभी सालती है और अपने लेखक होने का एहसास भी बना रहता है।

गोशाला के प्रबन्धक सफल रहे। काफी रात गये जब वे उठे तब वे प्रान्तीय स्तर

के एक संगठन की स्थापना कर चुके थे जो लेखकों की पुस्तकें छपाएगा, उनके लिए घर मुहय्या करेगा, उनके स्वार्थों की रक्षा करेगा और उन्हें चैन से बैठकर लिखने देने के लिए अनिवार्य वातावरण बनाएगा। गोपाल जी प्रान्तीय संगठन के अध्यक्ष चुने गये।

73

तुम्हीं ने मुझको प्रेम सिखाया

प्रेम करना बचे हुए वक्त का सर्वश्रेष्ठ उपयोग है। उन दिनों वक्त काफी था, सारी जिन्दगी सेविंग में डिपाजिट-सी सुरक्षित लगती थी, इसलिए कई सारी मोहब्बतें एक साथ कर डालीं। आवारागर्दी सबसे बड़ी व्यस्तता थी जिसे एक किस्म की सोद्देश्यता देने के लिए हम लाइन मारते थे। कई थीं, लाइन जहाँ लग जाए। लाइन की परिभाषा हमें याद थी कि वह दो बिन्दुओं के बिच निकटतम दूरी है। पर हमारे मामले में वह दो बिन्दुओं के बीच दूरतम और बड़ी घुमावदार दूरी हुआ करती थी। मैं लाइनें मारता था या कहें कि लाइनें थीं जो खुद मर जाया करती थीं। एक बिन्दु अर्थात् मैं, धड़कता-उछलता रहता था और दूसरा बिन्दु अर्थात् वह, जस-की-तस, ठस बनी रहती थी।

मेरा एक खास अन्दाज था। बस पीछे लगे रहो, छोड़ो मत, जब तक कम्बख्त पलटकर मुसकराये नहीं। यह अन्दाज मुझे जफर भाई ने सिखाया था। इस अन्दाज में लम्बी हद तक धैर्य और लगन की आवश्यकता होती है और उसका मेरे पास अभाव न था। वो तो मैं पतलून-बुश्शर्टों की कमी से मार खा गया, नहीं इतनी प्रेमिकाएँ हो जातीं कि लेने-के-देने पड़ जाते। समान्तर आन्दोलन चलाना पड़ता यारो, सुबह यहाँ और शाम वहाँ। निभाते-निभाते मट्टी पलीद हो जाती।

आजकल स्थितियाँ बदल गयी हैं। लड़के एक जीन्स खरीद लेते हैं और लड़की की तलाश में निकल पड़ते हैं। जब तक जीन्स घिसने लगती है, प्रेम पक्का हो जाता है और लड़की शादी के लिए गले झूमने लगती है। उन दिनों ऐसा नहीं था, सुन्दर कन्या की गली में घुसना एक कर्मकाण्ड होता था। सुबह से बुश्शर्ट धोकर धूप में सुखा दी है। फिर भरत के लोटे में अंगार डालकर उसे प्रेस करने में लगे हैं। चूँकि दाल भी उसी भरत के लोटे में पकनी है इसलिए माँ अलग बड़बड़ कर रही है कि यह सुबह से क्या ले बैठा। उसे क्या पता कि उनके सुपुत्र आजकल इधर-उधर प्रेम फरमा रहे हैं। मेहनत से प्रेस कर गरम-गरम बुश्शर्ट पहना और ये चले कि वो चले।

उन दिनों मैं बहुत दुबला था। कुश्ती लड़ने की हर चुनौती को हँसकर टाल देता था। दौलतगंज मिडिल स्कूल के ग्राउण्ड पर जब भी लड़ा, हारा। जीता सिर्फ एक बार, रामकिशन घेई से, जिसका मुझे आज तक अफसोस है। कुश्ती लड़ते-लड़ते मुझे उसकी चड्डी नहीं खींचनी चाहिए थी। वह बिचारा 'अपसेट' हो गया नाड़ा टूटने से और चूँकि यह चैलेंज कुश्ती थी इसलिए काफी लड़के तमाशबीन थे, जो हो-हो कर

हँसने लगे। उसी क्षण का लाभ ले, मैं हतप्रभ रामकिशन पर हावी हो, जीत गया।

लड़कों के लिए मेरी जीत चमत्कार थी और मैं सन्तुष्ट था कि चलो, अब रोशनलाल से नहीं लड़ना पड़ेगा। हुआ यह कि किसी ने कह दिया कि चूँकि रोशनलाल कुश्ती में रामकिशन घेई को हरा सकता है और रामकिशन शरद को हरा सकता है। इसलिए रोशनलाल शरद को हरा सकता है, मैंने यह सुनकर पता नहीं किस तुफैल में कह दिया कि रामकिशन मुझे नहीं हरा सकता। नतीजे में मेरी और रामकिशन की कुश्ती हुई, जिसे मैंने गलत ढंग से जीता।

अपने दुबले होने की जानकारी का मारा मैं हमेशा सोचा करता था कि यार, अपनी तरफ कोई लड़की क्यों देखेगी ? जफर भाई ने पहली बार हीनता के इस अहसास से मुक्ति दिला दी। उन्होंने कहा, "शरद, प्रेम के लिए मोटा शरीर जरूरी नहीं। आशिक हमेशा दुबला होता है। प्रेम, प्रेम होता है, कुश्ती नहीं।"

जफर भाई फुटबॉल के जबरदस्त स्थानीय खिलाड़ी थे। सायकिल एक हाथ से पकड़, सारा दिन पैदल चलते थे। हमारी हर समस्या का गहराई से अध्ययन कर तीन-चार दिन बीत जाने पर, मार्गदर्शन देते थे। प्रेम के मामले में उनका मार्गदर्शन उसी स्टाइल का होता था जिससे फुटबॉल में सफलता मिलती है। लगे रहो बॉल के पीछे, जहाँ-जहाँ वह जाए, छोड़ो मत उसे। जहाँ मिली वहीं से चलो लेकर उसे गोल की तरफ। वे हममें खिलाड़ियों का-सा उत्साह भर देते थे। खेलते रहना हमारा फर्ज है, गोल हो या न हो।

उसके कई बरस बाद होल्कर कॉलेज में इंग्लिश लिटरेचर की क्लास में प्रोफेसर बोरगाँवकर ने एक बार दूसरे शब्दों में ऐसी ही बात कही थी—"प्रेम करना नौकरी तलाश करने की तरह है, अगर आवेदन मंजूर नहीं हुआ तो दूसरी जगह 'अप्लाई' कर दो।"

मैंने जितने आवेदन किये, उसकी प्रतियाँ मेरे पास नहीं हैं। उसके पास भी नहीं हैं जिसे किये थे। कई आवेदन लिखे ही नहीं। बहुत से लिखे, मगर पोस्ट नहीं किये। कुछ पोस्ट किये, वे पहुँचे नहीं। जो पहुँचे वे कुछ समय विचाराधीन रहने के बाद 'रिजेक्ट' हो गये। प्रेम मेरे लिए एक नाजुक, महीन-सा काम रहा है जिसे अक्सर मैंने इस नफासत से निभाया है कि सामनेवाली पार्टी को पता ही नहीं चला कि मैं उससे प्रेम करता हूँ। उन्हें आज तक नहीं पता कि हम कब करीब से गुजरकर निकल गये।

उसी नीमच में जहाँ जफर भाई की नेक सलाहें मुफ्त मिलती थीं, महेन्द्र, इश्क में जान पर खेल जाने की बातें करता था, मैंने जिन्दगी का पहला, बल्कि दूसरा धुआँधार सनसनीखेज और धारावाहिक प्रेम किया। क्या किया उसमें ? छह चिट्ठियाँ लिखीं, पाँच के जवाब आये, तीन मीटर की दूरी से बातें कीं, क्लास में पाँच-पाँच घण्टों तक के अन्तराल से आँखें मिलाते रहे। सुबह से रात, घर से बाहर रहे, यहाँ-वहाँ घूम बार-बार उसके घर के सामने से गुजरते रहे। क्या-क्या नहीं किया ? वह मुझसे जब बात करने

आयी, सहेली को साथ लायी। जब मैं उससे मिलने गया, उसकी बड़ी बहन आसपास रही। छुआ नहीं, प्रेम शब्द मुँह से उच्चारा नहीं, खाक किया कुछ। मगर जनाब चर्चे सारे शहर में थे कि दोनों का कुछ चल रहा है।

यार लोगों की जान जल गयी देखकर। सारे स्कूल में कुल जमा दो लड़कियाँ सुन्दर-सलोनी हैं जिसमें से एक को शरद ने फाँस लिया। मैं जो हीरो बना घूमता था, एक रात में पूरे स्कूल का विलेन बन गया, सब जगह फैल गयी बात कि उस कन्या से शरद का कुछ चल रहा है। पत्र लिखते हैं दोनों एक-दूसरे को। क्लास में वह बार-बार आँख उठा शरद की तरफ देखकर मुसकराती है।

मैंने प्रेम क्या किया, उस छोटे शहर पर नैतिक संकट छा गया। जहाँ मैं जाता, लोग मेरी ओर देखते। कोई मुसकरा कर, कोई दया-भाव से, कोई आदर से। देखते पहले भी थे पर अब सन्दर्भ बदल गया था। कविता लिखने, वाद-विवाद में बोलने, नाटकों में काम करने, लीडरी करने, हड़तालें करवा देने वाला दुबला-पतला वह लड़का, इस समय सभी की चिन्ता का विषय बन गया था।

घनघोर नैतिकवादी छात्रों का एक गुट 'डेपुटेशन' बना हेडमास्टर के घर गया और उसे आगाह किया कि हाईस्कूल की बदनामी हो रही है, बहनों की इज़्ज़त खतरे में है, अगर ऐसे किस्से होने लगे तो अभिभावक कन्याओं को शाला में नहीं भेजेंगे। उस हेडमास्टर को हेडमास्टरी करते पच्चीस साल हो चुके थे पर उसके जाने शाला के इतिहास में ऐसा कभी नहीं हुआ था। वह पूरी दृढ़ता से स्थिति का मुकाबला करने को तैयार हो गया। शाला की बदनामी से ज्यादा चिन्ता उसे मेरी थी। मुझे वह होनहार लड़का मानता था, जो अच्छे मार्क्स लाता था और हेडमास्टर को डर था कि इन चक्करों में पड़कर मेरी जिन्दगी बर्बाद न हो जाए।

उसी दोपहर हेडमास्टर के कमरे में सारे शिक्षकों की बैठक हुई। कुछ के चेहरे उतरे हुए थे, कुछ क्रोधित थे। सबके मन में एक ही बात थी, शरद जैसे अच्छे लड़के से यह उम्मीद नहीं थी। शरद ने प्रेमपत्र लिखा, छी-छी···मीटिंग के बाद इतिहास के शिक्षक मेरी कक्षा में उखड़े-उखड़े-से घुसे और आते ही बजाय चन्द्रगुप्त मौर्य के, नयी पीढ़ी के गिरते चरित्र पर बोलने लगे कि किस तरह गन्दे सिनेमा और उपन्यासों के असर में आज का छात्र गलत रास्ते पर जा रहा है। वे क्या कहना चाहते थे यह केवल मैं समझा और कुछ खुर्राट लड़के। वह लड़की चुपचाप ध्यानमग्न सुनती रही।

इतिहास के बाद गणित के शिक्षक ने प्रवेश किया। उन्होंने मुझसे रेखागणित की कुछ परिभाषाएँ पूछनी शुरू कीं। मैंने काफी बता दीं। एक जगह अटकते ही वे स्केल ले मेरी हथेलियों पर मारने लगे। मारते-मारते वे मेरी आवारागर्दी और न पढ़ने को कोसते जाते। आखिरी पीरियड बायलॉजी का था जो शाला की घण्टी बज जाने के बाद तक चलता रहा। शिक्षक के भाषण का विषय था—बुरे-बुरे खयालात दिमाग में लाने से सेहत पर खराब असर पड़ता है। बायलॉजी शिक्षक, चोपड़ा साहब बहुत बढ़िया

उर्दू बोलते थे और उस दिन मेरा चरित्र सुधारने के लिए वे कुछ ज्यादा ही अच्छा बोल रहे थे। उन्हीं ने खुद अपना उदाहरण देकर समझाया कि किस तरह कश्मीर-प्रवास के दिनों में प्रेम को लेकर अधिक सोचने के कारण उनको निमोनिया हो गया था।

नीमच छावनी का छोटा-सा आकाश, उसमें मेरा ना-कुछ एक माह की उम्र का प्रेम। चारों ओर से मुझ पर नैतिकता के आदर्श उलीचे जाते थे। मैं सारा दिन भीगा-भीगा रहता। उन ही दिनों में माणक टाकीज के सामने वाले होटल में मलाई वाली चाय पीते हुए जफर भाई मेरी ओर कनखी से देख मुसकराये थे। उसी दिन उन्होंने कहा था, "मोहब्बत हो गयी ना, तो बस डरते क्यों हो। डटे रहो। बदनामी तो होती ही है। मोहब्बत का मौका तो जिन्दगी में किस्मत वालों को मिलता है।" उन दिनों देश और समाज की स्थिति देखते हुए, वे ठीक कह रहे थे। मजनूँ बनने का सम्पूर्ण दायित्व उन्होंने मुझ पर सौंप दिया था।

वातावरण में अफवाह जोरों पर थी कि शरद को स्कूल से निकाल दिया जाएगा। और हो सकता है उस लड़की को भी। अर्थात् वह क्षण आ गया, जहाँ से हमारे जाने-माने लैला-मजनूँ बन जाने की सम्भावना आरम्भ होती है।

और ऐसे चिन्ताभरे क्षणों में महर्षि गालिब अपनी समस्त रूमानी मण्डली के साथ आग में घी बनकर प्रवेश करते हैं। मेरा एक बोहरा दोस्त था। नाम बड़ा गैर-रूमानी था—हड्डीवाला। दिखने में आकर्षक था, नाम के विपरीत। उसका झुकाव शायरी और दर्शन की तरफ है, यह बात मुझे मालूम न थी। बहुत शरीफ और मधुर-भाषी। परेशानी और तनाव के उन क्षणों, वह मुझे अपनी क्राकरी की दुकान पर ले गया।

दुकान के पीछे के भाग में उसकी टेबुल थी जिसके दराज में उर्दू शायरी भरी थी। उसने मेरे प्रेम-प्रसंग को छेड़ा और गालिब के शेर सुनाने लगा, उधर से मीर पर गया, फिर जाने कहाँ-कहाँ घूम-घाम कर फिर गालिब पर लौट आया। उसने मुझे शेरों के अर्थ समझाये और साबित किया कि प्रेम बहुत ऊँची चीज है, इसमें आशिक पूरी तरह कुर्बान हो जाता है और एक स्थिति ऐसी आती है कि इश्क करते-करते उसकी रूह खुदा से मिल जाती है।

जो कुछ उसने कहा, वह बहुत मोहक, पर डरावना था। मैं नाइन्थ क्लास का छात्र था, पहली पुरजोर कोशिश की थी मैंने प्रेम के क्षेत्र में और मैं तुरन्त खुदा से मिलना नहीं चाहता था। मेरे बोहरा दोस्त की समस्या थी कि वह अपना पूरा ज्ञान उँड़ेलना चाहता था क्योंकि उसकी नजर में मैं ही एक सुपात्र था जो स्थानीय रूप से प्रेम को सच्चे अर्थों में जी रहा था।

प्रेम पर आयोजित उस ज्ञान-गोष्ठी के बाद मेरा आत्मबल बढ़ गया था। जफर भाई कहते थे, "लगे रहो छोड़ना मत।" हड्डीवाला कहता था, "हर कुर्बानी के लिए तैयार रहो।"

और वह वक्त आ गया। हेडमास्टर ने मुझे अपने कमरे में बुलाया। चलती क्लास

में चपरासी घुसा और मुझे ले गया। सनाका खिंच गया, सब कनखियों से एक-दूसरे को देखने लगे।

"तोमने उश लड़की को लोऊ लेटर लिखा ?" हेडमास्टर ने सीधा प्रश्न किया।

"हाँ।" मैंने कहा।

"ओशने, तोमको कोई जुआब भी दिया ?"

"जी।"

उक्त 'हाँ' और 'जी' शब्द मैंने जिस शान से कहे थे उसे सुन जफर भाई और हड्डीवाला ही नहीं, खुद गालिब भी उस कमरे में होते तो बाग-बाग हो जाते। उसके बाद हेडमास्टर ने तीसरा प्रश्न किया, जो प्राणघाती था।

"फाश्ट लोऊ लेटर किशने लिखा ? तोमने ओशको लिखा कि ओसने तोमको लिखा ?"

मैं चुप हो गया। वह क्षण आ गया जब कम्बख्त प्रेम कुर्बानी माँगता है। सच बात यह थी कि पहला प्रेमपत्र उस लड़की ने मुझे लिखा था। मैंने जवाब दिया था। उसने फिर लिखा, मैंने फिर जवाब दिया। मैं अगर यह कह देता कि उसने मुझे पहले पत्र लिखा तो लड़की बदनाम हो जाती। स्कूल से निकाल दी जाती। घर के लोग डाँटते सो अलग। प्रेम कुर्बानी माँग रहा था, शरद सब कुछ अपने पर झेल जाओ, उसे आँच न आए। खुद बर्बाद होकर उसे बचा लो।

"किशने लिखा फाश्ट लोऊ लेटर ?" हेडमास्टर गरजा।

"मैंने।"

"तोमारा माँ-बाप तोमको इदर लोऊ लेटर लिखने को भेजता है, कि श्टडी करने को ?"

यह एक गम्भीर राष्ट्रीय समस्या थी और मैं अकेला इसका विवेचन नहीं कर सकता था। चुप रहा।

प्रशासकीय कार्रवाई समाप्त हो चुकी थी। मेरा बयान उसने ले लिया था। प्रेमपत्र लिखने का कारण मैंने बताया कि वह मुझसे नाराज हो गयी थी और मैं उसे मनाना चाहता था। मैं साफ झूठ बोलता, आशिक की तरह अड़ा था। मैं बाहर निकला और उसके पाँच मिनट बाद उस कन्या की पेशी हुई। हेडमास्टर ने उसे बुलाया। वह मेरी ओर भरी-भरी आँखों से देखती, अन्दर चली गयी।

उस लड़की को गालिब, जफर भाई, महेन्द्र भाई या हड्डीवाला ने प्रेरणा नहीं दी थी। पर वह रौब-से हेडमास्टर के सामने जाकर बोली, "जी, आपने मुझे बुलाया !"

"तोमको उस बदमाश शारद ने कोई लोऊ लेटर लिखा था, तोमने उसका जवाब दिया ?"

"उसने मुझे लिखा ? नहीं। मैंने उसे लिखा था।" वह खटाक से बोली।

"पहला किशने लिखा ?"

"मैंने लिखा।"

मैं हेडमास्टर के कमरे के बाहर खिड़की के पास सटकर खड़ा सब सुन रहा था। हेडमास्टर बार-बार पूछ रहा था, वह बार-बार वही जवाब दे रही थी।

"शरद बोलता है, मैं पहले लिखा।"

"वो झूठ बोल रहा है। वह शायद मुझे बचाने के लिए ऐसा कह रहा है।"

कमरे में चुप्पी थी। हेडमास्टर शायद अवाक्-सा उसकी शकल देख रहा होगा। दीवार से टिका मैं सोच रहा था, जफर भाई और हड्डीवाला ठीक कहते हैं। प्रेम यही होता है। मेरी आँखें छलछला आयीं और मैं वहाँ से हटकर दूर एक पेड़ के नीचे बैठ गया।

मैं स्कूल से नहीं निकाला गया। मैंने महसूस किया कि सारे शिक्षक मुझे बहुत स्नेह से देखने लगे हैं। बहुत दिनों बाद हेडमास्टर ने मुझसे कहा, "केरेक्टर मजबूत रखो।" पता नहीं, वह यह सब क्यों कह रहा था।

कुछ दिनों बाद उस लड़की के पिता का तबादला हो गया और वह कुरुक्षेत्र चली गयी। वहाँ से भी वह मुझे पत्र लिखती रही और मैं उसे लिखता रहा। नीमच के पोस्ट ऑफिस में एक कवि नौकरी करता था, वह इस बात को शहर में फैलाता कि वह लड़की अभी भी शरद को प्रेमपत्र लिखती है। मेरी ख्याति कायम थी। उस लड़की ने अपने आखिरी पत्र में अपने माता-पिता की नाराजगी का जिक्र किया और मुझसे कसम ली कि मैं उसे आगे पत्र नहीं लिखूँगा।

बहुत दिनों बाद मेरे हिन्दी शिक्षक महोदय ने सारे मामले का भिन्न पहलू मुझे समझाया। राजस्थान से कुछ छात्र नेता नीमच आये थे। वे नीमच में विद्यार्थी काँग्रेस स्थापित करना चाहते थे और इस सिलसिले में उनकी मुझसे बातें भी हुई थीं। मैं काँग्रेस सेवा दल में जाता था और मेरा कुछ प्रभाव था। नीमच के इतिहास में पहली छात्र स्ट्राइक का मैं नेता था। नैतिकतावादी छात्रों का जो दल हेडमास्टर से मेरी शिकायत लेकर गया था, विद्यार्थी परिषद स्थापित करने का प्रयत्न कर रहा था। इसके पूर्व कि मैं विद्यार्थी काँग्रेस की गतिविधि शुरू करूँ, वे मुझे बदनाम कर स्कूल से निकलवा देना चाहते थे। हेडमास्टर उनके दबाव में आ चुका था। पर मेरे और लड़की के परस्पर विरोधी बयान सुन वह समझ गया कि यह मामला साधारण नहीं है। प्रेम-कथाएँ उसने भी पढ़ी होंगी।

उस प्रेम को ले, मैं लम्बे वक्त तक भावुक रहा। प्रगतिशील लेखक सम्मेलन में भाग लेने मैं पहली बार दिल्ली गया तो वहाँ से कुरुक्षेत्र पहुँच गया। सारा दिन कुरुक्षेत्र की गलियों में भटकने, पता लगाने के बाद भी वह मुझे कहीं नहीं मिली। घायल महारथी की तरह थककर मैं एक मकबरे के पास बैठ गया। मुझे स्पष्ट लग गया था कि वह मुझे जीवन में नहीं मिलेगी। निराशा के इन क्षणों में मेरा मकबरे के पास बैठना भी अजीब था।

"यह किसका मकबरा है।" मैंने एक शख्स से पूछा।

"शेख चिल्ली का।" उसने कहा।

"शेख चिल्ली का?" मैं चौंका। मुझे लगा वह मजाक कर रहा है। पर ऐसा नहीं था। वहाँ सभी लोग उस मकबरे को शेख चिल्ली का मकबरा कहते हैं। किसी ने बताया कि वह किन्हीं शेख चेहली का मकबरा है जिसका नाम बिगड़कर यह बन गया है।

जो भी हो, मेरे लिए वह शेख चिल्ली का मकबरा था। सपना ढह जाने के बाद मैं वहाँ अकेला बैठा था। कुछ देर बाद मैं उठा और चला आया।

मैंने फिर किसी से प्रेम किया, फिर पीछे लगा रहा, फिर से कहीं लाइन जुड़ने लगी। और मुझे लगता है जब तक यह प्रेम कम्बख्त एक ऊँचाई तक पहुँच, खुदा से नहीं मिल जाता अपनी यह बीमारी खत्म नहीं होगी।

74

भूतपूर्व प्रेमिकाओं को पत्र

देवियो, माताओ और बहनो,

अब मात्र यही सम्बोधन शेष बचे हैं, जिनसे इस देश में एक पुराना प्रेमी अपनी अतीत की प्रेमिकाओं को पुकार सकता है। वे सब कोमल मीठे शब्द, जिनका उपयोग मैं प्रति मिनट दस की रफ्तार से नदी-किनारों और पार्क की बेंचों पर तुम्हारे लिए करता था, तुम्हारे विवाह की शहनाइयों के साथ हवा हो गये। अब मैं तुम लोगों को एक भाषण देने वाले की दूरी से माता और बहन कहकर आवाज दे सकता हूँ। वक्त के गोरखनाथ ने मुझे भरथरी बना दिया और तुम्हें माता पिंगला। मैं अपनी राह लगा और तुम अपनी। आत्महत्या न तुमने की, न मैंने। मेरे सारे प्रेमपत्रों को चूल्हे में झोंक तुमने अपने पति के लिए चाय बनायी और मैंने पत्रों की इबारतें कहानियों में उपयोग कर पारिश्रमिक लूटा। 'साथ मरेंगे, साथ जिएँगे' के वे वचन, जो हमने एक-दूसरे को दिये थे, किसी राजनीतिक पार्टी के चुनाव-घोषणा-पत्र में किये गये वायदों की तरह खुद हमने भुला दिये। वे तीर जिनसे दिल बिंधे थे, वक्त के सर्जन ने निहायत खूबसूरती से ऑपरेशन कर निकाल दिये और तुम्हारी आँखें, जो अपने जमाने में तीरों का कारखाना रही थीं, अब शान्त और बुझी हुई रहने लगीं, मानो उनका लाइसेंस छिन गया। मेरी आँखों पर अब मायनस पाँच का चश्मा लग गया है, यानी अब मेरे-तेरे प्रेम के सभी खोके खाली हो गये, बाँसुरिया बिक गयी। और इश्क का झण्डा, जो हमने वायदों की डोर से खींचकर ऊपर चढ़ाया था, पुत्र-जन्म के बिगुल के साथ नीचे उतार दिया गया।

मेरी एक्स-प्राणेश्वरी कुन्तला (मैं तुम्हारा वास्तविक नाम शकुन्तला नहीं लिखता क्योंकि तुम्हारे उस झक्की पति को पता लग जाएगा), तुम मेरी जिन्दगी में तब आयी थीं, जब मुझे 'प्रेम' शब्द समझने के लिए डिक्शनरी टटोलनी पड़ती थी। पत्र-लेखन मैं एक्सरसाइज के बतौर करता था। घर की देहरी पर बैठा मैं मुगल साम्राज्य के पतन के कारण रटता और तुम सामने नल पर घड़े भरतीं या रस्सियाँ कूदतीं। मानती हो कि मैंने अपनी प्रतिभा के बल पर तुम्हें आँखें मिलाना और लजाना सिखाया। दरवाजे के पीछे छिप तुमने पहली बार कोमल निगाहों से बन्दे को ही देखा था। तास की गड्डी छीनने के बहाने मैंने तुम्हारा हाथ पहली बार पकड़ा और नोंचने के लिए गाल पहली बार छुआ। उन दिनों तुम्हारे-मेरे बीच जो गुजरा वह किसी घटिया फिल्म से कम नहीं था, पर फिर भी अपने-आपमें बॉक्स ऑफिस था। मेरी जान, मैंने ही तुम्हें आईने का

मतलब समझाया, मेरी वजह से तुमने दो चोटियाँ कीं और रिबन बाँधे। मैंने तुम्हें ज्योमैट्री सिखाते वक्त बताया था कि यदि दो त्रिभुजों की भुजाएँ बराबर हों तो कोण भी बराबर रहते हैं और सिद्ध भी कर दिखाया था। पर वह गलत था। बाद में तुम्हारे पिताजी ने मुझे समझाया, कि अगर दहेज बराबर हो तो कोण भी बराबर हो जाते हैं और भुजाएँ भी बराबर हो जाती हैं। मैं अपने बिन्दु पर परपेण्डिक्यूलर खड़ा तुम्हें ताकता रहा और तुम आग के आसपास गोला बना चतुर्भुज हो गयीं।

तुम चली गयीं तो बन्दा कविता पर उतर आया। सोचता था छपेंगी तो तुम पढ़ोगी और पढ़ोगी तो रोओगी। पर ऐसा नहीं हुआ। वे सब सम्पादक के अभिवादन पर खेद सहित लौट आयीं। उन दिनों हिन्दी साहित्य छायावाद छोड़ चुका था और मायावाद में फँस चुका था। कौन पूछता मेरे विरह-गीतों को। खैर बीत गयीं वे बातें। अब तो तुम्हारे उन सुर्ख गालों पर वक्त ने कितना पाउडर चढ़ा दिया ! जिन होठों के अचुम्बित रहने का रिकार्ड बन्दे ने पहली बार तोड़ा था, उन पर तुम्हारे पातिव्रत्य की आज ऐसी लिपस्टिक लगी है, जैसे मेरी कविता की कॉपी पर धूल की तहें। सुना है, अब तुम मुटा गयी हो, तुम्हारी पीठ में दर्द रहने लगा है। आज जब अपने बच्चों को स्कूल और अपने ठेकेदार पति को पुल का निर्माण देखने रवाना कर तुम सोफे पर लेटी यह पत्रिका पढ़ रही हो, मैं तुमसे पूछूँ कि क्या तुम्हें याद है ठेकेदारनी कि कभी एक पुल बनाने का, दो किनारे जोड़ने का ठेका तुमने भी लिया था। कभी याद आए तो 'रतन' फिल्म के पुराने गानों का रिकार्ड सुन लिया करो, जिन्हें कभी तुम मुझे सुनाते हुए गाती थीं।

और फिर नलिनी तुम आयीं। प्रथम वर्ष कला में जमा हुई छब्बीस लड़कियों में तुम अलग ही नजर आती थीं। सारी क्लास तुम पर मरती थी और चूँकि मैं छात्र-सभा के लिए कक्षा का प्रतिनिधि चुना गया था, अतः मैं प्रतिनिधि रूप से तुम पर मरता था। कॉलेज के लम्बे आम के वृक्षों वाले रास्ते पर तुम्हारी सायकिल के पीछे सायकिल चलाना, कक्षा में ऐसे कोण पर बैठना, जहाँ से तुम्हारा प्रोफाइल आँखों को भाए, ध्यान आकर्षित करने के लिए प्रोफेसर से उल्टे-सीधे प्रश्न करना, बस स्टॉप पर तुम्हारी राह देखना, किताब माँगना आदि सब नुस्खे आजमाकर मैंने तुम्हें बता दिया कि मैं प्रेम के लिए इस वक्त बिल्कुल अधीर हूँ। बड़ी मुश्किलों से तुमने मुझे देखकर मुस्कराना मंजूर किया और ऐतिहासिक था वह दिन, जब पहली बार तुमने मेरे साथ चाय पी। तुम वे सब हथकण्डे जानती थीं, जिनसे लड़के लट्टू की तरह चक्कर खाते हैं। और मैं कहानी उपन्यासों में पढ़े सारे दाँव-पेंच तुम पर फिट करने की सोचता था। तुम अधिक व्यावहारिक थीं। मैं इसलिए प्रेम करता था कि मुझे एक जीवन-साथी को खुद तलाश करना बड़ा जरूरी लगता था और तुम मुझे यों उलझाये थीं कि कोई आशिक बना रहे तो बुरा क्या है ! तुम तो सदैव अपने सौन्दर्य का प्रदर्शन किया करती थीं, मेरे प्रेम को एक सर्टीफिकेट की तरह कमरे में टाँगकर खुश थीं। अपनी सहेलियों को शान से बताती थीं कि हम पर भी लोग कुर्बान हैं। मेरी उम्मीदवारी ने तुम्हारे अहं की तुष्टि की।

इसलिए जब मैं रात-भर जागकर तुम्हारे लिए नोट्स बनाता था, तुम कोई पिक्चर देखती रहती थीं। तुम अपने पिताजी के पैसों से साड़ियाँ खरीदतीं और मैं अपने पिताजी के पैसों से तुम्हारे लिए किताबें। हर बार तुमने बिल मुझसे चुकवाया और इत्मीनान से घूमती रहीं। मैं प्रेम करने आया था, तुमने मुझे नौकरी करना सिखा दिया। उसी लगन से पढ़ता तो फर्स्ट क्लास लाता और कहीं नौकरी मिल जाती। जल्दी मैं समझ गया कि आदर्श प्रेमी का जो चित्र तुम्हारे दिमाग में है वह आदर्श नौकर के चित्र से कम नहीं है।

मैं भाग खड़ा हुआ। बिला वजह तुमसे नाराज हो लिया। मैंने ठीक किया। कहीं तुमसे शादी हो जाती तो मेरा हाल भी वही होता जो आज आपके प्रोफेसर पति महोदय का है। दिन-भर ट्यूशनें करता है, रात को जागकर नोट्स लिखता है, विश्वविद्यालयों के 'हेड ऑफ द डिपार्टमेण्ट्स' की खुशामद करता है कि कापियाँ जाँचने को मिल जाएँ और अपनी किताब कोर्स में लगाने की दौड़-धूप करता है। यह नकेल जो तुमने उसके डाली है, तुम मुझे डालतीं और मुझे कहीं का नहीं रखतीं। मैं आज तुम्हारे पति होने की कल्पना से काँप उठता हूँ, यद्यपि पहले मैं समझता था कि तुम मिल जाओ तो सुखों की लॉटरी खुल जाए। तुमने उस क्रिकेट-खिलाड़ी को भी खूब बुद्धू बनाया। वह तुम्हारे प्रेम के पिच पर रन करता रहा और एक दिन तुम उसका भी स्टम्प उखाड़कर चल दीं।

मेरी निहायत अस्थायी प्रेमिका, तुमने कुछ ही दिनों में मुझे बता दिया कि शेरो-शायरी का प्रेम से कोई सम्बन्ध नहीं। यह एक व्यवस्था है और न हो सके, तो निराशा की कोई वजह नहीं। इन्सान को कोशिश नहीं छोड़नी चाहिए। वास्तविक प्रेम जीवन में एक बार ही नहीं, बार-बार तथा हर बार होता है। एक दफ्तर में नौकरी न मिले तो उम्मीदवार हताश नहीं होता, वह दूसरी जगह एप्लाई कर देता है। तुम्हारे दफ्तर से अपने आवेदन हटा मैंने चन्द्रा झा के दफ्तर में लगा दिया। वहाँ भी मंजूर न होता तो कहीं और लगा देता। एक शहर में गुच्छा-गुच्छा सुन्दर लड़कियाँ होती हैं। हर लड़की एक फार्मूले की जिन्दगी जीती है। चुस्त कपड़े, कान में बाली, लटें, धीरे-धीरे चलना और उड़ती नजर से देखना, घुटनों पर हाथ बैठाना, सब एक-सा है। सभी जगह लड़कियाँ एक ही फार्मूले पर चलती हैं, पर फिर भी लड़के उसे समझ नहीं पाते और हर एक को अलग देखते हैं। यही फार्मूले गालिब के जमाने में भी चलते होंगे और कालिदास के भी। वास्तव में हम एक फार्मूले से उलझ जाते हैं और प्रेम की महामारी के शिकार होते हैं।

चन्द्रा झा रवीन्द्र-साहित्य पढ़े बैठी थी, अतः चार दिन में समझ गयी कि मैं उस पर निछावर हूँ। मैंने सबसे पहले उसे मॉडर्न बनाया। अज्ञेय पढ़ाया, 'गुनाहों का देवता' की प्रति भेंट की, कृश्नचन्दर की चाशनी चटायी, अमृता प्रीतम की कविताएँ सुनायीं, बच्चन को कवि-सम्मेलन में बुलवाया, 'तारसप्तक' पर बहसें कीं और इलाहाबादी पत्रिकाओं की फाइल सौंपकर कहा—"चन्द्रा रानी, छायावाद का चक्कर छोड़ और

प्रयोगवाद में आ, क्या खयाल है मेरे विषय में। हिन्दी का भविष्य मेरी जेब में है और तेरा वर्तमान मेरे हृदय में।'' नलिनी देवी, जब आप टेबिल-टेनिस खेलती थीं, ठीक उसी वक्त मैं लाइब्रेरी की सीढ़ियों पर चन्द्रा से बात करता रहता था और तुम देखती रहीं कि मैं एकाएक तुम्हारी सायकिल के पीछे सायकिल चलाना छोड़, चन्द्रा के साथ सिटी-बस से जाने लगा।

चन्द्रा देवी, मेरे जीवन का अन्तिम क्लासिक किस्म का प्रेम आपसे हुआ। मुझे माताओं, बहनों और देवियों को आवाज लगाते समय आज आपको भी जोड़ते हुए बड़ी पीड़ा हो रही है। मुझे लगता है कि तुम जैसी लड़की का जन्म सिर्फ प्रेम के लिए ही होता है। ऐसी लड़कियाँ प्रेम को एक पीड़ा की तरह ग्रहण करने की आदी होती हैं। जब भी मिली, शिकायत करती मिली। ''देर से क्यों आये'', ''आज मैंने यह साड़ी पहनी, तुमने कुछ कहा भी नहीं'', ''आज हम हिन्दी क्लास से बाहर आ रही थीं तो देखा नहीं मेरी तरफ और सीधे चले गये'' वगैरह।

हर क्षण मुझे परीक्षा में बैठना पड़ता था। प्रतिदिन मार्क्स मिलते थे और मैं फेल होता था। तुमने मुझसे बड़ा साहित्य रचवाया। मुझे लूटा और हिन्दी साहित्य समृद्ध किया। अगर मैं तुमसे नहीं मिलता तो हिन्दी का पिछला दशक कैसा सूना-सूना रहता! प्रतिदिन डाक आती, प्रतिदिन कार्ड डाले जाते। तुम्हारे घर का वह ऊपर का कमरा प्रेम और साहित्य दोनों के इतिहास में महत्त्व रखता है। वहीं पर मैंने आँसू बहाये और तुमने दर्द की कविताएँ लिखीं। वहीं दरवाजे से टिककर नये साहित्य के गूढ़ प्रश्न सुलझाये और उँगलियाँ उलझायीं। वहीं पर हमने दुष्प्रवृत्तियों को कोसा और एक-दूसरे को चाहा। वहीं पर तुम ऊपर उठीं और मैं खिड़की से नीचे गिरा। तुम अपने चाचा की मदद से स्कॉलरशिप ले विदेश चल दीं और मैं सह-सम्पादक हो गया एक दैनिक अखबार में। पत्र तुम मुझे कम लिखने लगीं। फिर मुझे पता लगा कि दूतावास के एक कल्चर अटैची से तुम अटैच हो गयीं और मैं इसी तरह शहर में घूमता रहा।

माताओ और बहनो, प्रेम शब्द अब मेरे लिए एक मार्केट-वेल्यू रखता है। मैं प्रेम पर लिखता हूँ, जिसे लोग प्रेम से पढ़ते हैं और सम्पादक प्रेम से पारिश्रमिक देता है। प्रेम पर उपन्यास लिखो तो पॉकेट बुक में छप जाता है। यह सिक्का है, जिसकी साख है। इसे रोज चलाता हूँ। आप देवियों के पावन सम्पर्क से जो प्राप्त हुआ, वह मैंने साहित्य को भेंट चढ़ा दिया। अब बार-बार उसी को दोहराता हूँ। ताजगी लाने के लिए लड़कियाँ घूर लेता हूँ। दूसरों के साथ गुजरी घटनाओं को रस ले-लेकर पीता हूँ। शादी हो गयी है, दो बच्चे हैं। दफ्तर जाता हूँ और आता हूँ। कुछ बाल यहाँ-वहाँ सफेद हो रहे हैं। अतः अब डिमॉरलाइज भी होने लगा हूँ। प्रेमंकाण्ड करने का मूड जा रहा है। समाज में प्रतिष्ठा बढ़ गयी है, उसके गिरने का भय है। आज महिलाओं की सभा में रामायण पर बोलने का निमन्त्रण है और वहाँ मैं आदर्श प्रेम की व्याख्या करूँगा। उन्हें प्रभावित करूँगा और वे मेरा सम्मान करेंगी। एक तुष्टि होगी उससे। कुन्तला जब पानी

भरते हुए मुझे देखती थी या चन्द्रा जब कॉपी पर बच्चन की एकाध पंक्ति लिख देती थी, मुझे मीठा सन्तोष होता था। तब मैं प्रेमी था और आज प्रेम का विशेषज्ञ, जो मार्गदर्शन देता है।

कई बार अनुभव करता हूँ, मेरा ईमान कहता है कि अपनी लिखी प्रेम-कथाओं के पारिश्रमिक का अंश मुझे आप लोगों को भेजना चाहिए, पर नहीं भेजता। आपसे प्रेम कर जो लाभ मुझे मिला, वह यही है।

मैं मानता हूँ कि प्यार अमर है और अगर नहीं है, तो बराबर इन्जेक्शन लगा उसे अमर रखना चाहिए। खाल में भूसा भरकर कमरे में लटका देने से जैसे शेर अमर हो जाता है, वैसे ही प्यार भी अमर रहता है। मेरा आप तीनों से प्यार बिल्कुल नहीं मर सकता। आज भी आप लोग चाहें तो इस प्यार को अमर बनाये रखने के लिए कुछ कर सकती हैं।

कुन्तला, मुझे तुम अपने बच्चों की ट्यूशन पर क्यों नहीं लगा लेतीं ? तुम तीनों बच्चों के लिए अस्सी रुपये उस मास्टर को देती हो। मैं तुम्हारे बच्चे पढ़ा दूँगा, मुझे दिया करो वे रुपये। विश्वास दिलाता हूँ कि मेरा प्रेम अब अपनी मजबूरियाँ समझता है और पवित्र रहेगा। प्राचीन काल में रानियाँ अपने पुराने प्रेमियों को राजा से कहकर अच्छी नौकरी दिला देती थीं, क्या तुम इतना नहीं कर सकतीं ? सच कहता हूँ कि एक शान्त मास्टर की तरह घर आऊँगा। प्रेम की तीव्रता से अधिक जरूरी है कि अस्सी की आमदनी निरन्तर बनी रहे। तुम चाहो तो मुझे यह सेवा सौंप दो। तुम्हारे प्रेम की सौगन्ध, मैं ईमानदारी और लगन से काम करूँगा।

नलिनी, तुमसे क्या कहूँ, शायद तुम मानोगी नहीं, मुझे भूल न गयी हो, नफरत न करती हो और प्रेम का जरा भी अंश, जरा भी स्मृति शेष हो तो मुझ पर कृपा कर दो। तुम्हारे पति मेरे बॉस के बहुत गहरे दोस्त हैं। तुम्हारे घर अक्सर मेरे बॉस आते हैं और तुम उनके घर जाती हो। (हमारी कम्पनी के कर्मचारियों में इसे लेकर बड़ी अफवाह भी है।) क्या तुम मेरे बॉस से कहकर मेरा प्रमोशन नहीं करवा सकतीं ? तुम्हारा-मेरा प्यार है और अमर रहेगा। मेरी आर्थिक स्थिति अगर खराब भी रही तो भी मैं तुम्हें सदा याद करूँगा और तुम्हारे सुख की कामना करूँगा, पर यदि मुझे प्रमोशन मिल जाए, तुम्हारे स्नेह के कारण मिल जाए, तो सच मानो मैं तुम्हें सदैव दुआएँ दूँगा, आठ साल से उसी पद पर सड़ रहा हूँ, पर मेरी कोई सिफारिश नहीं है। तुमसे सुन्दर, तुमसे कोमल और तुमसे अधिक प्रभावशाली सिफारिश मेरी कम्पनी के मालिक के लिए कोई और नहीं होगी। अपनी स्नेहमयी बाँहों से मुझे उबारो नलिनी, तुम्हारा-मेरा प्यार अमर है।

और चन्द्रा, तुम चाहो तो क्या नहीं कर सकतीं ? तुम्हारी पहुँच विदेश विभाग तक है। मुझे कोई अच्छी-सी नौकरी दिला दो। मेरे साथ बिताये उन सुखद दिनों को यदि भूल नहीं गयीं, यदि तुम्हारा प्रेम झूठा नहीं था, तो मेरे लिए वहाँ दिल्ली में कोई काम खोज दो। तुम्हारे पति अपने दूतावास से बहुत-सा काम देते हैं, अनुवाद और

लेखन आदि का। तुम मेरी लेखनी पर पागल रही हो। क्या तुम्हें खयाल नहीं आता कि तुम मेरी आज मदद कर सकती हो ? मैं तुम्हें प्यार करता हूँ, चन्द्रा ! तुम्हारी याद में रात-रात-भर सो नहीं पाता। यदि अनुवाद का काम मिल जाए तो रात को वही कर डाला करूँ। चन्द्रा, तुम मुझे भूली नहीं होगी।

प्रेम की पीड़ा गहरी होती है, पर गरीबी की पीड़ा उससे भी गहरी होती है। तुम मेरी एक पीड़ा दूर नहीं कर सकीं, तुम मेरी दूसरी पीड़ा दूर कर सकती हो। मैंने कॉलेज के दिनों में प्रेम किया, पर अब एक बी. ए. पास क्लर्क की कतिपय महत्त्वाकांक्षाएँ ही मुझमें शेष हैं कि मैं और मेरे बाल-बच्चे सुखी रहें। तुम्हारे दरवाजे पर अपनी पुरानी मुहब्बत गिरवी रख मैं यह पत्र लिख रहा हूँ।

—सदैव तुम सबका

75

मधुबाला से टी. वी. बाला तक

तिरपन लग गया। साठ की दिशा में मुँह है। पर गोरी-चिट्टी, भरी-पूरी महिलाओं को इतनी देर तक टगर-टगर नहीं देखा जितना आजकल देख रहे हैं। शाम को घर जल्दी लौटकर आने का आग्रह परिवार की तरफ से सदा रहा। माना न हो यह बात अलग है। पर उनके हृदय में भावना यह रही कि जल्दी आओ और मेरा मुँह देखो, आजकल जल्दी आता भी हूँ तो टी. वी. वालियों को देखता हूँ। वह जो एक उम्र होती थी जब बन्दा सतत प्रेमी होता था। मतलब कि किसी-न-किसी से तो प्रेम कर ही रहे हैं। वह जाने न जाने अपना जारी है।

तब तस्वीरें देखना, कलेजे से लगाने का रिवाज था। इतना वक्त तो तब भी नहीं गँवाया जितना आजकल जा रहा है। टी. वी. पर उसे, और उसे देख रहे हैं। सोचता हूँ अच्छा हुआ उन दिनों हमारे इन्दौर में टी. वी. नहीं लगा। मैं तो कुछ ही दिनों देखता और मेरी तो रूमानी रग फड़कने लगती। चल पड़ता दिल्ली। जो कुछ होगा देखा जाएगा मौका-मुकाम पर।

आप कहेंगे जोशीजी ऐसी भी क्या बात है ! कहाँ आप और कहाँ ये टी. वी. वालियाँ। जी नहीं। बात तो है। जब से टी. वी. लगा, परायी बहू-बेटियों को पवित्र भाव से देखने की स्थिति ही खत्म हो गयी घर में। मुझमें पहले भी खास नहीं थी। अब तो रही ही नहीं।

लड़कियों और उनकी तस्वीरों को लेकर एक किस्म की संवेदनशीलता मेरे खानदान की पुरानी बीमारी है। पिताजी सिनेमा के शौकीन थे। उन दिनों एक शरीफ आदमी शौकीन होकर भी इससे ज्यादा क्या शौकीन होता। नसीम, काननबाला, शान्ता आप्टे, देविकारानी के प्रति कुछ कमजोरी रखते थे। जब मैं बड़ा हुआ तो काफी सालों ने मेरी कमजोरियों में भी हिस्सेदारी करनी शुरू कर दी। मतलब कि मधुबाला के प्रति मैं नरम तो वो भी नरम। एक सपना हमारे घर में दोहरा व्यस्त रहता था। उन्हें ग्यारह-बारह के करीब आता, फिर वे रात भर जागते। मैं दो-तीन बजे सोता तो वही सपना चार-पाँच बजे मुझे आता। मैं सुबह नौ बजे सोकर नहीं उठता। मधुबाला के विज्ञापन में कहा जा सकता था कि उसके सपने डबल-एक्शन होते हैं। मगर तब मधुबाला थी। यह 'डबल एक्शन' शब्द नहीं था।

तो यह न समझो कि मैं इन टी. वी. वालियों को मधुबाला-सा समझ रहा हूँ।

जरूरी नहीं कि मन में उठते विचार सदैव कोई सुन्दर आधार ही खोजें। फिर ये टी. वी. वालियाँ तो घर की हैं। घर में आने पर मिलती हैं। उनका रूप-स्वरूप क्या देखना ? जो घर में होती हैं, उनकी तो जैसी भी हो एक अदा होती है, सजधज होती है, मुस्कान होती है। जिन्दगी गुजारने को वही काफी होती है। अपनी टी. वी. भी लाइफलांग है। पत्नी द्वारा 'ऐप्रूव' उस पड़ोसन की तरह; जिसके आने से घर की नैतिक ईंटें खिसक जाएँगी, ऐसा कोई डर बीवी को नहीं होता।

मैं टी. वी. देखता रहता हूँ। घूरता रहता हूँ। पत्नी का आग्रह यही है कि थोड़ा पीछे बैठकर देखा करो। आँखें खराब हो जाएँगी। उसे क्या पता कि आज आँखों में जो थोड़ी-बहुत जोत है वह लड़कियाँ घूरने के कारण ही कायम है। यहाँ जो मैं लड़कियाँ शब्द का उपयोग कर रहा हूँ उससे महिलाएँ यह न समझें कि मैं उनकी उपेक्षा कर रहा हूँ। इसे व्यापक अर्थों में लें और स्वयं को शुमार मानें।

टी. वी. वालियाँ मुस्कराती हैं। चाहे वे रिसेप्शनिस्ट-सी मुस्कराएँ, एयर-होस्टेस-सी मुस्कराएँ, साड़ी, साबुन या प्रेशरकुकर के मॉडल कन्याओं-सी मुस्कराएँ। मुस्कान तो मुस्कान है। हम उन मनहूसों में से नहीं जो आँसू और मुस्कान पर शक करते हैं। हम तो टी. वी. से निस्सरित उस मुस्कान को निहायत पर्सनल, बिल्कुल अपने लिए दी गयी मुस्कान मानकर चलते हैं। मधुबाला से आज तक हमने तो परायी मुस्कानों को कभी पराये भाव से नहीं देखा।

तिरपन लग गया। साठ की दिशा में मुँह है। पर उसी दिशा में टी. वी. रखा हो तो क्या किया जा सकता है। जिन्दगी का यह वो मौसम है जब लोग सोचते हैं कि कोई अच्छी-सी संन्यासिनी मिले तो संन्यासाश्रम ग्रहण करें। अब तो टी. वी. आड़े आ गया। गृहस्थाश्रम में एक नया आयाम। सुबह होती है, शाम होती है, पूरा सप्ताह तमाम होता है। वह फिर मुस्कराती हुई नयी साप्ताहिकी सुनाने लगती हैं तो जीने की इच्छा सात दिन के लिए बढ़ जाती है। बरसों जीने के लिए यह बहाना काफी है।

एक बिन्दी लगाती है, दूसरी नहीं लगाती। वह इयररिंग की चमक पर भरोसा रखती है। सब के अपने जीवन-दर्शन हैं। एक हैं जो साड़ी के पल्ले को अँग्रेजी के 'वी' शब्द-सा आकार देती हैं। वह दुपट्टे को भी वैसा ही मोड़ देती हैं। गमले में खिले फूल-सी उभरी रहती हैं। एक हैं जो सीरियस हैं और बड़ी शिकायती नजरों से देखती हैं। मुस्कराएँगी इतना कम कि जैसे बोनस बाँटने में संकोच कर रही हों। उनके तो मन-ही-मन कुछ घुमड़ता है और दबा-दबा रह जाता है। टी. वी. पर हैं पर साफ लगता है कि बोलती कम हैं। ये न्यूज पढ़ती हैं। न्यूज में कुछ होता नहीं, उनमें काफी कुछ होता है। वही असल है। हम टी. वी. से राष्ट्रीय कारणों से थोड़े चिपके रहते हैं। वे आती हैं और बताती हैं कि श्रीमती गाँधी पटना गयीं। वे कहीं भी जाएँ, तुम रोज आ जाया करो। फिर वे कहती हैं, राजीव भी साथ गये हैं। चलो अच्छा है। जिसका बबुवा सुन्दर हो वो माताएँ जहाँ जाती हैं उसे साथ लेकर ही जाती हैं। तुम तो अपनी

कहो। आज कुछ ज्यादा ही सीरियस लग रही हो, क्या बात है ?

एक और हैं। मुस्कानों के मामले में बड़ी उदार हैं। खबरें सुनाते वक्त जनता की आवश्यकता का ध्यान रखती हैं। लोग बाढ़ में डूबें या ठण्ड में मरें, वे यह सूचना मुस्करा कर देती हैं। जैसे वे सब उनकी मुस्कान की खातिर मरे हों। अगर मुस्कानों से सचमुच मोती झरते तो मेरी पत्नी टी. वी. के आसपास सारा दिन झाड़ू लगाते तंग हो जाती।

सुन्दरियों की मुस्कान की यही राष्ट्रीय उपयोगिता है। सारे यथार्थ, सारे दर्द पर ये 'वी' गले की सुन्दरियाँ मखमल का पर्दा बन जाती हैं। घर-घर में टी. वी. है। इनकी घनी-घनी मुस्कराहट है। घर के बाहर देश में कुछ चले, हमें क्या करना ! पत्नी का सदा आग्रह रहा, शाम को जल्दी आ जाया करो। तुम्हें सामाजिक यथार्थ से क्या करना ? टी. वी. ने बात मनवा दी। सुन्दर स्त्रियों के प्रति अपनी खानदानी कमजोरी का मारा यह एक अदद हिन्दुस्तानी जल्दी घर आ जाता है। टी. वी. घूरने।

मैं यहाँ टी. वी. घूर रहा हूँ, तभी भटिण्डा में कोई घूर रहा है। राजनन्द गाँव में कोई घूर रहा है। गवली पलासिया में कोई घूर रहा है। आँखों-ही-आँखों में राष्ट्रीय एकता स्थापित हो रही है। मधुबाला से टी. वी. बाला तक राष्ट्रीय एकता की स्थापना में सुन्दर स्त्रियों का क्या योगदान रहा है, इस पर मैं एक निबन्ध लिखना चाहूँगा। निबन्ध क्या उसे आत्मकथा कहिए।

76

जब कुछ न लगे तो सुर लगाओ

गाल, टेबल, रिकार्ड-प्लेयर, सीटी, ताली, चुटकी के अतिरिक्त भी यदि कुछ बजाना आता, तो कागज की कमी के इस राष्ट्रीय प्रहर में लेखकों और कवियों को इतनी कठिनाई नहीं आती। जिनके कण्ठ सुरीले हैं, उनके लिए ये दिन शुभ रहेंगे। पत्रिकाएँ न मिलने से साहित्य-प्रेमी व्यक्ति कवि-सम्मेलन की तरफ दौड़ेंगे और माइकधर्मी कवियों का देश में बोलबाला होगा। कागज के आधिक्य के उन दिनों में जो कवि महज छप जाने के कारण कवि-सम्मेलनी कवियों से स्वयं को चार बित्ता ऊपर मानकर रौब झाड़ते थे, वे अब अभिव्यक्ति के लिए सूराख तलाशने साहित्य-गोष्ठियों की ओर भागेंगे। कान से बात जानने की पुरानी प्रवृत्ति, जो कस्बाई हो गयी थी, मुरझा रही थी, अब फिर जाग जाएगी। आश्चर्य नहीं कि धारावाहिक उपन्यासों के प्रेमी पाठक धारा सूख जाने के कारण अभाव के रेगिस्तान में कुलाँचे भरें और अन्त में लम्बे कथावाचन की प्रवृत्ति लौट आये। धारावाहिककार पलथी मार एक पखवाड़े भर किसी भवन के कमरे में बैठेगा और रोज दो घण्टा उपन्यास का एक अध्याय सुना माँ, बहनों और भक्तजनों को तृप्त करेगा। कागज की ज्यादती ने साहित्य को काफी कुछ नया दिया। कागज का अभाव भी नये परिवर्तन लाएगा। बहुत-से लोग लिखना छोड़ किसी बेहतर काम में लग जाएँगे और इस तरह अपना जीवन सुधारने के साथ साहित्य को भी अपनी अनुपस्थिति से लाभान्वित एवं पवित्र करेंगे। इस कागजी अभाव से बड़ी ठोस आशाएँ हैं।

बेहतर हो, बजाना, गाना सीख लो। कुछ नहीं लग रहा हो, तो सुर लगाओ। यों भी बड़े दिनों से रोना चल रहा था कि शब्द अर्थहीन हो गये हैं अर्थात् शब्दों से कोई खास अर्थ-प्राप्ति नहीं हो रही। अब तो जो थोड़ा-बहुत अर्थ शब्दों से मिल जाता था, वह भी कठिनाई में पड़ गया। लम्बी कविता वाले हाईकू के विषय में सोचने लगे हैं। काईंकू सोचते हैं, क्योंकि वह भी छपने से रहा। सब छोड़ें और वाद्य बजाना सीख लें। अगर हाथ जम गया, तो बिना दूतावासों को मक्खन लगाये, राष्ट्रों के मैत्री संघ में घुसपैठ जमाये विदेश-यात्रा का योग बैठ जाएगा। हमारे देसी वाद्य तो विदेशी लोग आकर सीख जाते हैं, हम क्यों नहीं सीख सकते ? अगर एक अदना हिप्पी सितार सीख लेता है, तो हम क्यों नहीं थोड़ा प्रयत्न कर हिप्पी हो सकते ? मेरे प्रस्ताव पर गम्भीरतापूर्वक सोचिए। मामला आत्माभिव्यक्ति से सम्बद्ध है। आप जानें। कहना मेरा फर्ज है।

जैसे बाँसुरी बजाना लीजिए। महानगर में जाने के पूर्व भगवान् कृष्ण इसे बजाकर

अच्छे-खासे गाय-ढोर अपने आसपास जमा कर लेते थे। यदि रियाज कर लिया, तो दूध और घी के अभाव के इस कलिकाल में गायों को आकर्षित कर दुह लेना, प्रकाशक आकर्षित करके कविता संकलन छपा लेने से अधिक लाभप्रद साबित होगा। तन्दुरुस्ती बनेगी, जो इतने बरसों साहित्य में मार कॉफी के प्याले पी-पीकर बिगड़ गयी है। बाँसुरी हल्का, खोखला मगर सुरीला वाद्य है। साहित्यिक व्यक्तित्व के अनुकूल रहेगा। उसे बजाने की ट्रिक यह है कि नाक से साँस खींचो, उसे मुँह से छोड़ो। जिस जगह मुँह से साँस छूट रही है, वहाँ एक पोले बाँस को, एक छोर पर गोल सूराख कर लगा लो। बाँस को मुँह से लगाये रखने के लिए हाथों से जहाँ पकड़ रखा है, वहाँ भी चार-छह सूराख कर लो और सूराखों को उँगलियों से दाबते खोलते रहो। जैसे-जैसे आपकी फूँक निकलेगी, वैसे-वैसे बाँसुरी में सुर फूटेंगे। इस सिलसिले को शास्त्रीय संगीत की हद तक चालू रखो। फूँक की उपयोगिता समझ आते ही संगीत के क्षेत्र में कारोबार चल निकलेगा। बुद्धि के अभाव में लेखन क्षेत्र में जो स्वाभाविक दिक्कत पेश हो जाती थी, वैसा इसमें कुछ नहीं। चैन की बजाओ। सूराखों का रहस्य समझ आते ही आप बाँसुरी पर सिम्पोजियम में पेपर लिखने की उच्च अवस्था प्राप्त कर लेंगे। यमन की सरगम से चालू कीजिए। यमन क्या होता है, यह जानने के लिए हमसे पत्र-व्यवहार कीजिए।

चूँकि आपको स्वरों की पहचान नहीं है, अतः बताये देते हैं कि बाँसुरी के सब सूराख बन्द करने पर जो स्वर फूटता है, वह पंचम अर्थात् 'प' है और सब सूराख खोल देने पर 'म' अर्थात् मध्यम फूटता है। लगभग कविता जैसी स्थिति है। नीचे के तीन सूराख खोलने पर 'सा', चार सूराख खोलने पर 'रे', पाँच खोलने पर 'ग', दो खोलने पर 'नि' और नीचे का एक सूराख खोलने पर 'ध' का सुर निकलता है। यदि इस तरह से नहीं, तो किसी और तरह से निकलता होगा, मगर फूँकने पर निकलेगा जरूर। धन्धा चल जाने पर गुरुदक्षिणा का मनिऑर्डर रवाना करें। संगीत की जो परम्पराएँ हैं, उनका सम्मान करें। यह साहित्य नहीं है कि केशव, श्रीलाल, परसाई और शरद जोशी को पढ़-पढ़कर व्यंग्य लिखना सीख लिया और मनीऑर्डर, चेक पचाकर बैठे रहे। संगीत में गुरु-परम्परा है। यदि साहित्य में होती, तो मध्यप्रदेश घराने के व्यंग्यकारों के आर्थिक ठाठ रहते। अतः जब आपकी बाँसुरी बज निकले, तब मुझे न भूलें, जिसने कड़की के इस काल में आपकी भटकती फूँक को सुरीला मार्गदर्शन दिया। जीते रहो।

और जब गुरु बने ही हैं, तो गुर की बात भी बता दें। जिन लोगों को हिन्दी साहित्य में 'सप्तकों' का अध्ययन है या जो स्वयं सप्तक वाले कवि रहे हैं, वे बाँसुरी के मर्म को जल्दी पकड़ेंगे। संगीत में भी सप्तक एक से ज्यादा होते हैं। दोनों में एक विशेषता समान है। वह यह कि फूँक का दबाव घटने के साथ सप्तक बदलता है। जैसी फूँक, वैसा सप्तक। फूँक न होने पर कोई सप्तक नहीं। दोनों जगहों पर सप्तक फूँक की उपलब्धि है।

कागज की कमी के कारण वे साहित्यकार, जो महज संगत में पड़कर लिखने लगे

और अब बेचैन हैं, वे तबले पर संगीत करना सीख जाएँ, तो कम-से-कम संगीत में जीवन सफल बना लें। हिन्दी साहित्य की तरह तबले में भी दो घराने प्रमुख हैं—दिल्लीबाज, जिसमें पंजाब और दिल्ली के तबलिये आते हैं और दूसरे पूर्वीबाज, जिसमें लखनऊ और बनारस के घराने हैं। तबले में दिल्ली वाले चाँटी अर्थात् चमड़े की गोट पीटने का चमत्कार दिखाते हैं। उनकी कला तर्जनी और मध्यमा उँगलियों पर निर्भर है, जिसका लेखन और जेब काटने में उपयोग होता है। साहित्य से तबले में आ जाना विशेष कठिन नहीं होगा, यदि चाय, कॉफी और कन्या के इन्तजार में टेबल बजाने का रियाज रहा हो ! साहित्य की तरह दिल्ली घराने के तबलिये सोलोवादन में उस्ताद होते हैं। इसके विपरीत बनारस लखनऊ के घरानेवाले खुले बोल और हथेली का काम दिखाते हैं। ऐसे अहमद जान थिरकवा कम हैं, जो दोनों में पारंगत हों। विभाजन एकदम हिन्दीवाला है। तबले को ठोकने सुधारने के कायदे भी एकदम साहित्यवाले हैं। उदीयमान लेखक या कवियों की तरह तबला भी ऊपर से ठोकने से चढ़ता है और नीचे से उल्टी मार करने से उतरता है। यदि कोई उतर रहा हो, तो उसे ऊपर से ठोंककर चढ़ाना चाहिए। यदि चढ़ रहा हो, तो नीचे से उल्टी मारकर उतार देना चाहिए। ठीक जैसे हम आलोचना या पुस्तक समीक्षा आदि में करते हैं।

तबले में दस बोल होते हैं। इन दस बोलों को साधने से सब सध जाता है। साहित्य में जो लोग वही-वही बात उसी-उसी ढंग से लिखते रहकर भी स्वयं को तरोताजा अनुभव करते हैं, वे तबले के दस तालों का अनुभव प्राप्त कर सफलता की चाबी पा सकते हैं। धिन, धा धिन्नक, गिट्टी, किड़नग, किटतक, त्रक, क्ड़ानतान, तकिट आदि सीखने के बाद मौके पर सही थाप मारकर जैसा साहित्य में लाभ कमाया जाता है, उसी तरह आप संगीत की महफिल में भी यश लूट सकते हैं।

और भी वाद्य हैं, सितार, वीणा, शहनाई, क्लारनेट, वायलिन, इसराज, मृदंग, सारंगी, हारमोनियम, ढोलक, खंजड़ी, नगाड़ा, ढोल, शंख, झाँझ, मँजीरा, घण्टा, पियानो, जलतरंग आदि। जैसी जिसकी औकात हो, दम हो, वह वैसा वाद्य सीख ले। जो साहित्य में खंजड़ी बजाते रहे हैं, वे संगीत के क्षेत्र में सरोद बजाने लगें, सम्भव नहीं है। जैसी योग्यता वैसा बाजा है। अगर गला ठीक है तो वोकल हो जाओ। राग दरबारी गाओ। रात के तीसरे प्रहर का राग है, मगर तुम दिन के दूसरे प्रहर गाओ। रात को तुम्हारी कौन सुनेगा ? तब साहित्य-संगीत व्यर्थ हो जाता है। सब अपनी-अपनी में लगे रहते हैं।

अब मुझसे प्रश्न करोगे कि उस्ताद, आप कौन-सा वाद्य बजाएँगे ? देखो शिष्य, हमें दाढ़ी बढ़ाने, बाल लम्बाने. रंगीन कुर्ते पहन आधुनिकता जोतने का शौक नहीं रहा, सो सितार हम सीखेंगे नहीं। रविशंकर और हलीम जाफर की रोटी-रोजी क्यों छीनें ? हमारी उँगलियाँ साहित्य में ही काफी घिस-कट चुकी हैं, उसे बाज के तार पर नहीं घिसेंगे। तबला हमसे न किसी का पहले बजा और न अब बजेगा। हमारी आदत जानते

हो। हम तो 'छेड़ते' हैं। और संगीत में तानपूरा बजाने को 'तानपूरा छेड़ना' कहा जाता है। हम वहीं छेड़ेंगे और बिना ज्यादा मेहनत किये संगीत मंच पर वैसे ही जम जाएँगे, जैसे साहित्य में जमे। बैठे-ठाले के लेखक हैं। दोनों घुटने ऊपर उठे हुए। सिर्फ एक घुटना नीचे करते ही तानपूरे की बैठक बन जाती है। हर तार अलग-अलग छेड़ेंगे, जैसा साहित्य में कर रहे हैं। गला किसी का, वाद्य किसी का हो, झंकार अपनी ही होगी। तुम जब तक बाँसुरी का सुर लगाना या तबले पर तिरताल की सोलह मात्रा सीखोगे, हम मंच पर पहुँच जाएँगे तानपूरा लिये। अब वहीं भेंट होगी। जीते रहो।

77

सितार सुनने की पोशाक

आज से कुछ वर्षों पूर्व जब मेरे पिता जी अपने मित्रों के साथ सितार सुनने जाते थे, तब रिवाज था ढीला कुर्ता और उतना ही ढीला पाजामा पहनने का। सफेद, चकाचक! आमतौर पर सितार रात के नौ बजे बजना शुरू होता था और एक-दो बजे तक उसके स्वर बिखरते रहते थे। इसलिए कोई आठ बजे खाना खाकर धीरे-धीरे पैदल चल देते थे और मोड़ पर बब्बू से बढ़िया सात-आठ पान बँधवा लेते थे। मसालेदार, चकाचक!

संगीत गोष्ठियाँ आयोजित करनेवाले सफेद चादरें बिछाते थे और अगरबत्ती का इनता स्टाक रखा जाता था कि आखिर तक जलती रहें और वातावरण में गुलाबी सुगन्ध से सितार-सुख दूना नहीं तो ड्योढ़ा अवश्य हो जाए। हाल में पहुँचने पर जो श्रोता मिलते, वे भी ढीले कुर्ते-पाजामेवाले होते थे, जो अपनी हैसियत के अनुसार इत्र लगाये रहते और मुस्कराकर बातें करते। वहीं अपवादस्वरूप कुछ चूड़ीदार पाजामे वाले भी मिल जाते। वे लोग पान की डिबिया साथ रखते और शराफत में इतने तरबतर कि जिससे मिलते, डिबिया आगे बढ़ा देते।

क्या दिन थे वे! जिसकी लट सामने आती, वह कलाकार मान लिया जाता था और रबड़ी से स्वास्थ्य बन जाता था। कुछ प्रतिष्ठित सज्जन देर से आते थे और उनके आगमन के बाद वादक अपना सितार छेड़ने लगता और तबलेवाला हस्ब मामूल हथौड़ी लेकर अपनी आरम्भिक खट-खट चालू कर देता। उधर आलाप चालू होता और इधर संयोजक और उसके मित्र यह पता लगाने दौड़ पड़ते कि केसरिया दूध बराबर औटाया जा रहा है या नहीं ? महफिल जमे और बीच में दूध का गिलास न मिले, लानत है ! लोग छककर सुनते थे, छककर पीते थे—चकाचक !

पर यह बात केवल सितार के लिए ही नहीं, गायन-वादन की सभी महफिलों के लिए भी थी। चाहे पखावज हो या पक्का गाना। तबलेवाले नम्र होते थे, वे संगत के लिए आते थे, कुश्ती लड़ने नहीं। और वादक और तबलेवाले के मध्य आज के समान सुसंयोजित दिखावटी लड़न्त, आँखें सीधी मिलाकर चुनौती की हवा बाँधना, सम के विषय में यह सन्देह उत्पन्न कर देना कि वह तबलेवाले ने प्राप्त की है या सितारवाले ने, ऐसा कुछ नहीं था। पिछड़े हुए दिन थे। सितार तब अन्तर्राष्ट्रीय नहीं हुआ था और लड़कियाँ उसे हाथ में रख फोटो तभी खिंचवाती थीं, जब वे वाकई सितार बजाना जानती थीं। सितार तब 'सीटार' नहीं सितार हीं कहलाता था।

पिछले दिनों मैंने एक रंगीन तस्वीर में एक लड़की को सितार लिये देखा। वह सितार गलत पकड़े थी। जो उँगलियाँ पर्दों पर होनी चाहिए थीं, उनसे वह तार बजा रही थी और जिस उँगली में मिजराब होनी चाहिए वह पर्दे पर रखी थी। और बजाने के लिए उसने सितार को यों सीने से चिपका रखा था, जैसे वह वाद्य नहीं कोई बॉयफ्रेण्ड हो। चित्र देखकर मुझे 'थ्री-टायर' तरस आया। एक उस लड़की पर, दूसरा उस फोटोग्राफर पर जिसने चित्र लिया और तीसरा उस सम्पादक पर जिसने कन्या के कोण देखे, मगर सितार के नहीं। खुशी भी हुई कि एक भारतीय वाद्य प्रगति कर रहा है और उन क्षितिजों को स्पर्श कर रहा है जहाँ उसकी जरूरत नहीं थी।

ढीले पाजामे और गुलाबी अगरबत्तियों के दिन गुजर गये। इधर सितार ने नयी ऊँचाइयाँ स्पर्श कर ली हैं, जो केवल सीटी बजाने की क्षमता रखते हैं, वे भी सितार में गहरी रुचि रखने लगे हैं। नया अमीर अपने ड्राइंगरूम में सितार के दो-तीन एल. पी. रखकर स्वयं को खानदानी लगा सकता है। सितार महज सितार नहीं, एक सितारा हो गया है जो बुलन्दी पर है। उसे बजाना बड़ी बात है, उसे सुनना और बड़ी बात है। अब वह तनाव से मुक्ति नहीं देता, तनाव उत्पन्न करता है। सुनकर लोगों को नींद नहीं आती, वे खड़े हो जाते हैं और डांस के लिए पार्टनर तलाश करने लगते हैं। क्रान्ति हो गयी है। और कहीं नहीं हुई, चलो सितार में हो गयी। सितारवादक जब आता है शहर पर बरपा हो जाता है। लोग महफिल की तारीख पढ़ते हैं और लाण्ड्री की ओर लपक जाते हैं। स्पेशल माँगता, दो दिन में माँगता। हमको गुरु शर्ट जल्दी होना। धोबी समझ नहीं पाते। बिचारे ! साहित्य-संगीत -कलाविहीन !

आप सितार सुनने जाएँगे तो क्या पहनकर जाएँगे ? क्या आप पतलून-कमीज पहनकर वहाँ पहुँच जाएँगे ? फिर आप खाक सितार समझेंगे ! सितार सुनने की अपनी एक शैली है। आपके पास लखनवी चिकन का कुर्ता है या नहीं ? नहीं है ? बेहतर है, अपने घर लौट जाइए। हम नहीं चाहते कि महफिल में ऐसे लोग रहें, जो सितार की समझ नहीं रखते।

यदि आपके मन में वास्तव में सितार के लिए जरा भी समझ अथवा प्रेम है तो तुरन्त किसी एम्पोरियम पहुँचिए और कन्धे पर डालने वाला एक शान्तिनिकेतनी झोला खरीदिए। उसे लटकाये बिना दरबारी कान्हड़ा की गत आपको समझ नहीं आएगी। संकरा पैण्ट आपके पास जरूर होगा। जो पहने हैं यह नहीं, इससे भी संकरा। गहरे रंग का हो तो बेहतर। थोड़ा मैला हो तो क्या कहने ! ऊपर रॉ सिल्क का कुर्ता डालिए, जिस पर गहरा लखनवी काम हो—फूल-पत्तों वाला। या कढ़ा हुआ गुरु शर्ट। कुर्ते पर पट्टियाँ हों तो सितार सुनने के लिए अधिक मुफीद रहेंगी। कन्धे पर झोला, पैरों में फटियल इम्प्रेशन देनेवाली चप्पलें या जूते ! जरा अपनी उँगलियाँ दिखाइए ! हद है, नाखून लम्बे हैं नहीं, और सितार के श्रोता होने का दावा करते हैं ! खैर, छोड़िए, जरा जल्दी से बड़ी-बड़ी अँगूठियाँ तो पहन लीजिए। हाँ, अब लग रहे हैं आप सितार के

असली श्रोता।

एक बात बताऊँ ! काश तुम्हारे दाढ़ी होती। तुम्हारे बाल रूखे और लम्बे होते तब तुम सितार को कहीं अधिक गहराई से समझ पाते। रहने दो, बाद में बढ़ा लेना। आज अब इतना वक्त नहीं है कि तुम्हारी दाढ़ी बढ़ सके।

हमारे पिताजी जब सितार सुनने जाते थे, वे देख लेते थे कि शेव ठीक से बनी है या नहीं। वे बालों में सुगन्धित तेल डाल लेते थे। क्या अजीब दिन थे। सितार एक सीमा में बँधकर रह गया था। अब बाँध फूट गया है। एक हिप्पी आज बिना दाँतों पर ब्रश किये जितने गौर से सितार सुनता है, उतना आठ-आठ पान खाकर हमारे पुरखों ने नहीं सुना।

आज सितार सुनने का एक नियम यह है कि उसे कभी अकेला नहीं सुना जाता। साथ में एक लड़की चाहिए। कोई लड़की समय पर न मिले तो पत्नी चलेगी, मगर अकेले सितार नहीं सुना जाता। सितार सहभोग की वस्तु है, बाँटकर खाया जाता है।

महिलाएँ अच्छी तरह जानती हैं कि किस दृश्य के लिए कौन-से वस्त्र उपयुक्त हैं। वे कभी यह गलती नहीं करेंगी कि सिनेमा के कपड़े पहन सितार सुनने चली जाएँ। फिर भी सितार के कार्यक्रमों में महिलाओं को वर्षों से ताकते रहने के बाद आज मैं यह अधिकारपूर्वक कह सकता हूँ कि उनमें इस विषय को लेकर दो, बल्कि ढाई स्कूल अर्थात् विचारधाराएँ कार्यरत हैं। ढाई इसलिए कि तीसरी वाली धारा अपेक्षाकृत कमजोर है। पहली धारा में जोर इस पर है कि जिन कपड़ों में आप हुसेन की चित्र प्रदर्शनी देख सकते हैं, वही पोशाक पहन सितार सुना जा सकता है। अर्थात् बेल बॉटम पर खादी ग्रामोद्योगी कुर्ता, खुले-रूखे बाल, गले में मूँगा अथवा रुद्राक्ष की माला (असली रुद्राक्ष तो कम ही मिलता है मगर बेर की जो भी गुठलियाँ पालिश कर बाजार में माला बनाकर बेची जाती हैं, वही सही) और इसके साथ कन्धे पर झोली।

मगर एक दूसरा वर्ग महिलाओं का है, जो सितार सुनने को एक गहरा कलात्मक अनुभव मानता है। उसका आग्रह है कि सुनेंगे तो कोई अनूठी साड़ी पहनकर सुनेंगे। खुले-रूखे बाल और कन्धे पर झोले के मामले में वे अन्य से सहमत हैं। वे परस्पर इस विषय में भी एकमत हैं कि मौके की नजाकत देखकर इयररिंग की बजाय बाली पहनी जाए। मगर वे चाहती हैं, साड़ी रहे और वह भी गहरे रंगों की। गहरा मेरून या ब्राउन, जिस पर लोक कला के मोटिफ हों। कुछ भी हाथी-घोड़े हों, मगर हों लोक कला में। पल्लू बड़ा और प्लेन। मैच करती मोटी बिन्दी। बिन्दी जितनी गहरी और बड़ी होगी, सितार उतना अधिक सिर में समाएगा। वे जानती हैं कि सितार के कार्यक्रम में वे चैरिटी शो वाले ऊँचे जूड़े नहीं चलते। बाल सीधे और पीठ पर फैले होने चाहिए। तीसरा स्कूल उन कुछ गिनी-चुनी स्त्रियों का है जो बड़े-बड़े बॉर्डर की सफेद कीमती साड़ी पहनकर सितार सुनने आती हैं। ये लोग बहुत कम हैं।

यहाँ मैं उन महिलाओं का जिक्र नहीं कर रहा जो घरानेदार गायकी वाले खानदानों

से आती हैं, और एकदम श्वेत, बिना बॉर्डर की साड़ी पहनकर सितार सुनती हैं और न ही सितार की कक्षा की उन छात्राओं का, जो चोटियाँ बाँधकर वहाँ ऐसे सिमटी बैठी रहती हैं, जैसे क्लास में आयी हों। मैं उनकी बात कर रहा हूँ, जो सितार की सच्ची श्रोता हैं और इसका सबसे बड़ा प्रमाण यह है कि वे रविशंकर का नाम जानती हैं।

पूरी तैयारी के बाद सितार बजता है। तैयारी बजाने वाला नहीं सुनने वाला करता है। उसे इससे मतलब नहीं कि पूरिया में ख्याल बज रहा है या ख्याल में पूरियाँ तली जा रही हैं। एक सतत टुनटुन का झरना है जो बह रहा है और उन्हें उत्तेजित कर रहा है। विलम्बित में वे मुँह फाड़े बैठे रहते हैं और द्रुत में अपने पार्टनर से सट जाते हैं। मींड में माया और झाला में उन्हें ब्रह्म की गूँज सुनाई देती है। जमजमा सुन अन्दर-ही-अन्दर उनके कुछ फड़कता है।

अब सम पर गर्दन को झटका देने के वे जमाने गये। आजकल जब सितार बजता है, सकता-सा छा जाता है। वाह-वाह करने वाला सभा में उपस्थित मूर्ख की स्थिति में लगता है। सितार अब वह नहीं रहा। बजानेवाला नीचे के परदों पर राष्ट्रीय और ऊपर के परदों पर अन्तर्राष्ट्रीय हो जाता है। जब वह मध्यम का तार छोड़ पंचम पर उँगली लगाता है, वह समझता है, इस समय वह विदेश में है, अब हर अन्तरे पर अपरिचित पड़ोसी की ओर प्रशंसामयी दृष्टि से तब तक नहीं देखा जाता, जबतक वह पड़ोसन न हो।

रंग बदल गया है, बात बदल गयी है। बिना कुर्ता कढ़ाये संगीत के क्षेत्र में खड़ा रहना कठिन है। कढ़ाना होगा। हर कला अपने प्रशंसकों से कुछ अपेक्षा करती है। सितार के लिए एक जोरदार कुर्ता सही !

78

भोंपू बजाने की लुप्त कला

मोटर का भोंगा या भोंपू बजाने की कला अब धीरे-धीरे लुप्त हो रही है। वह बात नहीं रही है। एक जमाना था, देश में मोटर का ड्राइवर भोंपू को एक वाद्य के रूप में लेता था और वातावरण में ऐसी स्वरलहरी गूँजती थी कि दूर-दूर का पैसेंजर खिंचता चला आता था। यह छोटा-सा वाद्य, जो औद्योगिक युग की देन था, हारमोनियम-सा सौभाग्यशाली तो नहीं था, जो क्याँ-क्याँ करता-करता सितार, सारंगी की ऊँची खानदानी जमात में जा बैठता पर अपनी जगह स्थिर रहकर भी इसने संगीत की सेवा की। भोंपू महफिल के बाहर ही रह गया, अन्दर नहीं जा पाया। मोटर से जुड़ा रहने के कारण इसकी सीमा निश्चित थी। भोंपू बजाने के कार्यक्रम नियमित तो नहीं चलते थे, पर फिर भी जगह-जगह वे बजते थे और खूब बजते थे, जिसकी जनता के बड़े वर्ग पर सुखद प्रतिक्रिया होती थी।

आज से पन्द्रह-बीस वर्ष पूर्व तक देश में ऐसे ड्राइवर थे, जिन्हें भोंपू बजाने के गुणों के कारण ही विदेश भेजकर यश और मुद्रा लूटी जा सकती थी। पर जैसा कि होता है उच्च वर्ग का सांस्कृतिक बोध आम जनवाद्यों को ग्रहण नहीं करता था। और इसी कारण मोटर ड्राइवर कभी संगीत साधक के रूप में नहीं मान गये। उच्चवर्ग ने मोटरें खरीदीं पर उसके भोंगा-संगीत को कभी ग्रहण नहीं कर पाया। यह काम किया जनता ने। भोंपू को लम्बे शोरगुल के बाद धमनी से बजने वाले वाद्यों में स्थान मिल सका। वास्तव में भोंगा या भोंपू एक गतिशील वाद्य है और सम्भवतः अपने ढंग का एकमात्र वाद्य है, जो चलते हुए बजाया जाता है। लम्बी-लम्बी सड़कों से गुजरती पैसेंजर बसों के ड्राइवर इसे नदी, पहाड़, जंगल और बिखरी बस्तियों को सुनाया करते थे। एक लहर-सी उठती थी, भों···पू···पु···भों···भों···पु···पु···भों और गहरे अन्तर में एक वेदना-सी उमड़ आती। फिर एक थिरकन-सी आरम्भ होती। प्रवीण ड्राइवर अपनी हथेली से धीरे-धीरे थाप-सी लगाते और विचित्र-सी गूँज वातावरण को नशीला बना देती। जब मोड़ आता मानो आगत की आशंका संगीतकार को कँपा देती और भोंपू बजता···पूँह···पूँह···भों···पूँह ! धीरे-धीरे वह मोड़ घूम जाती और तब गाँव नजर आता। निमन्त्रण देता-सा गाँव। भों का स्वर ऐसे गूँजता जैसे कोई बरसों का बिछड़ा ललककर मिल रहा हो। क्या दिन थे वे। बीस मील प्रति घण्टे की रफ्तार से उस जमाने की कोई बेडफोर्ड, मॉरिस और मर्सिडीज चलती थी और ध्वनिविद् ड्राइवर पचास मील के सफर

में ढाई-तीन घण्टे का भोंगा-कार्यक्रम देते थे कि टिकट खरीदकर बैठे श्रोता दिये गये से ज्यादा ही पाता था।

मुझे अच्छी तरह याद है, सन् पैंतीस-छत्तीस का वह जमाना, जब बन्ने खाँ ड्राइवर उज्जैन-इन्दौर के बीच चला करते थे और भोंपू बजाने की कला अपने उच्च शिखर पर थी। बन्ने खाँ लखनऊ-कानपुर के बीच चलने वाली राधेश्याम बस सर्विस वाले प्रसिद्ध उस्ताद गुलशेर खाँ सन्दीवली के शागिर्द थे और ड्राइवरी के साथ भोंपू बजाने में महारत बन्ने खाँ ने इनके ही चरणों में बैठकर प्राप्त की। बन्ने खाँ, को बचपन से ही मोटर का भोंपू बजाने का शौक था और इनके पिता हामिद खाँ जो पंचर जोड़ने में सारे यू. पी. में अपना सानी नहीं रखते थे, अक्सर बालक बन्ने को गोद में उठाकर भोंपू बजाने का अवसर देते। बन्ने में प्रतिभा थी और छोटी-सी उम्र में जब उनकी हथेलियाँ नाजुक थीं, भोंपू पर उसने ऐसा कब्जा जमा लिया कि भोंपू कला के पारखियों ने तभी कह दिया था कि एक दिन बन्ने बहुत अच्छा ड्राइवर बनेगा और इसका भोंपू मीलों दूर तक सुनाई देगा। और हुआ भी ऐसा ही।

बन्ने स्कूल में जाकर अँगूठा लगाना ही सीख पाये थे कि हामिद खाँ ने उन्हें वहाँ से छुड़ाकर गुलशेर खाँ साहब की शागिर्दी में सौंप दिया। गुलशेर ने तीन साल तक तो बन्ने को स्टियरिंग नहीं छूने दिया और सिर्फ गाड़ी पुँछवाते रहे, पर बन्ने भी धुन का पक्का था और धीरे-धीरे उसने ड्राइवरी और भोंपू बजाना दोनों सीख लिया। मैंने जब उन्हें पहली बार देखा, वे इस क्षेत्र में अपनी जगह बना चुके थे। उनकी बस में बैठ उज्जैन से इन्दौर जाते समय मैंने उनका कार्यक्रम पहली बार सुना, तो वह वास्तव में एक स्वर्गिक अनुभव था। उज्जैन बस स्टैण्ड पर उन्होंने अलाप लिया और फ्रीगंज का पुल पार करने पर बहुत सधी उँगलियों और हथेली से वे समा बाँध चुके थे ? डेढ़ घण्टे में हम लोग साँवेर जाकर लगे, तब मैंने उन्हें बधाई दी कि ऐसा भोंपू न भूतो न भविष्यति। वे अपने उस्ताद की बात बताने लगे, जिनका भोंपू सुनने यू. पी. के बड़े-बड़े जागीरदार-जमींदार आया करते थे।

अपने जीवन में यों तो मुझे कई मशहूर-मारूफ भोंपूबाज ड्राइवरों को सुनने का मौका मिला, पर बन्ने-सी गमक मैंने कहीं नहीं सुनी। साफे में सजधजकर स्टियरिंग और भोंपू को प्रणाम कर उनका गाड़ी स्टार्ट करना, भोंपू बजाने के पूर्व वातावरण शान्त करने के लिए रौब से पीछे फिर कर पैसेंजरों को देखना, छोटे से आईने को एडजस्ट करना और भोंपू बजाते हुए इतने खो जाना कि सामने भीड़ है भी कि नहीं, इसका ध्यान नहीं रखना, मुझे अच्छी तरह याद है। बन्ने खाँ अपने उस्ताद के इस कथन को, कि अच्छा भोंपूकार होने के लिए वक्त से खाना, वक्त से सोना, वर्जिश और संयम से रहना जरूरी है, जीवन-भर मानते रहे। इनते वर्षों बाद भी उनके भोंपू की याद मेरे दिल में यूँ है, जैसे अभी कहीं सड़क पर बजा हो।

अब न वैसी मोटरें रहीं, न वैसे मोटर चलाने वाले। भोंपू बजाने की कला धीरे-धीरे

लुप्त हो रही है। बिजली के हार्न ने इस कला को समाप्त कर दिया। भोंपू के प्रति जो सम्मान का भाव था, अब धीरे-धीरे कम हो रहा है। सारी सड़कें संगीत-विहीन हो गयीं और उसकी जगह ले ली 'पीं-पें-पे' ने जो निहायत असांस्कृतिक लगती है। सरकार और आकाशवाणी चाहें तो कुछ कर सकती हैं। आज भी देश में कई पुराने अच्छे भोंपूवादक हैं, जो यहाँ-वहाँ बिखरे हैं, जिन्हें चाहें तो टेपरिकार्ड किया जा सकता है। भोंपू बजाने की अखिल भारतीय प्रतियोगिताएँ आयोजित कर और बड़ी मोटरों में भोंपू लगाना अनिवार्य कर इस कला को पुनर्जीवित किंया जा सकता है। अभी भी देर नहीं हुई है। फिर से इस देश में भोंपू गूँज सकते हैं और लुप्त कला को जीवन दिया जा सकता है।

कुछ दिन हुए बन्ने खाँ से फिर मुलाकात हो गयी। कमर झुक गयी है। बुढ़ापा अपने आप में मर्ज होता है। बेचारे खटिया से लग गये हैं। मोटर चला नहीं पाते पर फिर भी भोंपू बजाने का शौक कम नहीं हुआ है। खिटिया से भोंपू बाँध रखा है। जब तबीयत होती है रागिनी छेड़े देते हैं ···भों ओं ओं पु पु···भों ओं। लगता है किसी अनजान रास्ते पर एक खोयी हुई पैसेंजर बस चली जा रही है, शाम डूब रही है और रास्ता लम्बा है। मन खो जाता है। अपनी खटिया पर लेटे-लेटे ही बन्ने खाँ ने इस बुढ़ापे में वह भोंपू बजाया कि तबीयत खुश हो गयी। प्रोग्राम खत्म करने के पूर्व द्रुतलय में उस्ताद ने मजा ला दिया। मैंने कहा, "बन्ने खाँ, वल्लाह क्या बात है !" कहने लगे, "हुजूर की इनायत है !"

बन्ने खाँ ने बताया कि राष्ट्रीय सुरक्षा कोष के लिए वे मुफ्त में भोंपू बजाकर सारी अर्जित राशि भेजने को तैयार थे, पर कलेक्टर ने मौका नहीं दिया। बड़े दुखी थे। कहने लगे भोंपू को यथोचित सम्मान मिल नहीं रहा है। इनता प्रचार होने पर भी पारखी कम हैं। मैं चुप रह गया और थोड़ी देर बाद चला आया।

मोहल्ले के कोने पर सुना, निराश बन्ने ने फिर भोंपू बजाना शुरू कर दिया था—पु पु भों ···पु पु भों ओं भों। दुख के दिन अब बीतत नाहीं।

79

टाइपरायटर पर प्रवाहवादी प्रयोग

लेखक टाइपरायटर सामने रखकर बैठ गया। अखबारी माँगों को जाने दो भाड़ में, मासिक पत्रिकाओं के लिए काट-छाँटकर लिखना, इतने हजार शब्दों से कम की कृति बनाना—सब बेकार बातें हैं। आज वह नियन्त्रित एवं सुसंगठित गला-पकड़ अभिव्यक्ति से विद्रोह कर बैठा है। सारी सृष्टि प्रवाहमय है। न आदि, न इण्टरवल, न अवसान। फिर बाह्य व्यावहारिक जगत् की कार्यकारणता कैसी ? आज टाइपरायटर पर आन्तरिक जीवन की अनुक्रमता एवं व्यक्तिक्रम की प्रतिष्ठा करेगा। आज उसकी उँगलियों का सम्बन्ध उसकी चेतना के प्रवाह से है और किसी से नहीं। उसने सहज टाइप किया।

> ''गयतम की आबो, पेड़ा चिपी पेड़ा चिपी
> घिस्से का वन चकचम
> कोटी भापो जाँगेर
> माँगेर पार चला, साबलू
> तरिआखी अखिनारी गोये पुले हम
> बाटकरी काटलगी, गातमजा बाँहारी
> छल गल मत लम्भी
> धत् धत्
> देखबघा नरनारी 100।''

और वह एकाएक रुककर स्वब अपनी कृति की ओर साश्चर्य देखने लगा। क्या लिखा है उसने ? ऐसा लगता है उसे टाइप करना ही नहीं आता। वह हँसा। व्यावहारिक बाह्य जीवन फिर अन्तश्चेतना का मजाक बनाने लगा।

ध्यान से पढ़ा—

''गयतम की आबो, पेड़ा चिपी पेड़ा चिपी।' इसके बाह्य ने अन्तर के साथ तादात्म्य स्थापित कर लिया। धीरे-धीरे अर्थ खुला।

'गयतम'...ऐसा लगता है जैसे कहा गया है, 'गये हुए प्रियतम।' प्रीतम को सम्बोधित करने की जल्दी में बन गया गयतम। 'पेड़ा चिपी पेड़ा चिपी' क्या है? 'पेड़ों के पीछे छुप-छुपकर'। अर्थात् 'ओ गये हुए प्रीतम, पेड़ों के पीछे छुपकर क्यों नहीं आते ?''

यह 'घिस्सा' क्या है ? 'घिस्से का वन चकचम।'

कोई घिसने लायक वस्तु जिसके वन हों। अरे चन्दन ! तब तो अर्थ साफ है—'चन्दन का वन आज चाँदनी में चमक रहा है।'

घण्टे-भर माथापच्ची के बाद लेखक ने जब सारी पंक्तियों के अर्थ निकाल लिये तो उसे आश्चर्य हुआ कि उसके मन में कोई अनुसूचित जन जाति का कवि बैठा गा रहा है।

"गयतम की आबो
पेड़ा चिपी पेड़ा चिपी
घिस्से का वन चकचम
कोटी भापो जाँगेर
माँगेर पार चला
साबलू !"

अर्थात्—

"ओ गये हुए प्रीतम
पेड़ों के पीछे छुप-छुपकर आओ,
आज चन्दन का वन चाँदनी में चमक रहा है
किसी कि कुटिया में जगह भाँपो
या यदि मन नदी के पार जाना माँगता है
तो वैसा बोलो !"

"तरि आखि
अखि नारी
गोये पुले हम
बाट करी
काट लगी
गातमधा बाँहारी !"

अर्थात्—

"तेरी आँखों में
ओ बड़ी आँखों वाली नारी
हम अपने को भूल गये।
बाट कड़ी है

काँटा लगा है
तो अपना गात मेरी बाँहों में दे दे !''

''छल गल मत लम्भी
धत् धत्
देखबघा नरनारी 100''

अर्थात्—

''छल से गले मत लग
धत् धत्
बाग से सैकड़ों नर-नारी देख रहे हैं।''

लेखक ने सोचा, हाय, मेरे अन्तर में छुपा सुप्त आदिवासी आज कैसे जाग उठा! किसा अज्ञात भीलनी से ड्यूएट गा रहा है ! इस कृत्रिम जीवन की तहों के अन्दर, गहरे अन्दर—कहते हैं कोई उड़ाँग-उटाँग बसता है। वही उड़ाँग-उटाँग अपनी श्रीमती उड़ाँग-उटाँग के साथ गीत गा रहा है। चन्दन का वन, नदी, झोपड़ी और मुक्त मिलन की मेरी चाह। पर हाय, बाग से सैकड़ों नर-नारी देख रहे हैं। बाग जहाँ प्रकृति को कृत्रिम आकार-प्रकार दिया गया। नर-नारी यानि आज के ये क्लीन शेव्ड नर और लिपिस्टिकिता नारी। मुझे घूरकर देख रहे हैं और बोलते हैं—''डैम, जंगली, कैसी हरकत पब्लिक में कर रहा है ?''

और प्रवाहवादी लेखक युग-युग से बिछड़ी हुई अपनी प्रियतमा की याद कर दुखी हो गया। उसकी उँगलियाँ थक गयीं, थम गयीं और वह पास पड़े सोफे पर टाँगें सिकोड़कर लेट गया।

कुछ देर बाद वह फिर उठा। टाइपरायटर पर नया कागज चढ़ाया। नहीं, ऐसा प्रवाहवाद नहीं चलेगा जिसमें शब्द भी विकृत हों, अर्थ के लिए शीर्षासन करना पड़े। शब्द तो आत्मा से बँधे हुए हैं, वे तो सहज निस्सरित हो सकते हैं। बन्धन का आरम्भ वाक्य से होता है जहाँ व्याकरण का नियन्त्रण अनिवार्य है।

(मन में लेखक के यह भी भय था कि इस 'पेड़ा चिपी, पेड़ा चिपी' को छापेगा कौन ? चित्रकला तो है नहीं जहाँ नयी कला और उन्नत भावबोध के नाम पर खींची गयी आड़ी-टेढ़ी लकीरें भी पुरस्कृत हो जाएँ।)

इस बार टाइपरायटर पर उँगलियों की स्वतन्त्रता छिन गयी थी, पर अभिव्यक्ति अभी भी बन्धन-विहीन ही थी। जो टाइप हुआ वह इस प्रकार है—

चन्द जिज्ञासाएँ

:: 1 ::

आम
तुम लँगड़े क्यों कहलाते हो ?
जबकि तुम ऐसे नहीं :
और यदि लँगड़े न हो
तो बताओ
क्या तुम पैर वाले हो ?

:: 2 ::

यदि शेक्सपियर पर
तुलसी का प्रभाव पड़ता ही
तो क्या होता ?
डेस्डीमोना को वनवास मिलता
और शायलाक से हनुमान निपटते।

:: 3 ::

क्यों नहीं ?
क्यों नहीं ?
संसार के सारे नेता मिलकर
इस शाश्वत समस्या पर विचार करते हैं
कि अक्सर सरोते से काटने पर
सुपारी सड़ी क्यों निकलती है ?

:: 4 ::

यह फिजूल की बात है जनाब
कि कद्दू और मोटर के पहिये में
साम्य है।
और यदि साम्य सिद्ध भी हो जावे
तो विश्वास रखें
इससे कद्दू महँगा नहीं होगा।

:: 5 ::

यह अच्छा ही है
कि इतिहास में शाहजहाँ एक ही हुआ
यदि मानो आठ शाहजहाँ होते
तो क्या होता ?
आठ ताजमहल होते।
जैसे हमारे शहर में
आठ बड़े सेठ जी हैं
तो आठ प्याऊ हैं।

:: 6 ::

व्यवस्था और शासन पर
क्या-क्या न बोलता अरस्तू।
पर हाय री एथेन्स की राजनीति—
उसे नगरपालिका का अध्यक्ष भी नहीं बनाया !

:: 7 ::

आधुनिक उपन्यासों के
पुंसत्वहीन नायकों के क्लब में
विचार किया जा रहा है—
"प्रायः सातवें अध्याय में ही
नायिकाओं का भाग जाना
नैतिक दृष्टि से
उचित है या अनुचित ?"

::8::

क्या वह अन्याय नहीं है
झींगुरों के साथ ?
कि रात-रात भर रियाज करने पर भी
उन्हें अभी तक
रेडियो-कांटेक्ट नहीं मिला ?

अन्तश्चेतना के प्रवाह के अन्तर्गत टाइप की गयी उक्त समस्त पंक्तियों को पढ़ने

के बाद लेखक को सन्तोष हुआ, क्योंकि ये प्रश्न और ये नयी स्थापनाएँ आज तक साहित्य में नहीं हुई थीं। जैसे युगों से मौन बैठी जिज्ञासु आत्मा ने आज मुखर हो अनेक प्रश्न कर दिये।

लेखक फिर सोफे पर लेट गया, पर पहले के समान इस बार उसकी टाँगें सिकुड़ी हुई नहीं थीं, चौड़ी फैली हुई थीं। एक क्षण को उसे लगा जैसे यह सोफा नहीं, हिन्दी साहित्य का इतिहास है। यह सोचने के बाद वह और टाँगें फैलाने लगा।

80

फिर न ढूँढ़ेंगे कभी तुमको घरानेवाले

उस दिन वो फेर दिखा। बरसैं बाद दिखा। वैसा ही जी, जैसा पहले देखते थे। हू-ब-हू। जौन-का तौन। आगे मोटा भोंगा, नीचे लकड़ी का बक्सा, तबे पर चढ़ा काला 'टुईन' का रेकार्ड। फेर से सुनने को जी करने लगा। मैं तो वहीं ठिठककर रुक गया। कबाड़ी की दुकान थी। मार कबाड़ा भरा था। शरीफ लोग सीधे आगे बढ़ जाते थे। ज्ञानी जानकार रुककर थोड़ी ताक-झाँक कर लेते थे। कौन जाने क्या मिल जाए ? बखत पर सस्ती चीज ऐसे ही मिल जाती है। ले लो तो ठीक। नहीं हाथ से निकलते देर नहीं लगती ! कबाड़ी को क्या मोह। औने-पौने लाया है, सवा-डेढ़े उठ जाए, तो वही अच्छा।

अब देखो, मेरा यार, कहीं से पुराना भोंगेवाला ग्रामोफोन ले ही आया। इसका चलन तो तभी उठ गया, जब पेटीवाला बाजा बाजार में आया। रखनेवालों ने बाद तक भोंगेवाला चूड़ी का बाजा रखा, अपने बैठकखाने में। उसे देख 'हिज मास्टर्स वॉयस' की रेकार्ड पर बनी तस्वीर याद आवे रही थी। नया रईस पेटीवाला ग्रामोफोन लेता था, जिसका सौंडबक्स अन्दर रहता और जगह कम घेरता। उन दिनों शाला की पोथियों और मासिकों के विज्ञान सम्बन्धी लेखों के साथ आविष्कारक एडीसन की तस्वीर भोंगेवाले ग्रामोफोन के साथ छपती थी। गुजर गये वे दिन। वैज्ञानिक को लोग फरिश्ता समझते थे। वाकई फरिश्ता।

मुझे तो उसे देख कई पुराने गाने याद आने लगे, जो उस जमाने में मैंने ग्रामोफोन पर सुने थे। कमला झरिया, कज्जनबाई, जानकीबाई अम्बालेवाली, जूथिका राय, ओंकारनाथ ठाकुर, पण्डित नारायणराव व्यास, सहगल, के. सी. डे, बब्बनजान, कल्लू कव्वाल, मास्टर बसन्त, काननबाला, पंकज मलिक और बहुत से माहिराने फने मौसीकी के आलातरीन रेकार्ड्स। दस इंची, डबल साइड, साढ़े तीन रुपया रास। चूड़ी के बाजे को देख सभी याद आये। विन दिनों हमारे घर पर बाम्बे टाकीज का एक ड्यूएट बहुत बजता था। बोल थे, मर्द के—"तूम मेरी, तूम मेरी सजनी।" जवाब था, औरत का—"तूम मेरे, तूम मेरे, सजना।" जिसे हम बच्चे उल्टा करके गाया करते थे, मूरतेमी मूरतेमी नजसी।

उन दिनों उज्जैन के देवासगेट के इस्लामिया होटल पर, जहाँ दो पैसे में एक कोप चाय मिलती थी, ऐसा ही हॉर्न और टोन आर्मवाला बाजा बजता था, जिसकी आवाज नजरबाग को चीरती जी. एन. आई. टी. के अन्दर बने हमारे घर तक आती थी। बड़ी

विश्वसनीय चीज थी। ग्रामोफोन के प्रचारक कहते थे, "बाजे को मोल लेकर अपने जीवन को सुफल और घर को शोभित बनाइए। सागौन की मजबूत लकड़ी का केबिनेट या महोगिनी पालिश, धातु का तेईस इंची हॉर्न, डबल स्प्रिंग मोटर, दस इंची टर्न टेबुल, नयी और चली हुई सुइयों के लिए अलग-अलग घर, बाजे की चाल को घटाने-बढ़ानेवाला पुरजा। यह वही ग्रामोफोन है, जिसकी आपको खोज है। इसकी मजबूती, इसका टिकाव, इसकी सुन्दरता तथा इसकी पूरी बनावट सबसे निराली है। इसमें एक ऐसा कल लगाया गया है, जिससे इसकी आवाज केवल उच्च ही नहीं, बलके ऐसी स्पष्ट और मधुर है, गोया जो कुछ आप सुन रहे हैं, वह गानेवाले के ही मुख से गाते हुए जान पड़ता है। सुनी हुई बात कब देखी हुई के बराबर होगी। हमारे अनगिनत डीलरों में से, जो निकट हो, वहाँ जाइए। आँखों से देखिए क्या चीज है, कानों से सुनिए कैसी आवाज है। उपरान्त इन गुणों के मूल्य मुनासिब धार्य की गयी है। अर्थात् महोगिनी पालिशवाली केवल 150 रुपये और ओक 145 रुपये। दि. ग्रामोफोन कम्पनी लिमिटेट, 28 रामपार्ट रो, बम्बई।"

लोग खरीदकर लाते थे और जीवन को सुफल और घर को शोभित बनाते थे। सौ साल पहले एडीसन ने फोनोग्राफ का आविष्कार किया था। उसके घर पर दूर-दूर से लोग फोनोग्राफ देखने आते थे। सभी उसे इन्द्रजाल समझते थे। यन्त्र मनुष्य की भाँति बोल कैसे सकता है। साउण्ड बॉक्स का असली कमाल था। हमारे एक बड़े भाई साहब, जो ग्रामोफोन को खोलकर दुरुस्त करने की महान् रहस्यमय कला के माहिर थे, इस डर से कि उनके जाने के बाद कहीं बच्चे ग्रामोफोन बजाकर मशीन न बिगाड़ें, साउण्ड बॉक्स निकाल, अपने ढीले-ढाले रेशमी कोट की जेब में डालकर घूमने जाते थे। मगर उससे हमारे संगीत प्रेम में बाधा नहीं पड़ती थी। हम ग्रामोफोन की पिन हाथ में पकड़ हल्के स्वर में आता गाना कान सटाये सुनते थे। कहरवा ताल में जूथिका राय का वह 'पटदीपकी' राग में गाया भजन का रेकार्ड। 'आज मेरे घर प्रीतम आये, रहसि-रहसि मैं अँगना बुहारूँ मोतियन आँख भर आये' या मिस दुलारी की वह गजल 'गर हमसे कोई पूछे यह इश्क क्या नहीं है', 'गठरी में लागा चोर मुसाफिर जाग जरा।'

उस जमाने में ग्रामोफोन कम्पनी तक उस्तादों को पटाकर ले आना और गवा लेना सिफत का काम था। उस्तादों को यह मंजूर नहीं था कि हर कोई शख्स, जिसे संगीत की तमीज या समझ नहीं है, रेकार्ड खरीद उन्हें बजाता फिरे। होटलों, पान की दुकानों पर उनका गाया सुर सुनाई दे। उस्ताद अमजद अली खान के पिता उस्ताद हाफिजअली खान ग्वालियरवाले ने जब ग्रामोफोन कम्पनीवालों को टरका दिया, तो उन्होंने महाराजा ग्वालियर से जोर डलवाया। उस्ताद नाजुक स्थिति में फँस गये। बड़ी नम्रता से अपने हुजूर से गुजारिश की कि जब मेरे संगीत का रेकार्ड पानवालों और शादी-ब्याह की महफिल में बजाया जाएगा, जहाँ लोग अपनी मौज-मस्ती में लगे रहते हैं, तब न सिर्फ संगीत का, बल्कि ग्वालियर दरबार का भी अपमान होगा। क्योंकि रेकार्ड पर लिखा

होगा—'हाफिज अली खान ग्वालियरवाले'। राजा साहब मान गये और ग्रामोफोन कम्पनीवालों को रुखसत कर दिया। ग्रामोफोन कम्पनी ने कितना जोर डाला, पर उस्ताद करामत खाँ, अलादिया खाँ, अलावन्दे जाकिर हुसेन खाँ ने उसूलन अपने रेकार्ड नहीं दिये। उनका कहना था कि रेकार्ड के प्रचार से उच्चांग संगीत चर्चा में बाधा उपस्थित होगी। बड़े और गम्भीर प्रकृति के राग तीन या पाँच मिनट के रेकार्ड में अदा नहीं हो सकते। वे कहते थे कि आधुनिक संसार का मूल-मन्त्र है 'जल्दबाजी' और भारतीय संगीत में 'जल्दबाजी' की कोई गुंजाइश नहीं।

मगर इसके विपरीत भी मत था। फैयाज खाँ, अब्दुलकरीम खाँ साहब, पं. बी. एन पटवर्धन, पं. ओंकारनाथ जी ने अपने रेकार्ड बनवाये। उन दिनों आज की तरह लांग प्लेयिंग रेकार्ड तो थे नहीं और उस्तादों का डर कितना स्वाभाविक था। ग्रामोफोन रेकार्ड ने तब गजल, कव्वाली, दादरा, ठुमरी, भाँड, रसिया, पहाड़ी, नात व भजन ही मशहूर किये। 'काली कमलीवाले तुमको लाखों प्रणाम' और 'तेरे पूजन को भगवान बना मन मन्दिर आलीशान' ग्रामोफोन से ही घर-घर पहुँचे।

भोंगेवाले ग्रामोफोन से एक अतीत लिपटा हुआ है। तेरह वर्ष की आयु में कुमार गन्धर्व कैसा गाते थे, यह तो उस रेकार्ड में ही सुरक्षित है, जो तब बना था। सहगल ने वे गीत जो 'प्रेसिडेण्ट,' 'दुश्मन', 'जिन्दगी', 'देवदास', 'चण्डीदास', 'लगन', 'धरतीमाता' आदि फिल्मों में गाये थे, 'कंगन', 'बन्धन', और 'जवाब' के गीत, 'ठोकर' और 'तानसेन' में खुर्शीद के गीत, सुरैया के बीसियों रेकार्ड, के. सी. डे. के वे भजन घर-घर इस भोंगेवाले और पेटीवाले चूड़ी के बाजे से फैले। इसके अलावा भी कितने नाम, जो खो गये। असगरी जान का यह दादरा, 'दिखाये जाओ जनिया तिरछी नजरिया,' मिस दुलारी की गजल 'फितनागर लुत्फ के परदे में जफा करते हैं', आगा फैज की वह चीज 'किसी का जोर मुकद्दर के आगे न चल सका', मास्टर राहत का 'सबसे तुम अच्छे, तुमसे मेरी किस्मत अच्छी', पण्डित लक्ष्मीदत्त का रसिया 'बिजली के मारे रसिया' और हमारी पड़ोसवाली भाभी की पसन्द का वह ढोलक का गीत, जिसे जोहराबाई ने गाया था, 'कौन रँग ननदी वो भैया तुम्हारे। बिरहा की मारी मैं मैके गयी थी। मनाय लाये ननदी वो भैया तुम्हारे। प्रीत लगा के सब मेरी माया, बटोर लाये ननदी वो भैया तुम्हारे।' इस्लामिया होटल से आता वह गीत, 'मेरे मौला बुला ले मदीने मुझे' और 'मदीना न देखा तो कुछ भी न देखा।' जानकीबाई की गजल 'मुझे हमनशी मिला किया तुम्हारा हाल दिल सुनकर,' मास्टर अमीर अली की 'किस पै डाली है नजर आज खुदा खैर करे', पण्डित गोस्वामी नारायण की 'हे नटवर निराली रे लीला तुम्हारी', और वह कॉमिक रेकार्ड, 'कौआ अँधेरी रात में दिन भर उड़ा किया।'

वे दो बच्चा छाप 'टुईन' रेकार्डस्, 'कोलम्बिया', 'एरोफेन', 'हिज मास्टर्स वॉयस' जिन्हें सँभाल सहेजकर रखा जाता था। ताँगेवाले की नकल, बिच्छू काटे की नकल व गीत, पतंग का गीत, 'दिलवर यार का पतंग उड़ाएँगे।' के. सी. डे. का वह गीत 'जाओ

जाओ ओ मेरे साथी रहो गुरु के संग' या 'पनघट पे कन्हैया आता है और आके धूम मचाता है।' भोंगेवाले ग्रामोफोन ने ऐसे हजारों गीत घर-घर फैला दिये। अब किताबों में फकत उनकी कहानी रह गयी। कोई कहता है, तो सुनते हैं फिसाना हाय का ?

तब 'हिज मास्टर्स वॉयस' का रेकार्ड देखकर यह रहस्यमय प्रश्न उठता था कि ग्रामोफोन के सामने कुत्ता क्यों बैठा है और क्या सुन रहा है ? क्या वही सुन रहा है, जो हम सुन रहे हैं ? तब एक किस्सा सुना था। विदेश में एक व्यक्ति ने कुत्ता पाला। वह कुत्ते से बहुत प्रेम करता था और जब तक मालिक प्रेम से पुचकार कर खाना खाने नहीं बुलाता, कुत्ता खाना नहीं खाता था। एक बार जब वह व्यक्ति युद्ध पर जाने लगा, तो उसे चिन्ता हुई कि उसकी अनुपस्थिति में रोज कुत्ता खाना कैसे खाएगा। मालिक की आवाज के बिना कुत्ता रोटी नहीं छूता था। ग्रामोफोन मशीन का तब आविष्कार ही हुआ था। मालिक गया और अपनी आवाज का रेकार्ड बनवा लाया। 'आ जा, आ जा, खा ले, पुचू, खा ले' आदि। कुत्ते के खाने के समय भोंगेवाले ग्रामोफोन पर रेकार्ड चढ़ा दिया जाता। कुत्ता मालिक की आवाज सुनता, दुम हिलाते घूमता ग्रामोफोन के आसपास। समझ नहीं आता मालिक कहाँ है, पर वह उस आवाज के आदेश पर खाना खा लेता। वही 'उसके मालिक की आवाज', 'हिज मास्टर्स वॉयस' का करुण प्रसंग जब प्रसारित हुआ तो एक नयी ग्रामोफोन कम्पनी ने अपनी रेकार्ड के लिए इस चित्र व शीर्षक को चुन लिया। आज जो कुत्ता भोंगे में मुँह डाले सुन रहा है, वह वही है, 'इिज मास्टर्स वॉयस।'

मैंने कबाड़ी से आग्रह किया, ''प्यारे भाई, इस भोंगे से एक-दो चीजें सुनवा दो।'' वह भी रसिक था। कई रेकार्ड सुनाता रहा, जो अब नहीं मिलते। 'पन्ना', 'रतन', और 'पंचोली' की फिल्मों के गाने, 'चित्रलेखा' फिल्म का गीत, 'जाओ-जाओ बड़े भगवान बने, इन्सान बनो तो जानें', 'सहारा' फिल्म का 'ऐ साइकिलवाली नारी, तेरे नैन हैं तेज कटारी।' वह भजन 'सुना दे, सुना दे, सुना दे कृष्णा, तू बाँसुरी की तान सुना दे कृष्णा', फिल्म 'चन्द्रगुप्त' में सुरैया का गीत 'पिया पिया रट के मैं तो हो गयी पपीहा' उसी कबाड़ी के रेकार्डों में एक कव्वाली वाइज साहब हैदराबादी की सुनी, 'एरोफेन' रेकार्ड पर, जो तब भी सुनने को नहीं मिली।

दारे फानी में है अच्छे वही आनेवाले
राहे उर्फा में हैं बस दिल को लगानेवाले।
आके दुनिया में जो लेते नहीं भगवान का नाम
खाली हाथों से चले जाते हैं आनेवाले।
कब पसन्द आते हैं दुनिया के तराने उनको
हैं सदा राम की भक्ति को जो गानेवाले।
सज्ञनो, दहर में करते हो मोहब्बत जिससे
फिर न ढूँढेंगे कभी तुमको घरानेवाले

हों वही आपको मिट्टी में मिलानेवाले।
अपने हाथों से तुम्हें खो के जहाँ से एक दिन
फिर न ढूँढ़ेंगे कभी तुमको घरानेवाले।
आखरी वक्त श्मशान में लकड़ी देकर
फूँक डालेंगे तुम्हें लाड़ लड़ानेवाले।

यही होवे। यही सबके साथ होवे। भोंगेवाले ग्रामोफोन के साथ भी यह हुआ। किसी घरानेवाले ने उसको कबाड़ी को बेच दिया। राहे फानी में से अच्छे वही आनेवाले, जिनके नये एल. पी. बजते हैं। पुरानों को कौन याद रखे हैं। एक दिन यही होता है। मुँह मोड़ लेते हैं, लाड़ लड़ानेवाले।

81

पारसी थियेटर : रिलेवेंस नी प्रोबलम

नरीमन जी उभे हुए और फेर बैठ गये। सब लोग बोला खड़ा होना जरूरी नहीं, बात दिल से और बेतकल्लुफ होना चाहिए। सण्डे का रोज, दोफर का वक्त, कुल जमा बारा-पन्द्रा लोग, सब यार-दोस्त जिनमें थेटरवाले ऑथर हिन्दी के, एकाध जर्नलिस्ट छापेवाले सब थे। प्रोबलम थी के जब सत्यदेव दुबे भाई का खेल से लेकर शरद जोशी भाई तक का ठेठर-तमाशा चालू हो गयेला है, हिन्दी में; अन्धों का हाथी और बटालू का बकरी भी स्टेज पर आ गिया तो, अब टैम आ गया है कि अपना जूना पारसी थियेटर को फेर से चालू किया जावे। नरीमन जी और उनके दोस शापुर जी ने सबसे बात की, तो कोई बोला कि पारसी थियेटर का कोण्टम्परी रिलेवेंस खलास हो गया। इसका पीछू शापुर जी ने ये मीटिंग बोलाया। अक्खा बात करो ना, रिलेवेंस छे कि नईं।

"सायबजी, मेरा सब दोस्त लोग, जो इजाजत होय, तो मैं सुरुआत में 'चतरा बकावली' की चार लाइन अरज करता—

अब तो दुनिया की घड़ी मुझको चलानी चाहिए
दिल के चक्कर के लिए कोई कमानी चाहिए
बिन घड़ी चलने के सब पुर्जे पे जंग आ जाएगी।
जब निकम्मी हो गयी, दुनिया के क्या काम आएगी।"

सब बाजू से वाहवाह होने लगी। नरीमन जी ने आगे कहा—"पारसी थेटर की घड़ी पे जंग लग गयी, जमाना गुजर गया। अपन तो खाली बैठ गये। पण दिल के चक्कर को कोई कमानी तो होना ना। आपकी मददगारी हो तो ये घड़ी फिर स्टार्ट करें।"

"जरूर-जरूर।" किदर तोबी से आवाज आयी।

नरीमन जी का हौंसला बढ़ा, और वे पारसी थेटर का एक गाना सुनाने लगे—

जुल्फे पुरपेच में दिल ऐसा गिरफ्तार हुआ
छूटना दुश्वार हुआ
बैठे बिठलाये नया इश्क का आजार हुआ
मुफ्त बीमार हुआ

खाक सेहरा की तेरे हिज्र में छानी ऐसी
हैसियत तक न रही
पार तलवों के मेरे दस्त का हर ख्वार हुआ
चलना दुश्वार हुआ।''

वे ठहरे, थोड़ा स्माइल दिया और बोले, ''पारसी थेटर की मोहब्बत में अपनी हालत भी जनता पार्टी जयसी हो गयी सायबजी।'' और फिर गाने लगे—

आपने हमसे कहा था कल आएँगे जरूर
अब तक न आये हुजूर
पूरा वायदा न कभी आपका ऐ यार हुआ
रोज इकरार हुआ।

''वाकई जनता पार्टी का येइच माजना रह गया आजकल। वायदा कोई पूरा होताईच नईं''— किसी ने वाह के साथ कहा। नरीमन जी बोले, ''खामोश ! खामोश ! अबी और आगे सुनो—

हमसे छुप के जो रातों को चले जाते हो
इसका बाइस तो कहो
दोस्ती किस से हुई, किसका नया प्यार हुआ
कौन दिलदार हुआ
मेरी बाइस से हुआ जहान में शोहरा तेरा
मान अहसान मेरा
मिस्ले यूसुफ तेरा हर एक खरीदार हुआ
गर्म बाजार हुआ।''

''ये गाना मेरे को काँग्रेस के जमाना में भी याद आता था और अब जनता के जमाना में भी याद आता।'' नरीमन जी ने कहा और लोग लाइनों को 'बंसमोर' करवा के सुनने लगे। एक बोला, ''मेरे को नोट करा दो। मैं चन्द्रशेखर को लिख कर भेजता।'' नरीमन जी बोले, ''चन्द्रशेखर क्या, मोरार जी को भेजो।'' फेर तय हुआ के ये गाना अपना नानी पालखीवाला को देयेगा, ओई मोरार जी भाई को पौंचा देयेंगा।''

इस गाने को थियेटर में नरीमन जी खुद गाते थे। शापुर जी ने बताया। तभी नरीमन जी उसी मूड में 'इन्द्रसभा' नाटक की लाइन गाने लगे, के मानो जनता पार्टी से पब्लिक म्हणजे—

मरता हूँ तेरे राज में ऐ यार खबर ले
अब जान से जाता है ये बीमार खबर ले

आँखें हैं लगी दर से दिखा शक्ल खुदारा
सर फोड़ रहा हूँ पसे दीवार खबर ले।''

''टापिक पे आव नी ?'' पास बैठी नाजू गोदरेज बोली।

''शूँ ?'' नरीमन जी ने झुक के पूछा।

''टापिक पे आव नी ?''

''ये टापिकीच छे। पब्लिक जनता-सरकार से कैती है के बीमार जान से जाता है और आप लोग सिरिफ आपस में बूमाबूम मारता है। कोण्टेम्पररी रिलेवेंस है के नहीं, बोल ! पारसी थियेटर का येइच सवाल है।''

नरीमन जी सबकी ओर देख मुस्कराये और बोले, ''औरत की झात बीच में टउका नई मारे तो काम नी बने। नाजू बेन बोलती टापिक पे आओ।''

''नहीं-नहीं आप अपनी इच्छा से विचार प्रकट करें। कोई बन्दिश नहीं।'' बोरीबन्दर की बाजू 'टाइम्स' का छापा निकलता है ना, उसी में के एक हिन्दी लिखनेवाले ने कहा। तब तक नरीमन जी नाजू गोदरेज को छेड़ते हुए 'तब्दीले किस्मत' का एक गाना गाने लगे थे—

''गोरी तोरे गाल पर, तिल का दाग है काला
मतवाला बना मतवाला।''

नाजू गोदरेज थोड़ा शरमायी, फिर मजे लेने लगी।

''ओहोरी मेरी बर्फी जलेबी, तेरा है नखरा निराला
आलू-सी आँख है, बैंगन-सी नाक है
जिसम बना भाजी पाला।''

इस पर सब आनन्द लेने लगे।

''अग्गे बोलो नी। टुमारी लाइन टुम बोलो।'' नरीमन जी ने नाजू गोदरेज से आग्रह किया और नाजू ने असली स्टाइल में कहा—

''छूवे मत, छेड़े मत, मुझको तू लथेड़े मत
बना है कैसा मतवाला।''

''मतवाला बना मतवाला।'' नरीमन जी ने गाया।

तालियाँ बज गयीं। बहुत खूब की चल गयी।

''आप लोग साथ में काम करते थे ?'' किसी छापेवाले ने सवाल उछाला।

''हज़ार बार किया।'' नरीमन जी ने बताया, ''तब ये बहुत फटाखा लगती थी हाँ, आज तो चुड़ैल लगती है।''

"ये बी तब ऐसा मोटू और गंजू नई था। बन्दर का माफक उछलता था स्टेज पर।" नाजू बेन ने कहा।

दोनों एक-दूसरे को देख हँसने लगे। नरीमन जी गाना गाने लगे नाजू को चिढ़ाने के लिए—

"नीला पीला पाया, सदा आँखों में डोरा पड़ा
होठ मोटे, बाल छोटे, कभी काजल न उसने लगाया
वो चोटी है दुम से भी हेटी, गाल पिचके हुए,
पेट पेटी, बात गाली, घातवाली, ऐसी भोंडी से
दिल क्या मिलाया—नीला पीला पाया सदा
हाथी जैसा कमर…"

"अब बस करो नी।" नाजू ने रोका, मगर नरीमन जी चालू रहे—

"हाथी जैसी कमर, बेशरम बड़ी, दाँत कौड़ी
नाक चौड़ी, गाया-बजाया—रिझाया तो क्या
पाँव दोनों बाँबू गठियल, देखा दिखाया
सुनाया तो क्या—नीला पीला पाया सदा।"

"ये किस थियेटर का गीत है ?" किसी ने पूछा। छापेवाला बोला पीछे से "यह भोगा हुआ यथार्थ है।" नरीमन जी ने सुना नहीं। तब शापुर जी ने बताया, " 'जुल्मे वहशी' का।" नरीमन तब नाजू गोदरेज से एक ड्यूएट गाने का आग्रह कर रहे थे, जो उन दोनों ने 'जफाए सितमगर' में गाया था।

"सुनिए सायबजी, एक दोगाना।"

"इरशाद।"

नरीमन : "तेरे मेरे सानी जानी, जोड़ा थोड़ा होगा कहीं।"

नाजू : "पड़ मुए, जा कुए, छोड़ मुझे, क्या तुझे बोलूँ भला बेहया तुझसा नहीं।"

नरीमन : "देख मेरा मुखड़ा, चाँद का टुकड़ा, ताजा जवाँ ऐसा है कि सुकूँ नहीं।"

नाजू : "मंगल-सी मूरत्त, बन्दर-सी सूरत, तेरे मुँह पे मैं कभी थुकूँ नहीं।"

नरीमन : "प्यार कर मुझको, मैं कभी तुझको औरत के मानिन्द कोसूँ नहीं।"

नाजू : "चल ओ लफंगे, जा ओ बेढंगे, बातें तेरी मैं ऐसी सोचूँ नहीं।"

नरीमन और नाजू दोनों बूढ़े हो गये, मगर गाना तड़ाके और पूरे हावभाव से पेश किया तो सबका दिल मस्त हो गया। क्या बात है ? कोई बोला कि इण्टरटेनमेण्ट का ये लेवल है, जाहिर है पब्लिक खिंच के देखने आती होगी।

इस पर शापुर जी थोड़ा गम्भीर हुए और बोले, "ऐसा मत समझना कि आक्खा गाना ऐसा चीप लेवल का है, चालू लोग के लिए। इसका कोण्टेम्परेरी रिलेवेंस है।

जैसा आक्खा काँग्रेस पार्टी में तकरार भी चलता है, फेर यूनिटी का डायलाग भी होता है, फेर तकरार होता है। वैसा ही नाजू और नरीमन को चलता था। तकरार में यूनिटी, यूनिटी में तकरार।''

नरीमन सुन कर उछल पड़े, सीनो फुलाकर बोले, ''सायबजी, ये खयाल गलत है कि पारसी थियेटर झूना पड़ गया और अब उसका कोई मतलब नहीं। हम आपको अइसा सीन बताते कि आपको लगे आज दिल्ली में हो रहा है। होम मिनिस्टिर बहुत कोशिश किया था। पण मेडम इन्दिरा गाँधी हाथ कब्जे में नहीं आया। तबी होम मिनिस्टर घुस्सा खाँ के पोलिस अफसर से जो बोलता, वो ऐसा ही-ही जैसा 'जुल्मए अजनम' में। टमे सोनाओ, ''क्या सुनता मैं, क्या सुनाता है तू।''

नरीमन जी के कहने पर शापुर जी खड़े हुए और ये गाना सुनाया—

''ये क्या सुनता हूँ क्या सुनाता है तू
ऐ बिगाड़े है, या मुझको बनाता है तू
गयी फौज से भाग, नूरुन्निसा
ये अँधेरे कैसा दिखाता है तू
तेरे साथ जो ये सिपाही सवार
सजा क्या उन्हीं को दिलाता है तू
बगैर उसके जीना है हम पर हराम
मैं खुद जाऊँ या जा के लाता है तू।''

''अबी कौन बोलता कि इसका कोण्टेम्पररी रिलेवेंस नथी'', नरीमन जी ने कहा, ''मेरे कू लगता है कि काफी है।''

''यदि पारसी थियेटर की शिल्प पर वर्तमान राजनीतिक सन्दर्भ में एक व्यंग्य नाटक लिखा जाए तो सम्भावना है। प्रयोग भी रहेगा, और परम्परा से जुड़ने का प्रयास भी।'' छापे में काम करने वाला कोई हिन्दी का ऑथर बोला।

''अइसा होय ना तो, अमारे शापुर जी भाई को राज नारायण का रोल देना''—नरीमन जी ने मजाक किया।

''मय जरूर करूँगा। मैरे को उसका कैरेक्टर पसन्द है।''

''नरीमन जी, आप चरण सिंह बन जाइए।'' किसी ने बोला।

सब हँसने लगे नरीमन जी हँसते हुए बोले, ''वैसे बोलो तो ठीक है, शापुर जी मेरा पुराना चमचा है। 'आशक का खून' नाटक किया था हमने, तो उसमें ये अपुन का नौकर बन कर भौत सताया था।''

इस पर शापुर जी नौकर की भूमिका में गाया गाना सुनाने लगे—

''आया हूँ मैं नौकर रहने जल्दी काम बोलो

मुश्किल तुम पर कौन पड़ी है, नेको नाम बोलो
मुझमें है ना खामी, मैं कामयाब हूँ नामी
सारे मुझसे डरते हैं, क्या रूमी और क्या शामी
उसका बेड़ा पार है, बस, जिसके हैं हम हामी
पर मिलेंगे तन्खा के क्या हमको दाम बोलो,
आया हूँ मैं नौकर बनने जल्दी काम बोलो।''

शापुर जी ने इतने मजे से सुनाया कि नरीमन जी भी हिलने लगे।

''जो भी कोई सुरू-सुरू में थेटर में पार्ट माँगने आता, उसे सरवण्ट का पार्ट मिलता था सबसे पहले।'' नरीमन जी बोले।

''आपने भी नरीमन जी, सरवण्ट का पार्ट किया !''

''अरे, हमने तो हीरो बनके सरवण्ट का पार्ट किया। हरिश्चन्द्र ड्रामा किया, तो सुरू में राजा बना, फिर पूरे बखत गुलाम रहा।''

''सत्यवादी हरिश्चन्द्र पारसी स्टाइल में भी हुआ था ?''

''क्यों नईं। हमारा ये गाना बड़ा हिट था।''

''कौन-सा ?''

''ये भी एइसा ही समझो जैसे फेथफुल हनूमान जी बोले।''

और नरीमन जी ने शुरू किया—

''माना स्वामी का फरमाना, हमने माना मोती
आलम की आफत से दहशत क्या
जो हरफी बाजी खेलेगा, सो पासा गम का ले लेगा
दुनिया में दुख वो झेलेगा
दरिया में डूबेगा वो जिसको लाना मोती
माना स्वामी का फरमाना हमने माना मोती
मर्द हो तो दर्द से सर्द कइसा ?
हिम्मत है मर्दाना उसके हर आँसू का दाना
है पहचाना मोती
माना स्वामी का फरमाना हमने माना मोती।''

''हरिश्चन्द्र नाटक के उस जमाने में कितने प्रदर्शन हुए ?''

''भौत हुए। टूर किया नॉर्थ इण्डिया का। उसमें भंग पीने का शौक पर एक गाना बहुत मजेदार बना था। उदर बनारस लखनौ साइड में भंग का चलन जादा है ना।''

और नरीमन जी ने सुनाया—

''मन मैल मिटे, तन तेज बढ़े, दे रंग-भंग का लोटा

जब तार जमे, आजार जमे, नौ हाथ बढ़े जी छोटा
तन साफ लगे, मन साफ रहे, हो साफ आदमी खोटा
ले कन्द दूध में घोला, तो भाँग बना अनमोला
कर पार भंग का गोला, हर बार बोल बमभोला
उठ भोर, नहा के गंग, चढ़ा ले भंग, जमा ले रंग
निराले ढंग, दिखा दे जंगी कूढ़ी सोटा।''

''वाह-वाह...अरे भई, यह तो अमृतलाल नागर जी को समर्पित कर दिया जाए।''

''केम, इसका भी कोण्टेम्परेरी रिलेवेंस निकल आया क्या ?''

''भई, दारू की बात पर तो मोरारजी ने सेंसर लगा दिया, पर भाँग की बात तो स्टेज पर भी की जा सकती है।''

''सबेरे फेर छनेगी।'' नाजू गोदरेज ने किसी गाने की याद दिलायी।

''हाँ सायबजी,'' नरीमन जी बोले, '' 'मुरीद शक' ड्रामा में भाँग पर जोरदार गाना था। बूटी पिला के लुभा गया कोई मुझे। ओ कमलापटी तिरपाठी, पण्डत का माफक। भाँग में ट्वेण्टी टाइम घोंटा मारता है, तो ट्वेण्टी प्वाइण्ट प्रोग्राम पूरा कर देता है !''

बड़ी सबेरे जो कोई छाने वाकी लम्बी दीठ
उड़त चिरैया वो पहचाने, गिरी सड़क से ईंट
सबेरे फेर छनेगी
दूसर पहरे जो कोई छाने, वाके लम्बे कान
तवा कटोरा बेच डाल के, धर लोटे पे ध्यान
सबेरे फेर छनेगी
तीसर पहरे जो कोई छाने, ज्यों भादों की कीच
आर्टी पार्टी बिला गयी, और आप नशे के बींच
सबेरे फेर छनेगी।''

इस पर वाह-वाह के कुल्हड़ फूट गये देखते-देखते।

''कॉमेडी साँग में पारसी थियेटर का जवाब नहीं।''

''वाह-वाह !''

''हम लोक का ड्रामा था, 'जहाँगीरशाह और गोहर'।'' नरीमन जी ने इतना कहा कि नाजू गोदरेज हँसने लगी।

''देखो, नाम लिया कि हँसने लगी।'' नरीमन जी ने कहा, ''गा-गा, थोड़ी मझा आएगी।'' नाजू गाने लगी—

''मैं तो बाबरची की बेटी मेरा बाप दादू मियाँ।''

"क्या कहने ?"
"भई वाह !"
"सुनो, जरा पूरा सुनो—

"मैं तो बाबरची की बेटी, मेरा बाप दादू मियाँ
मोगरा मेरी मादर प्यारी, नाम चमेली मेरा
काले खाँ की माशूक मैं हूं, वो है मेरा हीरा
काली-काली सूरत मेरी काले खाँ की सारी
गोरे मुँह को आग लगाऊँ, काली मुझको प्यारी
लटक-मटक कर चली बजार को हाथ में लेके टोकरी
नजर भर कोई देखो लोगो, बाबरची की छोकरी।'

"जब ये गाती थी तो मैं तो विंग्स में खड़ा आँख मारता था इसको। कोण्टेम्परेरी रिलेवेंस पूछो तो क्या बोलते हैं, इसमें रंग-भेद का लफड़ा है और अक्खा एशिया, अफ्रीका का स्टेटमेण्ट है के 'गोरे मुँह को आग लगाऊँ, काली मुझको प्यारी' !" नरीमन ने कहा।

"कोण्टेम्परेरी रिलेवेंस की ऐसी-तैसी यार, बात का रस लो। सिचुऐशन क्या है। अदाकारी क्या है, धुन क्या है।" किसी दर्दी ने कहा।

"यह हुई ना कुछ दिलदार की-सी बात", शापुर जी बोले। और नरीमन जी ने रंग-में-रंग मिला के जाने किस ड्रामा की चार लाइनें कहीं—

"मोहब्बत चाहिए बाहम, हमें भी हो तुम्हें भी हो
खुशी हो इसमें या हो गम, हमें भी हो तुम्हें भी हो
हम अपना इश्क चमकाएँ, तुम अपना हुस्न चमकाओ
हैरां देख कर आलम, हमें भी हो तुम्हें भी हो।"

तब तक चाय आ गयी।

"माफ करना सायब, मैं ही मैं बोला पूरे बखत। आप लोग भी अपना थॉट रखो।"

"नाजू गोदरेज जी, आपने बहुत से पारसी नाटकों में पार्ट किया, गाने गाये, आपकी नजर में कौन-सा पार्ट व गाना सबसे प्रिय लगा ?" छापे में नौकरी करनेवाले ने पूछा।

"मैं हीर-राँझा में हीर किया था, तब मैं एक गाना बहुत दिल से गायी थी जो मेरे को तब भी पसन्द लगता था, और अब भी मेरा वो दिलपसन्द हय।

"चुन चुन कलियाँ, घड़ियाँ टलियाँ
सैयाँ न आये, मैं तलमलियाँ
घर माँ नाहीं, लागे जीअरा

सैरे चमन को, हम चलियाँ
फूलों में वाकी, बास न आयी।
हाथ बहुत ही हम मलियाँ
सगरे बगीचे में सखियन मिल के
करती हैं अब रंगरँलियाँ
सबसे अकेली क्यूँ न वो होवे
बिरह अगन में जो जलियाँ।''

''गुझर गया झमाना सायबजी, अब कौन करे रंगलियाँ, कैसा-कैसा केमरा निकल आया कि रंग-रलियाँ का फोटो खींच लेता है। और छापावाला छाप कर अक्खा आलम में जाहीरात कर देता है। अब कुछ भी नईं रहा। बखत-बखत की बात है। नया कब पुराना पड़ जाय, क्या कहना। चली गयी जमात की जमात पारसी थियेटर करनेवालों की, कहाँ खपत हो गये दुनिया को पता ही नहीं।

''हम तो आशिक थे तेरे नाज उठानेवाले
तुम से कम देखे हैं महबूब सतानेवाले
कल शबे-वस्ल में क्या जल्द कटी थीं घड़ियाँ
आज क्या मर गये घड़ियाल बजानेवाले।''

''मैं आपसे पूछता हूँ सायबान। जिन्दगी वयसी, हुस्न इश्क वयसा, मोहब्बत वयसी, गरीब का हवाल वही। हमने पेट के लिए थेटर किया, तो क्या ? आज नाचनेवाला क्यूँ नाचता है, वझो तो जो तब थी सो अब है। जेरे वफा पेट के लिए, रंजो बला पेट के लिए। नेता वोट माँगता है पेट के लिए। लेखक आन्दोलन का कोट माँगता है पेट के लिए।

'साधू भी देता है दुआ पेट के लिए
धन्धा हरेक ने सीख लिया पेट के लिए
माशूक भी कर रही वफा पेट के लिए
क्या-क्या वो करती नाजो अदा पेट के लिए
दिन-रात हकीम करता दवा पेट के लिए
बिल्ली भी मारती है चूहा पेट के लिए।

''पण जब बखत बदला, पारसी थेटर का रंग कमजोर पड़ा, सेनुमा आया और लोग उधर जाने लगे, तो हम क्या करते सायबजी। आबरू सबकी होती है।

''अरे, देख लिया तुझे रूबरू
अपना हुआ न तू

ऐसी वफा पे थू
इस इल्तिजा पे थू
आएँगे अब कभू न हम खोने आबरू।''

नरीमन जी चुप हो गये, शापुर जी चुप हो गये, गोदरेज बेन चुप हो गयीं।

बड़ी देर तक बुद्धिजीवी पारसी थियेटर के कोण्टेम्परी रिलेवेंस पर बहस करते रहे। फिर महफिल उजड़ने लगी। जनता पार्टी के झगड़े की तरह हल न निकलना था, न निकला।

82

नाटक भक्त प्रह्लाद का

नाटक खेलने की सारी परिस्थितियाँ उत्साहजनक थीं। रामप्यारेलाल 'मस्ताना' (तरंग अगरबत्ती के स्थानीय एजेण्ट) के पास भक्त प्रह्लाद 'डिरामा' लिखा हुआ था और दो तख्त घर में थे ! नाटक कैसा भी हो तख्त मजबूत थे, और कहते हैं ना—नाटक के उत्थान में सबसे जरूरी है अच्छा मंच। देवीलाल मास्टर ने होलिका का पार्ट करना मंजूर कर लिया था। पेटी-तबला नत्थू दरजी के पास है ही, यह मोहल्ले के लिए प्रसन्नता और गर्व की बात थी। रामलीला में लछमन का पार्ट करने में विशेषज्ञ लड़का पूरण भक्त प्रह्लाद का पार्ट करने को राजी हो गया और स्वयं प्यारेलाल 'मस्ताना' बाप हिरणाकश्यप बने। चन्दा हुआ, परदों के लिए साड़ियाँ घर से निकल आयीं। सीटी खरीदी गयी और मुंशी हरदयाल परदे के पास तैनात हुए। सीटी उन्हीं को दी गयी। मस्ताना कृत नाटक की विशेषता यह थी कि नाटक पाँच पन्नों में समाप्त हो जाता था पर 'सीन' कई थे। मेकअप-कुशल ड्राइंग मास्टर साहब ने नियम की घोषणा की—मरद का पार्ट करने वाले को मोंछें लगेंगी और जनाना पार्टी के गाल लाल किये जाएँगे सिरिफ। देवीलाल मास्टर का डबल रोल था, एक बार कुम्हारिन बनके आना था, फिर होलिका। मस्तानाजी ने घर पर रिहर्सलें करवायीं और नियत दिन ड्रामे का सरंजाम हुआ। परदा उठने के पहले मस्तानाजी और मुंशी हरदयाल में झड़प हो गयी। मस्तानाजी का कहना था कि वह जब इशारा करें तब सीटी बजाना और मुंशीजी का कहना था कि सीन खतम होते ही सीटी मार दूँगा। देवीलाल मास्टर ने अपना आँचल बार-बार सँभालते और पल्ला हिलाते हुए कोमल वाणी से दोनों को शान्त किया। प्राम्पटर को माइक के पास से भगाकर दूर बिठाया और बीड़ी बुझाकर मस्तानाजी नत्थू मास्टर से हाथ मिलाकर मंच पर चढ़े। पहला सीन हिरणाकश्यप की तपस्या का था। परदा उठने के पहले नत्थूजी ने यह पद गाया —

युगों पुरानी बात है, था शहर एक मुल्तान।
तहाँ पे करता राज था, हिरणाकश्यप सुलतान।।

(और अब परदा नाज-नखरे से उठा)

परम भक्त वह शिव का था, कीनी थी तपस्या अति भारी।
उसकूँ दरसन देने कूँ, तब आये शम्भु सुखकारी।।

फिर हारमोनियम की रीड अनावश्यक रूप से 'क्याँ-क्याँ' करने लगी। उसके शान्त होने पर मस्तानाजी ने अपना पहला हिरणाकछपी डायलाग बोला, "हाय इतनी तपस्या की, अभी तक शिव ने दरशन नहीं दिये। अपने भक्त के सिमरण नहीं किये। अच्छा ठीक है, अब मैं एक टाँग पर तपस्या करूँगा चाहे कितनी ही आँधी आये।"

हिरणाकश्यप एक टाँग पर खड़े होते हैं। नेपथ्य में पतला टीन हिलाया जाता है ताकि आँधी का अहसास हो। शिवजी नत्थू मास्टर का कन्धा उलाँघते हुए प्रवेश करते हैं। हारमोनियम रुक जाता है। दर्शकों में से एक बुढ़िया खड़ी होकर शिवजी को प्रणाम करती है।

शिवजी : हे भक्त हिरणाकश्यप, मैं आ गया।

की तैने तपस्या भारी, जो माँगना हो माँग ले।
आज मैं परसन्न हूँ, जो कामना हो माँग ले।।

हिरणा० : हे शम्भु भोलेनाथ—

अगर चाहे तो तू भर दे, सभी खाली खजानों को।
दुनिया की दौलत बाँट दे तेरे दिवानों को।।

शिवजी : हाँ हाँ, निस्संकोच कह। बोल क्या माँगता है ?

हिरणा० : तो हे शम्भु, मुझे वरदान दे कि चाहे इन्सान हो या हैवान हो, मेरे प्रान नहीं ले सके।

न घर में मरूँ, न बाहर मरूँ
धरपी पे मेरी होवे नहीं मौत,
कोई शस्त्र न मेरी जान लेवे
न दिन में मरूँ न मरूँ मैं रात।

शिवजी : जो भी माँगा है तूने, जा दे दिया, जा दे दिया, जा दे दिया।
(और अन्तिम 'दे दिया' के साथ शिवजी ने छलाँग भरी और विंग्स में लोप हो गये। देवीलाल मास्टर ने लाल रँगे हाथों से उनकी पीठ ठोंकी, "शाबास प्यारे, मान गये।" इधर सीटी बजी और परदा डाउन। मस्तानाजी का पहला सीन खतम।)

हारमोनियम फिर चेता और नत्थू मास्टर ने पद गाया—

जैसे ही हिरणाकश्यप ने पाया ये वरदान।
वैसे ही भर गर्व में, पहुँचा शहर मुल्तान।।
आकर परजाजन को अपनी ड्योढ़ी पर उसने बुलवाया।
कर डंके की चोट सभी से तब उसने यों फरमाया।।

(सीटी फिर बजी और परदा उठा। हिरणाकश्यप ने दर्शकों को सम्बोधित करते हुए आगे बढ़कर कहा—हे मेरे परजाजनो, सुनो, आज से मैं ही तुम्हारा देवता उर्फ भगवान् हूँ। मेरी ही जय बोलो, मेरी ही भक्ति करो। आगे से कोई दूसरे भगवान् का नाम यहाँ नहीं लिया जावेगा।

कोई मेरे राज में, ईश्वर के गाना गाएगा।
उस दम बुलाया जाएगा, सूली चढ़ाया जाएगा।।
अगर सर्वशक्तिमान कोई है तो मेरा नाम है।
मैं ही तुम्हारा देव हूँ, कोई न दूजा राम है।।
भक्ति करने वाले की याँ खाल खींची जाएगी।
आज से सारी दुनिया मेरे नगमे गाएगी।।

(नेपथ्य से आवाज आती है—''भगवान हिरणाकश्यप की जय'', पर दर्शकों में बैठा कोई साहसी 'हुड़त' हूटिंग कर देता है। इसी समय मुंशीजी सीटी बजवाकर परदा गिरवा देते हैं। मस्तानाजी विंग्स में आकर चिल्लाते हैं—जयजयकार तीन बार होनी थी। परदा पहले क्यों गिराया। मुंशीजी उनकी बात पर ध्यान नहीं देते और कुम्हारी और प्रह्लाद को आवाज मारते हैं जिनका सीन था। भक्त प्रह्लाद साफा बँधवा रहे थे। उनके मित्र ने वायदा किया था कि वह बढ़िया बाँध देगा। इसलिए बँधा-बँधाया साफा उन्होंने खोल दिया था। कुम्हारी अर्थात् देवीलाल मास्टर मंच पर आ गये थे और नत्थू दरजी की हारमोनियम पर झुककर पार्ट के लिए लटें ठीक करवा रहे थे। प्रह्लाद आकर मंच के कोने में खड़ा हो गया तब परदा उठा और मास्टर देवीलाल ने दोनों हाथ आकाश की ओर उठाते हुए अपना अभिनय आरम्भ किया।)

कुम्हारी : हे परमेश्वर, दयानिधान, दया के सागर ! तुम मेरी लाज रखो। मुझे इस पाप से बचाओ। हे राम इन जीवों की रक्षा करो।

प्रह्लाद : अय कुम्हारी, क्या तेरी अक्ल गयी है मारी। तू आखिर किसे पुकार रही है ?

कुम्हारी : शहजादे प्रह्लाद, मैं अपने राम को पुकार रही हूँ।

प्रह्लाद : आखिर इसकी वजोह ?

कुम्हारी : वजोह यही है कि अबा में बिल्ली के बच्चे रह गये हैं और गर राम कृपा न करेगा तो वे भुन जाएँगे।

प्रह्लाद : हा-हा-हा-हा ! अरी मूर्ख, क्या राम के पुकारने से बिल्ली के बच्चे बच जावेंगे। क्या तुझे सुलतान का डर और जान का खौफ नहीं है।
(तभी देवीलाल मास्टर स्टेज के बीच में आ गये और दोनों हाथ जनता के सामने फैलाकर बोले —

मुझे उम्मीद है निकलेंगे मेरे राम अब सच्चे।
बच जाएँगे अब जलती में बिल्ली के बच्चे।।)

प्रह्लाद : टुक देखता हूँ मैं और तू अबा को खोल।
यदि बात रही झूँठी तो दूँ पिता से बोल।।
(कुम्हारी उर्फ देवीलाल मास्टर विंग्स में गये और मस्तानाजी ने टोकने में छिपाये बिल्ली के बच्चे, जो उन्होंने तख्त के नीचे सँभालकर रखे थे, मंच पर फेंकने आरम्भ किए। नत्थू दरजी ने म्याऊँ-म्याऊँ करना आरम्भ कर दिया। बच्चा लोग ने जमकर ताली बजायी।) प्रह्लाद बोले—

मान गया मैं तुझे कुम्हारी, मिल गया है मुझको ज्ञान।
अब से आगे याद रखूँगा, तेरी ही दयानिधान।।
उस राम की ही खोज में, सारा समय बिताऊँगा।
उसका रटते नाम अपना, जीवन सफल बनाऊँगा।।

(परदा गिर गया। अब ड्रामे का सबसे महत्त्वपूर्ण सीन था। मस्तानाजी एक बीड़ी धौंक चुके थे। मंच पर कुर्सी रखी गयी और उसके दोनों ओर एक-एक मयूरपंख बाँधकर उसे सिंहासन बना दिया गया था। हारमोनियम और तबला पूरे जोर पर था। मस्तानाजी ने घूरकर प्राम्पटर को देखा और कहा, ''गलती नहीं होनी चाहिए।'' वे मंच पर आये और सिंहासन पर सिर लटकाकर बैठ गये। दरबारी पास में खड़ा हो गया। शिवजी के मेकअप के समय की भभूत अभी दरबारी के चेहरे से मिटी नहीं थी। सीटी बजी और परदा उठा।)

हिरणा० : (उदास स्वरों में)—मैं क्या सुन रहा हूँ। नहीं नहीं...यह कभी सच नहीं हो सकता। प्रह्लाद प्यारा कभी गलत राह नहीं खो सकता।

दरबारी : छिमा करें प्रभू ! जाने किसने शाहजादे की मति बिगाड़ी है और वे सदैव राम ही रटते हैं और परजाजन में परचार करते हैं।

हिरणा० : आँय, यह तो राजद्रोह भी है। बुलाओ; मेरी आँखों के सितारे, गुल हजारे, प्रह्लाद प्यारे को बुलाओ।

प्रह्लाद : (तुरन्त प्रवेश कर) मैं इधर ही आ रहा था पिताजी। राम का शन्देस तुम तक ला रहा था पिताजी।

हिरणा० : प्यारे बेटे इसकी वजह ?

प्रह्लाद : वजह यही है कि राम ही तो सबसे शक्तिमान हैं। इस दुनिया के घट-घट में बसा वही भगवान् है।

हिरणा० : आखिर यह दीवानापन क्यों ?

प्रह्लाद : राम पे दीवानापन ही सच्चा ज्ञान है।

हिरणा० : अरे बच्चे, तू बड़ा नादान है।

छोड़ दे तू छोड़ दे, उसका नाम लेना छोड़ दे।
मोड़ ले मुख मोड़ ले, दुश्मन से मेरे मुख मोड़ ले।।

प्रह्लाद : क्या राम को अपना दुश्मन बता रहे हो ?
उसका तो रंग मुझ पर, है जम गया करारा।

हिरणा० : ओ मेरे गुलहजारा, तुझे किसने यह सिखाया।
टुक नाम बता दे तो, मारूँ उसे दुबारा।।

प्रह्लाद : आपके गर्व करने से प्रभु की ताकत घट नहीं सकती।
जो बदली बरसने आयी हटाये हट नहीं सकती।।

हिरणा० : अरे मूर्ख तू जानता है क्या कर रहा है ?

प्रह्लाद : मैं अपने राम का प्रचार कर रहा हूँ।

हिरणा० : इस प्रचार में कुछ विचार भी है ?

प्रह्लाद : इसमें राम के दुश्मन के आखिरी समाचार भी हैं।

हिरणा० : चुप रह मूर्ख चुप रह। मुश्किल होगा नहीं तो गले पर तलवार रोकना।
मौत के मुँह में तुझे पड़ेगा झोंकना।

प्रह्लाद : जुल्म करने से सचाई रुक नहीं सकती।
जालिम ! यह मशाल भक्ति की झुकाए झुक नहीं सकती।
(और इस पर कसकर तालियाँ बजीं। मुंशीजी ने अँगूठे से पहली उँगली मिला प्रशंसात्मक ढंग से हिलायी।)

हिरणा० : अगर नहीं मानेगा तो अपनी जान से ही जाएगा।
ठीक राह आयेगा तो राजपाट पाएगा।।

प्रह्लाद : राजपाट के लालच से क्या मुझे डिगाएगा।
इस प्रकार कभी मुझे हरा नहीं पाएगा।।

हिरणा० : तो ठीक है फिर तुझे शूली पे चढ़ाऊँगा।
तन के टुकड़े करवाऊँगा, जल्लाद से मरवाऊँगा।।

प्रह्लाद : बस गया है पिताजी राम मेरे रोम में
डिगना मेरा मुश्किल है, सुखधाम मेरे रोम में।
नाम उसका लेता रहूँगा, प्रेम से विश्वास से
राम ही कहता रहूँगा अपनी हर एक साँस में।
(इस पर भी तालियाँ बजीं और कोई सज्जन मंच पर आकर एक रुपया रख गये। भक्त प्रह्लाद ने उसे झुककर उठा लिया।)

हिरणा० : अगर अपनी जान की खौफ नहीं, तो क्या तुझे अपने बाप से भी प्रेम नहीं ?

प्रह्लाद : जो ईश्वर भक्त नहीं, उस पर बहुत धिक्कार है।
जालिम मेरा बाप नहीं, वह जानवर खूँखार है।।

हिरणा० : (तलवार खींचकर) खामोश कमीने !
(और तभी होलिके आती है और अपने चूड़ियों वाले हाथ से हिरणाकश्यप की बाँह पकड़ लेती है।)

होलिका : ठहरो, ठहरो, प्यारे भाई ठहरो ! अपनी तलवार बालक के रक्त में मत डुबाओ।

हिरणा० : कौन, बहिन होलिके ?

होलिका : हाँ, भाई !

हिरणा० : न माँ की ममता न बूआ का लाड़। कोई इस प्रह्लाद को मरते रोक पाएगा नहीं। दुश्मन मरे यह खुशी है, शोक छाएगा नहीं।

होलिका : ठीक बात है, जिसने हमारे कुल का नाश किया उसका नाम रटने वाला यदि पुत्र हो तो भी शत्रु है।
(इसी समय दर्शकों में से किसी ने होलिका पर आवाज कसी। देवीलाल लजा गये।)

हिरणा० : मुझे मत रोक। इस दुष्ट का सिर धड़ से जुदा हो जाने दे।

प्रह्लाद : शौक से पिताजी। प्राण के जाने से भक्ति नहीं जाती।

होलिका : मैं एक तरकीब बताती हूँ। भाई, इस प्रह्लाद को मेरे जिम्मे छोड़ो। मैं इसे चिता में जलाऊँगी।

प्रह्लाद : चाहे तलवार से मारो, जलाओ आग में मुझको।
पाओगे हमेशा ही प्रभु के राग में मुझको।।

हिरणा० : जल्दी से दरबारियो, चिता करो तैयार
इस नीच प्रह्लाद को देओ इसमें डार।
(दरबारी भागा और एक सेकेण्ड में विंग्स में वापिस आ गया।)

दरबारी : महाराज चिता तैयार है।

होलिका : बोलो प्रह्लाद, आखिर क्या विचार है ?

प्रह्लाद : प्रह्लाद गोदी में आने को तैयार है।
तू ही बता बूआ, क्या देंर-दार है।

होलिका : हाँ तो चल। और आग में जल।

हिरणा० : ले जाओ इस नीच के तन को शीघ्र ही माचिस लगाओ।
(होलिका बने देवीलाल प्रह्लाद को ले मंच पर उतर आये। हिरणाकश्यप क्रोध में मंच पर घूमने लगे, मूँछ मोड़ते हुए। पीछे से प्राम्पटर चिल्ला रहा था—"मस्ताना पण्डित, माचिस लगाओ नहीं, आग लगाओ।" मस्तानाजी रुके और डायलाग फिर बोले—"ले जाओ इस नीच के तन

को शीघ्र आग लगाओ।'' तभी प्राम्पटर बोला हँसकर, ''उस जमाने में माचिस नहीं होती थी।'' और यही डायलाग हिरणाकश्यप ने भी सुनकर बोल दिया—''उस जमाने में माचिस नहीं होती थी।'' तभी दरबारी मंच पर आया।)

दरबारी : हुजूर, चिता में आग लगा दी गयी। (कहकर चला जाता है।)

हिरणा० : (ठठाकर) उठ गया मेरे दुश्मन का नाम जहाँ से उठ गया। याद रखो।

जो कोई उस भगवान् को जुबाँ पर लाएगा।
बिल्कुल मिटाया जाएगा, जीवित जलाया जाएगा।।

दरबारी : (फिर प्रवेश)—महाराज जो-कुछ सोचा था उसका उल्टा ही हो गया।

हिरणा० : क्यों आखिर क्या हुआ ?

दरबारी : होलिका जल गयी और प्रह्लाद बच गया।

हिरणा० : आँय, यह मैं क्या सुन रहा हूँ ! इस बालक ने तो मुझको अजब जादू दिखाया है।

प्रह्लाद : यह जादू नहीं ईश्वर की माया है।

हिरणा० : बता दे टुक मुझको तुझे किसने बचाया है ?

प्रह्लाद : भक्तों के ऊपर भगवान् का साया है।

हिरणा० : बुला दे तेरे भगवान् को जरा सामने बुला दे।
तलवार यह प्यासी है, इसे रक्त तो पिला दे।

प्रह्लाद : इस जहाँ के कण-कण में राम ही बसा है।
पापी क्या समझ पाएगा जिसकी बुरी दशा है ?

हिरणा० : क्या आकाश में भी राम है ?

प्रह्लाद : हाँ, है।

हिरणा० : तो क्या इस खम्भे में भी है ?

(और तभी प्रह्लाद ने गाना शुरू कर दिया और नत्थू दरजी की उँगलियाँ हारमोनियम पर दौड़ीं।)

वो ही सब जग का पिता है तुम्हें मालूम नहीं।
मेरी आँखों में छिपा है तुम्हें मालूम नहीं।।
मन के आकाश में आयी है घटा माया की।
चाँद बदली में छिपा है तुम्हें मालूम नहीं।।
खड्ग जो हाथ में है उसमें पिताजी वह है।
इसी खम्भे में छिपा है तुम्हें मालूम नहीं।।

(यह गाना चलने तक मस्तानजी दाँत पीसते रहे और खामोश-खामोश बोलते रहे। दाँत पीसने का कारण था कि यह गाना उनके ड्रामे में नहीं था और प्रह्लाद मन से ही गा रहा था। अन्त में बिलबिलाकर उन्होंने खम्भे पर प्रहार कर दिया। इस पर खम्भा टूट गया और नरसिंह पीछे दौड़े। जोर से आवाज आयी, ''हाय मरा!'' नरसिंह मंच पर आये और प्रह्लाद उन्हें प्रणाम करने लगा। मुंशीजी ने सीटी बजायी तो नरसिंह परदा हटाकर जनता में कूद गये। सब तरफ जय-जयकार थी। वे एक कोने से दूसरे कोने दौड़ रहे थे। पानवाले का पान खाया, मिठाईवाले की भेंट मंजूर की। जिसने रुपया दिया, ले लिया। कोई पंखा कर रहा था, कोई गुलाबजल छिड़क रहा था, वे क्रोध में थे और उछल रहे थे। इस भीड़ में प्रह्लाद कहाँ फँसा था पता नहीं।)

पर कुछ देर बाद जब वह साफा उतार रहा था मस्तानाजी ने उसका गला दबोचा—''क्यों बे, अपने मन से डायलाग बोला था तू ?''

''मन से कैसे बोला ?''

''तुम्हें मालूम नहीं का 'सोंग' कहाँ से ले आया।''

''नत्थू मास्टर ने सिखाया था कि तुम गाना, मैं बढ़िया म्यूजिक बजाऊँगा।''

और वे नत्थू दरजी को गाली बकते चल दिये। उस अन्तिम गीत ने नाटक में मजा बाँध दिया था पर मस्तानाजी की 'ओरिजिनलटी' खत्म हो गयी थी। सब उन्हें शाबासी दे रहे थे और वे अपने बाल नोच रहे थे।

सात-आठ रोज बाद गिरधर सेठ ने कहा, ''मस्ताना पण्डित प्रह्लाद वाला ड्रामा तो फिर से होना चाहिए।''

मस्ताना बोले, ''देवीलाल ने दोनों साड़ियाँ दाब ली हैं। वो वापिस कर दें तो फिर मैं ड्रामा करने को राजी हूँ।''

देवीलाल मास्टर पान चबाते बोले, ''तुम चन्दे का हिसाब बताओ तो मैं दोनों साड़ियाँ लौटा दूँगा।''

83

कस्बे का सिनेमा मैनेजर

जाने कैसे वह बेढब-सा मकान कस्बे के सभी लोगों को सिनेमा नजर आता है ! कोई वजह नहीं है कि वह सिनेमा-सा लगे, पर सब उसे सिनेमा कहते हैं, और वास्तव में वह सिनेमा है भी। वह मुम्फली का गोदाम नहीं है और न कोई सरकारी प्राथमिक शाला, जो कि उसे होना चाहिए। सिनेमा के बाहर किसी फिल्म का बोर्ड नहीं रखा रहता, क्योंकि हर सुबह सिनेमा के मालिक बड़े भैया उसे उठवाकर कस्बे के प्रमुख चौराहे पर रखवा देते हैं, जहाँ उसे शाम के पाँच बजे तक लोग देख सकते हैं। वे खुद भी उस पर नजर रख सकते हैं, क्योंकि सामने ही उनके भाई की आढ़त की दुकान है, जहाँ पर वे दिन भर बैठे रहते हैं। जब बोर्ड उठाने के लिए कोई आदमी नहीं मिलता तो बड़े भैया खुद बोर्ड उठाकर चौराहे पर ले आते और रख देते। शाम को वही बोर्ड सिनेमा के बाहर रख दिया जाता। दिन-भर वहाँ कोई बोर्ड नहीं रहता, क्योंकि आवारा लड़कों का ठिकाना नहीं, वे कब उस पर चिपका पोस्टर निकालकर ले जाएँ ! निगरानी नहीं रखी जा सकती। सुबह सिनेमा के मालिक और मैनेजर छोटे भैया टाकीज पर आते और सफाई वगैरा करवाते। फिर वे शाम तक इधर नहीं आते। आपरेटर के कमरे की झाड़ू शाम को लगती, क्योंकि आपरेटर मोहन दादा का हुकुम था कि उनकी अनुपस्थिति में कोई मशीनरूम में नहीं घुसेगा।

सारा कस्बा सिनेमा के मालिक को बड़े भैया के नाम से जानता है और इज़्ज़त करता है। पक्का सिनेमा बँधवाकर उन्होंने कस्बे की शान बढ़ायी है। पड़ोस के कस्बे निसतपुर में जो टाकीज बना है, उसके छत नहीं है और बरसात में लोगों को छाता खोल्कर सिनेमा देखना पड़ता है। उसकी तुलना में उनके कस्बे का सिनेमा बारहमासा है, जिस पर टीन की छत लगी है और ईश्वर ने चाहा तो एक दिन कवेलू भी लग जाएँगे। इस जोरदार काम के लिए कस्बे के लोग बड़े भैया को मान देते हैं। आढ़त की दुकान के सामने से निकलनेवाला कोई भी व्यक्ति बड़े भैया को नमस्कार या राम-राम किये बगैर आगे नहीं बढ़ता। कस्बे के प्रतिष्ठित व्यक्ति सपरिवार सिनेमा जाने के पूर्व दोपहर को आकर बड़े भैया से व्यक्तिगत रूप से सलाह-चर्चा कर लेते हैं।

''तुम्हारी भौजी कह रही थी वह वाला खेल देखने को। बच्चे भी पीछे पड़ रहे हैं।''

''आ जाओ। खेल बुरा तो नहीं है। सपरिवार देखने लायक है।'' बड़े भैया कुछ

विचार कर जवाब देते।

"यही सोच रहे हैंगे। फस्ट ही देख लें। फिर सेकण्ड में तो देर हो जाएगी।"

"हाँ, फस्ट ही देख लो। बच्चों का मामला ठहरा। सो जाते हैंगे। उस दिन नहीं देखे ? गिरधारी बाबू और उनके घर से आयी थीं सेकण्ड शो में। शो छूटने तक तीनों बच्चे सो गये। जगाओ तो जागें नहीं। तीनों बच्चों को उठाने की समस्या! वे दो जने। बड़े परेशान ! फिर हमने मोहन दादा से कहा कि तुम टाकीज बन्द कराव और चाबी अपने पास रखो। उनके बड़े लड़के ललित को हमने कन्धे पर उठाया, मझले शोरी को गिरधर बाबू ने उठाया और गुड़िया को भौजी ने लिया। तब घर पहुँचे। सो हमारी मानो तो फस्ट ही देख लो, फिर तुम्हारी मर्जी। हमें तो दोनों शो चलाने हैंगे !"

"यही ठीक है, फस्ट देख लें ! भीड़ तो नहीं है ज्यादा ?"

"तुमको का कन्ने भीड़ से ? होय सुसरी भीड़ ! तुम्हारे लाने सीट मिल जाएगी।" बड़े भैया का अपनत्व उमड़ आता।

"एक लाइन में करवा देना।"

"करवा देंगे, मगर जरा जल्दी आ जाना।"

"आ जाएँगे।"

वे इतमीनान से आगे बढ़ जाते।

पिक्चर खराब हो, हालाँकि ऐसा कम ही होता, तो बड़े भैया को बातें सुनने को मिलती हैं। प्लाट में कोई रहस्य की बात हो तो बड़े भैया से आकर समझ लेते। बड़े भैया सबको प्रेम से समझाते।

अपनी बहू और बेटी को साथ ले मन्दिर से लौटती कोई प्रौढ़ा स्त्री बड़े भैया को देख रुक जाती, "काहे बड़े भैया, चोरों का खेल लगाया है इस बेर ! हम तो नहीं देखें।"

"ज्वेल थीफ !" बड़े भैया हँसते। "हाँ, चोरों का तो है, बूआ ! शरीफों का खेल अगली बार लगाएँगे। फिर आना देखने सबके साथ।"

बहू चार कदम आगे घूँघट डाले खड़ी रहती और बेटी वहीं मुँह खोले उनकी बातें सुनती।

"अगली बार भक्त प्रह्लाद लगाएँगे, बूआ।"

"सच्ची !"

"तुम्हारी सौं !" बड़े भैया कहते।

वे लोग प्रसन्न बातें करती आगे बढ़ जातीं।

इधर बड़े भैया के मित्र विशेशर आँखें मसलते दुकान के पटिये पर आकर बैठ जाते।

"बड़े भैया, कल ज्वेल थीफ देखने के बाद रात-भर नींद नहीं आयी।"

"क्यों ?"

"मन में अनेक बार विचार उठते रहे। देखो, कैसा जमाना आ गया है ! किसे अच्छा कहें, किसे बुरा, समझ नहीं आता। क्या दुनिया हो गयी है !" त्रिशेशर गम्भीरता से कहते।

"यह तो है ही !"

"बिचारा देवानन्द सोने-चाँदी की दुकान पर नौकरी करने आया था, कैसे झमेले में फँस गया ! वह तो कहो, बाप पुलिस अफसर था तो उसने इतनी दौड़-भाग कर, जान जोखम में डाल बेटे को बचा लिया, नहीं कौन पूछता हैगा इस जमाने में ?"

बड़े भैया स्वीकृति में गर्दन हिलाते।

"कल रात बड़ी देर हम यही विचार करते रहे कि देखो ईश्वर जो करता है, ठीक करता है। जो सत-ईमान पर रहेगा, उसकी विजय अवश्य होगी अन्त में। यों सब किस्मत के फेर हैं ! न देवानन्द को छोकरी मिलती, न वह फँसता और न पापी का भाँडा फूटता ! शुरू में तो कसम से कहें, बड़े भैया, हम तो यही समझे थे कि देवानन्द ही डबल रोल कर रहा हैगा। और हो न हो, यही ज्वेल थीफ है, मगर जब असल बात पता लगी तो हमने सिर ठोंक लिया। तेरी जै रे तेरी, अशोककुमार निकला ! कैसा जमाना आ गया है ! नेकी बद लगती है, बद नेकी लगता है।"

"तुम क्या, खुद हम यही समझे थे ! सिनेमा चलाते बरसों है गये, मगर शुरू दिन हम भी यही समझे थे कि देवानन्द ज्वेल थीफ है।" बड़े भैया बोले।

"आप तो शुरू में ही देखकर मुद्दे की बात समझ लेते हैंगे।"

"नहीं देखेंगे क्या ? कैसा फिलम हैं ? पब्लिक को पसन्द है या नहीं ? सब देखना पड़ता है।"

"ज्वेल थीफ तो हर इन्सान को देखना चाहिए। जो नहीं देखे, उस जैसा बेवकूफ दुनिया में नहीं हैगा, मैं तो यही मानता हूँ।" विशेशर जोर देकर कहता।

तभी शहर से आने वाली साढ़े बारह की मोटर सामने सड़क से गुजरती और कण्डक्टर चिल्लाकर कहता, "बड़े भैया, पेटी आ गयी।"

"पेटी आ गयी ?" बड़े भैया खुशी से उछलकर चप्पलें ढूँढ़ने लगते।

"नयी पेटी आ गयी ?" विशेशर पूछते।

"आ गयी, प्यारे, आ गयी।"

"काहे की है ?"

"राम और श्याम की आयी होगी। चलो, देखते हैं !" वे दुकान से कूद मोटर के पीछे दौड़ते। उनके पीछे विशेशर।

सामने सतनारायण पानवाला चिल्लाकर पूछता, "पेटी आ गयी क्या ?"

"आ गयी। राम और श्याम।" विशेशर बड़े भैया की ओर से जवाब देते।

"आय हाय, आय हाय।" रामभरोसे होटल का कढ़ाई माँजने वाला छोकरा ठुमकने लगता, "नयी पेटी आ गयी, नयी पेटी आ गयी।"

आगे-आगे बड़े भैया, पीछे-पीछे विशेशर। बस स्टैण्ड पर मोटर रुकती। पेटी हिफाजत से उतारनी होगी।

थोड़ी देर में सारे कस्बे में बात फैल जाती, ''पेटी आ गयी, राम और श्याम लगेगा।''

मगर अफवाहों का विश्वास कौन करे ? चलकर खुद बड़े भैया से न पूछ लें! लोग जब चौराहे पर पान खाने आते, आढ़त की दुकान पर रुक बड़े भैया से पूछ लेते, ''क्यों बड़े भैया ! सुना, राम और श्याम लगा रहे हैं ?''

''कल से।''

''पेटी आ गयी ?''

''आ गयी।''

''कहाँ है ?''

''अन्दर धरवा दी, ठण्डक में।''

''मजाक तो नहीं कर रहे ?''

''तुम्हारी सौं !''

उन्हें इतमीनान हो जाता। तभी दूसरे आ जाते, ''काय भैया, राम और साम की पेटी आ गयी ?''

पीले और गेरुए रंग में पुता हुआ कस्बे का सिनेमाघर, जिसकी पिछली दीवार पर लड़कों ने सभी प्रसिद्ध अभिनेता और अभिनेत्रियों के मध्य अश्लील सम्बन्धों की स्थापना कर रखी है, कस्बे की जान है। शाम को पाँच बजे चौराहे के नल से पानी ला सिनेमा के सामने छिड़काव हो जाता। टिकटघरवाले मेहता बाबू समय पर आकर बैठ जाते हैं। आप सुबह के वक्त प्रायवेट छात्रों के लिए इण्टर मैट्रिक की कोचिंग क्लास चलाते हैं। गेटकीपर के सम्माननीय पदों पर बड़ी-बड़ी जुल्फों वाले कस्बे के हीरो हैं, जो बम्बई नहीं जा सके, अन्यथा वाकई में किसी कव्वालियों वाली फिल्म के हीरो होते। हाल के तीन गेट हैं, जो पिक्चर चलने पर इसलिए खुले रखे जाते हैं कि पब्लिक को हवा मिलती रहे। हाल में पंखे नहीं हैं। जैसे-तैसे अन्दर घुस मुफ्त में देखने वाले लौण्डों का दल सिनेमा के आसपास मँडराया करता है, जिन्हें गेटकीपर गालियाँ देकर भगाते रहते हैं या कई बार खुद बड़े भैया छड़ी ले दौड़ते हैं। आठ बजे जब अँधेरा हो जाता, फिल्म चालू कर दी जाती। प्रोजेक्टर एक ही होने के कारण इण्टरवल चार करने पड़ते हैं। मोहनबाबू गुनी आदमी हैं। मशीन का काम इतमीनान से करते हैं। ग्यारह, साढ़े ग्यारह और कई बार बारह तक फस्ट शो चलता। फिर सेकण्ड शो शुरू होता, जो रात के ढाई-तीन तक खिंचता। पुरानी कटी-पिटी फिल्में, जो सभी जगह चल चुकने के बाद कस्बे में आतीं, बार-बार चलते में टूट जातीं, इससे इण्टरवलों की संख्या और बढ़ जाती। हाल में बैठने के लिए सभी किस्म की कुर्सियाँ हैं। लम्बी बेंचें, टीन की कुर्सियाँ, फोल्डिंग चेअर्स, स्टूल, टूटी स्प्रिंग के सोफे और मोढ़े भी। सभी लाइन से लगा दिये

गये हैं, लोग अपनी पसन्द की कुर्सी छाँटकर बैठ सकते हैं। खटमल सब में हैं। आगे थर्ड क्लास वालों के लिए दरियाँ और चटाइयाँ बिछी हुई हैं, जहाँ देखनेवाला इतमीनान से फैलकर बैठ सकता है। औरतों के बैठने का अलग इन्तजाम है, जिसकी व्यवस्था तुलसीबाई के हाथ में है। यह खुर्राट औरत लड़ने-झगड़ने वालियों का झौंटा पकड़ बाहर कर देती है और लेडीज क्लास में शान्ति रखती है।

अक्सर ही आसपास के गाँव के लोग बैलगाड़ियों में बैठ सिनेमा देखने आ जाते। सिनेमा के बाहर खुले मैदान में बैलगाड़ियाँ खोल दी जातीं। दोनों शो तबीयत से देखने के बाद वे लोग बाहर खुले में सो जाते। कस्बे के हाट के दिन ऐसी भीड़ बढ़ जाती।

सिनेमा के बाहर रोज शाम ऐसा वातावरण बन जाता, जैसे बड़े भैया की लड़की का ब्याह हो। लोग आते, टिकट खरीदते, मगर बड़े भैया से मिले बगैर सिनेमा में नहीं जाते। एक्साइज के अफसर, बिजली घर के बाबू, पुलिसवाले, जिला केन्द्र से दौरे पर आये अधिकारी आदि सभी की बड़े भैया चाय-पान से खातिर करते और सिनेमा में मुफ्त सीट देते।

उस रोज एक्साइज वाले सिंग साहब एक जागीरदार के साथ आये, जो उनके मेहमान थे। पहले बड़े भैया के पास खबर आ गयी थी कि दो सीटें खाली रखना और इण्टरवल में शरबत वगैरा का इन्तजाम कर देना। जागीरदार साहब अपने लड़के के लिए सिंग साहब की लड़की देखने आये थे और मेहमान थे। खातिर में कोई कमी नहीं होनी थी। बड़े भैया मौके की नजाकत को समझ गये। उन्होंने हाल में जागीरदार साहब और सिंग साहब के बैठने के लिए सोफा खाली रखवाया और इण्टरवलों में शरबत और पान भिजवाये। फिल्म में जागीरदार साहब को एक डांस पसन्द आ गया।

“यार, यह रण्डी तो खूब नाची ! इसका सीन फिर से दिखवाओ।” जागीरदार साहब ने कहा।

सिंग साहब ने बड़े भैया को बुलाकर कहा, “डांस का सीन फिर से दिखाओ।”

मशीन रोकी गयी। मोहन दादा ने फिल्म को उल्टी लपेट डांस का सीन फिर से दिखाया। जागीरदार साहब की तबीयत नहीं मानी, “और दिखवाओ।”

मशीन फिर रोकी गयी। फिर वही सीन दुहराया गया।

जागीरदार ने तीसरी बार भी माँग की, पर इस बार बड़े भैया हाथ जोड़ जागीरदार साहब के सामने झुक गये, “महाराज, आप कला के सच्चे पारखी ठहरे ! आपका मन नहीं मानेगा। मगर हुजूर, बारह बज गये हैं और मुझे अभी सेकण्ड शो भी करना है।”

जागीरदार साहब ने प्रार्थना सुनी और आगे की फिल्म देखने लगे। सौभाग्य से आगे कोई डांस नहीं था।

सिनेमा की सफलता के मूल में है बड़े भैया का नम्र, कोमल और मिलनसार व्यक्तित्व, अन्यथा कस्बे के लोग ऐसे टिरी मिजाज हैं कि पुजारी से नाराज हो जाएँ तो उसके मन्दिर में भगवान् के दर्शन करने भी नहीं जाएँ। वे कस्बे की जनता को बरसों से फिल्में

दिखा रहे हैं। एक मिशन है। वे निष्ठा से अपने काम में लगे हुए हैं। कस्बा उनका दर्शक परिवार है, जिनमें उनका व्यक्तित्व घुल-मिल गया है।

कल रात गर्मी ज्यादा थी। राजकपूर वैजयन्ती माला की जोड़ी वाली किसी फिल्म को समाप्त कर, टाकीज की लाइटें बुझा, ताले डाल, कैश नगदी और चाबी का गुच्छा जेब में डाल घर जाने के पहले बड़े भैया ने सिनेमा की ओर देखा (वे अपने सिनेमाघर की ओर ऐसे देखते हैं, जैसे शाहजहाँ अपने ताजमहल की ओर देखता था) और बोले, "विशेशर भाई, एक बार कहीं से रुपया उधार करूँ और हाल में पंखे लगवा दूँ। बड़ा दिल करता हैगा !"

विशेशर बाबू सिनेमा देखने के बाद सदैव के अनुसार गम्भीर विचारों में डूबे हुए थे। बोले, "होगा, बड़े भैया, एक दिन यह भी होगा। ईश्वर पर भरोसा रखो। वह सब देखता हैगा। जिसने तुम्हारे हाथों से पब्लिक के लिए इतना बड़ा सिनेमा खड़ा करवा दिया, वह पंखे भी लगवाएगा। मालिक मददगार हैगा। वह सब का मददगार हैगा।"

"यह तो है ही।" घर की ओर धीरे-धीरे चलते बड़े भैया ने कहा।

"आदमी पुन कर ले और तबीयत का नेक हो तो ईश्वर उसका मंशा पूरा करता हैगा। राजकपूर बिचारे पर क्या-क्या तकलीफ नहीं आयी ? कैसी-कैसी बिपदा नहीं झेली बापड़े ने ! मगर दिल का ईमानदार और धुन का पक्का था, सो वैजयन्ती माला को हासिल करके रहा। ऐसा ही है भैया, विश्वास रखो, ऊपर वाले पर भरोसा रखो, पंखे भी लग जाएँगे।"

"यह तो है ही।"

चौराहे पर दोनों के रास्ते अलग-अलग होते हैं। वहीं एक क्षण ठिठककर विशेशर ने पूछा, "बड़े भैया, एक बात बताओ।"

"क्या ?"

"शादी के बाद अब वैजयन्ती माला के बाप की प्रापर्टी तो राजकपूर को ही मिलेगी, क्योंकि लड़की के कोई भाई तो है नहीं !"

"और नहीं तो क्या ?"

"वाह रे ईश्वर, क्या तेरी माया है !" विशेशर ने लम्बी साँस ली।

84

नया मेघदूत

रामगिरि के पास से मेघ इस साल भी गुजरा होगा। आषाढ़ के पहले दिन राम जाने कौन-सी तारीख थी पर यक्ष कोई वहाँ होगा, जिसकी मलका किसी अलका में बैठी होगी। कुटुज अभी भी उगते होंगे, जंगली फूल हैं—इन्हें कौन लगाता है, यह तो लगातार उगते चले जाते हैं। और भी काफी बातें वैसी ही होंगी जो पहले थीं। हो सकता है, एकाध कॉलोनी बन रही हो। हो सकता है, यक्ष वहाँ ठेकेदार हो। हो सकता है, वहाँ कोई खदान निकल आयी हो और यक्ष अपनी आदत के अनुसार पैसा पीट रहा हो। कालिदास ने मुझे यक्ष के मामले में प्रिजुडिस कर दिया है। एक तो यही कि इस जाति के लोग बड़े जोरू के गुलाम होते हैं। जहाँ रहते हैं उसी की रट लगाते रहते हैं। दूसरा यह कि ये लोग अपना केस बराबर फाइट नहीं कर पाते। कुबेर नाराज हो गया तो चुपचाप राज्य से बाहर हो गये। और तीसरी बात कि बड़े कंजूस होते हैं। सन्देश भेजने का सामान्य खर्च बचाकर ये लोग बादल वगैरह से सन्देश भेजने की सोचते हैं। एक कविता ने उस जमाने की सारी कम्युनिकेशन-फैसिलिटी को बदनाम कर दिया। कंजूसी है। और क्या ?

विरहिणियों की भी क्या कहिए। आहें भरना मात्र जिनकी सोशल एक्टीविटी हो, आँसू बहाने में जो मुहल्लेवालियों के पुराने रेकार्ड तोड़ दें और 'डायटिंग' से दुबली रहें और कहें कि मैं तो गम की मारी हूँ। चील-कौवों से, हवा-बादल से जो सन्देशा पूछती फिरें। गजब के लोग थे उस जमाने के। जो काम करते थे बड़े पैमाने पर करते थे। आजकल के लोग मोहब्बत करते हैं, एक खबर नहीं बन पाती लोकल अखबार के लिए। पहले के लोग मोहब्बत करते थे, किताबें तैयार हो जाती थीं। पुरानी मोहब्बत की दास्तानें आज कोर्स में लगी हैं और आज जो प्रेम होता है उसे प्राचार्य महोदय एक्स्ट्रा-कैरिक्यूलर एक्टीविटी घोषित कर देते हैं।

आजकल मेघदूत का कोई सिलसिला नहीं। खबर देनी हो, खुद जाना चाहिए। बार-बार चिट्ठियाँ भेजो तो प्रेमिका पोस्टमैन के साथ चली जाए। माशूक और नामाबर का रोमांस शेक्सपीयर से चला आ रहा है। कालिदास के जमाने में लोग शरीफ होंगे। मेघदूत भाभी की ओर बुरी नजर नहीं डालता होगा। कविता कविता रह जाती, उपन्यास नहीं बन पाती कि जब यक्ष का सन्देश लेकर मेघदूत पहुँचा तो यक्षिणी को देख ठगा-सा रह गया। और क्यों न रहे साहब। जो उज्ज्ञयिनी की सुन्दरियों पर कुर्बान जा चुका हो,

दशपुर में पगलाया हो, हर शहर और हर बस्ती में बड़ी-बड़ी आँखोंवालियों ने जिसे नयनछाप बालों से क्षत-विक्षत कर दिया हो, बताइए अलकापुरी में वह क्यों चूकेगा। युद्ध और प्रेम में काहे की ईमानदारी, सब जायज है। फिर उसे यह पता है कि इसका पति कोसों दूर है, अभी आने का नहीं और यह अकेली है। कालिदास खत्म कर अपनी कविता अब असल किस्सा मेघदूत शुरू होगा। मेघ कहेगा—"अरी किस फेर में पड़ी है तू ! मैं देखकर आया हूँ, तेरा पति रामगिरि के क्षेत्र में रँगरेलियाँ मना रहा है। वह तुझे याद भी नहीं करता, सन्देश भी नहीं भेजता। तू अपनी यह 'चार दिन की चाँदनी' क्यों वेस्ट करती है ?"

यक्षिणी के तेवर चढ़ जाते हैं, "अच्छा, मुए की यह मजाल !"

बरसों बाद यक्ष आता है तो मोहल्लेवाले लम्बे हाथ कर-कर बताते हैं, "अरे, हमने तो तुझे पहले ही बोला था भाई, कि घरवाली को साथ ले जा, पर तू नहीं माना। ले, वह किसी 'मेघ' के साथ भाग गयी !"

यक्ष दुहत्थड़ मारकर रो देता है। और अपने जीवन की सबसे बड़ी शिक्षा ग्रहण करता है, 'कभी सन्देश किसी अन्य पुरुष के हाथ न भेजो !"

मेरा दिमाग तो शक्की है। मैं कालिदास और उसके पात्रों-सा भोला नहीं हूँ। कण्व के आश्रम में एक साहब घुस गये। कहने लगे, मैं यहाँ का राजा हूँ। और शकुन्तला ने बात मान ली। न जान न पहचान, शादी कर ली। ऋषि के आने तक भी सब्र न किया गया। यक्ष ने एक मेघ जाता देखा तो सन्देश भेज दिया। मैं और मेरे पात्र कभी ऐसा नहीं कर सकते। मेरा दिमाग शक्की है। मैं पूछता हूँ कि यक्ष को कुबेर ने अपने राज्य से कुछ वर्षों के लिए निकाला क्यों ? क्या यह नहीं माना जाए कि बॉस कुबेर की यक्ष की पत्नी पर नजर थी और वह किसी तरह यक्ष को अकालपुरी से 'खो' कर देना चाहता था ? जवाब देंगे कालिदास क्या इसका ? अजी हमें तो तब पता लगा जब मेघदूत अलकापुरी पहुँचा। कहाँ का विरह और कैसा विरह ! यक्ष के घर में कुबेर-यक्षिणी रोमांस कर रहे हैं। उसने सिर पीट लिया। उधर बेचारा यक्ष जंगलों की खाक छान रहा है और इधर यह कुलच्छिनी !

मेघदूत ! क्या कहने ! ऐसी पुस्तकें तो कोर्स में ही चल सकती हैं। ऐसी ही किताबें पढ़कर जब छात्र निकलते हैं तो दुनिया कहती है—"भाई, आजकल की पढ़ाई जीवन में काम नहीं देती। ऐसा विरह तो किसी पेशेवर अभिनेत्री को भी स्वीकार नहीं होगा कि वह मोटी से दुबली हो जाए। ऐसा हीरो कौन एक्टर बनना चाहेगा जिसमें सारी बहादुरी सिर्फ सन्देश भेज देने में है। एक लेटरपैड और एक स्याही की बोतल खरीदकर कोई भी प्रेमी बन जाएगा। पन्द्रह पैसे के टिकट से आप सोलह साल की लड़की को बेवकूफ नहीं बना सकते भाई साहब !"

खैर, हटाइए। जरा कवि बनकर देखिए। प्रेम नौटंकी स्तर पर भी होता है। उसे भी आजमाइए। पर वह सब भी शादी के पहले तक। शादी के बाद अगर वह

शहनाईवाला, वह घोड़ा सजानेवाला, वह ससुर अगर सड़क पर भी नजर आ जाए तो आदमी पगला जाता है और पत्थर फेंकने लगता है। सारे नशे दूर हो जाते हैं। वे ही प्रेम के हिरन जो बैण्ड-बाजा सुन शादी के वक्त आ गये थे, बच्चों का रोना-चिल्लाना सुन कुछ साल बाद भाग जाते हैं। आदमी मानता है कि उसे इस अलकापुरी से दूर कहीं जाने को मिले। ब्रह्मचर्य-आश्रम से संन्यास-आश्रम तक की यह चिल्ल-पों उसे खाने दौड़ती है। वह सोचता है, कोई ऐसी जगह हो, जहाँ कोई न हो (जैसे रामगिरि) और वहाँ वह शान्ति से रहे।

और फिर आषाढ़ के पहले दिन जब मेघ सी. आई. डी. नजरों से रामगिरि के ऊपर से गुजरता है, यक्ष कुटुज के फूल हाथ में लेकर कहता है—"हे मेघ ! उस यक्षिणी को मत बताना कि मैं यहाँ हूँ। मेरी मान कि तू अलकापुरी जा ही मत। पड़ने दे वहाँ सूखा। और अगर जाना ही है तो तू वहाँ उस यक्षिणी से मत कहना कि मैं कहाँ हूँ। हे मेघ, यह शान्ति मुझे बड़ी मुश्किल से प्राप्त हुई है। जिस प्रकार अमुक वस्तु फलाँ बात हो जाने से सुखी हो जाती है, उसी प्रकार मैं भी अलकापुरी से दूर यहाँ सुखी हूँ। जिस प्रकार ये-वे ऐसे-ऐसे कष्ट पाकर उसे भुलाने का प्रयास करते हैं, वैसा ही मैं भी कर रहा हूँ।" इसी प्रकार वह कालिदास की टेकनीक से उपमाएँ देता हुआ मेघ से यही कहेगा कि हे मेघ, मेरी खबर किसी को नहीं देना।

85

कॉफी-हाउस में बैठे चार व्यक्ति

उन तीनों को बैठे हुए एक घण्टे से ऊपर हो चुका था। वे दो बार कॉफी मँगवाकर पी चुके थे।

"हूँ," किसी ने सहसा कहा।

"आँ," दूसरे ने कहा।

"एह," तीसरा हँसा।

फिर तीनों ने एक-दूसरे को देखा।

"शू उ उ उ," एक ने सीटी-सी बजायी। फिर चुप्पी हो गयी। एकाएक तीनों ने अपने को जीवित अनुभव किया।

"हम अपने को अजीब बेचैनी से घिरा पाते हैं।" उनमें से एक ने कहा, जिसका चश्मा गोल था।

"एक धुँधलका है, हमने अपनी आँखें खो दी हैं।" दूसरे ने कहा, जिसकी दाढ़ी काली घनी थी और जिसके दाँत साफ चमकते थे।

"मेरे अन्दर एक लावा कसमसा रहा है," तीसरा बोला, जिसकी नाक बह रही थी।

"हम जकड़े हुए लोग हैं।"

"हम अलग-अलग हैं।"

"हमारा आत्मबोध लुप्त हो रहा है। सचमुच।"

"हम क्या कर सकते हैं ?"

"हम और कॉफी लेंगे।"

दाढ़ी वाले लड़के ने बैरा को बुलाया और उससे कहा, "देखो, हम अपने को अजीब बेचैनी से घिरा पाते हैं, यह धुँधलके में है और इसने अपनी आँखें खो दी हैं और इस तीसरे शख्स के अन्दर एक लावा कसमसा रहा है। हम जकड़े हुए लोग हैं। अलग-अलग हैं और हमारा आत्मबोध लुप्त हो रहा है। क्या तुम हमें कॉफी पिला सकते हो ?"

"कॉफी और ढेर-सा पानी, ढेर-सा पानी। मुझे एक समुद्र चाहिए ईमान से," उस लड़के ने कहा, जिसके अन्दर लावा कसमसा रहा था।

"बैरा, तीन कॉफी और एक समुद्र, जल्दी। हमारा आत्मबोध लुप्त हो रहा है।"

फिर चुप्पी हो गयी। दाढ़ीवाला अपना सिर खुजाने लगा और गोल बड़े चश्मे वाला अपनी आस्तीन खींचने लगा। इतने में कॉफी-हाउस का दरवाजा खुला और तीनों ने उस ओर देखा।

"गुरु आ गये।"

"हाँ, गुरु आ गये, वाकई में।"

एक भरे-पूरे बदन का साँवला व्यक्ति अन्दर प्रविष्ट हुआ। वह काला, सँकरी मोहरी का पैण्ट और चौखाने की कमीज पहने हुए था। उसकी कमीज और पैण्ट के बटन खुले हुए थे। उसकी बड़ी-बड़ी आँखें लाल थीं और चढ़ी हुई थीं। वह बार-बार अपने दाहिने हाथ से बाल सँवारता था और बायें हाथ से पैण्ट कमर के पास से ऊपर खींचता था। वह सीधा आया और उन तीनों के पास, जो चौथी खाली कुर्सी थी, उस पर बैठ गया। उसने इन तीनों की ओर नहीं देखा। उसने टेबल की ओर देखा, जो खाली थी। और फिर कॉफी-हाउस की पुरानी छत की ओर देखने लगा। तीनों लड़कों ने मार्क कर लिया कि गुरु अपने निकट से एक अलगाव रख व्यापक परिवेश से अपने को बाँधने का प्रयास कर रहे हैं।

"सिगरेटें," गुरु ने कहा।

तीनों लड़कों ने जेब से सिगरेट की डिबिया निकालीं और गुरु की ओर बढ़ायीं। गुरु ने एक सिगरेट ले ली।

"आग।"

जिस लड़के के अन्तर में लावा कसमसा रहा था, उसने माचिस निकाल कर दी।

गुरु छत की ओर देखने लगे।

गोल बड़े चश्मेवाले ने बैरा को बुलाकर कहा कि गुरु आ गये हैं, इसलिए एक कप कॉफी की और जरूरत होगी।

फिर कुछ देर चुप्पी रही। तीनों लड़के गुरु के चेहरे की ओर देखते रहे। एकाएक गुरु ने उसी तरह ऊपर छत की ओर देखते हुए कहना शुरू कर दिया, "मैं घिरा हुआ लगता हूँ। मेरे चारों ओर अनेक बन्द दरवाजे हैं, जो लगातार थपथपाये जा रहे हैं। निरन्तर सुनाई देने वाली कई आवाजें मुझे बेचैन किये हैं। मैं नहीं जानता मेरे आसपास क्या है ?"

"हम हैं गुरु, हम तीनों आपके आसपास हैं," दाढ़ीवाले लड़के ने कहा।

गुरु ने जैसे नहीं सुना, वह बोलते रहे, "मेरे आसपास है मेरा वायवी अतीत। मेरा पिता मेरा शत्रु है। उसे देख मुझे लगता है कि मेरी हड्डियों का फासफोरस चुक गया है। तुम मुझे कॉफी देते हो, मुझे फासफोरस चाहिए।"

गोल बड़े चश्मेवाले ने बैरे को बुलाया और धीरे से कहा, "देखो, हमारे गुरु का फासफोरस चुक गया है। क्या तुम गुरु के लिए एक प्लेट फासफोरस ला सकते हो ?" बैरा ने कहा कि फासफोरस नहीं है और वह मेनू रखकर चला गया। गुरु ने यह सब

नहीं देखा। वह बोलते रहे, ''यह मुर्दा शहर है, यहाँ की सारी इमारतें कंकाल हैं और मेरा शरीर पारदर्शी है। मुझे शब्दों के अर्थ और बदन पर लिपटे कपड़े व्यर्थ लगते हैं। मैं इन्हें उतारना चाहता हूँ और इस मुर्दा शहर की कंकाल इमारतों के बीच से गुजर जाना चाहता हूँ।''

तीनों लड़कों ने परस्पर एक-दूसरे को देखा और बाद में दाढ़ीवाले ने कहा, ''गुरु, आपके बटन खुले हैं।''

''मैं इसी तरह अँधेरी घाटियों में उतर जाना चाहता हूँ। मैं भटकना चाहता हूँ एक प्रकाशहीनता की ओर।''

''गुरु, हम आपके साथ हैं,'' उस लड़के ने, जिसके अन्तर में लावा कसमसा रहा था, नाक सुड़कते हुए कहा।

''शटप।'' गुरु ने कहा, ''कम्बख्तो, तुम मेरे साथ क्या चलोगे ? तुम ? तुम में अभी बिना बनियान के बुश्शर्ट पहनने का तो साहस नहीं है। तुम क्या निर्वस्त्र होगे ?''

बैरा आकर पानी का जग और चार कॉफी रख गया।

''इतना पानी किसने मँगाया ?'' गुरु ने पूछा।

''इसने,'' गोल चश्मेवाले ने उस लड़के की तरफ इशारा किया, जिसकी नाक बह रही थी, ''इसके अन्तर में लावा कसमसा रहा है। इसे समुद्र चाहिए।''

''वेरी गुड,'' गुरु ने कहा।

लड़के ने अहं से नाक सुड़की और पानी पीने लगा।

''पी जाओ। तुम समुद्र पी जाओ। वह कौन-सा ऋषि था, जिसने समुद्र पीया था ?'' गुरु प्रसन्न हो बोले।

''हाँ, कोई जरूर था। ईमान से, कोई जरूर था।''

गुरु ने टेबल की ओर गरदन झुकायी, होठ आगे खींचे और बिना कप पकड़े कॉफी का सिप लिया। फिर तीनों ने ऐसा किया।

एक-एक सिप लेकर सबने अपने को जीवन्त अनुभव किया।

''तुम लोगों की क्या स्थितियाँ हैं ? आजकल क्या-कैसा भोग रहे हो ?''—गुरु ने तीनों से पूछा।

''ठीक है, हम कुछ भोगने की कोशिश में लगे हैं !'' दाढ़ीवाले ने जवाब दिया।

''अलग-अलग बताओ। एक-एक विषय में मैं अलग-अलग पूछूँगा। गुरु ने कहा, ''सबसे पहले, अपरिचय क्या स्थिति है ?''

''मुझे लगता है, मैं अपरिचय का मारा हुआ हूँ। मैं अपने को निरन्तर अकेला अनुभव करता हूँ।''

''मैं खुद से अपरिचित हो गया हूँ।''

''कॉफी-हाउस की इस टेबल और पड़ोस की लड़की की खिड़की के अलावा मैं अपने को कहीं भी जुड़ा हुआ नहीं पाता। मैं आपको विश्वास दिलाता हूँ कि मैं अकेला

हूँ। बिलीव मी।''

''ठीक है।'' गुरु ने अपने बालों पर हाथ फेरते हुए कहा, ''भय, भय के क्षेत्र में तुम लोगों की स्थिति क्या है ? किसी को मृत्युबोध हुआ ?''

''मुझे लगता है, मृत्यु मेरे पीछे जेब में हाथ डाले आ रही है। हर इमारत जबड़े फाड़े मुझे देखती है। मुझे आश्चर्य है, कारें मुझ पर से क्यों नहीं गुजरतीं ?'' मोटे चश्मेवाले ने कहा।

''जीवन भी उतना ही भयानक है जितनी मृत्यु। मुझे दोनों में अन्तर नहीं लगता।''

''भय और मृत्युबोध मुझे भी होता है। पड़ोस की लड़की का बाप जब मुझे देखता है, मुझे ऐसी ही अनुभूति होती है। मुझे लगता है, किसी दिन वह मुझे मार डालेगा।''

''वेरी गुड।'' गुरु ने प्रसन्न हो उन्हें देखा, ''घृणा, तुम लोग घृणा करते हो या नहीं ?''

''करते हैं, हम सबसे घृणा करते हैं,'' मोटे चश्मेवाले ने कहा।

''पड़ोस की लड़की को छोड़ मैं सबसे घृणा करता हूँ।''

''उससे भी क्यों नहीं करते ?'' गुरु ने पूछा।

''वह मुझे मिली नहीं। एक बार वह मेरे पास आ जाए तो मैं उससे भी घृणा करने लगूँ।''

''ठीक है। तुम तीनों लोग ठीक चल रहे हो। तुम्हें कुछ साहसी होना चाहिए। मैं देखता हूँ कि नंगापन और योनि आदि शब्दों के प्रयोग में तुम संकोच करते हो। पर जल्दी ही तुम इन कमजोरियों से उबर जाओगे। अन्दर लावा कसमसाने लगा है, यह अच्छी बात है। सिगरेट, मुझे सिगरेट चाहिए।''

तीनों लड़कों ने गुरु की ओर सिगरेट बढ़ायी। माचिस दी। गुरु ने सिगरेट सुलगाकर एक कश खींचा और कहा, ''किसी ने सिगरेट का एक अनबुझा टुकड़ा मेरी अँतड़ियों में फेंक दिया है। मैं जलन और धुएँ के लिए आभारी हूँ उस अनजान आदमी का, जो मुझे अकेला छोड़ क्रोधित बिल्लियों के द्वीप पर चला गया है। मेरी पीठ पर एक गिरगिट रेंगता है, जो मेरा शहर है।''

गुरु की पंक्तियाँ सुन तीनों ने अपने को जीवन्त अनुभव किया।

''तुम लोग कोई ऐसी बात नहीं सोचते ?'' गुरु ने पूछा।

''हम निरन्तर सोचते हैं।''

''मुझे सुनाओ।'' गुरु ने आँखें बन्द कर एक कश लिया, ''मेरे कान पिघले हुए सीसे का इन्तजार कर रहे हैं।''

''एक अधमरे साँप-सी छटपटाती है शहर की सड़क। जूतों के तलों में छुपाये अपनी आत्मा, चुपके से लौटता है बाबू अपने घर, एक सड़ी मछली चूसने की आदत से परेशान,'' एक ने कहा और प्रशंसा पाने के लिए गुरु की ओर देखा।

गुरु ने कुछ नहीं कहा। वह बालों पर हाथ फेरते रहे।

दूसरा लड़का सुनाने के पहले डर-सा गया पर बाद में बोला, "सड़क चाटती है कुतिया की जीभ, आदमी करता है पेशाब। एक गन्ध में डूबी आत्मा कोठे से बुलाती है इस घिनौने बाजार में।"

"हूँ," गुरु ने सिर्फ इतना कहा।

तीसरे ने कहा, "पड़ोस की बिल्ली, चूहे समझकर खा रही है मोहल्ले के लड़कों का प्रेम। उसकी चौखट पर एक चौकोर आकाश में सलीब पर लटका है मेरा नाम।"

"हूँ।" गुरु ने कहा और कॉफी-हाउस की छत देखने लगे। फिर बोले, "मित्रो, नंगा होना पड़ेगा। बिना इसके काम नहीं चलेगा। मैंने तुम्हें सुना और मेरा यह मत दृढ़ हुआ कि नंगा होना पड़ेगा।"

"हम होंगे।"

"हम जरूर होंगे।"

"दैन डेम दिस प्लेस !" गुरु चीखे, "उठो यहाँ से। हम सड़क पर चलेंगे। हम उनमें अपने को मिला देंगे।"

86
लंच

परदा उठने पर भारतीय दर्शक देखते हैं डाक बँगले का भोजन-कक्ष। लम्बा टेबल, कुर्सियाँ, जग, गिलास, प्लेटें, चम्मच और इन्हें सजाने में व्यस्त दो वेटर। सामने खिड़की के पास खड़ा तहसीलदार चारों ओर बाढ़ का दृश्य देख रहा है। बौछारें गिर रही हैं, बाढ़ का पानी चारों ओर बँगले की दीवारों से टकरा रहा है।

''क्या बाढ़ आयी है ! सिवाय इस डाक बँगले के सारी तहसील डूब गयी। मैंने सतरह वर्ष की नौकरी में कभी ऐसी बाढ़ नहीं देखी।'' तहसीलदार ने कहा।

पहला वेटर किचन की ओर जाने के पूर्व ठिठककर रुका और बोला, ''पिछले साल जब बाढ़ आयी थी तब भी आप यही कह रहे थे।''

''नहीं, गलत। तब मैं कह रहा था कि मैंने सोलह वर्ष की नौकरी में ऐसी बाढ़ नहीं देखी। तब मेरी नौकरी सोलह वर्ष की हुई थी। किस कदर पानी है। लगता है आज यह डाक बँगला भी डूब जाएगा।''

प्लेटें पोंछता दूसरा वेटर बोला, ''अगर मिनिस्टर साहब के लंच के पहले यह डाक बँगला डूब गया तो सारा प्रोग्राम अपसेट हो जाएगा।''

''मुझे भी यही डर है। सब कुछ इस लंच की सफलता पर निर्भर करता है ! यदि लंच बढ़िया हुआ, मन्त्री महोदय प्रसन्न हो जाएँगे और कहेंगे कि बाढ़ के मौके पर सरकारी अधिकारियों ने गाँव के लोगों को शहर पहुँचाने के लिए बड़ी मुस्तैदी से काम किया। वे सेवाभावी और कर्त्तव्यपरायण रहे। और अगर लंच ठीक नहीं हुआ तो बाढ़ की इस भीषण तबाही के दोषी हम होंगे। यह गरीब तहसीलदार, एस. डी. ओ., कलेक्टर, कमिश्नर। वे सब तो बड़े अफसर हैं, छूट जाएँगे। दोष मुझ गरीब तहसीलदार का होगा।''

''आप नायब तहसीलदार के सिर मढ़ दीजिए।'' दूसरा वेटर बोला।

''वह छुट्टी चला गया है।'' तहसीलदार के स्वर में निराशा थी। तभी पहला वेटर डाक बँगले के किचन से उँगलियाँ चाटता मंच पर आया और बोला, ''सर, मुर्गा बहुत लजीज बना है। मिनिस्टर साब खाएँगा तो बहुत खुश हो जाएँगा।''

''बनना भी चाहिए।'' तहसीलदार ने कहा, ''सरकारी कुक्कुट पालन केन्द्र का आखिरी मुर्गा था जो आज पक गया। जब बाढ़ आयी, तब मैं गाँववालों को बचाने में लगा था, तभी मुझे पता लगा कि बाढ़ का पानी कुक्कुट पालन केन्द्र में घुस रहा है

तो मैं सब कुछ छोड़कर उसी तरफ भागा और मैंने मुर्गे-मुर्गियों की रक्षा की। उन्हें सुरक्षित रूप से यहाँ डाक बँगले पहुँचाया। गाँव डूब जाए, यह सब इतनी फिक्र की बात नहीं थी मगर मुर्गे-मुर्गी नहीं डूबने चाहिए। मैं जानता हूँ कि हमेशा बाढ़ के मौके पर बड़े अफसर और नेता स्थिति का अध्ययन करने आते हैं, डाक बँगले में ठहरते हैं। वे नाश्ते में अण्डे और लंच डिनर में मुर्गा माँगते हैं। तहसीलदार का फर्ज होता है कि वह इन्तजाम करे। इसलिए जब बाढ़ आयी, मैंने लोगों की बजाय मुर्गों की रक्षा पर ध्यान दिया। मेरी मेहनत सफल हुई। आज मिनिस्टर साहब की शान में आखिरी मुर्गा पक रहा है।"

तभी डाक बँगले के बाहर हेलिकॉप्टर के उतरने की आवाज सुनाई दी। वेटरों ने खिड़की से देखा।

"मिनिस्टर साहब आ गये हुजूर।"

तहसीलदार ने कोट की जेब से रूमाल निकाल अपना जूता साफ किया, बटन लगाये और मन्त्री महोदय के स्वागत को बाहर भागा। वेटर नम्र मुद्रा में खड़े हो गये। कुछ क्षणों तक मंच पर मिनिस्टर के आगमन के पूर्व की खामोशी छायी रही, फिर उलटे पैरों फोटो खींचता एक फोटोग्राफर अन्दर आया, उसके बाद घुटनों के ऊपर धोती उठाये मन्त्री महोदय ने प्रवेश किया : मन्त्री महोदय के पीछे कलेक्टर, कमिश्नर आदि थे। मन्त्री महोदय ने वेटर की ओर देखा और चिल्लाये, "खाना लाओ।" फिर मुस्कराकर अफसरों से कहा, "इस साल इधर के जिलों में बड़ी अच्छी बाढ़ आयी है। कितने गाँव डूब गये कमिश्नर साहब ?"

कमिश्नर ने वही प्रश्न कलेक्टर से पूछा और कलेक्टर ने तहसीलदार से। तहसीलदार ने डायरी खोलकर देखा और बताया, "बारह गाँव डूबे हैं श्रीमन्।"

"यानी चार ज्यादा। पिछले वर्ष शायद आठ ही डूबे थे। बाढ़ का काम भी बढ़ रहा है। आपका क्या ख्याल है कलेक्टर साब ?"

"जी हाँ, बिल्कुल दुरुस्त, बिल्कुल दुरुस्त। काम बढ़ रहा है। ठीक फरमाया आपने।"

"मैंने सतरह साल की नौकरी में ऐसी बाढ़ नहीं देखी सर।"—तहसीलदार ने कहा।

"मगर मैंने सतरह साल की मिनिस्ट्री में ऐसी अनेक बाढ़ें देखी हैं। प्रतिवर्ष देखता हूँ। मैंने अकाल देखे हैं, दंगे देखे हैं। क्यों, है ना कमिश्नर साहब ?"

"मैं विश करता हूँ आप हमेशा मिनिस्टर बने रहें और ऐसे हजारों मौके आएँ और आप देखें।" कमिश्नर ने कहा।

"मेरी आदत है, बल्कि कहूँ कि मेरा सिद्धान्त है कि ऐसे क्षेत्रों का मैं खुद दौरा करता हूँ, अपनी आँखों से सब कुछ देखता हूँ।"

तभी दोनों वेटर खाना लगाने लगे।

"पिछले साल जब पूर्वी जिलों में अकाल पड़ा था तब भी आप वहाँ गये थे।" कमिश्नर ने कहा।

"मैंने कहा ना, मेरा सिद्धान्त है।" मन्त्री महोदय ने कहा और फिर फोटोग्राफर से पूछा, "क्यों, तुमने आज मेरी कितनी तस्वीरें लीं ?"

"करीब चालीस।" फोटोग्राफर ने कहा और उठकर मन्त्री महोदय की एक और तस्वीर ले ली।

"उन चित्रों में हमारा चेहरा उदास है न ? भीषण बाढ़ और जनता का कष्ट देखकर हम दुखी नजर आते हैं या नहीं ? प्यारे फोटोग्राफर, मैं तुम्हारी सुविधा के लिए बार-बार अपने चेहरे को उदास करता रहा हूँ।"

"थैंक्स सर, जब-जब आपने दुखी नेता का पोज दिया, मैंने उसी वक्त आपकी तस्वीर ली है।"

तभी पहला वेटर हाथ में मुर्गे की प्लेट लेकर आता है।

"आहा मुर्गा, भई वाह ! कमिश्नर साहब, आपका इन्तजाम बहुत बढ़िया है।" मन्त्री महोदय ने कहा, "मैंने यह महसूस किया है कि बाढ़ के इस मौके पर आप सभी शासकीय अधिकारियों ने काफी अच्छा काम किया है। इतनी दिक्कतों के बावजूद आप लोगों ने अपने कर्त्तव्यों को पूरा किया और बाढ़पीड़ित जनता की सेवा की। वाह, पुलाव भी है ! निश्चित ही आपकी कर्त्तव्यपरायणता, आपका परिश्रम प्रशंसनीय है। मैं जब राजधानी लौटूँगा, अखबारवालों को बाढ़ की स्थिति के विषय में बताऊँगा और आप लोगों की तारीफ करूँगा।"

खाना आता जा रहा है। वेटर व्यस्त हैं।

"इस बार की बाढ़ में हमारा काफी नुकासन हुआ है।" कलेक्टर ने कहा, "मेरा पूरा कार्यालय डूब गया। कागजात और फाइलें बह गयीं। फिर भी मैंने दफ्तर बन्द नहीं किया। मैं जानता हूँ कि बाढ़ नियन्त्रण का सबसे अच्छा तरीका है, राजधानी से आने वाले हर पत्र का तुरन्त जवाब देना।"

वेटर फल, सूखा मेवा और मिठाइयाँ ला रहे हैं।

"प्रतिवर्ष के अनुसार इस वर्ष भी हमने गाँव खाली करवाने के हुक्म जारी किये। नुकसान का अनुमान लगाने और लाशों की गिनती का इन्तजाम किया।" कलेक्टर ने आगे कहा।

"कितने लोग मरे इस वर्ष ?"

"एक सौ साठ लोग और करीब दो सौ मवेशी।"

"और मुर्गे-मुर्गियाँ ?"

"एक भी नहीं।"

लंच आरम्भ हो गया था। मन्त्री महोदय कुछ दार्शनिक मूड में बोले, "मुर्गा बहुत होशियार प्राणी होता है। भारी बाढ़ हो या भीषण अकाल, मैंने देखा है कि मुर्गे को

कोई नुकसान नहीं होता। वह अपनी जान बचा लेता है। मैं जब भी ऐसे मौकों पर दौरे पर गया हूँ, मैंने मुर्गे को सुरक्षित देखा है।''

''बाढ़ और अकाल से मुर्गा बच जाए मगर वह हमसे सुरक्षित नहीं रह सकता।'' कमिश्नर ने कहा और इस मजाक पर सब जोर से हँसने लगे। बाहर भयंकर बाढ़ और अन्दर लंच चल रहा है। भारतीय दर्शक कुछ समय तक मंच पर केवल पात्रों के मुँह चलते देखता है। प्लेटें साफ हो रही हैं, वेटर खाली प्लेटें उठा रहे हैं। तहसीलदार खिड़की से बाहर बाढ़ का दृश्य देख रहा है।

''बाढ़ का पानी तेजी से बढ़ रहा है श्रीमन्। लगता है कुछ देर बाद इस डाक बँगले में भी पानी प्रवेश कर जाएगा।''—वह बोला।

मन्त्री महोदय चौंके। उन्होंने कहा, ''वेटर, हेलिकोप्टर के पायलेट साहब को खाना पहुँचाओ और बोलो तैयार रहें, हम अभी चलेंगे।''

''यस सर।''

''इस बाढ़ में तीन व्यक्ति तैरते हुए डाक बँगले की तरफ आ रहे हैं। तीन, हाँ, तीन ही हैं। इस भीषण बाढ़ में ये लोग कैसे इतना साहस कर सके हैं !''

''विरोधी दल के तो नहीं, बाढ़ में ये लोग पीड़ित जनता की माँगें रखने आये हों या मेरे सामने प्रदर्शन करने ? क्या मुसीबत है। वे लोग एक मन्त्री को चैन से रोटी भी नहीं खाने देते।'' मन्त्री महोदय ने मिठाई का टुकड़ा मुँह में डालते हुए कहा।

''विरोधी दल के नहीं हैं। उनके हाथों में फूलों के हार और गुलदस्ते हैं। मैं यदि पहचानने में गलती नहीं कर रहा तो ये लोग स्थानीय बाढ़-पीड़ित सहायता समिति के सदस्य हैं। समिति के अध्यक्ष, मन्त्री और कोषाध्यक्ष।'' तहसीलदार ने कहा।

कलेक्टर ने बताया कि यह समिति वर्षों से जिले में काम कर रही है। इसने चन्दा बटोरकर अभी तक बाढ़-पीड़ितों के लिए लाखों रुपया एकत्र किया और गबन किया। बड़े कर्मठ, लगनशील और जनसेवी लोग हैं।

''जनसेवा में यह सब होता है। चन्दा नहीं खाएँगे, गबन नहीं करेंगे तो जनता की सेवा में दिन-रात जुटे कैसे रहेंगे ? आप उनका मेरे प्रति प्रेम देखिए, अपने नेता के प्रति प्रेम देखिए। इस भीषण बाढ़ में हार-फूल लिये तैरते हुए वे आ रहे हैं। उनके हाथों में हार-फूल हैं !''

''जी हाँ श्रीमन्।'' तहसीलदार ने खिड़की से बाहर देखते हुए कहा, ''वे अब काफी करीब आ गये हैं।''

''मैं इस प्रेम को भुला नहीं सकता। फोटोग्राफर !''

''जी श्रीमन् !''

''जब ये लोग मुझे हार पहनाएँ, तुम तस्वीर लेना। मैं हार पहनने से इनकार करूँगा। मैं आवाज में दर्द के साथ कहूँगा कि भाइयो, यह अवसर स्वागत-सत्कार का नहीं है, हार पहनने का नहीं है। मेरे चेहरे पर गहरी वेदना के भाव होंगे। तब तुम

मेरी तस्वीर लेना।''

तभी तहसीलदार ने बताया कि वे लोग आ गये। कुछ क्षण बाद टोपी से जूतों तक पानी में भीगते हुए तीन व्यक्ति अन्दर आते हैं। एक व्यक्ति मन्त्री महोदय की ओर हार बढ़ाते हुए कहता है, ''जय हो श्रीमान्‌जी की। हम बाढ़ पीड़ित सहायता समिति के सदस्य आपका स्वागत करते हैं।''

मन्त्री : स्वर में दर्द लाते हुए, ''नहीं, नहीं। यह अवसर स्वागत-सत्कार करने और हार पहनने का नहीं है। (फोटोग्राफर चित्र लेता है), चारों ओर भीषण बाढ़ है, जनता और मवेशी बह गये हैं, सिवाय मुर्गों के कुछ नहीं बचा।''

तहसीलदार : ''और इस लंच के बाद मुर्गे भी नहीं बचे श्रीमन् !''

मन्त्री : ''कैसी भीषण तबाही है। मैं अभी हेलिकोप्टर से पूरे बाढ़ क्षेत्र को अपनी आँखों से देख चुका हूँ। चारों तरफ पानी देखकर मेरी आँखों में आँसू आ गये। यह फोटोग्राफर इसका गवाह है। फिर भी मुझे प्रसन्नता है कि इस जिले में आप जैसे सच्चे जनसेवक और सरकारी अफसर पूरी लगन से जनता की सेवा कर रहे हैं। यह ध्यान रखिए कि अगर बाढ़ आती है तो बाढ़ जाती भी है। जनता को कष्ट होता है मगर ऐसे में नेतृत्व चमककर ऊपर उठता है। अफसर प्रमोशन पाते हैं और सहायता समितियाँ चन्दे का रुपया बटोरती हैं। अकाल हो या दंगा, अन्ततः नेता, अफसर और समितियाँ ही लाभ में रहती हैं। इसीलिए इन तीनों में परस्पर समन्वय और सहयोग आवश्यक है।''

(तभी बाढ़ का पानी अन्दर आने लगता है।)

तहसीलदार : ''बाढ़ का पानी डाक बँगले में प्रवेश कर रहा है श्रीमन् !''

मन्त्री, ''भाइयो मेरे जाने का समय आ गया। मुझे और जगहों पर भी जाना है। और भी डाक बँगले हैं जहाँ मुर्गे मेरा इन्तजार कर रहे हैं।''

सब बाहर चले जाते हैं। तभी एक वेटर सिके हुए पापड़ लिये हुए प्रवेश करता है।

''सर पापड़ !'' वह चिल्लाता है। सुनकर मन्त्री सहित सभी व्यक्ति फिर मंच पर आते हैं और पापड़ ले चले जाते हैं।

मंच पर बाढ़ का पानी तेजी से आ रहा है और भय है कि हॉल में दर्शक डूबने लगेंगे। उनकी सुरक्षा के लिए परदा गिरा दिया जाता है।

87

चुनाव गीतिका : सरलार्थ

आज तुम रस-गन्ध-हीन पुष्प के समान कुम्हलाये हुए-से क्यों हो मित्र ! तुम पर कौन बाधा आ पड़ी है ? तुम राजधानी के सुखद आवास छोड़कर कहाँ जा रहे हो ? तुम्हारी यह लपटती-झपटती धोती, जीर्ण-शीर्ण-सा कुर्ता और आन्दोलनों के जमाने की स्मृति दिलानेवाला वास्कट सब कुछ अति ही निराला एवं भिन्न है। आज तुम वैसे नहीं लग रहे, जैसे कल तक थे। तुम्हारा मुखसरसिज आज जाने क्यों एक चिन्ताग्रस्त नेता का बोध करा रहा है। कौन-सा अमंगल तुम्हें उदास किये है ? इस दिशा में किस ठौर पर जा रहे हो। सघन कान्तारों में किसका अन्वेषण करने का लक्ष्य है आज ?

: 1 :

कवि ने निर्वाचन की वेला में चतुर नेता द्वारा अपनी सारी सुध-बुध खो बैठने की स्थिति का चित्रण किया है। वह कहता है कि अपने चुनाव-क्षेत्र की ओर सत्वर गति से जाता हुआ आज वह पहचानने में नहीं आ रहा।

: 2 :

इस बार चुनाव जल्दी लग गये। क्या करें, निठुर इन्दिरा से हमारा सुख देखा न गया। उसने हमें समय बीतने से पहले ही निगोड़ी जनता में पठवा दिया।

हाय ! अभी तो स्वार्थों के चकवा-चकवी जी-भर मिल नहीं पाये थे। निजी सुखों की कमल जोड़ी से भ्रष्ट पवन मधुर छेड़छाड़ कर ही रहा था। अभी-अभी तो यह सेवाभावी तन डनलपिलो के मनोहर पाश में सिमटा ही था कि समय के निर्दयी मुर्गे ने बाँग देकर कहा कि चुनाव आ गये !

कवि कहते हैं कि एक और दलबदल करने की इच्छा नेता के हृदय में शेष ही थी कि हाय देखो यह कैसी अघट घटी। बेचारे क्या करें कुछ समझ नहीं पड़ रहा।

: 3 :

अय सखी, आज चहुँ दिशि यह शोर कैसा ? बकुलों के समान श्वेत परिधान धारे

कार्यकर्ता जनों की पाँत कहाँ प्रयाण कर रही है ? रसिक जन आज रसिकता छोड़ राजनीति की चर्चा में काहे मगन हैं ? क्या शृंगार अब रसराज नहीं रहा ?

फेरियाँ लगाकर तरुणियों के सौन्दर्य का अन्दाज लगाने वाले वे भ्रमरवृन्द आज उन्हें नम्र स्वरों में 'बहनजी' के आदरसूचक शब्दों में क्यों सम्बोधित कर रहे हैं ? सदा सहमत होने वाली प्रौढ़ाएँ भी आज मानिनी मुग्धाओं के समान रूठी हुई क्यों लग रही हैं ? मेरा प्रीतम आज इतनी सुबह मुझे सोता छोड़ नारों से मण्डित पोस्टरों का बण्डल बगल में दाबे कहाँ चल दिया ?

कवि कहते हैं कि देश में अकस्मात् चुनाव आ जाने से पुर की सुन्दरियाँ परस्पर जिज्ञासा कर वास्तविकता जानने को बड़ी आकुल हैं।

: 4 :

सुन सखी, आज मुझे वह फिर दिखाई दिया जो पिछली बेर गलियों में आकर भाषण दे गया ? मीठी-मीठी बातों का धनी, वह चतुर नट जिसने फुसलाकर हमारा वोट हर लिया। आज मुझे सुबह की वेला वह फिर दिखाई दिया।

मैं नहायी हुई आँगन में थी। निचोड़ने पर मेरे बालों से जलधारा यों झर रही थी मानो मोती झर रहे हों। वस्त्र भीगे हुए थे। मैं ठिठुरती धूप में बैठी हुई थी। क्या कहूँ, तभी उस निर्लज्ज ने मुझे देखा और मैंने उसे। वह ऐसे ललचाये नेत्रों से मुझे देख रहा था मानो मुझसे कुछ चाह रहा हो।

कवि कहते हैं कि कौन नहीं जानता की चुनाव कि वेला में सुन्दरियाँ वोट मात्र रह जाती हैं। चतुर नट उनसे बस वही माँगता है।

: 5 :

नारों ने आकाश छू रखा था, भोंगे गुंजायमान थे, पदत्राण शिरस्त्राण हो रहे थे अर्थात् जूते चल रहे थे। देखो, चुनाव की यही शोभा है।

नगर के गुण्डे उस समय कार्यकर्त्ता बन गये थे, स्मगलरों का त्याग अति सराहनीय था। चोर-बाजार के व्यापारी प्रजातन्त्र के दायित्वों के प्रति जागरूक हो गये थे।

व्यक्ति समाज का ही अंग है, यह इस चुनाव ने फिर सिद्ध कर दिया, जब लोगों ने अपनी जीपें तथा अन्य वाहन राजनीतिक दलों को दे दिये।

बागों, वनों, गृहों, गलियों और चौमुहानों पर खुलेआम झूठ बका जा रहा था। सत्य क्या है, असत्य क्या है, इसका भेद करना गुनीजन के लिए भी कठिन था।

कवि कहते हैं ऐसी गन्दगी में विचरण करना और सफल होना उसी छबीले का काम है जो हमारे गीतों का नायक है। चुनाव रूपी पंक का वही पंकज मेरा आराध्य है।

: 6 :

आज तो विचित्र ही प्रसंग हुआ। नेता ने अपने मित्रों को एक करुण-कथा सुनायी।

हुआ यह है कि सकल दिवस चुनाव-प्रसार में व्यस्त रहने के उपरान्त चुनाव का वह उम्मीदवार एक अफसर मित्र के आवास पर पहुँचा और यह अनुनय करने लगा कि मुझे रात्रि में अपने यहाँ विश्राम करने दें, प्रातः होने पर मैं चला जाऊँगा। तिस पर उस अफसर मित्र ने असहमत होकर जो कहा, वह अत्यन्त 'निराला' था :

बाँधो न नाव इस ठाँव बन्धु
चलते हैं इधर चुनाव बन्धु

उसने नेता को द्वार से बिना सत्कार ही इनकार कर दिया। नेता ने व्यथभरे स्वरों में मित्रों को बताया कि यह वही अफसर था जिसके प्रमोशनार्थ मैंने केबिनेट पर जोर डाला और विगत वर्षों में तीन बार जिसके तबादले रुकवाये।

कवि कहते हैं, चुनाव की बलिहारी है जिसमें मित्र शत्रु सम और शत्रु मित्र सम व्यवहार करने लग जाते हैं।

: 7 :

चुनाव-श्रम-जल-कण-झलमल
जनता के आलिंगन से दुर्गन्धित वक्ष देश
आश्वासन रत, स्वीकृतियों में पशोपेश

प्रथम पंक्ति से तात्पर्य प्रचार-कार्य की व्यस्तता के परिश्रम से शरीर पर आयी पसीने की बूँदों से है जो झलमला रही हैं। चुनाव के समय जनता से बार-बार आलिंगन करने की मजबूरी के कारण नेता के वक्ष-देश (कुर्ता, वास्कट आदि के भाग) दुर्गन्धित हो गये थे। वह आश्वासन देता था, पर स्वीकृतियों में पशोपेश रहता था।

पद की शेष पंक्तियाँ, जो नेता के सार्वजनिक चरित्र के ऐसे विरोधाभासों का परिचय देती हैं, सरल हैं। (पसोपेश के प्रयोग से सिद्ध है कि कवि अरबी-फारसी का अच्छा ज्ञाता है।)

: 8 :

उस दिन वह छलिया मेरे द्वार भी आया था। मैं तन को अंगराग लगा नाना आभूषणों से स्वयं को सजा रही थी। लम्पट ने तभी कुण्डी खटखटायी।

मैंने कार पर ही उससे वार्ता की। उस समय तेल से सनी हुई उसकी घुँघराली लटें तथा तम्बाकू के बीड़े चबाते हुए श्याममुख में दन्त-पंक्तियाँ अलग ही शोभा दे रही थीं।

चुनाव को ध्यान में रख उसने कुर्ते में सूराख कर लिये थे और उन पर पैबन्द लगा

अपनी अजब धज बनायी थी। उस दिन तो वह बड़े जनवादी ठाठ में था।

हे सखी, इसे भाग्य कहूँ या दुर्भाग्य कि चुनाव आया और उस शठ के किये विगत शब्दों की स्मृतियाँ मन में फिर ताजा हो गयीं, जिन्हें मैं सचमुच ही भुला चुकी थी।

कवि कहते हैं कि राजनीति के रसिया ने गलियों में ऐसी धूम मचायी थी कि पुर की वनिताएँ चकित थीं अर्थात् कुछ समझ नहीं पा रही थीं।

: 9 :

बहुत-बहुत कर अनुनय
पहले भी ले गये थे वोट ओ स्वार्थ हृदय
बहुविध चाटु वचन
अवसर-प्रेरित सिद्धान्त रचन
तव तकनीक जनमोहन
गमन करो सत्वर इस बार
अन्य दिशा सदय

अर्थात् हे स्वार्थी हृदय वाले नेता, पिछली बार भी तुम बहुत विनय कर वोट ले गये थे। अनेक प्रकार से मन को प्रसन्न करनेवाले वचन बोलनेवाले तुम अवसर से प्रेरित सिद्धान्त रचने में प्रवीण हो अर्थात् जैसा मौका देखते हो वैसी बात करते हो। तुम्हारी शैली जनता को मोहित करती है, पर जहाँ तक मेरा प्रश्न है, तुम यहाँ से जल्दी खिसको। दया करो, कहीं और जाओ।

: 10 :

उस दिन तो नगरी के युवावर्ग ने उस पुराने नेता को बड़ा दिक किया। वह चले तो उसे चलने न दें। वह बोले तो उसे बोलने न दें। यह भी खूब रही।

अरे युवको, वह तो उन दिनों जब कल्याणी भाषा बोलता था, मानव मात्र को नौकरी दिलाने की डींग भरता था। आश्चर्य है ऐसे सुखदायी स्वर भी तुम्हें उस बार कानों को कटु लग रहे थे।

अरे युवको, उसे व्यर्थ आतंकित करने से क्या लाभ, वृथा शंकित करने से क्या प्रयोजन ! उसे वोट देने के लिए अभिशप्त होकर अकारण सन्ताप देने से क्या लाभ !

कवि कहते हैं कि चुनाव की वेला ही ऐसी है, जब नेता की इज़्ज़त पर धूल उड़ती है। प्रजातन्त्र पर आस्था रखने वाला हमारा चतुर नट इसका बुरा नहीं मानता।

: 11 :

विरोध वृथा
तव असहमति मम व्यथा
त्यागो विपरीत भाव
छोड़ो अब सकल ताव
कर दो सरस समर्थन
सविनय समुपस्थित
मम तव दर्पन

अर्थात् नेता कहता है कि मेरा विरोध करना वृथा है। तुम्हारी असहमति से मुझे व्यथा हो रही है। तुम यह विरोधी भाव छोड़ो। व्यर्थ के ताव मत दिखाओ। मेरा हृदय से समर्थन कर दो। मैं पूरी विनय के साथ उपस्थित हुआ हूँ और तुम्हारी ही भावनाएँ मुझमें प्रतिबिम्बित होती हैं। 'तव मम दर्पन' में नेता में जनता ही प्रतिबिम्बित होती है, वाली प्रजातान्त्रिक उक्ति को ही कवि ने अभिव्यंजित किया है।

: 12 :

अरी सखी, इस चुनाव ने मेरे प्रेमियों की संख्या बढ़ा दी। देख नहीं रही थी उन दिनों गलियों में कितने चक्कर काट रहे थे। हर कोई आकर मुझसे मेरा वोट माँग रहा था। वोट रूपी कमल एक था, पर उसे पाने को उत्सुक भ्रमर अनेक।

उस दिन वह मुझे पोलिंग बूथ पर आने का संकेत कर गया था। मुझे वह अपना चिह्न भी दे गया था, जिसे मैंने कलेजे में छिपाकर रख लिया था।

कवि कहता है कि चुनाव के लड़ैया कितनी ही चिरौरी करें, हमारी कमलनयनों वाली नायिका ने तो उसी छली को वोट दिया जिसका कुंज-गलियों में भारी प्रचार था।

: 13 :

रात-रात भर हुई जगायी, लाल-लाल भये लोचन
कैसे भरमाएँ वोटर को, सखा सहित रत सोचन
जाओ शर्मा, जाओ वर्मा, शोधो अपनी-अपनी जाति
मैं हूँ जातिवाद से ऊपर, दुहराओ रह-रह यह ख्याति।

तात्पर्य स्पष्ट है। चुनाव-काल में रात-भर जगने से नेता की आँखें लाल हो गयी हैं अर्थात् वह क्रोधित है। उस दिन मित्रों के साथ बैठा यही सोच रहा था कि किस भाँति जनता को चुनाव हेतु फुसलाकर विजय प्राप्त कर ली जाए। वह कार्यकर्ताओं से, जिनके

नाम शर्मा-वर्मा थे, कह रहा था कि तुम जाकर अपनी-अपनी जाति से मुझे वोट देने के लिए सम्पर्क साधो और प्रचार करो कि मैं जातिवाद से ऊपर हूँ। पद में नेता के चरित्र का विरोधाभास दर्शाया गया है। शेष पंक्तियाँ सरल हैं।

: 14 :

पूरा पद सरल है। केवल अन्तिम दो पंक्तियाँ कठिन हैं।

बेशरम नेतृत्व देखकर, तरुण करुण मुस्काये
जन राधा की बाधा हरने, आधा मन कर आये।

तात्पर्य यह है कि युवक वर्ग ऐसा बेशरम नेतृत्व देखकर (चुनाव में खड़े व्यक्ति से तात्पर्य है) हृदय में करुणा भाव से मुस्करा रहा है। ये नेता लोग जनता रूपी राधा की बाधा हरने आये तो थे, पर आधे मन से आये थे।

: 15 :

अरी जनता, अब तू बहुत मान न कर। सब कुछ उसी के वश में है, तेरे वश सिवाय वोट देने के कुछ भी नहीं। उन चतुर खिलाड़ियों से जीतना कठिन है। सिद्धान्तवादी मूर्ख की स्थिति उस वानर के समान है जिसके हाथों में उस्तरा है। दूसरा सिद्धान्तहीन व्यवहारवादी है जो पल-पल दल बदलता है। तीसरी ओर नारे लगा-लगाकर तुझे भरमाने वाला छलिया है। बता पगली, तू कहाँ जाएगी। आज तू अपने वोट का गर्व कर ले, मगर कल तुझे कौन पूछेगा।

कवि का कहना है कि प्रजातन्त्र की हाट का यह याचक बड़ा मजेदार रहा है, जो माँगते हुए 'मत दो, मत दो' कह रहा था।

: 16 :

निशि व्यतीत हुई। ओ, कज़्जल-मलिन नयनोंवाली कामिनी उठ। पोलिंग बूथों से राजनीति का कन्त तुझे टेर रहा है।

चुनाव के कटे-फटे पोस्टरों से गृहों की दीवारें ऐसी प्रतीत हो रही हैं मानो किसी सुन्दरी के तन पर नख-क्षत हों। प्रचार बन्द हो गया है। सभी नज मतदान हेतु केन्द्रों की ओर सत्वर गति से जा रहे हैं। ऐसे में हे गजगामिनी, तू गमन-विलम्बिनी होने की कलंकिनी मत बन।

: 17 :

आज उसकी मुस्कान समेटे नहीं सिमट रही। अपने संग सखा चमचन के साथ वह बड़ा बन-ठनकर यहाँ-वहाँ डोल रहा है। वन में, कानन में उसी की जयजयकार है।

कल तक वह जिनके सामने करबद्ध खड़ा था, आज वे ही उसके सम्मुख करबद्ध खड़े हैं। सच ही है कि राजनीति धीरज का खेल है। मौके पर सिर झुकानेवाला ही इस मैदान में सिर उठाकर घूमता है।

कवि कहता है, जिन लोगों ने उम्मीदवारों को वादे दिये और पता नहीं किसको वोट दिया, ऐसे जन विजयी के जुलूस में आगे-आगे चल रहे थे।

: 18 :

अब वह अपनी क्रीड़ा-भूमि को छोड़ जा रहा हैं। वह चुनाव जीत गया है और व्यर्थ के मोहों से उसने मुक्ति प्राप्त कर ली है।

उसने जनता से किये अपने वादे यहीं की गन्दी नालियों में फेंक दिये हैं। अपने नारों की स्मृति मात्र से वह ऊब जाता है। अब अपने पोस्टरों की ओर वह हँसकर उपेक्षा से अवलोकता है, उसके घोषणा-पत्र मार्ग में बिखरे हुए हैं जिन्हें रौंदता हुआ वह राजधानी लौट रहा है।

कवि कहते हैं कि चुनाव तो चार दिन की चाँदनी होता है, जिसमें जनता चाहे इतरा ले, मगर बाद में तो वही अन्धकार होता है।

: 19 :

हाय सखी, वह निर्दयी चला गया। इस बार भी लगता है मानो मुझे छला गया।

मेरे हाथों पर लगा मतदान के समय का काल-चिह्न मिटा भी नहीं था कि वोट के उस लोभी ने मुझे भुला दिया। वन कानन में उसके सरस नारों की अनुगूँज अभी शेष नहीं हुई थी कि अनेक गालियों के साथ स्मरण किये जानेवाले नेता ने यह स्थल छोड़ दिया। आज मैं छज्जे पर खड़ी उसकी प्रतीक्षा कर रही थी, पर उन निष्ठुर ने इस ओर तनिक भर न झाँका। उसे मत देने के अतिरिक्त पता नहीं मुझसे कौन-सा अपराध हुआ जो मुझसे दूर हो गया।

कवि कहते हैं कि जिसके कर्म देख सहज लज्जा स्वयं लज्जित हो उसको ओ लाजवन्ती तू किस विधि लाएगी।

: 20 :

धूर्तों में परम धूर्त, आदर्शवादियों में परम आदर्श के रूप में शोभित वह चतुर बहुरूपिया ही अब मेरे ताप हरेगा।

उसी बहुरंगी नेता को, जिसके द्वार अपने भक्तों और चमचों के लिए सदैव खुले रहते हैं और जो सकल विरोधियों को उन्मूलित करने का प्रण लिये है, मैंने स्वयं को समर्पित कर दिया है।

कवि कहता है मुझ अबल में इतनी सामर्थ्य कहाँ कि मैं उस नेता की जनमोहिनी शोभा और फलदायी कर्मों का बखान करूँ। मुझे तो केवल इतना ज्ञान है कि ऐसे चतुर राजनीतिज्ञों की वन्दना ही कवि के जीवन को सुखी बनाती है। चुनाव रूपी युद्ध के विजेता, सत्ता रूपी मकरन्द के परम लोभी, जनता रूपी नायिका के मन को रिझाने में प्रवीण वह मेरे गीतों का नायक ही मेरा सच्चा सुखदाता है जो मन्त्री बनते ही मेरे कष्ट हरेगा और मुझे ऊँचा पद दिलाएगा।

राधा रूपी जनता को बिलखता छोड़, सत्ता रूपी रुक्मिणी में खोये हुए ओ रमणीय, तू चमचों से घिरा रहने पर कहीं यह न भूल जाना कि मैं सदा तेरी ही मूरत ध्यान में रख कलम उठाता हूँ।

88

दीवाली फिर आयी

कहते हैं, राम का पुष्पक विमान इसी रोज अयोध्या लैण्ड हुआ था। लोग खुश थे, खड़ाऊँ सरकार खत्म हुई। अब उन खड़ाउँओं को पहननेवाला आ गया। भरत हाथ जोड़कर खड़े होंगे, भई, सँभाल तेरी गद्दी, और राम बदली-बदली-सी अयोध्या को पहचानने में लगे होंगे। चौदह साल में एक नयी युवा-पीढ़ी उभरकर आ गयी होगी और दीवाली की सुबह अयोध्या एयरपोर्ट के बाहर 'सियावर रामचन्द्र की जय' के नारे गूँजे होंगे। उस सारे दिन पूरे शहर में श्रीराम स्वागत कमेटी के वालण्टियर जगह-जगह आयोजनों की व्यवस्था, भाग-दौड़ में लगे होंगे। राम के साथ आये बन्दरों का इन्तजाम देखना, उनके खाने, पीने, ठहरने, सोने की व्यवस्था करना, सब कुछ अयोध्यावासियों के लिए निरन्तर लतीफा-उत्पादक अनुभव होगा। राम ने पब्लिक मीटिंग एड्रेस की होगी और रामराज की अपनी कल्पना को कुछ-कुछ व्यक्त कर दिया होगा। एक व्यस्त दिन और जागकर गुजारी, नाचने-गाने की रात, जिसमें हर जगह दीये जल रहे होंगे, आप कल्पना कर सकते हैं।

जब स्वागत समितियाँ बनती हैं, तो चन्दा देनेवालों को जीवन की सार्थकता का अहसास होता है। राम के सम्मान में बनी समिति भी धनाढ्य लोगों से चन्दा बटोरने निकली होगी। दरवाजे पर चार सोशल वर्कर टाइप के लोग हें-हें करते दाँत निपोरे 'हम-तो-आपके-ही हैं' मुखौटा लिये जब तक नहीं आते हैं, चन्दा देनेवाला पैसा नहीं छोड़ता है। जानता है कि यही सोशल वर्कर कल राम की सत्ता के प्रमुख चमचे होंगे, छोटा-मोटा काम निकालने में इनसे मदद मिलेगी और आज दिया चन्दा बेकार नहीं जाएगा। राम के राज्य में अपने उद्योग और वाणिज्य के विकास के सपने देखने वाले अयोध्या के उन स्थानीय बनियों ने उस रात सराफे और सोने-चाँदी के बाजार में जो पैसा-फूँक तमाशा किया, उससे शायद दीवाली की यह वर्तमान परम्परा कायम हुई। दीये, मिठाई और पटाखों की परम्परा। वैसा ही हो रहा है, जो तब हुआ था।

कहने को यही कहा जाता है, पर सब जानते हैं, मध्यमवर्गीय और निम्न मध्यवर्गीय परिवारों द्वारा जलाये गये दीये घण्टे-डेढ़ घण्टे बाद बुझने लगते हैं। सिर्फ लक्ष्मी मैया के चित्र के सामने लगा दीया जलता रहे, इस चिन्ता में गृहिणी देर रात तक जागती रहती है। कहते हैं, लक्ष्मी मैया आधी रात को, या और भी देर से, आती हैं। घर के दरवाजे खुले रहने चाहिए, रास्ता प्रकाशित होना चाहिए और हर कोने में उजाला जरूरी

है। एक अकेली लक्ष्मी मैया और इन्तजार में बैठे करोड़ों गरीबों के घर। पिछले साल नहीं आयी, इस साल आ जाए शायद। पूरा देश इन्तजार कर रहा है, दारू पीता, पान खाता। पता नहीं, कब आएगी। प्रतीक्षा में कितने बीड़ी के बण्डल फूँक डाले, लक्ष्मी नहीं आयी। कमाल है। उम्मीद तो थी, आएगी। बच्चों ने पटाखे खत्म कर दिये। थे ही कितने। पूरे पन्द्रह दिनों से वे अपने पिता की तरफ टकटकी लगाये देख रहे हैं कि यह शख्स हमारे लिए पटाखे लाएगा, हम छोड़ेंगे और आनन्द आने के साथ मोहल्ले के अन्य बच्चों के सामने गर्व से कहने को हो जाएगा कि हमने भी पटाखे छोड़े थे। पूरे पन्द्रह दिन से पत्नी तेल, शक्कर, वगैरा के लिए पति के पीछे पड़ी है। किसी तरह कढ़ाई चढ़े, कुछ बन जाए, पूजा हो जाए, दीये जल जाएँ, पटाखे छूट जाएँ और मोहल्ले में ऐन दीवाली के रोज इज्ज़त न गिरे। गोटे की साड़ी और कमर में झुमका बाँध इधर-उधर आती-जाती वह स्वयं को कितनी व्यस्त लगाती है।

गरीब घरों में एक दिन के लिए समृद्धि का वातावरण, चाहे नकली ही सही, बन तो जाता है। दीवाली की, खुशी की, आनन्द की सामान्य मध्यमवर्गीय कल्पना कितनी सादी है : एक साफ-सुथरा, लिपा-पुता घर, पेट भर तृप्त करने वाला सुस्वादु भोजन, घर में उजाला, इतना सब कि आस-पड़ोस के समस्तरीय घरों के सामने नीचा न देखना पड़े, बच्चे खुश रहें, किसी किस्म का हीनभाव न हो। बस सुखी जीवन और स्वर्ग की मूल भारतीय कल्पना इससे अधिक नहीं है। यदि हर भारतवासी को इतना मिल जाए—लिपा पुता घर, साफवस्त्र, पेटभर भोजन, खुश-खुश बच्चे, तो उसे कुछ नहीं चाहिए। उसकी रामराज की कल्पना यही है। अयोध्या में उस रात जब पहली बार दीवाली मनी थी, तब राम के राज में सुखी जीवन बिताने की इतनी ही कल्पना में डूबा वह भी सराफे के चन्दा देने वाले वैश्यों के साथ आनन्द में मग्न था। उसने कोई सोने-चाँदी के व्यापार के समृद्ध सपने नहीं देखे थे। राम की लंका-विजय और दक्षिण पर जमे प्रभुत्व से व्यापारियों की आकांक्षाएँ जिन अर्थों में जागी थीं, उन अर्थों में उसकी नहीं जागी थीं। वह राम के कष्टों और चौदह वर्षों के दुखी जीवन के विषय में सोच रहा था। जबकि अयोध्या के वे स्वागत समिति में चन्दा देनेवाले लक्ष्मी के विषय में सोच रहे थे, जो आ रही थी। सोने की लंका लूट लाये थे भाई लोग, सबकी जेब भरी थी। मार्केट में पैसा आ रहा था। कपड़ा-जेवर खरीदने और घर सुधारने की उमंग थी। व्यापारी को और क्या चाहिए ? बाजार में पैसा आता रहे, ग्राहकी का वातावरण हो, वह लखपती हो जाएगा और लखपती से करोड़पती। उसकी रामराज की कल्पना यही है। उसके हिसाब से सही है।

लक्ष्मी समुन्दर से निकली है। जब समुन्दर मथा गया तब बाहर आयी। आज भी लोग मथ रहे हैं, बड़े जहाज और छोटी-छोटी नौकाएँ ले। दुबाई कमल है, लक्ष्मी वहाँ विराजती है। उसे यहाँ तक लाने और यहाँ से घर तक ले जाने की भगदड़ मची रहती है। लक्ष्मी आधी रात के अँधेरे में रास्ता तय करती है। उल्लू पर विराजती है। उल्लू

आँखें फाड़े देखता रहता है, इस घुप अँधेरे में सम्भावनाएँ होती कहाँ हैं ? अँधेरे में व्यापक सम्भावनाएँ होती हैं, जाननेवाले जानते हैं।

समुन्दर से निकली लक्ष्मी से जमीन पर ज्यादा दूर चला नहीं जाता। जिस बिड़ला-टाटा के घर एक बार गिर गयी, फिर पीढ़ियों तक वहीं पड़ी रहती है। जयपुर के तलघर हों या स्थानीय तेल व्यापारी की तिजोरी, उसे यह एकान्त, खामोशी और अन्धकार अच्छा लगता है। नयी जगह तलाशनी हो, तो रात को निकलेगी। लोग कहते हैं, निकले तो सही, कभी निकले। वे रात को दीया जलाये बैठे रहते हैं, रात को दिन करने की कोशिश में भिड़े रहते हैं, क्योंकि तब तक लक्ष्मी नहीं आएगी, जब तक रात-दिन एक न हो जाए। रात को दिन किये रहने में दिक्कत आती है हमेशा। इसकी तुलना में दिन को रात करना सरल है। अँधेरे एयरकण्डीशण्ड प्रकोष्ठों में, जहाँ दिन को मरकरी जलता रहता है, लक्ष्मी के दीवाने बैठे रहते हैं। आएगी, आएगी। आती भी है, विष्णु की पत्नी, शंख की बहन।

कहते हैं, राजा बलि पहली बार लक्ष्मी को लाया था अपने कन्धे पर बिठा कर, दीवाली के पीछे वही किस्सा असल है। बलि कोई द्रविड़ राजा होगा और सब जानते हैं कि आर्य चाहे युद्ध और हिंसा में विजयी हुए हों, पर द्रविड़ उनकी अपेक्षा अधिक सम्पन्न, अधिक सुखी और सुसंस्कृत थे। उनके पास थे विशाल नगर, सघन वन, अपार उपज, व्यापारिक रास्ते, नौकाएँ, गायें और कर्मठ स्त्रियाँ। इस सबको देख आर्यों के मुँह में पानी आया होगा। आर्यों का लम्पट और षड्यन्त्री राजा इन्द्र इन द्रविड़ों को नीचा दिखाने अपने अधिकार में दाबे रखने के लिए, क्या-क्या न करता होगा। वह राजा बना रहा, पर उसके आर्यगण धीरे-धीरे द्रविड़ सभ्यता के विराट् मायालोक में डूबते चले गये। द्रविड़ कन्याओं से विवाह कर वे बसने लगे, संगीत, नाटक, साहित्य के प्रेमी बने। बाप का अधिकार पुत्र पर जताने के लिए वे लड़कों का द्विज संस्कार करवाते, उसे संस्कृत और वेद पढ़ने के लिए भेजते, उसे आर्यपुत्र कहा जाता, ताकि वह अपने को भूले से भी द्रविड़ न माने, स्त्रियों को संस्कृत से वंचित कर माँ बेटे की दूरियाँ निश्चित की जातीं, पत्नी को दासी का दरजा दिया जाता। इस सबके बावजूद आर्य क्रूरता और औपचारिकताओं पर द्रविड़ सहजता और सौजन्यता जीतती चली गयी। द्रविड़ देवताओं का आदर बढ़ा, इन्द्र की इज़्ज़त गिरती चली गयी और संस्कृत आर्य दरबारों से आगे न फैल पायी।

बलि के राज में सब सुखी थे, अपार धन था और इन्द्र उसे जीत नहीं सकता था। इन्द्र तथा अन्य आर्य हरकती देवताओं ने इतना फिर भी कर दिया कि बलि के राज्य में अकाल पड़ गया, लोग भूखों मरने लगे। बलि के पास कोई रास्ता नहीं था। जनता कब तक सहती। बलि विष्णु के पास आया और उसने लक्ष्मी को माँगा। कोई अपनी बीवी यों दूसरे को कैसे दे देता ? बलि ने कहा, मैं लक्ष्मी को माँ की तरह ले जाऊँगा। लक्ष्मी मैया को उसने कन्धे पर बिठाया और चला। अमावस की रात तक उसे पहुँच

जाना था अपने नगर।

वह अजीब रात थी, उन नागरिकों के लिए। तेल की आखिरी बूँद तक जला वे लक्ष्मी के आने का इन्तजार कर रहे थे। वे सब कुछ खो चुके थे, सब कुछ हार चुके थे, अमावस की यह रात समाप्त होते ही वे इस नगर को छोड़ शायद जीवन की कोई राह खोजने निकल जाते। देर रात बलि लक्ष्मी को ले नगर में प्रविष्ट हुआ और सारी स्थिति बदल गयी। आज भी देर रात तक दीया जला लोग बैठे लक्ष्मी मैया का इन्तजार करते रहते हैं, पर स्थिति ज्यों की त्यों रहती है। देर रात तक गरीब लड़के अमीरों के आँगन से जले हुए अनार, अधूरे जले या अनजले पटाखे बटोरने भटकते रहते हैं, ताकि थोड़ी-सी बारूद इकट्ठा कर कोई तमाशा वे भी कर सकें, नौकरानियाँ मिठाई और इनाम के लिए दरवाजे पर खड़ी रहती हैं, देर रात मुनीम सेठ साहब के घर लक्ष्मी-पूजा और स्वागत निपटा धीरे-धीरे घर लौटता है, देर रात तक शहर के नवसमृद्ध कीमती साड़ी पहनी मोटी बीवियों को ले रोशनी देखने के बहाने फीएट का पेट्रोल फूँकते घर से निकल यहाँ-वहाँ ताक-झाँक कर आते हैं, देर रात तक भ्रष्ट अफसर यारों में बैठा जुआ खेलता रहता है। सब कुछ हर साल की तरह होता रहता है पर लक्ष्मी नहीं आती। टैक्स आता है, महँगाई आती है, अभाव आते हैं, मीसा की जेलयात्राएँ आती हैं, पर वह लक्ष्मी नहीं, जो पूरे शहर के लिए एक साथ आए, पूरे देश के निवासियों के लिए एक साथ आए, इन्तजार करनेवाले भी वे नहीं, लानेवाला भी कोई बलि नहीं। लोग थे, जो राजा को लक्ष्मी लाने या कुछ भी निर्णायक कदम उठाने के लिए अन्तिम चेतावनी आखिरी तारीख की घोषणा के साथ दे सकते थे। राजा के पास कोई दूसरा चारा न होता। राजा भी बलि था, जो दान देता था और देने में गर्व अनुभव करता था। वह नौकरी या पैसा माँगने पर लोगों को आत्मोन्नति की सलाहें नहीं बाँटता था। बिना आखिरी जोखिम उठाये न लक्ष्मी को ला सकते हैं और न लक्ष्मी आ सकती है। जब लम्बी अमावस का बेसब्र छोर छुएँगे, शायद तब लक्ष्मी आएगी।

और जब आएगी, वह पूरे शहर, पूरे राज्य, पूरे देश के लिए आएगी। वह सिर्फ उन स्वागत कमेटी के सदस्यों के लिए नहीं आएगी। वह इन्द्र या उसके उन स्थानीय मित्रों के लिए नहीं आएगी जो अकाल के कारण रहे थे। वह बलि के लिए आएगी, जो उसे माँ कहकर कन्धे पर उठाये और अपने लिए नहीं लोगों के लिए उसे आमन्त्रण दे।

फिलहाल दीवाली जैसी है, वैसी है। घर को साफ-सूफ कर, रंग-रोगन से चमका, नया खाता-बही खोल, दीवाली पर लाभ-शुभ लिख, बैठ गया है बनिया अपनी गादी पर तोंद फैलाये, ताकि नयी फसल गाड़ियों में लाद जब गाँवों से किसान आए, उसकी चमक, नम्रता और हिसाब-किताब से प्रभावित हो उसे औने-पौने दामों में अनाज बेच जाए और जिन गोदामों में दीया नहीं जलता, वहाँ पड़ी रहे कैद लक्ष्मी, अपने भाव को बढ़ाती, फूलती। वह अनन्तः आज जलाये दीये के तेल की आखिरी बूँद तक के दाम पब्लिक से वसूल करके ही मानेगा।

89

महँगाई और समाजवाद

समाजवाद बहुत महँगा पड़ रहा है। दो साल पहले तक स्थिति ठीक थी। सरकार कहती थी कि हमारे पास पर्याप्त स्टाक है और हम यथासमय आवश्यकतानुसार बाजार में रिलीज कर देंगे। मण्डियों में नरमी थी। किसी भी छोटे-मोटे दुकानदार से समाजवाद माँगो, वह तोल देता था। बड़े पैक से लेकर छोटे पैक तक उपलब्ध था। देश में खपत ज्यादा नहीं थी, उत्पादन काफी हो रहा था। मन्त्री महोदय बताते थे कि हम समाजवाद में न सिर्फ आत्मनिर्भर हो गये हैं, बल्कि जल्दी ही हम निर्यात भी करने लगेंगे। उनके बयानों से उत्साह बना रहता था, व्यापारी डरता था और मन्दी का वातावरण नहीं था।

फिर एकाएक स्थिति बिगड़ने लगी। आज हालत यह है कि खोजे से समाजवाद नहीं मिल रहा है। दिल्ली, जो तत्सम्बन्धी उत्पादन और वितरण का सबसे बड़ा केन्द्र है, वहाँ खामोशी छायी है। कोई समावाद की माँग करता है, उसे महँगाई की चर्चा के पैकेट मिलते हैं।

मैंने एक सज्जन से बात की। कुछ समय पहले वे हमारे नगर में समाजवाद के प्रमुख वितरक थे। बोले, ''शुद्ध समाजवाद का खयाल छोड़ दीजिए। वह आपको कहीं नहीं मिलेगा। जो चीज बाजार में नहीं है, उसके लिए क्यों परेशान होते हैं ?''

मैंने कहा, ''मैं शुद्ध की बात नहीं कर रहा। मैं अपने देशी उत्पादन की पूछ रहा हूँ, जिसमें थोड़ा-सा पूँजीवाद, महँगाई, अमरीकन मदद आदि मिली रहती है।'' वे हँसने लगे। फिर मुझे इस नजर से जाँचा कि मैं रहस्य बता देने योग्य व्यक्ति हूँ या नहीं ? कहने लगे, ''सारा समाजवाद गवर्नमेण्ट ने स्टाक कर लिया है।''

''क्यों ?'' मैंने पूछा।

बोले, ''चुनाव के समय रिलीज करने के लिए।'' फिर एक आँख दाब हँसे।

मेरे एक मित्र, जो अर्थशास्त्र पर लेख आदि लिखते हैं, का कहना कुछ और है। बता रहे थे कि देश में कागज की कमी ने समाजवाद के उत्पादन को बहुत धक्का पहुँचाया है। क्योंकि कुल मिलाकर सारा समाजवाद कागज पर होता था। कागज की कमी आयी, तो सारा उत्पादन ठप्प हो गया। पोजीशन ठीक होते ही, फिर समाजवाद बाजार में आ जाएगा।

महँगाई सबको खा गयी। भाव बढ़ते जा रहे हैं, आदमी घटता जा रहा है। सरकार में यह आदत अच्छी है कि जब टैक्स लगाती है, तो मामूली आदमी का बड़ा खयाल

रखती है। मामूली आदमी का ध्यान पहले केवल साहित्य में रखा जाता था, आजकल बजट में भी रखा जाने लगा है। मैं तो बजट की इस साहित्यिक प्रकृति का प्रशंसक हूँ। टैक्स मामूली आदमी पर नहीं लगता। बड़े आदमी पर लगता है। खर्च बढ़ता देख वह बड़ा आदमी अपने उत्पादन का भाव बढ़ा देता है, जिसे मामूली आदमी चुकाता है। इस तरह मामूली आदमी और भी मामूली हो जाता है, सरकार सौ टका समाजवादी लगती है। पूँजीवाद बदनाम होता है—जो उसकी नियति है। आखिर सारे सुख तो मिलने से रहे। थोड़ी बदनामी उठा अगर फायदा होता हो, तो पूँजीवाद को वह स्वीकार है। इस प्रकार देश तीन दिशाओं में एक साथ बढ़ता है—समाजवाद, पूँजीवाद और गरीबी। दाम बढ़ते जाते हैं। समाजवाद मज़बूत होता है, व्यापारी और भी प्रसन्न रहता है।

शक्कर, नमक, अनाज, किरोसिन, स्टंट, फिल्म, साबुन आदि सभी के क्यू लग गये। पूरा देश पंक्तिबद्ध, अनुशासित हो गया। समाज में एकता आ गयी। छोटे-मोटे झगड़े समाप्त हो गये। अनेकता में एकता का जो पुराना भारतीय गुण है, वह इस बार अभाव में पनप उठा। सारा देश गाली दे रहा है। एक स्वर, एक आवाज। चूँकि सभी रो रहे हैं, अतः प्रान्तों में परस्पर जलन नहीं रही। बड़ी बात है। आज भाव उठ रहे हैं। एकता बड़ी बात है। आशा है, कल सारा देश उठ जाएगा। या यों हो सकता है, देश पहले उठ गया हो, भाव अब उठ रहे हैं।

मामूली आदमी की चाय में शक्कर कम हो रही है, दाल में नमक कम हो रहा है, लालटेन में किरोसिन कम हो रहा है, अखबार में कागज कम हो रहे हैं। इसके किचन से वनस्पति गायब है। उसके बाथरूम से साबुन गायब है। सभी जगह समाजवाद की प्रतीक्षा से काम चलाना पड़ रहा है। देश प्रगति करेगा। प्रगति करेगा, तो हम साबुन से नहाएँगे। अभी तो कामना है कि नमक-भर प्रगति कर ले। तीन रुपये किलो हो रहा है कम्बख्त।

क्यू में खड़े मामूली आदमी को सरकार का गम सताता है, जो कष्ट में है। अभाव, हड़ताल, उत्पादन गिरने से असली नुकसान सरकार को हो रहा है। मामूली आदमी की तरह सरकार अपना खर्च भी चला नहीं पा रही है। समाजवाद लाना तो बाद की बात है, अभी दफ्तरों का खर्च नहीं जुट रहा है। वह टैक्स लगाती है, ताकि रुपया आए। मामूली आदमी टैक्स का वजन उठाता है और वजन ज्यादा होने से हड़ताल करता है। खरीदी कम करता है, जिससे सरकार को नुकसान होता है और उसका खर्च नहीं जुटता, तो वह और टैक्स लगाती है। सरकार यह सब जनता के प्रति हार्दिक सद्भावना के कारण कर रही है। सहानुभूति, टैक्स, बढ़ते भाव और सहानुभूति, टैक्स, फिर बढ़ते भाव ! यह एक राष्ट्रीय चक्कर है, जो चल रहा है। मामूली आदमी गोल-गोल घूम रहा है। आजकल पृथ्वी ने गोल घूमना बन्द कर दिया है। आदमी घूम रहा है।

मैंने एक व्यक्ति से पूछा, ''समाजवाद चाहते हो ?''

"कहीं से दो बोरा गेहूँ का इन्तजाम करवा दो," वह बोला।

"क्या तुम सामाजिक न्याय की आवश्यकता अनुभव नहीं करते ?"

"तीन लीटर किरोसिन से होता क्या है ?" वह बोला।

"तुम जानते हो, समाजवाद आनेवाला है।"

"सुना अगले दो माह में शक्कर की किल्लत और बढ़ जाएगी," उसने कहा।

संवाद असम्भव थे। भूख के मारे बिरहा बिसर जाए, कजरी-कबीर लोग भूल जाएँ, समझ में आता है, मगर अभाव और महँगाई में समाजवाद को भूल जाएँगे, यह कल्पना मार्क्स को भी नहीं होगी। उस दिन मैंने जो दृश्य देखा, तो एकाध कविता संकलन फाड़ डालने की इच्छा होने लगी। मुझसे कुछ दूर एक रोमाण्टिक जोड़ा बैठा था। पुरुष कुछ देर स्त्री के बालों से खेलता रहा। फिर उसने स्त्री को अपने समीप खींच लिया, उसकी बाँहें उस पतले से शरीर से लिपट गयीं। शरीर की ऊष्मा को महसूस करते हुए अपने होठ स्त्री की गरदन के समीप ला उसने धीरे से कहा, "किरोसिन का इन्तजाम आज भी नहीं हो सका।"

निरन्तर महँगाई तथा अभाव और बढ़ने का भय, मामूली आदमी की आत्मा में उतर गया है। मामूली आदमी के सरोकार सिर्फ उसके निजी सीमित अर्थशास्त्र के आधार पर एक दिन और गुजार लेने की शुभेच्छा से सीमित रह गये हैं। जो लोग इन दिनों भी गम्भीर सैद्धान्तिक बहसों में जुट गये हों या कविताएँ बना रहे हों, उन्हें स्वयं पर विचार कर डॉक्टर से इलाज कराना चाहिए। इस बात का पूरा खतरा है कि आप आम आदमी से राष्ट्र, एकता, प्रजातन्त्र, कविता, समाजवाद या मानवीय स्वतन्त्रता की बात करें और वह जवाब में आपको कस कर झापड़ रसीद कर दे। अतः सावधान !

90

सोबीना

पहली मुलाकात में उसने मुझे बता दिया कि वह विदेशों में रहा है और विशेष रूप से पेरिस में उसने काफी दिन बिताये हैं। मैंने मान लिया था क्योंकि यह सही था कि कम-से-कम वह मेरे शहर में तो नहीं रहता था। उसके कपड़े भिन्न और सुन्दर किस्म के थे और बाल घुँघराले और बड़े। वह बहुत बातें करनेवाला और चुस्त किस्म का शख्स था, जो दिल में कोई बात छिपाकर नहीं रखता था। उसने पहली ही मुलाकात में सोबीना के विषय में बता दिया। कोई और व्यक्ति होता तो इतनी जल्दी नहीं बताता।

जब वह आया, मैं घर में बहुत सारे जूतों को साफ करके एक लाइन में जमा रहा था। हफ्ते-दस दिन में एक बार यह काम करना जरूरी होता है। बच्चों के कारण, और मेरी भी यही आदत है, जूते घर-भर में फैले रहते हैं। पलँग के नीचे, कपड़ों की पेटियों के आस-पास, ड्राइंगरूम की कुरसियों के नीचे जूते पड़े रहते हैं जो मौके पर नहीं मिलते। बीसियों बार कहा जा चुका है कि जूते उतारकर एक निश्चित जगह रखा करो मगर कोई खयाल नहीं रखता। मैं खुद नहीं रखता।

"आपने कभी इस विषय में सोचा है कि हम जब बाजार से जूते खरीद कर लाते हैं तब जो सबसे सुन्दर जूते नजर आते हैं, हम वे ही खरीदते हैं। और जब हम उन जूतों को या चप्पलों को घर पर रखने लगते हैं तब वे हमें उतने सुन्दर नहीं लगते। यहाँ तक कि हम उनकी उपेक्षा करने लग जाते हैं। क्या कारण है ?" वह बोला।

मैं कुछ देर उसका चेहरा देखता रहा, फिर बोला, "क्या कारण हो सकता है, हम पॉलिश नहीं करते जूतों की बराबर, लापरवाही करते हैं।"

"जी नहीं। कोई जरूरी नहीं कि पॉलिश की हुई चीज ही सुन्दर लगे। रूखी वस्तु भी सुन्दर लग सकती है। पॉलिश से तो वह चमकने लगती है और एक हद तक भोंडी लगती है। जैसे लोग सिर में तेल डालते हैं और बालों में चमक पैदा करते हैं। आजकल रूखे बाल रखने का फैशन है। वे ज्यादा सुन्दर लगते हैं।"

"तो आपका मतलब है बिना पॉलिश के जूते सुन्दर लगेंगे ?"

"अगर उन्हें ठीक से सजाकर रखा जाए !"

"जैसे मैं जमा कर रख रहा हूँ।" मैंने कहा।

"माफ कीजिए, इस तरह लाइन से पुलिसवालों की तरह जूते रख देने का तरीका पुराना विक्टोरियन तरीका है। जिस तरह पंक्ति में खड़े व्यक्ति का निजी व्यक्तित्व समाप्त

होकर 'मोनोटोनस' बन जाता है, उसी तरह पंक्ति में रखने पर जूते भी अपना निजी सौन्दर्य खो देते हैं।''

''आपकी नजर कलाकार की है !'' मैंने कहा।

''मेरी अपनी कोई बात नहीं। फ्रांस में एक आन्दोलन है जिसका नाम है सोबीना।''

''सोबीना।''

''हाँ, उसका उद्देश्य ही है कि वस्तु के मूल सौन्दर्य को उपयुक्त पृष्ठभूमि और कोण प्रदान कर उसे विशिष्ट सत्ता प्रदान की जाए, इस तरह दैनन्दिन जीवन में काम आनेवाली नयी-पुरानी वस्तुओं को सौन्दर्य-दृष्टि का उपयोग कर ऐसे सजाया जाए कि उनसे नये रागात्मक सम्बन्ध स्थापित हो सकें।''

''जैसे जूते ?''

''हाँ, जैसे जूते।'' उसने सिगरेट जलाकर कहा, ''हर जूते को अलग से देखिए, उसके सौन्दर्य को, उसके व्यक्तित्व को पहचानिए। जूते सदैव दो होते हैं। आप उन्हें कोण दे सकते हैं, प्रत्येक को अलग सत्ता दे स्थापित कर सकते हैं। सोबीना के नियमों के अनुसार कमरे के किसी भाग में छोटी-सी मैट बिछाकर या दीवार पर छोटी-बड़ी कीलों की मदद से इन्हें रखा जा सकता है। उनका मूल सौन्दर्य निखर आएगा, वे खिल उठेंगे और यही सोबीना का मकसद है। यह सुन्दर वस्तुओं की जीवन में पुनर्स्थापना का आन्दोलन है। घर सौन्दर्य के मृत्युस्थल बन रहे हैं। सुन्दर लड़की भी जब घर में पत्नी बनकर आती है, वह कुछ दिनों बाद सुन्दर नहीं लगती, फिर चप्पलों या किताबों की क्या बात है !''

पत्नी चाय लेकर आ गयी।

''क्या कह रहे हैं आप ?'' वह बोली।

''ये सोबीना के विषय में बता रहे थे। पेरिस में एक आन्दोलन चला है !'' मैंने कहा।

''भाभी जी, वहाँ सोबीना की कक्षाएँ चलने लगी हैं जिसमें सिर्फ महिलाएँ जाती हैं।''

''सोबीना किसे कहते हैं, घर की सजावट ?''

''नहीं, घर की सजावट और सोबीना में फर्क है। सज्जा में हम घर को सुन्दर बनाने के लिए विभिन्न सामग्री का उपयोग करते हैं, अनावश्यक फेंक देते हैं या छिपा देते हैं। सोबीना हर वस्तु में सौन्दर्य खोज उसे प्रतिष्ठित करता है। इसमें घर प्रमुख नहीं है, वस्तु प्रमुख है बल्कि उस वस्तु के प्रति आपकी दृष्टि। किचन में लीजिए, गोल थालियाँ, फ्राइंगपैन, कटोरियाँ वगैरा। सोबीना के कलाकार हर थाली, हर कटोरी या सारी थालियों और कटोरियों के मूल सौन्दर्य को खोजेंगे और उसके अनुरूप उसे स्थापित करेंगे।''

''बड़ी रोचक कला है।'' पत्नी ने कहा, ''हमने तो इसके विषय में कहीं नहीं पढ़ा।''

"अभी यह फ्रांस से बाहर नहीं आया। प्रयोग चल रहे हैं। वहीं के पत्रों में कुछ लेख छपे हैं। भारत में आने में तो चार-पाँच साल लग जाएँगे।"

"आप यहाँ शुरू कर दीजिए ना सोबीना का काम।"

"इस शहर में तो सम्भव नहीं, हाँ दिल्ली, बम्बई में शुरू किया जाए तो हो सकता है। वहाँ ऐसी महिलाएँ मिल सकती हैं जो फीस देकर सोबीना का काम सीखें और अपने घरों पर प्रयोग करें।" उसने एक और सिगरेट जलायी और विचार-सा करने लगा।

"खैर वहाँ की छोड़िए, आप मुझे जरूर सिखाएँगे सोबीना का काम !"

"जरूर भाभी जी, बशर्ते मैं आपके शहर में कुछ दिनों टिक गया !"

मगर वह सोबीना का जानकार एक सप्ताह से अधिक शहर में नहीं रहा। वह बम्बई चला गया। फिर उसका पता नहीं चला। गुप्ता ने मेरा परिचय उससे कराया था, खुद उसे पता नहीं लगा कि वह कहाँ है। हो सकता है विदेश चला गया हो। अब उस बात को कोई दस-ग्यारह साल हो गये।

सोबीना के विषय में मैंने अकसर सोचा। मैं उम्मीद कर रहा था कि कुछ वर्षों बाद सोबीना की कला पर पत्र-पत्रिकाओं में लेख आने लग जाएँगे और सम्भ्रान्त परिवारों में सोबीना सीखने का फैड चल पड़ेगा। मगर ऐसा कुछ हुआ नहीं। मैंने उसके विषय में लोगों से बातें भी कीं, मगर किसी ने सोबीना का नाम नहीं सुना था। बहुत आश्चर्य की बात थी कि जिस कला पर फ्रांस में महिलाएँ पागल हो रही हों, उसका हमारे देश में किसी को नाम भी नहीं मालूम। मैंने एक महिला पत्रिका के सम्पादक को भी सुझाव देते हुए कहा कि आप सोबीना पर लेख छापें पर वे भी ताज्जुब से पूछने लगे कि यह सोबीना क्या होता है ? मुझे उनकी समझ पर तरस आया।

पता नहीं सोबीना मूवमेण्ट फ्रांस में चलकर बन्द हो गया या वहाँ की सरकार ने निर्णय ले लिया कि इस कला को विदेशों में नहीं जाने देंगे और उसका निर्यात रोक दिया क्योंकि मैंने अक्सर विदेशी पत्र-पत्रिकाओं में सोबीना पर सामग्री खोजनी चाही मगर मिली नहीं। कुछ दिन हुए कुछ फ्रांसीसी लड़के-लड़कियाँ हमारे शहर में आये थे। मैंने जब उनसे सोबीना के विषय में प्रश्न किये तो वे कहने लगे कि हमें पता नहीं सोबीना क्या होता है ? बल्कि मुझे इस प्रकार के प्रश्न करते देख कुछ स्थानीय लोग हमारा मजाक उड़ाने लगे और बाद में उनकी हँसी में वे फ्रांसीसी युवक-युवतियाँ भी शामिल हो गये।

मैं न सोबीना को भूल पाता हूँ और न उस व्यक्ति का चेहरा भूल पाता हूँ, जो ग्यारह-बारह वर्ष पूर्व हमारे घर पर आया था और सोबीना का प्रारम्भिक पाठ दे गया। वह कहाँ है मैं नहीं जानता, सोबीना कहाँ है मैं नहीं जानता।

और अब बात चल पड़ी है तो मैं आपको बता दूँ कि कई बार अकेले क्षणों में मैंने अपने घर के जूतों को सोबीना शैली से व्यक्तित्व प्रदान कर उनके पिछले सौन्दर्य

को नये रूप में स्थापित कर एक विशिष्ट रागात्मक सम्बन्ध स्थापित करने की चेष्टा की है पर जाने क्यों मैं फिर से उन्हें विक्टोरियन तरीके से लाइन में जमा देता हूँ। क्योंकि मुझे लगता है कि कोई पूछेगा कि जूतों को ऐसे क्यों रखा और जब मैं उत्तर में कहूँगा कि यह सोबीना कला है तो वह पूछेगा कि यह सोबीना क्या है और तब मैं उत्तर नहीं दे पाऊँगा या मेरे देने पर भी वह उत्तर से सन्तुष्ट नहीं होगा और मेरा मजाक उड़ाएगा।

यदि आप में से किसी को सोबीना के विषय में पता लगे तो मुझे बताइए।

91

मैं ओलम्पिक नहीं गया

ओलम्पिक में खेलने के लिए हमारी टीम जाती है और अक्सर हारकर वापस आ जाती है। उन क्षणों में मुझे आश्चर्य और खेद एक साथ होता है। आश्चर्य इस बात का कि मैं टीम में नहीं था फिर भी हार गयी। और खेद यों कि हाय, जब हारना ही था तो मुझे एक खिलाड़ी के रूप में क्यों नहीं ले गये ? मैं भी जाता, खेलता, हारता और वापस आ जाता। यों भी खेलकूद जगत् का यह मोटा नियम है कि हार-जीत महत्त्वपूर्ण नहीं होती, असली बात है हिस्सा लेना।

भारत इस सिद्धान्त का जरूरत से ज्यादा कायल है। यहाँ महत्त्वपूर्ण गतिविधि है, ओलम्पिक तक जाना और आना। हार-जीत गौण तत्त्व है। प्रयत्न करना हमारा काम है और हमें हराना उनका काम। हमारा काम है वहाँ तक जाना और अपनी महान् खेल भावना का प्रदर्शन करना कि लो, आ गये, अब हमें हराओ। गोल्ड मेडल के मोह में हम प्रायः नहीं फँसते। यह भारतीय जीवनदर्शन के विरुद्ध है कि सोना-चाँदी आदि जो भौतिक माया-मोह है उसके पीछे हम दीवाने हों, परेशान हों। इसलिए पदक हमें नहीं मिलते। यह घटियापन हममें नहीं है कि एक सोने के टुकड़े के लिए सबसे आगे दौड़ रहे हैं।

भारत एक महान् देश है, यहाँ शरीर नहीं आत्मा को महत्त्व दिया गया है। हमारा जो खिलाड़ी वहाँ जाता है, वह देश का प्रतिनिधित्व करता है। गति पश्चिम का रोग है। हर क्षेत्र में वे दौड़ रहे हैं भौतिक स्वार्थों के लिए। ओलम्पिक में भी यही हाल है। अमरीका और रूस स्वर्ण-पदक बटोरने के लिए पागल हो जाते हैं। बताइए क्या यह इन्हें शोभा देता है ! भारत ने इस मामले में अपनी उच्चता कभी नहीं खोयी है। हमारी संस्कृति है, एक महान् अतीत है, जब भी आगे बढ़ने का सवाल आया, हमने सदैव लखनवी अन्दाज में झुककर दूसरे से कहा, 'पहले आप !' महज एक गोल्ड मेडल के लिए हम अपना कल्चर तो नहीं छोड़ सकते !

मेरा निवेदन है कि जब ओलम्पिक टीम जाती है, आप मुझे क्यों नहीं ले जाते ? मैं एक साहित्यकार हूँ, मगर देश के लिए मैं इतना त्याग करने के लिए तैयार हूँ कि टीम में जाऊँ और हारूँ। अरे, जब जीवन में पराजय ही लिखी है तो ओलम्पिक में ही सही। यह शरीर किसी काम तो आएगा। हमारे खिलाड़ियों के सम्मान की रक्षा हो सकेगी। लोगों को जो कोसना होगा, मुझे कोसेंगे। अपमान का गरल मैं पीऊँगा।

कम-से-कम खिलाड़ियों को तो ताने-उलाहने नहीं सुनने पड़ेंगे। सब कहेंगे कि साहित्यकार गया और हम हार गये। यह तो नहीं कि हॉकी खिलाड़ी गये और हॉकी में हारे, दौड़नेवाले गये और दौड़ में हारे, गोला फेंकने वाले गये और गोला फेंक न पाये। लोग मुझे गालियाँ देंगे और मैं हाथ फैलाकर कहूँगा—"यारो, मुझे बख्शो। मुझे खेलना नहीं आता।"

और यह मैं महज नम्रतावश नहीं कह रहा, मुझे वाकई खेलना नहीं आता। मेरी जीवनकथा लिखनेवालों को सूचनार्थ बतला दूँ कि मैं खेल के मैदान से पिटकर साहित्य में आया हूँ और यहाँ से पिटकर कहाँ जाऊँगा, किस क्षेत्र को पवित्र करूँगा, अभी अनिश्चित है।

भारतीय खेलकूद के इतिहास का वह स्वर्णिम अध्याय लोग भूल चुके, जब उज्जैन में दौलतगंज मिडिल स्कूल के मैदान में मैंने जीवन का प्रथम और अन्तिम फुटबाल मैच खेला था। क्या कहने ! दो घण्टे पूरे मैदान में दौड़ा मगर यह तमन्ना रह ही गयी कि एक बार पैर फुटबाल से लग तो जाता। वैसी भाग-दौड़ तो मैंने प्रेम के क्षेत्र में भी नहीं की, जितना मैं फुटबाल के लिए परेशान हुआ। मैं जहाँ जाता, वहाँ से मुझसे पहले ही कोई फुटबाल को किक कर देता। मैं निराश हो गया और मैंने निश्चय किया कि अब जीवन में फुटबाल नहीं खेलूँगा। जो चीज हाथ में नहीं आने की, उसके पीछे भागने से क्या लाभ ! काश, उस समय मैं अपनी प्रतिभा को पहचान पाता तो आज मैं भारतीय फुटबाल की टीम में होता।

गेंद पर अधिकार तो सदैव सामने वाली टीम का होता है, हमारी टीम का काम तो सिर्फ यहाँ-वहाँ दौड़ना है। मगर धैर्य की कमी से मैं फुटबाल खिलाड़ी नहीं हो सका। फिर मैं हॉकी की तरफ झुका। वह एक और स्वर्णिम अध्याय है, जिसे लोग भूल चुके। उज्जैन में पोस्ट आफिस और पानी की टंकी के बीच की भूमि पता नहीं, आज समतल है या नहीं। मगर तब जरा नहीं थी, जब मैं और महादेव वहाँ हॉकी खेलते थे। दो टीमों के दो कप्तान थे—मैं और महादेव। दो रेफरी थे—मैं और महादेव। दो खिलाड़ी थे—मैं और महादेव। हम दोनों के बीच एक हॉकी थी और दूसरा वास्तव में तिरछा डण्डा था जो महादेव ने अपने बाप की कुल्हाड़ी से अमरूद की डाल काटकर तैयार किया था। मेरी हॉकी छह आने में स्कूल में हुई खेलकूद के सामान की नीलामी में सबसे ऊँची बोली लगा खरीदी गयी थी, जिसके हत्थे पर साइकिल की ट्यूब चढ़ा मैंने उसे अन्तर्राष्ट्रीय स्तर का बना लिया था।

महादेव काफी मोटा था, मैं बहुत दुबला, फिर भी हम बराबरी की टीम थे, क्योंकि वह मेरी फुर्ती से डरता था और मैं उसकी शक्ति से। हम दोनों एक-दूसरे के रेफरी थे और दोनों एक ही फाउल का नाम जानते थे सो था—'हाफसाइड'। जब मैं उसके गोल की तरफ बॉल लेकर जाता, वह पीछे से चिल्लाता—'हाफसाइड!' और जब वह मेरे गोल की तरफ आता, मैं बजाय गेंद रोकने के रेफरी की तटस्थ मुद्रा में

कहता—'हाफसाइड !' मगर भारतीय हॉकी में खिलाड़ियों ने रेफरी की कब सुनी है जो मैं महादेव की और महादेव मेरी सुनता। डेढ़-दो घण्टे के खेल में हम दोनों एक-दूसरे पर कोई तीस-चालीस गोल करते, जिनमें से पन्द्रह गोलों को दोनों रेफरी के नाते अस्वीकार कर देते और बीच मैदान में एक लम्बी चखचख के बाद 'अच्छा बेटा, कल देख लूँगा' का आदर्श वाक्य बोल साँझ के अँधेरे में आवाजें लगाती अपनी माताओं के पुकारे हम लौट जाते।

भारतीय हॉकी का यह स्वर्णयुग और खिंचता यदि पिताजी का तबादला नहीं होता। नीमच के मिडिल स्कूल में मेरी हॉकी प्रतिभा को पहचाना गया और एक्स्ट्रा के रूप में वे मुझे मन्दसौर की जिला प्रतियोगिता में ले गये। रोज शाम टीम खेलती और मैं एक्स्ट्रा के रूप में किनारे खड़ा रहता। जावेद को हरा जब हम फाइनल में पहुँचे तब एक खिलाड़ी के बीमार होने से मुझे मौका मिला। आह, क्या दिव्य क्षण था वह ! मन्दसौर के कप्तान के एक शॉट को मैंने दस फीट दूर रोका था और मेरा हाथ झनझना गया था। लोगों ने दाद दी थी। और एक बार जब गेंद लेकर सरपट गोल की तरफ दौड़ रहा था तब सारे दर्शकों ने चिल्लाकर मुझसे निवेदन किया कि मैं गेंद को पास दे दूँ। और मैंने दिया, मगर गलत दिया या शायद ठीक दिया और दूसरे ने गलती की कि गोल न हो सका। वह मेरे हॉकी जीवन का चरम क्षण था। उसके बाद मैं रिटायर हो गया तो आज तक चला आ रहा हूँ। शायद मैं जल्दी रिटायर हो गया। यदि खेलता रहता तो ओलम्पिक जानेवाली टीम में रहता। वहाँ गलत पास देता, वहाँ गोल नहीं होता, वहाँ हारते हम। भारतीय टीम तो हारती ही रहती है, मगर कम-से-कम मुझे तो खिलाड़ी कहलाने का गौरव प्राप्त होता। देश में अनेक खिलाड़ी हैं, मैं भी होता। वे हारते हैं, मैं भी हारता। मगर ओलम्पिक तो हो ही आता।

अब मेरी नियति वही है जो हर पुराने खिलाड़ी की होती है। मैं दर्शक हूँ और मैदान के किनारे बैठकर सिर पीटता हूँ। इसके सिवाय मैं क्या कर सकता हूँ ! मैं हॉकी के डूबते सितारे को डूबते देखते रहने के अतिरिक्त क्या कर सकता हूँ ! अफसोस यह है कि यह डूबता भी पूरी तरह से नहीं है। यह बीच-बीच में उठकर हमें छल जाता है, दर्शक बैठा रहता है। पराजय की खबरें अपने घिसे-पिटे स्पष्टीकरणों के साथ आती रहती हैं। एक बार हारे तो वजह बतायी गयी कि हमारे खिलाड़ियों की अपेक्षा पाकिस्तान के खिलाड़ी युवा एवं चुस्त थे। सो वे जीत गये। दूसरी बार हारे तो वजह बतायी गयी कि पाकिस्तान ने अपने पुराने अनुभवी खिलाड़ी उतारे थे जिनकी तुलना में हमारे खिलाड़ी अपेक्षाकृत कम उम्र एवं अनुभवहीन थे, अतः हार गये। जब हम अनुभवी होते हैं, तब चुस्त व कम उम्र नहीं रह पाते और यदि ऐसा नहीं है तब हम अनुभवी नहीं होते। बताइए, मैं क्या कर सकता हूँ। न मैं भारतीय हॉकी संघ का अधिकारी, न भारत शासन और न एक खिलाड़ी। जो हूँ, जैसा हूँ, आप साहित्य में देख रहे हैं। यदि किसी दिन पराजयबोध से आहत हो मैंने हॉकी हाथ में उठा ली और

संकट-मोचन मुद्रा में मैदान में उतरने का निश्चय कर ही लिया तो एक साथ सारा देश चिल्लाकर कहेगा, "शरद भाई, आपके अत्याचार साहित्य में ही काफी हैं, कृपया हॉकी को बख्शो, वहाँ बोर न करो।" और तब मुझे मजबूरन रुक जाना होगा। ठीक भी है। दूसरे क्षेत्र में दूसरों को मौका दिया जाना चाहिए। सभी जगह मैं ही क्यों हारूँ ?

92

हा हॉकी !

बाबू मैथिलीशरण जीवित होते तो भारत में हॉकी के पतन पर निराशा व्यक्त करते हुए एक लम्बी कविता लिखते और कवियों के 'मरणस्थल' अर्थात् राज्यसभा में पढ़कर सुनाते। वे जरूर उस गौरवगाथा को लिखते, जो ध्यानचन्द से आरम्भ हो ध्यानचन्द पर समाप्त होती है। बहुत आदि-इत्यादि किस्म की घटनाएँ और स्मृतियाँ उसमें भारत-भारती अन्दाज में रहतीं, जिन्हें पढ़ शिक्षा अधिकारियों के हृदय में पाठ्यक्रम बदलने की इच्छा जाग्रत हो जाती। अपनी कविता का शीर्षक वे जरूर 'हा हॉकी !' रखते, जो आज हॉकी-अवसान की इस सामीप्य वेला में मैं कर रहा हूँ। धन्य हैं बाबूजी, जिन्होंने पहली बार भारतवासियों को राष्ट्रीय स्तर पर रोना सिखाया। आपकी यह देन, लगता है सदियों तक भारत के निवासियों के इस्तेमाल में आती रहेगी।

हा हॉकी ! इसके पूर्व कि मैं करुण रस का यह निबन्ध शुरू करूँ, मैं अपने अखबारों के पन्ने चाटते विज्ञ पाठकों से निवेदन करूँगा कि मेरे इस 'हा' को समझें, जिसमें आ की मात्रा उतनी नहीं, जितनी जा में होती है। बल्कि उससे कहीं लम्बी और गहरी है। हा आ आ आ। आप 'हा' को इस तरह कहें कि ठण्ड के दिनों में मुँह की साँस कोहरे में अटककर भाप की तरह लगे। जैसे आपने लम्बे अन्तराल के बाद मुफ्त की सिगरेट पीकर पहला कश मुँह को पूरा चौड़ा कर खींचा हो। मेरा निवेदन है कि आप 'हा' को इस तरह कहें, जैसे आप भारतीय गोल के ऐन पीछे खड़े हों और विदेशी टीम के सेण्टरफारवर्ड ने 'डी' के अन्दर से एक सीधा शॉट मार पटिया बजाया हो और आपको लगा हो कि वह पटिया नहीं आपका दिल बजा है तथा वह गेंद मन के कहीं गहरे अन्दर तक चली गयी है। जहाँ एक गोल है, अतीत का एक गोल, जिसकी रक्षा महान् खिलाड़ी बाबू करता था। पटिया बजा और तब आपने जो 'हा' कहा, सूचनार्थ निवेदन है कि मेरा 'हा' वैसा ही है, वही है। हा हॉकी ! अड़तालीस-उनचास के वर्षों में 'हा बापू' के लेबुल पर। देखिए, इसे हाय हॉकी कहकर टालिए मत। यह 'हा' है ! यह रोजमर्रा की रेल-दुर्घटना नहीं कि आप हाय कहकर अखबार का पन्ना पलट दें। यह अल किस्सा अन्तुले बातस्वीर नहीं कि आप अफसोस के बावजूद मजे लेने लगें। यह वह 'हा' है, जो किसी देश के इतिहास में एक दशक में एक बार और भारतीय इतिहास में चार-पाँच बार फूटता है। हा आ ! महसूस कीजिए कि दर्शकों में आप भीष्म पितामह हैं और यह आखिरी तीर है, जो पूरे महाभारत का मजा खत्म होने के बाद आपको

लगा है और इसके फौरन बाद आप धराशायी हो जाएँगे। हा हन्त शैली में !

आप कहेंगे कि मैं 'हा' पर इतना जोर क्यों दे रहा हूँ। आगे क्यों नहीं बढ़ता। मैं कहता हूँ कि यह 'हा' उत्पन्न करना ही मेरे इस निबन्ध का लक्ष्य है और शब्दों की यह 'ड्रिब्लिंग' मैं इसी की खातिर कर रहा हूँ। यदि यह 'हा' शीर्षक से ही उत्पन्न हो जाए, तो मैं व्यर्थ पूरा लेख लिखने की मेहनत क्यों करूँ ? यदि पेनाल्टी कार्नर से गोल मिल सकता है, तो हम पूरे मैदान में क्यों मेहनत कर अपनी अक्ल जाया करें। बड़ी दूर की स्ट्रेटेजी से मैं यह निबन्ध लिख रहा हूँ, मित्रो ! मेरे हाथ में कलम नहीं हॉकी है और मेरी ऐसी-तैसी होने वाली है। अभी शुरूआत है। अन्त में 'हा' ही हाथ आने वाला है चाहे आप रेफरी बदलकर देख लें या खिलाड़ी।

मैं हॉकी पर कुछ नहीं कहूँगा कि आप इस शब्द को कैसे कहें। वैसे ही कहिए जैसे कहते रहे हैं। हॉ और की। किसकी की, कैसी की, कब की इस पर मैं नहीं जाऊँगा। आप सब अच्छी तरह जानते हैं। जब दम था, तब की और हुई थी। अब दम नहीं रहा, तो क्या करेंगे ! उलटे हो रही है। गोल खा रहे हैं। खिलाना बन्द कर दिया है। केवल सौहार्द का प्रदर्शन भर कर देते हैं। वे हमें चार गोल दें। तो बदले में एक-दो हम भी दे देते हैं। फर्ज बनता है। सभ्यता का तकाजा है। अभावग्रस्त हैं पर संस्कृति पर डटे हैं। फूल नहीं पाँखुरी। जैसे कोई हमें स्टील प्लाण्ट दे तो बदले में हम उसे चार बाई चार का साफ्ट स्टोन का ताजमहल भेंट कर दें। भारतीय हॉकी टीम कटोरा हाथ में ले पूरे संसार में भटकती है। एक गोल का सवाल है भाय। वे स्नेहवश दो-चार कर देते हैं। कई बार आलसवश हम बाहर नहीं जाते। उन्हें यहीं बुला लेते हैं। आओ उस्ताद, दो-चार गोल ठोंक दो। शरद जोशी को हॉकी की पराजय पर निबन्ध लिखना है। एक साधारण-सी रचना की सामग्री जुटाने के लिए यह कैसा विराट् तामझाम। मेरे व्यंग्य में तेजी बनी रहे। इसके लिए सभी ढीला खेल रहे हैं मेरे यार ! वाह ! इसे कहते हैं एक विधा के उत्थान के लिए दूसरी विधा का पतन। यह देश एक जगह से गिरे बिना दूसरी जगह से उठ नहीं सकता। व्यंग्य के उत्थान के लिए कहाँ-कहाँ और कितना पतन ! हा व्यंग्य। माथा ठोंकने को जी कर रहा है। तेरी सफलता के लिए इतनी असफलताएँ। भारतेन्दु जी ने नहीं सोचा था कि 1982 में मुझ पर कैसा धर्मसंकट पड़ेगा। लेखक की मुसकान अर्जित करने के लिए नागरिक के नाते रोना पड़ेगा। हा हॉकी ! तूने खूब की। भारी की। टीम की तो की ही की पूरे देश की की। कितने क्षेत्रों में की। तेरी की के पीछे जो हा लगा है, उसे कोई मैथिलीशरण ही महसूस कर सकता है। मेरा बस चलता तो हा को की से अलग कर देता। और हा पर एक चन्द्रबिन्दु लगा देता। हाँ की। पहले भी की थी, आगे भी करेंगे। मगर यह मेरे हाथ में नहीं है। भाषा हो या हॉकी, सबके अपने शास्त्र होते हैं।

चलो अतीत में चलें और एक-दूसरे को धीरज बँधाएँ। ऐ धीरज, तू बँध चूँकि हम अतीत में जाते हैं। हॉकी भारत का प्राचीनतम खेल है। वेदों में इसका अवश्य

जिक्र है, चूँकि वेदों में चीजों के अवश्य जिक्र होते हैं। बल्कि मैं तो कहूँगा कि उसके भी पूर्व मोहनजोदड़ो की खुदाई में छोटे-छोटे कक्ष मिले हैं। इनमें हॉकी एसोसिएशन के प्रभु और गॉडफ़ादर दारू पीकर मीटिंग करते थे कि किस खिलाड़ी को उठाएँ और किसे बढ़ने से रोकें ! हॉकी में मोहनजोदड़ो और हड़प्पा की टीमों का बड़ा नाम था। मोहनजोदड़ो और हड़प्पा क्यों बरबाद हुए ? हॉकी के पीछे। एक बार सारा शहर हॉकी देखने गया और वापस न लौटा। रेफरी के किसी निर्णय पर असन्तुष्ट दर्शक मोहनजोदड़ो वाले मैदान पर उतर आये और उन्हें देख सन्तुष्ट दर्शक (हड़प्पा वाले) भी मैदान में आ गये। फिर जो 'फ्री-फॉर-ऑल' आरम्भ हुआ तो सभी मारे गये, सिवाय कुछ अफसरों के, जो हॉकी एसोसिएशन के कर्ताधर्ता थे। मोहनजोदड़ो और हड़प्पा के बरबाद होने और हॉकी का कोई भविष्य न देख वे सब कोच बनकर विदेश चले गये और अन्तिम बार ओलम्पिया में जो ओलम्पिक हुआ था, उसमें अपनी-अपनी टीमों की मैनेजरी करते नजर आये थे। भारतीय हॉकी पर उनके कुछ संस्मरण सिन्धु लिपि में मिलते हैं, पर लिपि न पढ़ी जा सकने के कारण वे आज तक अप्रकाशित हैं। इसे विशेषांक तैयार करने वाले सम्पादकों का सौभाग्य समझिए। सो इस तरह हॉकी के उच्चतम क्षण में मोहनजोदड़ो और हड़प्पा बरबाद हो गये। हॉकी जब बहुत बढ़िया फॉर्म पर आती है। तब आपने ग्राउण्ड पर देखा होगा कि सभ्यता बरबाद हो जाती है। खिलाड़ी एक-दूसरे की टाँग पर हॉकी मारते हैं। कब कौन सिर पकड़ जमीन पर लोट जाए, आप कह नहीं सकते।

द्रविड़ खूब हॉकी खेलते थे। सिन्धु सभ्यता के पतन के पश्तात् द्रविड़ लोग अपनी-अपनी हॉकियाँ हाथ में ले भारत के दक्षिणी भागों में इस गलतफहमी में खिसकने लगे कि वहाँ इतमीनान से खेलेंगे। बिचारे नहीं जानते थे कि आर्यों का आगमन होने वाला है और राजनीति ऐसी बदलेगी कि वे कितना ही अच्छा खेलें, उन्हें आल इण्डिया टीम में स्थान नहीं मिलेगा। आर्य अपनी हॉकी साथ लाये, उन्होंने नियम बनाये और शैली में परिवर्तन किया। गुरुकुल हॉकी के अड्डे थे। वहाँ से विद्वान् जितने निकले, आप उन्हें उँगलियों पर गिन सकते हैं, पर हॉकी उनसे कहीं ज्यादा निकले। सान्दीपनि आश्रम की टीम में कृष्ण राइट इन खेलते थे और बलराम बैक होते थे। अगर सुदामा की बजाय कोई और गोलकीपर होता, तो यह टीम सेमीफाइनल में नालन्दा से नहीं हारती। कृष्ण खुद बड़े लापरवाह खिलाड़ी थे। एक बार गुरु जी ने साफ कहा कि या तो तू हॉकी खेल ले या बंसी बजा ले। कृष्ण कभी नहीं सुधरे। धीरे-धीरे कृष्ण की हॉकी में अरुचि बढ़ती गयी। मथुरा से लेकर द्वारका तक जो हॉकी का पतन हुआ है, उसका श्रेय कृष्ण को जाता है। कृष्ण अपनी जगह ठीक थे। सुन्दर कन्याओं को मोहित करने की दृष्टि से हॉकी कोई अच्छा खेल नहीं माना जाता। सौभाग्य क्रिकेट में मिलता है, जिसका उस काल में चलन आरम्भ नहीं हुआ था।

महाभारत के समय हॉकी के प्रति कृष्ण की यह उपेक्षा स्पष्ट रूप से सामने आ

गयी, जब अर्जुन ने कहा कि मैं युद्ध की जगह फ्रेण्डली हॉकी मैच खेलना पसन्द करूँगा और कृष्ण ने उसे रोककर गीता का पाठ पढ़ाया। महाभारत में जो हुआ, उसका भारतीय हॉकी से सीधा सम्बन्ध नहीं है, पर गीता के प्रसार ने इस खेल की कमर तोड़ दी। भारतीय खिलाड़ियों में धीरे-धीरे यह भावना घर करती गयी कि अपना कर्म करो और फल पर ध्यान मत दो। वे खेलते अवश्य पर गोल करने की तरफ ध्यान नहीं देते। आज भी भारतीय हॉकी पर गीता का गहरा प्रभाव शून्य के मुकाबले दो गोल से हारने के प्रायः प्राप्त अवसरों में देखा जा सकता है। खिलाड़ी बने रहो, गोल मत करो। अब तो स्थिति ऐसी हो रही है कि कर्म ही न करो, ताकि फलों पर ध्यान देने का सवाल ही पैदा न हो।

इस तरह हम देखते हैं कि रामायण, महाभारत आदि मोटी पुस्तकों के काल में हॉकी अपेक्षाकृत कम पनपी, जिसका सीधा असर आगे भक्तिकाल पर पड़ा कि लोग बजाय खेलने के भजन गाने लगे। फिर भी हॉकी भारत में जीवित रही। सिकन्दर जब आया, उसने गणतन्त्रों को परस्पर हॉकी खेलते और उसकी राजनीति करते देखा। पंजाब हॉकी का तब भी गढ़ था। और लोग खेले बिना मानते नहीं थे। आप हॉकी की अनेक पराजयों की तुलना पोरस की हार से कर सकते हैं कि आप जिन पालतू और प्रशिक्षित हाथियों के भरोसे मैदान में उतरते हैं, ऐन मौके पर वे ही बेकार साबित होते हैं। हम प्रायः परदेशी सिकन्दरों से पोरस की तरह हारे हैं; ऊपर से तुर्रा यह कि हमारे साथ वह व्यवहार किया जाए, जो एक बड़ा खिलाड़ी दूसरे बड़े खिलाड़ी के साथ करता है। मतलब लगातार हार भी रहे हैं और विश्वकप के दावेदार भी हैं। भारत में हॉकी खेलना सीख, कुछ कोच साथ में ले सिकन्दर यूनान लौटा और बेबीलॉन में प्रैक्टिस करते हुए मारा गया। हम क्या करें ! पंजाबी ढंग की हॉकी खेलने में यह तो होना ही था। सिकन्दर मर गया, मगर यूरोप में हॉकी की शुरूआत कर गया, जो आज हमें भारी पड़ रही है। अगर सिकन्दर न होता, तो हम आज हॉकी में पोरस न होते। इसमें शक नहीं कि बावजूद सारे चक्करों के पंजाब में हॉकी जारी रही। खिलाड़ी खेलते, दर्शक भाँगड़ा करते। धीरे-धीरे भाँगड़ा का अपेक्षाकृत अधिक विकास हो गया। पटियाला नरेश की खेल-कूद में विशेष रुचि के मूल में यही परेशानी थी कि खिलाड़ी खेलेंगे नहीं, तो पंजाबी क्या देखकर भाँगड़ा करेगा। उनकी यही सांस्कृतिक रुचि हॉकी के विकास में सहायक रही। आज देश में स्पोर्ट्स ट्रेनिंग की इतनी संस्थाएँ हैं कि भारत में कोचों की संख्या खिलाड़ियों से अधिक है। चूँकि कोच खिलाड़ियों से नहीं सीखता, तो खिलाड़ी कोच से नहीं सीखता। दोनों अपने-अपने ढंग से पनपते हैं।

बाबर आया, तब भारत में हॉकी बहुत कम हो गयी थी। इसी कारण आप देखते हैं कि बाबरनामा में जहाँ फूल-पत्तों जैसी छोटी चीजों की चर्चा है, हॉकी की बात एक सिरे से गायब है। हॉकी नाजुक खेल ठहरा। दो आदमियों को बगल में दाब किले की दीवार पर रोज सुबह दौड़ने वाला बाबर उसे क्या समझता ! पर सच यह है कि मौर्य

काल से ही हॉकी की गतिविधियाँ कम पड़ने लगी थीं। कहा जाए, तो भारतीय हॉकी को चाणक्य ने मारा। चन्द्रगुप्त अच्छा खिलाड़ी था और उसकी माँ मूरा ने नन्द वंश के एक राजकुमार से उसे एक सेकेण्ड हैण्ड हॉकी दिला दी थी कि ले बेटा खेल। यदि वह खेलता रहता, तो सेल्यूकस की पहली यूनानी टीम से भारत यों न हारता। चाणक्य ने चन्द्रगुप्त को तो फील्ड से हरा नन्द वंश की उखाड़-पछाड़ में लगाया ही, चाणक्य नीतियाँ लिपिबद्ध करते समय भी उसने हॉकी की स्पष्ट नीतियाँ नहीं लिखीं। नतीजा यह है कि आज भारतीय हॉकी के अफसरान अन्य क्षेत्रों की चाणक्य नीतियों से हॉकी में काम चला रहे हैं।

बौद्ध धर्म का विकास भी हॉकी के लिए हितकर नहीं था। जैसा आप सभी जानते हैं कि गौतम बुद्ध ने हॉकी खेलने के लिए घर छोड़ा था, पर टीम में जगह न मिलने के कारण उन्होंने संन्यास ले लिया। आज चीन जो अच्छी हॉकी नहीं खेलता और जापान बहुत बाद में उभरा, उसका कारण बौद्ध धर्म है। भारत में भी सुस्ती रही। बीरबल की सलाह पर अकबर ने हॉकी को बढ़ावा देना चाहा, मगर उसने देखा कि हिन्दू खिलाड़ी मुसलमान खिलाड़ियों के साथ काम्बीनेशन नहीं कर पाते और मुस्लिम खिलाड़ी हिन्दू खिलाड़ियों को अपने स्तर का नहीं पाते। पंजाबी खिलाड़ी चाहते हैं कि पूरी टीम लगभग उनकी ही हो और हॉकी के नियम ऐसे हों कि जब वे आगे बढ़ें, उन्हें कोई न रोके। निराश होकर अकबर दीन इलाही के धर्म के विकास की ओर ध्यान देने लगा, क्योंकि उसने देखा कि सभी धर्मों की एकता और मैत्री के बिना भारत में हॉकी नहीं पनपेगी। वह असफल रहा, मगर हॉकी पनपी। कैसी पनपी, आप देख ही रहे हैं। दीन इलाही के अभाव में यही हो सकता था कि हॉकी संघ के अधिकारी खिलाड़ी का खेल देखने के बजाय उसकी जात-पात, धर्म और नौकरी करने की जगह पूछें।

आज भारतीय टीम रेलवे, कस्टम, पंजाब पुलिस, एयरलाइन्स, बॉर्डर सिक्यूरिटी फोर्स आदि भिन्न संस्थाओं की परस्पर एकता की प्रतीक होती है। टीम चाहे हारती रहे, पर इन संस्थानों का शानदार प्रतिनिधित्व जारी रहता है। सबकी नाकें ऊँची रहें, सन्तुलन कायम रहे, इसलिए योग्य खिलाड़ियों का आवश्यकतानुसार बलिदान करते हुए एकता की स्थापना की जाती है। अफसरों के सौहार्द और सम्बन्धों की मधुरता बनी रहे, तो टीम की पराजय इतनी बुरी नहीं लगती। बाद में विश्लेषण किये जा सकते हैं। आज कोई हॉकी खिलाड़ी अपने गाँव या शहर में अच्छी से अच्छी हॉकी खेलते हुए भी भारतीय टीम का खिलाड़ी नहीं हो सकता, जब तक वह इन या ऐसे संस्थानों में नौकरी न कर ले। खिलाड़ी हॉकी की नहीं, अफसर की मदद से बढ़ता है। वह उनके द्वारा पुश किया जाता है। बिना किसी के चमचा हुए कोई हॉकी खिलाड़ी ओलम्पिक या विश्वकप तक नहीं जा सकता। अकबर को इन बारीक बातों की समझ नहीं थी, इसी कारण उसके द्वारा स्थापित का पतन हुआ और आजादी के बाद खेलकूद के क्षेत्र में अफसरों ने जो अपना साम्राज्य फैलाया है, वह फल-फूल रहा है।

मैं भारतीय हॉकी के गौरवशाली अतीत का और जिक्र कर आपको बोर नहीं करना चाहता, मगर गौरवशाली अतीत का जिक्र करने के अलावा हॉकी में सिवाय बोरियत के रह भी क्या गया है ! आप विश्वास रखें, मैं अपने इस ऐतिहासिक निबन्ध में ध्यानचन्द की चर्चा करूँगा, क्योंकि उसके बिना इस लेख के सम्पादक द्वारा अस्वीकृत हो जाने का परम खतरा है। ध्यानचन्द एक सिपाही था और सिपाही से हॉकी खिलाड़ी बना। जबकि होता उलटा है कि लोग खिलाड़ी से सिपाही हो जाते हैं। बल्कि उससे भी ऊँचे। परम पद मिलने के बाद भारत में लोग खेलकूद जैसी घटिया प्रवृत्तियों से अपने व्यक्तित्व को बचाते हैं। किसी किस्म का लांछन नहीं लगने देते। मिलिटरी वालों ने ध्याचन्द को सिपाही से मेजर बनाया, मगर ध्यानचन्द का ध्यान हॉकी पर लगा रहा। इसकी तब कोई जरूरत नहीं थी। भारत में युवकों द्वारा खेलकूद तो सर्टीफिकेट पाने के लिए खेले जाते हैं और सर्टीफिकेट नौकरी पाने के लिए बटोरे जाते हैं। आवेदन के साथ प्रमाणपत्र पिन करने की मजबूरी भी न होती, तो देश में गुणीजनों का सर्वथा अभाव रहता और आवश्यकता भी न होती। ध्यानचन्द नौकरी पाने के लिए नहीं, नौकरी में खेले, नौकरी करते हुए खेले। झाँसी वालों की सुनता कौन है ! किसकी कौन सुनता है। ध्यानचन्द को हॉकी खेलते हुए गाँधी, नेहरू ने देखा या नहीं, पता नहीं; पर ध्यानचन्द को खेलते हुए हिटलर ने देखा और वह इस नतीजे पर पहुँचा की हॉकी में जर्मनी का जीतना कठिन है, इसलिए उचित होगा कि फौजी ताकत बढ़ायी जाए और उन अँग्रेजों पर हमला कर दिया जाए, जिनके साम्राज्य में ध्यानचन्द एक अदना सिपाही था।

उसने युद्ध किया। बजाय युद्ध के वह जर्मनी की हॉकी टीम तैयार करता, तो अँग्रेजों के सामने उसे शर्मिन्दा और पराजित न होना पड़ता। हारने के बाद जर्मनी ने टीम तैयार की। इधर हॉकी के दुर्भाग्य से भारत को आजादी मिल गयी। अँग्रेज गये, अफसर छोड़ गये, जो कालान्तर में भारत-भाग्यविधाता बन गये। 'हा भारत' और 'हा हॉकी' दोनों उच्छ्वास एक साथ फूटने लगे। खिलाड़ियों ने हॉकी छोड़ चमचे हाथ में लिये और वे अफसरों की नजरे इनायत के सामने दौड़ने लगे। वो तो अच्छा हुआ कि पाकिस्तान बन गया और हॉकी जिन्दा है। हॉकी कम-से-कम देखने को तो मिल रही है। अगर अखण्ड भारत होता, तो क्या इन खिलाड़ियों को हमारे भविष्यदर्शी अफसर मौका देते। हॉकी को हॉकी-सा बनाये रखना पाकिस्तान की एकमात्र उपलब्धि है। पाकिस्तान होने का सिर्फ यही फायदा है।

93

एक दोस्त के विवाह पर

मनुष्य विवाहशील प्राणी है। जो जनमता है सो अपनी शादी बनाना माँगता है। अच्छे-अच्छे जहाज इस दरिया में डूबे हैं, विश्वामित्री मठ नष्ट हुए हैं। जो कमल की अदा से ऊपर उठे हुए थे, वे भी कालान्तर में 'सेटल डाउन' का गौरव प्राप्त कर तलहटी में जा विराजे हैं। फिर क्या अचम्भा कि मेरा दोस्त आज शादी कर रहा है। अभी-अभी डाक से मुझे उसकी बरबादी के शहनाई-पर्व का निमन्त्रण मिला है और मैं बैठा सोच रहा हूँ, मनुष्य विवाहशील प्राणी है !

कल तक वह साइकिल पर बैठ शहर चीर देता था। ठहाका लगाता था तो मोहल्ले परस्पर काँपते थे, हर टिकट खरीद लेना उसके बायें हाथ का खेल था, दीवार फाँदना उसकी सामान्य हरकत थी, खाने से भरी प्लेटें उजाड़ कर देता था, कीमती कपड़े उसके बदन से लिपटने के लिए तरसते थे। वह सिकन्दर था और छठे-चौमासे फरहाद भी। हम जैसे उधार लेने की सुप्त कामना दबाये घूमनेवालों के लिए वह कुबेर था। कोई भी बिल वह सहज चुका देता और किसी भी असम्भव योजना को फायनेन्स करने को तैयार हो जाता। वह जापान, इटली और दक्षिण अमरीका की हर गली, हर चौराहे पर पैदल भटकने का ठोस इरादा रखता था। उससे बड़ी-बड़ी उम्मीदें थीं, वह बड़ी सम्भावनाओं वाला आदमी था, वह जहाज लेकर जाता तो जरूर कोई नया देश खोजता, वह जमीन में उतरता तो हीरे की खदान का पता देता और ऊपर उठता तो एस्ट्रोनॉट होता, पर उफ आज सारी सम्भावनाएँ पिघल गयीं। खिंची हुई तलवार म्यान में रिटायर हो गयी। एक बलखाती झेलम सिकन्दर पर विजय पा गयी। हद है कि मेरा यार शादी कर रहा है ! अपना मेनीफेस्टो रद्द करके यहाँ-वहाँ गुलाबी निमन्त्रण भेज रहा है। इस कम्बख्त को शर्म भी नहीं आती। एक ऐसा काम कर वह मुँह दिखाने की जुर्रत कर सकेगा ! समझ नहीं आता कि वह इस दुर्घटना का शिकार कैसे हो गया ? आदमी जाने क्यों चलते-चलते एक ऐसी मंजिल पर पहुँच जाता है, जहाँ वह शादी कर लेता है या उसकी शादी हो जाती है। शायद सदैव शादी की नहीं जाती, हो जाती है। जैसे कि प्रेम किया नहीं जाता, कम्बख्त हो जाता है। कितने ही हनुमान इंजेक्शनों का चालीसा कोर्स लो, शादी फिर भी हो जाती है। आग का दरिया है और डूबके जाना है। बल्कि डूब ही जाना है और खुद ठण्डे हो इस दरिया को ठण्डा कर देना है।

शादी करने वाला आदमी किसी की सलाह नहीं मानता। स्वयं अपनी आत्मा की

भी नहीं। वह सिर्फ शरीर को तेज धार में बहा देना भर जानता है, चाहे वह धारा उसे डुबोकर ही न छोड़े। न वह भुक्तभोगियों की सुनता है और न शुभचिन्तकों की। वह यहाँ-वहाँ आशीर्वाद टटोलता है, बधाइयों की भीख माँगता है और यतीमों की तरह स्वागत डिनर में चला जाता है। उसे सर्वत्र हरा-हरा और भरा-भरा नजर आता है। वह अपने बटुए सहित कितना खाली हो गया, इसका उसे पता नहीं। उसके उत्साह और उमंगों का पारा धीरे-धीरे गिर रहा है, वह नहीं जानता। एक नशा-सा छा जाता है, हिप्नोटाइज-सा हो जाता है, मोहिनी वशीकरण के कब्जे में बन्द हो जाता है और जब उसके होश धीरे-धीरे विवेकशीलता के साथ फाख्ता होते हैं, गुलाबी नशे से मुक्त होने पर उसकी आँखें खुलती हैं, वह देखता है कि वह तीन बच्चों का बाप है।

तीन बच्चों का शुद्ध एकाकी बाप ! जो कभी मैरेथन जीतता था उसके पैर में बेड़ियाँ पड़ गयी हैं। अब वह किसी काम का नहीं रहा। वह बाप है और बाप बनते रहना ही उसकी नियति है। वह लगातार बाप होता चला जाएगा और फिर क्या होगा, उसे नहीं सूझता। कुँवारेपन की सहज आभा छिन गयी और परिवार-निर्माण के दण्ड की सजा ने उसके भविष्य को एक कैदखाने में बन्द कर दिया है। एक ऐसा कैदखाना, जिसके आगे गमले सजे हुए हैं और पीछे चूल्हा जल रहा है। खुशबू और रोटी के बीच उसका वर्तमान सैण्डविच है।

मैंने अच्छे-अच्छे शादी होते देखे हैं। जो बढ़-बढ़कर डींग हाँकते थे, एक दिन विवाह-मण्डप के नीचे रँगे हाथों पकड़े गये। भगवान् ने भी जब धरती पर जन्म लिया, काफी वर्षों शादी-ब्याह का ही डौल जमाते रहे। जब धरती पाप के भार से लद रही थी, वे रुक्मिणी हरने में अपनी 'एनर्जी' नष्ट कर रहे थे। क्या वे समझ नहीं रहे थे कि शिव का धनुष उठाना अर्थात् कामदेव का तीर खाना। धनुष नहीं मुसीबत उठा ली। पर बेचारे क्या करें, मनुष्य-जन्म लिया था और मनुष्य विवाहशील प्राणी है। शादी खाना बरबादी के फेर में पड़ ही गये। जब भगवान् नहीं छूटे तो इन्सान की क्या बिसात। जिस दिशा में निकल जाइए, आदमी शादी करता दिख जाएगा। बाहर घोड़ा सज रहा है, अन्दर गधा सज रहा है। चौदह बरस बनारस में लँगोटी बाँधकर ऋषि-मुनियों से संसार का ज्ञान पाया। ब्रह्मचारी जैसे ही फाटक से बाहर आता, किसी ससुर के दबोच में आ जाता। प्राचीन काल में ससुर लोग आश्रम के बाहर टोह में लगे रहते थे कि कोई बाहर आये तो फन्दा डालें। ब्रह्मचारी को वे सब देते—खाट, बिस्तर, बर्तन, कपड़ा, जेवर, रुपया और उसकी गृहस्थी का तम्बू तान देते और बिटिया उसके साथ जोड़ देते। बेचारा ब्रह्मचारी शुद्ध होलू की तरह संसार सागर में डूब जाता। आजकल ब्रह्मचारी वाराणसी से नहीं आता, रुड़की या देहरादून से आता है और रिजल्ट निकलते ही दबोच लिया जाता है। सीने की मशीन, रेडियो, रेफ्रीजरेटर, कार, पंखे, टेबल लैम्प और फर्नीचर से सज्जित रेशमी और नायलानी तम्बू में बैठा एक कोमल-सा कमाण्डर उसे निहत्था घेर लेता जैसे कि टैंक और मोटरगन के साथ उस पर आक्रमण हुआ हो। मेहँदी

रचे हाथों से एक खुशबूदार हैण्डग्रेनेड फेंका जाता और बेचारे का कुँवारेपन का किला ढह जाता। नयनवालों का यह गाँधीवादी आक्रमण उसकी कल्पना के बाहर की चीज थी। बेचारा कहीं का नहीं रहता।

तो क्या अचरज कि मेरे दोस्त ने शादी कर ली। यह निमन्त्रण-पत्र एक-न-एक दिन कम्पोज होना ही था। इसका तो प्रिण्ट ऑर्डर नियति ने दिया है। बेचारा इस बसन्त में परीक्षा की तैयारी कर रहा था और आषाढ़ की बौछार तक उसे पढ़ने-लिखने का अन्तिम उद्देश्य क्या है, यह पता लग गया।

मैं निमन्त्रण-पत्र पढ़ रहा हूँ और मेरे क़ानों में कहीं दूर से बाजे की आवाज सुनाई देती है और उसमें एक मन्त्रोच्चार, एक घोड़े की हिनहिनाहट, लड़कियों की खी-खी-खी-खी, एक ससुर का शिकार करने के उपरान्त राक्षस जैसा निर्मम ठहाका भी सुनाई देता है। औपचारिकता के इस नक्कारखाने में मेरे दोस्त के व्यक्तिगत दर्द (क्या पता दर्द है भी या नहीं) की तूती कौन सुनता है ! उस कम्बख्त को अभी क्या पता कि उसका क्या होने जा रहा है।

94

ऊपर उठने की मुसीबत

मैं अपनी औकात जानता हूँ। मैंने जीवन-भर रेलों से यात्राएँ की हैं। पहले तीसरे दर्जे से करता था आजकल दूसरे दर्जे से करता हूँ। मगर इसमें मेरा कोई दोष नहीं। रेल के डिब्बे का स्टैण्डर्ड उठ गया है, अपना वही है। ऐसे कड़के को कभी हवाई जहाज में बैठने का मौका मिल जाये तो अजीब होता है। मेरे लिए हवाई जहाज वह चीज है जिसे हम नीचे से ऊपर देखते हैं। वह नहीं जहाँ से मैं नीचे देखूँ। मैं उनमें से हूँ जिसे भारतीय संस्कृति और असंस्कृति, सभ्यता और असभ्यता से प्यार है। प्लेटफार्म और मुसाफिरखाना मुझे जीवन का अंग, घर का आँगन लगता है। हम जैसी औकात के लोगों का, जिनके घर रेल के डिब्बे की तरह होते हैं, रेल के डिब्बे को घर समझते देर नहीं लगती।

एयरपोर्ट के मुसाफिरखाने में घुसने का प्रति खोपड़ी चार रुपया लगता है। जिस देश में प्रेम इस हद तक हो कि एक को रेल पर छोड़ने चार जाते हों और डिब्बे में सीट दिलाये बगैर वापिस न लौटते हों वहाँ एअरपोर्ट में घुसने का रुपया देना और हवाई जहाज के करीब तक न जा पाना संस्कृति और अर्थशास्त्र दोनों के विरुद्ध है। शायद यही वजह थी कि मुझे छोड़ने कोई नहीं आया। अजी मैं तो वहाँ पान खाने को तरस गया। जमाने-भर की दुकानें खोल रखी हैं, मगर पान की एक भी नहीं। वह तो भला हो एक गुजराती जोड़े का जो पान-मसाले का डिब्बा साथ लाया था। जब भी डिब्बा खोलते, मैं हाथ बढ़ा देता। बम्बई से दोस्ती हुई बड़ोदरा तक कायम रही। 'केमछो' से चले थे 'आवजो' तक पहुँचे।

रेल के डिब्बे में यात्री आमने-सामने बैठते हैं। सामने कोई युवती बैठी हो तो आप उससे नजरें मिला सकते हैं। सफर लम्बा होता है, कोशिश करेंगे तो बात आगे बढ़ सकती है। हवाई जहाज में सब एक के पीछे एक बैठते हैं जैसे सिनेमा-नाटक में बैठे हों। ले-देकर नजर सामने दो एअर होस्टेसों पर जाती है। चूँकि उन्हें घूरने के दाम टिकट में जुड़े रहते हैं, इसलिए मैं उन्हें घूरने लगा। उनके चेहरे पर निरन्तर एक किस्म की वाणिज्य मुस्कान चिपकी हुई थी। जो सुन्दरी सबको देखकर मुस्करा रही हो, उससे कब तक नजर मिलाओ। वह नमस्ते करती थी, धन्यवाद देती थी, उतरने पर शुभ यात्रा की कामना करती थी। रेल में कभी किसी ने ऐसा नहीं किया। हम जब भी बाहर निकले टिकट चेकर ने हमें शक की निगाहों से देखा क्योंकि हम शकल से हमेशा विदाउट

टिकट लगते हैं। प्लेन पर उल्टी बात थी। जब हम उतर रहे थे, एअर होस्टेस हमें मुस्कराकर विदा दे रही थी। सच बताऊँ मुझे अच्छा नहीं लगा। अरे हम जा रहे हैं जी तो इसमें खुश होने की क्या बात है ? अरे हमें अपना समझती हो तो हमारे जाते समय उदास होओ, चेहरा लटकाओ। क्या हम बोर कर रहे थे अन्दर जो हमारे जाते समय इतनी प्रसन्न हो। रेलों में कभी ऐसा नहीं होता। जब आप उतरते हैं, नये चढ़ने वाले आपको निकलने नहीं देते, कुली सामान उठाने में देर करता है, टिकट चेकर जाने नहीं देता। यानी सारी शक्तियाँ आपके ट्रेन से उतरने के खिलाफ होती हैं। एअर होस्टेस मुस्करा रही थी। जब हम जा रहे थे। कमाल है। बात यह है कि हवाई जहाज में मुफ्त का खाने को मिलता है ना। अब ऐसे फोकट का खाने वाले बाहर निकलेंगे तब गृहिणियाँ खुश होंगी ही।

हवाई यात्रा भारतीय प्रतिभा के विरुद्ध है। प्राचीन काल में हमारे यहाँ विमान, उड़नखटोले होते थे, वे कहाँ गये ? लोगों ने बैठना छोड़ दिया तो खतम हो गये। अरे हम जो हैं, जो सुन्दरियों के साथ कल्पना के आकाश में घूमते हैं। मगर आकाश में एअर होस्टेस दिख जाए तो नजर मिलाने में डर लगता है। बैठे रहो दिल को थामे, कमर पर पट्टी बाँधे, बादलों का ऊपरी भाग देखते, जो वैसा ही होता है, जैसा निचला भाग होता है। थूकने को तबीयत हो तो खिड़की तक को नहीं खोल सकते।

हमें तो पड़ोसी से बात करने की रेल वाली आदत है। प्लेन में जब पड़ोसी से बात करने लगा तो एअर होस्टेस आकर कान में लगाने को रूई और चूसने के लिए टॉफी दे गयी। मतलब न आप सुन सकते हैं न आप बोल सकते हैं। हिन्दुस्तानियों की आदत है धरती से जरा ऊपर उठे कि सब अँग्रेजी बोलने लगते हैं। हवाई जहाज में घुसते ही सब अँग्रेजी बोलने लगे। जैसे इनके अँग्रेजी बोलने की वजह से ही जहाज स्पीड पकड़ रहा है। मैं तो साहब मुँह में टॉफी या चाकलेट रख अँग्रेजी नहीं बोल सकता। मेरी अँग्रेजी खराब होने का कारण ही यही है, बचपन में मैं निर्णय नहीं ले सका कि गोलियाँ चूसूँ या अंग्रेजी बोलूँ। पास वाले ने कुछ कहा तो मैं मुस्करा दिया क्योंकि मेरे कानों में रूई और मुँह में गोली थी। मैंने गोली चूसी भी नहीं थी कि वह नाश्ता ले आयी। मैंने गोली चबाकर गले में उतारी और केक खाने लगा। बड़ा ब्रह्मभोज चलता रहता है ऊपर। मैंने इसकी कल्पना नहीं की थी। मैंने नीचे से ऊपर हवाई जहाज को जाते देखा है तो कभी सोचा नहीं था कि वहाँ यात्री टोस्ट खा रहे होंगे। वह भी फोकट का। अरे भई इण्डियन एअर लाइन्स हो तो इण्डिया जैसी बात करो। एक लड़का कप बजाता आ जाए, चाय गरम, चाय गरम। हमें लेना होगा तो पैसे देकर ले लेंगे। इसी तरह गोली, पेस्ट्री वाला भी निकल जाए। यह सत्यनारायण की कथा के प्रसाद की तरह मुफ्त में बाँटना और कोई दे तो बिना तकल्लुफ के ले लेना अपन को जमता नहीं। इसीलिए जब उसने पूछा, वुड यू लाइक टी आर कॉफी, तो इच्छा हुई कि कह दूँ कि जी क्यों तकलीफ करती हैं, घर से पीकर चला था। पर मैंने देखा सब पी रहे हैं तो

मैंने भी पी ली। कुछ मेरे बेटों ने दुबारा पी। माल मुफ़्त दिले बेरहम, लगाओ कप पर कप। चाहता मैं भी था मगर जी भारतीय संस्कृति भी एक चीज होती है। मैं गलती से अपना कल्चर लेकर हवाई जहाज में चढ़ा था। इसलिए कहते हैं कि बेकार का वजन ले हवाई जहाज में यात्रा नहीं करनी चाहिए।

मेरा पड़ोसी अखबार पढ़ रहा था। तबीयत हुई बीच का पन्ना खींच लूँ। रेल में यही होता है। एक अखबार को सारा डिब्बा किश्तों में पढ़ लेता है। मैं ऐसा करने ही जा रहा था कि एअर होस्टेस मुझे दूसरा अखबार दे गयी। मैं पढ़ने लगा। मैंने देखा, सारा हवाई जहाज रीडिंगरूम में बदल गया। सब पढ़ रहे हैं, जैसे अँग्रेजी अखबार कभी पढ़ने को ही नहीं मिला हो। मैं तो अखबार में से गर्दन उठा-उठाकर एअर होस्टेस को देख लेता था। जब मैं उसकी तरफ देखता, वह दूसरी तरफ देखने लग जाती। रेल होती तो ऐसा नहीं होता। आपकी सीट के सामने एक सुन्दर स्त्री बैठी है। इतनी देर में तो मैं उससे बातें करने लग जाता।

"आप कहाँ जा रही हैं ?"

"लखनऊ।"

"फिर तो झाँसी में गाड़ी बदलेंगी ?"

"हाँ। पता नहीं लगनऊ वाली रेल में जगह मिले न मिले ?"

"कैसे नहीं मिलेगी जगह ? बराबर मिलेगी। हम भी तो झाँसी उतर रहे हैं। दिलवाकर जाएँगे। वहाँ हमारी रेलवे में बहुत जान-पहचान है।"

और फिर सम्बन्धों के एक ऐसे सिलसिले की शुरूआत होती जो लम्बे समय तक चलती। हवाई जहाज में यह सुख कहाँ। एअर होस्टेस कभी सड़क पर मिल गयी तो पहचानेगी भी नहीं कि यह वही शख्स है जो एक दिन ढाई घण्टे तक घूर-घूरकर मेरा सौन्दर्य निहारता रहा था।

वहाँ से मैं एक फ्रेशनर लाया हूँ, पेपर नेपकिन। मैंने पड़ोसी से पूछा, "इसका क्या होगा ?" वह बोला, "चेहरा फ्रेश करने के लिए है।" तब से जेब में डाले घूम रहा हूँ। अपने को कभी ये थोबड़ा फ्रेश करने की जरूरत ही नहीं पड़ती। अरे इतना महँगा टिकट लेने पर एअर होस्टेस ने हमारी तरफ नहीं देखा तो सड़क चलती लड़की क्यों देखेगी ? रेल की यात्रा से उतरता हूँ तो बदन में थकान होती है। लगता है यात्रा की है। हवाई जहाज में लगा जैसे मुझे कोई पार्सल करके भेज रहा है। अजी यह भी कोई यात्रा हुई। अरे सीट के लिए लड़ाई लड़े बिना हम कभी बैठे ही नहीं ट्रेन में। हवाई जहाज में किससे लड़ें, और किस बात कि लिए लड़ें ? हमारे लिए यात्रा का अर्थ है जीवन, संघर्ष, रोमांस, विजय और एक नयी प्रेमकथा। हम लल्लू बने यात्रा नहीं कर सकते। इसलिए निश्चित है कि हम भविष्य में हवाई जहाज में यात्रा नहीं करेंगे। और इसका दूसरा सबसे बड़ा कारण यह भी है मित्रो कि आजकल उसका टिकट महँगा होता है।

95

बरसात में

बादल घिर आये। देसी सटोरिया कभी ऊपर देखता है, कभी आसपास। सोच रहा है, मूँगफली के तेल के भाव इस साल चढ़ेंगे या नहीं ? रिजर्व बैंक सख्त है, बाजार में रुपया नहीं खोल रहा। झमाझम रुपया आए, तो भाव और चढ़े। किसान ने काली घटा देखी और अनाज बोने में जुट गया। गेहूँ की गाड़ियाँ मण्डी की तरफ नहीं आ रहीं। सरकारी अफसर सोच रहा है, बड़े सरकारी अफसर को क्या जवाब देगा ? हवा तेज हुई कि रेडियो खरखराने लगे। राष्ट्र की मक्खियों ने मध्यमवर्गीय घरों में घुसने का अभियान आरम्भ कर दिया। हवा में ठण्डक देख बाबू ने केजुअल मार दी और बीवी से भजिये बनाने का आग्रह किया। वह मुस्करायी। बोली, ''बेसन नहीं है।''

नालों में पानी तेज हुआ, स्कूली बच्चे पुलिया पर जमा हो गये। कापी के पन्ने फाड़ नाव बनाने लगे। अब इन्हें कौन बताये कि स्टेशनरी के भाव चढ़ गये हैं। बाजार में किताबें छपकर नहीं आयी हैं। इस बात पर विरोधी नेता शिक्षा विभाग के लत्ते खींच रहा है। दोनों जानते हैं कि आ ही गयी, तो कौन छोकरों को पढ़ना है। थोड़ा वातावरण स्थिर हो, तो जुलूस और सभाओं की शुरूआत हो। किराये पर माइक देने वाले दुकानदार छात्र-नेताओं की ओर आशा-भरी निगाहों से देख रहे हैं। सुनार का लड़का 'डकबेक' की बरसाती पहने इण्टर कॉलेज के छात्रों पर रोब गालिब किये है। मौसम में सुखद परिवर्तन आते ही शर्मा जी के घर मुन्ने को पतले दस्त लग गये और माँ की पीठ में दर्द रहने लगा। बरसात आ गयी।

वातावरण भीगने का पहला असर यह हुआ कि फोन एंगेज मिलने लगे। सब सबसे बात कर रहे हैं कि आज शाम का क्या कार्यक्रम होगा ? बोतल, उबले अण्डे, मुर्गी की टाँग, वही पुराने रद्दी शेर, जो पिछले साल भी सुने थे, फलाँ की बुराइयाँ, अमुक विषय में वादे और देर से घर लौटना। सब बहाने हैं। एक-दूसरे के सब माध्यम। असली चीज है, उमड़ती बरसात। अन्दर तक भेदती ठण्डी हवा। यह फाइलों पर पेपरवेट रखने का मौसम है, चपरासी की गलती माफ करने का मौसम है, कैण्टीन तक बार-बार जाने और आने का मौसम है। पत्नी के आग्रह से वे इस सप्ताह तीन बार मकान-मालिक के घर गये, छत दुरुस्ती की शिकायत लेकर। वह बोला, ''मैं क्या करूँ ? कारीगर खाली नहीं है।'' झूठा कहीं का !

पहली ही बरसात में फिर वहीं टपका, जहाँ पिछले साल टपका था। इतिहास ने

अपने को दोहराया। भगोनी उसी जगह रखी गयी, जहाँ पिछले साल रखी गयी थी। छाता दुरुस्त करनेवाले उम्मीद-भरी निगाहों से घर की तरफ देखते हुए धीरे-धीरे गुजर गये। पैसे नहीं थे।

दो दिनों में आँगन में हरी घास फूट आयी। आकाशवाणी के अफसर को ऐसे में हिन्दी साहित्य सूझा। वह 'वर्षा मंगल' गोष्ठी का प्रपोजल बनाने लगा। कवियों के पास कविताएँ हैं, वे जाकर सुना देंगे, पच्चीस-पैंतीस रुपयों में। पड़ोसी बता रहे थे। आज साबुन का भाव और चढ़ गया। दुकानदार कह रहे हैं, "बम्बई में भारी पानी गिरने से माल रेलों में नहीं चढ़ा।" बरसात में भाव बढ़ने का बरसात बहाना है। गर्मी में भाव बढ़ने का गर्मी बहाना थी। दर्जी स्कूलों के ड्रेस सी रहे हैं। मौसम वाकई में सुहाना है। मुहल्ले के बच्चे कहीं से एक कुत्ते का पिल्ला उठा लाये हैं और उसे दो टाँग पर चलना सिखा रहे हैं। इरादा यह है कि अगर सीख गया, तो पाँच पैसे टिकट पर सरकस शुरू कर देंगे। दो बच्चे टिकट बनाने में लगे हैं। बड़ी उम्मीद वाला मौसम है। जयप्रकाश जी रोज ही किसी से गम्भीर चर्चा कर रहे हैं।

जब फसल आयी, तब भाव गिरने की आशा थी। अब बादल आये, तो भाव गिरने की आशा हुई। लोग कह रहे हैं, नवम्बर-दिसम्बर तक हालत सुधरेगी। अखबार देर से आ रहा है, महँगा आ रहा है, भीगा हुआ आ रहा है, खबरें गीली हैं और कम हैं। तबादले पर जाता असिस्टेण्ट डायरेक्टर विदाई पार्टी में मक्खियाँ उड़ाता समोसे खा रहा है। लोग कह रहे हैं, "इस मौसम में ट्रांसपोर्टेशन में बड़ी दिक्कत होगी सर।" वह गवर्नमेण्ट को गाली दे रहा है। बरसात में गालियाँ नहीं लगतीं। पानी रुकने की प्रतीक्षा में यही एक गतिविधि रह जाती है। होटलों में बैठे साहित्यकार उन साहित्यकारों की बुराई कर रहे हैं, जो दूसरे होटल में बैठे इन साहित्यकारों की बुराई कर रहे हैं। सबको पानी रुकने की प्रतीक्षा है। पानी रुके, तो घर जाएँ, घर जाएँ, तो लौटकर आएँ। ऐसे में कुछ नहीं हो रहा है। विरोधी वर्षा अधिवेशन में अविश्वास प्रस्ताव लाने की सोच रहे हैं। ऑफिस सुपरिण्टेण्डेण्ट रजाई-गद्दे फिर से भरवाने के लिए कृतसंकल्प हैं। सूट पहने बैठा बरसात को कोसता प्राचार्य प्रोफेसरों से नियमित कक्षाएँ लेने का आग्रह कर रहा है। सद्गृहस्थिन अचार डाल रही है। वर्मा जी 'विटामिन बी काम्प्लेस' खरीद रहे हैं। बड़े इरादोंवाला मौसम है। गुप्ता जी कह रहे हैं, इस जाड़े में रानी की शादी निबटा देंगे, चाहे जो हो ! रानी ने इस गर्मी में नये किस्म का जूड़ा बाँधना सीख लिया है। कस्बे के सामाजिक कार्यकर्ता सोच रहे हैं। यदि सूखा टल ही गया है, तो अच्छा हो बाढ़ आ जाए। सरकार से पैसा रिलीज हो और संस्था काम भी करती रहे। अजीब मौसम है। लोग सर्वोदय के कार्यकर्ताओं की ओर आशा भरी निगाहों से देखने लगे हैं।

और जैसा कि होना था, घटाएँ घिरती देख मुख्यमन्त्री दिल्ली चले गये। राजस्व मन्त्री ने ट्रंक काल लगाया, तो लाइन नहीं मिली। लाइन मिली, तो मुख्यमन्त्री नहीं

मिले। मुख्यमन्त्री मिले, तो खास बात नहीं हुई। कमाल मौसम है। चमचे रेनकोट पहने बँगलों की तरफ जाते हैं, तो कोई देख नहीं पाता। कब लौटते हैं, पता नहीं लगता !

अच्छा चल रहा है। और क्यों नहीं चलेगा ? जिनका गर्मियों में खूब चला, उनका बरसात में क्यों नहीं चलेगा ? बूँदाबाँदी कुछ कम पड़ी है। भैया, अब घर निकल जाओ जल्दी, क्योंकि बाई साथ में है।

"हमारा क्या, हम तो भीगते निकल जाएँ।" वह बोली।

सच है, बरसात का मजा कुछ और ही है !

96

वही एक कहानी बार-बार पछताने की

हर खिलाड़ी के विकेट तक पहुँचने के साथ आशा की लौ लगा लेते हैं, सिवाय बिलखने के और क्या कर सकते हैं। नहीं, मानव को धीरज धरना चाहिए, मन का आपा नहीं खोना चाहिए। अरे मूरख मन, तू क्या इतना नहीं जानता कि हमारी टीम का गठन पराजय के लिए ही होता है। विजय तो अपवाद है। वर्षों तक हमारे पूर्वज 'ड्रॉ' को विजय मानते रहे हैं और प्रभु से हर टेस्ट के अन्तिम दिन मनाते रहे हैं कि 'ड्रॉ' हो जाए। ऐसे ही क्रिकेट की चिन्ता में विकल दर्शक को धीरज बँधाते हुए एक प्राचीन हिन्दी कवि ने कहा था :

दर्शक बड़बड़ क्या करते हो,
    रोते हो या गाते हो
खड़े हुए हो क्यों मौन बन
    क्यों कुछ नहीं बताते हो
वह उल्लास-हिलोर कहाँ अब
    किस तट से टकराती है
बार-बार यह टीम हार कर
    देश लौटकर आती है
कहाँ गया क्रिकेट का यौवन
    कहाँ विजय का हास-विलास
देखा गया न किस डाही से
    हाय ! तुम्हारा विभव विकास
टूट गया है सारा गौरव,
    ना अब बची निशानी है
मूक व्यथा उर उपजाने को
    बाकी रही कहानी है
अब न सुनाओ कथा पराजय,
    मत हृदय में द्वन्द करो
या त्यागो रुचि क्रिकेट में

या नित रोना बन्द करो

हे मित्र ! क्रिकेटप्रेमी का तो जीवन ही दुख का पुंज है। इसका सर्वश्रेष्ठ भाग तो वही है, जब खेल नहीं होता है। अखबारों में टीम के निर्माण पर चर्चाएँ होती हैं, प्रत्येक खिलाड़ी में छुपी अमिट सम्भावनाओं का बढ़-चढ़कर वर्णन होता है और मन-मयूर विजय की कल्पना में नृत्य करने लगता है। क्रिकेट का रस तो वास्तव में 'यूँ हो, तो ऐसा हो' में निहित है। जब सचमुच में बॉलर सामने आ जाता है, तब एक-एक रन निकालना भारी होता है। इसलिए क्रिकेट का रस तो तभी तक है जब खेल न हो रहा हो। विशेषकर भारतीय क्रिकेट का, जहाँ पराजय विकेट के डण्डों के साथ बँधकर ही उस भूमि में ठुकती है। किसी प्राचीन कवि ने ही जालिम विदेशी बॉलर द्वारा भारतीय खिलाड़ियों को निरन्तर आउट करते देख तड़पकर कहा था :

क्रिकेट का खिलाना उसे, जिसे न आये खेल
यह तो दुखी को और नाहक दुखाना है
ना ठौर, ना ठिकाना, ज्यों-ज्यों बल्ला घुमाना
ऐसे को मिटाना हाय, मिटते को मिटाना है
अपना निशाना गेंद से उसको बनाना हाय
जो बचाना भी न जाने, यह जुल्म मनमाना है
रन का बनाना, तेरी दया का दिखलाना ही है
किस्मत में हार लिखी, बॉल तो बहाना है
सदा ईश से मनाना, शीघ्र पेवेलियन न लौटाना
कितने कठोर होकर रोते को रुलाना है
जगते को सुलाना, सोते को सताना,
नित इंग्लैण्ड बुलाकर हराना, मानो डूबते को डुबाना है
रन का बनाना जिसे तन का दुखाना लगे
मन को कलपाना हाय, सारे जग को हँसाना है

इसलिए हे मित्र, धीरज को धारण करो। आँसू पोंछो। सारे आँसू आज ही बहा दोगे, तो अगली पराजय पर कैसे रोओगे ? क्रिकेट तो होता ही रहता है। टीमें बदलती हैं, नतीजे तो नहीं बदलते। दुखी न बनो। उठो और नित्य कर्म में लग क्रिकेट के भावी विवेचन पढ़ दग्ध आत्मा को शान्त करो। अन्त में एक क्रिकेट के प्रेमी ने क्रिकेट के खिलाड़ी से अपने जीवन के अन्तिम दिनों में क्या कहा था, मैं उसका उद्धरण प्राचीन कवि के मुख से दिलाकर अपना कथन समाप्त करता हूँ :

जीता कुछ दिन और तो देखता विजय आपकी
खलती न तब कठिनाई जल्दी मर जाने की

क्या जाते हैं आप सदैव आउट होने के लिए
वही एक कहानी बार-बार पछताने की
ठहर सकूँ यदि इस संसार में कुछ और
शायद कभी देखूँ तस्वीर रन बनाने की
हर बार जन्म लेता हूँ, क्रिकेट देखने के लिए
आत्मा प्यासी है तुझे बेहतर देख पाने की
यदि दिल की हो जाए तो बच जाऊँ पुनर्जन्म से
हाय, यह तकलीफ बार-बार आने और जाने की

कहने का आशय यही है कि इस जन्म में नहीं, अगले जन्म में आपको जोरदार भारतीय टीम देखने को शायद मिलेगी। आपका कर्त्तव्य है, निरन्तर जन्म लेते रहें। हमारे अनेक पूर्वज यह हसरत लिये मर गये। यदि हमें भी जाना पड़े, तो क्या बात है। अतः हे राष्ट्र की आत्मा, बस अब मत रो। पराजितों का स्वागत कर। देख, तेरे द्वार पर विदेशी मोजे पहने कौन खड़ा है। उठ पगले, इनका स्वागत कर।

97

गॉडेस लाक्ष्मी याने पइसा का गॉडेस

मैडम बच्चों को इण्डियन कल्चर के बारा में हमेशा एक्सप्लेन करती। जब जो हो, जो कुच बी चलता हो तो उसका बारा में जरूर बताती। सो दैट, बच्चे अपना कल्चर के बारा में जानें। विच इज वेरी नेसेसरी। दे शुड नो। आफ्टर ऑल दे आर इण्डियन। हय के नईं ? आज ही मैडम ने सबकू 'डीवाली' पर बताया के क्या होता है, कइसा होता है, काय को होता है ? एक क्लास में बताने के बाद मैडम अब दूसरा क्लास में जाकर बताएँगा।

मैडम खड़ा हुआ। "अपना-अपना लेसन बन्द करो तुम लोग, मैय तुमको डीवाली के बारा में बताती। नो नाइज। येस, देट्स गुड। इस पर एक्जाम में ऐसे पूछ सकता है हाँ, हाऊ यू सेलिब्रेटेड डीवाली दिस इयर। ध्यान से सुनना माँगता।

"डीवाली हिण्डुओं का बहूत बड़ा, बहुत इम्पोर्टेण्ट फेस्टीवल होता, हर साल इदर नोवेम्बर में। कबी-कबी अक्टूबर में बी हो जाता। ओ सब हिण्डू लोक का केलेण्डर है ना, क्या बोलता उसकू, पर डिपेण्ड करता है। सो, वाट आय वाज सेइंग देट इट इज वेरी इम्पोर्टेण्ट फेस्टीवल ऑफ हिण्डूज। यू केन से के ये अमारा नेशनल फेस्टीवल है। इसमें हर कोई चाहे तो मना सकता। क्रेकर फोड़ने को क्या है, कोई बी फोड़ सकता, वरशिप कर सकता। उसमें ऐसा कुच नईं है कि सिरफ हिण्डू लोक मनाएँगा। सब मना सकता। इट इज आवर नेशनल फेस्टीवल !

"नाऊ आय टेल यू, डीवाली क्या होता है। उस रोज हमारा इदर आक्खा कण्ट्री में गॉडेस लाक्ष्मी का वरशिप होता। गॉडेस लाक्ष्मी याने पइसा का गॉडेस। हर कोई को दुनिया में पइसा माँगता। गरीब-से-गरीब को, अमीर-से-अमीर को, पइसा माँगता। जइसे तुमकू फीस जमा करना या पिक्चर जाना है तो तुमकू पइसा माँगता। अब तुम क्या करेंगा। तुम अपना बाप को बोलेंगा कि पइसा दो। बाप गॉडेस लाक्ष्मी को बोलेंगा कि हमकू पइसा दो। लाक्ष्मी देता। सबकू देता। इस वास्ते उसकू वरशिप करना माँगता, जो गॉडेस पइसा देंगा तो क्या उसकू वरशिप नईं करेंगा क्या ? बोलो, करेंगा कि नईं ?"

"करेंगा।" आक्खा क्लास का बच्चा बोला।

"इसी वास्ते मैं बोलती कि ये बहुत इम्पोर्टेण्ट फेस्टीवल है। सबकू इण्ट्रेस्ट लेकर मनाना माँगता। उस रोज घर-घर में स्वीट बनता, बहुत डिफरण्ट वेरायटी का। ये उसकू स्वीट देता, वो इसकू स्वीट देता, वो दूसरे कू स्वीट देता। अइसा करके सब आपस में

एक-दूसरे को स्वीट देता। स्वीट खाता। सब स्वीट खाता। डीवाली है ना तो उसका सेलीब्रेशन में स्वीट खानाच माँगता। फिर सब नया-नया कपरा पइनता। नया सारी, ब्लाउज नया, पेटीकोट नया, सब नया। बच्चे लोक कू बी सब नया। फ्राक, शर्ट, शूज, सब नया। शूज नया नईं हो तो पुराने को ही पालिस करवाना। ये सब काम कू करता ? गॉडेस लाक्ष्मी का वास्ते। डीवाली को गॉडेस लाक्ष्मी घर में आता। अपना घर में कोई वी. आई. पी. गेस्ट आएँगा तो क्या हम उसका वेलकम करने को नया ड्रेस नई पहनेंगा ? बोलो पहनेंगा कि नहीं ?''

''पहनेंगा।'' आक्खा क्लास का बच्चा बोला।

''नया ड्रेस पहनेंगा। अपना हाउस को पूरा डेकोरेट करेंगा। इदर से, उदर से, सब जगा से डेकोरेट करेंगा। पूरा लाइट लगाएँगा, वाल पेपर्स सब बदलेंगा। एण्ड फ्लावर्स ! बहुत-बहुत फ्लावर्स लाएँगा। इदर रखेंगा, उदर रखेंगा। आक्खा होम शुड लुक ब्यूटीफुल, यू सी, नईं तो गॉडेस लाक्ष्मी घर में आएँगा तो बोलेंगा ओह, शिट, ये कोई गॉडेस का रहने का जगा है, आम इदर नईं रहेंगा। ओ चला जाएँगा, नाराज हो कर। गॉडेस नाराज हो के चला जाएँगा तो तुम्हारा बाप को पइसा कइसे मिलेंगा ? तुम पिक्चर कइसे जाएँगा। स्कूल का फीस कइसे देंगा ? टाइम से नईं देंगा। तो फिर तुमको पनिश मिलेंगा। हम बोलेंगा स्कूल से निकल जाओ। फिर तुम छोटा स्कूल में जाएँगा, गन्दा-गरीब बच्चा के साथ स्टडी करेंगा तो तुमको भी बैड-बैड हेबिट्स पड़ जाएँगा। पीछू सब बोलेंगा ही इज ए बैड बॉय। गन्दा बच्चा हाय। इसका वास्ते डीवाली का टाइम पर आक्खा घर को क्लीन करना माँगता। सब सारवण्ट को बोलो ये साफ करो, वो साफ करो, सब साफ होना माँगता। पीछू गॉडेस लाक्ष्मी खूश हो जाएँगा, बोलेंगा हम इदरीच रएँगा। तुम भी खुश हो जाएँगा। पीछू क्रेकर्स छोड़ेंगा। क्या बोलता उसकू, दैट खूब लाइट और साउण्ड करता ? यस पटाखा। फुलझड़ी। यस देअर आर सो मेनी नेम्स।

''एक बात मैं बोलती टुमको, के डीवाली मनाना माँगता पर ये क्रेकर्स बहूत डेंजरस होता। कबी-कबी तो क्या होता कि आक्खा बॉडी जल जाता। यू नो फायर होता ना उसमें तो, किसी को टच करेंगा तो वो जलेंगा। कबी भी कोई क्रेकर बर्न करेंगा तो डैडी को बोलो, ममी को बोलो कि हमको ये क्रेकर बर्न करना माँगता तो वो तुमको हेल्प करेंगा। ज्यादा क्रेकर्स हीं छोड़ने का। थोड़ा छोड़ने का। यू नो हमारा बिल्डिंग में बच्चा लोक ने अबी से क्रेकर्स छोड़ना शुरू कर दिया। इतना नॉइज करता, इतना नॉइज करता, मैं तो अपना कान बन्द कर लेती। मैं इतना बोली उन हरामी लोक को, भई अबी डीवाली नईं आया, अबी क्रेकर नईं छोड़ने का। बट दे आर डर्टी स्वाइन, किसी की नईं सुनेगा। हाँ, डीवाली आ गया तो खूब छोड़ने का। काय को नईं छोड़ने का।

''एनी वे, अब तुम समज गया ना अपना कण्ट्री में डीवाली क्या होताए, कैसा होताए ? रिमेम्बर थ्री पाइण्ट्स। कबी भी, ऐस्से आये तो राइट आन दीज लाइन्स।

वन, इट इ नेशनल फेस्टीवल, सबको मनाने कू माँगता। टू, गॉडेस लाक्ष्मी का वरशिप होता उस रोज। थ्री में तुम लिखेंगा, डेकोरेशन, लाइट्स, स्वीट्स एण्ड क्रेकर्स का बारा में। कइसा सब सेलेब्रेट करता डीवाली को। समजा ! नाऊ यू केन गो।''

मैडम जा रही थी, तब कक्षा की सबसे इण्टेलिजेण्ट और प्रश्न पूछनेवाली लड़की ने सवाल किया, ''गॉडेस लक्ष्मी घर में आयेंगा तो हमकू पइसा मिलेंगा ना ?''

''वो टुमारा बाप से पूछो, हमको नईं मालुम।''

सामने से प्रिंसिपल आ रही थी। बूढ़ी। उन्होंने मैडम को देखा। स्माइल दिया। फिर बोली, ''वॉट इज गोइंग आन मिसेस मोतीलाल ?''

''आज बच्चा लुक को डीवाली का बारा में बताया।'' मैडम बोली।

''वेरी नाइस। दे शुड नो समथिंग अबाउट देअर कल्चर। मैं पेरेण्ट लोक को ये ही बोलती कि जइसा एजुकेशन तुमारा बच्चा को इदर मिलता, वैसा किदर बी नईं मिलेंगा। हम बच्चा का टोटल डेवलपमेंट करता।''

मैडम ने प्रिंसिपल को एक मॉडेस्ट-सा स्माइल दिया और वो तेज-तेज कदम चलके दूसरी क्लास में 'डीवाली' का बारा में बताने चली गयीं।

98

स्मृति-चह्नों का सदुपयोग

ऊँ···आँ···चूँ···चाँ····करती हुई रानी मर गयी।

राजा बिचारे ने बहुतेरा इलाज करवाया। पर कहते हैं ना कि होनी को कोनी रोक सका। वह रानी को चाहता भी बहुत था और उसकी मृत्यु की कल्पना से स्वयं अधमरा हो जाता था। उसने डॉक्टरों, वैद्यों, हकीमों और दुआ करनेवालों को डराया कि अगर रानी मर गयी ना तो तुम लोगों की खाल में भुस भरवा दूँगा, पर कुछ नहीं हुआ। राजा निराश हो गये। रानी अन्तिम साँसें गिन रही थी यद्यपि उसे गिनती गिनना भी पूरी तौर से नहीं आता था। गीता पढ़ रहे पण्डित को धीरे-धीरे पढ़ने आ आदेश दे राजा रानी के सिरहाने बैठ गये। रानी डूबती आँखों से इनकी ओर देखती बोली, ''मरने के पहले मेरी एक इच्छा है। मुझे एक वचन दो।''

''बोलो, बोलो।''—राजा ने कहा।

''मेरी याद में ऐसे निर्माण कार्य करवाना कि मैं अमर हो जाऊँ। सब हमेशा मेरा नाम लेते रहें।''

''जैसे··मैं समझा नहीं।''

''जैसे कोई सुन्दर भवन मेरी याद में बनवाना ताकि सब उसे देखें और मुझे याद करें।''

''अवश्य, अवश्य।'' राजा फुर्ती से बोले।

''मुझे वचन दो।''

''दिया, वचन दिया।''

और रानी का सिर एक ओर झुक गया। राजा ने जोर से 'हा' कहा तो पास का दीया बुझ गया। सेवक लैम्प लेने के लिए दौड़ा तो कुत्ते का पैर दबा ! कुत्ता रोने लगा सो एकाएक ऐसा वातावरण बना जो मृत्यु के समय होना चाहिए।

तेरह दिन तक राज्य में शोक रहा। जनता सिनेमा देखने को तरस गयी। बच्चों की बन आयी। वे छुट्टियाँ होने से दिन-भर गुल्ली-डण्डा खेलते।

तेरह दिन बाद दरबार भरा। राजा ने दरबारियों को बताया कि वे स्वर्गीया महारानी की स्मृति को अमर रखने के लिए कुछ महत्त्वपूर्ण कार्य करना चाहते हैं।

''अवश्य कीजिए हुजूर। जब-जब महारानियाँ मरी हैं, महाराजा लोग कुछ बड़ा भवन आदि बनवाते रहे हैं। ताजमहल का किस्सा तो आपने शायद सुना हो। मुगल

राजवंश में एक पराक्रमी बादशाह हुए हैं शाहजहाँ, जिनकी बेगम···!''

''चुप रहो, चुप रहो···हमने सब सुना है।'' राजा ने डाँटते हुए उस चाटुकार को रोका, ''हम आप लोगों का परामर्श चाहते हैं कि क्या किया जावे जिससे महारानी की स्मृति अमर हो सके।'' फिर उन्होंने मन्त्री को आदेश दिये, ''मन्त्री सारे दरबारियों को एक मुट्ठी सिकी मुम्फली दो ताकि ये लोग उसे खा-खाकर विचार कर सकें।''

पाँच मिनट तक सब मुम्फली खाते सोचते रहे। फिर मिडिल स्कूल, जेल और फ्री स्टाइल कुश्ती विभाग के मन्त्री ने खड़े होकर कहा, ''यदि महारानी साहिबा की स्मृति में विद्यार्थियों की एक वाद-विवाद प्रतियोगिता और एक कुश्ती का आयोजन किया जा सके तो···।''

''चुप रहो। गधे हो। तुम्हारा स्वास्थ्य अच्छा है, मैट्रिक पास हो और कैदी रह चुके हो, इसलिए हमने तुम्हें मिडिल स्कूल फ्री स्टाइल कुश्ती और जेल विभाग का मन्त्री बनाया है, मगर इसका मतलब यह नहीं कि तुम भौंडी राय दो। शटप ! तुम्हारी खाल में भुस भरवा दूँगा।''

बिचारे मन्त्रीजी डर कर बैठ गये।

तब सड़क, गटर और लावारिस पटिया विभाग के मन्त्री ने खड़े होकर अर्ज की, ''हुजूर जान की अमान पाऊँ तो एक बात कहूँ।''

''हाँ हाँ, दो कहो।''

''दूसरी बात तो हुजूर अभी सोची नहीं एक मुट्ठी मुम्फली अगर और मिल जाये तो और सोचूँ।''

''रहने दो, एक ही बात कहो।''

''शहर के बीचोंबीच से जो लम्बी सड़क जाती है हुजूर, वह महारानी के नाम से कर दी जावे। इससे मेरी नजर में दो फायदे होंगे।''

''कौन-कौन से।'' राजा ने पूछा।

''एक तो यह कि सड़क की सड़क बनी रहेगी और दूसरी यह कि महारानी अमर हो जाएँगी।''

''बिल्कुल ठीक है। घोषणा कर दो कि आज से इस सड़क का नाम महारानी के नाम से रहेगा और जो कोई उस सड़क को पुराने नाम से पुकारेगा, उसकी खाल में भुस भरवा दी जाएगी। और भी सलाह दीजिए आप लोग।''

तब डाक के डिब्बे और जूनी पुरानी किताब विभाग की देखरेख करने वाले मन्त्री खड़े हुए और बोले, ''हुजूर, जान की अमान पाऊँ तो एक बात कहूँ।''

''हाँ कहो।'' राजा बोला।

''आप लोग हमेशा क्या जान की अमान, जान की अमान कहा करते हैं। मैं कोई आप लोगों को फाँसी चढ़वाता हूँ।'' राजा ने कहा।

''हुजूर महारानी के नाम से डाक के टिकट चलाए जाएँ, तो उत्तम होगा।''

"बहुत अच्छा विचार है। हम तुमसे बड़े खुश हैं। तुम डाक के डिब्बे और जूनी पुरानी किताबों का मामला देखते ही हो पर आज से बच्चों की स्लेट पेंसिल का महकमा भी तुम्हारे हाथ में रहेगा।"

"हुजूर आपकी मेहरबानी।"

तभी एक और दरबारी, जो राजाजी की कृपा से मन्त्री हो गये थे, सिर्फ इसी कारण कि उन्हें सौ तक पहाड़े मुँह जबानी याद थे, खड़े हुए।

"कहो, तुम्हें क्या सूझी ?"

"एक अत्यन्त मौलिक निवेदन है। मेरी नजर में इस शहर को एक लड़कियों के होस्टल की सख्त जरूरत है, जहाँ वे रह कर अपना पट्टी पहाड़ा याद कर सकें। महारानी साहिबा के नाम से एक होस्टल बनवा दिया जाए हुजूर।"

"शाबास ! तो यह भी तय रहा कि होस्टल इस नगर में बढ़िया सीमेण्ट कांक्रीट का बनवाया जावे जो महारानी के नाम पर रहे। सीमेण्ट में रेत मिलानेवालों की खाल में भुस भरवा दिया जाएगा। और विचार दीजिए आप लोग।"

"हुजूर, एकाध सूझ की बात आप भी कहिए। आखिर रानी आपकी मरी हैं।"

"बिल्कुल ठीक है। रानी हमारी मरी है और यादगार की आइडियाएँ दूसरे दे रहे हैं, यह शर्म की बात है। इतिहासकार सुनेंगे तो क्या कहेंगे।" सो वे खड़े हुए और बोले, "प्यारे प्रजाजनो, आप जानते हैं कि स्वर्गीया महारानी को जल-क्रीड़ा और तैराकी का बड़ा शौक था। वे रोज नहाती भी थीं। मैं चाहता हूँ कि एक स्वीमिंगपूल उसकी याद में बनाया जावे ताकि उसका नाम अमर हो सके।"

"हाँ हुजूर, बम्बई में एक बहुत बड़ा स्वीमिंगपूल है, वैसा ही बनना चाहिए।"

"अरे मूर्ख, वह तो बहुत ही बड़ा है। उसमें जहाज आते जाते हैं। हम तो छोटा-सा स्वीमिंगपूल बनवाएँगे—शार्ट एण्ड स्वीट।"

"धन्य हैं महाराज !" सबने कहा, "अवश्य बनाया जाना चाहिए।"

"तो यह भी तय रहा। इतनी बातचीत से मुझे स्वर्गीया महारानी की याद सताने लगी है, अतः दरबार बर्खास्त। और हाँ, एक बात सुन लो। सब अपने मुम्फली के छिलके बाहर ले जाकर फेंके। यहाँ कचरा न करें।"

कुछ ही दिनों में स्वीमिंगपूल, होस्टल बन गये, सड़क का नामकरण कर दिया गया और टिकट छप कर तैयार हो गये। जनता उन्हें उपयोग करने लगी। टिकट देखकर या सड़क पर चलते या होस्टल और स्वीमिंगपूल के पास से जाते सबको महारानी की याद आने लगती और वे रोने लग जाते।

ऐसे-ऐसे कुछ दिन बीत गये।

एक रोज महल की छत पर खड़ा राजा उस दूर बने स्वीमिंगपूल की ओर देख रहा था, जो महारानी की याद में बनवाया गया था। तभी उसने देखा कि एक सुन्दर युवती वहाँ ऊँचे से छलाँग लगाकर कूद रही है, तैर रही है और नाना प्रकार की जलक्रीड़ाएँ

कर रही है। राजा पागल हो गया ऐसी रूपवती स्त्री देखकर और महल से नीचे उतर तुरन्त स्वीमिंगपूल पहुँचा। वहाँ जाकर उसने पता लगाया कि जलक्रीड़ा में मगन यह अनिन्द्य सुन्दरी कौन है ? राजा के गुप्तचरों ने बड़ी खोज-बीन की और राजा को बताया कि यह सुन्दरी उसी छात्रावास की एक छात्रा है जो स्वर्गीया महारानी की स्मृति में हाल ही में बनवाया गया है।

राजा ने इस बार अपने मित्रों और मसखरों को इकट्ठा किया और उनसे बोला, "प्रियजनो, हम एक सुन्दरी के प्रेम में पागल हो रहे हैं। बताओ क्या करें ?"

"कुछ दिनों प्रेम करते रहिए, फिर चाहे विवाह कर लीजिए।"

"परन्तु उस सुन्दरी को पता नहीं है कि हम उससे प्रेम करते हैं।"

"अफवाह उड़वा दीजिए, उस तक पहुँच जाएगी।"

"मूर्ख हो ! तुम्हारी खाल में भुस भरवा देनी चाहिए। मेरे प्रेम की बदनामी चाहते हो।"

"वसन्त ऋतु आवे तब प्रणय-निवेदन कर दीजिए।"

"आठ माह धरे हैं वसन्त ऋतु में। समर वोकेशन में वह अपने घर चली जाएगी, तब क्या खाक प्रणय-निवेदन करूँगा।"

"आप उसे तुरन्त प्रेम-पत्र भेजिए एक्सप्रेस डिलीवरी से और मिलने का मुकाम तय कीजिए।"

राजा ने तुरन्त एक पत्र लिखा, लिफाफे में रखा, उस पर वह टिकट चिपकाया जो स्वर्गीया महारानी के नाम से चलाया गया था और भेज दिया।

सुन्दरी ने जब पत्र पढ़ा तो वह एकाएक रॉक-एन-रॉल करने लगी, फिर भाँगड़ा नृत्य की तरह उछलने लगी फिर जब थक गयी तो आहें भरने लगी और सीटियाँ बजाने लगी। उसने दूसरी लड़कियों से बोलना बन्द कर दिया और बजाय कॉलेज जाने के दिन-दिन-भर स्वीमिंगपूल पर रहने लगी।

राजा ने कोषागार से स्वर्गीया महारानी के आभूषण निकालकर उस स्वीमिंगपूल की सुन्दरी को भेंट करना आरम्भ कर दिये। राजा सुबह-शाम महारानी की याद में बनाये होस्टल के चक्कर लगाने लगा और एक दिन दोनों का विवाह हो गया।

जिस दिन राजा-रानी की सवारी निकली, ठसाठस भीड़ रही, उस सड़क पर जो स्वर्गीया महारानी की स्मृति में बनायी गयी थी।

99

जाने-किस-स्तान के कवि से बातचीत

बहुत सारे सोफे और बहुत-सी सुखद कुर्सियाँ थीं जिन पर थोड़े से लोग बैठे थे। बाहर आसमान साफ था और हवा आ रही थी। यह हवा पंखे से आ रही थी या बँगले के तीन बड़े-बड़े खुले दरवाजों से, इस विषय में मेजबान भी स्पष्ट नहीं थे, जो अपेक्षाकृत चौड़ी कुर्सी पर बैठे व्यर्थ मुस्करा रहे थे। लोग आ रहे थे और हाथ मिलाने और परस्पर परिचय प्राप्त करने का दौर बार-बार दुहराया जाता था। बीच में एक सोफे पर वह विदेशी कवि बैठा था जो किसी 'स्तान' का था। जो दुनिया के बड़े नक्शे में कहीं है। कहाँ है मुझे नहीं पता, पर वह है।

सरकार कुछ ऐसे प्रोग्राम बनाती है जिसके अन्तर्गत यहाँ के कवि वहाँ भेजे जाते हैं और वहाँ के किसी कवि को इधर बुलाया जाता है। यहाँ के बजाने-नाचनेवाले वहाँ जाते हैं और उधरवाले इधर आ जाते हैं। अभी हमारे कुछ दोस्त कवि विदेश होकर आये तो बोल रहे थे कि जितनी इज़्ज़त भाग्य में लिखी थी वह एक साथ विदेश में माह भर में हो गयी। बड़े सन्तुष्ट थे। वहाँ उन सब श्रोताओं ने, जो हिन्दी नहीं जानते थे, हमारे कवि मित्र की उन रचनाओं को ध्यान से सुना, जिन्हें हम हिन्दीभाषी सामान्यतः हूट कर देते।

सोफे पर बैठा वह, जाने-किस-स्तान का कवि बड़ा प्रसन्न लग रहा था। अपने पास बैठे दुभाषिये से छोटी-सी बात कर वह गद्‌गद हो जाता था। मुझे शक होने लगा कि कहीं वह शख्स भी तो अपनी भाषा में कविता सुनाते हुए हूट नहीं होता! उसके पास बैठा दुभाषिया वास्तव में दोनों भाषाओं में कमजोर था। वह जाने-किस-स्तान की भाषा पता नहीं कितनी जानता था मगर हिन्दी में जरूर बड़ा कमजोर था। वह अँग्रेजी की सहायता से हमें हिन्दी में समझाता था।

सांस्कृतिक आदान-प्रदान का मधुर क्षण आरम्भ हुआ। उसने कहा, "आप लोग मुझसे प्रश्न पूछिए, मैं जवाब दूँगा।" हम लोग एक-दूसरे का मुँह देखने लगे। मेरे मन में एक सवाल था कि वह देश, जहाँ कवि रहता है, दुनिया के गोले पर कहाँ है ? मगर मैंने नहीं पूछा, क्योंकि यह मेरे लिए बड़े शर्म की बात होती कि मैं अन्तरराष्ट्रीय राजनीति की गहरी पकड़ रखने के बावजूद भूगोल में कमजोर हूँ, तभी एक स्थानीय कवि ने प्रश्न किया, "आपकी भाषा में कविता लिखने से कवि का पेट भर जाता है ? उसे कोई दूसरा धन्धा नहीं करना पड़ता ? जैसे दूसरे नाम से गन्दे उपन्यास लिखना, अनुवाद

या प्रोफेसरी।'' दुभाषिये ने जाने-किस-स्तान के कवि से कहा, ''आर्दुबरी तारदम्य पुइटासी चावनाले काज सिवनाले जीन पुत्रो नावेल नी पुरफोसरी जरी।''

यह सुनकर एकाएक जाने-किस-स्तान का वह कवि गम्भीर हो गया और कुछ क्षण रुककर बोला, ''पोरताने पुइटासी चावनाले जीम, कजा चिस्को शीवालेम पियरासी।'' फिर हँसा और कहने लगा, ''जोएल तादारान्ता नुवालेबो शकारीम शकारीम।'' इस पर वह दुभाषिया भी हँसा और उसने हमें बताया, ''हमारे देश में कविता लिखने से कवि का पेट तो भर जाता है, क्योंकि वह कविता-पार्टी वगैरह में खाता रहता है, मगर परिवार के लोग भूखे रहते हैं। क्योंकि वे हर जगह कवि के साथ जा नहीं सकते।''

यह उत्तर सुन सम्भ्रान्त लोगों ने मजा लिया और वे हँसे। मगर एक हिन्दी कवि पूर्ण भावावेश में उठा और जाने-किस-स्तान के कवि के गले लग गया और बोला, ''वाह भाई, आपके हमारे देश में कितना सासंस्कृति साम्य है। हमारे यहाँ भी कवि सपरिवार भूखे रहते हैं। अन्तर यही है कि हिन्दी कवियों को पार्टियों में नहीं बुलाया जाता !''

दोनों गले लग रहे थे। बड़ा दिलतोड़ दृश्य था। मेरे पास बैठे सज्जन ने झुककर धीरे से कहा कि इन कवियों को पार्टियों में नहीं बुलाया जाना चाहिए। अभी हमने एक पार्टी में दो कवि बुलाये थे तो वे पूरे समय लड़कियाँ घूरते रहे। पार्टी का खर्चा हम कर रहे थे, लड़कियों को निमन्त्रण हमने दिया था और घूर ये लोग रहे थे। मैंने उत्तर में सुझाव दिया कि अगली बार जब पार्टी हो तब आप गद्यकारों को बुलाइए ! वे शायद भले साबित हों। उसने मुँह बिचका दिया।

तभी एक और प्रश्न उछाला गया और दुभाषिये ने उसे झेलकर जाने-किस-स्तान के कवि को सौंप दिया। प्रश्न था कि ''क्या आपके यहाँ कविता संकलन छपते हैं ? छपने के बाद बिक पाते हैं ? उन्हें प्रकाशक छापते हैं या कवि अपनी गाँठ से छपवाते हैं ?'' जाने-किस-स्तान के कवि ने उत्तर दिया, ''हाँ, हमारे यहाँ कुछ ऐसे सौभाग्यशाली कवि हैं जिनके संकलन प्रकाशक ने छापे हैं। संकलन छपने पर कवि को कुछ प्रतियाँ मुफ्त में मिल जाती हैं, जिन्हें वह बाँट सकता है या अपने वंशजों के पढ़ने के लिए घर में रख सकता है। कहीं-कहीं पेमेण्ट की प्रथा है, कई बार कवि को उस पर पुरस्कार भी मिल जाता है।''

''क्या अधिकांश प्रकाशक कवियों को कुछ देते नहीं ?''

''किर्दाचुस्बे बीजाजेरी प्रोमात्या लावशीनो ?''

''चौनास्ते लावशीनो।''

''अधिकांश कुछ नहीं देते।''

इतना सुनते ही हमारे नगर के एक प्रकाशक अपने भारी-भरकम शरीर सहित उठे और जाने-किस-स्तान के कवि के गले लग गये, ''वाह भाई, आपके हमारे देश में कितना सांस्कृतिक साम्य है। हम यहाँ प्रकाशक लोग इसी स्थिति में हैं।''

दिलतोड़ दृश्य पुनः स्थापित हो गया, यद्यपि प्रकाशक महोदय के भारी शरीर से

लगने में उस विदेशी कवि को असुविधा हो रही थी। देशी कवि को भी होती।

"आप अपना मोलक के बारे में हमको किछु बताइए। सामथिंग अबोट योर काण्ट्री।"

कवि ने उत्तर स्वरूप लम्बा भाषण दिया और दुभाषिये ने उससे कहीं अधिक विस्तार से बताया कि मेरा देश बड़ा सुन्दर देश है। वहाँ पहाड़ और नदियाँ हैं। वहाँ का मौसम बहुत अच्छा रहता है। ज्यादा वक्त बर्फ गिरती है। हमारे देश में छोटे-छोटे प्यारे बच्चे हैं जो स्कूल जाते हैं। नौजवान हैं, जो प्रेम करते हैं और नौकरियाँ तलाशते हैं। लोग घरों में अपनी पत्नियों के साथ रहते हैं। हमारे देश में सिनेमा हैं, थियेटर हैं जिनमें लोग रोज जाते हैं। अखबार निकलते हैं जिनमें खबरें छपती हैं। कवि हैं, वे कविता लिखते हैं और कॉफीहाउसों में बैठकर सिगरेट पीते हैं। हमारा देश एक महान् देश है, जिसका मोटा इतिहास है, जो बच्चों के कोर्स में लगा हुआ है। हमारे देश में पुराने खँडहर हैं, आप ओग कभी तशरीफ लाएँ तो हम दिखा सकते हैं।"

इस पर प्रशंसासूचक तालियाँ बजीं। सब 'वाह-वाह' करने लगे। मेरे पीछे बैठे हुए सज्जन ने कहा, "क्या सुन्दर देश है, और एक हमारा यह कम्बख्त हिन्दुस्तान है, जहाँ कुछ नहीं होता।"

"कुछ कीजिए तब होगा, यों तो कुछ नहीं होगा।" दूसरे ने कहा।

इसके उपरान्त जाने-किस-स्तान के कवि ने फरमाइश की कि वे भारतीय कविता सुनना चाहते हैं। एक कवि तुरन्त खड़े हो गये। किसी ने कहा, "बैठ जाओ," मगर उन्होंने कविता आरम्भ कर दी। कविता छोटी थी, मगर गड़बड़ थी। हम लोगों को कुछ समझ में आ गयी, मगर दुभाषिये को जरा समझ नहीं आयी। उसने कहा कि जब तक मुझे समझ नहीं आएगी, मैं अनुवाद नहीं कर सकूँगा। इस पर कवि ने कह दिया कि "जब आपको कविता की समझ नहीं तो आप दुभाषिये कैसे हो गये?" इस पर दुभाषिये ने शान्ति से कहा, "मैं बहुत बड़ा विद्वान् या भाषाविद् नहीं हूँ, अगर होता तो मेरी ड्यूटी एक कवि के साथ नहीं लगती, बल्कि मैं इसी देश के किसी नेता के साथ रहता।"

"आप जो भी अर्थ समझ में आये, वही उन्हें सुना दीजिए। अगर आप कोई दूसरी कविता का भी अर्थ समझा देंगे तो क्या फर्क पड़ता है! यह सांस्कृतिक मैत्री का प्रश्न है, इसमें बहुत सही चीज पर जोर देने की जरूरत नहीं। कोई अच्छी-सी बात कह दीजिए।" मेजबान ने कहा, जो अब तक चुप बैठे मात्र मुस्करा रहे थे।

दुभाषिया उन विदेशी कवि को हिन्दी कविता का जो मर्जी आया सो अर्थ समझाने लगा। हम लोग बाहर आकाश की ओर देखने लगे।

"हम सब अब आपकी कविता सुनना चाहते हैं," मेजबान न कहा।

"मोनाजी शाल्लों चुस्के पुइट।"

"ऊ ऊ!" कवि ने सुना और लजाने लगा।

इसके बाद मैंने देखा कि जाने-किस-स्तान का वह कवि खो-सा गया है। शायद वह तय नहीं कर पा रहा कि कौन-सी कविता सुनाने की दृष्टि से श्रेष्ठ रहेगी। फिर उसने एक कविता सुनायी, जिसका दुभाषिये ने यों अर्थ बताया कि "पेड़ पर बर्फ है, जिसके नीचे वह लड़की खड़ी है। जिसे मैं अपनी खिड़की से देखता हूँ और प्यार करता हूँ। मौसम बदलता है, प्यार नहीं बदलता। अपने पिता का इन्तजार करती वह लड़की मुझे अच्छी लगती है। काश, मेरा कोई पिता होता। युद्ध में मर गया है वह। लड़की इन्तजार करती है। मैं कहता हूँ। संसार में शान्ति होना जरूरी है, ताकि वृक्षों में फल आ सकें और मैं और वह लड़की खा सकें।" और इसी किस्म की बातें।

तड़-तड़ तालियाँ बजीं। वाह, क्या कहने !

विदेशी कवि प्रसन्न हो गया। फिर लजाने लगा।

"वह चाय-वाय कब होगी ?" किसी ने चिल्लाकर पूछा।

"और कोई बात ?" दुभाषिये ने पूछा।

"बस खतम करो यार, फिर इसे गवर्नर से भी मिलता है।" मेजबान खड़े हुए और धन्यवाद का लम्बा भाषण देने लगे। पास के कक्ष में चाय, काजू, बर्फी, समोसा, बिस्कुट-केला की व्यवस्था थी। हम सब उधर दौड़े। फिर छोटे-मोटे मधुर वार्तालापों का वातावरण बना।

"आपने बहुत सौन्दर कविता सुनाया।"

"मैं चाहता था, मेरी कुछ कविताओं का आपकी भाषा में अनुवाद होता।"

"आप किसी एक्सचेंज प्रोग्राम में इधर आया है या अपने खर्चे से ?"

दुभाषिया व्यस्त था, कवि हँस-हँसकर जवाब दे रहा था।

"हम लोग इधर शहर का नुव पोयट एक मेगजीन निकालता है। दिस इज वेस्ट इन इण्डिया।"

"ऊ ऊ ऊ।"

"नार्बेनि चितारे ज्री।"

"कितना सरकुलेशन है ?"

"वन थाउजेण्ड।"

"अबे हिन्दी में बोल, सब गोरी चमड़ी वाले अँग्रेजी नहीं जानते।"

तभी कॉलेज की कुछ लड़कियाँ जाने-किस-स्तान के उस कवि से ऑटोग्राफ लेने पहुँचीं।

"ऊऊऊ यू आर बूटी" कहकर कवि बड़ी मौज में आकर एक लड़की के मुखड़े की ओर बढ़ा।

सब चौंककर देखने लगे। बडा दिलतोड़ दृश्य था।

"ये क्या अँग्रेजी जानता है ?" किसी ने दुभाषिये से पूछा।

"एक दो वाक्य।"

शेष दोनों लड़कियों ने मस्ती का यों सार्वजनिक रूप देख अपनी ऑटोग्राफ की कापियाँ छिपा लीं और पीछे खिसक गयीं। वह लड़की सिर झुकाये खड़ी ऑटोग्राफ ले रही थी। बाहर आकाश खुला था। मेजबान यथावत् अन्तर्राष्ट्रीय स्तर की मुस्कराहट मुस्करा रहे थे। और हम अपनी नियति में बँधे स्थानीय स्तर के समोसे खा रहे थे।

100

कवि, अफसर और चिड़िया

एक थे अफसर। बड़े बँगले में रहने वाले। ऊँची कुर्सी पर विराजमान। नौकर-चाकर, ड्राइवर, आया, जिसको आवाज लगाएँ, वही हाजिर। बड़े रौब थे उनके। कमाल का प्रभाव। जिसका चाहें तबादला कर दें। ऐसा पेंच लगाएँ कि उनके विरोधी को खाने को रोटी न मिले। जिस पर मेहरबान, उसकी सारी उँगलियाँ घी में। ज्ञानी-ध्यानी उनके चरण चाटें। ड्राइंगरूम जैसे अखाड़ा अकलमन्दों का। जिसका नाम लें, वो ही बोले, "यस सर !" जिसे देखकर मुस्कराएँ, सो ही निहाल। दिमाग के तेज। व्यवहार के मीठे। जिसकी खाट खड़ी करनी हो, उससे बड़े मधुर। नीति में चाणक्य, कर्म से नादिरशाह। चित भी मेरी, पट भी मेरी, अण्टा मेरे बाप का। अफसर-से-अफसर। बड़े अफसर।

अफसर को साहित्य-कला से बड़ा प्रेम। कविता घर में पानी भरे। आलोचना रोज झाड़ू लगाये। चिन्तन उनके कपड़े धोये। लेख बिछायें। किताबों पर बैठें। कहानी जूतों के पास पड़ी रहे। अफसरी भी करें और साहित्य भी करें। जब जो चाहें, करें। मन के राजा। बड़े-बड़े बुद्धिजीवी उनके बँगले की ओर टकटकी लगाकर देखें। हुजूर की कृपा बनी रहे। बड़े-बड़े किताबों के लिखैया, कविता रचैया, टिप्पणीकार, गुनीजनों से प्रश्न पूछ इण्टरव्यू लिखने वाले, कला के समीक्षक, विदेशी को देशी और देशी को विदेशी करने में माहिर, अफसर के दरबार में हाजरी भरें। जो आज नहीं आया, वो कल जरूर आये। जो सुबह नहीं आया, सो शाम को हाजिर। मालिक सलाम। हम बुद्धिजीवी। हमको टुकड़ा दो खाने को। हमें चाय-कॉफी, हमें दारू, हमें विचार, हमें दृष्टि। हमें धारणा। हमें रास्ता बताओ, मालिक हम क्या लिखें ? क्या करें ?

अफसर दिमाग का तेज। वो नित नयी बात सोचे। ज्ञान बघारे। बड़े-बड़े मार्क्सवादी उससे सलाह लें। क्यों साहब, अब देश में क्रान्ति लाने के लिए क्या करें। अफसर कहे, हमारी सुनो।

सब सुनें। सुनकर गुनें। प्रशंसा करते घर लौटें। देखो कैसी बढ़िया बात कही साहब ने समाज पर, साहित्य पर; सबकी मति साफ करके धर दी। कविजन अफसर से खुश। अफसर कविजन से खुश। ऐसे ही धीरे-धीरे साहित्य का विकास जारी था।

एक दिन अफसर ने अपने बँगले की खिड़की से चिड़िया देखी। उसने कविजन से कही। काहे रे, तुम चिड़ियों पर कविता काहे नहीं लिखते ? कविजन ने सुनी, तो

शरम खा गये। आपस में बोले कि यह बात हमें अब तक क्यों नहीं सूझी। अरे चिड़िया तो हम रोज देखते हैंगे। फिर अब तक कविता काहे नहीं लिखी ? आज छुट्टी का दिन है। आज हम अपने घर में बैठ चिड़ियों पर कविता लिखेंगे।

छुट्टी का दिन। कवि अपने-अपने घर बैठे। अफसर ने सोचा। अच्छी याद आयी। चलो, आज चिड़िया का शिकार खेलेंगे। वो बन्दूक उठा जंगल। अफसर तो अफसर, उसको कौन रोक सके ?

कवि ने लिखा, जंगल में चिड़िया। ओ तुम नन्हे पंखोंवाली ! ओ तुम फुदक-फुदक। इस डाली से उस डाली। अरे हमारे पास क्यों नहीं आती ? अरे दूर-दूर क्यों ? अरी ओ चिड़िया ! तू मेरी आँख तू मेरा मन।

उधर जंगल में गोली छूटी दन्न। छटपटा के गिर गयी चिड़िया। मर गयी चिड़िया। अफसर को निशानो। चिड़िया का क्या बिसात ? ढेर हो गयी साहब के चरण में।

दूसरे कवि ने लिखा, आकाश में मेरा बाहुपाश। बाहुपाश में कित्ती चिड़ियाँ, आसमान भर-भर के चिड़ियाँ। चहक रही घर-घर में चिड़िया। चिड़िया, चिड़िया, चिड़िया। ऊपर से उड़ती है मेरे। कन्धे पर बैठी है मेरे। सपने में आती है मेरे। चिड़िया, जिसके पंख सुनहरे। चिड़िया, जिसकी मीठी बोली।

उधर अफसर ने मारी गोली। धाँय। भरी बन्दूक, अकेला अफसर। आसमान भर-भर के चिड़ियाँ। पक्का निशाना, अपार समय, कौन रोक सकता उसे ? उड़ती को मारा। बैठी को मारा। छुपती को मारा। अफसर की गोली जैसे फाइल पर ऑर्डर। जो हो गया, सो हो गया। मरी, सो मरी। अब कोई हेरफेर सम्भव नहीं।

इधर तीसरे कवि ने चिड़िया से प्रश्न किया। ओ नन्हीं, ओ मीठी, ओ मेरी, ओ चिड़िया, पूरे मौसम तू कहाँ रही ? किस अजाने देश होकर आयी हो तुम ? प्यारी। क्या लायी हो सन्देशा ? ओ पंखिनी, ओ विहंगिनी। पूरे मौसम, हरसिंगार ने ताकी तेरी राह। इस बाग की डाली-डाली को भी तेरी चाह, चुप्पी साधे क्यों बैठी हो, क्या कर आयी गुनाह ? ओ नन्ही, ओ मीठी, पूरे मौसम तू कहाँ रही ?

और उधर एक और चिड़िया मरी। मनमौजी अफसर खुलकर खेला। धाँय, धाँय। एक-के-बाद-एक चिड़िया। मारता जाए, बटोरता जाए। बड़ा सफल दिन था अफसर का।

कवि लिख रहा था। एक चिड़िया मेरे मन में है। जाने कहाँ उड़कर जाती है। उसके साथ जाता हूँ मैं। एक चिड़िया मेरे मन में है। एक चिड़िया मेरे तन में है। झूम-झूम गाता हूँ जब। साथ में गाती है वह। एक चिड़िया।

शाम हुई। सूरज किरनें फेंकने से फरागत हुआ। अफसर अपनी जीप में घर लौटा। कवियों ने कोरे-कोरे ताजा धुले कपड़े पहने और कविता की डायरी बगल में दाब अफसर के बँगले की तरफ चले।

"आहा, आइए आइए।"

अफसर बड़े मिलनसार। स्वभाव के रसिक, रह-रह के खुश हों। रह-रहकर दाँत निपोरें। कला के प्रेमी। कलाकारों के करदान। दायें पानदान, बायें पीकदान। बड़े दिलदार। बोले, ''आइए आइए। आज सारा दिन कैसा रहा ?''

कविगण बोले, ''चिड़ियों पर कविता लिखी।''

''वाह वाह, सुनाइए, सुनाइए।''

कवि कविता पढ़ने लगे। अफसर सुनने लगे।

अफसर सर्वज्ञानी। आधुनिक साहित्य उनकी बगल में। युवा कविता उनके ताक में धरी। ड्राअर में समीक्षा की नजर। गौर से सुनें। हर कविता के अन्दर चिड़िया की परख करें। हर चिड़िया में कविता की जाँच करें। अच्छे-अच्छे सारे शब्द बाप से मिले। मुहावरे ससुराल से दहेज में। कवि पढ़ें। अफसर गौर करें।

अफसर ने सब कविता पर कमेण्ट करी। कहने लगो, ''तुमारी में छायावाद ज्यादा। तुमारी में प्रगतिवाद कम, तुमारी कविता कमजोर। तुमारी कविता अच्छी, पर चिड़िया कमजोर। तुमने आकाशवाली बात सुन्दर कही। और तुमारी कविता और जो भी हो, आधुनिक नहीं।''

कवि मित्र अचरज में। कैसे ज्ञानी हमारे अफसर ! कैसी दिलचस्पी ! कैसा सरोकार ! कैसी पैनी नजर से जाँचनेवाले !

अफसर ठहरे शिकारी। पत्तों के पीछे छुपी चिड़िया भाँप लें तो क्या कविता में छिपी चिड़िया न पहचान सकें। बात में बात चली। छिलका-दर-छिलका। तुम्हारी चिड़िया ऐसी। तुम्हारी चिड़िया वैसी।

तभी अफसर की औरत खाना लेकर आयी, सब कवियों के लिए, बोली, ''आप सबकी चिड़िया छोड़ो। बोलो हमारी चिड़िया कैसी ?''

प्लेट-पर-प्लेट लगी। चिड़िया दम। चिड़िया दही वाली। चिड़िया मेथी, चिड़िया मुगलई। चिड़िया मसालेवाली। आज साहब शिकार खेलकर आये हैं। चखकर देखिए कैसी बनी।

सब कवियों ने चखी। ''वाह भाभी, वाह ! आपकी चिड़िया सबसे अच्छी !''

ऐसे थे अफसर। ज्ञानी, दिलदार और निशाने के पक्के। कवियों से जैसा लिखवाते, वैसा उन्हें खिलाते-पिलाते भी।

रात हुई। कविगण घर लौटे। भूल गये कि उन्होंने आज चिड़िया पर कविता बिठायी थी या कविता पर चिड़िया। सबके मुँह पर एक ही बात थी। आज जैसी चिड़िया खायी, वैसी तो कभी न खायी ! वाह !

धन्य हैं कवि, धन्य हैं अफसर, धन्य हो गयी कविताओं में पकती भारत की चिड़िया।

□□□